dtv
premium

Xavier Hanotte

Von verschwiegenem Unrecht

Roman

Deutsch von Michael Kleeberg

Deutscher Taschenbuch Verlag

Von Xavier Hanotte
ist im Deutschen Taschenbuch Verlag erschienen:
Das Bildnis der Dame in Schwarz (20193)

Deutsche Erstausgabe
Oktober 1999
Deutscher Taschenbuch Verlag GmbH & Co. KG, München

Titel der französischen Originalausgabe:
›De secrètes injustices‹

Umschlagkonzept: Balk & Brumshagen
Umschlagbild: Ausschnitt des Gemäldes ›Chichester Canal‹
von J. M. W. Turner
Satz: Fotosatz Reinhard Amann, Aichstetten
Gesetzt aus der Bembo Antiqua 10,5/12,5˙ (QuarkXPress)
Druck und Bindung: Kösel, Kempten
Gedruckt auf säurefreiem, chlorfrei gebleichtem Papier
Printed in Germany · ISBN 3-423-24158-6

Meinen Großvätern

So secretely, like wrongs hushed up, they went.
They were not ours:
We never heard to which front these were sent.

Wilfred Owen, ›The Send-Off‹

Ypern, Lille Gate, Ramparts Cemetery

Der Rasen hinter der schwarzen Hecke wirkt menschenleer. Ich zögere, bevor ich die Schwelle überschreite. Ein Blick nach rechts, ein Blick nach links. Nein, da ist niemand. Keinerlei Bewegung, nur die Narzissen wiegen sich im Westwind und die geschorenen Häupter der Zypressen. Mir soll es recht sein. An diesem Ort ist die Abwesenheit der Lebenden ein Zeichen des Respekts.

Und doch – jedesmal, wenn ich das kleine bronzene Tor öffne (alles ist perfekt hier, bis hin zu den Scharnieren, die nicht quietschen), zieht mir dieselbe Furcht das Herz zusammen: die, auf einem der Grabsteine oder auf dem Sockel des Cross of Sacrifice *das erste Graffito zu entdecken, die erste Besudelung.*

Aber das dauert nie lange. Sieht so aus, als sei bis jetzt noch alles in Ordnung. Noch entzieht sich dieser Ort, unwandelbar und unbefleckt, den Zeitläuften der Welt draußen. Das Land der Uhren beginnt jenseits der Hecke. Hier drinnen kreisen nur, wenn wie heute die Sonne den Dunst durchbricht, Schatten um die Steine, Zeiger ohne Zifferblatt und Ziffern. Ich lasse meine Hand über den erstbesten Stein gleiten und spüre seine rauhe Oberfläche. Langsam erwärmt sein mineralisches Herz sich unter der flüchtigen Liebkosung der Sonnenstrahlen. Und auch wenn die erste Wolke allem den Garaus machen wird, gefällt mir die Vorstellung, daß das Licht der Ewigkeit so ist wie dieses hier: weiß, zart und schwerelos.

Et lux perpetua luceat eis.

Ja, möge das Licht auf sie strahlen in Ewigkeit. Einige Noten Brittens verlieren sich im Wind. Das War Requiem *natürlich. Ich denke an eine Gedichtzeile Wilfreds:*

The kind old sun will know.
Nur die gute alte Sonne weiß die Antwort …

Wäre meine Absicht eine andere gewesen, hätte ich mir zweifelsohne nicht gerade diesen Friedhof ausgesucht. Die Liste ist lang. In dieser Region sind die Toten zahlreicher als die Lebenden. Gewiß, diese Tatsache ist an und für sich nichts Besonderes. Die Generationen kommen und gehen. Hier jedoch haben sich in die Reihen der Toten Immigranten eingefügt, die auf immer hier seßhaft geworden sind. Die Landschaft rund um Ypern ist eine riesige Nekropole. Mehr als 300 000 Männer lagern hier für alle Ewigkeit. Die meisten von ihnen Briten. Ein Teil davon, die glücklichsten, in einem guten Hundert Friedhöfe, viele andere unter den Viehweiden, den Gemüsegärten, den Rasen der Reihenhäuser, den Autobahnen in Richtung Strand oder den mit Birken, die selbst schon wieder alt geworden sind, neu aufgeforsteten Wäldern.

Eine unsichtbare und stumme Bevölkerung.

Letztendlich haben die radikalen Flamen nicht so unrecht, wenn sie auf dem Ius solis *bestehen. Die Rechte der Leute ähneln den Leuten selbst zu sehr: Sie ändern sich andauernd, so daß man sich nicht mehr zurechtfindet. Anders gesagt: ein einziges Chaos. Oder Babylon. Was die Rechte der Toten betrifft (die schließlich auch einmal Leute gewesen sind): Falls sie Rechte hätten, so würde man in dieser Gegend englisch sprechen, oder walisisch, gälisch, hindi, urdu, nepalesisch oder sogar französisch (wenn auch mit dem Akzent von Trois-Rivières …). Wie auch immer, letztlich frißt der Boden die Leute auf. Hier wie überall. Also …*

Vor allem hätte ich mir einen größeren aussuchen können oder einen symbolträchtigeren, dessen Name vielleicht noch irgendeine undeutliche Erinnerung an sinn- und ruhmlose Metzeleien weckt. Denn selbst bei Friedhöfen gibt es Hierarchien. Tyne Cot, Bedford House, Polygon Wood, Hooghe Crater… Wer ein wenig in der lokalen Geschichte hier bewandert ist, für den klingen solche Namen schon ganz anders. Aber ich hatte Angst vor der schwindelerregenden großen Zahl, vor monumentaler Lyrik, vor der Versuchung, episch zu werden. All das wären Sackgassen.

Nein, für die Aufgabe, die ich mir gestellt habe, für mein ein wenig verrücktes Unternehmen, ist dieser hier gerade recht. Vielleicht auch deshalb, weil ich hier keinem Zeugen begegnen werde.

Mit dem Friedhof von Ors hat es eine ganz eigene Bewandtnis. In Ors liegt Wilfred. Und aus der Tiefe, in der er versunken ist, klingen noch einige Echorufe herauf. Seine Gedichte bleiben. Man mag ihn also mit Fug und Recht als einen Privilegierten bezeichnen, und die Vorstellung gefällt mir, daß seine Kameraden – beinahe alle zusammen mit ihm am 4. November gestorben, sieben Tage vor dem Ende – auch ein wenig davon profitieren. Das wäre ausgleichende Gerechtigkeit.

Wie schon der Name sagt, hat dieser Friedhof hier seinen Platz auf den ehemaligen, zum Teil zerstörten Wällen der Stadt gefunden. Er hat gewissermaßen eine Bresche geschlagen. Man gelangt vom Menintor aus hin, über eine Promenade oberhalb der ehemaligen Gräben. Direkt daneben öffnet sich das Lille-Tor unter einer Schulterwehr. Vom Friedhof aus kann man eine Brücke sehen sowie eine schnurgerade nach Süden führende Straße, die am Horizont in dem diesigen Blau verschwindet, das aus dem Brachland aufsteigt. Mit ein wenig Phantasie könnte man dort fast die langen Reihen marschierender Tommys sehen, langsam vorankriechende Menschenschlangen auf dem Weg nach Shrapnel Corner, zur Kuppe von Messines oder dem Hügel 60.

Keiner von ihnen fragt mehr danach, warum er hier ist. Denn Old Blighty ist weit weg. Und noch weiter weg sind Toronto, Sydney, Auckland, Goose Bay oder Haiderabad.

Die Kanonen schweigen nun schon seit langer Zeit. Mit dem Frieden und dem Leben ist auch die Stille zurückgekehrt. Eine paradoxe Stille in gewisser Hinsicht. Ypern, neu aufgebaut, genauso wie zuvor, ist exakt das verschlafene, kleine Städtchen, das es seit dem 16. Jahrhundert immer gewesen ist. Vier Höllenjahre sind ausradiert, als handle es sich um einen Irrtum der Geschichte. Die Turmspitze von St. Martin über den roten Ziegeldächern glitzert im Sonnenlicht. Hinter der Hecke, unten auf der Straße, schimpft eine Frau ihren Jungen. Ich kann sie nicht sehen. Aus der Entfernung ist das Brummen vereinzelter Autos zu hören, auf der asphaltierten Straße nach Frankreich, in Richtung anderer Orte des Leidens: Arras, Vimy, der Somme. Das grüne Wasser der Majoorgracht umspült den Rand des Friedhofs. Die Gräber der letzten Reihe sind nah am Wasser gebaut. Die kleinen Kräuselwellen glitzern und flimmern im Licht. Ich kneife die Augen zusammen und beschirme sie mit der Hand. Mitten auf dem Wasser tanzt eine Boje. Zwei schweigsame Möwen streiten sich darum. Das Meer ist nicht weit.

Ich muß lächeln. All das erinnert mich an eine Bemerkung von Mama vor dem Grab meines Onkels irgendwo in den Alpen. Ich sehe noch ihr zitterndes Kinn vor mir: »Hier hat er wenigstens eine schöne Aussicht.«

Sonne und Wasser blenden mich zu sehr. Ich wende mich ab.

Der Nomenklatur nach, die die Spezialisten benutzen – denn die gibt es, und ob es mir gefällt oder nicht, ich gehöre dazu –, zählt dieses Stückchen Erde zu den »Kameradenfriedhöfen«. Genau wie Schmetterlinge unterteilt man die Friedhöfe des britischen Empire in Klassen und Unterklassen: So gibt es »Schlachtfeld-Friedhöfe«, »Gemeinde-Friedhöfe«, »Sanitäts-Friedhöfe« und noch einige andere verschiedenster Größe, deren Entstehungsgeschichte und Funktion variieren, bis hin zu den immensen »Konzentrations-Friedhöfen« – welch eigentümliche Wortbildung aus der Zeit vor dem Holocaust.

Einhundertdreiundneunzig Männer ruhen hier. Keiner mehr, keiner weniger. Die Zahl stimmt genau und ist fest verbürgt. Das Register ist eindeutig: einhundertdreiundfünfzig Briten (alle Sorten wild durcheinander), zehn Kanadier, elf Australier, vierzehn Neuseeländer und, um die Summe rund zu machen, fünf Unklassifizierbare, weil Unbekannte.

Known unto God *steht auf ihren Steinen. Gott allein bekannt. Vorausgesetzt, er vermag sie wiederzuerkennen. (Was zumindest der alte Rudyard hoffte, als er diese Formel erfand – der Leichnam des Leutnants John Kipling von den Irish Guards, der vermutlich irgendwo bei Loos liegt, unter einem Kartoffelacker zwischen zwei Halden, ist nie gefunden worden.)*

Den Daten nach gibt es zwei Gruppen. Februar-März 1915 und Juni-Dezember 1917. Lys-Front und Dritte Ypern-Schlacht. Die ersten: reguläre Truppen mit dicken Schnurrbärten, Reservisten, alles Berufssoldaten, und dazu ein paar von der Landwehr, deren Enthusiasmus größer war als ihre Kompetenz. Die zweiten: die ernüchterten Überlebenden der New Army, die an der Somme ausgeblutet war, mit ihren buntgescheckten Bataillonen aus Zivilisten, mit ihren pals *und* chums, *die tatsächlich alle Kameraden waren: Arbeiter, Angestellte, Intellektuelle, Diakone, Bauern, Straßenbahnfahrer, Fußballer oder Studenten, von denen ganze Werkshallen, Büros, ganze Dörfer, Mannschaften, Schulklassen oder Sportvereine eingerückt waren, auf das ausdrückliche Versprechen hin, daß sie nicht auseinandergerissen würden. Alles Freiwillige, die eine Hölle erwartete, von der sie sich keine Vorstellung machten.*

Aber wer hätte sich eine Vorstellung davon machen können?

Wenigstens hat sich, was jene Soldaten betrifft, noch keiner verpflichtet geglaubt zu behaupten, sie seien gar nicht tot und unter dem gutgemähten Rasen der Friedhöfe lägen nur leere Leichentücher. Aber vielleicht, wer weiß, kommt auch das noch. Alles eine Frage der Mode.

Aber woher, ich träume wohl; von ein paar Verrückten meines Schlags abgesehen, sind sie jedermann völlig egal. Sie sind vergessen, vom Erdboden verschluckt, ausradiert. Sie haben kein Gesicht mehr. Sie haben keine Nachkommen gehabt. Nur die Grabsteine erinnern sich noch an sie. Und sogar die Steine begehen Verrat an ihnen. Denn ihre großzügige Anordnung und ihr Blumenschmuck stellten fast schon eine Verschönerung der Landschaft dar. Durch sie wird die anarchische Ausbreitung der kleinen Eigenheime über das Land hin von ein paar verlorenen Inseln eines apollinischen Traums unterbrochen, den letzten Zeugen eines architektonischen Gedankens, in dem noch ein Rest Philosophie steckte. Ja, mein Herr, der Portland-Stein in den letzten Sonnenstrahlen, das hat schon was. Ja, gnädige Frau, und diese Zinerarien- und Narzissenbeete in den stillen Alleen, wie frisch das alles wirkt. Tja, englische Gärten eben ... All das spiegelt schon eine ganz eigene Lebensart ...

Die Steine bleiben. Die Erinnerungen erlöschen. Die Gartenzwerge halten Einzug. Das ist der Lauf der Welt.

An manchen Tagen, wenn die Feuerwehrleute von Ypern um acht Uhr abends unter dem Menintor für ein paar neugierige Touristen den Last Post *blasen, frage ich mich, inwieweit diese Zeremonie, anstatt ein letztes Mal all die Namen, die zu Tausenden unter den Bögen eingraviert sind, zum Schwingen zu bringen, nicht eher dazu dient, die umherirrenden Seelen der Toten zu beschwören, sie nach dem abendlichen Appell eine weitere Nacht in ihren Unterkünften unter Arrest zu stellen.*

Bald wird das nicht mehr nötig sein. Denn das Vergessen schreitet voran. Die Menschen sterben, die Namen verblassen, das Unrecht verschwimmt – auch, ja vor allem das monströseste. Und jedesmal stirbt auch ein Stückchen Sinn mit.

Bis hin zum Sinn der Wörter. Wie zum Beispiel Passendale. Dieser Name ruft heute nicht mehr das letzte Aufbäumen einer sinnlosen Offensive ins Gedächtnis, noch den Ozean blutigen Schlamms, in dem ein Durcheinander von Toten und Lebenden ertrank. Nein, im Bewußtsein der Menschen ist Passendale nicht einmal mehr eine Ortschaft.

Es ist eine Käsemarke.

Und so fühle ich mich gegenüber all diesem Vergessen ziemlich alleine.

In gewisser Hinsicht trage ich auf meine Weise sogar dazu bei, denn in meiner Aufstellung vorhin habe ich die Deutschen ausgelassen. Dabei kenne ich Vladslo oder Langemarck gut, die quadratischen, auf der Erde liegenden Platten, die Massengräber unter germanischen Eichen. Aber ich habe noch zuviel Geschichtsbewußtsein – vielleicht ist es Tradition, vielleicht Gewohnheit oder eben gerade die Angst vor dem Vergessen –, wenn mir auch der Haß abhanden gekommen ist, den manch einer mich vielleicht gerne hochhalten sähe.

Übrigens kampieren auch eine Menge Franzosen in diesem Sektor hier, darunter eine ganze Reihe bretonischer Marineinfanteristen, deren Namen so basaltrauh klingen. Ebenso Belgier natürlich, doch sobald der Frieden eingekehrt war, ist ein Großteil von ihnen unter die Ehrenmale anderer Friedhöfe in Flandern oder Wallonien zurückgekehrt, in den Schatten der Kirchtürme ihrer Heimatdörfer.

Es stimmt schon, um gerade hier zu fallen, hat keiner von all jenen irgendein Papier unterzeichnen müssen, noch im Meldebüro bezüglich seines Alters oder seiner Größe mogeln. Von Wehrpflichtigen wird so viel nicht verlangt. Vor allem nicht, wenn das VATERLAND *in Gefahr ist.*

Wer das Kuriose liebt, kann, wenn er gründlich sucht, etwas weiter im Süden in Richtung Neuve-Chapelle und La Bassée entlang der leeren Überlandstraßen ein paar mehr oder minder gepflegte Umfriedungen finden, unter deren vom Regen verwitterten Grabsteinen portugiesische Soldaten dabei sind, ein zweites Mal zu sterben. Alle vergessen. Denn die Geschichte hat sie nicht berücksichtigt; sie ähnelt erschreckend denjenigen, die sie aufschreiben.

Nein, ich werde sie nicht alle an Bord meines Erinnerungsschiffes nehmen können. Dafür steht nicht genügend Platz zur Verfügung – es ist schlichtweg eine Frage der Seitenzahl. Man muß eine Wahl treffen, und ich habe sie getroffen. Ich erhebe nicht den Anspruch, gerecht zu sein.

Ich habe also mein Notizbuch und meinen Drehbleistift zur Hand genommen, die gleichen, die ich fast täglich für meine Nachforschungen benutze. Nur daß dieses Heft hier ganz neu ist und zu nichts anderem dienen wird. Es hat einen roten Einband.

Die Arbeit ruft. Sie ist enorm. Sie übersteigt meine Kräfte, das weiß ich. Ich habe es immer gewußt. Aber ich muß sie tun.

Ich weiß nicht, was sie darüber dächte, wüßte sie davon.

Vielleicht werde ich ihr davon erzählen? Aber dazu ist es noch zu früh. Wir werden sehen ... Sébastien versteht mich gut. Aber Sébastien ist eben Sébastien.

Am Anfang werde ich die Grabsteine nach dem Zufallsprinzip auswählen. Dann gebe ich ihnen ein Gesicht. Und danach werde ich versuchen, ihnen ein Leben zu erfinden – dabei wird mir das Register behilflich sein. Und vielleicht werden sie daraufhin leben. Ein fiktionales Leben. Ein Legenden-Leben.

Eine Lebenslüge.

Jetzt schon bitte ich sie um Vergebung.

Aber alles ist besser als das Vergessen. Gewiß gibt es Lügen, die töten. Ich will hoffen, daß es auch solche gibt, die Leben spenden.

Wie dem auch sei, ich wage den Versuch.

Bei jedem meiner Besuche werde ich also einen Grabstein auswählen. Zunächst einmal werde ich Notizen machen müssen. Ich weiß noch nicht, welche Form das alles hinterher bekommen wird. Vielleicht lasse ich es auch bei meinem Heft hier bewenden.

Und jetzt an die Arbeit.

Ich gehe die Reihe 1 entlang. Ich bleibe vor der Nummer 3 stehen.

Und ich beginne meine Reise.

Erstes Kapitel

Am hinteren Ende der Straßenbahn hatten sich zwei Festgäste vorsichtig auf die Kante der Bank gesetzt, um ihren Leih-Smoking nicht zu zerknittern. In den ungewohnt steifen Kleidern fühlten sie sich ganz offenbar nicht wohl. Sie vermieden es beide, sich anzusehen. Der linke zog andauernd an seinen zu kurzen Manschetten. Der rechte dagegen überprüfte alle zwei Minuten den perfekten horizontalen Sitz seiner Fliege. Die anderen Fahrgäste, die sich weniger Sorgen um ihren Aufzug machten, hatten die typische Reisehaltung eingenommen und saßen starr zurückgelehnt, während sie auf der Fahrt zwischen zwei Haltestellen keinen anderen Wunsch hatten als den, niemanden zu sehen, auch um den Preis, sich dafür auf die Landschaft zu konzentrieren, mit ihrer vorhersehbaren Reihe aus dunklen Fassaden und glänzenden Karrosserien. An den Haltestellen hörten die wenigen Wartenden auf, von einem Fuß auf den andern zu treten, und stürmten die Türen, als ginge es um ihr Leben. Sie hatten rote Gesichter. Im Abteil war es stickig. Ich fühlte mich, als säße ich auf einem Heizkörper.

Die Schläfe gegen die Scheibe gelehnt, betrachtete ich seit geraumer Zeit die kahlen Kastanien, die entlang der Schienen vorbeizogen. Die Straßenlaternen zwischen den von Rauhreif überzogenen Zweigen brannten bereits. Der Himmel war verhangen und bleiern. Die beleuchteten Arkaden des Cinquantenaire am Ende der Straße wirkten, als seien sie aus dem Schnee geformt, der seit einer Woche nicht fallen wollte. Aber, wenn sie auch nicht perfekt war, die Dekoration stand, und man würde sich mit ihr begnügen müssen. Nur noch vier Stunden, dann würden die

Engelein überall im Land ihre Freudengesänge anstimmen können: Weihnachten wäre gekommen.

Wie üblich steckte für alle Fälle ein Buch in meiner linken Jackentasche. Und wie üblich zog ich es dennoch vor, meine Gedanken schweifen zu lassen.

Weihnachten ... Wie man's auch dreht und wendet, in diesem Wort wird immer etwas von verlorener Kindheit mitschwingen. Mit der Erinnerung an einen weißen Rasen, auf dem, im flachen Lichtstrahl aus den Fenstern, Fußspuren zu sehen sind, die nirgendwo hinführen. Mit dem girlandengeschmückten Wohnzimmer umgeben vom Dunkel der Nacht, in dessen Wärme Mensch und Tier vor dem Kamin zusammenrücken, in dem ein paar Scheite glühen (oft auch ihre Polyurethan-Imitationen, aber egal).

Klischees ... Alte, vergilbte, mit Glitter überzuckerte Ansichtskarten. Denn, Treibhauseffekt hin oder her, gehe ich jede Wette ein, daß die Meteorologen in diesem Land auch in früheren Zeiten kaum je eine weiße Weihnacht verzeichnet haben.

Der Metrotunnel sperrte seinen schwarzen Rachen auf, und die Straßenbahn tauchte ratternd hinein. Die vereisten Betonwände warfen den Lärm und die Vibrationen noch heftiger zurück als sonst. Bei jedem Ruck flackerte die Neonbeleuchtung des Wagens. Die eisernen Räder quietschten über die Schienen. Schließlich tauchte die Haltestelle Montgomery in greller elektrischer Morgenröte auf. Die Falttüren öffneten sich. Ich stieg aus.

Aus den Lautsprechern quoll die übliche musikalische Festtagssuppe mit einem ganzen Haufen obenaufschwimmender altbackener Bröckchen. So träumte auch Frank Sinatra oben auf seinem Wolkenkratzer von weißen Weihnachten, bester Beweis für den Mangel an Originalität. Als ich auf dem Bahnsteig der Zentrumslinie ankam, hatte ein deutscher Crooner übernommen, der den banalsten aller Nadelbäume zum König des Waldes erklärte. *O Tannenbaum, o Tannenbaum, wie grün sind deine Blätter.* Tino Rossi kam bestimmt auch noch zum Zuge, dafür hätte ich meine Hand ins Feuer gelegt. Bruxelles-Brussel-Brüssel-Brussels, Hauptstadt Europas, des Kauderwelschs und der Übersetzer.

Am Ende des Bahnsteigs waren die Scheinwerfer eines noch weit entfernten Zugs zu sehen, die schnell größer wurden. Dann rollte der orangefarbene Triebwagen in den Bahnhof ein. Mit ein wenig Glück würde ich gerade noch dem *Petit Papa Noël* entkommen, der das Faß zum Überlaufen gebracht hätte.

Entgegen meinen Hoffnungen verfolgte die Musik die Fahrgäste bis in die Wagen hinein. Vielleicht war das auch der Grund, daß einige von ihnen das Lächeln wiederentdeckten, selbst wenn sie es nur aus Höflichkeit taten. Auch bei den Clochards, die ihre Plastikbecher hinhielten, herrschte gute Laune. Nur daß das für sie eher einen Luxus als eine Pflicht darstellte. Ich durchwühlte diskret meine Hosentasche und befreite mich von einer 20-Francs-Münze. Nicht mal genug für ein Bier. Dementsprechend bekam ich ein geknurrtes Dankeschön voll stillschweigenden Tadels zu hören.

Im Büro würde es die Nacht der Junggesellen werden. Infolge einer unausgesprochenen Übereinkunft desertierten alle verheirateten Kollegen und alle, die eine mehr oder minder feste Freundin hatten, um einen draufzumachen oder sich bei irgendeinem Familienfest zu langweilen, während die letzte Schwadron als hartnäckig geltender Junggesellen nolens volens die Wachmannschaft stellte. Für mich bekam die Abteilung dann etwas von einer Notaufnahme. Denn für die Einsamen ist Weihnachten alles andere als ein Fest. Eher einer jener Tage, an denen man Bilanz zieht und sich nachdenklich fragt, welchen Fehler man wohl begangen hat.

Ehrlich gesagt, der meine besaß nichts Geheimnisvolles. Er hatte einen Namen, er hatte ein Gesicht – ein schönes Gesicht – und hübsches schwarzes Haar, das ich nie berührt hatte. Acht Jahre hatten nicht ausgereicht, um es zu vergessen. Zu dieser Stunde kaufte sie vielleicht die letzten Geschenke für ihre Kinder ein; drei hatte sie, stellte ich mir vor, von der turbulenten Art, die Rabatz macht – aber das war eine pure Mutmaßung meinerseits. Jedenfalls hoffte ich, daß sie glücklich war. Was nicht auszuschließen war.

Zu Weihnachten zwingt Brüssel sich zu einem Aufschub, bevor die Bürgersteige hochgeklappt werden. In den Straßen gewährt das Leben eine Spielverlängerung. Allerdings nicht sehr lange. Die Nachtschwärmer trotzen der Kälte und ziehen durch die Kneipen, wobei die Zahl von Etappen begrenzt ist, während gegen Mitternacht vereinzelte feingemachte Katholiken den Weg zur Kirche Saint-Jean-et-Etienne aux Minimes einschlagen und sich bemühen, dabei nicht zu sehr an den Champagner zu denken, der währenddessen in den Sektkühlern die richtige Temperatur annimmt. Vor den erleuchteten Schaufenstern der geschlossenen Geschäfte spielen Heilsarmeesoldaten für die vorübereilenden Passanten Klarinette. Die Restaurantfenster beschlagen. Girlanden aus bunten Glühbirnen, die Sterne, Kometen und andere Himmelskörper darstellen sollen, bilden über dem glänzenden Asphalt der Boulevards ein Lianenwerk. Kurz gesagt: Weihnachten erinnert fürchterlich an Weihnachten – da ist nichts zu machen.

Offenbar waren zwei Züge im selben Moment eingetroffen. Am Ausgang der Metrostation De Brouckère staute sich wie in einem Trichter alles auf den Rolltreppen. Einige Frauen mit hohen Absätzen knickten auf den Rillen der Stufen um (kein Wunder, wenn man das ganze Jahr über Turnschuhe oder Ballerinas trägt). Der Duft von Rasierwasser und Parfum mischte sich mit dem üblichen Gestank nach verbranntem Gummi. Ich entdeckte eine ganze Reihe Verkleideter in der Menge: Hemden mit Spitzenjabots, Fliegen mit Goldlamé und Jacketts in schreienden Farben wetteiferten um den ersten Preis in schlechtem Geschmack.

Einmal an der frischen Luft, zerstreute sich diese ganze kleine Welt rasch und verschwand, angesogen von den Drehtüren des Metropol und der umliegenden Cafés. Einige hasteten zur Oper, überzeugt, daß die Klingel im Foyer schon ertönte. Unter dem Glasdach der Passage du Nord kam mir eine kleine Truppe Nachtschwärmer entgegen, die Richtung Boulevard unterwegs war. Und dann endlich, sobald ich die Place des Martyrs erreichte, war der ganze Weihnachtstrubel mit einem Schlag verschwunden.

Der Platz war leer, eine Art majestätische, von der Welt vergessene Sackgasse. Im Zentrum, oben auf ihrem Denkmal, ertrug die steifgefrorene Vaterlandsstatue stoisch die Kälte. Der belgische Löwe zu ihren Füßen wirkte, als habe er es auf den Bronchien. Die zahlreich vertretenen flämischen Löwen zitterten auf den Flaggen der öffentlichen Gebäude. Rund um den Platz warf eine Reihe schwach flackernder Straßenlampen gelbe Flecke auf die frischgetünchten Mauern und erzeugte hier und da ein paar Lichtreflexe auf den schwarzen Fensterscheiben der Fassaden.

In den oberen Stockwerken der Brigade brannte kein einziges Licht. Die Fenster, versteckt hinter den neoklassischen Säulen, blickten ebenso undurchdringlich und starr drein wie Lemurenaugen. Das Erdgeschoß wirkte dagegen wie Versailles. Hinter den beleuchteten Scheiben zeichneten sich deutlich hin- und herhuschende Schatten ab. Der meine, unförmig in die Länge gezogen, humpelte vor mir übers Pflaster. Ich legte einen Schritt zu. Ich wollte endlich ankommen. Mein Schenkel schmerzte leicht. Vor dem Eingang tippte ich, ohne die Handschuhe auszuziehen, den Code ein. Die Tür öffnete sich.

Der diensthabende Gendarm saß rittlings auf seinem Stuhl und las im Lichtkegel seiner Tischlampe eine Zeitung. Er hob den Blick, nickte mir kaum merklich zu, atmete geräuschvoll ein und steckte die rote Nase dann wieder in die Seiten. Linker Hand, hinter dem verglasten Empfang, saß niemand. Dagegen waren Leute im Bereitschaftsraum. Aus der halbgeöffneten Tür fiel ein langer Lichtschein auf die Fliesen. Ich hörte eine Stimme, die ich gut kannte.

»Also Catherine, ich zähle auf dich, hm? Abgemacht?«

Die Antwort entging mir. Mit seiner Fliege auf Halbmast kam Sébastien unter dem ausgeschalteten Leuchter der Eingangshalle herausgesegelt.

»Davon abgesehen, trotzdem fröhliche Weihnachten!« rief er, sich ein letztes Mal umdrehend.

Er wirkte in Eile. Wir stießen fast zusammen. Im letzten Moment gelang es mir, den gefährlich schwankenden Berg von Geschenkpaketen zurechtzuschieben, den er auf dem linken Arm balancierte.

»Ah, Barth! Da bist du ja endlich! Du kommst wie gerufen!«

»Tatsächlich? Freut mich.«

Ich wirkte wohl nicht so überzeugt, denn er runzelte die Stirn.

»Cyriel kann nicht kommen, und es sieht so aus, als gäbe es, von mir einmal abgesehen, keinen einzigen Kommissar mehr in diesem ganzen Saftladen!«

Ich wußte, was folgen würde. Sébastien war geschieden und verbrachte Weihnachten stets im Kreis der Familie, nämlich mit seinem Sohn. Das war ihm heilig. Seine Exfrau dagegen reservierte sich Sylvester.

»Ist ihm eine Auster in den falschen Hals gekommen?« fragte ich spöttisch.

Na schön. Aller Wahrscheinlichkeit nach würde die Befehlsgewalt über die Festung den Inspektoren übertragen werden. Es wäre nicht das erste Mal. Die Aussicht darauf besaß nichts Erschreckendes. Juristisch gesehen sind Weihnachtsnächte ruhig. Die Streitereien von Besoffenen auf offener Straße sind Sache der Stadtpolizei, und die Bürger sind von ausgesuchter Höflichkeit und warten bis Anfang Januar, um sich gegenseitig umzulegen (oder aber sie sind so blau, daß sie danebentreffen). Gewiß, es gibt ein paar Selbstmorde, so gegen zwei, drei Uhr morgens, wenn die Lichter ausgehen, den Tänzern die Füße weh tun und die einsamen Herzen in ihren Badezimmern genug davon haben, mit dem Spiegel zu plaudern. Aber man ruft uns nicht immer in diesen Fällen. Meistens kommt die Stadtpolizei sehr gut ohne uns aus. »Defekter Boiler« heißt es in manchen Berichten. Das gehört zur Jahreszeit. Und ist vor allem für die Hinterbliebenen besser, vorausgesetzt, es liegen keine Abschiedsbriefe auf dem Tisch.

»Du und Catherine, das macht zwei anwesende Offiziere. Kann ich euch den Laden anvertrauen?«

Um die Form zu wahren, tat ich so, als würde ich nachdenken.

»Glaube schon, ja.«

»Danke dir, alter Schwede. Dafür hast du was gut.«

»Nichts zu danken. Und sonst? Geht's dem Sohnemann gut?«

»Ein bißchen zu gut sogar. Diese Jugend! An manchen Tagen kann ich einfach nicht mehr mithalten!«

Heute abend würde es schon klappen, dachte ich, als ich ihm

nachsah, wie er leichten Schrittes die Treppen hinunterstieg. Die Tür schlug mit einem dumpfen Krachen hinter ihm zu. Die Glasbehänge des Kronleuchters klirrten leise. Als hätte er nur auf diesen Moment gewartet, trompetete der Gendarm in sein khakifarbenes Taschentuch, faltete es sorgfältig wieder zusammen, stieß einen Seufzer aus und machte sich daran, den Verschluß von einer Flasche Hustensaft zu schrauben. »Schweinekälte!«

Ich bestätigte das mit einem angemessen mitleidigen Blick und zog dann die Tür des Bereitschaftsraums auf.

Die Deckenlampen tauchten das Zimmer in ein aggressives gelbes Licht. Im hinteren Teil des Raumes waren Katrien Verhaert – Trientje für ihre Freunde – und Hugues Marlaire dabei, den unvermeidlichen Christbaum zu schmücken. Aus Gründen, die mir nicht klar waren, hängte die kleine Trientje (ein Meter sechzig in Schuhen, einsdreiundsechzig vielleicht in den Pumps, die sie heute abend trug) die oberen Kugeln auf, oder zumindest so weit oben, wie ihre Arme reichten, während der baumlange Marlaire auf allen vieren unter der toten Konifere herumkroch und versuchte, den Stecker der Lichterkette in eine schwer erreichbare Dose zu bugsieren. Zwischen den beiden knisterte es bereits so heftig, daß man alle Girlanden der Welt damit hätte zum Leuchten bringen können.

»Guten Abend!« rief ich in die Runde.

»'navond, Barthélemy!« lispelte Trientje, die Halterung einer Kugel zwischen den Zähnen.

»Hallo, Dussert!« brummte Marlaire, ohne sich umzudrehen.

»Guten Abend, Inspektor.«

Wieder einmal hatte ich ihn übersehen: Neben dem Telefon sitzend und so unauffällig wie die Tapete, nahm der Polizeibeamte Mohammed Ferraoui Einsicht in einen beeindruckenden Stapel Akten, hinter denen er völlig verschwand, oder jedenfalls fehlte nicht viel. Ganz offenbar legte er letzte Hand an seinen Ausbildungsbericht, der ihm endlich das Recht auf den Inspektoren-Titel geben würde. Seine Obsession für Hierarchien und seine übertriebene Zuvorkommenheit eines wohlerzogenen jungen Mannes gingen mir oft genug auf die Nerven. Aber man mußte das Ganze auch einmal aus seinem Blickwinkel sehen.

Indem er das Spiel mit all seinen Konsequenzen mitspielte, hoffte er vielleicht, daß ihn eines Tages nicht mehr jedermann innerhalb dieser Mauern zunächst für einen Angeklagten halten würde. Glücklicherweise zählte Geduld zu seinen Stärken.

Ich hängte meine Jacke und meinen Schal über eine Stuhllehne, legte meine Pistole in eine verschließbare Schublade und setzte mich hinter einen der Schreibtische. Auf dem Nebentisch lag eine aufgeschlagene Partitur.

»Ah, na endlich!« tönte Marlaire.

Die bunten Birnen leuchteten auf und warfen rote, grüne und gelbe Sprenkel auf Trientjes grauen Pullover (der, nach der Länge der Ärmel zu urteilen, ihrem großen Bruder gehört haben mußte, dem athletischen Ersten Geiger der Monnaie).

Ohne mir etwas anmerken zu lassen, registrierte ich, daß heute ein Rock-Tag war, mit allem, was dazugehörte. Jedesmal, wenn sie eine Kugel an einem Zweig festmachte, spannte sich der elastische Stoff über ihrem Hintern und ließ dessen Konturen hervortreten, was allerdings nur bedingt aufreizend wirkte. Denn selbst wenn sie sich einmal mit ihrem Aufzug Mühe gab, hatte Trientje nichts von einem Vamp. Das Spiel mit dem Feuer war heute abend eher Marlaires Aufgabe: Doch dann leuchtete unter dem Tannenbaum ein blauer Funke auf. Alle Lampen erloschen.

»Scheiße noch mal! Die Sicherung ist durchgeknallt!«

Ein paar Sekunden lang rührte sich niemand. Man konnte keinen Zentimeter weit sehen. Dort wo sie standen, das heißt jenseits der Fenster, taten die Straßenlaternen, was sie konnten. Seltsamerweise erinnerte mich diese plötzliche Dunkelheit an Kindergeburtstage. Die Tür ging auf, und eine kerzenbespickte Torte schwebte ganz alleine ins Zimmer und trieb auf den Wellen gespannter Stille, die fast greifbar war und aus angehaltenem Atem und unterdrücktem Gekicher bestand, durch die Dunkelheit. Schließlich und endlich war ja auch Weihnachten ein Geburtstag.

»Und wie soll ich jetzt bitte schön meinen Bericht fertig machen?« fragte Ferraoul, den Bann brechend.

Außer wie ein Kutscher zu fluchen, bot Marlaire keinerlei Lösung an. Ein gelber Fleck erschien in der Dunkelheit. Aber es war keine Kerze – Trientje hatte ihr Feuerzeug angeknipst. Nur ihr von unten angestrahltes Gesicht war zu sehen. Die Narbe auf ihrer rechten Wange zog eine Schattenlinie.

»Ich werd' einen Blick auf den Sicherungskasten werfen«, sagte sie.

»Laß gut sein, Verhaert. Ich geh' selbst!«

Bevor Marlaire auch nur einen Schritt tun konnte, erlosch die Flamme des Feuerzeugs. Es folgte das Geräusch von Schritten, einer klappenden Tür, dann eines Sturzes.

»Scheiße!«

Eine Viertelstunde später war das Büro in dasselbe Licht getaucht wie bei meiner Ankunft, und sämtliche Glühbirnen an der Girlande blinkten. Im Schneidersitz unter den Zweigen hockend, war Trientje dabei, die Steckdose wieder zu befestigen. Die letzte Schraube quietschte in ihrem Plastikgewinde.

Marlaire saß schlecht gelaunt über eine Jagdzeitschrift gebeugt. Auf dem rechten Ärmel seines Pullovers zeichnete sich ein großer roter ringförmiger Fleck ab. Vorhin war er in einen Papierkorb getreten und hatte dabei Ferraouis Thermosflasche umgestoßen, der als braver Sohn dabei gewesen war, von der Tomatensuppe seiner Mutter zu kosten.

Trientje kroch unter dem Tannenbaum hervor, sah mich an, und ich zwinkerte ihr zu. Ihre Antwort war, wie so oft, ein verhaltenes Lächeln. Um ihr nicht die Laune zu verderben, hütete ich mich, sie darauf aufmerksam zu machen, daß ihre Strumpfhose wieder einmal eine Laufmasche auf der linken Wade hatte. Das geschah nicht ganz ohne einen gewissen Egoismus meinerseits: Irgendwann würde sie nämlich, nachdem sie ein Paar nach dem andern zugrunde gerichtet hätte, keine mehr anziehen, und das Leben ist ohnehin schon geizig genug, was solche kleinen Freuden fürs Auge betrifft.

Sie setzte sich hin und begann, in ihrer Partitur zu blättern. Ich schielte auf den Titel: Debussy. *Les sons et les parfums tournent dans l'air du soir.* Ich mochte das Stück gerne. Aber die einzigen, die in diesen Räumen überhaupt in irgendeiner Form Klavier spielten, waren die Verhafteten, die mit den Fingern von Zeit zu Zeit auf die noch jungfräulichen Erfassungsbögen trommelten. (Auch sie wußten, was gespielt wurde.) Schade.

Es war wieder still geworden. Und nicht zum letzten Mal an diesem Abend. Ich hatte nichts dagegen einzuwenden. Ich liebte die Stille. Das einzige, was ihr vielleicht fehlte, war das Tick-Tack einer Wanduhr – einer echten, nicht so einer wie das widerwärtige Plastikding, das über der Eingangstür hing und eine Beleidigung fürs Auge war. Die roten Zeiger standen auf sieben Uhr. Der Sekundenzeiger funktionierte nicht. Wahrscheinlich war die Batterie leer.

»Wer hat Bereitschaftsdienst im Justizpalast?« fragte ich.

Marlaire zog die Nase hoch und blätterte eine Seite seiner Zeitschrift um. »Daubie.«

»Ah.«

Trientje summte zwei, drei Noten. Der elektrische Heizkörper hinter mir gab ein trockenes Klacken von sich, und der Ventilator fing an zu brummen. Offenbar spielte der Thermostat wieder einmal verrückt.

»Um so besser«, sagte ich. Ich mochte Richter Daubie gerne. Im Gegensatz zu vielen seiner Kollegen, denen die Arbeit prinzipiell über den Kopf wuchs, war er ein wohlorganisierter Typ, der einen nicht irgendeinen Unsinn machen ließ und, falls irgend etwas schief ging, ganz selbstverständlich die Verantwortung übernahm. Aber hier war keine Gefahr im Verzug. Wie jedes Jahr würde es auch in dieser Weihnachtsnacht keine besonderen Vorkommnisse geben.

Ausnahmsweise hatte ich einmal all meine Akten auf dem neuesten Stand. Also beschloß ich, das gleiche zu tun wie die anderen und zog das Buch aus meiner Jacke.

Selected Letters. Ausgewählte Briefe Wilfred Owens. Ich legte das Buch vor mich. Auf dem verblaßten Einband lächelte ein gutgelaunter Fähnrich mit Brillantine im Haar dem Fotografen zu. Was wie affektierte Bildungshuberei meinerseits hätte wirken können, war in Wirklichkeit ein schon zehn Jahre lang andauerndes Interesse, älter als meine Karriere bei der Kripo, eine Schrulle, die immerhin bereits zwei Verleger ermüdet hatte.

Seit beinahe zehn Jahren spielte ich mit dem Plan, eine Übersetzung von Owens Gedichten herauszubringen, zumindest von jenen, die er zwischen 1916 und 1918 im Schützengraben und im Lazarett geschrieben hatte. Sébastien, der ungeduldig darauf wartete, jeden neuen Text zu lesen, den ich fertig hatte, schimpfte mich regelmäßig, ich würde absichtlich trödeln. Im vergangenen November hatte er mich auf meine jährliche Pilgerfahrt zu dem kleinen Friedhof von Ors begleiten wollen, bei nicht enden wollendem Nieselregen und nassem Herbstwind. Ich hatte zunächst Angst, die Reise könne eine Enttäuschung für ihn sein, denn wenn das Cambresis auch durchaus seinen Charme besitzt, so ist er doch äußerst diskret. Doch ich hatte die Intensität der Freundschaft unterschätzt und vor allem die seiner Vorstellungskraft. Sébastien, der schon im vorhinein von der »Maigret-Atmosphäre«, wie er es nannte, verzaubert war, trieb die Liebe zum Detail so weit, einen alten anthrazitfarbenen Regenmantel anzuziehen und einen Hut mit weicher Krempe zu tragen, der seinem Großvater gehört haben mußte.

Als wir vor Owens Grab standen, legten wir eine kurze Schweigeminute ein und gingen dann, nach einem Umweg über das nahegelegenen Kanalufer, in die einzige Kneipe des Dorfs, damit unsere Klamotten trocknen konnten, setzten uns mit dem Rücken zu dem Dauerbrandofen, schlürften einen kleinen Milchkaffee und genossen es, zusammen zu schauspielern, wenn vielleicht auch nicht im selben Stück. Draußen über den nassen Schieferdächern verblaßte das Tageslicht. Auf dem leeren Dorfplatz, über den der Wind wegfegte, flackerte vor dem Postamt eine Straßenlaterne. Auch wenn er sonst nur Zigaretten rauchte, hatte Sébastien sich zur Feier des Tages eine Pfeife gestopft. Ich hatte von der Gelegenheit profitiert, um ihm meine korrigierte Version von *Exposure* vorzulesen:

»Wir wissen nichts anderes als: Der Krieg dauert an, der Regen durchnäßt uns, und die Wellenberge der Wolken rollen über den Horizont.«

Ich erinnere mich noch genau an den bestürzten Gesichtsausdruck der Wirtin.

Letztes Jahr war mir die Idee gekommen, als Kontrast einige Briefe in mein Bändchen aufzunehmen. Im Gegensatz zu den

Gedichten, deren extreme Ernsthaftigkeit stets die Sorge des Zweiflers verriet, alles richtig gemacht zu haben, bot die Korrespondenz einen Kontrapunkt aus Banalitäten, die auch dem Humor Raum gewährten. Von dieser Gegenüberstellung zu profitieren, schien mir ein interessanter Ansatz. Aber ich zögerte noch, dem dritten Verleger davon zu erzählen, der aus Schusseligkeit oder Idealismus eingewilligt hatte, die Fackel weiterzutragen. Seine übertriebenen Manieren und sein etwas affektiertes Französisch ließen mich befürchten, er wolle Owen aus unehrenhaften Gründen veröffentlichen. Falls dem so war, spielten meine übersetzerischen Fähigkeiten keine große Rolle bei seiner Entscheidung. Jedem *den* Oscar Wilde, den er sich leisten kann. Und was mein Aussehen betraf...

Ein orangefarbener Zettel glitt zwischen den Seiten heraus und fiel auf die Fliesen. Ich hob ihn auf. Eine Kinokarte, die offensichtlich als Lesezeichen gedient hatte. Darauf war mit blauem Kugelschreiber eine Telefonnummer geschrieben. Ich erkannte sie sofort wieder, auch wenn ich sie nicht oft gewählt hatte – so wenig übrigens wie irgendeine andere. Es war die Nummer Aline Durufles.

Aline. Ich wußte nicht recht, wo ich mit ihr stand. Vielleicht auch, weil ich es nicht so genau wissen wollte. Es schien mir riskant, dieser Frage intensiver nachzugehen. Gewiß, seit meinem Krankenhausaufenthalt dachte ich nur noch jeden zweiten Tag an Anne. Folglich blieb mir auf diese Weise ein Tag, um an jemand anders zu denken. Blieb die Frage, ob ich das wollte. Lag zwischen Anne und Aline nicht sehr viel mehr als die eine Silbe? Vor allem aber befürchtete ich, sobald ich an Aline dachte, nur an ihre tollen Beine zu denken und an ihre entwaffnende Nettigkeit. Natürlich, das war immerhin schon etwas. Aber es war nicht genug.

Noch nicht.

Und was Alines wahre Gefühle für mich betraf, so zog ich es vor, nicht weiter darüber nachzusinnen. Ich war in der Vergangenheit zu oft auf Frauen gestoßen, die, sobald gewisse Dinge zur Debatte standen, nicht mehr so recht wußten, was sie eigentlich wollten – falls sie es überhaupt je gewußt hatten. Diese Unentschlossenheit, egal ob sie echt war oder gespielt, verschaffte mir erst einmal einen Aufschub, den ich mich allerdings beeilte, zunichte zu machen. Aus Stolz? Oder aus Dummheit? Aber war das nicht dasselbe?

Ich verstand sie einfach nicht.

Wir waren einander vor etwas weniger als einem Jahr begegnet. Ich hatte sie im Rahmen einer Ermittlung befragen müssen, und ihre Aussage hatte uns sehr viel weitergeholfen. Es war das erste Mal gewesen, daß die Arbeit mir eine derartige Überraschung beschert hatte. War das der Grund? Ich konnte noch immer nicht daran glauben.

Zwischen uns hatte es fast auf der Stelle gefunkt. Für meine Verhältnisse jedenfalls. Sie hatte mich, ohne zu zögern, zu einer ihrer Ausstellungen eingeladen. Da ich stets offen für neue Dinge bin, hatte ich nicht nein gesagt. Doch ein paar Tage später durchkreuzte eine Kugel, die nicht ganz danebenging, die Pläne der süßen Aline und beförderte mich ins Krankenhaus.

Schlechtes Timing, hatte ich mir gesagt und ein wenig Bedauern empfunden – oder Erleichterung. Wie jedes Mal.

Zu meinem Glück war Aline Durufle weniger fatalistisch als ich. Sie fand heraus, wo ich steckte, besuchte mich im Krankenhaus und – zweite positive Überraschung – lächelte mir herzlich, mit ungeschminkten Lippen zu und brachte eine kleine Schachtel Pralinen mit. Ein wenig verlegen plauderten wir über Gott und die Welt – ein Gebiet, auf dem ich nicht sonderlich beschlagen bin – und lächelten einander andauernd und ohne ersichtlichen Grund an, außer vielleicht aus Verlegenheit. Es gab keinen Stuhl in diesem Krankenzimmer. Aline mußte sich aufs Bett setzen. Durch die Decke und ihr Rockfutter spürte ich ihren rechten Schenkel an meinem Fuß, und ich mußte mich schwer zurückhalten, die Zehen nicht zu bewegen. Aber das reichte schon. Ich habe eine ziemlich lebhafte Phantasie.

Seither hatten wir uns in unregelmäßigen Abständen wiedergesehen, wobei alles höchst korrekt zuging, manchmal bei der ein oder anderen Ausstellung, die sie im Cinquantenaire organisierte, manchmal im Kino. Es war immer Aline, die die Initiative ergriff, und ich ließ dies willig über mich ergehen. Es war angenehm. Es war schon lange nicht mehr vorgekommen, daß sich jemand so für mich interessierte. Und trotzdem, auch wenn ich sie höchst verführerisch fand, irgend etwas hielt mich davor zurück, den Sprung zu wagen. Ich nannte das Skrupel. Aber es konnte ebensogut einfach Feigheit sein.

Der Heizkörper näherte sich der Kernschmelztemperatur. Ich öffnete meinen Kragenknopf und schob die Ärmel meines Pullovers hoch. Trientje neben mir war über ihre Partitur gebeugt. Der Nagel ihres Zeigefingers glitt eine Notenlinie entlang. Mit der rechten Hand kritzelte sie kurze Notizen auf den weißen Rand, die nur sie selbst lesen konnte.

Sie hatte mir keine Pralinen ins Krankenhaus gebracht. Was nicht weiter erstaunlich war, denn sie hatte drei Tage im Nebenzimmer verbracht und mit einem Turban aus Mullbinden um den Kopf auf der Bettkante gesessen. Wir waren am selben Abend verletzt worden. Neben einigem anderen kaum Erwähnenswerten hatte sich unser Auto ein paarmal überschlagen, infolge eines provozierten Auffahrunfalls, ich saß am Steuer. Sie hatte eine Gehirnerschütterung, ich eine Kugel im Schenkel. An diesem Abend hatten wir beide jemanden getötet. Darüber verloren wir nie ein Wort. Die Narbe auf ihrer Wange aber, die war bereits älter.

Das Telefon klingelte. Ferraoui stürzte sich auf den Hörer.

»Inspektor Verhaert! Für Sie!«

Trientje hob den Kopf und blickte Ferraoui fragend an.

»Ihr Bruder, glaube ich.«

Sie erhob sich.

Ich sah auf meine Uhr. Erste Pause in der Monnaie. Gegen alle Tradition und trotz eines Gewerkschaftsaufstandes führte man dort Puccinis *Tryptichon* an einem Weihnachtsabend auf. Der Gewinn der Veranstaltung würde in die Kassen irgendeines Wohltätigkeitsvereins fließen, das hatte die Sache gerettet. Der Vorhang mußte soeben über die Barke aus *Il Tabarro* gefallen sein. Michele, der Schiffer, hatte Luigi, seinen Rivalen, erwürgt. Ein Eifersuchtsdrama. Aber das konnte kaum der Grund sein, warum Adriaan Verhaert die Kripo anrief, und erst recht nicht der Grund, daß er seine kleine Schwester verlangte.

Wie üblich redete der Bruder, und die Schwester hörte zu,

indem sie ihr Einverständnis, ihr Mißfallen oder ihre Gleichgültigkeit mit Einsilbigkeiten, halben Sätzen und noch öfter mit hochgezogenen Brauen zum Ausdruck brachte. Sie sah nicht sehr zufrieden aus. Aber bei Trientje wußte man nie, woran man war.

»Nog eens? Kun je toch ...«

Mir fiel auf, daß außer mir niemand in diesem Raum ihre Worte verstanden hatte. Für eine Brigade, die sich »national« nannte, nicht gerade ruhmreich. Ferraouis Zweisprachigkeit berührte Vondels Idiom keineswegs, und Marlaires sprachliche Fähigkeiten reichten gerade eben aus, um in einer Kneipe an der Küste ein Bier zu bestellen, vorausgesetzt, daß der Ober es gut mit ihm meinte. Aber Trientje war ohnehin nicht gerade ein besonders gesprächiges Wesen.

Sie legte auf und ging wieder an ihren Schreibtisch zurück. Ich hatte das Ende der Diskussion nicht mitbekommen, sofern man überhaupt von einer Diskussion reden konnte. Sie begann von neuem, in ihrer Partitur zu blättern.

Ich wandte mich wieder meinen eigenen Angelegenheiten zu und fuhr fort, ziellos in Owens Korrespondenz zu forschen, übersprang mehrere Jahre, beschleunigte oder bremste die Zeit auf der Suche nach einem bestimmten Wort oder einem Satz, in die sich unbewußt der Widerhall eines Verses, einer Klangfärbung oder einer Atmosphäre eingeschlichen hatte. Momentan stieß ich nur auf an seine Mutter adressierte Listen, die den alltäglichen Krimskrams enthielten, der ins nächste Paket hineinsollte: Strümpfe, Zigaretten, Schokolade, Tintenfässer, Brillantine. All die Dinge, die in keinem Gedicht auftauchen. Dann schweiften meine Gedanken ab, und ich fragte mich, ob Owen wohl während des Krieges irgend etwas Komisches über die Weihnachtsfeste seiner Kindheit geschrieben hatte. Also nahm ich mir die im Dezember geschriebenen Briefe vor.

Schon wieder das Telefon.

»Hallo. Kripo hier. Ja ... Wachtmeister Ferraoui am Apparat.«

Ich sah von meinem Buch auf.

»Sind Sie sicher?«

Offenbar war man sicher am anderen Ende der Leitung.

»Einen Augenblick, ich werd' mal nachsehen.«

Mit der freien Hand hielt Ferraoui den Hörer zu.

»Inspektor?«

»Ja?« sagte ich (denn weder Trientje noch Marlaire machten die geringsten Anstalten aufzublicken).

»Es ist die Brüsseler Stadtpolizei. Die Hundestaffel.«

Aha. Was wollten die denn von uns?

»Haben sie einen Köter verloren?«

»Ich glaub' nicht, nein.«

Er war ein netter Kerl, aber nicht sonderlich aufgeweckt, dieser Ferraoui.

»Na meinetwegen, gib schon her.« Die Hundestaffel. Kein Grund zur Aufregung. Es konnte sich nur um irgendeinen Zwischenfall auf der Straße handeln, oder um Landstreicherei. Im Prinzip nichts für uns. Letzten Monat hatte die Brüsseler Polizei eine ganze Schar frischgebackener junger Polizisten auf die Menschheit losgelassen. Schlimmstenfalls würde ich einen kurzen Vortrag in Sachen Strafrecht halten müssen.

Ich stieß einen etwas gelangweilten Seufzer aus, klappte mein Buch zu und stand auf. Ferraoui hielt mir den Hörer hin. »Hallo? Inspektor Dussert am Apparat.«

Zweites Kapitel

»Guten Abend, Inspektor. Hauptwachtmeister Swartenbroeckx, Didier, am Apparat. Von der zweiten Division.«

Falsch getippt, das war ganz und gar kein Greenhorn. Und bei seinem Dialekt mußte der Hauptwachtmeister Swartenbroeckx auch nicht erklären, wo er herkam. Um einen noch typischeren Brüsseler zu bekommen, hätte man schon die heilige Gudula mit dem Manneken Pis kreuzen müssen.

»Guten Abend«, sagte ich. »Na, was gibt's?«

»Wir haben hier einen Toten.«

»Hier? Wo hier?«

»Impasse des Cadeaux.«

»Kenn' ich nicht.«

»Kein Wunder. Die kennt niemand. Geht von der Rue du Marché aux Herbes ab, auf der Höhe von Nummer acht. Eine winzige Sackgasse. Ganz am Ende ist eine kleine Kneipe. Nennt sich *L'Imaige Notre-Dame*.«

»Ich glaube, ich weiß ungefähr, wo das ist. Und der Tote?«

»Ein Clochard vermutlich. Hat keine Papiere bei sich.«

»Todesursache?«

»Die Kälte, schätze ich.«

»Wie bitte?«

»Die Kälte.«

»Die Kälte?«

»Ist nicht gerade warm draußen, wissen Sie.«

Wenn ich mich nicht völlig irrte, machte er sich nun über mich lustig.

»Ein erfrorener Penner! Und deswegen rufen Sie uns an? Wir

sind die Kripo hier, mein Freund, nicht das Leichenschauhaus!«

»Ja, aber ... Ich habe ihn gar nicht selbst gefunden, Inspektor!«

»Ach nein? Na, dann geben Sie mir schleunigst mal den Helden an die Strippe, damit ich ihm die Meinung sagen kann!«

»Das geht nicht.«

»Und warum nicht?«

»Weil es Georges war.«

»Ja und? Ist Georges etwa vielleicht stumm?«

»Nein, nicht direkt.«

»Was soll das heißen, nicht direkt?«

»Georges ist mein Hund.«

»Ah ...«

Georges. Natürlich. Nun ja, bei Lichte besehen auch nicht dämlicher als Hasso, Bello oder Rintintin. Eher sogar etwas weniger dämlich.

»Eigentlich nennen wir ihn ja Jo.«

Jetzt bloß nicht nervös werden.

»Ist kürzer«, präzisierte er.

Die Sache abkürzen. Das schien mir eine gute Idee.

»Na schön. Wenn Sie hier anrufen, haben Sie irgendeinen Grund, nehme ich an?«

»Einen Grund? Aber natürlich.«

»Also, ich höre.«

Der Mann dachte ein Weilchen nach.

»Also ... Vielleicht täusche ich mich ja, aber ich habe den untrüglichen Eindruck, daß der arme Kerl hier sich, bevor er den Löffel abgegeben hat, eine böse Tracht Prügel eingefangen hat. Ja, und vielleicht besteht ja zwischen dem einen und dem andern ein Zusammenhang, Sie verstehen schon, oder? Man weiß ja nie. In so einem Fall gehe ich lieber auf Nummer Sicher. Und ich übertreibe nicht. Sie sollten mal sehen, wie übel er zugerichtet ist.«

Ein Original, dieser Swartenbroeckx. Normalerweise zeigten seine Kollegen nicht so viele Skrupel. Was man ihnen schwerlich verübeln konnte. Die Clochards haben oft Clochardgesichter. Das Elend zerfrißt nicht allein die Kleider.

»Blutergüsse?« fragte ich.

»Nein, blaue Flecken. Aber ich bin kein Gerichtsmediziner.«

Ich nahm den Hörer in die andere Hand. An dieser Geschichte war nichts Ungewöhnliches. Diese Woche würden noch zwei, drei weitere Clochards erfrieren. Still und leise, in irgendwelchen leeren Lagerhallen oder mitten auf der Straße, auf irgendwelche Bänke hingestreckt, die ein an und für sich durchaus ordnungsliebender und dem Einzelhandel verbundener Bezirksbürgermeister nicht rechtzeitig hatte wegräumen lassen. Die kleinen Jesuskinder in ihren an Schweizer Chalets erinnernden Krippen hatten es da wärmer. Und statt Ochs und Esel mußte der Tote aus der Gasse sich mit Georges, dem Hund, begnügen. Ohnehin waren die uniformierten Hirten zu spät gekommen. Kein Stern hatte sie geleitet. Zu Weihnachten sieht man nur noch die Imitationen leuchten ... Ich hätte Hauptwachtmeister Swartenbroeckx also ohne die geringste Spur von schlechtem Gewissen abblitzen lassen können. Notfalls sogar auf die höfliche Art und Weise.

»Meinen Sie nicht, daß die Justiz hier mal vorbeischauen müßte?« versuchte er es nach einer kleinen Pause.

Eins war sicher, eine Entscheidung mußte fallen, so oder so, denn Hauptwachtmeister Swartenbroeckx gehörte offensichtlich nicht zu der Sorte Mensch, die sich so leicht abwimmeln ließ. Aber, wie immer ich die Sache auch drehte und wendete, mir fehlten die Argumente. Die Geschichte begann bereits, mir auf die Nerven zu gehen. Ich seufzte.

»Das wäre meiner Ansicht nach etwas verfrüht.«

»Das kann ich so nicht sagen, und Sie auch nicht.«

Höflich, aber hartnäckig. Und zu allem Überfluß hatte er auch noch recht.

»Rue du Marché aux Herbes, haben Sie gesagt?«

»Genau. Bei der Nummer acht.«

Der Moment war gekommen, klein beizugeben, auch wenn es, das merkte ich wohl, kein ehrenvoller Rückzug war.

»Na schön. Rühren Sie nichts an. Wir kommen.«

»Jetzt? Ich meine, jetzt sofort?«

»Nun, fünf Minuten werden Sie sich schon noch gedulden müssen.«

Ich legte auf, wütend auf mich selbst. Zweifellos hatte ich mich für das kleinste Übel entschieden, aber davon abgesehen hatte der Typ mich rumgekriegt, wie immer und wie alle andern – als ob sie es riechen können.

Trientje, das Kinn auf die Hände gestützt, beobachtete mich. Das Notenheft vor ihr war zugeklappt. Marlaire saß immer noch mißmutig in seiner Ecke. Als ich hinter seinem Stuhl vorbeiging, sah ich, daß er einen Artikel über das Liebesleben der Bartgeier las. Ich hatte gar nicht gewußt, daß man die jagen konnte. Und Ferraoui hielt sich diskret im Hintergrund, was, so mochte er glauben, am besten zu seiner subalternen Position paßte.

Ich wußte nicht, warum ich nachgegeben hatte. Vielleicht, weil Weihnachten war? Weil es schließlich das mindeste war, was ich für Wachtmeister Swartenbroeckx und – warum auch nicht – für einen unbekannten, in einer einsamen Gasse erfrorenen Penner tun konnte? Aber der wahrscheinlichere Grund war, daß ich noch nie hatte nein sagen können.

Einen derartig unangenehmen Job hätten andere Kollegen eiligst Ferraoui überlassen – damit er das Handwerk lernt. Aber ich fand, daß der arme Teufel schon genug schikaniert worden war und daß es nicht angebracht war, ihn wegen so einer tristen Geschichte wie eines natürlichen Todes rauszuschicken, die ohnehin vom soziologischen Gesichtspunkt her interessanter war als vom rein polizeilichen. Er hatte auch Besseres zu tun. Mir fehlte eben seine Obsession für Rangunterschiede oder gar die zweifelhaften Privilegien, die sie mit sich bringen. Aber die würde ihm schon noch vergehen. Ich zog meine Jacke vom Stuhl.

»Gehst du raus?«

Trientje hatte mich nicht aus den Augen verloren.

»Ja«, meinte ich. »Nichts Ernstes. Ein erfrorener Penner.«

Nichts Ernstes. Dumme Floskel.

»Stört's dich, wenn ich mitkomme?«

Beinahe hätte ich geantwortet: »Du kannst ja mal raten«, begnügte mich dann aber damit, zu lächeln und die Achseln zu zucken.

»Abendzigarette?« scherzte ich.

Beim Hinausgehen dachte ich, daß einer von uns beiden normalerweise hätte dableiben müssen. Aber Marlaire war absolut in der Lage, alleine die Stellung zu halten, und der Marché aux Herbes war kaum einen Steinwurf entfernt. Also dann ...

Ich ließ meine Pistole in der Schublade, zog die Jacke über und band meinen Schal um. Trientje tat das gleiche, nur daß sie nie ohne ihre Knarre ausging – eine alte Gewohnheit. Mit galanter Geste hielt ich ihr die Tür auf.

»Tschüs, Kinder. Seid schön artig, solange wir fort sind, verstanden?«

»Ja, Papa!« knurrte Marlaire.

Ein junger Gendarm hatte den Posten in der Eingangshalle übernommen. Es war einer dieser Hundertfünfzigprozentigen, kein Stäubchen auf der Uniform, mit Schnurrbart und allem, absolut aus dem Ei gepellt.

»Nehmen wir den Wagen?« fragte Trientje.

»Nicht nötig. Ist gleich um die Ecke.«

Auf dem Platz kroch die Kälte, die fast schon flüssig war, unter die Kleider und griff die Haut an wie eine leichte Säure. Ich hatte das Gefühl, daß meine Wangen sich zusammenzogen. Trientje setzte sich eine schwarze Wollmütze auf. Und die Temperatur fiel weiter. Unser Atem bildete flüchtige Dampfwölkchen in der Luft. Einen Augenblick lang bedauerte ich trotz allem, nicht Ferraoui geschickt zu haben. Nicht gerade der optimale Zeitpunkt für gute Taten.

Trientje trottete neben mir her, den Kopf zwischen die Schultern gezogen. Keine Spur von einer Zigarette. Ich fragte mich, warum sie mich unbedingt hatte begleiten wollen, kälteempfindlich wie sie war. Unter ihrer Jacke trug sie mindestens drei Schichten Stoff übereinander. Und daß sie bei diesem Wetter einen Abend darauf verzichtet hatte, Hosen zu tragen, war schon erstaunlich. Dabei hatte der Wetterbericht sich die letzten Tage nicht geirrt. Ihr Rock hatte die übliche Länge – sofern man in diesem Fall überhaupt von »Länge« und »üblich« sprechen konnte. Eine Bemerkung meiner Verlobten fiel mir wieder ein, die schon ewig zurücklag: »Nylon ist im Sommer heiß und im Winter kalt.«

Es war, als hätte Trientje meine Gedanken gelesen.

»Brr ... ich hätte Wollstrumpfhosen anziehen sollen.«

Ausgezeichneter Kompromiß, dachte ich. Aber was das Thema Beine betraf, so war es eher Trientje, die sich um meines Sorgen machte.

»Geht's mit dem Bein?«

»Besser«, sagte ich. »Zieht nur ein bißchen. Wahrscheinlich die Kälte.«

»Ich kenne das. Man gewöhnt sich dran.«

Sie kratzte nachdenklich ihre Narbe. Immer noch schnellen Schrittes bogen wir in die Rue d'Argent ein. Hinter den beschlagenen Scheiben des »Zoppo« waren ein paar Stammgäste dabei, eine Pizza oder Spaghetti Bolognese zu verschlingen und mit Chianti runterzuspülen. Nicht weit vom Eingang entdeckte ich den verschnupften Gendarmen von vorhin, der über seinem Teller hing, als hätte er Angst, man könne ihm diesen wegnehmen. Er spießte ein Kalbsschnitzel in Gorgonzolasauce auf, das einzige Gericht auf der Speisekarte, das keinerlei Tomaten in irgendeiner Form enthielt und daher schon von weitem zu erkennen war.

»Und du?« fragte ich.

Trientje hob den Kopf, um mir einen erstaunten Blick zuzuwerfen, den man in etwa folgendermaßen übersetzen konnte: »Was, ich?« Zögernd griff sie sich an die Wange.

»Nein, nicht die«, sagte ich. »Am Kopf. Du weißt schon ...«

»Ach, die ...«

Sie kramte in ihrer linken Tasche, zog einen Schlüsselbund hervor, zwei saubere Taschentücher, eine gefaltete Visitenkarte, eine kleine Haarbürste und ein altes bleiches Pfefferminzbonbon, an dem ein paar Krümel schwarzen Tabaks klebten.

»Da sieht man wenigstens nichts ...«

Jetzt kam die rechte Tasche an die Reihe. Eine Dose Aspirin, eine Reservestrumpfhose, Patronen ...

»... 'nen Krummschädel, von Zeit zu Zeit ...«

Endlich: eine zerknautschte Zigarette. Sie bog sie zwischen zwei Fingern einigermaßen gerade und überprüfte sie mit zusammengekniffenem Auge. Nun fehlte bloß noch das Feuerzeug.

»Brumm«, korrigierte ich. »Brummschädel.«

*»Je zegt het.«**

Ich habe oft etwas Besserwisserisches an mir. Vielleicht weil ich seinerzeit beinahe Lehrer geworden wäre. Trientje ist da weniger kleinlich, das ist nicht ihre Art. Wenn ich flämisch spreche, denkt sie gar nicht daran, mich zu korrigieren. Dabei hätte sie reichlich Gelegenheit.

An der Kreuzung Rue Leopold hatte Trientje ihr Feuerzeug gefunden. Sie zündete die Zigarette an. Ich kannte ihre Art, lange Redepausen zu machen, ziemlich gut und nahm an, daß sie bis zur Impasse des Cadeaux den Mund nicht mehr auftun würde. Ich atmete tief ein. Die Luft roch nach Waschmittel.

Der Winter ist eine gnadenlose und saubere Jahreszeit – von jener erschreckenden Sauberkeit, die mit der Leere einhergeht. Über uns spannte sich zwischen zwei Mansarden ein sternenloser Himmel, unbeweglich und schwarz wie ein immenser gefrorener See. Ein einsames Flugzeug glitt langsam und lautlos darüber hin. Irgendwo nicht weit von der Oper leierte eine Drehorgel ein altes Lied herunter. Ich kramte in meinem Gedächtnis nach dem zugehörigen Text. Ja, natürlich:

»Du kannst nicht immer siebzehn sein ...«

Den Rest des Refrains kannte ich nicht. Ich konnte nichts sehen, aber es mußte ein altes Kinderkarussell sein, bunt bemalt, mit Spiegeln, Glühlämpchen, Zierleisten und Holzpferden. Das Viertel, das von den gigantischen Quadern der Cité Administrative erschlagen wurde, war nicht der rechte Ort für Erinnerungen. Trotzdem fragte ich mich, woher wohl die süße Nostalgie kam, in die die synkopische Leierkastenmusik mich in dieser Nacht – wie in allen anderen auch – versetzte. Selbst die eigentlich lustigen Melodien machten mich, sobald sie von diesen alten Kästen zerhackt wurden, ein wenig traurig. Musik für den Abend, für verlorene Tage, vergessene Gesichter, Musik der Kindheit und der alten Lieben, die sich verflüchtigt haben.

»Du kannst nicht immer siebzehn sein ...«

Siebzehn. Das war ich schon seit zwanzig Jahren nicht mehr. Vielleicht lag es ja daran. Vielleicht auch an etwas anderem.

* Wie du meinst.

Als wir auf der Rückseite der Oper angelangt waren, schnappten einige mutige Statisten zwischen zwei Auftritten gerade ein wenig Luft auf dem Trottoir. Ein Engel aus *Suor Angelica* vertrat uns mit einer Zigarette in der Hand den Weg. Bei jedem Schritt zitterten seine Flügel aus echten Federn.

»Hätten Sie vielleicht Feuer?«

Das Mädchen konnte nicht älter als sechzehn sein. Blond und fad, wie alle Engel. Trientje hielt ihm ihr Feuerzeug hin, ohne es aus der Hand zu geben.

»Danke.«

Der rauchende Engel wandte uns wieder den Rücken zu. Ich mußte mich ducken, ein Flügelende strich mir über die Wange.

Zunächst noch weit entfernt, dann immer lauter, überdeckte das Geheul einer Sirene die Musik des Karussells. Einige Passanten drehten die Köpfe. Mit aufgeblendeten Scheinwerfern kam ein Fiat der Stadtpolizei die Rue l'Ecuyer gegen die Fahrtrichtung und mit vollem Karacho herunter. Als er auf unserer Höhe bremste, konnte ich den Beifahrer sehen, der sich mit beiden Händen an den Haltegriff an der Decke klammerte. Er schien seinen Spaß zu haben.

»Die werden wir sicher gleich wiedersehen«, bemerkte ich.

Der Wagen bog brüsk in die Rue de la Fourche ein und zwang dabei zwei Nachtschwärmer, auf den Bürgersteig zu springen. Einer der beiden stolperte über den Bordstein und fiel rittlings auf einen Müllsack.

In angemessenem Abstand schlugen wir denselben Weg ein. Noch immer trotzten ein paar Touristen in den gepflasterten Straßen des Ilôt Sacré der Kälte und reckten das Kinn, vermutlich, um zwischen all den Leuchtreklamen die eine oder andere Barockfassade zu entdecken. Das mußten Norweger sein.

Der Eingang der Sackgasse war schon von weitem zu erahnen. Die Städtischen hatten ihren weißen Fiat mit den blauen Streifen auf dem Bürgersteig geparkt, und einer von ihnen, in einem zu engen Lederblouson, plauderte mit einem dritten Kollegen mit Schiffchen – vermutlich Wachtmeister Swartenbroeckx. Die Sirene war verstummt, aber das Blaulicht drehte sich noch immer.

Über dem Armaturenbrett blinkte, an den Zigarettenanzünder angeschlossen, ein Miniatur-Christbaum.

»Guten Abend, die Herren. Inspektor Dussert, Kriminalpolizei, Zweite Nationale Brigade.«

Ich zog meinen Dienstausweis hervor. Der Polyp im Blouson tippte mit dem Finger an den Schirm seiner Mütze. Der andere rückte sein Schiffchen zurecht.

»Und das ist Inspektor Verhaert.«

Ohne es zu bemerken, hatte ich, das Ziel im Visier, einen Schritt zugelegt. Trientje, mit ihren kürzeren Beinen, war ein wenig zurückgeblieben. Nun trat sie ebenfalls zu uns hin.

»Goeienavond, heren«, hechelte sie.

Erst da sah ich ihn. Den Kopf schräggelegt und zu Füßen seines Herrchens sitzend, musterte mich Georges, der Hund, eine eigentümliche Mischung aus Überdruß und Neugierde im Blick. Seine Augen sagten mehr als tausend Worte. Es war ein großer belgischer Schäferhund mit rötlichem Fell, dessen linkes Ohr herabhing.

Ich mag Hunde, und von der Größe abgesehen, hatte dieser hier nichts von einem Polizeihund. Als ich ihm den Kopf streicheln wollte, leckte er meine Hand. Ganz offenbar war der Hund Georges nicht wirklich für seinen Beruf geschaffen. Da hatten wir etwas gemeinsam. »Hallo, Georges.«

Der Mann mit dem Schiffchen räusperte sich.

»Hauptwachtmeister Swartenbroeckx«, sagte er dann.

»Angenehm. Irgendwas Neues, seit vorhin?«

»Ja. Die Gendarmen haben vorbeigeschaut, um sich die Sache anzusehn.«

»Und?«

»Wir haben sie zum Teufel gejagt«, meinte der Mann mit der Schirmmütze.

Die beiden tauschten einen vielsagenden Blick.

»Schön«, sagte ich. »Wollen wir uns die Sache eben mal ansehn?«

»Wenn Sie mir bitte folgen möchten«, sagte Swartenbroeckx.

Zuvor nahm ich noch den Eingang der Sackgasse in Augenschein. Von einem öffentlichen Verkehrsweg hatte sie nur den Namen. Eine wuchtige grüne Tür mit einem Spion erlaubte es jederzeit, den Zutritt unmöglich zu machen. In einer Mauernische thronte auf einem ziselierten Reliefbogen eine Madonnenstatue. Man konnte eine mit ungleich großen Buchstaben in den Stein geritzte, in der Art von Viollet-le-Duc archaisierende Inschrift lesen:

»A l'Imaige Nostre-Dame.«

*»Ja podferdoume!** Wenn ich Ihnen doch sage, daß das Tutur ist!«

Ich drehte mich um. Auf dem Beifahrersitz des Fiat gestikulierte ein schlecht rasierter, rot angelaufener Typ. Aus einer seiner eingerissenen Manteltaschen lugte ein Flaschenhals. Der Fahrer hatte einen Notizblock aufs Lenkrad gelegt und schrieb geduldig oder vielleicht auch gleichmütig mit. Aus dem Bordfunkgerät drangen, immer wieder von Störgeräuschen durchbrochen, irgendwelche verschwommenen Ansagen, denen niemand Gehör schenkte.

»Arthur wie?«

»*Ja foert*, woher soll ich denn das wissen? Tutur, nichts weiter!«

»Nichzweiter? Mit ›z‹ oder ›ts‹?«

Der Bericht konnte ja heiter werden. Swartenbroeckx hinter mir wurde langsam ungeduldig.

»Kommen Sie, Inspektor?«

Ich nickte und folgte ihm.

»Offensichtlich ein Kumpel des Toten«, sagte er, indem er in Richtung des Wagens nickte. »Wenn man ihnen glaubt, sind sie alle Kumpel. Was sie nicht daran hindert, alleine zu sterben.«

Von Georges, dem Hund, gefolgt, dessen Krallen über den Steinboden kratzten, betraten wir die Gasse. Zwischen den gekalkten Mauern mit den schwarzen Sockeln war nicht mehr als ein Meter Abstand. Auf diesem engen Raum hallten Trientjes Absätze wie in einem Keller. Die bläulichen Steinplatten reichten bis zur Rückwand, die mit einer Art großem, muschelförmigem Weihwasserbecken geschmückt war. Ein paar aufeinandergestapelte weiße Stühle zeugten davon, daß hinter der nächsten Biegung eine Kneipe lag. Der Eingang war von der Straße aus nicht zu sehen. Doch so weit gingen wir nicht.

* Brüsseler Fluch.

Eine dunkle Masse lag linker Hand längs der Mauer, am Fuß einer verschlossenen Tür unter einer erloschenen Laterne.

»Da ist er«, sagte Swartenbroeckx.

Trientje und ich tauschten einen kurzen Blick. Sie nickte mir zu. Ich war dran. Ich kniete mich neben den Toten. Von den Steinfliesen stieg eine eisige Kälte auf.

Es gibt alle möglichen Sorten von Toten: schöne und häßliche, vollständige und unvollständige, gut erhaltene und verweste, alte und junge – und dabei spreche ich nicht vom Alter in ihren Personalausweisen. Oft kann man kaum glauben, daß diese starren, grauen Statuen aus kaltem Fleisch gestern oder sogar noch vor ein paar Stunden lebendig gewesen sein sollen.

Dieser hier würde nicht in die Annalen eingehen. Es war ein ganz normaler Toter, ein anonymer Leichnam unter vielen. Das einzige, was an ihm auffiel, war der Verschleiß. Natürlich der der Kleidung, die an den üblichen Stellen fadenscheinig und löchrig war, aber auch der des Körpers: hager, wettergegerbt und ausgezehrt von zu vielen Nächten unter freiem Himmel und kaputtgemacht von zuviel billigem Fusel. Was da heute abend ausgesetzt hatte, war, wenn man mich fragte, hauptsächlich der Wille weiterzumachen. Aber das würde selbstverständlich auf keinem Totenschein stehen. Es gab so viele schönfärberische Vokabeln, um die Wahrheit zu verhüllen, so geruchlos und sauber wie die Waschbecken im Leichenschauhaus.

»Fröhliche Weihnachten, Tutur«, dachte ich und schloß ihm die Augen, denn daran hatte noch keiner gedacht.

Aber selbst das war zuviel. Die Lider ließen sich nicht bewegen, denn Tutur war so steif wie der Schnaps, den er intus haben mußte.

»Ziemlich häßlich, hm?« meinte Swartenbroeckx, der stehengeblieben war.

Seine Stiefel mit den hohen Schäften, perfekt gewienert, warfen einen Schatten über das verschwollene Gesicht. Georges schnüffelte ein Stückchen weiter an einer Türschwelle. Selbst das schien ihn zu langweilen. Er setzte sich auf eine Pfote und gähnte, wobei er ein gelbes Gebiß sehen ließ.

Tutur, oder um wen immer es sich auch handeln mochte, hatte

tatsächlich keinerlei Papiere bei sich. Ich untersuchte sein Gesicht. Die rechte Wange lag auf den Steinplatten. Die Nase war mehr als einmal gebrochen. Die gelben, blauen und dunkelroten Blutergüsse unter der faltigen und wächsernen Haut erzählten die Geschichte seiner letzten zwei Wochen. Ein wahres Tagebuch. Der gelbe Fleck: Sturz auf der Treppe zur U-Bahn. Der blaue: ein von einem Skinhead geschwungenes Tischbein. Der rote: Streit um eine Flasche, vielleicht sogar mit dem guten Kumpel, der ein Stückchen weiter in dem Auto mit Blaulicht herumschrie.

Ich zog einen Handschuh aus und befühlte mit den Fingerspitzen den Schädel unter den fettigen, stinkenden und in großen, grauen Strähnen zusammengeklebten Haaren. Keine sichtbare Verletzung, keine Spur von Blut in Nase, Ohren oder Augen. Vorsichtig hob ich den Kopf an. Soweit ich es angesichts der Totenstarre erkennen konnte, schienen die Wirbel intakt zu sein. Auf der rechten Wange war ein ausufernder rosa Fleck zu sehen.

»Eins ist sicher, er ist ohne Zweifel hier gestorben«, sagte ich.

Dann stand ich wieder auf.

»Der andere da hinten, hat er nichts Seltsames bemerkt?«

»Nichts«, sagte Swartenbroeckx.

»Und die Gäste der Kneipe?«

»Sind nicht viele. Haben vermutlich geglaubt, er schläft seinen Rausch aus.«

»Glauben wollen, wohl eher.«

»Ach, wissen Sie, die Leute ... Wir sind auch nicht besser als sie.«

Gewiß nicht. Obwohl wir dafür bezahlt wurden, dachte ich. Zumindest dafür, so zu tun, als ob.

»Tja, sieht ganz nach einem blödsinnigen Herzstillstand aus ...«

(Blödsinnig war das richtige Wort. Als ob man an irgend etwas anderem stürbe.)

»Unnötig, das Labor damit zu behelligen. Ab ins Leichenschauhaus mit ihm. Wenn er uns tatsächlich noch irgend etwas zu sagen hat, dann wird er's dort tun.«

Ein seliges Lächeln spielte um die fleischigen Lippen Swartenbroeckx'. Ein anderer wäre jetzt enttäuscht gewesen. Aber für ihn bedeutete das: kein Ärger mehr. Sein Gewissen – denn er hatte eins – war beruhigt.

»Außer ihn in die Rue Montserrat zu bringen, müssen wir nur noch einen Namen für ihn finden«, fuhr ich fort.

»Wir werden uns drum kümmern.«

»Für alle Fälle werd' ich trotzdem dem Gericht Bescheid geben.«

»Sagen Sie ...?«

Es war Trientje, die sich an Swartenbroeckx wandte.

»Gibt's hier in der Nähe irgendwo eine Apotheke?«

Der Polizist hakte die Daumen in seinem Gürtel ein.

»Rue des Fripiers, *Kleerkopersstraat*, die erste rechts, wenn Sie hier rausgehen, *eerste straat rechts*.«

Vorsichtig, aber nicht sehr feinfühlig. Denn Trientje sah kaum aus wie eine militante Flämin – falls man diese überhaupt am Aussehen erkennen kann. Wahrscheinlich hatte er in puncto Sprache schon ein paarmal schlechte Erfahrungen gemacht. Wobei man zu seiner Entschuldigung anführen mußte, daß Brüssel ja mittlerweile auch die Hauptstadt Flanderns war. Doch selbst die Flamen konnten es nicht so recht glauben.

»Und abgesehen davon einen ruhigen Abend gehabt?« fragte ich.

»Ziemlich. Wir sind nur gerade hier durchs Viertel gekommen. Zwei, drei Betrunkene, die in den Arkaden Rabatz gemacht haben.«

Er hatte »wir« gesagt. Ich bemühte mich, nicht zu lächeln.

»Eigentlich waren wir auf dem Heimweg. Und dann hat Jo angefangen, vor dem Eingang zu der Gasse zu bellen. So etwas macht er selten, er ist ein ruhiger Typ, also dachte ich mir, schaust du besser mal nach, und bin ihm gefolgt.«

»Woran Sie recht getan haben.«

»Trotzdem schade.«

»Schade?«

»Na ja. Man hätte ihn auch früher entdecken können. Vorher sozusagen.«

»Wäre er eben auf dem Revier gestorben.«

»Vielleicht. Aber, pfff ...«

Er machte eine enttäuschte Geste und kramte dann in der Brusttasche seiner Uniformjacke.

»Rauchen Sie?«

»Nein«, antwortete ich.

»Ich normalerweise auch nicht. Aber jetzt ...«

Er zündete sich die Zigarette an und nahm einen tiefen Zug.

»Wissen Sie was?«

Nein, ich wußte es nicht.

»Das hier erinnert mich an das *Mädchen mit den Schwefelhölzern.*«

Für einen Polypen war Swartenbroeckx ziemlich belesen. Das mußte noch aus seiner Kindheit stammen, aber in diesem Metier war das so selten, daß es ihm meine Sympathie sicherte.

»An Weihnachten sterben ist eine traurige Sache«, fuhr er fort.

Literaturkenntnisse und ein butterweiches Herz. Georges legte den Kopf schräg und schien einer Meinung mit seinem Herrn zu sein. Die beiden waren ein schönes Pärchen.

»Finden Sie?« sagte ich. »Mein Gott, Weihnachten oder irgendein anderer Tag ... Das Traurige ist das Leben, nicht der Tod.«

Wachtmeister Swartenbroeckx warf mir einen irritierten Blick zu.

»Na hören Sie mal! Sie sind ja lustig!«

»Ja, das sagt man mir nach.«

Ich gab mich vermutlich ein wenig zu zynisch. In Wirklichkeit fragte ich mich, ob Andersens Mädchen mit den Schwefelhölzern tatsächlich in der Weihnachtsnacht gestorben war. Ich konnte mich nicht mehr genau erinnern, und das ärgerte mich. Das einzige, woran ich mich entsinnen konnte, war der rote Einband des dicken Buches, aus dem meine Mutter mir jeden Abend, auf der Bettkante sitzend, vorgelesen hatte. Die Geschichten folgten dem Rhythmus der Jahreszeiten. Damals hatten sich meine Ängste vor allem auf die unvorhersehbare Länge der Texte bezogen. Manche waren kaum länger als Anekdoten: Nach zwei Minuten war alles vorbei. Das empfand ich schlicht und einfach als Betrug.

Das Mädchen mit den Schwefelhölzern gehörte dagegen zu den sättigerenden Geschichten. Unter der warmen Bettdecke fror man beinahe mit ihr. Wie es sich gehörte, las meine Mutter mir diese Geschichte an einem Winterabend vor. Eine Geschichte, die genauso trist war wie das Wetter. Das Fenster meines Zimmers – ich sehe es noch vor mir – rahmte ein Rechteck grauen Rasens ein, und auf einen Himmel, der die Farbe von Pauspapier hatte, zeichneten die nackten Äste des Ahorns ein kompliziertes Geflecht schwarzer Linien.

Aber Weihnachten . . .?

»Für den Transport des Leichnams und den Papierkram brauche ich die Unterschrift eines staatlichen Polizeibeamten.«

Swartenbroeckx drückte seine halbgerauchte Zigarette an einem Backstein in der Mauer aus und steckte sie zurück in die Tasche.

»Ich bin einer«, sagte ich. »Meine Kollegin ebenfalls. Wenn Sie wollen, können wir . . .«

Ich sah mich suchend nach Trientje um. Sie war verschwunden. Am Eingang der Sackgasse stand noch immer der Polizeiwagen. Die Reflexe des Blaulichts wanderten auf der glatten Patina der Steinplatten rhythmisch hin und her.

Die Apotheke? Kopfschmerzen?

»Schön, gehen wir telefonieren.«

Georges folgend, gingen wir bis zum Ende der Sackgasse. Die Kneipe war geöffnet. Hinter den milchigen Scheiben der Jugendstilfenster brannte Licht. Die Gaststube war von außen nicht einzusehen.

»Nette Kneipe«, sagte Swartenbroeckx. »Ich schau' hier von Zeit zu Zeit nach dem Dienst rein. Der Wirt ist sympathisch. Kennen Sie den flämischen Burgunder? Ein Wahnsinnsbier!«

»Ja«, räumte ich ein. »Aber mir persönlich ist ein Orval lieber.«

»Darüber läßt sich streiten.«

»Sie haben recht. Ist vermutlich wallonischer Patriotismus.«

Ich wollte gerade die Tür aufdrücken, als Georges, zum ersten Mal an diesem Abend, bellte. Ich hatte bereits ernsthaft geglaubt, dieser Hund sei stumm. Wir zuckten zusammen. Der Schäferhund zog so heftig an seiner Leine, daß er sich beinahe erwürgte, seine Krallen knirschten auf den Platten. Die grünen Klotüren zu unserer Rechten interessierten ihn über alle Maßen.

»Jo! Bei Fuß, zum Henker!«

Aber Georges reagierte nicht. Er zog nur um so heftiger an seiner Leine und brachte seinen Herrn aus dem Gleichgewicht. Verblüfft ließ Swartenbroeckx ihn los. Ohne zu zögern, stürzte der Hund sich auf die Tür der Herrentoilette und kratzte mit den Vorderpfoten am Lack. »Jo, ist es jetzt bald gut, Herrgott noch mal!«

»Nun seien Sie doch nicht so, Mann! Ihr Wauwau hat eben ein dringendes Bedürfnis!« lachte ich.

Höllisch gut erzogen, dieser Georges. Zu gut sogar. Denn plötzlich beruhigte er sich, setzte sich hin und sah mich an. Was gab es wohl dahinter, was rechtfertigen könnte, sich so aufzuführen? Ich ging auf die Tür zu. Der Riegel war halb ins Schloß geschoben. Drinnen brannte kein Licht.

»Hätten Sie nicht vielleicht ein Messer oder etwas in der Art?« fragte ich Swartenbroeckx.

»Ich habe ein Taschenmesser, warum?«

»Nur so eine Idee. Geben Sie's mir.«

Es gibt Dinge, die man nie tun würde, hätte man nicht einen Polizeiausweis in der Tasche. Was übrigens oft eine billige Ausrede darstellt – für diejenigen, die diesen Ausweis nicht haben, meine ich natürlich. Ich löste den Riegel ohne Probleme.

Die Tür ging nach außen auf. Ich mußte nicht ziehen. Jemand drückte sie mit dem Fuß auf.

»Ach du Scheiße!« stotterte Swartenbroeckx.

»Sie sagen es«, murmelte ich mit trockener Kehle.

Der einzige, der die Ruhe bewahrte, war Georges. Er sah sein Herrchen mitleidig an.

Denn der Typ, der die Tür aufgestoßen hatte, war nicht sonderlich gesprächig. Er war tot und saß mit dem Hintern im Pissoir. Die zusätzlichen Knopflöcher, die seinen hellgrauen Trenchcoat zierten, waren nicht dem Verschleiß zuzuschreiben.

Ich streichelte Georges' Kopf.

»Du bist wirklich großartig.«

Er knurrte leise – klang so, als sei's aus Zufriedenheit.

Der Impasse des Cadeaux, die Geschenkgasse, hielt wirklich eine Bescherung nach der anderen für uns bereit.

Drittes Kapitel

»Sie haben nichts gehört, sind Sie ganz sicher?«

Der Ober breitete in einer hilflosen Geste die Arme aus und rief den Himmel beziehungsweise, in dessen Ermangelung, die Deckenbalken zu Zeugen an.

»Absolut nichts, Inspektor. Wie Sie gesehen haben, sind die Toiletten draußen, und Sie können sich vorstellen, daß ich bei dem Wetter nicht die Tür offenlasse! Ich sage es noch mal: Dieser Typ ist eine halbe Stunde hier gewesen, und außer um zu bestellen, hat er den Mund nicht aufgemacht. Das einzige, was er getan hat, war, seine zwei Pils zu trinken und auf die Uhr zu schauen, und dann hat er die Kneipe verlassen. Er war mein einziger Kunde, und ich bin nicht vorne geblieben. Tut mir leid, aber ich weiß nicht, was ich Ihnen sonst noch erzählen könnte.«

Auch der Ober mochte Hunde. Georges lag unter einem Tisch und nagte hingebungsvoll einen ansehnlichen Rest Osso buco ab. In einer Ecke der Gaststube stand eine verbeulte Pfanne auf dem Feuer. In seufzend aufsteigenden Wölkchen verbreitete sich ein Duft von Tomaten und Basilikum.

»Schalldämpfer?« vermutete Swartenbroeckx und rührte die Milch in seinem Kaffee um oder umgekehrt.

»Gut möglich«, bejahte der Ober.

»Sehr unwahrscheinlich«, sagte ich. »Zu kleines Kaliber. Aus dem Stegreif würde ich auf eine 6.35- oder allerhöchstens eine 7.65-Millimeter tippen. Der Stoff des Regenmantels ist rund um die Einschüsse verbrannt. Es kann nicht viel Pulver explodiert sein. Meines Erachtens ist es die Wampe des guten Mannes, die als Schalldämpfer gewirkt hat.«

Der Ober sah mich verständnislos an.

»Wenn Sie meinen«, sagte Swartenbroeckx. »Das ist schließlich Ihr Gebiet, nicht meins.«

Er verließ mit seiner Tasse den Tresen, nahm sein Schiffchen ab und setzte sich in die Nähe des Ofens. Da er der Sache nicht traute, suchte sich Georges einen anderen Platz. Hinter der gußeisernen Verschalung bullerte leise das Feuer. Der Topfdeckel begann zu hüpfen. Herausspringende Tröpfchen fielen zischend auf die heiße Platte und sprangen für einen kurzen Moment im Zickzack darüber, bevor sie verschwanden. Der Dunst auf den Opalglasscheiben vermochte die dahinterliegende Landschaft nicht mehr weiter zu verwischen. Links von der Tür wartete ein Bannerträger mit einem langen Schnurrbart, der im ewigen Eis einer Fensterattrappe feststeckte, auf die Rückkehr Karls des Großen.

Es war angenehm hier, in dieser kleinen altmodischen Kneipe, die den Winter aussperrte. Noch ein bißchen länger, und man hätte glauben können, man sei hier vor allem geschützt: vor der Kälte, dem Lärm, der Stadt und dem Wetter. Es genügte, nie mehr durch diese Türe zu gehen. Der ideale Rahmen, um sich ein Trappisten zu genehmigen.

»So, dann werd' ich mal wieder«, sagte ich.

»Kann ich Ihnen was bringen?« fragte der Ober, der glücklich war, heute doch noch ein Geschäft zu machen.

»Danke, später.«

Die Scheiben zitterten in ihren Bleifassungen. Die Tür schabte über die Fliesen, als wollte sie die Gäste am Gehen hindern. Da er dies nicht begriffen hatte, vielleicht auch einfach nicht darauf geachtet hatte, war ein Mensch zu Tode gekommen. Es gibt zu viele Leute, die so sterben, aus Unachtsamkeit.

Draußen in dem kleinen Lichthof unter freiem Himmel schlug mir eine beißende Kälte entgegen. Der Fahrer des Fiat stand sich vor den Toiletten die Beine in den Bauch. Als er mich sah, nahm er eine aufrechtere Haltung an und unterdrückte ein Gähnen.

»Immer noch im Dienst?«

Der Mann schien zu zögern.

»Ähm … das heißt … normalerweise haben Piet und ich seit einer halben Stunde Feierabend.«

»Dann gehen Sie ruhig. Ist nicht nötig, daß Sie sich hier eine Lungenentzündung einfangen. Wir werden schon ohne Sie auskommen.«

»Sind Sie sicher?«

»Ganz sicher.«

»Danke, Inspektor.«

»Nichts zu danken. Aber falls Sie bleiben wollen: Ich habe Ihnen keine Befehle zu erteilen. Für alle Fälle werde ich Ihren Vorgesetzten einen Bericht schicken. Sie kommen vom Marché au Charbon?«

»Jawohl, Inspektor.«

Danke, Inspektor. Jawohl, Inspektor. Es gab Leute, denen das gefiel. Mir ging es eher auf die Nerven.

»Na dann guten Abend, Wachtmeister.«

Der Mann tippte mit dem Finger an seinen Mützenschirm und zog seinen Gürtel hoch. Ich sah ihm nach, wie er davontrabte. Das weiche Geräusch seiner dicken Sohlen hallte zwischen den Mauern wider. Von hinten hätte ich schwören können, er rauche. Dabei blies er nur in seine Handschuhe. Nichts ist unzuverlässiger als eine Zeugenaussage.

Tutur lag nicht mehr unter der Laterne im Weg. Niemand hatte es für nötig erachtet, seine Silhouette auf den alten Steinplatten nachzuzeichnen. Sie waren sauber, von zwei, drei Kippen abgesehen. Als man die Leiche hochgehoben hatte, war eine glänzende Münze über den Boden gerollt. Ich hatte den Fuß daraufgestellt, und die Sanitäter waren neugierig stehengeblieben.

Fünf Francs. Vermutlich irgendein unaufmerksamer Gast. Ich hatte das Geldstück zusammen mit den Unterlagen in eine Manteltasche gesteckt und das Zeichen zum Abtransport gegeben. Das Leichentuch war zu kurz gewesen und hatte zwei verschiedenartige Schuhe sehen lassen, einen braunen und einen schwarzen, beide mit schiefgetretenen Sohlen.

Die beiden Sanitäter rauchten jetzt eine auf dem Trottoir am Eingang der Gasse und plauderten. Als gute Verlierer grüßten sie den Polypen, der nach Hause ging. Für sie drohte die Nacht noch lang zu werden: Der Krankenwagen mußte auf die zweite Leiche warten. Nicht einmal auf der Fahrt im Leichenwagen war es Tutur vergönnt, alleine zu reisen.

»Ach, Inspektor! Hab's ganz vergessen!«

Der Fahrer des Fiat, der schon die Tür hatte schließen wollen, winkte mir zu.

»Was gibt's?« rief ich.

»Fröhliche Weihnachten!«

Ohne jede Ironie im Unterton. Die Sanitäter nickten dazu, der Motor des Fiat hustete und spuckte, und der Wagen fuhr davon.

»Ebenfalls«, antwortete ich, aber zu leise und vor allem zu spät, als daß er mich hätte hören können.

Das Geheul der Sirene begann heiser und schraubte sich dann in schrille Höhen. Die Reifen quietschten auf dem Pflaster. Mit ein bißchen Glück kämen sie rechtzeitig zum Nachtisch nach Hause – vielleicht sogar noch zum Truthahn?

Der Truthahn ... Jahre her, daß ich einen gegessen hatte. Das letzte Mal war bei meinen Eltern gewesen, mit meiner damaligen Verlobten. Das war mittlerweile eine Ewigkeit her. Wie üblich hatte meine Mutter ein Festessen zubereitet. Sie hatte Filetstückchen mit Preiselbeeren, Seitlingen und Orangenpüree serviert. Es herrschte eine Grabesstimmung. Mein Vater bekam den Mund nicht auf, außer um zu essen. Anstatt zu reden, tranken wir alle und schabten das Püree von den Motiven der Limoges-Teller. Man konnte die Flöhe husten hören. Seit diesem denkwürdigen Abend hatte meine Mutter Truthahn von ihren Weihnachtsmenüs gestrichen – zumindest, wenn ich da war. Ich buchte das unter Aberglauben ab. Denn trotz allem hatte sie die Hoffnung noch nicht aufgegeben, eines Tages Großmutter zu werden.

Auf keinen Fall durfte ich ihr von Aline erzählen.

Ich ging zu den Toiletten, konnte mich aber nicht dazu durchringen, die linke Tür aufzuziehen. Wirklich, ich war schon mal besser in Form gewesen. Und indem ich die Mannschaft nach Hause schickte, hatte ich einen neuerlichen Fehler begangen.

Denn da die Leute vom Labor auf sich warten ließen, hatte ich vorgehabt, zu einer ersten ernsthaften Untersuchung der Leiche und der Örtlichkeiten zu schreiten. Jetzt aber, ohne Zeugen, schien mir das ein wenig heikel. Ein paar gute Taten zuviel heute abend.

Die Absperrung des Viertels, mit viel Aufhebens und wenig Methodik durchgeführt, hatte nichts gebracht, abgesehen von einem mittleren Tumult, den einige Demokraten auslösten, die plötzlich bereit waren, wegen einer banalen Ausweiskontrolle auf die Barrikaden zu steigen – der Alkohol wirkt schon Wunder. Nach einigen Schimpfkanonaden und dem Eintreffen eines Mannschaftswagens kehrte schließlich wieder Ruhe ein. Was die unbekannte Leiche betraf – denn Tutur zählte bereits nicht mehr –, so schien sie niemanden zu interessieren.

Und trotzdem mußte irgend jemand ihr Gesellschaft leisten, und sei's ein Polyp. Denn man darf die Toten nicht alleine lassen, jedenfalls nicht zu schnell. Hinterher kann man sie immer noch vergessen – dazu ist das Leben ja unter anderem da. Aber vorher sind da doch einige Anstandsregeln zu beherzigen. Auch wenn sie die Gleichgültigen spielen, erinnern die Toten ein wenig an stumme Bettler – unser schlechtes Gewissen ist ihr höchster Trumpf. Was ich an ihnen mag, ist vielleicht, daß sie nicht danke sagen.

Natürlich hätte ich immer noch Swartenbroeckx als Zeugen holen können, aber der gute Mann schien es ebensowenig eilig zu haben, seinen Ofenplatz aufzugeben, wie Georges seinen Knochen. Außerdem würde er mich garantiert fragen, wo seine Kollegen geblieben seien. Nein, das war keine gute Idee.

Ich wollte schon aufgeben, als ein regelmäßiges Tack-Tack mir aus der Verlegenheit half. Eine kleine Gestalt kam die Gasse herauf. Trientje war wieder zurück. Sie ging rasch, hatte die Mütze bis über die Brauen gezogen. Eine kleine Papiertüte baumelte an ihrer rechten Hand.

»Ah! Da bist du ja endlich! Wo bist du denn abgeblieben?«

Sie antwortete nicht, deutete mit dem Kopf in Richtung Krankenwagen und blickte mich fragend an. Ich entdeckte ein grünes Kreuz auf der Tüte, mit stilisierten Schlangen und Äskulapstab.

»Es gibt Neuigkeiten«, sagte ich und bedeutete ihr, mir zu folgen. »Komm gucken.«

Die Tür des Pissoirs war nicht geschlossen. Es genügte, sie mit dem Finger anzustupsen, schon schwang sie auf. Ich hatte nicht vor, Trientje zu überraschen. Bei ihr waren solche Versuche zwecklos – man konnte nie wissen, ob es funktionierte.

Sie schüttelte den Kopf und zog eine Grimasse.

»Oho.«

(Was soviel heißen sollte wie: Noch einer.)

»Lange her?«

»Glaube nicht«, antwortete ich. »Er war noch lauwarm. Was bei den Temperaturen hier eine Leistung ist.«

Sie ging vor dem Toten in die Hocke, verschränkte die Arme und sah ihn mit leicht schräggelegtem Kopf eine ganze Weile an.

»Vier Kugeln. Aus nächster Nähe. Kleines Kaliber.«

»Ja, und alle in den Wanst«, fügte ich an.

Sie schob den Zeigefinger unter eine Gürtelöse und hob den durchlöcherten Mantelschoß an. Der Mantel war nicht zugeknöpft.

»In den Bauch, das tut nie gut«, bemerkte ich.

Sie stieß eine Art Seufzer aus und ließ den Gürtel fallen. »Ach ja?«

Voll ins Fettnäpfchen. Wirklich, heute abend ließ ich keines aus.

»Aber du hast recht«, sagte sie im Aufstehen. »Bei mir war es Schrot. Lächerlich. Das hier ist was anderes.«

Ich fragte mich, ob das unter die Kategorie Humor fiel. Vielleicht nicht. Verglichen mit dem, was ihr vor fünf Jahren widerfahren war, war mein lädierter Schenkel ein Witz. Aber auch davon sprach Trientje nie. Von Zeit zu Zeit hatte sie noch Schmerzen, ob körperliche oder seelische, wußte keiner. »Ein Schrotkorn, das wandert«, sagte sie dann immer. An solchen Tagen verschwand sie irgendwo im Haus, und niemand suchte nach ihr. Wir wußten alle, daß wir sie dann besser in Ruhe ließen.

Ich warf einen Blick auf meine Uhr. Pussemiers und die Leute vom Labor hatten es offenbar nicht eilig. Vermutlich hatte man die Truppen unvorbereitet zusammentrommeln müssen, wenn es nicht der Kastenwagen war, der sich weigerte, bei dieser Temperatur anzuspringen. Dabei hatte Marlaire mir versprochen, einen Zahn zuzulegen.

»Da war ein Profi am Werk«, bemerkte Trientje. »Hat alle Hülsen eingesammelt.«

Also eine Pistole. Wieder einmal bewunderte ich ihren Sinn für das Wesentliche, ihre Fähigkeit, die Ruhe zu bewahren, ihre Kunst, mehr zu sagen als ihre Worte oder womöglich etwas ganz anderes.

Ich zog meinen Spiralblock hervor. Was die Pistole betraf, waren wir einer Meinung. Ein Revolver machte zuviel Lärm und schien mir ausgeschlossen.

Heute abend gefiel der Tod sich jedenfalls in Kontrasten. Zwischen dem Ableben Tuturs und dem des zweiten Unbekannten lagen weit mehr als die paar Meter, die die zwei Toten räumlich trennten, und die unterschiedliche Art zu sterben. Vor allem tat sich eine riesige Kluft auf, was die Wahrscheinlichkeit ihres Todes betraf. Und wenn der im Pissoir sitzende Mann zwar auch in seiner Eigenschaft als Leiche trotz seines eleganten Aufzugs nicht mehr Interesse verdiente als sein weniger betuchter Leidensgenosse, so sicherten ihm doch die Umstände seines Todes zumindest kurzfristig einen Starstatus – auf den er meines Erachtens bestimmt gern verzichtet hätte. Ich sah die Schlagzeilen gewisser Blätter schon vor mir.

Tod im Pissoir.

Aber in der Art hatte man schon Schlimmeres zu lesen bekommen. Vor allem die möglichen Wortspiele ließen einen schon im vorhinein erschaudern. Und diesmal bot der anstößige Rahmen natürlich einen günstigen Nährboden.

Aber vermutlich täuschte ich mich. In letzter Zeit brauchte es mehr für einen Aufmacher. Ohne Foto würde das hier nicht einmal zwei Zeilen ergeben. Mit einem Bild sähe die Sache natürlich schon wieder ganz anders aus. Aber so weit waren wir noch nicht.

Ich näherte mich dem Leichnam. Normalerweise ziehe ich es vor, erst einmal um den Toten herumzugehen, bevor ich ihn untersuche, eine Zeitlang am Ort des Geschehens herumzustreifen, ohne etwas Bestimmtes zu suchen, und die Atmosphäre dort in mich aufzusaugen. Oder genauer gesagt, die Atmosphäre, die dort herrschte, bevor der Ort sich den Toten angeeignet und ihn zu einem leblosen Teil des Bühnenbilds gemacht hat, ohne Identität, zu einem Teil des Nichts. Das ist übrigens keine Taktik. Es spiegelt einfach nur meine mangelnde Fähigkeit, mit dem Ekel umzugehen.

Natürlich bedurfte es, selbst metaphorisch gesprochen, keines großartigen Feinsinns, um die Atmosphäre eines Pissoirs in sich aufzunehmen. Das Kämmerchen, nicht größer als eine Duschkabine, enthielt nichts als das genannte Pinkelbecken. Ich kannte zwar die Bauvorschriften für Sanitäranlagen nicht auswendig, aber der Ort schien mir ungewöhnlich. Zweifellos gab es in der Kneipe noch eine weitere Toilette. Die mit Isolierband verkleideten Rohre bildeten ein schwarzes T, dessen zentraler Arm in das Porzellan hineinreichte. Die cremeweißen Kacheln an den Wänden reichten bis in Schulterhöhe – oder bis über Kopfhöhe für Trientje. Die Wände darüber waren im selben Ton gestrichen. Mit einer Ausnahme: Eine violette Inschrift verlief am oberen Ende der Mauer, der wir gegenüberstanden.

»Ein Graffito?« fragte Trientje.

Ich nickte.

»Ongewoon, vind je niet?«

Nicht sehr alltäglich, in der Tat. Normalerweise zierte diese Art von Höhlenmalerei eher Fassaden, Türen oder Rolläden von Geschäften. Aber bei genauerer Überlegung erschien es gar nicht so abwegig, daß sie sich gerade hier fand: Hoben nicht auch die Sprayer gewissermaßen das Bein, um ihr Gebiet zu markieren? Natürlich pißten sie etwas höher als Hunde, und überdies in Farbe. So gesehen schien diese Geste in einer Bedürfnisanstalt ganz natürlich, auch wenn man an diesen Orten weniger hermetische Kunstwerke erwartet.

»Sieh mal.« Trientje zog mich am Ärmel. Mit dem Finger deutete sie in eine Ecke des Kabuffs. Hinter dem klassischen Saugnapf aus rotem Gummi lag ein zylindrisches Objekt auf den Fliesen. Trientje ging in die Hocke und nahm es vorsichtig zwischen Daumen und Zeigefinger auf.

»Wenn Pussemiers das sieht, bringt er uns um«, sagte ich.

»Da müßten wir schon längst tot sein.«

Am Hals einer Farbspraydose konnten sich allerdings ohnehin keine verwendbaren Fingerabdrücke befinden. Ich schnüffelte am Sprühventil. Ein kräftiger Geruch nach Lösungsmittel kam mir entgegen.

»Ich verstehe zwar nicht viel davon, aber ich habe den Eindruck, daß das Ding vor kurzem benutzt worden ist«, sagte ich.

»Leicht nachzuprüfen.«

Trientje stellte die Dose neben den Saugnapf, zog ihren rechten Handschuh aus, stellte sich auf die Zehenspitzen und strich mit dem Zeigefinger vorsichtig über das Graffito. Es war ein bißchen hoch für sie, und sie verlor beinahe die Schuhe und das Gleichgewicht. Der Künstler mußte größer als einssechzig sein.

»Frisch ...«

Ein Hauch violetter Farbe klebte an ihrer Fingerspitze. Sie wischte sie mit einem Papiertaschentuch ab. Dann betrachteten wir die Inschrift.

»Kannst du lesen?« fragte Trientje.

»Sogar schreiben.«

»*Idioot.*«

»Wenn das ein Graffito ist, so war es zumindest als solches nicht gedacht.«

Trientje kratzte ihre Narbe. »Sieht aus wie Arabisch ...«

»Wir müßten Mohammed fragen, aber das sollte mich wundern.«

»*'K Zei het maar zo.*«*

Einige Sekunden lang schwiegen wir.

»Mir kommt das jedenfalls spanisch vor«, schloß ich.

Trientje wiegte den Kopf und zog sich ihre Mütze über die Ohren.

»Meinst du?«

Ich brauchte eine Weile, bis ich begriff.

»Oder chinesisch oder hebräisch, wenn dir das lieber ist.«

Dann zog ich etwas zu schreiben aus der Innentasche meiner

* War nur so eine Idee.

Jacke. Seit zwei Monaten war der Lagermeister dabei, einen alten Bestand von Druckbleistiften zu räumen. Ich mag keine Druckbleistifte. Ihre Mienen brechen dauernd ab. Dieser hier stellte keine Ausnahme dar. In drei Anläufen, begleitet von ebenso vielen Flüchen, kopierte ich, so gut ich konnte, den Schriftzug in meinen Notizblock. Pussemiers würde nicht vergessen, ihn zu fotografieren, aber mir war es lieber, jetzt gleich etwas in der Hand zu haben, worüber man weiterdenken konnte.

Für ein Graffito war der Schriftzug sehr wenig flüssig. Da war zunächst eine Art S, gefolgt von zwei vertikalen Zeichen, von denen eines an einen Spazierstock erinnerte und das andere an eine von oben aufgenommene Fahrradlenkstange. Diese beiden Zeichen lagen wiederum auf ziemlich abstrakt gezeichneten Golftees.

»Komische Unterschrift«, sagte ich.

Immer vorausgesetzt, es war eine. Zu hastige Schlußfolgerung. Wie nicht anders von ihr zu erwarten, ging Trientje nicht darauf ein.

Das Bühnenbild schien keine weiteren Überraschungen bereitzuhalten, zumindest nichts, was man mit bloßem Auge hätte erkennen können. Es war an der Zeit, sich mit dem Toten zu befassen. Der Mann war völlig in sich zusammengesunken in diese sitzende Position gefallen, mit dem Hinterteil in das Pissoir. Das linke Bein war angewinkelt, das hochgerutschte Hosenbein gab den Blick auf ein Stück haarlose Wade frei, die fast genauso weiß war wie die Socke darunter. Das rechte Bein war ausgestreckt. Es hatte vorhin gegen die Tür gedrückt. Der Mörder hatte sie mit Gewalt schließen müssen. Aufrecht stehend – oder mittlerweile ausgestreckt liegend – mußte der Typ knapp zwei Meter messen. Ein Pluspunkt für uns: Bevor er hier sein Ende fand, konnte ein derartiger Hüne nicht ganz unbemerkt geblieben sein.

Auch das Gesicht war nicht gerade gewöhnlich. Je länger ich es ansah, desto mehr gewann es für mich eine Art paradoxe Schönheit. Selbst von der Hautfarbe einmal abgesehen, erinnerten seine Züge an die Wachsmaske eines Mannes, der sich für groß gehalten hatte oder den andere bereitwillig dafür gehalten hatten. Eine liegende Grabfigur in einer gothischen Kathedrale hätte nicht würdiger wirken können.

Seine Schläfe war gegen den rechten Rand des Beckens gelehnt. Die Lider waren geschlossen. Die hohe Stirn, von regelmäßigen Falten durchzogen, wurde von einer Bürste weißen, dichten und kurzgeschnittenen Haars gekrönt. Rosa Eindrücke zu beiden Seiten der Adlernase deuteten darauf hin, daß der Mann Brillenträger gewesen sein mußte. Der schmallippige, strenge Mund wirkte wie eine mit der Rasierklinge in leicht schwammiges Fleisch gezogene Wunde. Auf den Lippen lag noch ein Hauch von Röte.

»Wie alt schätzt du ihn?« fragte ich Trientje.

»Wir werden uns doch hier nicht unnötig abmühen.« Sie kniete sich hin. Ihre rechte Hand glitt unter den Trenchcoat, dann unter das Jackett, dessen anthrazitfarbener Stoff kurz hervorblitzte.

»Keine Brieftasche«, knurrte sie.

»Vielleicht sitzt er drauf.«

Schwierig, an die Gesäßtasche zu kommen, ohne den Körper zu bewegen. Wir würden das nachher feststellen, sobald Pussemiers da war – wenn er überhaupt kam.

»Auch sonst nichts?«

Trientje schüttelte den Kopf.

»*Niks*. Nicht mal ein Taschentuch.«

Ich zog die Nase hoch.

»Schade. Kannst du mir eins geben?«

»Ein was?«

»Ein Taschentuch natürlich.«

Sie wühlte in ihren Taschen und reichte mir dann ein Paket Kleenex, als wär's eine Tüte Bonbons. Ich nahm zwei heraus.

»Scheint nicht irgendwer zu sein ... Das ist maßgeschneidert.«

Immer noch in der Hocke, betrachtete sie einen auf die Innentasche des Jacketts gestickten Namen. Ich mußte lächeln. Das war genau die Art von Detail, die ich übersah. Aber was Etiketten betrifft, kann man sich auf die Frauen verlassen. Ich beugte mich hinab und las: *J. Meyer u. Sohn – Herrenmaßschneiderei – Mannheim.*

Trientjes Hand glitt noch einmal unter den Trenchcoat und

zog ein zweites Etikett ans Licht, das sich in nichts von dem anderen unterschied.

»Derselbe Schneider. Klassischer Schnitt«, kommentierte sie.

Eigentlich sogar ein wenig düster. Beinahe zur Gelegenheit passend. Der Mann schien schon zum Einsargen bereit zu sein. Ich setzte unter das nachgezeichnete Graffito den Namen des Schneiders auf meinen Block.

»Fast so gut wie ein Personalausweis«, bemerkte ich. »Irgend etwas sagt mir, daß diese Geschichte sich schnell aufklären wird, vor allem wenn die Boches mitspielen. Mit ein bißchen Glück kommen auch die Treter von einem Luxusschuster.«

»Du kannst ja nachsehen, wenn du willst.«

»Überlassen wir das Pussemiers.«

Es existieren eine Menge unangenehmer Aufgaben, die man gerne anderen überließe, gäbe es da nicht so abstrakte Begriffe wie Pflicht, Ehrenkodex, schlechtes Gewissen oder Dienstordnung. Aber diese Arbeit hier war nicht meine. Und das stand diesmal sogar in der Dienstordnung.

Wir blieben schweigend stehen und betrachteten diesen hochmütigen Toten, der weit fort war und keinerlei Notiz von uns nahm. In meiner siebenjährigen Dienstzeit hatte ich eine ganze Reihe von seinesgleichen gesehen, und vermutlich gewöhnt man sich nie wirklich an diesen Anblick. Dieser hier jedoch hatte etwas Ungewöhnliches, und das lag weder an seinen adelig wirkenden Zügen noch an dem wenig alltäglichen Ort des Geschehens.

Ich bekam Lust, einen Witz zu reißen, einfach so, um gegen die Stille anzukämpfen, die sich breitmachte. Sinnlos. Die Worte versagten mir störrisch den Dienst. Ich war einfach keine Stimmungskanone und würde auch nie eine sein.

Statt dessen begann ich allmählich, die Gründe unserer Faszination zu begreifen – denn auch Trientje, dessen war ich mir sicher, teilte auf ihre Weise meine Gefühle. Es war weniger Respekt, mehr eine Art von Unbehagen, das uns beschlich.

Unser Beruf bringt es mit sich, so viel in der Vergangenheit der Leute zu stöbern, daß wir wissen: Oft sterben sie so, wie sie gelebt haben. Der Tod ist dann eine Art Abbild des Lebens. In diesem Sinne gibt es kaum eine heuchlerische Leiche.

Wenn sie ihr ganzes Leben damit verbracht haben, sich zu ängstigen – und das haben die meisten –, ist der Tod ihr letzter Schrecken; er packt sie mehr, als daß sie sich ihm selbst – und sei's auch nur zögernd – näherten. Wenn sie kühle Rechner waren, so kann man von ihren blutleeren Lippen die Bilanz all ihrer gewonnenen und verlorenen Geschäfte ablesen. Und wenn sie gläubig waren, bis zu welchem Grad sie sich getäuscht haben. Und falls sie geschlafen haben, nun ja ... dann schlafen sie weiter. Das Leben sabbert auf die Toten. Das ist ihr allerletzter Schmutzfleck.

Und genau das war es: Dieser Tote hier war sauber.

Auf dieser Maske war nichts zu lesen, außer der absoluten Verneinung jeglichen Lebens, jeglicher Geschichte, das stilisierte, hieratische Bildnis des Hinscheidens. Dieser Tote erinnerte allein an den Tod, ausschließlich, mit einer symbolischen Reinheit, die an das Nichts grenzte.

Dieses Phänomen war mit Worten nicht zu erklären, also schwiegen wir. Weit entfernt ertönte eine besoffene Sirene, deren langgezogenes Heulen von brüskem Schluckauf unterbrochen wurde. Ich hatte das Bedürfnis, etwas zu sagen, mich angesichts dieses banalen und sonderbaren Anblicks meiner Existenz zu versichern, den Bann zugleich zu verlängern und zu brechen.

Sirenen. Der Tod.

Halblaut rezitierte ich vier Zeilen aus *Hospital Barge:*

Und da heulte die Sirene,
Und ihre langgezogene Klage ließ ihn verstehen,
Daß in Avalon sterbende Könige
Aufs Wasser hinausglitten, in der schwarzen Barke,
Die Merlin einst erträumte.

In der Übersetzung waren es fünf Zeilen geworden. Das müßte ich noch einmal überarbeiten.

Die Sirene kam näher. An ihr war beim besten Willen nichts Poetisches zu entdecken. Und dieser König hier war bereits tot. Trientje hüstelte in ihre Handschuhe.

»Das war schön«, sagte sie. So lief es immer.

»Auf Englisch vielleicht«, entgegnete ich.

»Wieder dein Dichter?«

Ich verspürte eine gewisse Verärgerung. Wir arbeiteten doch nun lange genug zusammen, daß sie seinen Namen kennen konnte. Aber das war es gar nicht.

Mein Dichter ...

Das war ein wenig wie »meine Frau« zu sagen: sprachliche Arroganz. Wo man doch nie, nicht einmal im höchsten Moment der Leidenschaft, einen anderen Körper besitzen kann als den eigenen; wie soll man sich da eine Stimme einverleiben können, ohne sie auf der Stelle wieder zu verlieren?

»Ja, es ist von ihm«, sagte ich.

Was mochte wohl übrig sein von dem armen Wilfred unter dem gefrorenen Rasen des kleinen Friedhofs von Ors? Ein paar Knochen, sieben Kupferknöpfe und zwei beschlagene Sohlen? Vielleicht auch noch die Kugel, die ihn getötet hatte? Ganz nahe jetzt, bohrte das schrille Miauen der Sirene Löcher in die eisige Dichte der Luft, die sich auf der Stelle wieder schlossen. Es würde nicht mehr lange dauern, und das Knattern eines durchgerosteten Auspuffs würde die Kakophonie perfekt machen.

»Da sind sie«, sagte ich.

Ein paar Sekunden später versperrte der Kastenwagen des Labors den Eingang der Gasse und tauchte sie noch etwas mehr ins Halbdunkel. Ein einzelner Mann, ausgerüstet mit einem imposanten Koffer, stieg aus. Im Vorbeigehen trat er heftig gegen das rechte Hinterrad des Gefährts.

»Scheißdreck, japanischer!«

Mit dem Gang eines leicht übergewichtigen Rugbyspielers hatte Willem Pussemiers wenig von einem Wissenschaftler. Er war zwar eine Laborratte, aber eine mit Schuhgröße 45, er trug XXL, hatte eine Vorliebe für schreiende Farben und benützte – abgesehen von seinem Mikroskop – keinerlei Sehhilfe. Kurz gesagt war er ein sehr humorvoller Mensch – wenngleich sein Humor sehr speziell war –, und er war noch relativ jung und völlig von seiner Arbeit besessen. *De gustibus et coloribus ...*

Als er uns entdeckte, huschte ein Leuchten über sein pausbäckiges Gesicht. »Auweh! Katastrophe! Pat und Patachon! Ich nehme an, Ihr habt mir schon alles versaut, wie üblich!«

Trientje lächelte verhalten. Pussemiers, mit seinem Kasernenwitz, war einer der wenigen, die solche Heiterkeitsausbrüche bei ihr provozieren konnten. Ich gehörte auch dazu, nebenbei gesagt. Was in meinen Augen das Mysterium nur vergrößerte. Denn ich fand den guten Mann eher plump. Aber Frauen haben eben so etwas Nachsichtiges.

»Richtig«, sagte ich. »Und wie üblich wirst du die Klappe halten.«

Er lächelte und sagte mit drohendem Unterton: »Nutz meine Gutmütigkeit ja nicht aus. Also, wo ist er denn nun, Euer Kunde?«

»Hier lang. Du wirst nicht enttäuscht sein.«

Pussemiers stellte seinen Koffer ab, öffnete ihn und holte eine graue Latzhose hervor, die er überzog. Mit kalkulierter Langsamkeit öffnete ich die Klotür. Er pfiff durch die Zähne.

»In der Tat. Ein origineller Rahmen. Da drin muß man einen Haufen Schamhaare finden können. Ganze Generationen von ausgeschüttelten Schniedeln. Na gut. Jetzt mal im Ernst: Was habt ihr angefaßt?«

»Die Spraydose, die Inschrift und den Gürtel. Das ist alles.«

»Na ja, wollen wir's euch mal glauben. Aber dafür seid ihr überall mit euren großen Tretern rumgelatscht. Na gut, das gilt nicht für dich, Verhaert. Ist heute abend noch eine Party angesagt?«

Er streifte ein Paar Gummihandschuhe über und trat mit vorsichtigen Schritten in das Kabuff. Sein Blick schweifte von Kopf bis Fuß über die Leiche.

Wie Wasser …

Perlt ab wie Wasser vom Gefieder einer Ente, dachte ich.

»Marlaires Größe, der gute Mann. Verflucht. Und ich wette, er ist auch noch schwer!«

Ich persönlich hätte auf das Gegenteil getippt, aber ich war kein Fachmann.

»Na schön. An die Arbeit! Apropos, Verhaert, falls du einmal mit dem Gedanken spielst, dich umbringen zu lassen, sag mir Bescheid. Wenn ich die Wahl habe, begrabbele ich lieber eine kleine Blondine wie dich. Ist leichter und nimmt vor allem weniger Platz weg.«

Wieder spielte ein leichtes Lächeln um Trientjes Mundwinkel, obwohl sie genau wußte, was Sache war. Pussemiers' Gattin, eine große, athletische Brünette aus Ostende, lief hundert Meter in weniger als zwölf Sekunden.

Wir sahen ihm einen Augenblick lang zu. Offenbar dachte er gerade nach, worauf sein besorgtes Mienenspiel hindeutete, das, dafür hätte ich die Hand ins Feuer gelegt, ausschließlich für die Zuschauer bestimmt war. Sobald sein Vorgehen feststand, verließ er die Toilette und beendete seine Überlegungen, kramte in seinem Koffer und tat dann so, als habe er unsere Anwesenheit jetzt erst bemerkt:

»Geht spielen, Kinder. Ich muß arbeiten.«

Wie so viele Künstler arbeitete Pussemiers lieber allein. Wir gingen folgsam zurück in die Kneipe. Endlich würde ich mir mein Trappisten genehmigen können.

Viertes Kapitel

Der weißliche Schaum zog sich von der Oberfläche des Glases zurück und gab den Blick frei auf bernsteinfarbene Untiefen, leicht getrübt und glatt wie die Oberfläche eines Spiegels. Ich beobachtete auf dieser winzigen Weltkarte die langsame Verschiebung vergänglicher Kontinente. Unsichtbare Springfluten fraßen ganze Küstenstreifen unberührten, erinnerungslosen Landes weg und unterspülten die Felsen, die in Zeitlupe zusammenbrachen. So viel gelassenes Chaos machte mir Lust, den Allmächtigen zu spielen. Genügte nicht ein einziger Schluck, um alle Gesetze der Evolution durcheinanderzubringen und die aus diesem Ozean aufgetauchten Kontinente ein für allemal zunichte zu machen?

Ich hob das Glas an die Lippen. Was das Bier betrifft, so gehen die Trinksitten langsam den Bach runter, und da noch kein Trendsetter es wieder für schick erklärt hatte, Bier zu trinken, fügten sich die Kneipiers wohl oder übel der Entwicklung. Das Trappisten kam direkt aus dem Kühlschrank. Trotz solcher Häresie überlief mich bei dem bitteren Hopfengeschmack ein wohliger Schauer, und ich wartete auf die ersten Wellen wohltätiger Wärme, die jetzt bald in mir nach oben steigen und sich wie ein langsam fortkriechendes Buschfeuer in meinen klammen Gliedern ausbreiten würde. Das euphorische Gefühl käme erst anschließend, leise und schleichend und ich würde in einen Zustand gedankenvoller Stille versetzt und mich in Erinnerungen verlieren, die man nicht teilen kann, so weit sind sie jenseits alles Sagbaren, flüchtig und illusorisch wie die Zukunft selbst.

Auch auf Trientjes Cappuccino entstanden fortlaufend neue geografische Formationen. Der Sahnevulkan krängte heftig und war kurz vorm Kentern. Wenn sie nicht achtgab, war er in ein paar Minuten versunken.

Auf der anderen Seite des Tisches versuchte Richter Daubie, flankiert von seiner Protokollführerin, Bilanz zu ziehen. Er hatte seinen Monolog unterbrochen. Seine buschigen braunen Brauen, Barometer seiner Ratlosigkeit, schlugen heftig aus. Sobald die eine sich hob, kniff die andere sich zusammen. Von Zeit zu Zeit blieb eine von beiden in der oberen oder unteren Stellung hängen, so daß sich uns der perfekte Ausdruck von Überraschung oder Ungläubigkeit bot, je nachdem, ob sich das Spektakel im Erdgeschoß oder im ersten Stock abspielte.

Angesichts der dünngesäten ersten Indizien hatte er enorme Schwierigkeiten, eine Entscheidung zu fällen, eine Situation, die er mehr haßte als alles andere. Ich selbst, von einer Apathie befallen, die ich sowohl der Müdigkeit als auch dem warmen Ofen zuschrieb, war ihm keine große Hilfe. Trientje blieb ihren Gewohnheiten im Umgang mit anderen treu: Sie schwieg.

»Also, Ihrer Ansicht nach handelt es sich um einen Deutschen?«

Vielleicht war es, um die Gedanken, die ihm durch den Kopf gingen, zu ordnen oder etwas auszuprobieren, das von außen wie eine Meditationstechnik wirkte – jedenfalls tat er es uns gleich und begann sein Glas zu studieren. Gott allein weiß, was er darin entdeckte, denn bei ihm ging die Liebe zur Transparenz bis hin zu den Getränken: Sein Glas Weißwein glänzte im goldenen Licht der elektrischen Kerzen.

»Einen Deutschen, nun ja ...«, begann ich.

»Ist eine solche Schlußfolgerung nicht ein wenig übereilt, Herr Richter?«

Die Protokollführerin war jetzt schon so lange auf ihrem Stuhl herumgerutscht und hatte darauf gebrannt, endlich ihren Senf dazugeben zu können, daß ihr bisheriges Schweigen bereits eine echte Leistung war. Ich betrachtete sie relativ gleichgültig.

Seit ein paar Jahren stellte die Justiz zunehmend junge Mitarbeiter ein. Alles in allem war das gewiß eine positive Sache. Aber diese Protokollführerin hier, ein junges Ding von der Sorte, wie man sie immer öfter in den Korridoren des Justizpalastes antraf, hatte die höchst unangenehme Eigenschaft, sich in Dinge einzumischen, die sie – abgesehen davon, daß sie sie tippen mußte – nichts angingen, und ihre Meinung kundzutun, die ebenso dezidiert wie fehl am Platze war. Seit bald zwei Monaten hatte Daubie überall, wo er hinkam, diese aufgeblasene Pute im Schlepptau, die eine leidenschaftliche Verfechterin der sprachlichen Gleichberechtigung war (»ProtokollführerIN bitte, falls es Ihnen nichts ausmacht. Das ist der offizielle Titel!«) Sie hatte zwar ein hübsches Gesicht, aber ihre Beine waren so hinreißend geschwungen wie Laternenmasten. Heute abend trug sie zum Glück eine Hose.

»Es handelt sich um eine Hypothese, sonst nichts«, sagte ich ziemlich unfreundlich.

»Der Ober hat keinen Akzent bemerkt«, entgegnete der Richter.

Bestärkt durch diese Bemerkung zeigte die junge Dame ein Lächeln, das mich ärgerte. Ehrlich gesagt, kam ich mir ziemlich blöd vor, aber um nicht endgültig wie ein alter Chauvi dazustehen, verkniff ich mir jede Grimasse.

»Es handelt sich lediglich um eine Hypothese, das ist alles ...«

»Gewiß, gewiß«, brummelte der Richter.

»Aufgrund zweier lächerlicher Etiketten, also wirklich ...«, bemerkte die Protokollführerin zu Trientje gewandt.

»... Sehn Sie, ich zum Beispiel trage italienische Schuhe!«

Die Cappuccino-Zeremonie war noch nicht über die Präliminarien hinausgelangt. Trientje hob den Kopf, warf einen sanftmütigen Blick auf ihre Nachbarin und begann dann wieder, mit dem Löffel in ihrer Tasse zu rühren, immer rund um die Sahne, ohne je den Rand zu berühren.

»Na ja, ich habe ja nur gemeint ...«, murmelte die Schreiberin leicht betreten.

Das Quietschen von Stuhlbeinen auf den Fliesen. Hinter unserem Tisch hatte Swartenbroeckx sich erhoben und setzte sein Schiffchen auf. Er hatte seinen zweiten Milchkaffee ausgetrunken. Georges folgte ihm an der Leine. Sein Knochen war verschwunden. Konfisziert? Wenn ja, dann nahm er es mit stoischer Gelassenheit und machte kein Drama draus.

»Sie brauchen uns nicht mehr?«

»Danke, nein«, antwortete der Richter.

»Na, dann wünsch' ich noch einen angenehmen Abend zusammen. Und bevor ich's vergesse: Fröhliche Weihnachten allerseits!«

Der verdrießliche Blick des Hundes ließ die gute Laune seines Herrchens etwas aufgesetzt erscheinen. Jeder antwortete auf seine Art, mehr oder weniger diskret, mehr oder weniger höflich.

»Tschüs, Georges!« fügte ich noch hinzu.

Der Schäferhund drehte sich um, gähnte und – ich hätte es schwören können – zwinkerte mir zu.

»Komm Jo, wir gehn!« meinte Swartenbroeckx.

Ein eisiger Luftzug fuhr durch den Saal, dann schlug die Tür zu. Ich fröstelte.

»Schön ... kommen wir auf unser Thema zurück. Was das weitere Vorgehen betrifft, so sehe ich nicht recht, was für eine Anweisung ich Ihnen erteilen soll«, begann Daubie. »Zumindest nicht, solange wir nicht über weitere Anhaltspunkte verfügen.«

»Der Staatsanwalt wirkte weder besorgt noch in Eile«, sagte ich.

»Bloß keine Wellen schlagen, das ist seine Devise. Wenn er ein Banner hätte, wär's in goldenen Lettern draufgestickt.«

»Sie meinen, es geht ihm am Arm vorbei?«

»Gewissermaßen. Das heißt, das ist mein Eindruck.«

Er trank sein Glas leer. Der Ober hinter seinem Tresen rührte sich nicht mehr. Bei ihm war der Enthusiasmus einer gewissen Unruhe gewichen, denn der Abend zog sich weiter in die Länge als erwartet. Aber man warf die Hüter des Gesetzes nicht hinaus, schließlich war man ja kein Minister. Einen Augenblick lang spielte ich mit dem Gedanken, zur Entschädigung für all die Unannehmlichkeiten noch ein zweites Bier zu bestellen.

»Um seine Identität herauszufinden, könnten wir ein Foto des Mannes im Fernsehen ausstrahlen lassen«, sagte ich.

»Sein blühendes Antlitz um Viertel nach sieben, kurz vor dem Abendessen? Eine reizende Idee, das muß man Ihnen lassen.«

»Oder in die Zeitungen setzen?«

»Sie haben doch gehört, was der Staatsanwalt gesagt hat, Monsieur Dussert. Denken Sie doch ein bißchen mit. Das wäre doch genau das, was er unter Wellen schlagen versteht.«

»Schade. Damit hätten wir Zeit gewonnen. Zumindest was Tutur betrifft, das steht fest.«

Der Richter zuckte zusammen.

»Was wen betrifft?«

Ich hob kurz die Achseln.

»Tut nichts zur Sache.«

In einem Zug trank ich die Hälfte meines Biers aus. Hinter dem Tresen warf der Ober verstohlen immer verzweifeltere Blicke auf seine Armbanduhr. Er tat mir leid. Wenn es nur an mir gelegen hätte, ich hätte unsere Sitzung aufgehoben, nur um ihm einen Gefallen zu tun. Die Justiz ließ wahrscheinlich gerade sein Rendezvous platzen. Die Justiz, oder genauer gesagt Pussemiers, der noch immer mit der für ihn typischen Sorgfalt die Toilette im Hof untersuchte. Schnelligkeit war nie seine Stärke gewesen. »Wissenschaftsfeind« war seine stehende Antwort, wenn man ihn deswegen aufzog.

Trientje stutzte mit dem Löffel das zusammengeschrumpfte Sahnefloß zusammen, das noch auf ihrem Kaffee trieb. Die ersten Schokoladenraspel gingen über Bord. Die Protokollführerin ihr gegenüber trank ein Mineralwasser ohne Kohlensäure. Die Schweigsamkeit meiner Kollegin irritierte die Frau ganz offenbar. Doch sie nahm einen erneuten Anlauf.

»Ruft man Sie eigentlich oft in ...«

Der Löffel im Kaffee kam zur Ruhe.

»... solchen Fällen?«

Diesmal hob Trientje nicht den Kopf, runzelte die Brauen, schien nachzudenken oder – zu rechnen.

»Nein.«

Der Löffel nahm seine Kreisbewegung wieder auf. Die Protokollführerin lächelte einfältig.

»Mich auch nicht, wissen Sie ...!«

Und ermutigt fuhr die junge Frau fort:

»Ist vielleicht auch besser so, finden Sie nicht? Diese ganzen Leichen ...«

(Aua! dachte ich und blickte angestrengt in mein Glas.)

»... da kann man ja direkt depressiv werden, finden Sie nicht?«

Trientje leckte ihren Löffel ab und legte ihn auf die Untertasse.

»Ja.«

Die Protokollführerin öffnete den Mund, um etwas zu sagen, was aber nicht herauskommen wollte. Mitleid überkam mich, und fast wäre ich ihr zu Hilfe geeilt.

Aber der Richter ersparte mir diese Pein.

»Vor allem anderen werden Sie mir das Foto der Wandmalerei an alle Polizeireviere der Gegend verteilen. Falls es sich tatsächlich um ein ... wie sagten Sie noch?«

»Ein Graffito, Herr Richter.«

»Ein Graffito, genau, falls es sich also um ein Graffito handelt, kennen die Beamten vor Ort vielleicht diese Unterschrift. Denn um so etwas handelt es sich doch, wenn ich recht verstehe?«

»Mehr oder minder, ja.«

»Narrenhände beschmieren Tisch und Wände, pflegte mein Großvater zu sagen. Ich nehme an, es handelt sich dabei um eine etwas merkwürdige Art der Selbstbestätigung?«

»Oder um Einsamkeit, die man sich nicht eingestehen will.«

Der Richter lachte schallend los.

»Potzblitz! Das Bier verwandelt Sie in einen wahren Philosophen, Monsieur Dussert! Das ist aber sehr schlecht in Ihrem Beruf.«

»Ich habe nie behauptet, ein guter Bulle zu sein«, antwortete ich spöttisch.

Die Protokollführerin, mehr und mehr beunruhigt, suchte zu folgen.

»Bevor wir irgend etwas unternehmen, warten wir das Gutachten des Gerichtsmediziners ab«, erklärte der Richter. »Und erst danach entscheiden wir, wie es weitergeht.«

»Solange wir den Namen des Mannes nicht kennen ...«

»Oh, das ist nur eine Frage der Geduld. Sehen Sie, Monsieur Dussert, in einer organisierten Gesellschaft ist es nicht möglich, längere Zeit anonym zu bleiben. Was den Namen anlangt, versteht sich. Im weiteren Sinne des Wortes ist das natürlich eine andere Sache ...«

Im Ofen fielen ein paar Briketts zusammen. Der Ober, der

sein Kinn in die Hand stützte, wechselte den Arm. Ich trank mein Glas leer. Trientje nahm sich endlich ihren Cappucino vor. Irgendwo schlug eine Uhr. Ich vergaß, die Schläge mitzuzählen.

»Ja Herrgott noch mal, was treibt er denn nur?«

Von den Toiletten her war kein Laut zu hören. Seitdem die Sanitäter die Leiche abtransportiert hatten, arbeitete Pussemiers dort lautlos. Vor einer Weile hatte ich deutlich das hohe Gesumm seines kleinen, batteriebetriebenen Staubsaugers gehört. Aber seit einer Stunde war es still geworden.

»Wir können von Glück sagen, daß wir unseren Toten nicht in irgendeinem Wohnzimmer auf dem Perserteppich oder in einem Glasschrank voller Nippes gefunden haben«, scherzte ich.

Niemand hielt es für nötig zu lachen, nicht einmal die Protokollführerin. Statt dessen versuchte die junge Frau es diesmal mit einem Überraschungsangriff, stemmte die Ellbogen mitten auf den Tisch und sagte in vertraulichem Ton:

»Sagen Sie mal ... Sind Sie schon lange Polizistin?«

Ich bewunderte ihre Hartnäckigkeit. Trientje lehnte sich in ihrem Stuhl zurück, hob ihre Tasse und sah sie prüfend an, als handle es sich um die Frage selbst.

(Jetzt kommt eine Zahl, dachte ich.)

»Ja«, sagte sie schließlich.

(Falsch getippt.)

»Ja, ziemlich lange«, fügte sie hinzu.

Die Protokollführerin begriff gar nicht, welche Mühe Tientje sich gab.

»Sagen Sie eigentlich manchmal auch was anderes als ja oder nein?«

Sie hatte das lächelnd, ohne die geringste Bitterkeit vorgebracht, eher erstaunt als verletzt. (Ich war sicher, daß ihr das einfach so rausgerutscht war.) Trientje, ebenso erstaunt wie ihr Gegenüber, öffnete den Mund und sagte im gleichen Tonfall:

»Ja.«

Die Auseinandersetzungen seiner Protokollführerin mit der Polizei kümmerten den Richter gar nicht.

»Meinen Sie, daß die Absperrung des Viertels irgendwas bringen wird?«

»Ich weiß nicht, Herr Richter. Ich denke, daß wir danach die persönlichen Daten der kontrollierten Personen und ein paar Nummernschilder haben werden.«

»Als würden die Mörder um die Ecke des Tatorts parken. Na ja, fragen kostet ja nichts.«

»Wir müssen jeder Spur nachgehen.«

Trientje gab mir unter dem Tisch einen kleinen Tritt. Es war klar, warum. Ich hatte Sébastiens Devise ausgesprochen, die in der ganzen Brigade so bekannt war, daß ihr Urheber sie aus purem Trotz in gotischen Lettern auf ein Stück Pappe geschrieben und über seinem großen Schreibtisch an die Wand gepinnt hatte.

»Sie haben recht«, gab Daubie zu. »Ich werde das alles morgen mit Ihrem Chef besprechen.«

»Dem Oberboß?«

»Gott sei Dank nicht!«

»Der ist ohnehin im Urlaub.«

»Sie haben mir einen schönen Schrecken eingejagt. Aber da wir gerade von ihm sprechen, wie geht' denn unserem wackeren Luftschiffer?«

Seitdem er die Freuden des Ballonfahrens entdeckt hatte, verabscheute Hauptkommissar Hoflyck, immer auf der Suche nach ausgesuchten Zerstreuungen, das Golfspiel. Jedes zweite Wochenende freibeuterte er durch das Wolkenmeer über unserem platten Land und ging auf Tuchfühlung mit seinen bescheidenen Gipfeln, um sich darüber hinwegzutrösten, daß er nicht den Mitgliederausweis einer politischen Partei in der Tasche trug, der ihn auf die höchste Stufe der Hierarchie getragen hätte.

»*Quo non ascendet?*« fragte ich. »Auf den Mond, ja, das wäre eine gute Idee.«

»In der Tat. Aber genug gescherzt. Sobald wir sicher sind, auf minenfreiem Gelände arbeiten zu können . . .«

»Ja, glauben Sie denn, daß die Staatsanwaltschaft . . .?«

»Tun Sie nicht so unschuldig, Monsieur Dussert. Diese hohen Herrschaften haben ihre kleinen Protegés, zu denen Ihre Brigade nicht gehört, das wissen Sie doch ebensogut wie ich. Glücklicherweise scheint diese Geschichte hier sie nicht sonderlich zu interessieren. Fazit ist, daß wir vielleicht ausnahmsweise einmal ohne jeden Druck arbeiten können. Das tut von Zeit zu Zeit ganz gut.«

Bei diesen Worten ging die Tür auf, und Pussemiers trat mit würdevoller Miene in den Saal. Er hatte seine Latzhose ausgezogen, nicht aber seine Latexhandschuhe.

»Oh? Haben Sie auf mich gewartet, Herr Richter? Tut mir aber leid! Wenn ich das gewußt hätte, hätte ich mich mehr beeilt!«

»Zu liebenswürdig, du Saukerl«, flüsterte ich in Trientjes Ohr, die nur resigniert die Achseln zuckte.

»Macht überhaupt nichts, Monsieur Pussemiers, wenn Sie nur um Himmels willen die Tür schließen wollen!«

Plötzlich ganz Grandseigneur, wandte Pussemiers sich mit herrschaftlicher Geste um, bemerkte mit gespieltem Erstaunen sein Versäumnis und tat, wie ihm geheißen.

»Nun? Was haben Sie uns aufzutischen?«

Pussemiers stellte seinen Koffer unter einem Tisch ab.

»Bei allem Respekt, auftischen ist nicht gerade das Wort, das ich benutzen würde, Herr Richter.«

Er zog seine Handschuhe aus, nahm eine durchsichtige Plastiktüte aus der rechten Jackettasche und legte drei weitere, etwas kleinere – alle versiegelt und etikettiert – vor sich auf die Tischplatte.

Trientje verschluckte sich und begann zu husten.

»Eins ist sicher, unser Freund ist aus einer Apotheke gekommen!« erklärte Pussemiers und hielt die erste Tüte hoch.

In ihrem Innern konnte ich eine weitere Tüte aus Papier erkennen. Mit grünen Kreuzen darauf.

Trientje bekam sich nicht wieder ein. Ich versetzte ihr ein paar kräftige Schläge zwischen die Schulterblätter.

»Fehlanzeige«, sagte ich. »Die Tüte gehört nicht ihm.«

Und mit einer eindeutigen Grimasse machte ich Pussemiers verständlich, wer der tatsächliche Besitzer war.

»Ach! Sehr intelligent, wirklich!« grummelte er.

Der Richter hatte bereits verstanden und wartete, wie es weiterging.

Pussemiers entsiegelte grollend die Tüte und gab Trientje ihr

Eigentum zurück. Er setzte sich ans Kopfende des Tisches und drehte sich um. Der Ober war nicht mehr hinter dem Tresen. Die Tür zum Hinterzimmer stand offen. Ein Geräusch von aneinanderklirrenden Flaschen kam aus dem Keller herauf.

»Wenn ich recht sehe, haben Sie auch noch anderes gefunden«, begann der Richter wieder. »Und bitte, halten Sie die widerlichen Einzelheiten für Ihren Bericht zurück. Ich weiß, daß Sie diese Dinge lieben, aber es sind Damen mit am Tisch.«

Die Protokollführerin schreckte wie aus einem Dämmerschlaf hoch und stieß ein geziertes Lachen aus, das nicht sonderlich überzeugend klang.

»Zunächst einmal das hier«, sagte Pussemiers. Die Tüte, die er uns zeigte, enthielt einen goldenen oder vielleicht vergoldeten Kugelschreiber. Ich streckte den Arm aus, und er glitt auf den Tisch.

»Vorsicht, Dussert!«

Als ich den Kugelschreiber näher betrachtete, verstand ich auch, was er gemeint hatte: Die Spitze war ausgefahren.

»Ich nehme an, daß du dieses Detail in deinen Bericht aufgenommen hast.«

Er nickte.

»Meines Erachtens nach gehört das hier dazu«, sagte er.

Mit diesen Worten legte er eine dritte Tüte zwischen Trientje und mich flach auf den Tisch. Trotz des Größenunterschieds stießen wir beinahe mit den Köpfen zusammen. In der Tüte steckte ein kleiner weißer, zerknüllter Zettel. Trientje nahm ihn und hielt ihn unter eine Lampe. Durch die Plastikhaut konnte man schwach gedruckte Buchstaben und Zahlen entdecken.

»Ein Kassenbon?« fragte sie.

Pussemiers lächelte. »Und weiter?«

Ich betrachtete das Indiz ebenfalls.

»Der stammt aus einer englischen Buchhandlung auf dem Boulevard Adolphe Max, nicht weit von hier.«

Ich kannte sie gut, diese Buchhandlung. Vor einem Monat hatte ich dort die letzte Ausgabe der *War Poems* gekauft.

»Exakt. Und es steht das heutige Datum drauf.«

»Um die Uhrzeit ist der Laden geschlossen«, sagte Trientje.

»Wir werden morgen hingehen. Wo hast du das gefunden?«

»Den Kuli unter der rechten Pobacke von dem Typen, als hätte er sich im Fallen draufgesetzt. Den Bon zusammengeknüllt in seiner linken Hand. Aber Ihr habt nicht richtig hingesehen.«

»Verteidigen Sie sich, Monsieur Dussert!« rief der Richter amüsiert.

Pussemiers kleines Fragespiel fing an, mir auf den Wecker zu gehen. Und die Ironie des Richters nervte mich fast genauso.

»Na schön, ich geb' dir einen Tip: Schau auf die Rückseite!«

Ich drehte die Tüte auf dem Tisch um. Und wirklich war da ein fast unleserliches Wort mit blauer Tinte auf die Rückseite gekritzelt. Nach einigem Zögern glaubte ich, sechs Buchstaben entziffern zu können: »DANTON«.

»Was soll das bedeuten?« fragte ich.

Pussemiers nahm sein Eigentum wieder an sich und wedelte mir mit der Tüte vor der Nase herum.

»Mit dem Kugelschreiber geschrieben! Zehn zu eins, daß das von der Hand des Toten stammt!«

Für jemanden, der kaum je außerhalb seines Spezialgebiets herumspekulierte, schien er mir seiner Sache sehr sicher zu sein.

»Sehr aufmerksam von ihm«, spottete ich. »Vier Kugeln im Leib und dann noch schnell, schnell ein kleines Briefchen schreiben, bevor er stirbt? Wenn du meine Meinung hören willst: Die Geschichte hat weder Hand noch Fuß!«

»*Famous last words* . . .«, bemerkte der Richter versonnen.

»Und außerdem ergibt das überhaupt keinen Sinn! Danton . . .?«

»Es ist schwachsinnig, da bin ich mit dir einer Meinung. Trotzdem . . .«

»Danton . . . Das ist in der Tat seltsam«, warf der Richter ein.

»Vielleicht handelt es sich um eine Botschaft?« wagte die Protokollführerin einzuwenden.

»Versuchen wir doch bitte, ernsthaft zu bleiben, Fräulein!« sagte ich.

Es war die höflichste Art und Weise, die mir zu Gebote stand, ihr deutlich zu machen, daß niemand sie nach ihrer Meinung gefragt hatte.

»Wie auch immer, der hier hat sein Vaterland nicht unter seinen Schuhsohlen mit sich genommen«, bemerkte der Richter.

Daubie war genauso literaturbegeistert wie ich. Wahrscheinlich war das auch der tiefere Grund, warum ich seine Gesellschaft schätzte und er die meine.

»Nicht unter seinen Schuhsohlen«, fügte Pussemiers hinzu. »Aber vielleicht in seinem Mantelfutter!« Sibyllinisch wie sie war, ließ diese Antwort ihn in der Wertschätzung des Richters um einige Grad steigen. Auf dem Boden des vierten Tütchens klimperten einige Münzen.

»Vierzig Pfennig. Ein Loch in der Tasche, und das Futter verwandelt sich in ein Sparschwein. Das kennen wir ja alle!«

Anstatt die Münzen zu überprüfen, sah ich die Protokollführerin an, um herauszufinden, ob sie ein gutes Gedächtnis hatte. Hatte sie:

»Sieht so aus, als hätten Sie recht gehabt, Inspektor.«

»Es war eine Hypothese, und es ist noch immer eine.«

Jetzt übertrieb ich ein wenig in der Rolle des Unbestechlichen. Aber ich kann solchen Versuchungen einfach schlecht widerstehen.

»Danton!« begann der Richter wieder in emphatischem Ton. »Eine dieser großen Persönlichkeiten, bei denen man immer wieder vergißt, daß sie auch einen Vornamen hatten. Wie war doch der seine gleich noch einmal ...?«

Gute Frage. Ich hatte nicht die geringste Ahnung.

»Na schön ... Wie auch immer, es scheint mir, daß Sie Ihr ganzes Michelet-Geschichtsbuch werden wiederlesen dürfen, mein Lieber! Es sollte mich wundern, wenn Kommissar Delcominette dieser Spur nicht nachgeht, es sei denn, er wolle seinen Prinzipien untreu werden. Wenn nötig, werd' ich Ihnen bei Gelegenheit ein bißchen helfen!«

Zum Glück war Sébastien nicht da. Immer bereit, die idiotischsten Herausforderungen anzunehmen, wäre er glatt in der Lage gewesen, ihn beim Wort zu nehmen.

»Da gibt es etwas, was ich noch weniger verstehe, wenn ich das mal so ausdrücken darf«, sagte Pussemiers.

Er hatte noch ein Tütchen in der Hinterhand. »Dies hier hab' ich auf den Fliesen gefunden. In einem Pissoir würde man das nicht unbedingt erwarten, finde ich.«

Der Richter nahm ihm das Säckchen aus der Hand. »Aber ...? Da ist doch gar nichts drin!«

»Schauen Sie genau hin, Herr Richter.«

»Sie meinen ...? Diese kleinen schwarzen Dinger?«

»Ganz genau, Herr Richter.«

»Und was soll das sein, bitte schön?«

Er zeigte mir das Indiz. Bevor Pussemiers den Mund öffnen konnte, stahl ich ihm seine Pointe.

»Zwei Bleistiftminen.«

Er warf mir einen halb amüsierten, halb bewundernden Blick zu.

»Von einem Druckbleistift genauer gesagt. Sehr seltsam, nicht?«

Ich gab ihm die Tüte zurück.

»Gar nicht so sehr.«

Sinnlos, darauf zu beharren. Wir würden das nachher klären.

»Schön«, meinte der Richter. »Sieht so aus, als würde die teutonische Spur Gestalt annehmen. Das heißt, wir werden uns gleich morgen mit Wiesbaden in Verbindung setzen müssen. Vielleicht kennen die unsern Toten ja. Mit einem Wort, wir sind also doch ein wenig weitergekommen. Keine Fingerabdrücke?«

»Zu viele, Herr Richter. Was an einem solchen Ort nicht erstaunlich ist.«

»Sonst noch irgendwas?«

»Augenblicklich nicht. Ich muß zuerst noch die verschiedenen Proben ordnen und analysieren.«

»Und die Autopsie, was sagt der Gerichtsmediziner?«

»Morgen um sechs«, antwortete Pussemiers.

»Heute also. Werden Sie dabeisein?«

»Ich wüßte nicht recht, wer sonst. Es sei denn ...«

Ich gebot ihm mit einer Geste Einhalt.

»Nein, nicht Mohammed«, verfügte ich. »Der hat diesen Monat schon drei hinter sich. Das reicht.«

»Verstehe, du alte Glucke. Was ist mit dir, Verhaert?«

*»Niks voor mij, bedankt.«**

»Na schön«, sagte er im Aufstehen. »Werde ich also galant sein.«

»Zu liebenswürdig«, entgegnete ich.

»Nichts zu danken, Dussert. Du ahnst nicht, was dir entgeht.«

»Ach, Weihnachten im Leichenschauhaus, ich weiß nicht ...«

»Na und? Dort riecht es wenigstens das ganze Jahr nach Tannenbaum.«

Sogar der Richter ließ sich zu einem Lachen hinreißen. Die Protokollführerin sah inzwischen so aus, als würde sie es kein Jahr mehr in diesem Beruf aushalten.

Der Ober war überglücklich, kassieren zu dürfen. In seinem Überschwang begleitete er uns beinahe durch die ganze Sackgasse hinaus. Pussemiers nützte die Gelegenheit, ihm die Plomben zu zeigen, die die Toilettentür zierten.

»Das ist aber nervig«, war das einzige, was ihm darauf einfiel.

Bevor er in seinen Kastenwagen stieg, reichte Pussemiers erst dem Richter, dann der Protokollführerin die Hand.

»Guten Abend ... Fräulein ...?«

»Möchten Sie gerne ›Herrlein‹ genannt werden?« zirpte sie affektiert.

Nach heroischem Widerstand und diversen Detonationen sprang der Motor endlich an. Pussemiers bog nach rechts in die Rue des Fripiers ein. Der Auspuff schleifte übers Pflaster.

Nachdem wir uns für denselben Tag verabredet hatten, gingen auch der Richter und seine Protokollführerin auf ihr Auto zu. Ich sah auf meine Uhr. Es war zwei.

»Ein Heiland ist uns geboren«, sagte ich. »Schade, daß er nicht jedermann retten kann.«

»Zuviel Arbeit«, sagte Trientje.

Hinter den blinden Fenstern von Saint Nicolas gegenüber lag bereits alles im Dunkeln. Allein die Heiligen wachten drinnen in dem langen, gotischen Kirchenschiff und warteten auf den Morgen.

»Alles in allem hätte ich doch die Oper vorgezogen.«

* Das ist nichts für mich, danke.

»Mein Bruder hätte dir eine Karte beschaffen können«, sagte Trientje.

»Ich weiß. Sag ihm vielen Dank.«

Der Himmel über unseren Köpfen wirkte dichter und undurchdringlicher als je zuvor.

»Meinst du, es gibt bald Schnee?« fragte ich.

Trientje zog ihre Mütze über. Der kleine blonde, von einem Gummiband gehaltene, rasierpinselartige Pferdeschwanz fiel ihr auf den Kragen.

»Der kleine Dachs«, wie Marlaire zu sagen pflegte.

»Soll ich dich nachher nach Hause bringen?«

»Du bist mit der Straßenbahn gekommen, Barthélemy.«

Stimmt. Das hatte ich vergessen.

»Aber ich kann dich heimbringen, wenn du möchtest«, sagte sie.

Ich antwortete nicht. Ich hatte keine gesteigerte Lust, meine Haut in ihrem alten Renault 4 zu riskieren. Einmal hatte sich die Beifahrertür von ganz alleine geöffnet, mitten in einer Kurve.

Nachdem sie die Menschen verscheucht hatte, verwandelte die Kälte die Straße in einen Kalkbruch. Die Fassaden oberhalb der Schaufenster wirkten noch weißer als sonst. Kaum ein Fenster war noch erleuchtet. Hinter einer der dick beschlagenen Scheiben konnte man die roten und gelben elektrischen Kerzen eines Christbaums erahnen und das Blinken einer Girlande. Ein Stückchen weiter, vor dem *Falstaff*, hallten freudige Schreie, Gelächter und Autohupen durch die Nacht. Wir setzten uns in Bewegung.

»Sag mal, Katrien?«

»Mhm?«

»Bist du nicht ein bißchen gemein gewesen, vorhin?«

Sie runzelte die Brauen.

»Mit dem Fräulein Gerichtsschreiberin«, präzisierte ich.

Kurzes Kopfschütteln. Sie kramte in ihren Taschen, fand ihr Feuerzeug, aber keine Zigarette.

»Ihre Schuhe, pfff...«

Ich verstand den Zusammenhang nicht recht.

»Italienisch, von wegen.«

(Ach so. Ich hatte keine Meinung in diesem Punkt.)

Der Bereitschaftsdienst war so gut wie zu Ende, es bestand also kein Grund mehr zur Eile. Ausnahmsweise ging Trientje voran. So konnte ich mit einem Auge die langen Fransen ihres Schals betrachten, die ihr die Kniekehlen kitzelten. Die Strumpfhose war hübsch. Sollte ich sie auf die Laufmasche hinweisen? Wirklich zu schade. Denn auch wenn sie es selbst nicht glaubte – aber dazu hätte man es ihr vielleicht sagen müssen –, hatte Trientje sehr hübsche Beine. Kurz, aber hübsch. Dann mußte ich an die von Aline denken, die perfekt waren.

Jahre her, daß ich zum letzten Mal die Beine einer Frau gestreichelt hatte. Lieber nicht genau nachzählen, wie viele.

»Ist dir nicht kalt so?« fragte ich.

Seufzer.

»Doch.«

Zweiter Seufzer.

»Doch, natürlich.«

Plötzlich blieb sie abrupt stehen und schlug sich gegen die Stirn.

»*Verrek!* Meine Tüte!«

Wir waren gerade die Rue de la Fourche hochgegangen.

»Schon wieder! Das ist heute nicht dein Tag, was?«

»Ich geh' sie holen.«

»Laß sein! Ich kann manchmal auch galant sein.«

Zunächst im leichten Trab, um sicherzugehen, daß mein Schenkel mitmachte, und dann in vollem Galopp lief ich zurück in Richtung Kneipe.

Nach all den Stunden auf einem Stuhl in der einschläfernden Wärme des Ofens tat es gut zu laufen. An der Kreuzung stand ein graues Auto im Halteverbot, mit zwei Rädern auf dem Trottoir, so daß ich auf die Straße ausweichen mußte. Das Nummernschild begann mit den drei Buchstaben TOT. Ich fand das witzig und zu dem Abend passend. Als ich in Sichtweite der Gasse erschien, war der Ober gerade dabei, das Tor zu verriegeln.

»Hallo! Warten Sie noch eine Minute!« rief ich.

Sofort winkte er mir mit der Papiertüte zu.

»Ich wollte Ihnen gerade schon nach, Inspektor! Das gehört der kleinen blonden Dame, nicht?«

Ich nickte, dankte ihm für seine Aufmerksamkeit – denn sie wirkte aufrichtig – nahm die Tüte und machte wieder kehrt.

Der Schenkel hielt gut durch. Nach den Monaten erzwungener Ruhe entdeckte ich jetzt den Spaß am Rennen wieder neu, wobei diesmal keine Rede von Rehabilitation sein konnte. Der graue Wagen stand nicht mehr auf der Kreuzung. Mich packte die Kühnheit, und ich lief etwas zu schnell um die Kurve.

Die Brüsseler Trottoirs sind für Fußgänger ein wahrer Cross-Country-Parcours. Ich stieß mit der rechten Schuhspitze gegen einen lockeren Pflasterstein, verlor den Boden unter den Füßen und schlug der Länge nach hin. Trientjes Tüte flog in den Rinnstein.

Fluchend und schimpfend richtete ich mich auf. Ich hatte mir die Hände aufgeschürft, und vor allem tat mein Bein wieder weh. Eine kleine blaue Packung war aus der offenen Tüte gerutscht. Ich hob sie auf.

Ich hätte es vermeiden können, den Schriftzug auf der Packung zu lesen.

Ich hätte.

Präservative. Modell extra strong. In der Tüte waren noch einige mehr.

Ich legte die Packung vorsichtig in die Tüte zurück und knotete sie zu, so gut ich konnte.

Am Ende der Straße wartete sie auf mich. Ich rannte nicht mehr. Ich wußte nur noch eins.

Mir war entsetzlich schlecht.

21347 Private
G. Leatherland
Notts. & Derby Regiment
20th June 1917

(1.3)

Das fängt schon schlecht an mit dir. Ich habe nachgesehen: Das Register verrät ebensowenig über deinen Vornamen wie der Grabstein. G., das ist eine ziemlich dürftige Basis. Also George? Geoffrey? Gerald? Da hier eine Entscheidung fallen muß, werde ich dich George nennen, wie den heiligen Krieger, den man halb nackt auf den Denkmälern des Empire beim Drachentöten sehen kann. Und da ich weder dein Alter noch deine Geburtsstadt kenne, werde ich mich mit dem Beinamen deines Regiments begnügen müssen: Sherwood Foresters – die Mannen von Sherwood. Erstes Bataillon, um genau zu sein. Natürlich muß ich sofort an die Taten Robin Hoods denken und die Ruchlosigkeit des Sheriffs von Nottingham. Das in den Stein gemeißelte Siegel deines Regiments zeigt aber keinen Bogen, sondern einen Stern. Wird hier etwa dem Bösewicht Ehre erwiesen, nicht dem Helden? Das wäre allerdings ziemlich bemerkenswert.

Gewiß, es fällt schwer, sich Little John oder Bruder Tuck in Reih und Glied und mit Marschgepäck zu denken. Aber schon zu deiner Zeit war der Sherwood Forest nicht mehr, was er vielleicht einmal gewesen ist. Hatte nicht schon Defoe behauptet, daß der gute Robin sich dort mittlerweile nicht einmal mehr eine Woche hätte verstecken können? Alles geht den Bach runter, George. Nur nicht die Legenden. Das ist der Grund, warum man sie so liebt, nehme ich an. Du genauso wie ich.

Aber jetzt mal ganz im Ernst. Du hast nichts von einem Robin Hood. Kein Leatherland war je Graf von Locksley und Huntingdon. Unten im Bergwerk kennt man das Leben. Aber vielleicht inspiriert dich diese »Schirmherrschaft« ja dennoch, als du mit deinen drei Kumpels aus der Kricketmannschaft im Bahnhof von Nottingham eintriffst – die anderen sind bereits fort. Der Zug hat euch von Dorf zu Dorf durch eine schwarz-grüne Wälder- und Kohlenminen-Landschaft gefahren, die ihr zu gut kennt, um sie euch anzusehen. Der träge Rhythmus der Eisenräder über die Schwellen wiegt euch in einen Dämmer, aus dem euch das Pfeifen der einfahrenden Lokomotive unter dem rußigen Glasdach kaum zu wecken vermag.

Der Weg zum Meldebüro ist ausgeschildert, ihr singt Trinklieder, werft eure Mützen in die Luft und – etwas, das ihr vor einer Woche niemals gewagt hättet – pfeift den Mädchen nach, die euch zulächeln, anstatt euch die kalte Schulter zu zeigen. Ich folge euch. Ich bin dicht hinter euch, aber ihr könnt mich nicht sehen. Harry, der König der Batter, hat, weiß der Himmel wo, einen alten, mottenzerfressenen Union Jack aufgegabelt, dem die weißen Streifen des St.-Andrew-Kreuzes fehlen. Zum Teufel mit den Schotten! Als du unter den mittelalterlichen Fenstern des Ye Olde Trip to Jerusalem *entlanggehst, fragst du dich, ob der legendäre Robin Hood nicht genauso auf den Kreuzzug gegangen ist, wie du es jetzt tust. Wäre durchaus denkbar. Du allerdings wirst keine Sarazenen zur Hölle schicken, sondern nur ein paar arrogante Jerrys** For King and Country! *Und George V kann es allemal mit einem Richard Löwenherz aufnehmen. Über euren Köpfen strahlt die Sommersonne, die Sonne des Heiligen Landes – ob es Frankreich oder Belgien heißen wird, weißt du noch nicht.*

Jack, der Silly Mid-On, *hat noch nicht das Mindestalter, aber der Rekrutierungssergeant drückt beide Augen zu. Harry wiederum hat Befürchtungen ob seiner Größe, doch er kommt durch. Francis, euer bester Werfer, hat seinen Eltern nichts gesagt. Und du, George, du denkst an deine Freundin, und du sagst dir, daß sie stolz auf dich sein wird.*

Gewiß, der Sold kann das Gehalt aus dem Bergwerk nicht ersetzen. Und vielleicht ist da sogar tief in deinem Innern eine leise Stimme, die dir zuflüstert, daß du im Begriff bist, eine große Dummheit zu begehen. Aber dann blickst du dich um und sagst dir, daß sich unmöglich so viele Leute alle zur gleichen Zeit irren können. Am Eingang zum Meldebüro ist es beinahe zur Schlägerei gekommen. Du hast sogar gehört, wie ein Captain von der Intendanz, sehr schick mit seinen glänzenden Gamaschen, am Telefon gefragt hat, »wie wir all diese Leute einkleiden und unterbringen sollen«. Hier ist die Armee in den Händen von Profis. Du

* Seit dem Ersten Weltkrieg Spitzname für die Deutschen.

hast gehofft, daß Jenny dich in Uniform anbeten würde, und so waren deine letzten Zweifel zerstreut. Gewiß, die Wickelgamaschen sind weniger schön als die richtigen. Aber das ist ja nur ein Anfang.

Ein alter Reservesergeant – Harry behauptet, er habe noch den Burenkrieg mitgemacht – läßt euch im Schulhof antreten. Direkt vor dir präsentiert ein Stutzer im Strohhut seinen Spazierstock, und nicht einmal das kannst du lächerlich finden. Francis, irgendwo dahinten, hat ein wenig die Courage verloren – sein Vater wird ihm garantiert eine Strafpredigt halten –, aber Harry findet die richtigen Worte: »Wir sind nicht zum Spaß hier, Frank!« Und dabei lacht er aus vollem Hals, Harry. Jack dagegen sagt gar nichts mehr.

Euer Aufmarsch zieht die Massen auf die Straße. Überall werden Fahnen geschwenkt. Die Leute rufen euch zu, aber ihr könnt nicht verstehen, was. Sie lieben euch, soviel ist sicher, und ihr brennt darauf, ihnen diese Liebe zu vergelten. Denn so seid ihr noch nie geliebt worden. (Schade, daß Jenny nicht da ist. Du hättest es ihr vielleicht doch sagen sollen?) Irgendwo weiter vorne stimmt ein Typ ein Lied an, und ihr fallt alle in den Refrain ein. In euren Westen und Sonntagsanzügen, euren Mänteln oder eurer Arbeitskleidung seid ihr nur noch ein winziges Teilchen eines einzigen großen und unbesiegbaren Körpers. Ihr seid die »Sherwood Foresters«, und ihr werdet die Untertanen des Kaisers ganz schnell in ihre germanischen Wälder zurückjagen.

Du, George, du bist nicht anders als die andern. Du bebst. Du glaubst. Woran? Das weißt du nicht so genau. Aber das macht nichts. Ich bin schon dabei, dich in der Menge aus den Augen zu verlieren. Du marschierst zu schnell. Dein Gesicht wird vom Schatten verdunkelt und verschwindet zwischen zwei Hüten.

Über deinem Kopf strahlt eine schöne Sommersonne. Sie ist es, die du fast auf den Tag genau drei Jahre später ebenfalls sehen wirst, dort oben an den Himmel genagelt, wenn du die Augen schließt, um sie nie mehr zu öffnen. Harry, Jack und Francis werden schon seit langem tot sein. Und die dritte Ypern-Schlacht wird noch nicht einmal begonnen haben.

Fünftes Kapitel

Bereits mitten am Nachmittag war die Avenue de la Renaissance dicht. Ich beschloß, trotzdem weiterzufahren. Solange die Anwohner, die nicht über eine Garage verfügten, ihren Arbeitstag noch nicht beendet hatten und in ihr Heim zurückgekehrt waren, blieb mir eine winzige Chance, nicht allzuweit vom Institut einen Parkplatz zu finden. Direkt unter dem Fenster, das wäre zuviel verlangt gewesen. Also fuhr ich einmal um den Block und bog dann ins Quartier des peintres, das – Tarnung oder Glacis? – von allen Seiten die Königliche Militärakademie umgab.

In der Rue Murillo (dem einzig Spanischen hier) stellte ich meinen Citroën vor einem Blumengeschäft ab. Drei abgeblätterte Rosen, die grob auf das Schaufenster gepinselt waren, erinnerten mich daran, daß ich vergessen hatte, den obligatorischen Blumenstrauß zu kaufen. Oder vielleicht eher vermieden als vergessen.

Es ist nicht so, daß ich Blumen hasse. Aber sobald sie abgeschnitten sind, erinnern sie mich an geschminkte Leichen, deren einzige Zukunft das Vertrocknen ist. Und vor allem sind sie Teil einer Annäherungstaktik. Und sobald es sich um Gefühle handelt, widerstrebt es mir, an den Sinn und Zweck irgendwelcher Taktiken zu glauben.

»Das ist Stolz, mein Lieber«, meint Sébastien. »Nichts als Stolz. Und reichlich fehl am Platze, das darfst du mir glauben!«

Dem reinen Wortsinn nach hat er zweifelsohne recht. Denn wenn die Frauen nicht erjagt werden wollten, was Gott verhüte, vielleicht wollten sie dann erobert werden? Aber der Unterschied zwischen beidem war mir nie recht klar geworden, und ich fühlte mich ebensowenig als Krieger wie als Jäger – zumindest nicht außerhalb der Bürozeiten. Im Gegenteil, ich hoffte wohl heimlich darauf, durch meine rührende Ungeschicklichkeit zu verführen, weil sie von Aufrichtigkeit oder von Respekt zeugte. Und falls es sich hierbei – was die Erfahrung zu bestätigen schien – um eine Fehleinschätzung handelte, ging ich vielleicht so weit, genau darin den tristen Trost der ewigen Verlierer zu finden – derer, die nie etwas wagen.

Ich konnte tun, was ich wollte, bei mir wurde das Verb lieben nur in der Einzahl konjugiert – eine Einzahl, die mich verfolgte. Andererseits kam ich mir zu alt vor (oder vielleicht auch noch zu jung?), um jenes trügerische Hirngespinst aufzugeben, selbst wenn ich dazu in der Lage gewesen wäre. Anne aufzugeben, mit anderen Worten, jene knospenfrische Liebe, die, da sie nie erblüht war, auch nie welken und sich schließen konnte. Und so war der Schmerz unter dem morschen Gebälk meines im großen und ganzen banalen Lebens mein geheimer Schatz geworden. Er erinnerte mich daran, daß auch ich einmal eine Hoffnung gekannt hatte, gelebt hatte. Er gab meinem Leben gewissermaßen einen Sinn. Ohne ihn wäre es komplett armselig gewesen.

Als ich die Tür öffnen wollte, stieß ich auf Widerstand. Es fehlte nicht viel, und ich wäre mit der Nase dagegengestoßen. Ein Blick durchs Schaufenster und ich verstand, daß das Geschäft geschlossen war. Auf einem Heizkörper lag eine große schwarze Katze, lasziv hingeräkelt wie eine Odaliske im Pelz, die der Gang der Geschäfte gänzlich unberührt ließ. Also keine Blumen. Ich überquerte die Avenue.

Nach einem mehrtägigen unentschiedenen Hin und Her war der Schnee schließlich ausgeblieben. Statt dessen nistete sich eine undefinierbare Witterung im Land ein, gleichförmig und trist, genau wie seine Politik. Die relativ milden Temperaturen in diesem Januar vermochten es allerdings kaum, die träge Sonne hervorzulocken, die sich hinter einer dicken Wolkenmauer verborgen hielt. Die Ahornbäume des Parks zeichneten feine, zittrige Kalligraphien auf den grauen, papierenen Himmel. Das Dämmerlicht kürzte den Nachmittag, allen Uhren zum Spott, ab.

Hinter den quadratischen Fenstern des Instituts brannte Neonlicht. Vom Trottoir aus konnte man einige über die Arbeit gebeugte Oberkörper ausmachen, hinter denen die Phantasie des Passanten sich je nach Belieben eine Staffelei, eine Werkbank, oder, prosaischer, eine Schreibmaschine ausmalen mochte. Ich suchte die hellerleuchteten Felder eines nach dem anderen nach einem roten Fleck ab – ihrer Lieblingsfarbe. Ohne Erfolg. Daraus schloß ich, daß Aline heute ihr Büro gegen die Goldschmiedewerkstatt auf der anderen Seite des Gebäudes eingetauscht hatte.

Die Rezeptionistin am Empfang kannte mich noch nicht gut genug, um mich mit einem vieldeutigen Lächeln durchzuwinken. Irgend etwas sagte mir, daß das nicht mehr lang dauern würde.

»Mademoiselle Durufle? Ach ja, sie hat mir Bescheid gesagt! Sie können sie bei den Schreinen finden. Ich werd's Ihnen erklären ...«

Seit ihrem Besuch im Krankenhaus waren wir – immerhin! – zum Du übergegangen. Bei unserer ersten Begegnung im Institut (einer amtlichen allerdings) hatte ich sie mit Madame angesprochen. Im Rückblick, der allerdings kaum mehr als neun Monate zurückreichte, kam mir das lächerlich vor.

Im Fahrstuhl versuchte ich mir irgendeine geistreiche Wendung für einen heiteren Auftritt auszudenken, die unserem Gespräch gleich eine etwas spielerisch-frivole Note geben würde. Statt dessen nahmen die umspringenden Leuchtziffern, die die einzelnen Stockwerke anzeigten, meine Aufmerksamkeit gefangen. Sehnsucht oder Nervosität? Aber was geistreiche Worte betraf, die fielen mir immer erst hinterher ein. Da öffnete sich bereits die Aufzugtüre. Zu spät. Werden wir halt ein anderes Mal Theater spielen, falls nötig. Ich holte tief Luft.

Vor zwei Monaten war es Aline endlich gelungen, eine Halbtagsstelle in einer der wirklich künstlerischen Abteilungen des Instituts zu bekommen, indem sie auf ihr erstes Diplom verwiesen und vor allem von einem Mangel an spezialisierten Mitarbeitern profitiert hatte. Die restliche Zeit verbrachte sie weiterhin mit ihren administrativen Aufgaben in der Personalabteilung. Diese langersehnte neue Funktion erfüllte sie über alle Erwartungen und zeitigte ebenso auf bestimmte Dinge beschränkte wie unvermutet auftretende Anflüge von Begeisterung, die sich in einer unglaublichen Anzahl von Überstunden äußerten. Obwohl sie für unsere Verabredung extra einen halben Urlaubstag genommen hatte, war ich sicher, sie in die Arbeit vertieft anzutreffen.

Als ich vor dem Ziel stand, machte ich noch einmal eine Pause, kämmte mir mit den Fingern ein letztes Mal durchs Haar und drückte die Klinke herunter. Die Tür quietschte nicht. Zunächst steckte ich den Kopf durch den Rahmen und trat dann in den großen Raum, in dem sich im Gegenlicht eine Mauer aus Schubladenschränken vor mir abzeichnete.

Hier herrschte eine Stille wie im Kreuzgang eines Klosters, und ich glaubte zunächst, mich in der Tür geirrt zu haben. Aber Aline war da. Einige Vorhänge waren zugezogen. Ich brauchte ein paar Sekunden, um sie in dem dämmrigen Licht auszumachen. Am rechten hinteren Ende des Zimmers isolierte ein Raumteiler voller Fotografien sie vom Rest der Welt. In der beinahe farblosen Umgebung leuchtete ihr knallroter Pullover um so heller auf. Ich ging auf sie zu. Sie saß auf einem Hocker vor einem riesigen Arbeitstisch. Der Schein einer Lampe warf Goldglitter auf ihr tiefbraunes Haar, dessen Spitzen den weißen Kragen ihrer Bluse berührten. Sie hatte mich nicht hereinkommen hören – oder zumindest tat sie so, als ob.

Mein Blick verweilte einen Moment lang auf ihrem gebeugten Rücken, auf den sich deutlich unter der Wolle des Pullovers abzeichnenden Schulterblättern, glitt dann zum Faltenwurf eines schweren, schwarzen Samtrocks hinab und noch tiefer, auf die sich vor der Dunkelheit hell abzeichnenden Falten ihrer ebenfalls schwarzen Stiefel, deren Absätze in die Stangen des Hockers verhakt waren. Ihre Hände konnte ich nicht sehen. Die Arme, dicht am Oberkörper gehalten, bewegten sich nicht. Lag es an der Beleuchtung oder der Stille, die beide durch ihre glatte Starre die geringste, den Sinnen wahrnehmbare Veränderung verstärkten? Jedenfalls war sie von einer beinahe sichtbaren Aura von Konzentration umgeben. Kaum daß ich momenteweise ein dünnes, kurzes und mattes, metallisches Klingeln wahrnahm, wie das Geräusch einer in einen Opferstock geworfenen Münze.

Ich rührte mich nicht. Vielleicht mehr noch als aus leidenschaftlichen Gesten oder Worten wächst die Liebe und speist sich aus Bildern. Wenn man sie ohne ihr Wissen in den Schlummer versunken oder bei einer andächtigen Geste beobachtet, entpuppten sich die Wesen, die wir begehren, als verletzlich, aber auch als mächtig. Verletzlich, weil unseren Blicken und geheimen Phantasien ausgeliefert; mächtig, weil wir immer wieder, in immer wieder neuer Freude und neuem Schmerz, die Macht erkennen müssen, die sie über uns haben, selbst wenn sie es gar nicht darauf anlegen.

Um sie nicht zu erschrecken – denn die Handgriffe, in die sie gerade vertieft war, duldeten womöglich nicht die geringste falsche Bewegung –, scharrte ich absichtlich mit den Füßen über die Fliesen. Unser Bestand an Kunstwerken sollte unter meinem Eindringen nicht zu leiden haben. Aline drehte sich um.

»Oh, Barthélemy? Bist du das?«

Welche Frage. Aber in diesem Augenblick hörte ich gar nichts.

Eine Sekunde lang, oder vielleicht zwei, wurde mein Kopf leer. Ich stand wie versteinert. Nur meine Augen nahmen noch eine zitternde, labile und überbelichtete Realität wahr. Ich hatte den Eindruck, durch einen gläsernen Boden in die Tiefe zu fallen. Aline bemerkte nichts davon. Sie warf einen Blick auf ihre Armbanduhr.

»Ah, là, là! Verflixt! Ich habe mich verspätet ...«

Hatten meine Andeutungen Früchte getragen? Abgesehen von einem Hauch Lidschatten trug Aline keinerlei Make-up mehr. Und sie war sehr schön so.

»Macht's dir was aus, wenn ich das eben noch zu Ende bringe?«

Da verwirrte die Erinnerung mir den Blick oder aber spitzte ihn zu, ich wußte es nicht so genau. Einen Moment lang schwankte ich innerlich. Mit einem schrecklichen Stich im Herzen dachte ich an jenen Frühlingstag, an dem ich eine andere Zimmertür statt dieser hier geöffnet und eine nicht wiederzuerkennende Frau entdeckt hatte, die sich endlich ihrer langen, schwarzen Mähne entledigt hatte. Da war sie endlich. Leicht. Sublim. Das unauslöschliche Bild, das, ich wußte es, für immer in mein Gedächtnis gebrannt bleiben würde.

Ich mußte etwas sagen, und zwar schnell. Ich schwankte nicht einmal mehr, sondern war wie gelähmt. Ich hatte plötzlich

Angst, mich im Vornamen zu irren, mich im Leben zu irren, verletzend zu sein. Jemandem die Existenz abzusprechen, der vielleicht nichts anderes wollte, als ein wenig Wärme mit mir zu teilen. Die Ungeheuerlichkeit meines Irrtums und die mittlerweile felsenfeste Überzeugung, daß das Leben einem nur einmal die Chance gibt, ließen mich verstummen. Keinerlei Ähnlichkeit, die nicht nebensächlich, die nicht unwichtiges Detail gewesen wäre. Und dennoch, geblendet wie an jenem Tag und von meiner Erinnerung überwältigt, hörte ich mich Wort für Wort denselben Satz sagen wie damals:

»Also! Ich weiß nicht, was du davon hältst, aber mir gefällst du so besser!«

Obwohl unsere Beziehung in den zwei Jahren, die wir einander kannten, völlig harmlos geblieben war, war auch Anne damals bis über beide Ohren errötet. Ich würde nie wissen, warum eigentlich oder weswegen.

»Was meinst du mit ›so‹?« fragte Aline.

Es war unmöglich, daß sie nichts von dem inneren Tumult bemerkte, mit dem ich mich herumschlug, und dieser Gedanke jagte mir panische Angst ein. In vollem Bewußtsein meiner Taktlosigkeit küßte ich sie auf die Wange. Meine Lippen zitterten. Ich war hin- und hergerissen zwischen dem absurden Wunsch davonzulaufen und dem nicht minder absurden, aber noch heftigeren, sie in die Arme zu nehmen und mein Gesicht in ihrem Haar zu vergraben.

»Was ich damit meine? ... Das weißt du sehr gut«, sagte ich.

Sie machte eine skeptische Grimasse und wiegte den Kopf.

»Also ehrlich, Herr Inspektor! Ein paar Indizien mehr könnten Sie mir schon geben!«

Mit einem Mal hatte ich das Gefühl, wieder Fuß zu fassen. Sie streckte sich, knackte mit den Fingerknöcheln und legte das Wattestäbchen, das sie zwischen Daumen und Zeigefinger gehalten hatte, in ein kleines Schälchen.

»Hast du noch fünf Minuten Geduld? So lange brauch' ich noch, um dieses Stück zu walzen, und wir können los.«

»Natürlich«, sagte ich. »Laß dir Zeit.«

»Ich schau dir gerne bei der Arbeit zu«, hätte ich beinahe hinzugefügt. Anstatt mir einen Stuhl zu suchen, sah ich mich lieber zwischen den verschiedenen Arbeitstischen um, auf denen teilweise bizarr geformte Instrumente lagen. Die Fenster waren nicht zu öffnen, und ganz im Gegensatz zur Heizung funktionierte die Klimaanlage nicht. Die Gerüche konnten nicht abziehen, imprägnierten die Wände und die Möbel und beherrschten den ganzen Raum. Überall roch es ein wenig wie in der Waffenschmiede von Trientjes Onkel, nur daß es hier natürlich edlere Späne waren, aufgrund der benutzten Metalle – Silber, Kupfer und Vermeil –, und vor allem nach dem allgegenwärtigen, geschichtsträchtigen Staub, der in Myriaden von kleinen Partikeln durch den Raum tanzte und die Atmosphäre bis zum Überdruß sättigte. Mit seinen verletzten Statuen, seinen aufgesprungenen Leinwänden, seinen von Alter und Motten zerfressenen Wandteppichen, die alle auf ihre Krücken und Verbände warteten, erhob das Institut sich in der Stadt wie ein Lazarett der Erinnerung: Die letzte *Casualty Clearing Station* eines lautlosen Kriegs gegen die Zeit, der von vornherein verloren war und der sich lediglich durch das Knacken von altem, gewachstem Parkett, das Ticktack der Hygrometer und das Gähnen von ein paar alten Wächtern in ihren leeren Museumssälen bemerkbar machte.

In manchen Niederlagen liegt Größe. Einen Dachboden zu durchstreifen, beispielsweise, hieß das nicht, den Besiegten – Dingen und Menschen, bekannt oder unbekannt – Ehre zu erweisen? Der Stille der Hommage antwortete dann die Stille der Örtlichkeit, die voller sterblicher Hüllen stand, deren Einsamkeit nur zu deutlich, deren Tod nur noch einmal hinausgeschoben war. Ich beneidete Aline darum, auf einem solchen Dachboden am Rande des Vergessens zu arbeiten. Ein sauberer, wohlgeordneter und zweckmäßiger Dachboden vermutlich – aber dennoch ein Dachboden.

»An was arbeitest du gerade?«

Aline war aufgestanden und ein paar Schritte gegangen. Eine Mechanik begann zu klicken. Vorsichtig drehte sie an der Kurbel einer Maschine voller Zahnräder und Ritzel. Zentimeter für Zentimeter glitt ein dünner Silberstock zwischen zwei Aluminiumwalzen.

»Am Schrein des heiligen Radelgies«, sagte sie und zog ihr Stück aus der Maschine. »Komplettrestaurierung. Ich hab' das Gefühl, das wird ein Jahr dauern. Ein klassischer Märtyrerschrein. Maastal, Anfang 12. Jahrhundert. Der Kasten steht da hinter dir...«

Ich drehte mich um. In einer Zimmerecke ruhte auf zwei Böcken ein Gehäuse aus grauem Holz. Das ziemlich grobschlächtige, wurmstichige Handwerksstück war von einer doppelten Abdachung gekrönt. Blinde Fenster waren in regelmäßigen Abständen entlang der Seitenteile angebracht.

»Wir haben das gesamte Ornamentwerk abmontiert«, erklärte Aline.

In seiner ursprünglichen Nacktheit wirkte der Schrein auf seine erste und eigentliche Funktion zurückgeworfen. Denn was war ein Schrein schließlich anderes als ein Luxussarg? Heutzutage begnügten sich selbst die großen Männer mit vier Kupferhenkeln und, manche von ihnen zumindest, einem Kreuz.

»Und innen drin?« fragte ich.

Aline kicherte.

»Niemand hat reingeschaut. Zumindest hier nicht. Jedem seine Arbeit. Wir kümmern uns um die Verpackung. Und die ist es wert.«

»Der Verpackte aber doch wohl auch, nehme ich an.«

Dem kleinen Format nach zu urteilen, war Sankt Radelgies wohl kaum vollständig in die Ewigkeit eingegangen. Genausowenig wie seinen Folterknechten war er seinen fanatischen Anhängern entkommen, und sein Skelett hatte wohl für ein ganzes Sortiment verschiedenster Reliquien herhalten müssen.

Aline, die sich bemühte, rasch fertig zu werden, war an ihren Tisch zurückgekehrt und klebte jetzt den Silberstreifen auf die Rückseite eines gekrümmten und mit geometrischen Motiven geschmückten Stücks, das offenbar den Rand eines Medaillons bildete – den exakten Begriff kannte ich nicht. Ich bemerkte, daß sie bei der Arbeit nicht ihre große Brille trug. Sie hatte also mir zu Ehren Kontaktlinsen eingesetzt. Amüsiert konstatierte ich, daß ich immer nur mehr oder weniger kurzsichtigen Frauen über den Weg gelaufen war. Gewiß, das bewies noch gar nichts.

Außerdem waren es nicht genug, um einen statistisch repräsentativen Querschnitt zu bilden.

»Und was hat er Besonderes vollbracht, bevor man ihm den Garaus gemacht hat, dieser Radlermaß?«

»Radelgies. Versuch nicht, dich unkatholischer zu geben, als du bist, Barthélemy.«

»Ist das denn so leicht zu durchschauen?« fragte ich lachend.

Sie kramte in einem Kästchen, entnahm ihm eine Zange mit spatelförmigen Enden und drehte die sichtbaren Oberflächen des hinzugefügten Teils um. Bei jeder einzelnen ihrer sicheren, präzisen Gesten, denen ich folgte, empfand ich das beruhigende Gefühl, welches einem der Anblick eines Handwerkers bei der Arbeit einflößt. Kein Raum für Willkür und ebensowenig für Langeweile: Jede Bewegung ist eine Etappe auf dem Weg zu einem eindeutigen und bekannten Ziel, aber keine ist identisch mit der vorherigen. So müßte das Leben funktionieren.

Obwohl ich mir dies nicht anmerken ließ, lernte ich sie allmählich besser kennen. Hinter Alines munterer Art verbarg sich – und jede Begegnung überzeugte mich mehr davon – kein einfacher und von Natur aus charmanter Mensch. Zum Beispiel war sie, wenn eine Arbeit sie beschäftigte, keineswegs redselig, und das war das erste, was mich überrascht hatte. Dagegen war sie, sobald sie sich in Gesellschaft befand – und ein einziger Mensch reichte da schon aus – nie um ein Wort verlegen, aber ihre freundliche Art wirkte oft aufgesetzt, übertrieben, manchmal sogar aufdringlich. Auch wenn ihr zunächst kaum jemand widerstehen konnte, ging sie vielen schnell auf die Nerven.

Und dennoch koexistierten diese beiden Facetten ihres Wesens ohne offenen Konflikt. Der Umschlag von der einen zur anderen geschah fließend und sukzessive. Mit der Zeit war ich fast hundertprozentig sicher geworden, daß die Anfälle von Vielrederei – genauso wie die Schmink-Exzesse – in ihrer Angst begründet lagen, die anderen vor den Kopf zu stoßen oder zu enttäuschen. Und genauso kam es mir vor, daß, wenn ihre Freundlichkeit zu Beflissenheit wurde, sie keineswegs mit allen Mitteln zu gefallen suchte, sondern vielmehr eine innere Furcht bekämpfte, gegen die sie sich mit allen Mitteln zu wappnen suchte.

So war mir bei unserer ersten Begegnung eine glatte, ebenso ernsthafte wie übertriebene Höflichkeit aufgefallen, die ich hinterher als gespielt und konventionell verdächtigt hatte. Aber mit der Zeit war die Wahrheit sichtbar geworden: Auf ihre Art war Aline ganz einfach schüchtern, und all ihre mir unbegreiflichen Gewagtheiten waren letztlich nichts als die Flucht nach vorn.

Um so glücklicher war ich, in der letzten Zeit feststellen zu können, daß sie, zumindest in meiner Gegenwart, das Visier etwas hochgeklappt hatte. Endlich ertrug sie es, gemeinsam zu schweigen.

»Radelgies von Benevent«, sagte sie. »Ich weiß über ihn nur, was man mir erzählt hat: ein italienischer Prinz aus dem neunten Jahrhundert oder so um den Dreh. Nachdem er wegen irgendwelcher dunklen Erbsachen die Hälfte seiner Familie abgemurkst hat, soll er sich an den Unterlauf der Sambre zurückgezogen und dort, nachdem er zum Einsiedler geworden war, alle seine Habe an die Armen verteilt und einige Wunder vollbracht haben, bevor er sich seinerseits umbringen ließ. So weit...«

»Ziemlich viel Konditionalsätze.«

»Nicht mehr als sonst auch, denke ich.«

»Eine erbauliche Geschichte, jedenfalls. Und die Gerechtigkeit siegt.«

»Ja. Vielleicht ist das ja das Wunder.«

»Was, daß die Gerechtigkeit siegt?«

»Was das betrifft, brauche ich dir bestimmt nichts zu erzählen.«

»Wer weiß...«

»Schließlich ist doch das Ende das, was bei einer Geschichte zählt, oder? Jedenfalls erinnert man sich immer nur daran. Gott, falls es ihn gibt, hat vielleicht ein längeres Gedächtnis...«

Mit einem Sprung war Aline von ihrem Hocker herunter, ging zu einem Wandschrank und machte mir ein Zeichen, ihr zu folgen. Mit beiden Händen zog sie eine große, ungefähr zwei Meter breite Schublade auf, die ebenso an einen Marktstand wie an eine Juwelierauslage erinnerte.

»Das ist er, der Schrein von St. Radelgies!« erklärte sie.

Ich beugte mich über ihre Schulter.

»Hübsches Puzzle.«

Wild durcheinandergeworfen, boten sich dem Betrachter silberne Gegenstände in allen Formen und Größen. Ein Muschelteppich, dachte ich, lauter tote Schalen, die die Ebbe der Geschichte hier zurückgelassen hat. Die verfugten Leisten erinnerten an Messermuscheln, die geäderten Medaillons an Kammuscheln, und die aus ihren Rahmen entfernten Märtyrerbüsten besaßen die Zartheit und ziselierte Feinheit von Turmschnecken. Mit den Fingerspitzen drehte ich eine der Figurinen um. Sie stellte einen Heiligen im Kettenhemd dar, dessen Schielen dem Blick nichts von seiner Strenge nahm. Die rechte Faust war durchlöchert und hatte den Griff eines Schwertes halten müssen.

»Ist er das?«

Aline schüttelte den Kopf.

»Nein, der da ist Sankt Candidus, ein anderer Märtyrer. Auf jedem Medaillon ist ein anderer. Vier insgesamt. Der reinste Club.«

»Und Sankt Radelgies?«

»Der ist auf dem Schrein geblieben.«

»Darin, willst du sagen?«

»Darin auch natürlich. Das heißt, ich nehme es doch an. Komm mal hier rüber.«

Aline schloß die Schublade, die klemmte, so daß sie mit der Hüfte nachhelfen mußte, dann gingen wir um den Schrein herum. Dort wartete eine Überraschung auf mich. An einem der Giebel, der zur Zimmerecke gedreht war, war die Verzierung nicht abmontiert worden. Der Mittelpunkt der Komposition war eine Bas-Relief-Büste. Sie stellte einen Mann mit angegriffenen Zügen und einer endlos hohen Stirn dar, der die rechte Hand segnend hob. Durch einen raffinierten perspektivischen Kniff hatte der Künstler dafür gesorgt, daß die Flachheit der Nase die hochmütige Finesse des Gesamtbildes nicht beeinträchtigte. Die geschlossenen, gleichsam verriegelten Lider drückten nicht so sehr etwaiges Verzeihen aus als vielmehr eine ablehnende Distanz gegenüber einer Welt, in der der Schmerz nicht mehr denselben Sinn hat.

»Das ist ja modern!« rief ich aus.

»Ins Schwarze getroffen. Der Schrein ist bei einem Luftangriff im Mai 1940 beschädigt worden. Eine der vielen verirrten Bomben. Der Originalgiebel hat diese Tortur nicht überstanden. Dieser hier kommt aus Deutschland: eine Schenkung nach dem Kriege – eine Art Reparation. Wie du siehst, ist es hier mit der Restaurierung noch nicht so eilig. Der Kontrast zu den übrigen Seiten springt ins Auge, ist aber interessant. Man könnte meinen, es sei von Käthe Kollwitz, vor allem das Gesicht.«

»Diesem Heiligen fehlt der Schein«, bemerkte ich.

»Die Priester tragen auch keine Soutane mehr.«

Wieder warf sie einen Blick auf ihre Armbanduhr.

»Schon zwei Uhr! Ich werd' meinen Mantel aus der Garderobe holen, und dann können wir los. Tut mir leid, daß ich dich hab' warten lassen.«

Auch wenn wir keine exakte Uhrzeit für den Nachmittag ausgemacht hatten, haßte Aline Verspätungen. Sie ging hinter einer Reihe von Schränken entlang und öffnete eine von mir aus nicht sichtbare Tür. Ich folgte ihr nicht. Mein Finger glitt über die kalten Lider des heiligen Radelgies.

Diese hohe Stirn. Diese schmalen Lippen. Diese immense, stumme Müdigkeit. Dieses reine, bartlose und glatte Gesicht, auf dem das Licht keinerlei Kontur hervorzuzaubern vermochte; es glitt über das Metall, ohne auf irgend etwas anderes als nackte, unberührte und ausdruckslose Flächen zu treffen. Es war unnötig, das Foto aus meiner Brieftasche zu ziehen. Der Schwarzweißabzug würde die Ähnlichkeit fraglos noch vergrößern. Ich wußte nicht, auf welche Weise Sankt Radelgies zu Tode gekommen war. Sein Kleid mit dem symmetrischen Faltenwurf trug keinerlei Spuren von Gewalteinwirkung. Der Tote dagegen, an den er mich erinnerte, lag nackt in einer Kühlschublade des Leichenschauhauses in der Rue Montserrat, ein anonymer Bewohner eines modernen, auf Kugellagern ruhenden Sarges von nüchternem und funktionellem Zuschnitt. Allerdings würde er dort vermutlich nicht so lange ausharren. Sein Körper, geöffnet und bereits wieder zugenäht, hatte dem Gerichtsmediziner nur wenig appetitliche Reliquien geliefert.

Märtyrer im Namen welcher Sache, welchen Glaubens?

Das einzige, was ich über ihn wußte, war, daß er ungefähr

zwei Stunden vor seinem Tod – das hatte eine Untersuchung bestätigt – in einer englischen Buchhandlung eine Wagner-Biografie gekauft hatte, sodann in einem vorderhand noch unbekannten Restaurant ein Hähnchen mit Pommes frites und Salat zu sich genommen und dazu Rotwein getrunken sowie schließlich im *Imaige Nostre Dame* zwei Glas Bier geleert hatte. Vom Himmel gefallen und mir nichts, dir nichts auch wieder dorthin zurückgekehrt.

»Nein, nicht der geringste Akzent«, hatte der Kassierer der Buchhandlung, der dem seinen nach zu urteilen aus den Midlands stammen mußte, mir versichert. Und in einer anderen Sprache hatte der Ober des Bistros dasselbe gesagt. Die Wiesbadener blieben stumm, was der Richter mit den Feiertagen zum Jahresende erklärte, die, wie er versicherte, jenseits des Rheins unantastbar seien.

Als sie wieder erschien, kämpfte Aline mit einem Ärmel ihres Mantels.

»Ich bin so weit. Wo stehst du?«

»Um die Ecke«, sagte ich, während ich ihr in den Mantel half.

»Danke. Ich frage mich ...«

»Ja?«

»Ob wir noch genügend Zeit haben?«

»Wir nehmen sie uns einfach.«

Wir hatten ausgemacht, eine Retrospektive zu Degouve de Nuncques im Museum für moderne Kunst anzusehen, die eine ganze Reihe wenig bekannter Bilder zeigte.

»Und wenn wir zuerst einmal einen kleinen Spaziergang durch den Park machen?« fragte sie. »Ich würde mir gerne ein wenig die Beine vertreten.«

»Warum nicht? Aber ich warne dich. Es ist nicht warm draußen.«

»Keine Angst, ich bin gut gewappnet!«

Tatsächlich, dachte ich ein wenig verstimmt. Der Rock reichte ihr weit über die Knie.

Ich hatte noch nie gewagt, ihren Arm zu ergreifen. Trotzdem zwinkerte mir die Empfangsdame, als wir durch die Drehtür hinausgingen, heftig zu. Aline, zu beschäftigt damit, in ihrer Tasche nach ihren Handschuhen zu suchen, hatte es nicht bemerkt.

Der Kies der Parkalleen knirschte unter unseren Sohlen. Der Wind, von keinem Laub gebremst, blies zwischen den Ahornzweigen hindurch, ohne deren majestätische Ruhe besonders zu stören. Vergeblich versuchten wir im Gleichschritt zu gehen und liefen ohne festes Ziel umher. Kein einziger Spaziergänger begegnete uns. Trotz der Nähe der Schnellstraße, die den Park entzweischnitt, gingen die Verkehrsgeräusche in einem diffusen Klangbrei unter, aus dem nur von Zeit zu Zeit schrilles Kindergeschrei herausklang. Eine Gruppe junger Araber spielte auf einer Wiese Fußball. Ein Stück weiter jagten sich, große Achten beschreibend, zwei kleine weiße Hunde. Zu unserer Linken entfaltete zwischen zwei Reihen schwarzer Baumstämme die große Glasfront des Armeemuseums ihren metallischen Fächer. Ein von totem Laub bedeckter Boule-Platz endete zu Füßen seiner Freitreppe.

Aline ging rechts von mir. Mit ihren Absätzen war sie beinahe ebenso groß wie ich. Seit ein paar Minuten redeten wir nicht mehr. Von Zeit zu Zeit betrachtete ich unauffällig ihr blasses Profil mit der leichten Himmelfahrtsnase. Sie atmete tief ein, ihre Nüstern zogen sich zusammen, und sie blickte lächelnd ins Leere. Ein kleiner Ohrring schlug rhythmisch gegen ihren hochgeschlagenen Mantelkragen. Wir näherten uns einer Art hufeisenförmiger Pergola. Im Schatten pseudo-toskanischer Säulen stand eine bemooste steinerne Bank, die eher als Unterlage für totes Laub zu dienen schien als für menschliche Hinterteile.

»Setzen wir uns?« schlug ich vor.

Aline verzog das Gesicht.

»Gehen wir lieber noch ein bißchen. Kennst du das Kongo-Monument?«

»Nein.«

»Ah, là, là! Du kennst deine eigene Stadt nicht, Barthélemy.«

Ich wollte ihr antworten, daß Brüssel nicht meine Stadt sei und es auch nie werden würde. Aber ich schrak vor den dazu nötigen Erklärungen zurück. Mit dem Finger deutete sie auf eine helle geometrische Masse, die sich hinter einem dünnen Vorhang aus Bäumen abzeichnete.

»Da drüben. Jedermann geht dran vorbei, ohne es zu bemerken.«

Sie ging einige Schritte voraus, drehte sich dann um und lächelte mir zu. Ihre 34 Jahre änderten gar nichts daran: Sie wirkte schelmisch wie ein Kind, das ungeduldig darauf wartet, endlich sein Geheimnis mit jemandem zu teilen.

»Und? Witzig, nicht?«

Mit langsamen Schritten näherten wir uns dem Monument. Schon seit ein paar Minuten kämpfte ich gegen die Lust an, ihre Hand zu nehmen. Aber jedes Mal schob sich der Gedanke, daß nichts diesen Moment trüben dürfe, zwischen meine Sehnsucht und meine Absichten.

»Allerdings. Ganz was anderes als die Kunst aus dem Maastal«, sagte ich.

Inmitten eines Beckens voll toten Laubes räkelte sich ein dicklippiger Neger, der den Kongo personifizierte. Hinter ihm und flankiert von zwei heroischen Gruppen – Soldaten in Tropenhelmen darstellend, die gerade mehrere böse Sklavenhändler zu Allah schickten – verewigte ein vom Regen verwaschenes Basrelief die Ehrbezeugung des Vaterlandes und seiner tapferen Söhne, die in die Tropen gezogen waren, nur mit einem Gewehr und einer Bibel bewaffnet.

Aline drehte eine Pirouette und schlug die Hacken zusammen. Ihre Mantelschöße wehten um sie und schlugen gegen ihre Lederstiefel. Eine Haarsträhne hatte sich gelöst und hing ihr in die hohe Stirn. Sie kämmte sie mit zwei Fingern wieder zurück und begann zu lachen.

»Das Leben ist schön, Barthélemy!«

Ich hätte sie fragen können, warum. Aber ich ließ es bleiben und begnügte mich damit zu lächeln.

»Endlich kann ich tun, was mir gefällt. Was mir wirklich gefällt. Ich habe schon nicht mehr darauf gehofft. Nur noch jeden zweiten Tag Papierkram – das reicht schließlich!«

Ich kickte einen kleinen weißen Kiesel weg. Und murmelte:

»Wenigstens du hast Glück.«

Sie runzelte die Brauen.
»Du denn nicht...?«
Ich stieß einen Seufzer aus. Die alte Geschichte.
»O doch, vermutlich schon. Es könnte schlimmer sein.«
Ihr Hand glitt zärtlich in meine Ellenbeuge. Mit einem Schlag fühlte ich, wie mein ganzer Körper gegen meinen Willen erstarrte. Du Trottel, dachte ich. Aber sie hatte ihre Hand schon wieder weggezogen.
»Dir liegt irgend etwas auf der Seele«, sagte sie.
»Aber woher. Wie kommst du denn darauf?«
Ich vermied es, sie anzusehen.
»Ah, là, là! Entschuldige«, begann sie wieder. »Ich rede und rede... Aber das ist auch deine Schuld. Du sprichst nie von deiner Arbeit.«
»Jetzt übertreibst du aber.«
»So, findest du? Ich habe ›sprechen‹ gesagt, nicht...« Sie suchte das passende Wort. »... Nicht drumherumreden!«
Der Ehrlichkeit halber muß ich zugeben, daß ich mich ertappt fühlte. Und zugleich verspürte ich auch den etwas feigen Wunsch, mich ihr anzuvertrauen und mich gehenzulassen. Aus den Augenwinkeln erspähte ich eine Bank hinter uns.
»Setzen wir uns doch da drüben hin.«
Sie folgte mir. Auf dem noch immer gefrorenen Boden klangen ihre Stiefel dumpfer als meine Schuhe. Ich ließ mich auf die Bank fallen und warf den Kopf in den Nacken. Der bedeckte Himmel über unseren Köpfen wirkte, so weit das Auge reichte, wie eine immense Milchglasscheibe. Lichtdurchlässig, dick, hermetisch. Von dort würde mir keine Hilfe zuteil werden.
Bevor sie sich neben mich setzte, nahm Aline ein Papiertaschentuch aus der Tasche und wischte über eines der unzähligen, einander gleichenden weißen Graffiti, mit denen die Bank gesprenkelt war. Als sie feststellte, daß sie bereits getrocknet waren, ließ auch sie sich nieder.
»Du hast schon recht«, sagte ich. »Ich rede lieber von meinen Übersetzungen, das ist wahr. Wenn ich es recht bedenke, glaube ich, spreche ich ungern über meine Arbeit.«
»Wenn es dir auf die Nerven geht...«

»Nein, das ist es nicht.«

Ich mußte Zeit gewinnen. Ich wollte ihr ja von mir, von meinem Leben erzählen. Vielleicht gerade weil die Möglichkeit bestand – auch wenn sie mir nur winzig klein erscheinen wollte –, daß es sich demnächst ändern würde. Aber ein unerklärlicher Vorbehalt hinderte mich daran, mit meinen Worten das auszudrücken, was ich gerne gesagt hätte. Auf den ersten Blick erschien mir das Thema zu umfangreich, als daß ich es sprachlich hätte in eine befriedigende Form bringen können. Und daher wußte ich auch nicht, wo ich anfangen sollte. Ich hatte Angst, daß ich, wenn ich am ersten Faden zöge, nicht mehr aufhören könnte und dabei Masche für Masche alle falschen Gewißheiten aufdröseln würde, die ich mir mühsam errungen hatte und die mir, so glaubte ich jedenfalls bereitwillig, halfen zu leben. Wieder einmal wurde mir klar, daß man von der Gegenwart schwerlich sprechen kann, ohne auch die Vergangenheit zu erwähnen, und sei es auch nur in Andeutungen. Genau das aber wollte ich um jeden Preis vermeiden, denn dort war meiner Überzeugung nach kein Platz für Aline.

In Wirklichkeit, und selbst wenn es mich einige Überwindung kostete, es zuzugeben, war ich mir ziemlich sicher, zumindest einen der Gründe meiner Zurückhaltung zu kennen. Wenn ich nur ungern über meinen Beruf sprach, dann lag das daran, daß ich ihn irgendwo, tief in meinem Innersten, nicht liebte und nie geliebt hatte. Es war auch kein liebenswerter Beruf. Bestenfalls war er mir unentbehrlich geworden, ohne daß ich wirklich wußte, warum. Und wenn ich es recht überlegte, weigerte ich mich vielleicht deshalb, ihn aufzugeben, weil ich die Gründe für meinen mangelnden Enthusiasmus herausfinden wollte. Und dank dieses Berufes hatte ich ein Gleichgewicht gefunden, auch wenn es ein gefährdetes war. Sogar wenn ich dafür jeden Tag etwas Selbstbetrug begehen mußte, sagte mir dieser Status quo zu. Er garantierte mir die Ruhe der Routine, die eines Beobachtungspostens in der ersten Reihe der festgefahrenen Front eines Positionskrieges, in dem es am Gegner war, seine Deckung zu verlassen. Man konnte sich allerdings fragen, ob es tatsächlich einen Gegner gab. Mehr als einmal hatte ich daran gezweifelt.

»Weißt du«, begann ich, »an manchen Tagen bezweifle ich, daß ich wirklich für diesen Beruf gemacht bin. Vorausgesetzt, man kann das überhaupt einen Beruf nennen. Das hängt vielleicht von der Situation ab.«

»Was meinst du damit?«

»Na ja, wenn Polyp sein heißt, im Leben der Leute herumzuwühlen, ihre Mülleimer zu überprüfen und sie mit der Nase reinzutunken – Macht auszuüben eben –, dann kann ich unmöglich ein guter Polyp sein.«

Aline hörte mir mit verschränkten Armen zu. Während ich redete, sah ich ihre großen, wäßrig-blauen Augen an. Die Iris mit ihren feinen Einschlüssen – all den kleinen Unregelmäßigkeiten, die ihre Schönheit erst ausmachten – faszinierte mich.

»Wenn allerdings Polyp sein beobachten bedeutet und den Versuch, die Hintergründe zu verstehen, um die Handlungen besser beurteilen zu können . . ., dann ja . . .«

»Beobachten? Ist das nicht einfach Neugierde?«

Ich wollte erwidern, daß das nicht der Punkt sei, daß ich von Natur aus nicht neugierig veranlagt war, aber daß man sich für das Leben der anderen interessieren konnte, weil einen das eigene anekelte, als ich Freudenschreie hörte und den Kopf wandte. Auf der Wiese hob einer der Jungen die Arme und wurde von seinen Mannschaftskameraden beglückwünscht, während der Torwart, noch immer am Boden, mit düsterer Miene dem übers Gras hüpfenden Ball nachblickte.

»In Wirklichkeit sind wir nichts anderes als Linienrichter. Das Entscheidende ist, die Augen zu öffnen und sich nicht zu täuschen.«

Ich hatte den Arm hinter ihrem Rücken auf die Lehne der Bank gelegt. Es kam mir vor, als spürte ich ihre Wärme. Meine Finger streckten sich in Richtung ihrer Schulter aus, zögerten, krochen wieder zurück. Schwer pochte das Blut in meinen Schläfen. Plötzlich fiel mein Blick auf eines der weißen Graffiti.

»Hier zum Beispiel, siehst du das da?«

»Die Schmierereien?«

»Ja, wenn du so willst.«

»Ich sehe sie.«

»Nun, als guter, aufmerksamer Bulle, der es mit den Pflichten seines Amts genau nimmt, frage ich mich, ob sie nicht etwas mit dem hier zu tun haben.«

Ich suchte nach dem Foto des Graffitos in meiner Brieftasche. Einen Augenblick lang zögerte ich, es ihr zu zeigen – schließlich handelte es sich um einen laufenden Fall –, dann überwand ich meine Skrupel. Sie zog ihren Handschuh aus und nahm mir das Foto vorsichtig aus der Hand.

»Ist das moderne Kunst?«

Ich mußte lachen.

»Schön wär's! Nein, jetzt mal Spaß beiseite, es handelt sich um einen Mordfall.«

Beeindruckt betrachtete sie das Foto genauer.

»Mord?«

»Mord.«

Mein rechter Zeigefinger war nur noch wenige Millimeter vom beigen Stoff ihres Mantels entfernt. Zum Teufel noch mal, so schwer konnte es doch nicht sein! Vor allem nichts sagen.

»Weißt du was?«

Irgend etwas beschäftigte sie offenbar. Auf ihrer Nasenwurzel zeichneten sich zwei kleine Falten ab.

»Nein?«

»Diese Zeichnung ...«

»Welche?«

»Die hier natürlich, nicht die von der Bank ...«

»Ja?«

»Das ist keine Zeichnung.«

Auch wenn ich dieses Foto in- und auswendig kannte, konnte ich doch nicht anders, als mein Gesicht ihrer Schulter zu nähern und einen verwunderten Blick auf die glänzende Oberfläche zu werfen. Der Vorwand war ebensogut wie irgendein anderer. An der frischen Luft war ihr Parfum verflogen. Ihr braunes Haar roch gut. Vielleicht ein wenig zu lang? Aber Geduld. Wenn ich mich in Sachen Make-up durchgesetzt hatte ...

»Was ist es dann?« erkundigte ich mich.

»Schriftzeichen. Aramäisch vielleicht, oder noch eher Hebräisch. Ja, genau, das ist Hebräisch ...«

Ich hatte das Gefühl, plötzlich aufzuwachen.
»Hebräisch? Und was läßt dich da so sicher sein?«
»Du vergißt, daß ich ein Archäologie-Diplom habe ...«
Es fehlte nicht viel, und ich hätte sie gekränkt.
»Und wie liest man das?« fragte ich ungläubig.
»Na, na! Immer mit der Ruhe! Ich hab' nicht gesagt, daß ich es übersetzen könnte!«
»Natürlich nicht jetzt auf der Stelle. Aber wenn du dir Zeit nimmst ...?«
»Selbst dann nicht.«
Angesichts meiner leichten Enttäuschung schien sie nachzudenken und kratzte sich die Nasenspitze mit einer Ecke des Fotos.
»Allerdings ...«, begann sie wieder.
»Allerdings was?«
»Wenn du so bohrst, kenne ich vielleicht jemand, der dir helfen könnte. Wir haben ihn früher schon zur Restaurierung alter jiddischer Manuskripte herangezogen. Beschädigte Buchmalereien, die in Antwerpen gefunden wurden, in einer Geniza.«
»Sprich weiter. Du machst mich neugierig ...«
»Ich müßte mal in meinen Unterlagen nach seiner Adresse suchen. Ist lange her ...«
»Da hab' ich keine Bange. Siehst du, daß der Papierkram manchmal auch von Nutzen sein kann! Gibst du mir sie dann durch, seine Adresse?«
»Morgen. Versprochen.«
»Ich werde dich anrufen.«
Sie riß die Augen auf, groß wie Untertassen.
»Du? Mich anrufen? Es geschehen ja noch Zeichen und Wunder!«
»Dank Sankt Radelgies!«
Und ich drückte ihr einen Kuß auf die Wange. Sie war schön, meine Aline.
Meine Aline, dachte ich mit einer Art von Erschrecken, ohne zu fest daran glauben zu wollen, als hätte es sich um jemand anders als sie gehandelt und um jemand anders als mich. Ich hatte Lust, mich zu kneifen. Gleich würde ich aufwachen. Ich machte mich zum Idioten. Gott, schick mir ein Zeichen ...

Sie sah mich von der Seite an und legte die Beine übereinander. Viel mehr als ein Zeichen, ein Hauptgewinn war das kleine schwarze Nylondreieck, das zwischen dem Rocksaum und den Stiefelenden erschien.

»Ist dir nicht kalt so?« fragte ich.

Sie schüttelte den Kopf und warf dabei gleichzeitig eine Strähne zurück, die ihr in die Stirn gerutscht war.

»Männer haben immer völlig falsche Vorstellungen, was Röcke betrifft. Sie halten sehr warm. Ihr solltet es selbst einmal versuchen.«

Sie stellte die Beine wieder nebeneinander und sah ohne das geringste Zeichen von Ungeduld auf ihre Uhr. Für mich existierte keine Uhrzeit mehr, überhaupt keine Zeit und keine Verspätung. Es war kalt, und mir war heiß. Ich hatte Lust, hier sitzen zu bleiben, meine linke Hand ganz zärtlich, unendlich behutsam auf ihren Schenkel zu legen und mit dem Finger die feinen Cordsamtrillen nachzufahren, egal in welche Richtung.

Nichts weiter.

Aber zugleich fürchtete ich auch, die Vollkommenheit dieses Augenblicks, die zerbrechliche Fülle meiner Sehnsucht zu zerstören. Zum ersten Mal seit einer Ewigkeit hatte ich das Gefühl, daß die Zeit mir nicht mehr durch die Finger glitt, daß ich sie nach meinem Willen nutzen, daß ich mit ihr schalten und walten konnte. Endlich lebte ich in der Gegenwart, war ich selbst präsent.

Meine rechte Hand umklammerte die Latte der Lehne noch stärker. Eine große Mutter, die aus dem gußeisernen Pfosten ragte, grub sich in meinen Handteller. Der Augenblick war gekommen.

Ich dachte an die *andere*. Mit Absicht. Wie man sich ins Leere stürzt, mit oder ohne elastisches Seil. Auf der Stelle zog mein Herz sich zusammen, und ich hatte das Gefühl eines wirklichen Schmerzes, gewiß, aber ohne Kanten, ohne Stacheln, beinahe erträglich. Es ging nicht darum zu vergessen, nein. Das war unmöglich. Es handelte sich lediglich darum zu leben. Jetzt und nur jetzt. Und heute, an diesem fünften Januar um zwei Uhr nachmittags, war ich beinahe in der Lage zu glauben, es sei mir möglich.

Meine Hand löste sich von der Lehne der Bank, und ich nahm das Foto wieder an mich. Unsere Finger berührten einander.

Nur nicht diesen Augenblick verderben. Ich stand auf.

»Gehen wir?«

Sie klappte ihren Kragen hoch, rückte den Riemen der Tasche auf der Schulter zurecht und überprüfte, ob wir nichts vergessen hatten.

»Ich stehe in der Rue Murillo«, erklärte ich.

Diesmal schob sie ganz selbstverständlich ihren Arm unter den meinen. Ich hatte auf diese Geste gehofft. Ich wehrte mich nicht.

Aber da ich es nicht mehr eilig hatte, den Park zu verlassen, plante ich einen letzten Umweg. Vor der nahegelegenen Moschee am Rande des Cinquantenaire erhob sich die eckige, einem kleinen römischen Tempel nachgebildete Silhouette des Pavillons der menschlichen Leidenschaften. Ich war kein Fan von Jef Lambeaux, auch keiner der Bildhauerkunst der Jahrhundertwende im allgemeinen, aber das traurige Los dieses Werks, das gerade durch seine Exaltiertheit etwas Bewegendes besaß, hatte mich immer interessiert. Es war eine Parabel über Kunst und Macht. Seit ewigen Zeiten lebten die lasziven und fetten Gestalten des Antwerpener Bildhauers, sei es aus Mangel an Geld, gutem Willen oder einfach an Interesse, ihre theatralischen Ekstasen in der ausschließlichen Gesellschaft von Rasenmähern, Rechen und anderen Gartengeräten aus.

»Ist der Pavillon noch immer geschlossen?« fragte ich.

»Ich glaube schon. Er ist schon seit Jahren nicht mehr geöffnet worden.«

Wir waren nach links abgebogen, standen nun vor dem Gebäude und hoben die Köpfe. Auf dem Giebeldreieck verkündete eine vermooste, grüne Inschrift, worum es sich handelte:

Les Passions Humaines – De Menschelijke Driften.

Die steinernen Platten am Fuß der verwitterten, von der Luftverschmutzung zerfressenen Säulen verschwanden unter Bergen von Taubendreck.

»Das wird auch nicht besser«, bemerkte Aline.

Mit zwei Sätzen sprang ich die Stufen hinauf, die zum Eingang des Monuments führten. Zwei grob verschraubte Eisenbeschläge mit Vorhängeschlössern verriegelten auf halber Höhe die Tür. Vom ehemaligen Türbeschlag war nur mehr das Schlüsselloch übrig. Neugierig bückte ich mich und preßte ein Auge dagegen.

Das Loch war so winzig, daß man nicht viel sah. Ich brauchte eine Weile, bevor ich, von einem fettverschmierten Schaufelstiel abgesehen, eine weiße, von bräunlichem Staub bedeckte Form erkennen konnte. Ein Teil von einem Basrelief. Eine um ein Stück Stoff gekrallte Hand verbarg mit Mühe und Not ein nacktes Geschlecht.

»Kannst du etwas sehen?«

Ich richtete mich wieder auf, steckte die Hände in die Taschen und stieg die Stufen hinab.

»Nein. Nichts. Komm jetzt, laß uns gehen.«

Sechstes Kapitel

Ich hätte es vorher wissen müssen, denn genau dafür wurde ich bezahlt: Wenn man mit einer Ermittlung begonnen hat, sollte man sich besser mit Geduld wappnen und vor allem damit rechnen, am Ende nichts in der Hand zu haben. Denn sobald man ungefähr weiß, wonach man eigentlich sucht, gibt es kein Glück, keinen Zufall, der einem zu Hilfe kommt, mehr. Im Gegenteil, man könnte beinahe meinen, daß die Dinge einen perversen Gefallen daran finden, sich zu entziehen – vielleicht auch, weil der Suchende, ohne daß es ihm bewußt wäre, schließlich selbst nicht mehr daran glaubt, noch etwas zu finden.

Ich ging zunächst die Abteilung »Kinderliteratur« durch, was sich als zu eng gefaßtes Auswahlkriterium erwies. Dann nahm ich die »allgemeine« Literatur in Angriff, so genannt, weil man offenbar in der Furcht, dergestalt die eine oder die andere abzuwerten, ihr nicht den Titel »Literatur für Erwachsene« zugestehen will. Beim Buchstaben A beginnend, sah ich die Autorennamen auf jedem Buchrücken durch, eine langwierige Arbeit, an die ich allerdings dank meiner ausgedehnten Aufenthalte in Büchereien gewöhnt war. (Man kann sich fragen, warum eigentlich nicht alle Bibliophilen mit der Zeit eine schräge Kopfhaltung bekommen.)

Aber ich hatte nicht die Zeit, mir einen steifen Nacken einzuhandeln, denn um meinen Pessimismus und meine Erfahrung Lügen zu strafen, stand er da. Mit einiger Mühe, denn die Schutzhüllen aus Plastik klebten alle aneinander, zog ich aus der zweiten Reihe ein dünnes und ziemlich mitgenommenes Buch heraus.

Das gelbe Papier, von jahrelanger spärlicher, aber stetiger Sonneneinstrahlung verblichen, zersetzte sich an den Ecken. Während meine Finger die Seiten umblätterten, flogen die auf dem Schnitt angesammelten Staubteilchen auf, um sich über die übrigen Bücher zu legen, und kitzelten mich dabei in der Nase. Laut Inhaltsverzeichnis begann *Das Mädchen mit den Schwefelhölzern* auf Seite 57.

Ich mußte nicht mehr weitersuchen. Erster Satz, zweite Zeile, gleich hinter dem Semikolon: »Es war der letzte Abend des Jahres, die Sylvesternacht.«

Sylvester. Und nicht Weihnachten. Q.e.d. Ich nickte erleichtert. Die kleine Bresche in der Bücherwand hatte nicht die Zeit gehabt, sich zu schließen. Ich steckte Andersens Märchen wieder dazwischen. Danach schlug ich, beinahe leichten Herzens, den Weg zum Ausleihschalter ein.

Zu dieser Stunde befanden sich in der Stadtteilbibliothek mehr Angestellte als Lesende. Seit meiner Ankunft streifte ich alleine zwischen den Regalen herum. Die Säle lagen in tiefer Stille. Ich hätte mich irgendwo hinsetzen und in aller Ruhe lesen können, wenn mich nicht andere Aufgaben – auch nicht sehr viel eiliger und entschieden weniger angenehm – an andere Orte gerufen hätten.

Eine junge, blonde Frau, die sehr gerade vor ihrem Computer saß, speiste Daten aus Formularen ein. Ich fischte Pierres Mitgliedsausweis aus meiner rechten Tasche und hüstelte.

»Monsieur?«

Sie musterte mich über ihren Brillenrand hinweg.

»Dieses hier hätte ich gerne ausgeliehen«, erklärte ich und legte das Buch, das ich seit zwanzig Minuten unter der Achsel trug, vor ihr auf den Tisch.

Die junge Frau schob den Leseausweis vor ihre Tastatur, tippte darauf herum und gab mir dann das Buch zurück, ein Exemplar mit unbeschnittenen Bögen, dessen Einband rostfleckig war. *Dantons tragisches Leben*, las sie laut und deutlich vor, vielleicht für den Fall, daß ich dazu nicht in der Lage wäre.

Sie rümpfte die Nase. »Kenn' ich nicht. Kann nicht sehr oft ausgeliehen werden.«

Der Kontrollzettel, ebenso gelb wie die Seiten des Buches und unbeschrieben, der unter den Umschlag geschoben war, ließ keinen Raum für einen diesbezüglichen Zweifel offen.

»Aber, wenn ich mir die Bemerkung erlauben darf... Über die französische Revolution haben wir sehr viel Besseres in unseren Beständen ...«

Da hatten wir es. Ich verwünschte Pierre in Gedanken und versuchte trotz allem, das Gesicht zu wahren.

»Ich schreibe eine Doktorarbeit über Kitsch in der Literatur.«

Die junge Frau musterte mich und hob dann eine Augenbraue. »Ach, wirklich? Das ist ja interessant. Sie sind Wissenschaftler?«

(Garantiert wieder so eine unter Niveau beschäftigte Akademikerin. Aber was war ich schließlich anderes?)

»Gewissermaßen.«

So, genug der Vertraulichkeiten. Mit meinem höflichsten »Guten Tag« steckte ich das Buch ein und wandte mich zum Ausgang.

»Monsieur Crestia!«

Die Hand schon auf der Klinke, drehte ich mich noch einmal um.

»Sie haben Ihren Ausweis vergessen!«

Immerhin blieb mir der Trost der Anonymität. Aber das nächste Mal, soviel stand fest, würde ich die Bibliothek des Ministeriums ausprobieren.

Die trockene Kälte draußen schien zwischen den Platten des Trottoirs hochzusteigen. Die Sonne tauchte die Stadt zwar in helles Licht, konnte sie aber nicht aufwärmen. In den engen Straßen profitierten nur die oberen Etagen von ihrer verhaltenen Großzügigkeit. Weiße Lichtflecke flackerten zwischen den Kaminen, bereit, beim geringsten Windstoß zu erlöschen. Vor drei Tagen war Brüssel in einem *no seasons land* erwacht. Der Winter war heimlich, still und leise verschwunden, vielleicht nur, damit er um so strenger wiederkehren konnte. Auf dem Dach von Notre-Dame aux Riches Claires war ein dünner Eisfilm hängengeblieben wie ein abgerissenes Stück Stoff in einem Stacheldrahtzaun.

Ein orangefarbenes Blinklicht verschwand am Ende der Straße. Sofort sprintete ich das Trottoir entlang, sprang ins Auto und wartete. Es war eine Einbahnstraße, also mußte der Abschleppwagen einmal um den Block fahren. Ich erwartete seine Rückkehr im Rückspiegel. Als er nur noch zehn Meter hinter mir war, startete ich mit quietschenden Reifen, kurbelte das Fenster runter und nickte dem Fahrer zu. (Ein Stinkefinger ist, da man dazu das Lenkrad loslassen muß, schwierig.)

Dann lachte ich, ganz alleine in meinem Auto, lauthals los. Ganz offenbar verwandelte die Aussicht auf den heutigen Abend mich in einen anderen Menschen. Nur noch acht Stunden. Bevor ich zum Büro fuhr, machte ich einen Umweg über die Boulevards, um mir eine Zeitung mit dem Kinoprogramm zu kaufen.

Ein Stau verstopfte die Anspach-Kreuzung. Um mich daraus zu befreien, schaltete ich die Sirene ein, klebte das Blaulicht aufs Dach und rollte im Schrittempo über die Trottoirs – ein Ausweg, zu dem ich normalerweise nie und nimmer Zuflucht genommen hätte.

Im Laden herrschte die übliche Montagsstimmung. Im Erdgeschoß kommentierte eine kleine Gruppe von erbitterten Kollegen, die sich vor dem Bereitschaftsraum versammelt hatten, die neuesten Vorschläge des Innenministers, der ein großer Freund der Gendarmerie und der Zusammenlegung der verschiedenen Polizeieinheiten unter ihrer Führung war. Der diensthabende Gendarm hinter seinem Schalter komplettierte mit einem feinen Lächeln eine Liste und probierte jeden seiner Stempel aus. Es roch nach Protestkundgebung. Ich grüßte die Herrschaften kurz, ohne mich aufzuhalten.

Im zweiten Stock angekommen, stieß ich die Tür zu unserem Büro auf. Angesichts der vorgerückten Stunde saßen Trientje und Pierre natürlich längst auf ihren Plätzen. Ich hängte meine Jacke und meinen Schal an den Kleiderständer und legte meine Pistole in ihre Schublade. Im Vorbeigehen legte ich Pierre den Bibliotheksausweis auf den Schreibtisch. Er wandte sich um.

»Hallo, Barth! Und? Irgendwas Interessantes gefunden?« fragte er, ganz offensichtlich erfreut, die erste morgendliche Plauderei beginnen zu können.

Trientje schniefte und nickte mir zu. Wenn sie einen Schnupfen hat, und das ist oft der Fall, darf man nicht auf mehr hoffen.

»Nur das Buch hier«, sagte ich. »Und wenn du nichts dagegen hast, werde ich es zuerst lesen. Damit ich wenigstens weiß, ob es sich gelohnt hat, als Vollidiot dazustehen.«

Pierre kratzte sich am Kinn.

»Wie meinst du das, als Vollidiot?«

Ich schenkte mir weitere Erklärungen und betrachtete noch einmal den Einband des Buches, der mit einem blutroten Porträt geschmückt war. Stolz auf seine Häßlichkeit starrte Danton mit herausforderndem Blick eine Nachwelt an, die ihm so dicht auf den Fersen schien, daß er zu schielen gezwungen war.

»Zeig mal her ...«

Pierre versuchte, den auf dem Kopf stehenden Titel zu entziffern.

»Konzentrier du dich nur schön auf deinen Michelet«, knurrte ich.

Zwei dicke Bände thronten auf einer Ecke seines Schreibtischs. Sie stammten aus meiner persönlichen Bibliothek. Selbst wenn man sich ausschließlich auf die Taten Dantons konzentrierte, war die *Geschichte der französischen Revolution* noch ein ganz schöner Brocken, ein meines Erachtens ziemlich unverdaulicher, aber ich enthielt mich jeden Kommentars. Um die Wahrheit zu sagen, erinnerte ich mich vor allem an einige Passagen über Belgien, die kaum schmeichelhafter waren als die Texte Baudelaires. In unseren obskuren Landstrich gesandt, um hier die Flamme des revolutionären Ideals zu entzünden – und bei der Gelegenheit auch gleich die Kassen zu plündern –, hatte Danton auf seiner Reise nur Schikanen, Unverständnis und im großen und ganzen schlechten Willen kennengelernt. Mit einem Wort, ich hatte keine Lust, diese Seiten wieder zu lesen, und da Pierre ohnehin in der Brigade für seinen Hang zu geduldiger Kleinarbeit berüchtigt war, sollte er ruhig seiner Reputation endlich einmal gerecht werden können.

»Die Abende sind lang«, fuhr ich fort. »Orientier dich an den Kapitelüberschriften und vergiß nicht, daß uns ausschließlich Danton interessiert.«

»Du könntest mir ruhig trotzdem ein bißchen was abnehmen.«

»Entschuldige mal, ich dachte, du liebst die Klassiker?«

»Schon … Bloß ist Michelet nicht gerade Racine.«

»Du nervst mit deinem Racine. Wenn du meine Ansicht hören willst: Es wird Zeit, daß du dein Repertoire ein bißchen erweiterst.«

»Der Rest ist es nicht wert, erwähnt zu werden.«

Ich spitzte die Ohren. Das klang nach einem Alexandriner.

»War das Racine?«

»Nein, Wertester, das war Corneille. Wie du siehst, habe ich mein Repertoire bereits erweitert.«

Bei diesem Spielchen würde ich immer verlieren.

»Komm Barth, sei kein Frosch … Nimmst du den zweiten Band?«

»Kommt nicht in die Tüte. Frag Trientje, wenn du willst.«

Die aber verzog keine Miene. Auf ihrem Schreibtisch wartete ein Stapel Protokolle darauf, zusammengeheftet zu werden, um dann in verschiedenen Ordnern zu verschwinden. Zunächst allerdings müßte Trientje den Tacker reparieren, was aber nicht mehr lange dauern würde.

»Was man so hört, liest Mademoiselle nur noch flämisch«, nörgelte Pierre.

Kaum hatte er seinen Satz beendet, da wurde mit einem lauten Klack ein ganzer Satz Heftklammern in Trientjes Gesicht geschleudert.

»Was anderes«, sagte Pierre. »Bevor ich ihn ablege …«

Da das Fenster geschlossen war, landete der Tacker im Papierkorb.

»… Entschuldigung, bevor ich ihn wegräume, solltest du diesen Bericht hier mal lesen oder zumindest einen Blick drauf werfen.«

Ohne sich die Mühe zu machen aufzustehen, warf er eine dünne, gelbe Sammelmappe auf meinen Schreibtisch. Sie enthielt den Bericht der Stadtpolizei, auf den der Richter vor zwei Wochen angespielt hatte. Ich las ihn quer. Um mir hinterher keine Vorwürfe machen zu müssen, oder besser gesagt, um denen zu entgehen, die Sébastien mir im Falle einer Nachlässigkeit garantiert machen würde, studierte ich die Namen der Autofahrer, deren Nummernschilder in der Nähe des *Imaige Nostre Dame* in der Stunde nach dem Mord aufgeschrieben worden waren. Hierbei hatten die Brüssler Bullen ganz schön zugeschlagen. Bei ihren Nachforschungen hatten sie die Rue du Marché aux Herbes bis hin zu den Galeries Royales durchkämmt. Das schien mir eine etwas weitgefaßte Interpretation des Wortes »Nähe«. Aber der Schweizerkäse von Sackgassen, Sträßchen und Galerien, den das Viertel darstellte, führte das Unternehmen ohnehin von vornherein ad absurdum. Die Liste, in alphabetischer Reihenfolge, umfaßte zwei Seiten. Die Leute vom Erkennungsdienst hatten aus den Aufgenommenen bereits einen ehemaligen Spezialisten für Versicherungsbetrug sowie einen kleinen Einbrecher, der wegen guter Führung vorzeitig entlassen worden war, herausgefiltert.

»Kannst du ablegen«, sagte ich zu Pierre und gab ihm die Akten zurück.

Heimlich, still und leise, und trotz der umfangreichen Lektüre, die er versprach, war dieser Fall im Begriff, in Richtung der höchsten Aktenschränke zu wandern, dorthin, wo man nur mit einer Leiter hingelangt. Wenn die deutschen Kollegen vom Bundeskriminalamt nicht doch noch irgendwann auf die gute Idee kämen, ein Lebenszeichen von sich zu geben. Der Richter, der auch nicht mehr weiterwußte, dachte mittlerweile ernsthaft daran, die Medien anzugehen.

»Sag mal, Trientje?«

Sie war gerade auf dem Sprung.

»Hast du das Erinnerungsfax nach Wiesbaden losgeschickt?«

Mit einem Kopfnicken bejahte sie meine Frage, öffnete die Tür und verschwand auf dem Korridor.

Bevor ich mich wieder an meine Arbeit machte, versuchte ich mir in Erinnerung zu rufen, daß die Dinge, was Tutur betraf, sofern das überhaupt möglich war, noch schlechter standen, da sich keiner auch nur dafür interessierte, seinen Namen herauszufinden. Ich hatte versucht, über seinen Fall, mit dem es weder vor noch zurück ging, auf dem laufenden zu bleiben, aber mein Eifer hatte im selben Grad nachgelassen, wie mein schlechtes Gewissen abebbte.

Es war an der Zeit, eine kurze Zwischenbilanz zu ziehen. Das Porträt des Unbekannten mit den geschlossenen Lidern war unter dem vorherigen Tag in meinen Terminkalender geschoben. Ich öffnete die aktuelle Seite und markierte mit einem dicken roten Filzstift die Prioritäten für den Tag.

Es standen zwei Ermittlungen in einem Fall von schwerer Zuhälterei an; die Hauptverdächtigen waren bekannt, ebenso wie ihr mächtiges Netz von Beschützern. Das einzige, was fehlte, waren natürlich Zeugen, die bereit gewesen wären, vor Gericht auszusagen – das alte Lied. Die Brüsseler Kollegen hatten nicht die geringsten Schwierigkeiten gemacht, als wir die Akte von ihnen übernommen hatten. Im Gegenteil, ihnen war deutlich ihre Erleichterung anzumerken gewesen. Das war einer der Gründe, warum ich das Gefühl hatte, diese Geschichte würde ohnehin im Sande verlaufen, und warum ich, angesichts der seltsamen Wellen, die die Sache schlug, den Moment, wo ich den Stier bei den Hörnern oder irgendeinem anderen Teil seiner Anatomie packen würde, Tag für Tag vor mir herschob.

Die letzte Zeile meines Tagesablaufs gefiel mir schon wesentlich besser. Ich las sie mit Freuden: »18.30 Uhr. A. D. Adresse wg. Graffito.«

Die drei letzten Worte verwandelten ein Treffen, das ich, vielleicht aus einem Rest intellektueller Prüderie heraus, nicht als romantisches Stelldichein einordnen wollte, in einen amtlichen Termin. Heute abend würde Aline mir, nachdem ihre Nachforschungen sich mühsamer gestaltet hatten als vorhergesehen, die Adresse ihres im Jüdischen bewanderten Paläographen übergeben.

In der Zwischenzeit mußte ich bis zum ersten Verhör des Tages noch eine gute Stunde totschlagen. Eine Gelegenheit, Pierre zu zeigen, daß ich ihn nicht hängenließ – wenigstens vorerst nicht.

Trientje, die offenbar hoffte, daß heißer Kaffee ebenso lindernd wirkte wie eine Inhalation, hatte eine Thermoskanne voll zubereitet. Ich goß mir eine Tasse ein, nahm wieder an meinem Schreibtisch Platz und begann sofort mit der ersten Seite von *Dantons tragischem Leben*. Ich hielt mich für fähig, es an zwei

Abenden durchzulesen. Die Übersetzung von *Spring Offensive,* die schon recht weit gediehen war, konnte ein wenig warten.

Nach zwei Absätzen packte mich ein abgrundtiefer Zweifel, der sich sehr schnell in offenen Zorn verwandelte. Denn Seite für Seite ergoß sich eine schwülstige Prosa voll lyrischer Aufschwünge, die ein Ästhetizist verbrochen hatte, der offenbar in Hyperbel und Oxymoron die unumgänglichen Attribute eines schönen Stils sah. Die Metaphern, von denen eine gewagter war als die andere, gaben dem Text den Rest. Auf Seite elf stolperte ich über eine Passage, in der der Autor beim Besuch irgendeines fernen Nachfahren des großen Revolutionärs, in einer Schublade vergraben, dessen monogrammverzierte Gabeln und Löffel entdeckt.

»Diese Utensilien höchstselbst sprachen zu mir mit der großen Stimme des Mannes, der sie einst an seine Lippen geführt hatte.«

Da war Schluß mit all meinen guten Vorsätzen. Dieser Fall von postumer Bauchrednerkunst imponierte mir keineswegs, ich strich die Segel und entschloß mich, Pierre dieses außerordentliche Werk weiter durchackern zu lassen. Wenigstens würde er auf diese Weise merken, was er an Michelet hatte. Immerhin hatte ich auf den elf Seiten gelernt, daß Danton mit Vornamen Georges hieß, genau wie der philosophische Vierbeiner des Wachtmeisters Swartenbroeckx.

Schon jetzt war mir der Hund sympathischer.

Trientjes Telefon klingelte. Ich wollte schon zum Hörer greifen, als sie das Zimmer betrat, ein großes Kästchen Büroklammern in der Hand. Sie hob ab.

»Met inspecteur Verhaert?«

Obwohl kaum etwas zu hören war, erkannte ich den abgehackten und schneidenden Tonfall des Staatsanwalts Beervoets sofort.

*»Ja ... Ik kom zo dadelijk, meneer de procureur.«** Sie legte auf und setzte sich hin. So wie ihre Finger da lautlose Arpeggi auf dem Knie ihrer Bluejeans spielten, ging ich jede Wette ein, daß die unglückliche Entgleisung von letzter Woche nun doch noch

* Ja, ich komme sofort, Herr Staatsanwalt.

Wellen geschlagen hatte. Alles andere hätte mich auch gewundert. Während eines Verhörs, bei dem es recht hoch herging (im Rahmen des bereits erwähnten Zuhältereifalles) hatte sie die Beherrschung verloren und dem Hauptverdächtigen einen perfekt gezielten Fußtritt versetzt. Und selbst beim besten Willen – und davon konnte man bei ihm ohnehin selten ausgehen – würde der Staatsanwalt in diesem Akt kaum einen Therapieversuch an der Wurzel des Übels sehen können. Der Angeklagte seinerseits drohte als ehrlicher Staatsbürger im Vollgefühl seiner Rechte, seiner Unschuld und der Unterstützung seiner Anwälte mit einer Klage.

In der Zwischenzeit, und von der Abwesenheit des Hauptkommissars profitierend, der trotz der niedrigen Temperaturen seine luftigen Streifzüge in die Länge zog, hatte der Staatsanwalt die Absicht, diesen Zwischenfall dazu zu benutzen, Ordnung im Haus zu schaffen und zwar bis hin zur Garderobe der kleinen Angestellten. Er war nicht gerade ein Freund der Unisex-Mode. Seine diesbezüglichen Vorstellungen waren übrigens ein gutes Beispiel für die Hochachtung, die er dem Justizapparat generell entgegenbrachte. Aus einer Schublade ihres Schreibtischs zog Trientje ein paar Pumps, deren Absätze entschieden niedriger waren, sowie eine große Plastiktüte, die – und das wußte bereits jeder – einen geraden Rock von mustergültig klassischem Schnitt enthielt. Bevor sie das Zimmer verließ, kehrte sie die Tasche ihrer am Kleiderständer hängenden Jacke um und zog ein schwarzes Knäuel heraus.

»Falls das dieselbe wie an Weihnachten ist, solltest du sie besser austauschen«, riet ich ihr, ohne den Kopf zu heben.

Ein überraschter Blick traf mich.

»Laufmasche«, präzisierte ich.

Sie fuhr mit der Hand ins linke Strumpfbein. *»Verdomme!«*

Es war tatsächlich dieselbe wie an Weihnachten.

Die Tür schlug zu. Von der Treppe her erklang eine ganze Tonleiter (Richtung Umkleidekabine, das heißt, der einzigen Damentoilette des Gebäudes, auf demselben Stockwerk wie die heiligen Hallen des Staatsanwalts). Pierre prustete. Ich überprüfte trotz allem, ob meine Krawatte sich am rechten Ort befand, das heißt in der linken Schublade. Aber es gab noch eine einfachere Möglichkeit, der Zensur des Staatsanwalts zu entgehen: Abwesenheit. Und so schnappte ich mir meine Aktentasche, packte Papier und Schreibzeug hinein sowie eine Kopie der Akte.

Bevor ich mich davonmachte, ging ich Mohammed in seinem Kabuff im dritten Stock holen. Der frischgebackene Inspektor, überglücklich, seinen Schreibmaschinenübungen entkommen zu können, rief mir ein »Also wirklich, herzlichen Dank, Monsieur Dussert!« zu, das mich meine gute Tat schon fast wieder bereuen ließ. Auf dem Absatz der zweiten Etage begegneten wir dem langen Marlaire, der eine blaue Jeans in der Hand hielt, die ihm viel zu kurz war, und der breit grinste.

»Auf der Balz, Jungs?« fragte er.

»Schön wär's«, antwortete ich.

Als wir die Stufen vor dem Eingang hinabstiegen, hatte am Ende der Fahnenstange der ersten Etage eine blaue Jeans die belgische Flagge ersetzt.

»Sie wird sich ein anderes Plätzchen suchen müssen«, bemerkte ich.

Mohammed wagte nicht, mich zu fragen, was ich damit meinte. Wirklich zu höflich, der Junge.

Von meinen freien Tagen abgesehen, verließ ich meine Wohnung immer frühmorgens, lange bevor der Briefträger kam. Eine ganze Weile war ich von dem Gedanken besessen gewesen, daß eines Tages auf dem Grund des Kastens ein Brief warten würde, der mein Leben von Grund auf verändern würde. Manchmal hatte dieser Gedanke die Bürostunden unerträglich lang erscheinen lassen. Anstatt mein Schicksal selbst in die Hand zu nehmen, hatte ich Träume von einem Theatercoup gehegt, die mir zwar selbst nicht sehr wahrscheinlich erschienen, aber in meinem Kopf dennoch als simple Hypothesen fortbestanden. Was schon eine ganze Menge war. Und daher und trotz des Fehlens irgendwelcher konkreter Hoffnungen gefiel ich mir darin zu bestreiten, daß es völlig ausgeschlossen sei, daß irgendein Ereignis einmal die geradlinige, flache Bahn meiner Existenz unterbrechen könnte.

Zugleich fiel ich aber nicht auf mich selbst herein. Denn dazu hätte man glauben müssen, man könne Briefe erhalten, ohne selbst welche zu schreiben. Und trotz alledem öffnete ich bei jedem Nachhausekommen aus dem Büro hastig den Briefkasten. Bei einem ersten Sichten sortierte ich die Umschläge aus, deren gedruckte Adressen sofort verrieten, daß es sich um Massen- oder Werbesendungen handelte, um nur die verschlossenen aufzubewahren, deren Schriftzüge mir manchmal unbekannt waren. Und unter diesen war eine weibliche Schrift schnell ausgemacht. Aber manchmal unterlief auch mir eine Verwechslung. Eines Abends glaubte ich, mit bis zum Hals schlagendem Herzen, einige Sekundenbruchteile lang, Anne habe mir geschrieben.

Schön und gut, aber um mir was mitzuteilen? Diese Frage war mir nicht in den Sinn gekommen. Die Geschichten, die ich mir selbst erzählte, hatten nur einen Anfang, kein Ende, denn das ist zu oft das gleiche, altbekannte. Und ich hatte langsam genug von diesem Spielchen.

An diesem Abend vergaß ich fast, den Briefkasten zu leeren. Ich hatte es eilig, mein Wecker zeigte bereits sechs Uhr an, ich hatte mich schon umgezogen und wollte mir gerade die Zähne putzen, als mir mein Verleger einfiel. Seit einigen Wochen erwartete ich seine ersten Kommentare zu meinem Projekt für ein Vorwort der *Kriegsgedichte* Owens. (Dabei hatte ich sogar einen neuen Titel für den Band vorgeschlagen, der sowohl klassisch als auch doppelsinnig war, indem ich ein Wortspiel zwischen dem Fluß und der Summa poetica vorschlug, welches allerdings reichlich weit hergeholt war: *Somme poétique*. Wenn ich jetzt daran dachte, hoffte ich, er werde das Ganze als mißglückten Versuch, witzig zu sein, auslegen.)

Mit der Zahnbürste zwischen den Zähnen ging ich ins Treppenhaus und warf einen raschen Blick in den Briefkasten. Seit dem Morgen langweilte sich dort ein einsamer, nicht zugeklebter Umschlag, der zum Drucksachen-Tarif geschickt worden war. Noch eine Reklame. Ein wenig enttäuscht wollte ich ihn schon in den Papierkorb werfen, entschied mich dann aber anders und legte ihn ungeöffnet neben das Telefon.

Fünf Minuten später überprüfte ich im Badezimmerspiegel

mein Aussehen und fand mich so verführerisch wie nur möglich. Jetzt noch eine rasche Rasur, und ich konnte los.

Aline lebte in einem stillen Viertel von Woluwe-Saint-Lambert, nicht allzu weit entfernt vom Cinquantenaire. Und da ich meinerseits das ebenso stille Viertel von Woluwe-Saint-Pierre als Wohnsitz gewählt hatte, die Nachbargemeinde, fiel es mir leicht, darin über die toponymische Gemeinsamkeit hinaus ein gutes Vorzeichen für den weiteren Verlauf unserer Beziehung zu sehen – manchmal bin auch ich abergläubisch. Aline hatte von ihren Eltern ein hübsches Haus in der Avenue Albert-Elisabeth geerbt. Sie bewohnte das Erdgeschoß, die oberen Stockwerke hatte sie vermietet. Von dort ging sie jeden Morgen zu Fuß ins Institut. In einer knappen Viertelstunde wäre ich mit dem Auto bei ihr.

Es war bereits fester Bestandteil meiner Persönlichkeit geworden: daß ich stets zu früh dran war. Sobald ein Rendezvous anstand, war ich unfähig, irgend etwas anderes zu tun, als in meiner Wohnung im Kreis herumzumarschieren, und so bedauerte ich in solchen Momenten jedesmal, daß ich den Lauf der Zeit nicht ein klein wenig beschleunigen konnte. Verloren war sie ohnehin.

Dieser Abend jedoch versprach außerordentlich zu werden. Daher konnte ich genausogut die Logik auf die Spitze treiben und ihn schon jetzt, noch bevor er begonnen hatte, zu etwas Außerordentlichem machen. Ich setzte mich also an meinen Schreibtisch, zog die Schutzkappe von meinem Füller und machte mich daran, drei weitere Verse von *Spring Offensive* zu übersetzen.

»Frühlingsoffensive«. Es fehlte nicht viel, und selbst das Klima wäre passend gewesen, sagte ich mir in Erinnerung an die kleine, weiße Sonne, die den ausgehenden Nachmittag erhellt hatte. Wenn es so weiterging, würde der Februar miserabel werden.

Wo war ich stehengeblieben? Ich las meine Notizen noch einmal durch. Dann begann mein Füller übers Papier zu kratzen.

Doch viele standen bewegungslos
Jenseits des Kamms starrten sie gegen den weißen,
blendenden Himmel,

Ihre Schritte hatten sie an den äußersten Rand der Welt
geführt
Und sie wußten es.

Ziemlich mäßig ... Ich legte den Füller hin und las meine Zeilen. Ich fand sehr viel Selbstgefälligkeit und billige Effekte darin. Zum Beispiel konnte man *stark* ganz entschieden nicht mit »blendend« übersetzen. Seine adverbiale Form diente zu nichts anderem als das Adjektiv *blank* zu unterstreichen. (Apropos, war das nicht auch ein Schnitzer? Weiß floß einem so automatisch aus der Feder, daß irgendwas nicht stimmen konnte. Also im Wörterbuch nachsehen. Eine kleine Niederlage.) Ich strich die zweite Zeile aus und korrigierte.

Sie starrten gegen den sehr weißen Himmel
jenseits des Kamms.

Kaum besser. Blieb die Sequenz »sehr weiß«. Weißer als weiß. Waschmittelreklame. Ärgerlich. Potthäßlich sogar. Ich riß die Seite aus dem Block, knüllte sie zusammen und warf sie in den Papierkorb.

Meine scheinbare Konzentration war verschwunden und der Enthusiasmus gleich mit. Unzufrieden mit mir selbst blieb ich vor meinem Schreibtisch sitzen, unentschlossen und ungeduldig. Mein Blick irrte über den düsteren Vorgarten des Nachbarn von gegenüber. Die grauen umgegrabenen Beete wirkten wie frisch ausgehobene Massengräber.

In Wirklichkeit, mußte ich mir eingestehen, spielte sich jeden Abend seit diesem denkwürdigen Spaziergang im Park – nein schon vorher, seit meiner Begegnung mit Aline, um ganz ehrlich zu sein – dieselbe Komödie ab: Ich flüchtete vor meinem eigenen Schatten (und auch vor dem Licht, denn eines geht nicht ohne das andere) und ließ mir dazu alle nur möglichen geistreichen Ausflüchte einfallen.

Denn ich hatte Angst, daran gab es nichts zu deuteln. Angst davor, mir endlich die entscheidende Frage zu stellen, die einzig wichtige.

Der beste Beweis für all das war ein Zeichen, das nicht trog: Die Qualität meiner Übersetzungen verschlechterte sich. (Und mein Versuch von eben, der zu nichts geführt hatte, war nur mehr ein zusätzlicher Beleg.) Beim Schreiben rächt sich jede Art von Selbstbetrug auf der Stelle. Und es war auch nicht weiter erstaunlich. Die letzten Tage hatte ich, anstatt dem Text zu dienen, ihn benutzt, hatte mich in ihn geflüchtet und versucht, das, was mich so beschäftigte, in ihm zu ertränken, so wie Kinder sich die Bettdecke über den Kopf ziehen, um ihr Zimmer nicht mehr zu sehen, ihre Einsamkeit zu bedecken und die Nacht auszuschließen.

Aber man konnte nicht sein ganzes Leben lang davonlaufen.

Ich sah auf die Uhr. Noch gute fünf Minuten, bis ich losfahren mußte. Mehr als genug. Ich stand auf und nahm ein Fotoalbum aus dem Regal rechts von meinem Schreibtisch.

»Also gut … Wagen wir's«, murmelte ich.

In gewisser Hinsicht ähneln Fotoalben Banksafes. Man macht beide nicht sonderlich oft auf. Und man ist sich nie so ganz sicher, was man darin wiederfinden wird. Denn die Werte, die sie enthalten, fluktuieren. Eine Baisse, eine Hausse, nach Gesetzen, die ihre leichtsinnigen Eigentümer nicht kennen. Bevor ich das Album aufschlug, streichelte ich den grünen, rauhen Einband. Und dann fand ich, ohne sie suchen zu müssen, die Seite, um die es mir ging.

Eine orangefarbene, glatte, nackte Wand: der Hintergrund. Ein durchschnittlicher schwarzer, unwichtiger Ledersessel: der Vordergrund. Darin, ein wenig überrascht und ärgerlich, daß man ein Foto von ihr schießt: sie. (Die Aufnahme ist nicht von mir. Irgend jemand anders hatte auf den Auslöser gedrückt und an meiner Statt in völliger Unschuld diesen Raub begangen, den sie zweifellos nicht begrüßte. Was bedeutete, daß ich, jedesmal wenn ich das Foto betrachtete, eine Art Verrat beging.)

Das Haar ist nicht immer so kurz gewesen. Ein schwarzer Helm, über den Flammen laufen, Stirnfransen, die ein gutes Stück oberhalb der Augenbrauen enden. Sie blickt nicht ins Objektiv, sondern auf einen vagen Punkt im Raum, irgendwo vor sich hin, vielleicht unter den Beistelltisch, von dem nur eine Ecke zu sehen ist. Der gesenkte Blick flieht, und das ist es, was diesen genierten, beinahe schüchternen Eindruck hervorruft, der mich, auch wenn er täuscht, noch immer bewegt. Die schwarzen Wimpern verdecken die Augen. Das macht nichts, ich sehe sie trotzdem. Ich kenne ihre Haselnußfarbe. Am Rand der Lider zwei, drei winzige Falten – ich sage lieber Fältchen (apropos: Nennt man sie tatsächlich Krähenfüße? Das Wort gefällt mir, aber ich müßte nachschlagen). Die Nase ist lang, gerade, die Spitze ein wenig abgerundet …

So weit, so gut. Aber das war noch nicht alles.

… Sie lächelt. Man könnte meinen, sie bittet um Entschuldigung dafür, daß sie dasitzt, und zugleich, daß sie nicht bei der Sache ist – ihre Gedanken schweifen in die Ferne. Das Foto zeigt nur den abwesenden Ausdruck, alles andere muß ich mir dazudenken. Zwei rote Ohrringe berühren den weißen Kragen ihrer Bluse. Das feine, beinahe spitze Kinn zieht das Oval ihres Gesichts nach unten. Trotz des außerordentlich rosigen Teints (sie errötet sehr leicht, Rot ist ihre Farbe) finden viele Leute dieses Gesicht ein wenig orientalisch. Warum nicht? Was vermögen solche Beschreibungen schon zu sagen …

Auch Aline liebte die Farbe rot. War das ein Grund
zur Beunruhigung?

… Der Sessel ist geräumig, und sie räkelt sich darin, ohne daß es nach einer gestellten Pose aussieht. (Daran erkenne ich ihre Besonderheit wieder, eine Weiblichkeit, die um so stärker wirkt, als sie nicht greifbar ist und den Reiz von Details schärfer hervortreten läßt, denen der Gesamteindruck nicht zuwiderzulaufen vermag.) Der linke Arm ist auf die Lehne gestützt. Die linke Hand umfaßt ein unscharfes Objekt, das auf dem Foto nicht zu erkennen ist. Die Rechte zögert. Keine Ringe an ihren Fingern. Heute trägt sie mit Sicherheit einen.

Und dann die Beine. Lang. Nicht endlos: lang. Die Jeans verstecken sie. Aber schlecht. Das rechte ist über das linke geschlagen. Die hochgerutschte Hose läßt ein entblößtes, im Blitzlicht ein wenig glänzendes Stück Wade sehen, und darunter einen Streifen einer lila Socke (bei jeder anderen wäre das genau das peinliche Detail, bei ihr dagegen, nein ehrlich, erscheint es mir nur wie eine witzige Laune). Weiter herunter reicht das Foto nicht. Aber ich könnte es aus dem Gedächtnis ergänzen.

Ein Foto: eine unbewegte Fläche auf einem Viereck aus verstärktem Papier. Per definitionem schon etwas Lebloses, Ungefährliches. Wenn es nur so wäre!

Aber hinter diesem dünnen Bildschirm taucht *sie* in hundert Erscheinungsformen zugleich auf und präsentiert sich auf dem Laufsteg meiner Erinnerungen. Immer die eine ewig Gleichbleibende, und doch auch verschieden, multipliziert mit der Anzahl der Kleider, die sie getragen, der Lichter, die sie angestrahlt, der lächelnden Blicke, die ich zufällig aufgefangen habe, ob sie nun mir galten oder anderen, oder gar niemandem, und ich bemühte mich, nichts von den Gefühlen zu zeigen, die mich überrollten, die mich noch heute überrollen.

Eine Sturzflut von Bildern.

Und vor allem kommen einige immer wieder.

Vor einigen Monaten habe ich sie wiedergesehen. Das ist schon mehrmals vorgekommen und wird auch weiter vorkommen. (Die Welt ist klein und Belgien noch kleiner.) Es war ein Novembermorgen. Im Rahmen eines Bereitschaftsdienstes hatte ich nachts etwas in der Provinz zu erledigen gehabt, bei der Brigade von Namur. Auf dem Rückweg war ich ein paar Kilometer vor Brüssel von der Autobahn abgefahren, um in einem Ort, den ich gut kenne, zu frühstücken. Die kleine Stadt mit ihren beigefarbenen Mauern lag noch verschlafen im dämmrigen Morgenlicht. Statistisch gesehen ging das Risiko einer Begegnung hier gegen Null.

Sie kam aus dem Bahnhof. Es gibt Hunderte von Bahnhöfen.

Jedenfalls hätte ich sie normalerweise gar nicht gesehen. Ich war dabei, in einem Laden links des Gebäudes meine Schokoladencroissants zu kaufen – ich erinnere mich: Ich klaubte das

Wechselgeld auf, was sich auf der Glastheke als schwierig erwies. Trotzdem hatte ich ihre Präsenz *gespürt* – und das ist es, was mir im nachhinein Angst macht. Sie ging in zehn Metern Entfernung an mir vorbei. Ich sah sie von hinten, sie trug ein mir unbekanntes Kleid, schwarze, blickdichte Strumpfhosen, eine Handtasche, die eher das Format eines Tornisters hatte und eine Art rostroten Kapuzenmantel mit vielleicht südamerikanisch beeinflußten geometrischen Motiven. Sie ging in den Bahnhof hinein (um ihre Rückfahrkarte zu kaufen, nahm ich an). Ich hätte fliehen können. Statt dessen versteckte ich mich – sehr schlecht – hinter einer Säule vor dem Bahnhof.

Noch immer hoffte ich, mich getäuscht zu haben.

Als sie wieder herauskam, sah sie mich nicht – wenn ich die Szene rekonstruiere, zweifle ich manchmal daran, aber das dauert nie lange – und ging eiligen Schrittes in eine Richtung, die ich nicht wissen wollte. Es kam nicht in Frage, ihr zu folgen. (Wie denn auch? Meine Beine trugen mich gar nicht mehr.)

Ich war völlig niedergeschmettert nach Hause zurückgekehrt, wütend auf mich selbst, die ganze Welt und die Kapriolen des Schicksals. Mit einem Wort: traurig. Und die ganze Zeit sagte ich mir: acht Jahre, das ist doch gar nichts, acht Jahre, das ist doch gar nichts, acht Jahre, das ist doch gar nichts. Und dabei war ich doch älter geworden. Wenigstens das war keine Illusion.

Also?

Also verstand ich wieder einmal, ohne daß es diese Lektion wirklich gebraucht hätte, daß das Herz alles behält, aber nichts dazulernt. Es ist eben ein sehr dämlicher Muskel.

Heute sehe ich mir wieder und wieder dieses Foto an, und ich hasse mich dafür, ich hasse diese verdammte Unfähigkeit, einen Strich unter meine Vergangenheit zu ziehen. Aber zugleich verspüre ich auch ein seltsames Gefühl, das noch zu neu ist, als daß ich genau begriffe, was es für Möglichkeiten eröffnet. Ich habe das Gefühl, daß in aller Stille eine Tür aufgegangen ist. Ich weiß nun mit aller Gewißheit, daß die Vergangenheit in mir nie sterben wird, daß es mir eindeutig unmöglich ist zu vergessen. Denn das Vergessen ist nur eine Form der Untreue – und wie für die

Untreue gilt auch hier, daß es kein tatsächliches Vergessen gibt, das nicht gewollt wäre, geplant, bewußt ins Werk gesetzt und zu Ende geführt ...

Ich weiß also, daß ich sie auf meine Weise immer lieben werde. Denn ich besitze diesen Willen zu vergessen nicht, will nicht alle die Geschichten verleugnen, die ich mir selbst erzählt habe, auch nicht, wenn sie alle nur die Frucht meiner Phantasie sein sollten. Denn letztlich weiß ich, auch wenn ich nicht mehr an sie glaube, daß sie es wert waren – und hier stimmt das Wort –, geträumt zu werden. Und das ist das einzige, was zählt.

Also, um ehrlich zu sein, alles beim alten. Nur, daß ich heute zum ersten Mal spürte, daß in einem Herz viel Raum ist und daß es vielleicht weder nötig ist, es säuberlich aufzuteilen noch leerzufegen, um andere Gesichter, andere Stimmen, andere Leben und Gestalten hereinzulassen.

Sollte es vielleicht genügen, dem Leben eine Chance zu geben ...?

Ich zog das Foto aus seiner Plastikhülle. Von diesem Überzug befreit, fing die halbmatte Oberfläche des Abzugs das Dämmerlicht auf, das flach durchs Fenster schien. Nun sah ich nicht mehr sie, sondern im Innern eines Vierecks das fluktuierende, gewellte Zusammenspiel kontrastierender heller und dunkler Bereiche. Je nach Fingerdruck teilte sich das Bild, löste sich auf, verharrte, sprang auf die ein oder andere Seite über.

Mit plötzlicher Entschlossenheit sagte ich mir, daß ein einfaches Foto nicht derart über den Gang meines Lebens verfügen dürfe. Ich kniff die Augen zusammen, wie um Abstand zu schaffen, griff das Papier mit Daumen und Zeigefinger beider Hände. Meine Finger berührten sich. Jetzt mußte ich nur noch einmal kurz reißen und danach die Fetzen verbrennen ...

Aber im letzten Augenblick sträubte sich etwas in mir. Ich spürte genau, daß die Zerstörung dieses Fotos nur eine weitere Flucht gewesen wäre. Und schlimmer noch, die weiße, unschuldige Hülle drohte eine Art tyrannischen Sog auszuüben, in dem alle meine Reue sich wie in einem leeren Behältnis gefangen hätte.

Genug der Niederlagen. Die Vergangenheit hatte ihren Auftritt gehabt. Sie hatte mich nicht überzeugen können, von meinem Vorhaben abzusehen. Ich schob die Aufnahme zurück, schloß das Album mit einem Schlag und stellte es ganz oben im Regal ab. Dann nahm ich meinen Schlüsselbund und den Strauß Veilchen, den ich um die Ecke von Sainte-Catherine gekauft hatte.

»Gib dem Leben eine Chance!« dachte ich beim Abschließen der Wohnung.

Ich setzte mich ans Steuer. Damals hatte Anne manchmal an meiner Seite Platz genommen, auf dem Beifahrersitz. Wie oft hatte ich nicht eine Verabredung in Brüssel vorgeschoben – »ich muß einen Freund treffen« –, nur um sie nach Hause zu fahren und das doch immer zu kurze ungestörte Beisammensein auf einer Reise genießen zu können? Und wie oft hatte ich mir vorgenommen: »Heute ist es soweit, ich werde mit ihr sprechen!«, ohne mich jemals überwinden zu können?

Demnächst würde ich einen neuen Wagen kaufen müssen. Dieser hier hatte ausgedient. Doch der Motor sprang anstandslos an.

Die Kirche Saint-Henri am Ende der Avenue jenseits vom Boulevard Brand-Whitlock wirkte mehr denn je wie ein gigantischer Schrein aus grauem Stein. Ich stellte den Motor ab. In diesem Beruf nimmt man schlechte Angewohnheiten an: Man läßt seinen Wagen an allen möglichen und unmöglichen Orten stehen. Anstatt also das Auto in irgendwelchen waghalsigen Manövern zwischen zwei Stoßstangen zu klemmen, ließ ich es an der Kreuzung stehen, mit zwei Rädern auf dem Trottoir.

Die Dämmerung verwischte die Konturen der Fassade, auf der Friese aus blauem Stein sich mit dem weißgetünchten Backstein abwechselten. Die meisten Häuser hier waren um die Jahrhundertwende erbaut worden. Dabei bot diese Avenue ein perfektes Beispiel für die raren Brüsseler Straßen, in denen der Eklektizismus des Mauerwerks und der Balkone nicht ein Zeichen der architektonischen Zersplitterung war, sondern vielmehr den Eindruck außerordentlicher Harmonie hervorrief. Im Erdgeschoß brannte Licht. Aline hatte den großen Rolladen noch nicht heruntergelassen. Durch die Stores hinter den Wohnzimmerfenstern schimmerte goldgelbes Licht.

Ich hatte kaum geklingelt, da summte bereits der Türöffner. Die Wohnungstür in der Eingangshalle war angelehnt.

»Komm rein, Barthélemy! Ich bin gleich soweit!«

Als ich den Salon betrat, fiel mir wie jedes Mal die Mischung der Düfte auf: Bienenwachs und Orangenblüte – eine ockerfarbene Note wie die Farbe der Tapete, warm wie das Lampenlicht.

Vor der Küchentür war Aline dabei, eine dunkle Bluse fertig zu bügeln. Sie stellte das Eisen vorsichtig auf dem Brett ab, lächelte mir zu und wartete ab, daß ich auf sie zukäme. Auf den ersten Blick sah ich, daß sie einen einfachen schwarzen Stretchrock trug, ziemlich enganliegend und, nebenbei gesagt, recht kurz.

»Hübsch siehst du aus«, sagte ich, wobei ich ihr den Blumenstrauß reichte. (»Himmel Herrgott«, dachte ich. »Was für Beine!«)

Ich beugte mich zu ihr und küßte sie auf die Wange.

»Im Institut müssen sie ja alle verrückt nach dir sein!«

Es sah aus, als errötete sie.

»Also, hör mal! Du spinnst ja! Ich würde mich niemals trauen, dort so was zu tragen. Ich habe ihn vorgestern gekauft.«

Das Bügeleisen nahm seine Pendelbewegung über das Brett wieder auf. Ich folgte ihm mit den Augen. Auch hier arbeitete Aline mit derselben Präzision und Sicherheit der Gesten, die mir schon im Institut aufgefallen waren.

»Bist du zu früh dran oder ich zu spät?« fragte sie.

Ich wußte, was ich zu antworten hatte.

»Ich zu früh natürlich.«

Nicht viel allerdings. Doch ohne ihre Brille war es ihr nicht möglich, die Zeit vom Zifferblatt ihrer kleinen Armbanduhr abzulesen. Das Etui mit den Kontaktlinsen hinter ihr auf der Régence-Kommode war nicht geöffnet.

»Ich habe die Informationen für dich«, sagte sie und wendete einen Ärmel. (Ich bewunderte die Feinheit des schwarzen, ganz leicht glänzenden Stoffes.)

»Ich habe meine ganzen alten Unterlagen durchwühlen müssen. Wenn die Adresse immer noch stimmt, wohnt der Herr beim Sablon. Ich hab' alles aufgeschrieben, sogar die Telefonnummer. Es liegt da drüben ...«

Mit der linken Hand deutete sie auf den Sekretär mit der Rolltür, der links vom Kamin eine ganze Zimmerecke einnahm.

»Danke«, sagte ich. »Werde mich revanchieren ...«

Der zusammengefaltete Zettel lag neben einem gerahmten Foto. Das Schwarzweißporträt eines jungen, höchstens dreißigjährigen Mannes, zu klein für den Bildhalter, war unter dem Glas verrutscht. Links und oben sah man den weißen Rand.

Es war das erste Mal, daß dieses Foto mir auffiel. Trotzdem spürte ich, nach der ersten Überraschung, weder Eifersucht noch irgendwelche Befürchtungen in mir aufsteigen. Wer viel verloren hat, ist in Gefühlsdingen nicht mehr eifersüchtig – er ist zu schwach dazu. Anders gesagt, er hat gelernt, Liebe nicht mehr mit Eigenliebe zu verwechseln. Denn verletzte Eitelkeit erholt sich wieder.

In dem spiegelnden Glas sah ich, daß Aline mich beobachtete. Ganz Herr der Lage, faltete ich den Zettel auf, überflog ihn und ließ ihn dann in der Jackentasche verschwinden.

»David Zylberstein«, meinte ich. »In der Tat, bei dem Namen kann man annehmen, daß er sich mit diesen Dingen auskennt ...«

Ich drehte mich um. Aline, über das Brett gebeugt, bügelte eifrig. Immer noch denselben Ärmel wie bei meiner Ankunft.

»Du wirst ihn zu Tode bügeln!« sagte ich scherzend.

Sie antwortete nicht, zog statt dessen den Stecker heraus und stellte das Bügeleisen ab.

»Hast du Durst?« fragte sie.

Ich tat so, als müsse ich nachdenken.

»Was hast du anzubieten?«

»Ich kann uns einen Tee machen. Ist das okay?«

Trotz meiner nicht zu bestreitenden Anglophilie hatte ich diesem Getränk noch nie etwas abgewinnen können.

»Ja, Tee ist in Ordnung ...«

Aline nahm eine Vase aus der Kommode, griff nach meinem Strauß und ging damit die drei Stufen hinab, die zur Küche führten.

»Bin gleich wieder da!«

Die Türen eines Wandschranks schlugen.

»Und wie ist dein Tag so gelaufen?«

Ich zog mein Jackett aus, hängte es über eine Stuhllehne und ließ mich aufs Sofa fallen.

»Nichts Besonderes ...«, antwortete ich.

Ich sah wieder das verschwollene Gesicht der jungen Frau vor mir. Ihre großen leeren Augen. Ihre tonlosen Worte. Ihren harten slawischen Akzent. Die stillen Tränen des Vaters. Die majestätische Gleichgültigkeit des schwarzen Katers, der auf der Lehne des alten Sessels saß und sich die Pfoten leckte.

»Routine eben ...«, schloß ich.

Geschirrgeklapper klang aus der Küche herüber.

»Und bei dir?« fragte ich nach.

Einige Sekunden vergingen. Ein Wasserstrahl zischte in einen Topf.

»Och ... auch nur Routine.«

Das konnte alles heißen. Draußen war es dunkel geworden. Der Verkehrslärm auf dem nahen Boulevard hatte nachgelassen. Die schwarzen Fenster rahmten nun andere, kleinere Fenster ein und das von den Stores gedämpfte Lampenlicht.

»Soll ich den Rolladen runterlassen?«

»Es ist ein elektrischer. Links ist ein Knopf. Kannst du ihn sehen?«

Aline besaß weiß Gott nicht den Bizeps eines Schleusenwärters. Und wenn man das Format der alten Kurbel sah, schien mir diese Neuerung mehr als gerechtfertigt. Der Motor lief mit leisem Schnurren. Als sie mit einem Tablett in den Händen wiederkam, war gerade das letzte Rolladenblatt heruntergefahren.

»So ... Ich hoffe, daß du Tee mit Bergamotte-Aroma magst?«

»Wunderbar!« log ich.

Sie zog einen Beistelltisch heran, stellte das Tablett darauf, setzte sich neben mich und machte sich daran einzuschenken. So wie ich saß, konnte ich gänzlich unauffällig und nach Herzenslust ihre Beine betrachten. Aber ich tat es nicht. Denn seit einer Weile schon kamen mir ihre Bewegungen immer unsicherer vor. Alle zwei Sekunden strich sie sich mit gerunzelten Brauen eine herabgefallene Haarsträhne hinters Ohr.

»Hier ist deine Tasse«, sagte sie.

Sie hockte auf der Kante des Sofas, beugte sich nach vorn,

stützte sich auf ein Bein und knickte dabei um. Die Tasse kippelte auf der Untertasse, und der Tee schwappte über.

»Hoppla. Oh, là, là!«

Sie verlor das Gleichgewicht und stützte die linke Hand auf mein Knie. Ich war schließlich auch nicht völlig auf den Kopf gefallen. Manche Frauen wären in der Lage gewesen, all das absichtlich zu tun. Nicht aber sie.

Ihre Hand verweilte auf meinem Knie. Ich spürte, wie sie zögerte, bebte, bereit war, sich zurückzuziehen. Ich hielt sie fest.

Wenn ich daran zurückdenke, war alles, was danach geschah, frei von jeglicher Leidenschaft. Eine immense Woge Zärtlichkeit, von weit her kommend, stürzte über mir zusammen, fegte alles weg, steuerte meine Gesten und ihre ebenfalls. Nun legte sich auch meine Hand auf ihr Knie und glitt dann ohne Eile zärtlich ihren Schenkel entlang, verirrte sich unter dem Rock, fand den Weg zu festen, seidigen Rundungen. Ich erkannte die glatte Trockenheit des Nylons unter meiner Handfläche wieder und das Erschauern des warmen Fleisches unter der elastischen und engen Haut im Kontakt mit meinen Fingern. Auch die Lust entdeckte ich von neuem.

Unsere Lippen fanden sich, unsere Zähne stießen mit einem kleinen, trockenen Laut zusammen. Aline atmete ruhig, hatte die Augen geschlossen. Ich dagegen konnte mich nicht satt sehen, und meine zwei Hände reichten mir nicht. Mein Mund verließ den ihren, und ich schmiegte mein Gesicht an ihren Hals, ins Dekolleté ihrer Bluse. Es roch wunderbar dort. Sie streichelte meine Haare.

»Endlich, Barthélemy … endlich …«

Ich hätte weinen mögen. Dankbarkeit mischte sich in mir mit Hunger. Ich wußte nicht, ob ich Aline verdient hatte, aber ich war mir sicher, daß es umgekehrt stimmte.

»Aline …«, murmelte ich.

Alles ging sehr schnell, aber alles ging wie von selbst. Ich erfand jetzt alte Gesten neu, jene, die ich seit so langer Zeit vergessen zu haben glaubte. Ohne auf ihre Hände zu achten, entdeckte ich den herrlichen Egoismus der Körper wieder. Meine linke Hand glitt über ihre Strumpfhose, erforschte, ohne müde zu werden, den Lauf ihrer Schenkel, massierte ihre warme, zarte Flanke. Die Rechte ließ einen nach dem andern die Knöpfe ihrer Bluse aufspringen.

»Aline ...«, wiederholte ich, wie um sicherzugehen, daß sie wirklich hier war, daß ich nicht träumte.

Ihre Lider zitterten, sie blickte mich an, und meine Augen stürzten in die ihren, so glänzend, feucht und tief.

»Ich ...« Ich sprach nicht weiter. »Du«, hätte ich sagen müssen. Es war nicht mehr fraglich, was nun folgen würde, weder für sie noch für mich. Wir hatten so lange gewartet. Und da wurde mir blitzartig klar, wie ungeheuer inkonsequent ich wirken mußte. Auch in den Details.

»Aline, ich ... ich hab' keine ... Ich meine, keine ...«

Sie mußte mich nicht erst ansehen. Oder besser gesagt, ich verstand genau, daß sie es nicht wagte.

»Ich habe daran gedacht ... Ich denke schon lange daran.«

Aline machte sich los, streckte den Arm aus und öffnete die Schublade des Beistelltischs.

»Aber denk jetzt bloß nicht ...«

Es versetzte mir einen kleinen Stich, als ich tief in der Schublade eine kleine blaue Packung entdeckte. Ich wußte, daß sie sich schämte. Das war blödsinnig. Ich schob ihr mit einem Finger das Haar aus der Stirn und drückte einen Kuß zwischen die braunen Strähnen. Sie zeigte ein kleines erbarmungswürdiges Lächeln und vergrub dann den Kopf in der Wolle meines Pullovers.

Frauen denken doch wirklich an alles, schoß es mir durch den Kopf.

»Weißt du, wir müssen ja nicht«, fühlte ich mich bemüßigt klarzustellen.

Aline hatte ihre Schuhe abgestreift, ein Bein über meine Knie gelegt und bettelte um neue Liebkosungen. Meine Zeitung lag auf dem Teppichboden. Der Absatz eines ihrer Pumps stand auf dem zerknirschten Gesicht des Premierministers.

»Wir haben jetzt alle Zeit der Welt ...«, setzte ich hinzu.

Und küßte sie noch hingebungsvoller. »Alle Zeit der Welt ...«

Der Tee in unseren Tassen wurde kalt.

An diesem Abend gingen wir nicht ins Kino.

16/583 Lance Cpl.
E. Angel
N. Z. Maori Battalion
29th December 1917

(J.2)

Beim Aufschlagen des Registers habe ich zunächst befürchtet, nichts vorzufinden. Aber ganz im Gegenteil, ich entdeckte eine Menge Informationen unter deinem Namen. Zum Glück, denn ich hatte ein wenig Angst, daß mich in deinem Fall die Vorstellungskraft im Stich lassen würde. Es bestand die Gefahr, so etwas wie eine Ansichtskarte zu schreiben. Oder einen Artikel fürs Lexikon. (In das ich trotzdem einen Blick geworfen habe. Es gibt dort ein Foto: »Neuseeland, Nordinsel, Schafzucht«, sowie anderthalb Spalten Text.)

Du heißt also Edward, wie sieben Könige Englands, und bist der Sohn von W. H. und Mary. Du kommst aus Matakohe in der Bucht von Kaipara. (Tatsächlich: die Nordinsel. Ich habe in meinem großen Atlas nachschlagen müssen. Das Dorf taucht nirgends auf, dafür habe ich aber die Bucht gefunden, ganz am oberen Ende von Aotearoa – wenn ich recht verstanden habe, nennt man Neuseeland so auf Maori.) Bevor du hier gelandet bist, hast du zunächst vor Gallipoli gedient. Wir nennen das die Dardanellen. Immer weiter in die Fremde also. Zugleich eine Reise um den halben Globus.

Was mich zunächst interessiert hat, ist dein Nachname. Nein, versprochen, ich werde keine Wortspiele damit machen. Zu billig. Vermutlich ist einer deiner Vorfahren auf diesen Namen umgetauft worden, ohne zu verstehen, was ihm widerfuhr, oder sich groß drum zu kümmern. Vielleicht handelte es sich ja ursprünglich nur um den Scherz eines Kolonisten. Oder um die Folge einer Mesalliance? Deine Nachbarn der Reihe J haben alle typische Maorinamen behalten: Wharepapa, Marunui, Hauiti.

Als du dich meldest, bist du sechzehn Jahre alt. Dein Volk ist immer ein Volk von Kriegern gewesen – die Engländer haben das seinerzeit am eigenen Leib zu spüren bekommen. Und wenn man wie du zur Kaste der Häuptlinge gehört, muß man gewisse Prüfungen bestehen. Grenzen, das ist wie das hapu, *also etwas Heiliges, das verteidigt werden muß. Die Gelegenheiten dazu sind rar, man muß sie beim Schopf packen. Schade nur, daß Europa so weit weg ist.*

Auckland ist weniger weit entfernt, aber immer noch weit genug. Um dort hinzukommen, hast du dir das Fahrrad des Cousins Horahoare ausgeliehen. Wenn du über Kaukapakapa und Helensville fährst, wirst du es in zwei Tagen schaffen. Das Problem bei der Sache: Wenn sie dich sofort nehmen, was wird dann aus dem Rad? In der Bucht liegen Fischkutter und kleine Boote. In Auckland wirst du sicher größere zu sehen bekommen. Und bei einem davon wirst du an Bord gehen. Mit ein bißchen Glück wird man dir erlauben, an Deck zu bleiben. Europa muß schön sein. Aber auch wieder nicht so schön, wie man sagt. Denn warum wären die Engländer sonst von so weit hierher gekommen?

Also strampelst du und strampelst. Die Meilensteine am Straßenrand ziehen vorüber. Dann die nautischen Meilen. Und eines schönen Tages, zur Mittagszeit, sitzt du plötzlich am Fuß einer Klippe eingekeilt. Und von oben werfen die Türken, die man nie sieht, euch Granaten auf den Schädel. Aber das ist noch nicht mal das Schlimmste. Da ist auch noch die Ruhr, die Jungs, die sich von ganz alleine entleeren. Und die Stechmücken. Und dieser Aasgestank, der überall in der Luft hängt. Die Engländer halten das schlecht aus. Ihr auch, aber eher würdet ihr verrecken, als euch irgendwas anmerken zu lassen. Und dort unten erstreckt sich das gleichgültige Meer, blau, soweit das Auge reicht. Dieses Meer, über das du hierhergekommen bist, dieses Meer, über das, so meinst du, du einmal wieder nach Hause fahren wirst, dort hinüber auf die andere Seite der Welt.

Ohne dich bewährt zu haben? Ohne ein bißchen von dieser mana *angesammelt zu haben, von der die Alten sprechen. Leider ja. Ohne all das.*

Statt dessen schicken sie dich in den Norden, noch weiter fort, in ein plattes Land ohne Vulkane, mit einem kleinen Streifen grauen Meers und dem Regen, der beinahe ohne Unterlaß fällt. Mittlerweile ziert ein Winkel deine Schulter. Das sind ihre Tätowierungen. Du bist nun in einer anderen Tradition initiiert. Du hast es ja gewußt, daß du ein Häuptling bist.

Deine Kompanie marschiert durch Schlamm und Nacht. Bald wird der Morgen grauen, ihr müßt euch beeilen. Die letzten Verwundeten vom Tagesangriff sind auf ihren Bahren vorbeigetragen worden. Das heißt: Die letzten, das ist ein ziemlich dehnbarer Begriff. Diejenigen, die man gefunden hat. Die anderen, also die, die nicht ertrunken sind, werden in ein paar Stunden tot sein. Du hast mit einem großen Australier darüber geredet, einem Sanitäter – ihr kommt beinahe aus der gleichen Ecke, er heißt Frederick, ein alter Hase von Dreißig, er hat dir eine Lulle überlassen. Lullen sind gefährlich. Sie leuchten im Dunkeln.

Genug rumgehangen. Du mußt weiter. Du bist Lance Corporal, *das ist eine verantwortungsvolle Stellung. Also nehmen deine Jungs und du wieder eure Bretter und Bohlen auf und ihr marschiert weiter. Es ist nicht leicht. Überall ist der Schlamm, und man sieht die Hand vor Augen nicht. Von Zeit zu Zeit versinkt ein Stiefel im Bauch eines Toten. Vor Tagesanbruch muß der Weg wieder gangbar sein, damit die deutsche Artillerie ihn von neuem demolieren kann. Die machen die Löcher, ihr stopft sie. Hier geht die Arbeit nie aus.*

Aber eins ist sicher, so ertrinken weniger Jungs. Und mehr von ihnen schaffen es nach vorne. Und, wenn man die Wahl hat, stirbt es sich besser mit einer Kugel im Schädel als mit einem Mund voll Scheiße. Schon bei dem Gedanken läuft es dir kalt den Rücken hinunter. Aber vielleicht frierst du ja auch nur.

Nein, schön ist er nicht, der Krieg des Königs von England. Zum Glück weiß er, was er tut. Schließlich ist er ja selbst auch ein Häuptling.

Du hast die Granate nicht kommen hören. Deine Jungs ebensowenig. Weder gehört noch gespürt. Eine kleine Granate unter all den Tausenden, die gleichzeitig zwischen Passchendaele und Broodseinde niedergehen.

Es flammte Licht auf, ein Windstoß, dann die Dunkelheit. Aber wenn man's genau nimmt, hast du Glück gehabt. Du bist nicht auf der Stelle gestorben – sagt das Register. Du hast dir Zeit gelassen. Man hat dich, den Bauch voller Granatsplitter, nach Ypern zurückgebracht. Und du hast bis Weihnachten durchgehalten.

Wie ein Häuptling.

Weihnachten ist ein schönes Fest.

Siebtes Kapitel

»Sébastien würde sich jetzt eine Zigarette anstecken«, dachte ich und faltete die Hände im Nacken. Wir hatten bei einem unserer abendlichen Treffen unter (nicht ganz so) hartgesottenen Junggesellen das Thema angeschnitten. Gewiß, ich rauchte nicht. Aber das war nicht das Problem. Immer selbst von meinen raren Erfolgen überrascht, hatte ich kaum je Gelegenheit gehabt, diese kleinen genüßlichen Handlungen auszuüben, und noch weniger, sie zu Angewohnheiten zu steigern, was mich ehrlich gesagt wegen des Kontoführungs-Aspektes, der heimlich darin mitschwingt, ohnehin abgestoßen hätte. Perfekt wie es war, kam das mir so plötzlich in den Schoß gefallene Glück mir doch zu schön vor, um nicht zumindest gefährdet zu sein. Bevor ich also seinen Einbruch in mein Leben würde feiern können, mußte ich zunächst einmal selbst daran glauben und die Vorstellung zulassen, daß es durchaus von Dauer sein konnte. Für einen Optimisten meines Schlags war das schwieriger, als es aussah.

Ich gab acht, den Lattenrost des Bettes nicht zum Knarren zu bringen, richtete mich auf einem Ellbogen auf und schob mein Kissen hoch. Auf der Straße wiegten sich die Zweige eines Baumes in einem Rhythmus vor einer Straßenlaterne hin und her, den ich spielerisch, aber erfolglos vorherzusehen versuchte. Von Zeit zu Zeit schleiften längliche Gegenstände über die Verglasung der ehemaligen Eingangstür. Das angelehnte Fenster hinter den geschlossenen Vorhängen blies mir immer wieder seinen kalten Atem ins Haar, ein erdiger Stadtgartengeruch. Flüssige Dunkelheit erfüllte das Zimmer bis zu den Tapetenfriesen, schlug im Rhythmus des Luftzugs gegen die Wände, leckte mit langen Schattenzungen die Stuckdecke. Der rötliche Widerschein der Nacht glitt über die Schabracke, hellte das einheitliche Grau auf, ließ die Schnörkel einer Rosette hervortreten, die ihres Leuchters beraubt war und aus der nur mehr die versiegelte Gasleitung heraussah. In den Heizungsrohren gluckste das Wasser. Der Kühlschrank unten in der Küche wachte öfter auf als ich, und im Gegensatz zu mir tat er das ziemlich lautstark.

Ich hatte keine Ahnung, wie spät es wohl sein mochte – und es war mir auch reichlich egal. Seit unserer ersten Umarmung auf dem Wohnzimmersofa hatte die Zeit eine andere Gestalt angenommen. Sie hatte sich zwar bis zum Überschlagen beschleunigt, doch das schien mir völlig unwichtig, denn seit jenem magischen Augenblick hatte jede Sekunde die vorherige stets neu erweckt und uns ohne Unterlaß, wieder und wieder, an die Schwelle einer unendlichen Entdeckungsreise zurückgeführt. Angesichts solcher Fülle konnte von irgendwelchem Zeitverlust, von Verschwendung keine Rede mehr sein. Sollte die kleinliche Tyrannei der Uhren und Kalender also endlich ein Ende haben? Der Gedanke besaß etwas Verführerisches. Er machte mich noch reicher, als ich schon war.

Obwohl es ein wenig zog, war es warm hier im Mezzanin. Aline, normalerweise sparsam veranlagt, hatte vergessen, die Heizung für die Nacht kleiner zu stellen. Nun ja, ich hatte ihr im Eifer des Gefechts vielleicht auch nicht viel Gelegenheit dazu gelassen. Aus dem Salon stieg noch immer ein vager Duft nach Tee herauf. Die vollen Tassen waren auf dem Tisch stehengeblieben.

Ich drehte mich auf die Seite. Der Duft ihres Haars hing auch im Kopfkissen, eine ungewohnte Mischung aus Geißblatt und Waldfrüchten. Ein ganz kleines bißchen zu lang, ihr Haar. Und da es mir auf die Lippen und zwischen die Zähne geraten war, kannte ich auch seinen Geschmack, worauf ich hätte verzichten können.

Aline schlief, den Kopf unter dem Kissen, die Decke darüber, mit einem Wort unsichtbar, und ohne den geringsten Laut. Ich konnte sie nicht einmal atmen hören. Kaum daß ich hinter all den Lagen Bettfedern die süße Nähe ihres Körpers erriet.

Wollte ich mir selbst angst machen oder mich beruhigen? Ich streckte meine linke Hand unter der Decke aus. Schnell erkannten meine Finger eine runde Schulter und ein paar Zentimeter warme Haut wieder. Einen Augenblick lang packte mich die Lust, sie zu lieben, jetzt und auf der Stelle, aber dann zog ich es vor, ihren Schlaf zu respektieren. So konnte ich mich als ihren Beschützer sehen, den Bewacher eines Tempels, dessen Pforte mir allerdings offen-, weit offenstand, als eine Mischung aus treuem Hund und Ritter in strahlender Rüstung. So hat jeder seine Phantasien.

Das Schlafzimmer, auf das Aline ziemlich stolz war, lag in einem Mezzanin, einem erst in jüngerer Zeit eingebauten Halbgeschoß über der Küche, das in den ehemaligen Flur der ersten Etage hineinreichte. Man gelangte über ein schmales, filigranes Treppchen, beinahe eine Leiter, hinauf. Ich hatte Durst und stand auf. Der Teppichboden schluckte das leise Geräusch der bloßen Füße. Die Stufen knacksten ein wenig, meine Knöchel ebenfalls. Auf halber Höhe warf ich einen Blick zum Bett. Keine Bewegung unter dem Kopfkissen. Bestens. Ich tastete mich bis zur Küche, fand die Spüle, goß mir ein Glas Wasser ein und kehrte wieder in die höheren Regionen zurück.

Bevor ich zurück unter die Decke schlüpfte, sah ich einen dunklen Fleck auf meinem Wollpullover, der in einem schönen Haufen von Kleidungsstücken auf dem Boden lag. In plötzlichem Schreck – denn ich hatte vorgehabt, von hier aus ins Büro zu fahren, und nichts mit, um mich umzuziehen – beugte ich mich über den Berg. Der Fleck war keiner, sondern es war Alines Strumpfhose. Ich hob sie auf, prüfte das feine Nylongewebe zwischen Daumen und Zeigefinger und stellte mit Genugtuung fest, daß es mir, als ich sie ihr vorhin auszog – immer mit einem kleinen Hauch von Bedauern: ein nützliches Gegengift bei zuviel Feuer –, gelungen war, sie nicht zu beschädigen.

Oft hatte mich die rein physische Erregung geniert, die die Berührung von Nylon in mir hervorrief. Oder gehörte ich einfach zu den Leuten, die prinzipiell zuviel nachdenken? Jedenfalls stand fest, daß ich Vulgarität in Liebesdingen nicht ertrug, auch nicht den geringsten Anflug davon. Dagegen stand, daß meine

Schwäche für Nylon, für seine changierende Zartheit, seine glatte Stofflichkeit, die den jeweils Beteiligten zu gestehen ich nicht oder kaum übers Herz brachte, meinem Gefühl nach auf eine Weise nach Fetischismus roch, für die ich mich beinahe schämte.

Ungerechtfertigter Skrupel. Der Gedanke an diese Nacht überzeugte mich endlich davon. Denn wenn es kein Frauenbein umschloß, ließ das Nylon mich kalt. Und wenn es tatsächlich vorgekommen war, daß ich Nylonstrümpfe in einer Schublade aufbewahrte, so nur, um meine Schuhe damit zum Glänzen zu bringen, nichts sonst.

Nein, ich liebte Aline um ihretwillen und weil sie dieses Gefühl erwiderte. Alles andere war eine angenehme Beigabe. Gewiß, die Lust vereinnahmt gern auch das Überflüssige. Aber auch wenn sie Komplizen waren, konnte man Liebe und Lust nicht verwechseln. Sie gingen bestenfalls zeitweise Allianzen ein.

Rechts von mir stand unter einem riesigen, überladenen Stilleben mit Äpfeln und Birnen ein weißer Schrank ein wenig offen. Ein Reflex, von dem ich mir einredete, er sei professioneller Natur, ließ mich davor innehalten. Er enthielt ihre Wäsche. Nachdem ich mich versichert hatte, daß Aline unter ihrem Kopfkissen noch immer schlief, machte ich rasch und halb amüsiert, halb gerührt eine kurze Bestandsaufnahme.

Sag mir, was du trägst, und ich sage dir, wer du bist. Auf den ersten Blick war Aline keine Anhängerin von Strapsen noch, von den hauptsächlich schwarzen Farbtönen abgesehen, eine von Reizwäsche. Um so besser, denn jenseits einer gewissen Grenze – welcher eigentlich genau? – rufen derartige Dessous den in mir schlummernden Puritaner wach. Und der interpretierte die Tatsache, daß Aline heute abend keine Strümpfe, sondern eine Strumpfhose getragen hatte, als eine implizite Hommage meiner – zumindest anfangs – reinen Absichten. Ich hielt sie ohnehin ganz gewiß für fähig, sich in meinen Widersprüchen zurechtzufinden oder sogar das Beste daraus zu machen. Auf dem Bettrand sitzend, ließ ich das Beweisstück fallen, das durch die Luft segelte, um dann, schwarz auf schwarz, in der Dunkelheit des Zimmers zu verschwinden.

Als ich die Beine unter der Decke ausstreckte, bewegte Aline sich und murmelte etwas. Eine Hand erschien, legte sich auf meine Brust und blieb dort. Sie war bereits wieder eingeschlafen.

Ich fragte mich, ob ich wohl auch manchmal im Schlaf redete. Trientje behauptete, ja, und führte zum Beweis eine der zahlreichen Nachtschichten ins Feld, in denen wir gemeinsam im Auto auf der Lauer gelegen hatten. (Soweit ich mich erinnere, war eher sie es, die dabei geschlafen hat, und nicht ich.) Sébastien, dem ich die Frage gestellt hatte, ging sogar noch weiter. Falls es sich wirklich so verhielt, hoffte ich, daß die glückhafte Ähnlichkeit der Namen mich retten würde.

Wegen einer kleinen Silbe. Das wäre wirklich zu dumm.

Wenigstens schnarchte ich nicht. (Was Trientje tat, wenn sie einen Schnupfen hatte, aber ich hatte mich nie getraut, es ihr zu sagen.)

Vorsichtig legte ich meine Hand auf die ihre und zog mit der Fingerspitze die Kontur ihrer kurz- und rundgeschnittenen Nägel nach, auf denen abgeblätterte Reste farblosen Nagellacks glänzten. Ihre Hand verschwand gänzlich unter meiner Pranke.

»Kaum zu glauben, was mir da zustößt«, murmelte ich.

Und ich ließ meinen Kopf in die Federn des Kopfkissens sinken. Vorausgesetzt, das Wunder würde andauern, müßte ich dieses Jahr nicht mehr allein den Mai mit seinem speziellen Licht überstehen. Die Laute, Gerüche und Farben würden endlich die widerliche Eigenschaft von Erinnerungsfallen verlieren, die sie für mich hatten und die regelmäßig zuschnappten. Beim geringsten Zweifel, beim geringsten Stich ins Herz würde es genügen, eine Hand – diese Hand hier – in meine zu nehmen, und die Gegenwart würde alles wegwischen. Die Gegenwart. Die Zeitform der Lebenden.

Und als gerade wieder die Lust in mir aufstieg, erklang ein wohlbekanntes und verhaßtes Geräusch: Mein Piepser begann zu tönen.

»Scheiße!« knurrte ich.

Mit allergrößter Behutsamkeit hob ich Alines Arm von meiner Brust, glitt aus dem Bett und machte mich auf allen vieren auf die Suche nach dem piependen Ding. Das Geräusch kam aus dem Kleiderhaufen. Aber der Apparat, der normalerweise an meinem Gürtel befestigt war, war verschwunden. Vermutlich irgendwo runtergefallen. Ich durchsuchte zunächst die Hosentaschen, tastete danach die Falten des Hemdes ab. Ich wollte schon die erste Socke wenden, als ich den Unruhestifter endlich im Körbchen eines BHs entdeckte. Der Code, der auf dem Display erschien, forderte mich auf, unverzüglich den Bereitschaftsdienst anzurufen.

Auf Zehenspitzen stieg ich in den Salon hinunter, wo sich, wenn ich mich recht entsann, das Telefon befinden mußte –, nahm den Hörer ab und wählte die Nummer. Es dauerte einige Sekunden, was mir erlaubte, samt Telefon bis ins Eßzimmer zu gelangen. Bei der Gelegenheit warf ich mit der Schnur beinahe einen großen Mahagonidreifuß um und mit ihm die Sèvres-Vase, die darauf stand. Ich erkannte meine bescheidenen Veilchen wieder. Nach einer Reihe schriller Amtszeichen war endlich eine nuschelige Stimme zu hören, die knurrte: »Ja doch! Was'n los?«

Wie immer von exquisiter Höflichkeit. Frisch geschieden, ertränkte der Oberinspektor Jacques Massard seinen Verdruß, vielleicht auch seinen Kummer, in einer Flut von Überstunden, die in Urlaubstage umzuwandeln er nicht einmal mehr erwog. Mit dem Trinken dagegen hatte er nicht gewartet, bis seine Frau ihn verließ.

»Dussert am Apparat«, sagte ich, nachdem ich die Verbindungstür zum Wohnzimmer hinter mir geschlossen hatte.

Dieser Raum hier, der wie ein Wintergarten wirkte, ging auf einen Stoppelrasen und die hintere Fassade eines großen dunklen Gebäudes hinaus. Der kalte Mondschein fror alles in bleicher Bewegungslosigkeit fest. Auf dem Kaminsims tickte eine vergoldete bronzene Wanduhr. Ich zog einen Stuhl heran und setzte mich an den großen Tisch.

»Ach Dussert? Bist du das? Wo steckst du denn? Ich hab' dich gesucht.«

»Zu Hause. Wo sollte ich denn sonst stecken?«

Blödsinnige Lüge. Aber da Massard voll wie eine Haubitze war, war es besser, unnötige Indiskretionen zu vermeiden.

»So. Und jetzt bin ich ganz Ohr«, fuhr ich fort. »Was verschafft mir die Ehre, von dir zu hören?«

»Die Polizei von Anderlecht hat angerufen.«

»Ja und?«

Ein lauter Rülpser schallte durch den Hörer. Ich schloß daraus, daß Massard allein die Stellung im Büro hielt. Zum Glück würde dort heute nacht so wenig wie an irgendeinem andern Tag Feuer ausbrechen.

»Gesundheit!« sagte ich ironisch.

»Wie? Was ist los?«

»Nichts. Was sagtest du noch einmal?«

»Die Polizei von Anderlecht . . .«

». . . hat angerufen, ich weiß.«

Stille.

Dann: »Ja, woher weißt du das denn?«

Alines Armbanduhr lag auf dem Tisch. Ich konnte mich nicht daran erinnern, daß wir auf unserem Weg ins Schlafzimmer auch hier vorbeigekommen waren. Die Zeiger standen auf fünf Uhr.

»Rückst du jetzt endlich mit der Sprache raus, oder soll ich mich wieder hinlegen?«

Ich war lauter geworden.

»He Mann, keine Hektik . . . Wenn ich recht verstanden habe, hat's irgendwas mit eurer Scheißhaus-Geschichte zu tun.«

»Wie bitte?«

»Na ja . . . Das Graffito, das ihr überall rumgeschickt habt, eben.«

»Ah, ich verstehe! Das Graffito! Gibt's irgendwas Neues?«

»So ist es. Und deshalb wollen sie, daß irgendwer da vorbeischaut. Und zwar sofort. Dringend, ham sie gesagt.«

»Soso? Sagtest du nicht was von ›keine Hektik‹?«

»War nur so'n Spruch. Ist doch dein Fall, oder?«

»Exakt«, antwortete ich. »Wo?«

»Was, wo?«

»Wo soll ich vorbeischauen!?«

Das Gespräch war die reine Schlitterpartie, was zwar zur Jahreszeit paßte, aber es dauerte mir dann doch ein bißchen zu lang.

»Ah! Ja, also . . . Am ›Mahnmal des Jüdischen Märtyrers‹. Wie sie mir erzählt haben, ist dort die Hölle los. Deswegen ist Eile angesagt. Weißt du, wo das Ding ist?«

»Ja, ungefähr.«

»Um so besser, denn ich hab' keine Ahnung.«

Ein Gedanke schoß mir durch den Kopf.

»Hast du Verhaert Bescheid gesagt?«

»Hab' ich versucht. Die geht nicht dran. Du bist der erste, den ich erreiche.«

Bestimmt bei ihrem Onkel in Löwen.

»Auch Delco nicht«, fuhr er fort. »Und unter Crestias Nummer gerat' ich immer nur an den Anrufbeantworter.«

Jetzt tischte Massard mir Märchen auf. Selbst wenn er sturzbesoffen war, war es nicht seine Art, sich derart anzustrengen.

»Schon gut, vergiß es. Ich werd' allein hinfahren, wie ein großer Junge. Bei wem soll ich mich melden?«

»Warte mal, hab's notiert, aber ich kann meine eigene Schrift nicht lesen. Noch so'n flämischer Name, bei dem du dir die Zunge abbrichst ...«

Ich versuchte, nicht allzu laut in den Hörer zu seufzen.

»Wouw... warte mal, nein ... Wauwermans. Ja, das ist es ... Wachtmeister Paul Wauwermans. Wie ich gesagt habe ...«

Er fing auf eine schmierige und zugleich schrille Art an zu lachen, so daß man selbst auf die Entfernung und durch den Hörer förmlich den billigen Wacholderschnaps roch.

Olfaktive Vorstellungskraft.

»Und viel Spaß!« schloß er. »Es heißt, das Entschärfungskommando ist schon vor Ort.«

»Entschärfungskommando? Geht's nicht auch 'ne Nummer kleiner?«

Bevor ich auflegte, packten mich Skrupel, und ich überwand mich, ihm noch einen guten Rat zu geben.

»Massard?«

»Ja?«

»Du hast noch zwei kurze Stunden vor dir, um dir einen Kaffee zu machen.«

»Und warum erzählst du mir das?«

»Benutz unsern Automaten im zweiten Stock.«

»Was für'n Automaten?«

»Unsere Kaffeemaschine. Herrgott, nun streng deinen Grips doch mal ein bißchen an! Und wenn du gehst, vergiß nicht, deine Flasche in den Mülleimer in der Garage zu werfen! Letzte Woche hab' ich sie in der Toilette im Erdgeschoß gefunden.«

Ich wußte nicht, ob die Kaffeemaschine ihm diesmal noch aus der Patsche helfen würde. Denn die Petzer drohten, seiner Karriere sehr viel schneller ein Ende zu machen, als er sich das in seinen wenigen klaren Augenblicken träumen ließ. Niemand in der Brigade konnte Massard leiden. Angesichts seiner wiederholten Schnitzer war auch den Langmütigsten der Geduldsfaden gerissen, und sein Dienstzeugnis war alles andere als glänzend. Einzig der unerklärlichen Milde des Großen Chefs verdankte er es, nach wie vor den Boden seiner bis zum Nabel reichenden Hosen auf den Stühlen unserer Büros durchzusitzen. Ich legte auf.

Einige lange Sekunden fixierte ich mit abwesendem Blick die weiße Mauer am Ende des Gartens. Auf halber Höhe hing ein grüner Korb. Im Frühjahr würden dort Glyzinien oder Stiefmütterchen blühen. Ein hübsches Bild. Eigentlich war alles in diesem Haus hübsch. Häßliches drang hier nicht ein. Es wartete brav draußen auf der Fußmatte, angeleint wie ein Pudel vor der Konditorei.

Jetzt gehen zu müssen, brach mir das Herz. Und doch wußte ich sehr genau, daß ich es dennoch tun würde. Ich fragte mich, inwieweit darin nicht auch ein Stückchen heuchlerischer Schwäche lag. Denn warum sollte ich eigentlich gehen? Ich war nicht im Dienst. Rein theoretisch konnte nichts außer einem vagen Pflichtgefühl mich zwingen, jetzt schon diese einzigartige Nacht zu beenden. Vielleicht hatte ich ja sehr banale jüdisch-christliche Vorstellungen vom Glück, die in direkter Linie aus dem Katechismus und dem Rezeptblock des Herrn Pfarrers stammten: Etwas verdienen, um es zu besitzen; warten, um es zu bekommen; zahlen, um es zu sehen.

Oder es bis zum Sankt Nimmerleinstag aufschieben?

Um mein Gewissen zu beruhigen, wählte ich dennoch Sébastiens Nummer. Schließlich war er der Chef, und Massards Beteuerungen hatten mich nicht wirklich überzeugt. Vergebene Liebesmüh – keiner antwortete. Oberkommissar Delcominette hatte sich in Luft aufgelöst.

Da mir keine Alternative mehr einfiel, mußte ich wohl doch selbst los. Für den Toten vom *Imaige Nostre Dame,* wenn ich denn irgendeinen Grund brauchte. Einen Toten, der immer noch auf seinen Namen wartete.

Als ich den Apparat in den Salon zurücktragen wollte, bemerkte ich am andern Ende des Tisches ein seltsames Objekt. Das heißt, was seltsam war, war die Form. Was mir vor allem ins Auge sprang, war eine Art Stengel oder Fuß, der schief auf einem flachen, rechteckigen Sockel stand.

Eine ganze Menge alltäglicher Gegenstände kann man plötzlich nicht mehr identifizieren, wenn sie auf dem Kopf stehen. Es genügt, sie aufrecht hinzustellen, um ihnen ihre Funktion zurückzugeben. Nun erkannte ich auch den Bilderrahmen wieder, den ich zuvor im Wohnzimmer auf dem Sekretär gesehen hatte. Wie war er hierhergelangt? Gewiß nicht von alleine. Die Fotografie im Innern saß immer noch schief. Mein Ordnungssinn machte mir Lust, die Sache in Form zu bringen. Dazu genügte es, die Pappschiene herauszuziehen und das Foto zurechtzurücken.

Ich zögerte. Schließlich ging ich mit dem etwas zweifelhaften Gefühl, eine ungeschriebene Vereinbarung zu verletzen, über meine Skrupel hinweg und zog die Aufnahme aus ihrem Rahmen. Der Mann konnte allerhöchstens knappe Dreißig sein. Genau wie ich hatte er dunkles Haar, ein kräftiges Kinn und eine fleischige Nase. Mit zusammengekniffenen Augen lächelte er den Fotografen an – ein halbes Lächeln, voller Andeutungen, ein Lächeln à la Trientje gewissermaßen, nur daß hier den Andeutungen vermutlich auch ganze Sätze folgten. Die etwas unscharfe Körnigkeit des Schwarzweißabzugs sowie die leichte Überbelichtung verrieten den Amateurfotografen. Auf dem Gymnasium hatte einer meiner Mitschüler in einer vorsintflutlichen Dunkelkammer, in deren Alter ihr ganzes Prestige lag, solche Abzüge gemacht. Dementsprechend rief dieses Foto nichts anderes in mir wach als einige verblichene Erinnerungen an den Jugendlichen, der ich nicht mehr war.

Aber in ihr?

Auf der Rückseite war ein Vorname und ein Datum zu lesen.

»Jean-Christophe.«

Ich hatte Alines Schrift auf Anhieb wiedererkannt, eine sorgfältige, beinahe kindliche Schrift mit ihren zu breiten Buchstaben und den kleinen runden Kreisen, die über jedem i schwebten. Wenn man dem Datum Glauben schenken wollte, war das Foto vor elf Jahren aufgenommen worden. Man brauchte kein Mathematiker zu sein, um zu folgendem Schluß zu kommen: Damals war Anne noch eine von Millionen Unbekannten für mich gewesen. Und wenn ich sie seinerzeit unter denselben Umständen kennengelernt hätte, hätte ich mein Glück bei Aline nicht versuchen können. (Im übrigen wäre es ohnehin unmöglich gewesen, denn ich war noch nicht einmal Polyp.)

Faszinierendes Spiel: Was wäre gewesen, wenn.

Ich steckte das Foto in seinen Rahmen zurück, genauso schief – der weiße Rand links und oben sichtbar –, und stellte diesen verkehrt herum auf den Tisch zurück, ganz so, wie ich ihn gefunden hatte.

Dann machte ich mich daran, die Wohnung zu verlassen. Oben sammelte ich lautlos meine Kleidung ein und zog sie in der Dunkelheit hastig über. Bevor ich hinunterstieg, kniete ich mich neben das Bett und streichelte, die Hand unter dem Kopfkissen, Alines Haar. Selbst wirr und durcheinander fühlte es sich noch weich an, die Strähnen wickelten sich wie wildes Gras um meine Finger. Ich glaube, ich hätte meine Pläne geändert, wäre sie erwacht, ich wäre geblieben, so unwiderstehlich war meine Lust, sie zu küssen – von anderem ganz zu schweigen. Zwischen der kuscheligen Wärme des Betts und der schneidenden Kälte auf der Straße war die Wahl nicht schwer. Aber dazu hätte ich das Kopfkissen hochheben müssen.

Im Salon schaltete ich die japanische Lampe an und fand einen Notizblock und einen Bleistift auf dem Kamin.

»Du schläfst so schön. Ich hab's nicht übers Herz gebracht, dich zu wecken. Du machst dir keine Vorstellung davon, wie sehr ich mich darauf gefreut habe, mit dir zu frühstücken. Wobei ich ehrlich gesagt nicht sicher bin, daß wir viel gegessen hätten! Jedenfalls ist es lange her, daß ich derart glücklich war. Ich werde den Arm voll blauer Flecke haben, so sehr

zwicke ich mich! Aber was hilft's: Besser, du gewöhnst dich gleich an meine absurden Arbeitszeiten. Wie du siehst, hat es nicht nur Vorteile, Polyp zu sein. Wenn man's recht überlegt, bist du sogar das erste Positive, was mir in diesem Zusammenhang einfällt. Kurz und gut: Es ist fünf Uhr, und man ruft mich zu einem dringenden Fall. Ich werd' dir's erzählen. Wenn du willst, kannst du mir bis dahin eine Nachricht über den Piepser schicken. Bis heute abend?«

Meine Bleistiftspitze hob sich von dem Karopapier und machte in der Luft mehrere Ansätze zu einem Großbuchstaben.

Verflixt noch mal, warum denn schließlich nicht?

»Ich liebe dich.«

Es gibt Worte, die sich leichter schreiben als aussprechen lassen. Ich unterschrieb, stieg auf Strümpfen die Treppe hoch und legte den gefalteten Zettel auf ihren Nachttisch. Die letzte Versuchung war die heftigste. Ich widerstand ihr heroisch.

Dann raffte ich meine Schuhe zusammen, schlüpfte hinein, ging zur Wohnungstür und zog sie so leise wie möglich hinter mir zu. Der von innen steckende Schlüsselbund klirrte wie eine Kuhglocke. Zwischen den Wänden der Eingangshalle vibrierte die Stille. Im Schein des Oberlichts fand ich die Türklinke der Haustür und wiederholte die gleiche Operation, diesmal etwas diskreter.

Draußen mußte ich den Kragen meiner Jacke hochschlagen. Ein eisiger Wind ließ den Mischgeruch aus Asphalt und Humus in der Luft erstarren. Gegenüber, hinter den lanzenartigen Gitterstangen eines kleinen Parks, schlugen Holunderzweige Morsezeichen gegen das rostige Eisen. So weit der Blick reichte, war die Straße leer, und ich marschierte alleine unter dem grellen Licht der Lampen entlang.

Das heißt, nicht völlig alleine. Anders als zuvor. Einsamkeit, wurde mir jetzt klar, konnte etwas ganz Unterschiedliches sein, je nachdem, ob man sie ertragen mußte oder sich nur spaßeshalber in sie begab, um den Reichtum einer erwiderten Liebe stärker zu fühlen, mochte ihr Objekt auch in weiter Ferne oder momentan abwesend sein. Das hieß für mich, aus einer Zwangslage in eine freiwillige zu wechseln, oder, mit anderen Worten, gestärkt von der Gewißheit, eine Taschenlampe in der Manteltasche zu tragen, einen dunklen Weg entlangzugehen. Eine unschätzbare Entdeckung. Und für meine Verhältnisse eine kleine kopernikanische Revolution.

Um zum Mahnmal zu kommen, umfuhr ich den Südbahnhof und bog in die Avenue Fonsny ein, die sich von den TGV-Bauarbeiten noch nicht ganz erholt hatte. Das Viertel hatte schon am hellen Tag und bei Sonnenschein etwas Verkommenes, aber nachts wurde es richtig schaurig. Den pißgelben Bahnhofswänden standen die zugemauerten Fassaden toter Cafés gegenüber, die mit knittrigen Plakaten zugekleistert waren, auf denen die lächelnden Fratzen der ewig gleichen Politiker und der Fotomodelle, die ebenso austauschbar waren wie die Produkte, für die sie sich in Positur setzten, mit Schnurrbärten und geschwärzten Zähnen verschönt waren. Es war ratsam, hier nach elf Uhr abends keinen Plattfuß zu bekommen, es sei denn, man besaß sehr solide Felgen. Das erstaunlichste an alledem war, daß es überhaupt Menschen gab, die sich dazu durchgerungen hatten, ihre Koffer in dieser zugigen Durchgangsecke abzustellen – denn freie Entscheidung konnte es wohl nicht gewesen sein.

Ich hatte keinen Stadtplan im Handschuhfach, und natürlich tauchte keine Menschenseele auf, die mir den Weg zum Mahnmal hätte weisen können. Die wenigen Anwohner, die schon aufgestanden waren, blieben hinter ihren vier Wänden verbarrikadiert, und wer frühmorgens auf dem Weg zur Arbeit war, schlug offenbar andere, sicherer erscheinende Routen ein. Selbst die Denkmäler mieden diese Ecke hier. Einen Augenblick lang erwog ich, kehrtzumachen und im nahegelegenen Bahnhof zu fragen – in einem Bahnhof ist immer jemand –, aber die Einbahnstraße, in der ich mich befand, verkomplizierte diesen Plan.

Zu meinem Glück bildeten die Ortspolizisten keine Ausnahme von der Regel, nach der der Durchschnittsbulle spontanes Blaulicht und Sirenenheulen liebt. In Richtung Westen, am Ende der Rue des Vétérinaires, zeichnete ein blinkendes, bläuliches Dämmerlicht die zackige Linie der Dächer und Kamine nach. Ein besserer Wegweiser war schwer denkbar. Ich steuerte den Wagen durch den Tunnel unter den Gleisen.

Und tatsächlich fand ich mein Ziel. Der hellerleuchtete Platz, an dem sich vier Straßen trafen, wimmelte von Schirmmützen und Schiffchen. Überall wurde improvisiert, aber mit allem Drum und Dran Dienstwagen vorgeführt. Im Moment meines Eintreffens raste mit Vollgas und heulender Sirene ein Golf der Gendarmerie davon. Ein wenig weiter weg war vor einem Lebensmittelgeschäft ein Feuerwehrwagen geparkt. Ich stellte meinen Wagen längs des Trottoirs ab, auf dem erstbesten freien Platz.

Bevor ich mich selbst in das festliche Gewühl stürzte, legte ich schnell noch Abendtoilette an, die aus einer alten, verkrumpelten, orangefarbenen Armbinde bestand, und zog zur Sicherheit meine Einladung in Form des dreifarbigen Dienstausweises hervor. Das war weise Voraussicht, denn angesichts des Aufruhrs, der rund um den Platz herrschte, hatte ich gute Gründe zu fürchten, daß noch der schlappste Beamte sich plötzlich in einen unerbittlichen Zerberus verwandeln würde.

Rund zwanzig Meter weiter waren Soldaten in olivgrünem Kampfanzug dabei, eine Art Haubitze auf Gummiraupen aus dem Anhänger ihres Landrovers zu bugsieren. Im Vorbeigehen erkannte ich die königsblauen Tellermützen unserer Minenräumschwadron wieder. Massard hatte also keinen Unsinn erzählt.

Die Polizei von Anderlecht, die die Operationen koordinierte, hatte keine halben Sachen gemacht und war in Bataillonstärke am Ort des Geschehens erschienen. Vor dem Mahnmal parkten drei Autos mit brennenden Lichtern. Etwas weiter wartete ein Kastenwagen. Irgendwo hier mußte ich suchen. Ich ging auf einen korpulenten Polizisten zu, der, die Daumen in den Gürtel gesteckt, zwischen zwei Buchsbeeten auf dem Rasen herumstand.

»Guten Tag, Kriminalpolizei«, sagte ich und hielt ihm meinen Ausweis hin. »Wissen Sie zufällig, wo ich Wachtmeister Wauwermans finden kann?«

Der Mann tippte an seinen Mützenschirm und machte eine

Bewegung, als wolle er eine unsichtbare Fliege nach rechts verscheuchen.

»Da drüben. Aber man darf nicht durch. Das Ding kann jeden Moment hochgehn.«

»Das werden wir ja sehn. Danke.«

Ich ging den Weg zum Eingang hinab. Eine hebräische Inschrift, rechts vom Hauptportal, in bronzenen Lettern auf grauen Beton gesetzt und von ihrer zweisprachigen Übersetzung flankiert, klärte über die besondere Bewandtnis des Mahnmals auf.

Vor dem starken Eisengitter des Monuments trat sich eine buntgescheckte Truppe Uniformierter gegenseitig auf die Füße und palaverte – Soldaten, Feuerwehrleute, Gendarmen und Polizisten. Die allgemeine Nervosität zeigte sich in den weitausholenden, brüsken Gesten, dem verächtlichen Schultergezucke und verwirrtem Nackenkratzen. Wenn auch sonst nichts, produzierte die Versammlung eine Menge Wind.

Als ich mich vorstellte – Name, Vorname, Dienstgrad und Funktion –, verfiel der Trupp in unschlüssiges Schweigen, bis ein Betreßter, dessen Offiziersmütze unter all seinem Lametta zusammenknickte, sich schließlich herabließ, von meiner Anwesenheit Notiz zu nehmen. Offensichtlich hielt er nicht viel von dieser Art Einmischung.

»Sieh mal einer an! Da ist ja auch die Kripo! Wunderbar! Jetzt fehlt bloß noch der Staatsschutz, der Zoll und die Eisenbahnpolizei ...«

Nachdem sich die erste Aufregung gelegt hatte, schien der wichtige Herr vor allem irgendeine Katastrophe zu fürchten, die dem reibungslosen Fortgang seiner Karriere gefährlich werden könnte. Seine Laune war der beste Beweis dafür, und mein relativ bescheidener Rang machte ihm, wenn wir auch nicht zur selben Sippe gehörten, wieder einmal die extreme Einsamkeit der Chefs und das erdrückende Gewicht ihrer Verantwortung bewußt.

»Freut mich, Sie kennenzulernen, Kommissar«, sagte ich zähneknirschend. Ich verzichtete darauf, ihm die Hand zu reichen, die er ohnehin nicht schütteln würde.

»Könnte mir vielleicht mal jemand sagen, was hier vor sich geht?«

Der Mann, der offensichtlich nicht das Gefühl hatte, mir eine Antwort zu schulden, wandte sich ab und wirkte, als suche er denjenigen, um den es hier ging.

»Wauwermans! Kommen Sie mal her, aber dalli! Die Kripo ist da! Diese brillante Idee haben wir doch wohl Ihnen zu verdanken, oder irre ich mich?«

Ein kleiner Mann kam herbeigelaufen. Sein bescheidener Wuchs, der gerade noch den Vorschriften genügen mochte, illustrierte die Rekrutierungsschwierigkeiten in den Gemeinden der Peripherie. Seine weite Mütze schien auf zwei abstehenden Ohren zu ruhen, die rot in der Kälte glänzten.

»Jawohl, Herr Kommissar!« antwortete er in einer Pose, die die zivile Version des Strammstehens war. Aber der leitende Kommissar hatte bereits wieder sein zuvor unterbrochenes Gespräch mit den bewaffneten Truppen aufgenommen.

»Inspektor Dussert, Kripo«, stellte ich mich vor. Der kleine Beamte warf sich in die Brust und hielt mir eine behandschuhte Hand hin, die ich behutsam drückte.

»Angenehm, Inspektor! Wachtmeister Wauwermans, Polizei Anderlecht!« antwortete er mit dünnem Stimmchen.

Plötzlich lief ein Ausdruck des Entsetzens über sein Gesicht.

»Oh, entschuldigen Sie bitte!«

Er streifte sich hastig den Handschuh ab und schüttelte mir diesmal kräftig die Hand.

»Das war ich, der Sie angerufen hat«, präzisierte er.

Ob es geschah, um mich an etwas festzuhalten oder um mich höflich zu zeigen, ich zückte Notizblock und Bleistift.

»Schön. Ich höre. Aber zuvor . . .«

Meine Finger schmerzten bereits vor Kälte, und ich begann schon, meinen Sinn für überflüssige Höflichkeit zu bedauern.

». . . würde ich gerne wissen, was das hier alles soll.«

Wachtmeister Wauwermans kniff sich in die Nasenspitze.

»Es gibt eine Verbindung, wissen Sie.«

»Eine Verbindung?« fragte ich verständnislos.

»Ja. Eine Verbindung zu dem, was Sie herführt.«

»Was mich hierhergeführt hat, das sind Sie«, wollte ich antworten. Aber dieser Mann hatte es nicht verdient, angefahren zu werden. Kleine Leute anzuschnauzen, machte nur Maulhelden Spaß, und das ungehobelte Benehmen des Kommissars seinem Untergebenen gegenüber animierte mich dazu, mich ihm gegenüber doppelt freundlich zu geben. Wenn Wauwermans die Initiative ergriffen hatte, mich via Massard aus dem Bett – und was für einem Bett – zu holen, dann mußte er gute Gründe dafür haben. Andernfalls hätte er dies nie gewagt.

Meine Handschuhe lagen noch bei Aline. Ich steckte mein Schreibzeug wieder ein und vergrub die Hände in den Jackentaschen.

»Wenn Sie mir vielleicht ein bißchen auf die Sprünge helfen wollten?«

Der Mann kramte in der rechten Tasche seiner Lederjacke. »Ich hab' ein gutes Gedächtnis, wissen Sie! Augenblick ...«

Er zog das verknitterte Foto des Graffitos hervor, das bereits Eselsohren hatte. Wir standen vor dem Gitter. Er trat einen Schritt zur Seite, stellte sich links von mir auf und zeigte, indem er die Hand zwischen den Gitterstäben hindurchstreckte, mit dem Finger in die Mitte der Esplanade.

»Sehen Sie ... in der Mitte des Hofs, da ...«

Ich folgte seinem Blick und sah etwas kleines Schwarzes.

»Was ist das?«

Wauwermans schniefte.

»Eine Aktentasche. Die hab' ich gefunden. Niemand weiß, was drin ist, aber an dem Ort hier ist zu fürchten, daß es sich um ein Attentat handelt ...«

Das Geräusch eines Elektromotors war zu hören, und ich wandte den Kopf. Weiter oben ließen die Minenräumer ihr ferngesteuertes Spielzeug zwischen den Beeten probelaufen.

»Ehrlich gesagt sehe ich immer noch keinen Zusammenhang«, sagte ich.

»Aber das ist ganz einfach. Auf den Platten direkt davor ...«

»Ja?«

»Von hier aus kann man's nicht sehen, aber da hat jemand eine Inschrift hingepinselt ...«

Plötzlich begriff ich.

»Mit der Spraydose?«

»Genau. Mit der Spraydose.«

»Dieselbe wie auf...?«

»Ich hab' ein gutes Gedächtnis, wissen Sie!« jubilierte der kleine Polizist.

Der Hofstaat des leitenden Kommissars schenkte uns nicht die geringste Beachtung. Im Gegenteil, er war jetzt gerade dabei, einige junge neugierige Nordafrikaner vom Platz jagen zu lassen, die das Tohuwabohu angelockt hatte.

»Los, los, verpißt euch, ihr kleinen Scheißer! Hier gibt's keine Volksversammlung! Ihr habt hier nichts verloren! Wenn ihr in die Schule müßt, steht ihr bestimmt nicht so früh auf!«

Ich hatte keine Lust, mir irgendeine Erlaubnis von ihm einzuholen. Also ergriff ich ohne zu zögern die Gelegenheit, die sich bot.

»Sehn wir uns das mal genauer an! Kommen Sie mit?«

Wauwermans sperrte den Mund auf und bekam runde Augen. »Aber ... der Kommissar ...«

»Sie müssen ja nicht.«

Das Portal, das auf einer Schiene lief, öffnete sich leichter als gedacht. Ich besah mir das Schloß. Es sah aus, als sei es mit Gewalt aufgebrochen worden.

»Aber ... was soll ich ihm sagen, wenn er ...?«

Ich war bereits die Stufen hinabgestiegen, die zum inneren Hof des Mahnmals führten. Die Aktentasche stand sehr auffällig in der Mitte des Monuments. Sie war von klassischer Machart, mit Ziehharmonikateil, aus schwarzem Leder und beinahe neu. Zwei Laschen mit vergoldeten Schließen leuchteten schwach im Licht der Scheinwerfer. Direkt vor die Aktentasche und mit blauer Farbe auf den rauhen Stein gesprayt, so daß ein Spritzer auf eine Ecke der Klappe geraten war, sah ich die gleichen kabbalistischen Zeichen wie in der *Imaige*.

»Ganz genau dieselben, was?« sagte Wauwermans.

In zwei, drei Metern Abstand und nicht allzu selbstsicher, bereit, beim ersten Gebell seines Chefs den Rückzug anzutreten, war der kleine Wachtmeister mir gefolgt.

»Noch identischer geht's nicht«, gab ich zu.

»Und jetzt? Was wollen Sie jetzt tun?«

Die Antwort stand für mich außer Frage.

»Die Aktentasche öffnen natürlich!«

Wauwermans mußte schlucken. Ich begann vor Aufregung zu schwitzen. Ich ließ meine Fingerknöchel knacken, zog den Reißverschluß meiner Jacke ein paar Zentimeter nach unten und ging in die Hocke.

Bevor ich begann, betrachtete ich zum ersten Mal die Szenerie, die mich umgab. Die Anlage war mir sofort eigentümlich vorgekommen, ohne daß ich versucht hätte, den Grund dafür herauszubekommen. Man kam nicht gleich darauf, aber die Mauern des Mahnmals zeichneten einen riesigen Davidsstern nach. Von den umliegenden Terrassen aus mußte diese Form deutlicher erscheinen. Die Esplanade, auf der wir uns befanden und die von Stufenreihen umgeben war, bildete das Zentrum des Sechsecks. Ringsum waren die Mauern mit schwarzen Platten bedeckt und bildeten, zu beiden Seiten eines erhöhten Altars zusammenlaufend, eine Art Amphitheater. Die in Form langer Perlencolliers in die hintere Mauer eingelassenen versilberten Ketten stellten eine unvollständige Menora dar, der mehrere Arme fehlten.

Trotz des Polizeiaufgebots, trotz des Gebrülls und des Sirenengeheuls kam es mir vor, als hörte ich aus diesem seltsamen Ort Laute aufsteigen, weniger das Flüstern des Windes in einer Nekropole als das schweigsame Lamento geknebelter Stimmen. Gewiß war genau dies die Absicht des Architekten gewesen. Alle zwei Sekunden tauchte das Licht eines Polizeiwagens eine der Platten in bläulichen Schimmer.

Und da erst wurde mir klar, daß das, was ich zunächst für irgendein dekoratives Muster gehalten hatte, etwas ganz anderes war.

Hintereinander in jede Platte graviert, reihten sich dort Namen aneinander. Ein Name nach dem anderen. Hunderte von Namen, Tausende von Namen, eine unendliche Anzahl davon. Eine Litanei, ein Strudel von Namen. Namen hatten mich eingekreist.

»He, M'sieur!«

Ich hob den Kopf. Rittlings auf der Kante einer solchen Platte sitzend, beobachtete mich ein junger Mann. Seine lila-weiß gestreifte Mütze hob sich vom dunklen Himmel ab.

»Glauben Sie, das geht hoch?«

Ich kniete mich vor die Aktentasche. Ein Name. Es war ein Name, den ich suchte.

»Nein, ich glaube nicht.«

Ich bewegte den Verschluß mit dem Fingernagel.

»Ach? Schade ...«, meinte der Junge.

In diesem Alter sind sie gnadenlos.

Der rechte Verschluß klemmte. Ich nahm den Bleistift als Hebel zu Hilfe.

»Wissen Sie, M'sieur, hier ist sonst nie was los ...«

Einer der Polizisten hatte ihn offenbar bemerkt. Der Junge sah sich um, streckte eine ellenlange Zunge heraus und zeigte dem unsichtbaren Verfolger auf die Gefahr hin, das Gleichgewicht zu verlieren, den Stinkefinger.

»Wie heißt du?« fragte ich.

»Yasser, M'sieur.«

»Yasser und weiter?«

»Ben Mabrouk, M'sieur. Wie der Fußballer.«

»Sag mal, Yasser ... kennst du zufällig dieses Graffito hier?«

Er lachte verächtlich auf.

»Das soll ein Graffito sein? Sie woll'n mich wohl auf den Arm nehmen, M'sieur!«

Und mit einem Satz war er in der Nacht verschwunden. Beinahe im gleichen Moment wuchs an derselben Stelle eine Polizeimütze empor und direkt darunter der rote Kopf des dazugehörigen Anderlechters.

»*Awel merci*! Ham Sie das gesehn, Inspektor? Der freche Hund! Ohne jeden Respekt! Dabei sind sie ja nicht bösartig ... nur eben schlecht erzogen.«

Ich hätte Mohammed mitnehmen sollen. Man hätte kaum ein besseres Beispiel für gute Erziehung finden können.

Der zweite Verschluß war aufgesprungen. Im Moment, in dem ich die Klappe der Aktentasche aufmachte, trat einer vom Entschärfungskommando neben mich und nahm dem Augenblick all seine Feierlichkeit. »Also wirklich! Eine Memme sind Sie nicht!«

Er hatte seinen Schweißerhelm abgelegt und betrachtete mich mit einem Blick, in dem sich Mißtrauen und Bewunderung die Waage hielten. Ich hätte jetzt ernst bleiben, das Spiel mitspielen und mir damit zugleich die Hauptrolle in einem eventuellen Zeitungsartikel sichern können, den man sich angesichts der üblichen journalistischen Sorgfalt recht anregend ausmalen durfte. Aber ich zweifelte plötzlich daran, daß Aline Sinn für diese Art Humor hätte.

»Es reicht, die richtigen Informanten zu haben«, sagte ich und zwinkerte Wauwermans zu.

Eine vorsichtige Durchsuchung war geboten. Also vermied ich es, die Plastikoberflächen oder diejenigen zu berühren, die glatt genug für verwendbare Fingerabdrücke waren. Ganz wie ich gehofft hatte, steckte der Ausweis drinnen zwischen einem Terminkalender und einer Bahnfahrkarte. Zufrieden stand ich auf. Wauwermans, der ein wenig Sicherheit gewonnen hatte, trat näher. Er schaltete eine Taschenlampe an.

Das Foto räumte jeglichen Zweifel aus. Der Mann wirkte jünger darauf, aber es waren dieselbe hohe Stirn, dieselben schmalen Lippen, derselbe hochmütige Ausdruck. Das einzig Neue für mich war die dicke Hornbrille.

»Rüdiger Joachim Hubermann«, las ich vor. »Wohnhaft 69120 Heidelberg am Neckar, Neuenheim, Hölderlinweg. Universitätsprofessor. Dreiundfünfzig Jahre alt ...«

Der Trupp, der zunächst nicht gewußt hatte, wie er sich verhalten sollte, war schließlich auf der Esplanade erschienen. Die Stadtpolizisten und Gendarmen, die sich um mich drängten, gaben keinen Mucks von sich. Ihre Blicke wanderten zwischen dem Ausweis und der Aktentasche hin und her. Der leitende Kommissar, der vermutlich das Gefühl hatte, sein Gesicht verloren zu haben, war nirgends zu sehen.

»... verstorben in Brüssel am 25. Dezember vergangenen Jahres«, sprach ich weiter. »Unter noch ungeklärten Umständen ...«

Und ohne die Tröstungen der Kirche. Schluß jetzt. Ich sprach ja schon, als würde ich eine Todesanzeige verfassen.

Die Aktentasche enthielt noch zwei Mappen, die eine mit deutschen, englischen und französischen Texten, die andere mit Zeitungsartikeln, sowie einen leeren Hefter und schließlich die auf dem Foto zu sehende Brille, deren linkes Glas gesprungen war.

»So ... Hier wird jetzt nichts mehr angefaßt«, entschied ich, während ich alles wieder so zurücksteckte, wie ich es gefunden zu haben glaubte.

(Was ziemlich unverschämt von mir war. Aber die Polizisten akzeptierten nickend und kommentarlos.)

»Übrigens, haben Sie eine Ahnung, wie diese Aktentasche hierhergeraten ist?«

Sie sahen einander an. Ein großer blonder Schnurrbärtiger mit starkem flämischem Akzent ergriff das Wort.

»Ist das denn so wichtig? Da es sich ja nicht um eine Bombe handelt ...«

»Wichtiger, als Sie meinen«, unterbrach ich ihn. »Denn hier handelt es sich um einen Mord.«

Wachtmeister Wauwermans pfiff durch die Zähne. Das schien mir an diesem Ort plötzlich entsetzlich fehl am Platze, ja schockierend. Unser aller Gegenwart hier war es letztendlich. Also schlug ich den Anwesenden vor, sich gemeinsam mit mir zum Ausgang zu begeben.

Unterwegs erklärte der große blonde Schnurrbärtige mir, daß das Vorhängeschloß des ersten und das Schloß des zweiten Gitters aufgebrochen worden waren, offenbar von einem Spezialisten. Da das Mahnmal jeden Abend geschlossen wurde, hatte sein Kollege auf der Runde – Wauwermans im Hintergrund nickte – die Sache verdächtig gefunden, und auf sein Drängen hin war die Aktentasche entdeckt worden.

Ich warf einen Blick auf die Umgebung. Gegenüber des Platzes erhob sich die seelenlose Masse eines Wohnsilos. Einige Mieter hatten Mäntel und Jacken über ihre Schlafanzüge geworfen und standen auf den Balkonen. Ihre dunklen Silhouetten zeichneten sich gegen die hellerleuchteten Balkontüren ab. Ein Stückchen weiter war ein dickbäuchiger Lebensmittelhändler dabei, den Blechrolladen seines Geschäfts lautstark hochzukurbeln.

»Wenn überhaupt irgend jemand den Lieferanten unseres Päckchens gesehen hat, dann sollten wir bei denen suchen«, sagte ich. »Ich werde mit Ihrem Kommissar sprechen müssen. Kann ich Ihr Funkgerät benutzen?«

Der Polizist wollte mir gerade antworten, als eine Hand sich auf meine Schulter legte. Ich schrak zusammen.

»Na, Inspektor? Schläfst du eigentlich auch manchmal? Mußt du mir jetzt schon um sechs Uhr morgens Stunk machen?«

Sébastien. Ein breites Grinsen hellte sein Gesicht auf. Aber irgend etwas stimmte nicht. Ich brauchte eine Weile, bis ich begriff, was: Für einen Mann, der für seine Eleganz bekannt war, steckte er in einem seltsam vernachlässigten Aufzug. Unter seinem üblichen beigen Regenmantel trug er eine blaue Strickweste, die ich nicht an ihm kannte. (Denn an die hätte ich mich erinnert: Die Knöpfe dehnten die Knopflöcher, und die zu kurzen Ärmel ließen die Manschetten sehen.)

Wir schüttelten uns die Hand.

»Schau an«, sagte ich. »Massard hat es also geschafft, dich aus dem Bett zu werfen.«

»Hör mir bloß auf! Heute nacht hätte ich ihn mir ausnahmsweise mal etwas weniger effizient gewünscht ...«

Er senkte die Stimme und deutete mit dem Daumen auf den leitenden Kommissar, der hinter uns auf einen Leutnant vom Minenräumkommando einredete, der es offenbar eilig hatte wegzukommen.

»Sag mal, Alter. Du warst wohl nicht zufällig ein bißchen zu heftig? Ich hab' dem Hotelportier da drüben gut zureden müssen. Was für ein Arschloch, nebenbei gesagt.«

»Bitte tausendmal um Entschuldigung. Um so mehr, als wir ihn noch brauchen.«

»Hm! Laß mich raten ... Um den oder die Mörder von Herrn Hubermann zu verfolgen, wenn ich recht verstanden habe?«

Da keine Bank da war, auf die ich mich hätte fallen lassen können, gelang es mir stehen zu bleiben.

»Sag das noch mal!«

Sébastien machte ein todernstes Gesicht, was das sicherste Zeichen war, daß er mich auf den Arm nahm.

»Ich bring' dich um deine Pointe, stimmt's? Lies das hier. Der Wisch ist eben angekommen. Und deswegen bin ich auch hier. Und nur deswegen, das darfst du mir glauben . . .«

Es existierten also auch Deutsche, und zwar sehr lebendige, die in aller Herrgottsfrühe schon arbeiteten. Offenbar gab es im BKA ein paar Leute, die an Schlaflosigkeit litten. Sébastien reichte mir das Fax, das aus Wiesbaden kam.

»Die Qualität ist nicht besonders, aber Massard hat mir eine Kopie der Kopie auf meinen Apparat geschickt. Und selbst das hat er zweimal versuchen müssen. Denn ob du's glaubst oder nicht, falsch rum eingelegt, funktioniert das Ganze nämlich nicht . . .«

Mit meinem verboten lückenhaften Deutsch überflog ich den Brief und ließ dabei zwei, drei unverständliche Passagen aus.

»Der Schneider . . .«, bemerkte ich. »Wenn ich recht verstehe, haben unsere Freunde seine Identität dank des Herrenausstatters herausgefunden.«

»In der Tat. Was wohl nicht allzu schwierig war.«

Sébastien kratzte sich die Stirn und sah aus, als denke er nach.

»Da drüben, das ist seine Aktentasche, nehme ich an?«

»Ganz recht«, nickte ich.

Wir waren ein paar Schritte gegangen. Ein Stück weiter rollte der Roboter der Minenräumer von alleine auf seinen kleinen Anhänger hinauf.

»Witzig, das Teil«, bemerkte Sébastien.

»Sehr. Fünf Minuten später hätte er die Aktentasche samt Inhalt in die Luft gesprengt. Wir hätten schön blöd aus der Wäsche geschaut . . .«

»Aber zum Glück warst du ja da!«

»Ist's jetzt langsam gut?«

Der Platz entvölkerte sich. Soweit wir wußten, würden nur zwei Streifenpolizisten hierbleiben, um die Leute vom Labor in Empfang zu nehmen. Die anderen waren wohl gerade dabei, in dem Wohnblock gegenüber die ersten Klingelknöpfe zu drükken. Mit seiner üblichen Diplomatie – aber vor allem dank seines höheren Rangs – hatte Sébastien mit dem zornigen Kommissar alle praktischen Details regeln können. Der Moment erschien mir günstig.

»Deine Weste hat die Knöpfe links«, sagte ich.

Ein langes blondes, deutlich sichtbares Haar schlängelte sich über die blaue Wolle. Sébastien nahm es mit zwei Fingern auf, ließ es fallen, blickte ihm mit träumerischer Miene hinterher und lachte lautlos.

»Und ich wußte gar nicht, daß du neuerdings Schals trägst. Aber er steht dir gut, muß man zugeben.«

Er versucht, dich wieder hochzunehmen, sagte ich mir. Wie mechanisch griff ich an den Ausschnitt meines Pullovers. Als ich mich zuvor angezogen hatte, war es mir tatsächlich vorgekommen, als hätte ich einen leichten Widerstand gespürt. Etwas lugte aus meinem Kragen. Ungläubig zunächst, zog ich zwanzig Zentimeter eines schwarzen, elastischen und durchsichtigen Stoffs hervor. Das zweite Bein steckte irgendwo tiefer und hatte sich um mein Halskettchen geschlungen.

»Originell«, kommentierte Sébastien. »Make-up auf dem Kragen ist natürlich sehr viel banaler.«

Ich versetzte ihm einen Rippenstoß.

»Hast du tatsächlich geglaubt, ich kann Deutsch lesen?« fragte er.

Ich mußte gestehen, daß ich in diesem Moment nicht geschaltet hatte. Selbst das Flämische widersetzte sich ihm ja schon seit zwanzig Jahren ... Aber zu meiner Entschuldigung konnte ich anführen, daß ich immer geglaubt hatte, er zöge Brünette vor, wie ich. Ich war also kurz davor, ihn zu fragen, ob die Dame seines Herzens oder seines Bettes, oder beides, nicht vielleicht Gudrun, Helga oder Liselotte hieß. (Ich bin neugieriger, als ich zugebe.)

In einer Wolke aus verbranntem Öl überquerte der Landrover der Soldaten den Platz in Richtung Kanal.

»Wie spät ist es?«

»Nach halb sieben«, sagte ich.

»Zu spät, um sich noch mal in die Falle zu hauen.«

»Zu früh, um den Laden aufzuschließen.«

»Apropos«, sagte er, »Massard beunruhigt mich.«

»Du solltest ihm mal die Leviten lesen.«

»Tja, wenn's weiter nichts bräuchte ... Bisher hat er sich wenigstens damit begnügt, dämlich zu sein. Aber nun wird er allmählich launisch ...«

Wir hatten unsere Autos erreicht.

»Meine Herren?«

Wachtmeister Wauwermans war uns gefolgt.

»Wenn die Laborleute fertig sind, wohin soll ich dann meinen Bericht schicken?«

Sébastien kramte in den Taschen seines Trenchcoats und reichte ihm eine seiner Karten. Wauwermans nahm sie respektvoll entgegen.

»Kommissar Delcominette«, las er. »Zweite Nationale Brigade, Place des Martyrs Nummer 14. Perfekt! Sie können auf mich zählen!«

Er steckte sie schnell in seine Brieftasche, zwischen zwei Hunderter-Scheine.

»Und vielen Dank noch mal für die Unterstützung!« sagte Sébastien.

Wauwermans lächelte und hob einen Zeigefinger in Richtung Himmel. Ich war versucht, in die Luft zu blicken.

»Nichts zu danken, Kommissar. Ich kenne meine Arbeit, wissen Sie! Und vor allem hab' ich ein gutes Gedächtnis!«

Und er klopfte auf seine Brusttasche, wo sich, wie ich wußte, das Foto des Graffitos befand.

»Das wird immer seltener«, bemerkte ich. Aber der kleine Polizist, der seine Freude wie eine kostbare Beute mit sich trug, war bereits dabei, im Laufschritt zu seinem Posten zu verschwinden.

»So«, meinte Sébastien. »Bevor wir Massard ausnüchtern gehn, kenn' ich eine kleine Kneipe um die Ecke von der Börse, die früh öffnet. Wenn du Lust hast, geb' ich einen aus, und ...«

»Und?«

Er zwinkerte mir zu.

»... und du erzählst mir alles, das ist doch klar!«

Er hatte seinen Wagen ein wenig weiter weg abgestellt als ich, auf der anderen Seite der Chaussee. Das Morgengrauen ließ auf sich warten. Trotz der Kälte und der Abwesenheit von Wänden hätte man glauben können, in einem riesigen, rauchigen und von Neonlicht beleuchteten Billardsaal zu stehen, aus dem mit einem Mal sämtliche Spieler verschwunden waren. Der weiße Mond war in ein Loch des Tisches gerollt, irgendwohin unterhalb der blauen Bespannung. Die orangefarbenen Kugeln der Straßenlaternen wurden entlang der Straße immer kleiner, und dicke, wattige Aureolen verschleierten sie. Die majestätischen Giebel der École Vétérinaire waren nicht mehr zu sehen, ebensowenig der spitze Kirchturm von Saint-François-Xavier.

Nacht und Nebel, dachte ich.

Billige Referenz.

»Und diese Geschichte?« rief ich, bevor ich die Tür hinter mir schloß. »Was denkst du darüber?«

Sébastien zog ein Päckchen Zigaretten aus der Tasche.

»Nur Gutes«, antwortete er nach einer Weile. »Wir haben einen erstklassigen Informanten. Der überdies auch noch ein echtes Talent besitzt, die Dinge in Szene zu setzen.«

Ich schnitt eine skeptische Grimasse. »Ein bißchen viel Talent, findest du nicht?«

Er lehnte sich gegen meine Wagentür und lächelte.

»Weißt du, mein kleiner Barth, wie man die Dinge inszeniert, das ist auch eine Information. Und oft die interessanteste von allen, wenn nicht gar die einzige.«

Ich liebe es, wenn er zu dozieren anfängt.

Und mit diesen Worten steckte er das Päckchen Zigaretten wieder ein, ohne es geöffnet zu haben, überquerte mit federnden Schritten die Straße und sprang in seinen großen Opel. Ich schlug die Tür zu. Fast zeitgleich fuhr Sébastien mit quietschenden Reifen an. Mein Motor war kalt. Ich hatte zunächst einige Mühe, ihm zu folgen.

Achtes Kapitel

»Ist das Ding hier eine Heckenschere oder was?«

Sébastien näherte sein gerötetes Kinn dem Spiegel.

»Beinahe«, sagte ich. »Du solltest die Schraube ein wenig weiterdrehen.«

Pierres aufziehbarer Rasierapparat – ein Utensil für Camper ohne besondere Ansprüche – war das einzige entfernt einem Rasierer Ähnelnde, was ich im Haus hatte auftreiben können. Mit seiner Flügelschraube, die das Stellrad bewegte, erinnerte er mich an einen kleinen grauen Rennwagen, den mein Onkel mir vor dreißig Jahren geschenkt hatte und den ich an Sommertagen zu kurzen Spurts auf der langen Gartenterrasse losließ. Meine Haut, an elektrische Rasur gewöhnt, hatte nicht allzu sehr gelitten. Sébastien, traditioneller – oder dandyhafter –, schwor für gewöhnlich auf Rasierseife und echte Rasiermesser. Noch ein letzter Blick in den Spiegel, und er fühlte sich vermutlich verunstaltet genug, gab es auf und reichte mir das Instrument zurück.

»Das muß genügen. Gehen wir in mein Büro, ich diskutiere ungern in der Toilette.«

»Stimmt, das ist ein gefährlicher Ort geworden.«

»Du sagst es«, meinte er und rieb sich die Wangen.

Das Korridorfenster wies auf den Platz hinaus. Die Laternen fraßen Mottenlöcher ins feine Gewebe des Nebels. Weiter oben wuchs eine blaue Narbe sich zwischen Himmel und Dächern aus. Die Nacht, an der Wurzel gekappt, klammerte sich noch an den hohen Fassaden der Boulevards fest. Bald würde sie den Griff lockern, und der beginnende Tag würde sie behutsam verscheuchen und, wie wenn man den Deckel einer alten Truhe hebt, den Blick auf den immergleichen Inhalt freigeben. Unten in der Eingangshalle schlug die Tür und ließ einen Augenblick lang die Stille des großen Gebäudes erbeben, das ebenso leer war wie die umliegenden Straßen. Marlaire hatte sich freiwillig zu der für die Sitzbezüge seines Autos nicht ungefährlichen Mission gemeldet, Massard nach Hause zu bringen, der mit grünem Gesicht und schwankendem Gang eigentlich darauf bestanden hatte, selbst zu fahren, und nur äußerst widerstrebend und sich der Autorität beugend davon abgesehen hatte.

Die Stirn gegen die Scheibe gelehnt, sah Sébastien den beiden Männern nach, deren Silhouetten zu einer verschmolzen. Sie bewegte sich in Schlangenlinien über das Pflaster, hielt vor jeder Bank kurz inne und stolperte dann weiter, ohne daß einer der beiden sich gesetzt hätte.

Sébastien zuckte mit betrübtem Gesicht die Achseln.

»Stört's dich, wenn ich erst einmal kurz telefoniere?«

»Natürlich nicht«, sagte ich.

Er lächelte verlegen. Sofort suchte ich nach einem glaubwürdigen Vorwand, ihn alleine zu lassen, ohne den Eindruck zu erwecken, mich davonschleichen zu wollen.

»Ich hatte noch keine Zeit, ihr eine Nachricht zu hinterlassen«, erklärte er.

Ich ja, dachte ich. Und dann schoß mir plötzlich das Blut ins Gesicht.

Gütiger Himmel, telefonieren, natürlich! Ich hätte vor ihm daran denken müssen. Ich hätte vor allem an gar nichts anderes denken dürfen. Ich rechnete kurz nach und kam zu dem Schluß, daß Aline mindestens seit einer guten Viertelstunde aufsein mußte. Vermutlich war sie dabei, sich für den Tag zurechtzumachen. Vielleicht duschte sie gerade? Vielleicht suchte sie schon nach der schwarzen Strumpfhose, die ich inzwischen in meine Jackentasche gestopft hatte? Hatte sie wohl schon meine Handschuhe auf dem Tischchen im Flur gefunden? Nachricht oder nicht, was würde sie von meinem Verschwinden denken? Dabei hätte ich es mit einem Minimum an Organisation schaffen können, mit Croissants und Brötchen in Woluwe einzutreffen, das erträumte Frühstück mit ihr einzunehmen und sie küssen können, bevor sie ins Institut ging – wenn's sein mußte sogar auf die Wange –, um erst dann hierherzukommen, erfüllt von einem Glücksgefühl, das um so reizvoller schien, als es etwas völlig Alltägliches war.

Ich hätte mich in diesem Moment vor Wut ohrfeigen können. Da ich nie etwas anderes hatte horten können als flüchtige Momente, Bruchstücke wichtiger Sätze, sibyllinische Andeutungen eines Lächelns und verlegene Abschiedsworte, war ich genügsam geworden. So hatte ich zum Beispiel vorhin Alines Haus in der halb unbewußten Annahme verlassen, von dem Schatz frischer Gefühle nun eine Weile zehren zu müssen. Und ich entdeckte mit plötzlicher Panik, daß, obwohl ich mehr denn je darauf brannte, selbst zu geben, meine diesbezüglichen Mittel mehr als armselig waren.

Denn an sie zu denken, war nicht genug, von ihr zu träumen noch weniger. Es war soweit: Wenn ich das Glück in meinen Alltag locken wollte, galt es zu handeln. Aline hatte das genau verstanden und sich in zahlreichen kleinen Aufmerksamkeiten ergangen. Mir zu Gefallen vernachlässigte sie kein Detail, weder Kleidung noch Kosmetik, ohne doch deswegen all meinen Launen Folge zu leisten, was, wie sie erraten hatte, mir auch nicht gepaßt hätte.

Im Vergleich dazu machte ich eine erbärmliche Figur. Schon zu lange hatte ich jegliche Lust zur Initiative verloren. Und wenn ich meinen Beruf letztendlich doch schätzte, so war genau das der einzige, uneingestandene Grund: Man begnügte sich damit, die Dinge zu nehmen, wie sie kamen, man provozierte sie nicht. Desgleichen war ich von der Liebe immer überfahren worden, quasi gegen meinen Willen. Und all meine Bemühungen auf diesem Gebiet hatten oft kein anderes Ziel gehabt, als die herannahende Katastrophe hinauszuschieben oder aber ihr zuvorzukommen, um dem Leiden, das ich bereits voraussah, schon im Vorfeld ein Ende zu machen.

Aber diesmal handelte es sich nicht um eine Katastrophe. Deshalb fand ich mich auch nicht mehr zurecht und war der Angst vor einem Glück ausgeliefert, auf das mich kaum eine Erfahrung vorbereitet hatte.

Jemand rüttelte mich an der Schulter.

»Was ist los mit dir, Alter? Träumst du?«

Massard und Marlaire waren verschwunden, von der Landschaft verschluckt.

»Bin nur ein bißchen müde«, sagte ich. »Ich hab' heute nacht nicht viel geschlafen. Geh ruhig schon. Ich schau' in die Wachstube runter.«

Sébastien sprang, zwei Stufen auf einmal nehmend, den ersten Treppenabsatz hinab. Bevor er im Zwischengeschoß um die Ecke verschwand, rief ich ihm nach:

»Sébastien?«

Die rechte Hand auf dem Geländer, drehte er sich um.

»Wie redet ihr eigentlich miteinander?«

Er zog ein erstauntes Gesicht.

»Französisch natürlich!«

Seine blonde Freundin war frisch aus Göteborg eingetroffen und Übersetzerin bei der europäischen Kommission. Sie fühlte sich ein wenig einsam in Brüssel. Er hatte versprochen, sie mir einmal vorzustellen.

»Aber wir reden nicht die ganze Zeit. Wir sehen uns auch an ...«

Ich nickte.

»Wenn du dich jetzt mit Übersetzern herumtreibst, wirst du noch zu einem richtigen Sprachgenie werden«, bemerkte ich.

»Gegensätze ziehen sich an. Du solltest übrigens achtgeben ...«

»Ah ja? Und warum?«

»Ich könnte ja auch schwul werden.«

Ich scheuchte ihn mit einer Handbewegung davon.

Wenn in den Zellen des Kellergeschosses keine Untersuchungshäftlinge saßen, hielt zwischen zehn Uhr abends und acht Uhr morgens kein Gendarm am Eingang Wache. In diesem Fall erinnerte die Brigade trotz einiger störender Details, die aber im Dämmerlicht weniger auffielen, an ein altes, von seinen Besitzern verlassenes Patrizierhaus. In der Eingangshalle quietschten meine Kreppsohlen auf den schachbrettartig verlegten, großen schwarzen und weißen Marmorfliesen. Ich stieß die Tür zum Wachraum auf.

Drinnen herrschte eine ziemliche Unordnung. Sämtliche Lampen brannten, und auf dem Boden lagen alle möglichen Papiere. In dem Haufen, den ich aufsammelte, befanden sich zwei, drei unvollständig angekommene Faxe sowie herausgerissene Seiten eines Notizblocks mit Briefanfängen. Sie begannen alle mit »Liebe Lucie«. Der überhitzte Raum stank nach einer Mischung aus Schnaps, kalter Asche und ranzigem Schweiß. Ich stellte zunächst die Heizung ab, riß dann das Fenster auf und ließ ein wenig frische Luft in die Bude.

Er hatte sich keine sonderliche Mühe gegeben. Die Flasche steckte sehr auffällig in einem Papierkorb. Ich schnüffelte am Hals: holländischer Genever. Das klassische Mittel für langsame, aber sichere Besäufnisse. Die Flasche war leer. Aller Wahrscheinlichkeit nach hatte Massard die sechzig Zentiliter in einer Nacht weggesüffelt – was immerhin eine Leistung darstellte. Ich steckte das Beweisstück in meine Jackentasche und ging in die Garage hinunter.

Die Flasche schlug mit dumpfem Lärm am Boden des Containers auf. Als alter Perfektionist bedeckte ich sie mit der ausladenden Leiche eines Gummibaums, der vor kurzem im Konferenzsaal an Durst und Langeweile gestorben war. Danach stieg ich, mit meiner Tarnaktion zufrieden, wieder ins Erdgeschoß hinauf.

Sébastien war noch immer mit seinem telefonischen Geturtel beschäftigt. Nach einem letzten Blick auf meine Armbanduhr beschloß ich, es ihm gleichzutun. Vom Oberlicht eingerahmt, blinkte weit oben am Himmel ein Stern – es sei denn, es handelte sich um einen verlorengegangenen Satelliten, einen spazierenfliegenden Engel oder einen Linienflug auf der Rückkehr von Asien oder Amerika.

Bereits nach dem ersten Tuten wurde abgehoben.

»Hallo?« hauchte eine Stimme – ihre Stimme.

Ich mußte schlucken.

»Ich bin's«, murmelte ich.

»Barthélemy...« (Ohne Ausrufe- oder Fragezeichen.)

Ich wußte nicht, was ich sagen sollte. Sie auch nicht. Und dennoch lag keine Verlegenheit in unserem Schweigen. Ich glaubte am anderen Ende der Leitung, ohne sie wirklich hören zu können, ihre ruhigen Atemzüge zu vernehmen. Trotz der Kilometer Kabel, die uns trennten, waren unsere Münder nahe beieinander, konnten sich fast berühren. Meine Lippen glitten über die Plastikmuschel, auf der sicherlich die alkoholisierte Spucke Massards trocknete, aber das interessierte mich nicht. All meine Ängste lösten sich auf und kamen mir mit einem Mal grundlos vor.

»Bist du gerade unterwegs ins Institut?«

»Ja. Ich bin ein bißchen spät dran.«

»Hast du auf meinen Anruf gewartet?«

Neuerliches Schweigen. Ein angedeuteter Seufzer.

»Gut möglich ...«

»Bist du mir böse?«

Was für eine Frage. Ich bereute es noch im selben Moment, sie überhaupt gestellt zu haben.

»Meine Güte! Natürlich nicht, das weißt du doch, Barthélemy.«

Ihre Antwort klang etwas zu hastig, es folgte ein verlegenes Schweigen – das erste.

»Barthélemy ... ich ...«

»Ja?«

»Ich auch ...«

»Du auch ...?«

Ihre Atmung wurde heftiger. Ich hielt den Atem an.

»Ich liebe dich«, flüsterte sie.

Meine Kehle war wie zugeschnürt. Na komm schon, Barthélemy. Das ist nicht der richtige Augenblick, die Nerven zu verlieren.

»Weißt du, daß du mir jetzt schon fehlst?«

»Du mir auch, Barthélemy.«

»Sehn wir uns heute abend?«

»Du kennst den Weg.«

»Ich liebe dich wahnsinnig.«

»Ich dich auch.«

»Wenn du wüßtest ...«

»Komm nicht zu spät, ja?«

»Versprochen.«
»Ich werde kochen.«
»Kommt nicht in Frage. Das mache ich.«
»Und wenn ich Lust dazu habe?«
»Wir werden uns nicht drum streiten.«
»Gewiß nicht.«
»Küßchen.«
»Küßchen.«
»Überall?«
»Überall.«
Und ich legte auf. Ganz behutsam.
Als Sébastien in das Zimmer trat, schneuzte ich mir lautstark die Nase.
»Hast du dir 'nen Schnupfen eingefangen?«
»Kann sein«, antwortete ich. »Und, geht's ihr gut?«
»Ihr ja.«
Er zog einen Stuhl heran und setzte sich an den gegenüberstehenden Schreibtisch.
»Scheißberuf, nicht?«
Ich lachte lautlos in mich hinein.
»Ja.«
Der Korken lag noch auf dem Tisch. Er nahm ihn spielerisch auf, schnüffelte daran, verzog das Gesicht, warf ihn hoch und fing ihn wieder auf.
»Wenn er so weitermacht, werd' ich ihn nicht mehr lang decken können.«
»Vielleicht ist es ja genau das, worauf er es abgesehn hat«, sagte ich. Das Katastrophensyndrom. Ich kannte es nur zu gut. Ich selbst hatte damals aber mehr mit Wodka gearbeitet.
»Du hast recht. Offen gestanden frag' ich mich übrigens, warum ich das überhaupt tue.«
»Weil das jedem passieren kann«, schlug ich vor.
»Mag sein.«
»Apropos, kanntest du seine Frau eigentlich?«
Er kratzte sich die Stirn, stellte seine Rückenlehne ein, zog eine Schublade auf und legte die Füße darauf.
»Oberflächlich. Ich frag' mich, was sie an ihm gefunden hat.«

»Sie sind alle zu gut für uns, meinst du nicht?«

»Die, die man liebt, ja, zweifellos. Die andern ...«

Er knöpfte seine Weste auf und zog ein blaues Stoffbündel aus seiner Tasche. Ich hatte ihn mit seinen Krawatten schon pfleglicher umgehen sehen.

»Wer kann in diesem Laden Deutsch? Seit Karl wieder nach Eupen zurück ist, fallen mir kaum Kandidaten ein.«

»Trientje«, antwortete ich. »Sie kann ein paar Brocken, glaube ich.«

»Ein wahrer Engel, dieses Mädchen.«

»Ja.«

»Du aber auch, oder?«

»Wie bitte?«

»Du radebrechst auch etwas Deutsch, wollte ich sagen ...«

Ich zuckte die Achseln.

»Ein paar Überbleibsel vom Wehrdienst. Aber mehr auch nicht.«

Zweiter Versuch, einen Knoten hinzukriegen. Fruchtlos.

»Besser als gar nichts«, meinte er.

Der dritte ging schon gleich in die falsche Richtung los. »Ohne Spiegel bekomme ich das nicht hin«, fluchte er.

»Der amerikanische Knoten besteht aus zwei Schleifen und ...«

Aber die Krawatte war schon wieder dort verschwunden, wo sie aufgetaucht war.

»Wie auch immer, wir werden, so schnell es geht, ein Rechtshilfeersuchen für Heidelberg basteln müssen«, sagte er. »Ich würde diesen Monsieur Hubermann gern etwas näher kennenlernen und verstehen, mit wem wir es zu tun haben. Daubie fände das auch gut, aber er hat keine Zeit.«

»Er hat nie Zeit.«

»Ja, denn *er* arbeitet.«

Die Kälte von draußen war ins Zimmer eingedrungen. Ich schloß das Fenster und drehte den Heizkörper wieder auf. Die Tür in der Eingangshalle schlug jetzt in regelmäßigen Intervallen im Rhythmus der Eintreffenden. Schritte waren auf den Korridoren zu hören. Ich lauschte einen Augenblick lang ihrer monotonen Melodie. Winterschuhe; darin einige lautere weibliche

Absätze, die sich im Basso continuo der Männersohlen verloren. Die ganze Bandbreite vom Mokassin bis zum Gendarmenstiefel und das ganzjährig gleiche gedämpfte Geklapper der Holzsandalen der Putzfrauen. Im Crescendo nahm das Tagleben das Gebäude wieder in Besitz. Gegen halb neun steckte ein besonders eifriger Unteroffizier seine Dienstmütze zur angelehnten Tür herein, erkannte uns und entschuldigte sich.

»Was das angebliche Graffito betrifft, habe ich eine Adresse«, erklärte ich.

»Eine Adresse?«

»Ja, von einem Typen, der uns vielleicht helfen kann, es zu entziffern. Angesichts der Ereignisse von heute morgen versteht ein Anruf sich eigentlich von selbst.«

»Und warum das?«

»Weil er Zylberstein heißt. David Zylberstein. Aline hat ihn für mich aufgetan.«

»Ah ja, ich verstehe. Interessant. Wann triffst du ihn? Je schneller, desto besser. Die in der Aktentasche befindlichen Papiere müßten bis spätestens morgen früh übersetzt sein. Bis dahin bringt uns das vielleicht weiter, wer weiß?«

»Um diese unchristliche Zeit möchte ich nicht anrufen. In zwanzig Minuten werd' ich's einmal versuchen – dann riskiere ich wohl nicht mehr, ihn aus dem Bett zu werfen.«

»Also war das vorhin nicht er?«

Er zwinkerte mir zu.

»Nein«, sagte ich.

Sébastien streckte sich und gähnte. Was er so sagte, klang, als hätte er mit dem Richter noch eine Menge Einzelheiten zu klären. Sah nach einem Haufen Papierkram aus. Daher machte er sich auch bald, ein wenig widerwillig, schien mir, in sein Büro auf. An manchen Tagen, oder besser gesagt: in manchen Morgenstunden nach gewissen Abenden hing die Arbeit ihm derart zum Halse heraus, daß er es nur schwer verhehlen konnte. Aus Spaß gab er vor, daß es eine Altersfrage sei.

Ich selbst entschied, in der Wachstube zu bleiben. Pierre und Trientje hatten heute ohnehin frei.

Die zwanzig Minuten zogen sich in die Länge. Eine seltsame

Ungeduld machte mich unfähig, an irgend etwas anderes als das Graffito zu denken. Die blauen und lilafarbenen kabbalistischen Zeichen tanzten eine träge und wirre Sarabande über die cremefarbenen Kacheln eines Pissoirs, die grauen Platten des Mahnmals, die weiße Decke der Wachstube und die grünen Friese in Alines Schlafzimmer.

Ich hätte die Wartezeit auch nutzen können, um das Zimmer aufzuräumen oder mir bei Leonardo, der seine Küche wohl mittlerweile geöffnet hatte, ein Sandwich zu holen. Statt dessen starrte ich geistesabwesend auf das Telefon und murmelte halblaut alle Höflichkeitsfloskeln vor mich hin, die mir in den Sinn kamen, von den klassischsten bis hin zu den noch nie dagewesenen.

Als die Turmuhr von Notre-Dame du Finistère läutete, wählte ich die Nummer. Nach rund zehn Amtszeichen kam plötzlich ein Schwall unidentifizierbarer Laute aus dem Hörer, und dann durchbohrte eine hohe Stimme mit einem prononcierten slawischen Akzent, durch die Störgeräusche hindurch, beinahe das Trommelfell.

»Hallo?«

»Bin ich richtig bei Monsieur David Zylberstein?« versuchte ich es.

»Nein, hier ist seine Frau. Wer ist am Apparat?«

Ich stellte mich vor und erfuhr, daß David Zylberstein den ganzen Vormittag über außer Haus sei. Laut seiner Frau konnte man ihn in der Synagoge in der Rue de la Régence antreffen. Ich hätte um ein Haar gefragt, ob dort ein Gottesdienst stattfinde. (Dabei war Dienstag.) Aber mir fiel noch rechtzeitig ein, daß eine Synagoge auch, und vielleicht zuallererst, ein Ort für Studien ist.

»Ich werde ihn dort also sicher antreffen?«

»Normalerweise kommt er nicht vor elf Uhr nach Hause.«

»Recht herzlichen Dank, Madame.«

Schlag halb zehn stand ich auf, überprüfte, ob das Foto des Graffitos in meiner Brieftasche steckte und wandte mich zum Ausgang. Doch auf der Schwelle machte ich noch einmal kehrt. Mir war plötzlich eine Idee gekommen. Im zweiten Stock betrat ich, ohne anzuklopfen, Sébastiens Büro. Der träumte über einer geöffneten Akte vor sich hin.

»Hast du den Hut aus Ors eigentlich immer noch?«

Zu überrascht, um etwas zu erwidern, wies er mit dem Finger auf seine Schranktür. Der Hut lag auf einem Regal. Darunter hing der Maigret-Regenmantel auf einem Bügel. Ich entschied, daß der Hut für eine Synagoge passend war. Ich probierte ihn an. Ein bißchen zu klein für meinen Schädel, aber wenn man etwas kräftiger zog, würde er schon draufbleiben. Mit einem Finger an der Krempe grüßte ich Sébastien, der immer noch baff war, und verließ ohne weiteres Aufhebens den Raum.

»Ruinier ihn mir nicht!« rief er mir hinterher.

Ich war noch keine zwei Schritte die Rue du Persil hinuntergelaufen, als ich schon Angst bekam, lächerlich zu wirken. Meine Silhouette, die ich in einem Schaufenster kurz gespiegelt sah, sprach ein unwiderrufliches Urteil: Im Profil sah ich aus wie ein dummer August. Ich würde ihn nachher besser im Wagen lassen. Und zum Fahren würde ich ihn auch nicht aufsetzen.

Im morgendlichen Gedränge – und da ich meinen eigenen Wagen genommen hatte, dem alle nützlichen akustischen und visuellen Accessoires fehlten – brauchte ich eine Weile, um mich durch den Berufsverkehr zu schieben. Immerhin fand ich einen Parkplatz am Ende der Rue aux Laines und ging von dort zu Fuß in Richtung Synagoge.

Nach einigem Hin und Her hatte ich den Hut dann doch lieber mitgenommen, wollte ihn aber erst direkt vor dem Gotteshaus, beim Eintreten, aufsetzen. Ich war eben dabei, mein Schamgefühl runterzuschlucken und diese heikle Geste zu vollziehen, als ein gebeugter alter Herr, seine schwarze Seidenkippa schief auf dem weißen Schopf, aus dem Schatten des Eingangs trat und zum Trottoir herabstieg. Ich trat sofort auf ihn zu.

»Pardon, Monsieur. Wissen Sie vielleicht, wo ich Herrn David Zylberstein finden kann?«

Der Mann rückte eine kleine Nickelbrille auf seiner Nase zurecht und betrachtete mich, wobei er ein Auge zukniff. Der

Clownshut vor allem schien ihn neugierig zu machen. Eher aus einem Reflex heraus als aus Höflichkeit zog ich ihn.

»Und ob ich das weiß ...«, sagte er. »Aber mit wem habe ich denn die Ehre?«

»David Zylberstein?«

»Höchstpersönlich.«

»Sehr erfreut, Monsieur Zylberstein.«

Ich drückte ihm die Hand.

»Inspektor Barthélemy Dussert von der Kriminalpolizei.«

Überrascht wich der alte Mann ein Stückchen zurück. Zur Sicherheit zeigte ich ihm meinen Ausweis. Er sah nicht einmal hin. Statt dessen runzelte er zwei buschige Brauen und blickte mich prüfend an.

»Von der Polizei?«

Die Überbringer böser Nachrichten, mußte ich denken. Aber irgend etwas sagte mir, daß es sich bei ihm eher um böse Erinnerungen handeln dürfte.

»Keine Sorge, Monsieur Zylberstein. Ich bin nicht hier, um Sie zu belästigen. Ich wollte Sie nur um einen kleinen Gefallen bitten.«

»Ach? Einen Gefallen? Sie müssen entschuldigen, junger Mann, aber die Polizei ... Ich bin es nicht gewöhnt ...«

»Das ist im Prinzip niemand.«

Ein wenig beruhigter zog er die Schöße seines langen schwarzen Mantels um sich.

»Aline Durufle hat mir Ihre Adresse gegeben.«

Sofort zeigten sich freundliche Falten auf seinem Gesicht.

»Ach! Mademoiselle Aline? Wie lang ist das her ...«

»Sie hat mich gebeten, Ihnen herzliche Grüße auszurichten«, sagte ich.

»Wie geht es ihr denn? Sie muß ja mittlerweile verheiratet sein. Das ist jetzt ... Mit ... Sagen Sie schon, wie hieß er noch mal?«

Er versuchte sich zu erinnern.

»Ein hübsches Mädchen! ... Und so nett!«

In seinem Mund verlor das Adjektiv »nett« die zugleich vernichtende und mitleidige Bedeutung, die ihm die Nähe des

Wortes »Mädchen« sonst verlieh. Ganz offensichtlich hatte Alines Liebenswürdigkeit ein weiteres Opfer gefunden, und ein dauerhaftes. Und so schien auch mir das Wohlwollen des alten Herrn nun sicher.

»Aber bleiben wir doch nicht hier im kalten Wind stehen«, sagte er. »In meinem Alter ist das nicht ratsam. Gehen wir zu mir, das ist gleich um die Ecke. Dort können Sie mir dann auch sagen, was ich für Sie tun kann, immer vorausgesetzt, es steht in meiner Macht.«

Er ging rasch, mit nervösen kleinen Schritten. Ich folgte ihm. Ich hatte die Hände auf dem Rücken gefaltet und wußte nicht, wohin mit dem Hut. Eine großartige Idee hatte ich da gehabt. Als ich nicht mehr weiterwußte, setzte ich ihn schließlich wieder auf.

David Zylberstein wohnte am Rand des Petit Sablon über einer Kunsthandlung. Wir stiegen eine schmale, schlechtbeleuchtete Treppe hoch, deren weinroter Teppich an den Kanten mancher Stufen fadenscheinig war, um hinauf zu seiner Wohnung zu gelangen. Bevor er eintrat, murmelte er etwas, legte die Hand auf die Mesusa, die am rechten Türpfosten angebracht war, und schloß dann der Reihe nach die drei Yale-Schlösser in der schweren Eichentür auf.

Wir gingen direkt in ein helles, enges und hohes Zimmer, das nach Juchtenleder und altem Papier duftete. Ganz automatisch mußte ich an den Tod Alkans denken, den seine plötzlich zusammenstürzende Bibliothek erschlagen hatte: Überall waren hier Bücher, selbst auf der Erde und den Sesseln. Zylberstein, der voranging, räumte einen frei.

»Nehmen Sie Platz, Monsieur Dussert. Ich fürchte, daß ich Ihnen nicht viel anbieten kann, höchstens ein Stück *Butterkuch*. Um diese Zeit ist meine Frau beim Einkaufen.«

»Das macht überhaupt nichts, Monsieur Zylberstein.«

Der alte Herr schob mir eine Weißblechdose hin, die vor ihrer neuen Verwendung dänische Kekse enthalten hatte. Da fiel mir ein – und mein Magen bekräftigte die Entdeckung lautstark –, daß ich vergessen hatte zu frühstücken.

Auf einer Kommode, oder besser gesagt auf dem Bücherstapel, der sie bedeckte, thronte ein beeindruckender Leuchter.

»Eine schöne Menora«, bemerkte ich, bevor ich mich setzte.

Der alte Mann lächelte in seinen Bart.

»Das ist ein Chanukkaleuchter«, sagte er.

Tatsächlich, ich hätte zählen müssen: Er hatte acht Arme, nicht sieben. Das sollte mir eine Lehre sein, nicht immer den Schlaumeier zu spielen. Direkt daneben sah ich das gerahmte Foto einer hochgestellten Persönlichkeit, vermutlich eines Rabbiners. Mein Gastgeber drückte ihm herzlich die Hand. Zwei Männer in hellen Mänteln standen zu beiden Seiten und spähten in eine unsichtbare Menge. Einer der beiden sprach mit besorgtem Gesicht in ein großes Walkie-talkie.

»So, und womit kann ich Ihnen denn nun behilflich sein?« fragte Zylberstein, der in einem Lehnsessel Platz nahm, der kaum jünger sein konnte als er selbst.

Ich zog das Foto aus meiner Brieftasche und hielt es ihm hin. Er nahm von einem breiten Lampenfuß ein zerkratztes Etui auf, klappte eine dickglasige Brille auseinander und vertauschte sie mit der anderen. Mit einer Reihe nachdenklicher Grimassen bewegte er die Aufnahme rund zehnmal, sie an seine Augen heranführend und wieder von ihnen entfernend, hin und her.

»Dreckskerl!« rief er feierlich aus.

Ich wollte gerade in einen der kleinen Kuchen beißen und schreckte hoch.

»Wie bitte?«

Er ließ seine Brille auf die Nasenspitze hinabgleiten.

»Dreckskerl. Das ist es, was da steht.«

Ich sah so verdattert drein, daß er sich zu Erklärungen genötigt sah. »*Na'zal*, in modernem Hebräisch.«

Ich atmete auf.

»Aha«, sagte ich und fegte mir ein paar Kuchenkrümel von der Hose.

Er fuhr fort, das Foto zu studieren.

»Eigenartig, eigenartig ... Ich hätte eher *oisvorf* benutzt oder etwas in der Art, auf jiddisch. Das sitzt besser, als Beleidigung, finden Sie nicht?«

»Mir fehlen ein wenig die Vergleichsmöglichkeiten.«

»Gewiß, gewiß ... Ich scherze ja nur.«

»Es bedeutet also Dreckskerl?«

Monsieur Zylberstein rollte ein paar lange Barthaare um seinen Zeigefinger und überprüfte dann mit der linken Hand den Sitz seiner Kippa.

»In der Tat. Ein sehr plattes Wort. Aber da gibt es etwas, was mir von Interesse scheint. Wo haben Sie das hier gefunden?«

»An zwei sehr unerwarteten Orten. Vor allem der erste.«

Ich erzählte ihm in groben Zügen von dem Fall, der mich beschäftigte, ließ dabei aber bewußt einige Details aus, vor allem die Leiche.

»Kurz gesagt handelt es sich also um eine Art Botschaft?« sagte er nachdenklich.

»Davon gehen wir aus.«

»In diesem Fall gibt es da eine kleine Anomalie, die Sie vielleicht interessieren könnte, scheint mir.«

»Ich bin ganz Ohr.«

Er stützte sich auf die Armlehnen des Sessels, reckte sich hoch und holte aus einem Regal am Ende des Zimmers ein rotgebundenes Buch, öffnete es und legte das Foto auf eine Seite gegenüber einer Abbildung. Ich stand auf und stellte mich neben den alten Herrn. Die Abbildung zeigte ein Alphabet.

»*Na'zal*, haben wir also gesagt ...«

Sein Zeigefinger fuhr die zwei Spalten voller Zeichen nach. »Das ist Quadratschrift: Hier ist das *Nun,* dann das *Zayin* und zum Schluß das *Lamed.* Drei Konsonanten. Fällt Ihnen nichts auf?«

Worauf wollte er hinaus?

»Nun ja«, begann ich. »Wenn meine Erinnerung mich nicht täuscht, liest man hebräisch von rechts nach links ...«

Er nickte.

»Ganz genau. Wie arabisch übrigens auch ...«

Er hob den Kopf und lächelte mir zu.

»Beschäftigen Sie Graphologen bei der Polizei?«

»Wir könnten einen auftreiben.«

»Natürlich ist das hier nicht gerade mit einem Gerät geschrieben, das die Analyse erleichtert. Aber ich bin beinahe sicher, daß, wenn Sie einen Spezialisten zu Rate ziehen ...«

Ich blickte von neuem und mit doppelter Aufmerksamkeit auf das Foto. Zylbersteins Zeigefinger fuhr langsam über das Glanzpapier hin und her. Von links nach rechts, von rechts nach links, von links nach rechts ...

»Warten Sie!« rief ich. »Sie wollen sagen, daß das Wort ...?«

Der alte Herr faltete die Hände und stützte das Kinn darauf.

»Von links nach rechts geschrieben wurde, Monsieur Dussert. Ich würde meine Hand ins Feuer legen dafür. Aber das ist kein großes Verdienst, glauben Sie mir. In gewissen assimilierten Familien spielt Hebräisch ungefähr die Rolle von Latein. Und ich habe einige Schüler. Keine sehr eifrigen, um die Wahrheit zu sagen. Eine Menge von ihnen versucht zu schummeln, das ist ja ganz natürlich. Und so habe ich gelernt, die Abschreiber ausfindig zu machen. Es ist nicht sehr schwierig ...«

Ich setzte mich wieder. Die Sache nahm allmählich Gestalt an. Aber ich verbot mir noch, erste Schlüsse zu ziehen, und wollte unbedingt bei den Fakten bleiben. Der kleine alte Mann beobachtete von seinem Sessel aus meine Reaktionen. Er wirkte, als habe er auf seine Weise seinen Spaß.

»Gibt es da etwas, was Ihnen Sorgen macht?«

»Nicht eigentlich«, sagte ich. »Nur daß – vorausgesetzt, Ihre Intuition hat Sie nicht getrogen – dieser Fall ein ›Schuhfall‹ werden könnte.«

»Ein Schuhfall?«

»Ein Fall, in dem irgendwer die Dinge jemand anderem in die Schuhe zu schieben versucht ...«

Er war klug genug, nicht weiterzufragen. Ich steckte das Foto in meine Brieftasche zurück.

»Sagen Sie, Monsieur Zylberstein ...«

»Ja, bitte ...«

Ich hatte alles erfahren, weswegen ich hierhergekommen war, vielleicht sogar mehr. Daher war die folgende Frage lediglich ein Versuchsballon, nichts weiter. Die Gelegenheit schien mir günstig.

»Hubermann ... Sagt Ihnen dieser Name irgend etwas?«

David Zylberstein dachte nach und holte tief Luft. Dabei hörte er nicht auf, mich aus den Augenwinkeln zu beobachten.

»Rüdiger Hubermann?«

Ich hatte beschlossen, mich über nichts mehr zu wundern. Nachdem vierzehn Tage lang nichts Rechtes vorangegangen war, nahm dieser Fall plötzlich Form an. Von nun an würde es kein zufälliges Weitertasten mehr geben.

»Kennen Sie ihn?«

Sein Bart zuckte.

»Nicht persönlich. Aber wenn Sie ihn nicht kennen, *wir*, wir kennen ihn.«

»Wir?«

»Ich glaube, Sie haben mich verstanden.«

Ich fischte einen weiteren *Butterkuch* aus der Weißblechdose. Gar nicht schlecht, diese Dinger. Es konnte nicht nur am Hunger liegen.

»Um einen dummen Vergleich zu wagen, Monsieur Dussert, wir sind ein bißchen wie Ihre Jesuiten: Uns ist es ganz lieb, unsere Gegner zu kennen. Der Unterschied ist, daß wir kaum in die Verlegenheit kommen, mit ihnen zu verkehren, denn sie wollen mit uns nichts zu tun haben.«

»Sie kommen wirklich so selten in die Verlegenheit, mit ihnen zu verkehren?«

»Ich rede natürlich von ihren Schriften.«

Zylberstein stand auf und trug sein Hebräischbuch zurück zu seinem Platz im Regal.

»Monsieur Hubermann ist Historiker von Beruf. Vielmehr war er das bis vor drei, vier Jahren.«

»Wir wissen das. Unserer Kenntnis nach ist er es übrigens noch immer.«

Und wird es auch bleiben, dachte ich. *Ad vitam aeternam.*

»Eine Frage des Standpunktes, Monsieur Dussert. Denn dieser herausragende Spezialist hat in seiner Sparte eine gewisse Entwicklung durchgemacht. Aber sagt man nicht, daß nur der Dumme nie die Ansichten wechselt?«

Er zog ein anderes Buch aus dem Regal, blies über den Schnitt und setzte sich dann wieder neben mich.

»Herr Hubermann hat einen völlig anderen Weg eingeschlagen. Ich wage kaum zu sagen: einen ärgerlichen Weg, weitab von seinen früheren Interessengebieten. Hier, nehmen Sie. Dieses Buch ist von ihm. Ich habe noch andere von derselben Machart in meiner Bibliothek stehen. Der Titel klingt eher harmlos. Können Sie deutsch?«

»Nur wenig und schlecht.«

»Ich werde es Ihnen also übersetzen: *Die Holocaust-Frage: Für eine neue Hermeneutik.*«

Er hielt mir das Buch hin, und ich betrachtete dessen grünen Einband. Die Ausgabe, die ich in der Hand hielt, stammte aus Kanada.

»Wenn ich Sie recht verstehe, handelt es sich hier mit einem Wort um ...?«

Er kniff die Augen zusammen und faltete die Hände vor der Brust.

»Um Revisionismus, genau.«

Ich blätterte ein wenig in dem Buch. Es enthielt mehrere Zahlenkolonnen und einen gewaltigen Anhang.

»Aber um einen subtilen Revisionismus, wenn es so etwas gibt. Wobei man sagen muß, daß die Deutschen auf diesem Felde bei weitem nicht die meisten Vertreter hervorbringen, noch die virulentesten. Die wissen wenigstens, wovon sie reden.«

Er lachte kurz auf. »Worte sind doch amüsant! Ein subtiler Revisionismus ... Das ist ein wenig, als wenn man sagte, was weiß ich ... ein nationalsozialistischer Humanist, zum Beispiel. Aber kurz gesagt: Herr Hubermann bestreitet mit keinem Wort die Existenz oder auch nur die Idee der Endlösung. Er begnügt sich damit, die allgemein anerkannten Zahlen anzuzweifeln.«

»Genauer?«

»Für ihn sind es eine Million Tote, nicht mehr. Allenfalls anderthalb.«

»Ein ziemlicher Unterschied.«

»Ein ziemlicher, Sie sagen es. Es hätte große Epidemien in den *Schtetln* gegeben. Eine Frage der Hygiene, Sie verstehen ... Die schwerfällige Bürokratie hätte den Rest besorgt. Ein eigenartiger Anspruch auf Inkompetenz, finden Sie nicht?«

Der alte Mann schloß die Augen und legte die Hände auf die Armlehnen seines Sessels.

»Ich habe mich immer gefragt, ob er wohl meine Eltern in seiner Million mit eingerechnet hat«, sagte er lächelnd.

Ich schwieg. Dann startete ich einen letzten Versuchsballon.

»Monsieur Hubermann hat einen ... Unfall erlitten«, sagte ich schließlich.

Eine Straßenbahn rumpelte unten auf der Straße vorbei. Die Fensterscheiben vibrierten. Der alte Herr blickte hinaus. Oben im Park konnte man zwischen den Ästen der Bäume den bronzenen Hut des Herzogs von Egmont erkennen.

»Auch wir haben unsere Fanatiker, Monsieur Dussert. Sie sind nicht besser als die Ihren ... Das heißt, wenn ich sage, die Ihren ...«

Vom Treppenhaus her waren Schritte zu hören. Zylberstein seufzte, setzte sich gerade und ließ die Fingerknöchel knacken.

»Das ist meine Frau«, sagte er. »Reden wir von etwas anderem.«

Ich erhob mich.

»Ich werde Sie nicht länger belästigen, Monsieur Zylberstein. Es hat mich sehr gefreut, Ihre Bekanntschaft zu machen.«

Auch der Alte stand auf und hielt mir eine trockene Hand hin.

»Ganz meinerseits, junger Mann, ganz meinerseits ... Ich kenne nur wenig *Goyim*, die wissen, was eine Menora ist. Es sollte mich wundern, wenn dieser Ausdruck sich in Ihren Wörterbüchern findet.«

Ein kurzes Geklirr von gegeneinanderschlagenden Schlüsseln war zu hören, dann das Quietschen einer Tür in ihren Angeln. Wir machten zwei Schritte auf den Korridor zu.

»Ein letzter Punkt noch«, sagte ich.

Der alte Mann sah mich aufmerksam an.

»Das Buch können Sie behalten«, meinte er. »Sie geben es mir dann irgendwann später einmal zurück. Das hat keine Eile.«

»Vielen Dank. Aber, was ich gerne verstehen würde ...«, fuhr ich fort.

»Verstehen?«

Ich mußte auf meine Wortwahl achtgeben.

»Nun ja ... Was für ein Ziel haben diese Leute eigentlich? Verstehen Sie, ich kann ihre Gedankengänge nicht nachvollziehen –

aber es muß doch welche geben, denke ich mir. So viel willkürliches Verharren in der Lüge ... Das ist doch absurd, oder?«

Er faltete die Hände auseinander und wiegte den Kopf. »Gar nicht so sehr, Monsieur Dussert. Gar nicht so sehr. Aber ich werde Ihnen auf Ihre Frage mit einer anderen antworten.«

In der Küche schepperte ein Topfdeckel. Madame Zylberstein war offensichtlich dabei, die ersten Vorbereitungen fürs Mittagessen zu treffen. Ihr Mann rief ihr irgend etwas auf deutsch oder jiddisch zu. Sie antwortete ihm in derselben Sprache. Danach ging er auf einen verglasten Bücherschrank zu und öffnete ihn.

»Richard Löwenherz, was bringen Sie mit diesem Namen in Verbindung?«

Ein wenig verblüfft kramte ich in meinen Erinnerungen.

»Denken Sie nicht nach. Begnügen Sie sich mit ein, zwei Worten.«

Ich traf meine Wahl.

»Ritterlichkeit ...? Aufrichtigkeit ...?«

Er kratzte seinen Bart und drückte mir ein kleines, kompaktes Buch in die Hand.

»Hier, das ist für Sie. Nein, nein, Sie machen mir eine Freude damit. Es ist eine Geschichte der Kreuzzüge. Von einem hervorragenden englischen Autor. Lesen Sie sich einmal das Kapitel über die Einnahme von Accra durch ...«

Madame Zylberstein, die noch immer in der Küche zugange war, rief nach ihrem Gatten.

»Dora braucht mich jetzt. Würden Sie mich jetzt also entschuldigen? Die Frauen sind immer im Recht.«

Er begleitete mich bis zur Schwelle. Bevor er die Tür schloß, berührte er meinen Arm.

»Richten Sie meine herzlichsten Grüße an Mademoiselle Aline und ihren Mann aus. Jean-Philippe hieß er, glaube ich. *Bar mazel,* dieser Junge!«

»Ich werd's nicht vergessen.«

Er ließ meinen Arm los und drückte mir die Hand.

»Und für Ihre Ermittlungen ...«

»Ja?«

»Mazel tov!«

Seine Manschette war hochgerutscht. Ich konnte auf seinem Handgelenk zwischen den weißen Haaren eine kleine blaue Nummer aus fünf Ziffern sehen.

Als ich unten auf dem Trottoir stand, rief eine Stimme aus den Lüften mich an. Ich hob den Kopf. Zylberstein stand an einem Fenster und winkte. »Monsieur Dussert! Sie haben Ihren Hut vergessen!«

5460 Private W. F. Cockburn Royal Scots Fusiliers 22nd February 1915

(C.2)

In den Gräben klebt der Matsch nicht mehr, er hat wie Zement angezogen. Der Lattenrost darinnen ist zu nichts mehr nutze; wo man geht und steht, knickt man in den hartgewordenen Spurrillen um. Und im Kilt friert man sich im wahrsten Sinne des Wortes einen ab. Für die Ohren ist es sogar noch unerträglicher.

Diese letzten paar Wochen bewegt sich die Front nicht mehr. Keiner beklagt sich darüber. Den Jerrys gegenüber ist auch kalt. Sie sind zu erschöpft, noch weiter vorzurücken, ihr, noch weiter zurückzuweichen. Also leckt jeder seine Wunden, bevor's wieder losgeht. Nur daß es beim nächsten Mal ihr sein werdet, die vorrücken, und sie werden zurückweichen – das heißt, wenn alles läuft wie geplant. Bis dahin beobachtet einer den andern durchs Periskop, manchmal schickt man eine Granate rüber und beschießt sich, so gut es geht. Der Krieg ist noch ganz frisch, das stimmt schon, aber lustig ist er nicht mehr – falls er es jemals gewesen ist.

Heute besetzt das zweite Bataillon schon wieder die Vorposten. Doch das ist normal. Dafür hast du dich schließlich gemeldet, William Freer. Damals, weißt du noch? Da war von Krieg keine Rede. Irgendein aufgeplusterter Österreicher mußte sich auf dem Balkan die Fassade demolieren lassen, damit der ganze Zirkus schließlich losging. Wer hätte das schon geahnt? Du jedenfalls nicht, William Freer. Aber das ist dir auch egal. Denn ob Krieg oder kein Krieg, du hättest dich in jedem Fall gemeldet. Die Fabrik oder der Hof, herzlichen Dank, nichts für dich. Mit dem Gedanken an die Armee hattest du schon lange gespielt. Vater hatte nichts dagegen.

Was das Prestige angeht, so wärst du lieber zu den Guards gekommen oder aber ganz einfach zu den Royal Scots. Aber gut, Not kennt kein

Gebot: Die Infanterie brauchte ein paar harte Jungs von deinem Schlag. Mit einem Wort, du kämpfst, weil das dein Beruf ist. Punktum. Und deinen Beruf möchtest du gerne ordentlich erledigen – Vertrag ist Vertrag. Ohne großes Gerede. Ohne viele Gefühle. Gefühle führen nur dazu, daß man schneller unter die Erde kommt.

Denn nein, du bist nicht wie die Tausende von Naivlingen, die glauben, daß die Deutschen belgischen Babys die Hände abschneiden, und die demnächst in ganzen Heerscharen hier anrücken werden, verkleidete Zivilisten, um die Witwen und Waisen zu rächen, um »dabeizusein« eben. Stimmt doch, diese Trottel halten sich alle für Robin Hood! Und so was meldet sich »für die Dauer des Kriegs« – genau so, Wort für Wort. Und beim ersten Schuß scheißen sie sich in die Hosen. O ja, da kann man nichts sagen, die Vertreter des Empire machen eine tolle Figur...

Du, William Freer, du findest das alles ziemlich bedenklich. Aber niemand fragt dich nach deiner Meinung. Diese Typen werden sich garantiert haufenweise abknallen lassen. Denn der Krieg, das ist etwas, was gelernt sein will. Und dazu braucht es Zeit. Kein Job für Amateure.

Davon abgesehen kenne ich dich nicht gut, William Freer. Das Register sagt nichts über dein Alter. Ich schätze dich auf fünfundzwanzig – warum, weiß ich selbst nicht. Und dann, kommst du aus Edinburgh, aus den Grampian Mountains oder aus Argyllshire? Aus einem Postkarten-Schottland mit Schafen und Schlössern oder einer der grauen Vorstädte Glasgows?

Eines ist immerhin sicher, William Freer: In Guillemont wirst du nicht sterben, diesem Kuhdorf an der Somme, wo die meisten deiner Kameraden ihr Leben lassen werden, einschließlich jener, die du nie kennenlernen wirst – jene verkleideten Zivilisten, die du vielleicht gar noch schätzen gelernt hättest.

Dort liegen ganze Trupps begraben. Wogegen du dich hier in deiner Reihe C2 ziemlich alleine wiederfindest.

Denn du hast dir unnötigerweise eine Kugel mitten in den Schädel verpassen lassen, irgendwo zwischen Wytschaete und Voormezele, eines schönen Tags, als du nicht in Form warst und den Kopf eine Sekunde zu lange über die Brustwehr hobst. Direkt unterhalb der Mütze. Auch auf der andern Seite gibt es gute Schützen.

Ein Moment der Zerstreutheit, mehr war es nicht.

Zwölf Monate später hättest du einen Helm gehabt.

In London beschreiben die Tagesdepeschen den Sektor Ypern als »ruhig, mit sporadischen Aktivitäten«.

Und so hast du die große Gegenoffensive vom April verpaßt. In Büchern, die bald keiner mehr lesen wird, nennen die Historiker sie »Zweite Ypern-Schlacht«. Und wo es für zwei reicht, reicht es auch für drei.

Auch ein Profi ist nie gegen einen Irrtum gefeit.

Aber den schwerwiegendsten Irrtum, William Freer, den hast zweifellos nicht du begangen …

Neuntes Kapitel

»Erschöpft von einer neunmonatigen Belagerung war die Garnison von Accra kurz vor dem Zusammenbrechen, widerstand aber mit der Kraft der Verzweiflung noch immer den Kreuzrittern. Dabei wurde die Verpflegung knapp und mit ihr die Hoffnung. Saladin, zu sehr damit beschäftigt, den Christen den Weg nach Jerusalem zu versperren, sah seine Hände gebunden und wiegte sich in der Hoffnung, daß die Christen ihrerseits bald erschöpft wären. Schließlich entschieden sich die Belagerten, aufzugeben und eine ehrenvolle Kapitulation auszuhandeln. Boten wurden ausgesandt. Richard ließ sich herbei, sie zu empfangen und anzuhören.

Seit ihrer Landung im Heiligen Land hatten seine Truppen viel von ihrem Elan verloren, und ihre Kräfte schwanden angesichts der Tatenlosigkeit während der Belagerung, deren Ende niemand abzusehen vermochte. Für die Übergabe bekamen die Moslems von Accra einen königlichen Schutzbrief versprochen, der ihnen garantierte, die Stadt als freie Männer verlassen zu können, und der vor allem ihr Leben sowie das ihrer Familien schützte. Es sollte anders kommen ...«

»Barthélemy! Hast du nicht meinen Rock und meine Strumpfhose gesehn? Ich kann sie einfach nicht finden.«

Ich legte einen Finger zwischen die Seiten. Wenn Aline nicht bei sich zu Hause war, war es immer der gleiche Zirkus: Sie verlegte alles. (Was heißt immer ... Es war erst das dritte Mal in zwei Wochen, daß sie eingewilligt hatte, die Nacht bei mir zu verbringen.)

»Im Flur!« rief ich. »Auf dem Stuhl neben dem Telefon!«

Das Geräusch bloßer Füße auf den Fliesen.

»Apropos, es könnte nichts schaden, wenn du ab und zu staubsaugen würdest ... Es ist ziemlich dreckig bei dir!«

Das wußte ich selbst, und es war unnötig, mich daran zu erinnern.

»Es sollte anders kommen. Erzürnt über den Zeitverlust ...«

»Erzürnt« ... Ich mußte lächeln. Die Übersetzung war wohl schon älter.

»Es sollte anders kommen. Erzürnt über den Zeitverlust, hatte Richard nicht die Absicht, seine Versprechen zu halten. Er vermochte seine Wut nicht lange zu zügeln. Kaum hatten die Verteidiger die Tore der Stadt durchschritten, ohne Gepäck und waffenlos, da ließ der König sie ergreifen und einen nach dem andern mit dem Schwert hinrichten. Männer, Frauen, Kinder, Säuglinge: Kein einziger entkam. Die Chronik berichtet, daß der Boden an jenem Tag und für lange Zeit die Farbe des vergossenen Blutes annahm. Seit diesem Ereignis ...«

Aline platzte ins Wohnzimmer herein. Sie hatte ihre Strumpfhose angezogen und stieg jetzt, auf einem Bein hüpfend, in ihren roten Rock. »Und meine Schuhe? Hast du die irgendwo gesehen?«

Ich ließ mein Buch fallen und nutzte die Gelegenheit, sie am Gürtel zu mir herzuziehen, so daß sie über die Armlehne auf den Sessel fiel. Ohne sonderlichen Widerstand zu leisten, kam sie auf meinem Knie zu sitzen. Ein leiser Schmerz fuhr durch meinen linken Schenkel. Aber Aline war nicht sehr schwer.

»Ah, là là! Du bist unmöglich! Ich bin so schon zu spät dran!«

Um sie zum Schweigen zu bringen, küßte ich sie auf den Mund.

»»U 'ringst 'eie 'Isur du'eiander!« protestierte sie.

Wenn ich mich nicht sehr täuschte, klang das alles eher nach Einladung als nach Tadel. So begann denn auch meine linke Hand, das wenige zu öffnen, was es da an Knöpfen, Häkchen und Reißverschlüssen zu öffnen gab, aber Aline versetzte mir einen heftigen Knuff in die Seite und machte sich los. Sie hatte ihre Pumps erblickt.

»Ah, là là! Es wird jetzt *wirklich* Zeit, daß ich loskomme! Ich muß noch bei mir zu Hause vorbei.«

Ich mimte den Erstaunten.

»Bei dir zu Hause? Und wozu?«

»Das weißt du ganz genau. Ich kann doch so nicht ins Büro gehen. Der Rock hier ist viel zu kurz.«

»Das finde ich gar nicht ...«

»Das kann ich mir schon denken.«

Mit ihren Schuhen in der Hand rannte sie ins Badezimmer und schloß die Tür hinter sich.

»Nimm dir doch das nächste Mal etwas zum Wechseln mit!«

Das nächste Mal. Falls es denn eines geben sollte. Denn es war offensichtlich, daß Aline von dieser Art Umzug nicht viel hielt, ebenso wie von dem mangelnden Komfort meiner Junggesellenbude. Vor allem das Badezimmer war Zielscheibe ihres Spotts.

Ich hob das Buch auf und fand meine Seite wieder.

»... daß der Boden des antiken Acco an jenem Tag und für lange Zeit die Farbe des vergossenen Blutes annahm. Seit diesem Ereignis ist es offenbar bei den arabischen Müttern Sitte, ihre Kinder zu erschrecken, indem sie ihnen mit der Wiederkunft des bösen Königs Richard von England drohen.«

Mit diesem Satz endete das Kapitel. Ich hätte nicht erklären können, warum, aber die Anekdote schien mir fehl am Platz und kam mir zumindest suspekt vor. Eine Konzession ans Pittoreske? Wenn das der Fall war, wieviel Glauben konnte man dann dem Vorangegangenen schenken? Ein falscher Verdacht vermutlich – aber in diesem speziellen Fall konnte mir vielleicht Mohammed mit Informationen aus erster Hand weiterhelfen.

Ich schloß das Buch und legte es auf den Beistelltisch. Der Warmwasserhahn im Bad sprudelte laut wie ein Wasserfall. Ich mußte wieder an die Artikel denken, die wir in Professor Hubermanns Aktentasche gefunden hatten.

Wie ich schon aufgrund der Andeutungen des alten Zylberstein vermutet hatte, stellten sie die letzte Stufe eines eigentümlichen Revisionismus dar, der in seinen Prämissen derart entschärft war, daß eine rechtsradikale französische Zeitschrift ihm seine Texte nicht nur wieder zurückgeschickt, sondern es sogar für nötig befunden hatte, sie zu verreißen. (Hubermann, sei es aus Enttäuschung oder weil er nun erst recht von der Richtigkeit seiner Positionen überzeugt war, hatte eine Kopie der entsprechenden Kritik unter seinen Papieren mit sich geführt.) Ich hatte sie ebenso gelesen wie den ganzen Rest der Unterlagen. Sie war – pikantes Paradoxon – *Lügen über Lügen* betitelt.

Die übrigen Texte, siebenundachtzig insgesamt, versuchten im großen und ganzen zu beweisen, daß der nazistische Vernichtungsapparat, von innen her durch ehrliche Deutsche sabotiert, nie in voller Stärke habe funktionieren können – eine Tatsache, die eine mächtige zionistische Lobby, die besonders in den Vereinigten Staaten sehr aktiv sei, aus niedrigen politischen Motiven zu verleugnen sich zum Ziel gesetzt habe. Wenn man Hubermann glauben wollte, so hatte eine Armee kleiner Prä- und Post-Stauffenbergs, und zwar jeder mit seinen zum Teil höchst bescheidenen Mitteln, den Mechanismus jener Endlösung blockiert, die der Plan weniger fehlgeleiteter Theoretiker war, die keinerlei Ahnung von den Realitäten des Kriegs hatten. Daher müßten die eigentlichen Wahrer der Rechtmäßigkeit in Deutschland nirgendwo anders gesucht werden als bei diesen heimlichen Humanisten, diesen im Schatten Wirkenden, die zum großen Teil auf ewig unbekannt bleiben würden.

Die Erkundigungen beim Bundeskriminalamt ergaben, daß die in der Aktentasche gefundenen Texte den entsprechenden Abteilungen bekannt und alle aktenkundig waren. Das hieß, daß die Fahnen, die sich unter den Dokumenten gefunden hatten, lediglich die Andrucke von Artikeln waren, die bereits in verschiedenen revisionistischen oder rechtsextremen Publikationen erschienen waren. Ein Gutteil davon war überdies auch auf verschiedenen Internet-Seiten abrufbar. Kurz gesagt, das Material in unseren Händen enthielt nichts, was dem Publikum nicht ohnehin bereits über diverse einschlägige Informationskanäle zugänglich war.

Die Lektüre hatte sich als ziemlich unerträglich erwiesen, wie immer, wenn man es in irgendeiner Form mit Lügen oder Paranoia zu tun hat. Das Hauptwerk der Kollektion, das Buch, das Zylberstein mir geliehen hatte, *Für eine neue Hermeneutik* (zum Glück in einem Deutsch verfaßt, das so verständlich war, daß ich nicht alle fünf Sätze zum Wörterbuch greifen mußte), hatte das

Bild abgerundet. Unter dem Deckmäntelchen der Geschichtswissenschaft stieg man hier ins Wunderreich der Syllogistik hinab, in dem eine Gelehrtheit herrschte, die sich auf Rösselsprünge, Ellipsen und Verkürzungen stützte. Bei jeder sich bietenden Gelegenheit wurde der Umweg statt des geraden gewählt, Bruchteile statt des Ganzen, Details statt der Gesamtheit. An manchen Stellen wirkte Hubermann in seinem Wahn, im Namen der historischen Wahrheit die einzigen Grundlagen zu zerschlagen, aus denen man sie vielleicht hätte herleiten können, beinahe rührend. Je weiter ich vorankam, desto mehr erinnerte seine Prosa mich an jene athenischen Sophisten, die am Ende ihres logischen Jonglierens, ohne mit der Wimper zu zucken, die Existenz des Nichtexistierenden beweisen konnten und von daher die Nichtexistenz alles Seienden, sich selbst eingeschlossen.

Credo quia absurdum. Ich glaube, weil es absurd ist. Der heilige Augustinus, versicherten die Theologen, hatte niemals etwas Derartiges behauptet. Pech für ihn, der Ärmste war einfach nicht mehr auf dem laufenden. Denn genau das war des Pudels Kern: Absurdität, die letzte Versuchung des Intellektuellen, seine äußerste Befreiung. Alles wurde möglich, denn alles war denkbar. Und es genügte, eine Geschichte zu *denken*, oder besser noch, sie zu *formulieren*, damit sie auf der Stelle und ausschließlich dank eines befreiten, eines völlig im luftleeren Raum schwebenden Wortes den Status des nachweislich Geschehenen erlangte. Eine Geschichte à la carte war geboren: eine Geschichtsschreibung auf weißem, nicht einmal vergilbtem Papier, deren kaum getrocknete Tinte allerdings die Finger beschmutzte.

Wenn man es recht betrachtete, wurde man Revisionist, wie man religiös wurde. Auch diese Kirche besaß ihre Propheten, ihre Evangelisten, ihre Sekten, ihre Diskussionen, ihr Vokabular, ihre Denkmodelle. Sie erlebte aber noch ihre Katakomben-Epoche. Vers für Vers entstand so in der Kanalisation des ausgehenden zwanzigsten Jahrhunderts ein apokryphes Evangelium, das reichlich Raum für die Kontroversen unter Eingeweihten und für Bannflüche bot.

Mit ihrem dissonanten Stimmengewirr schrieben die Revisionisten eigentlich nur eine der zahlreichen Versionen der Shoah.

Andere hatten ausgedient. Wieder andere würden noch folgen. Eine jede von ihnen setzte die Phantasie in ihre Rechte ein. Im allgemeinen wechselten von Mal zu Mal lediglich die Märtyrer. Diese Rolle besetzten einige von den bekanntesten Evangelisten, da sie, anders als die christlichen Evangelienverkünder, selbst nicht in Frage kamen, mit der Laus. Es war ein mikroskopischer Holocaust in gewissem Sinn, unter dem heiligen Banner der Hygiene, der leiblichen Reinheit.

Trotz allem seltsame Helden für eine Legende.

»Aline?«

Das Wasserrauschen brach ab.

»Ja?«

»Bist du bald fertig?«

»Eine Minute noch! Ich putz' mir die Zähne ...«

Der Boiler begann von neuem zu pfeifen.

Auf die Entscheidung des Richters hin hatte man die Presse nicht über die neuesten Entwicklungen der Affäre informiert. Der nächtliche Trubel rund um das Mahnmal war als schlechter Scherz und blinder Alarm hingestellt worden – was die Präsenz des Minenräumkommandos nur bestätigte: Bombenalarm gab es zu oft, als daß dies jedesmal auf die Titelseiten der Zeitungen gekommen wäre. Was die Identität der Leiche vom *Imaige Nostre Dame* betraf, so hatte Sébastien darauf gedrungen, daß sie geheim blieb. Er hatte triftige Gründe dafür, die wir just an diesem Morgen im Rahmen einer Sitzung besprechen wollten.

Denn die Staatsanwaltschaft verlangte plötzlich, nachdem sie einen Monat lang geschlafen hatte, Resultate. Die neuesten Indizien, die ihr zu Ohren gekommen waren, erlaubten ihr endlich, dem Fall eine etwas höhere Priorität einzuräumen. Dagegen hatte der Zuhälterring sich in Luft aufgelöst und war in den geheimnisvollen Tiefen der Archive verschwunden. Natürlich wollte niemand zwischen diesen beiden Tatsachen den geringsten Zusammenhang herstellen.

Aline erschien in der Tür, ihre rote Jacke über die Schulter geworfen.

»So! Das Bad ist frei. Ich zisch' jetzt ab. Werde wohl gerade noch meine Straßenbahn erwischen!«

»Kommt nicht in Frage. Ich fahre dich. Ich zieh' nur eben eine Hose über, und wir können los.«

»Aber nein. Laß doch ...«

Ich runzelte die Brauen und blickte ihr in die Augen.

»Dann nimm wenigstens mein Auto«, sagte ich. »Es steht gegenüber. Ich werd' mit der Straßenbahn fahren.«

Ich hatte den Eindruck, daß sie errötete.

»Nein! ... Ich meine, nein danke, ich komm' schon klar ...«

»Aber ...?«

»Barthélemy! Oh, là, là! Nun komm doch nicht gleich ins Grübeln. Man könnte meinen, du verbringst dein ganzes Leben damit. Es gibt doch gar keinen Grund.«

Sie trat zu mir und küßte mich.

»Glaubst du mir jetzt?« fragte sie.

Ich nickte anstandshalber.

»Bis heute abend, also?« sagte sie.

Da es ihr ohnehin lieber war, konnte ich es auch gleich selbst vorschlagen.

»Bei dir?«

»Ja, wenn's dir nichts ausmacht.«

Immer noch im Pyjama ging ich ihr durch den Korridor nach und half ihr in die Jacke.

»Danke.« Sie mußte kichern. »Eins ist jedenfalls sicher, ich werde dir nicht oft schreiben!«

»So?« fragte ich erstaunt. »Und warum nicht?«

Sie zeigte mit dem Finger auf einen gelben, ein wenig zerknitterten Umschlag, der halb unter dem Telefon lag.

»Weil du deine Post nicht einmal aufmachst!«

Sie hatte recht. Dieser Umschlag flog hier seit gut zwei Wochen herum – seit unserem denkwürdigen Abend, genauer gesagt. Ich hatte ihn vollständig vergessen.

Zu meiner Entschuldigung hätte man anführen können, daß ich in den letzten zwei Wochen kaum einen Abend hier verbracht hatte, oder auch die Anzahl der von mir übersetzten Owen-Verse, seit wir uns kannten. Mit dem Owen-Band ging es nicht mehr vorwärts, selbst dann nicht, wenn ich, mehr aus Pflichtgefühl denn aus Lust, sie voranzutreiben, meine dicke

Kladde zusammen mit der Zahnbürste und dem Pyjama mit nach Woluwe-Saint-Lambert nahm. Die Texte wurden kaum einmal aus meiner Tasche gezogen, und wenn doch, kamen sie nicht weiter als bis auf den Nachttisch, wo sie blieben, ohne daß ich sie noch einmal anrührte.

Nach einem letzten Kuß auf die Wange öffnete Aline die Haustür. Sie schlug hinter ihr zu, und Alines rote Silhouette zerlief im Riffelglas, löste sich in immer kleinere, immer undeutlichere Teilchen auf und verschwand. Zwei, drei Sekunden lang hörte ich noch das trockene Hämmern ihrer Absätze auf den Platten des Gehwegs – sie rannte. Dann nichts mehr.

»Du bist einfach nicht auf der Höhe, Babar . . .«, murmelte ich.

Ob sie sich nun einverstanden erklärte oder nicht, ich hätte darauf bestehen müssen, sie nach Hause zu bringen. Jetzt war es zu spät. Unzufrieden mit mir selbst, ging ich in den Flur zurück. Der Umschlag auf dem Telefontisch wartete darauf, geöffnet zu werden. Bevor ich mich in meine Verbitterung hineinsteigerte, beschäftigte ich lieber meine Hände.

Als ich ihn vor zwei Wochen betrachtet hatte, hatte ich mich getäuscht: Der Brief war doch verschlossen. Die Spitze der Lasche, leicht angefeuchtet, klebte am Papier. Ich mußte den Umschlag nicht einmal aufreißen, um ihm einen gefalteten Zettel zu entnehmen.

Ich brauchte eine Weile, um zu verstehen, was da geschehen war. Der Absender hatte, indem er seinen Brief als Drucksache verschickt hatte, lediglich die postalischen Satzungen genau genommen. Seit es Telefone, Schreibmaschinen und Computer gab, war diese Art von anonymem Brief – oder zumindest hätte ich bis zu dem Zeitpunkt darauf gewettet – eigentlich ausgestorben. Zunächst dachte ich, irgendwer mache sich einen Spaß mit mir. Der Schreiber hatte sich gehörig angestrengt. Auf dem Zettel reihten sich ausgeschnittene und aufgeklebte gedruckte Buchstaben jeder Größe, Schriftart und Farbe aneinander und bildeten eine Botschaft.

»Was Ihre Leiche im Pissoir betrifft, werden Sie um 22 Uhr in der Rue des Vétérinaires zusätzliche Informationen erhalten.«

Sofort suchte ich nach dem Poststempel. Der schief aufgeklebte Albert II. trug über dem linken Auge eine Piratenklappe. Das Datum besagte, daß der Brief vom zentralen Postamt Brüssel X abgeschickt worden war, und zwar am Nachmittag des achten Januar, das heißt am Vortag der Inszenierung am Mahnmal.

Ja, und was macht die Polizei? mußte ich auf dem Weg ins Wohnzimmer unwillkürlich denken. In der Tat, ohne das visuelle Gedächtnis und die Geistesgegenwart des Wachtmeisters Wauwermans hätte mein Brieffreund sich umsonst bemüht. Ich las seine Nachricht noch einmal. Die Tatsache, daß er lediglich die Rue des Vétérinaires erwähnt hatte und nicht das Mahnmal selbst, sollte ihm erlauben, den Gegner abzupassen, ihn auf Distanz zu steuern, ohne dabei seine Gesten aus den Augen zu verlieren und im rechten Moment, nachdem er die zu entdeckenden Elemente plaziert hatte, wieder zu verschwinden. Recht gut ausgedacht, im Prinzip, nur ging der Plan zu sehr von der als logisch vorausgesetzten Reaktion eines Dritten aus – und zwar meiner in diesem Fall. Darüber hinaus enthielt er für den, der ihn ausführte, einige nicht zu unterschätzende Risiken. Es mußte jemand sein, der seiner selbst sehr sicher war.

Jetzt, wo es nichts mehr nützte, überprüfte ich die Adresse, die auf dem Umschlag stand – maschinengeschrieben, was das Buchstaben-Mosaik des Zettels de facto als Spielerei eines Ästheten erscheinen ließ – und suchte, noch überflüssiger, nach einer etwaigen Absenderangabe.

Der Wohnzimmersessel bot einladend seine Armlehnen dar. Ich setzte mich und versuchte, etwas methodischer vorzugehen. Zum Beispiel durfte ich auf keinen Fall den Umschlag wegwerfen noch ihn irgendwie beschädigen: Die eventuellen Speichelspuren unter der Briefmarke und am Verschluß konnten sich noch als nützlich erweisen. Genauso durfte ich den Zettel selbst nur behutsam anfassen. Eine Ultraviolett-Untersuchung würde vielleicht doch noch Fingerabdrücke zutage fördern.

Diese technischen Details (an deren eventuellem Nutzen ich selbst zweifelte) versperrten mir den Blick auf das Wesentliche, den Punkt, der mir vor allen anderen hätte ins Auge springen müssen. Als es mir endlich dämmerte, wurde mir übel.

Durch schlichte Unachtsamkeit hätte ich beinahe eine Show platzen lassen, die ausschließlich für mich abgezogen worden war.

Ausschließlich für mich . . .

Völlig vor den Kopf geschlagen, versank ich noch ein wenig tiefer in den Sesselkissen. Am oberen Rand der Lehne war eine Spur des Dufts von Alines Haar hängengeblieben, der den faden Geruch nach Staub und altem Cordsamt überdeckte. Ich hatte plötzlich Lust auf sie, Lust auf ihr Haar, ihren Körper, ihre sanfte Wärme. Lust auf die Liebenswürdigkeit, mit der sie all meinen Ungeschicklichkeiten begegnete.

Der Typ kannte meine Adresse, so weit, so gut. Aber vor allem wußte er, daß ich mich um den Fall Hubermann kümmerte. Und das seit mindestens vierzehn Tagen . . .

Wie betäubt ging ich in die Küche, eine der Plastiktüten holen, in denen ich normalerweise Fleisch und selbstgemachte Saucen einfror. Als ich den Umschlag und den Zettel gerade hineinbugsiert hatte, läutete plötzlich das Telefon. Ich schreckte überrascht hoch. Vielleicht war das der Grund, warum mir das Klingeln ein eigentlich ungerechtfertigtes Mißtrauen einflößte. Noch immer unter dem Schock meiner Entdeckung stehend, hob ich erst nach einer ganzen Weile und widerstrebend ab und sagte keinen Ton.

»Barth . . .? Hallo . . .? «

Sébastien.

»Ja . . .«, knurrte ich. »Ich hab' mich verspätet. Ich weiß . . .«

Eine dumme Antwort. Vor allem stimmte es nicht einmal. Aber mit einem Schlag hatte ich das Gefühl, aus meiner Betäubung zu erwachen.

»Du kommst mir gerade recht!« fuhr ich fort. »Ich habe nämlich . . .«

»Später, mein Lieber.«

Er war mir einfach ins Wort gefallen.

»Hast du deine Pistole bei dir?«

»Meine Pistole? Also, weißt du . . .«

Ich saß mit offenem Mund da, unfähig, ein Wort zu sagen. Nicht genug geschlafen, dachte ich.

»He! Das ist nicht der Augenblick, wieder einzuschlafen, Alter!«

»Wie?«

Mein kleiner Babar, sagte ich mir, dieser Tag wird ja immer seltsamer. Und massierte mir die Nasenwurzel mit zwei Fingern.

»Hallo ...? Barth ...? Bist du noch da?«

»Ja.«

»Also wach auf! Hast du deinen Ballermann in Griffweite?«

Seit einer gewissen Schießerei, an die mich mein linker Schenkel noch schmerzlich erinnerte, nahm ich meine Neun-Millimeter kaum mehr mit nach Hause. Je seltener ich sie sah, desto besser fühlte ich mich. Meistens ließ ich sie auf dem Revier in einer verschlossenen Schublade.

»Nein«, sagte ich. Keine Zeit, noch ein »Warum?« hinzuzufügen. Sébastien schnob lautstark in den Hörer.

»Scheiße! Darauf hätte ich wetten können ...«

Er hatte gut reden. Solange ich zurückdenken kann, hat Sébastien nie eine Waffe bei sich getragen. Im Notfall diente ihm Trientje als Artilleristin, eine Lösung, in der er nur Vorteile sah.

»Darf man vielleicht fragen, was du ...«

»Mach, daß du hierherkommst.«

Falls ich tatsächlich daran gezweifelt hatte, er war nicht in der Laune, ein Schwätzchen zu halten. Unter diesen Bedingungen verzichtete ich darauf, ihm von meiner verspäteten Entdeckung des Briefes zu erzählen.

»Warte mal ...«, sagte ich. »Ich hab' ja auch die CZ ...«

(Die vergaß ich immer. Sie war ein Geschenk der tschechischen Kripo, eine Erinnerung an meine letzte Reise nach Prag. Da ich Waffen nicht sonderlich mag, hatte ich sie nie benutzt, nicht mal auf dem Schießstand, sondern begnügte mich damit, sie von Zeit zu Zeit reinigen zu lassen, wenn ich gerade daran dachte. Letzten Monat hatte Trientje sie mir geölt.)

»Wenn das Ding irgendwie an eine Pistole erinnert ... Dann nimm sie mit. Würde mich beruhigen.«

Er unterbrach sich und antwortete jemandem, ohne die Muschel abzudecken. Ich konnte im Hintergrund ein Gewirr männlicher Stimmen hören und dazwischen ganz deutlich das Klingeln eines weiteren Telefons.

»Donato ist ausgebrochen«, sagte er schließlich.

Meine Beine gaben nach, und ich fiel auf den Stuhl.

Donato …

Der linke Schenkel tat mir weh. Und der Kopf. Vor allem der Kopf. Bilder aus jener Nacht stürzten auf mich ein, wild durcheinander. Schüsse detonierten donnernd. Kugeln zischten durch die schwüle Luft. Blaue, orangefarbene, weiße Lichter tanzten umher. Über der Stadt kreiste ein sternenloser, verhangener Himmel. Ein Mann stürzte auf feuchtglänzendes Pflaster. Trientje auf Knien lud nach und schoß. Zwei Hülsen klirrten auf die Gehwegplatten. Ein Auto überschlug sich in voller Fahrt … Meine Hände klammerten sich ans Lenkrad. Ein Überschlag, zwei, drei … Ich wollte die Augen nicht schließen. Die Erde drehte sich. Trientje schrie. Splitterndes Glas bohrte sich in meine Wangen. Der Lauf eines Sturmgewehrs visierte mich mit seinem einzigen hohlen Auge.

»Tut mir wirklich leid, Inspektor …«

Donatos Stimme. Sein untröstliches Lächeln. In dieser Nacht hätte ich sterben sollen. Alles kam holterdiepolter zurück. Dann verschwamm alles, und ich tötete jemanden. Danach: eine leere Straßenbahn, Trientjes Schulter, blaue Silhouetten, das Lächeln eines Unbekannten, meine Hose voller Blut, die weißen Decken eines Krankenhauses. Eine Blende, die sich schloß. Kaum sechs Monate her.

»Er hat schriftliche Drohungen hinterlassen«, sagte Sébastien jetzt.

Ich schloß die Augen, schüttelte den Kopf.

»Gegen dich, und auch …«

Er unterbrach sich.

»Hast du Katrien Bescheid gesagt?«

Die drei Kugeln, die Donato in jener Nacht getroffen hatten, verdankte er ihr. Das letzte, was wir gehört hatten, war, daß er sich einer neuerlichen Hüftoperation unterzogen hatte. Zum Verhör war er im Rollstuhl erschienen.

»Das war natürlich das erste, was ich gemacht habe«, sagte Sébastien.

»Aber … Wie ist es ihm gelungen …?«

»Das reinste Kinderspiel. Er ist aus dem Krankenhaus ausgerückt.«

Aus dem Krankenhaus. Er also auch. Bis dahin konnte ich noch folgen.

»Genug gequatscht. Jetzt mach, daß du herkommst, und zwar dalli. Hier ist Großkampftag angesagt. Alle sind auf den Beinen.«

»Ich kann's mir vorstellen.«

Neuerliche Unterbrechung. Weit, sehr weit weg, kreischte eine Tür in ihren Angeln und schlug dann zu. Ich erkannte Marlaires sonores Lachen sowie den chronischen, trockenen Husten Cyriel Walsschaerts.

»Barth?«

»Ja?«

»Paß auf dich auf...«

Ich legte auf. Der Plastikhörer klebte an meiner Handfläche. Meine Hand zitterte.

Ich zog mich in Windeseile an, stieg dann auf einen Stuhl, tastete mit einer Hand oben über die Bücherwand und zog das Köfferchen aus seinem Versteck. Eine graue Staubschicht bedeckte den hartledernen Deckel. Ich holte einen Handschuh und streifte ihn über. Die Pistole kam mir mehr oder minder funktionstüchtig vor. Ohne zu zögern, schob ich eines der zwei Magazine in den Griff und steckte das andere in eine Tasche meines Blousons.

Als ich im Begriff war, die Haustür zu öffnen, erfüllte mich plötzlich eine dumpfe Vorahnung, und ich schob die rechte Hand unter die Jacke. Die Müllsäcke zu beiden Seiten der Straße salutierten. Wie jeden Montag wienerte die alte Dame von gegenüber ihre sauberen Fensterscheiben. Ich vermied es, mich umzudrehen, um die Tür hinter mir abzuschließen, sondern zog sie nur am Griff zu. Der Wagen stand zwanzig Meter weiter.

Mit schnellem Schritt überquerte ich die Straße. Bevor ich mich hinters Lenkrad setzte, ging ich einmal um das Auto herum und kontrollierte es oberflächlich. Ich konnte nichts Verdächtiges bemerken, selbst wenn ich gewußt hätte, wonach ich suchen sollte. Während der ganzen Fahrt blickte ich immer wieder abrupt in den Rückspiegel und bremste oder gab vor den Ampeln Gas, die ich jedesmal, wenn es ging, bei Gelb überfuhr. Die CZ hatte ich neben mich auf den Beifahrersitz gelegt.

Niemand sagte mir guten Tag, als ich das Büro betrat. Der Raum war leer. Die überhitzte Maschine, die schon ihren ganzen Kaffee ausgespuckt hatte, spie Wasserdampf, der die Fenster beschlagen ließ. Auf der Schreibunterlage Trientjes stand eine halbvolle Tasse des heißen Gebräus. Pierres Telefon klingelte beharrlich und umsonst. Neben dem Apparat lag Danton auf einer Keksdose und starrte mich böse an. Ein alter zusammengefalteter Haftbefehl, der zwischen zwei Seiten seines *Tragischen Lebens* geschoben war, diente als Lesezeichen.

Mir wurde gerade die Zeit lang – und ich begann mich zu fragen, was hier eigentlich los war –, als Ferraoui die Tür aufstieß.

»Ach, Sie sind da, Inspektor! Wir sind alle im dritten Stock. Wenn Sie mir bitte folgen möchten ...«

Er trat zur Seite und wartete, bis ich draußen war, um die Tür hinter mir zu schließen.

»Effizient und nicht alltäglich ...«, sagte Sébastien noch einmal im Aufstehen. Er blickte in die Runde und begann dann bedächtig auf dem Podium auf und ab zu gehen, als suche er nach Worten.

»... Soweit man bei einem Ausbruch überhaupt von Alltäglichkeit sprechen kann ...«

Marlaire, der auf einem Tisch saß, tat offenbar der Hintern weh, denn er verlagerte sein Gewicht andauernd von einer Backe auf die andere. Neben ihm saß kerzengerade Ferraoui und notierte Seite um Seite in seinem Block. Ich bemerkte, daß sein Bleistift sich von links nach rechts bewegte und nicht umgekehrt.

»Jedenfalls, wer bei dieser Geschichte noch am besten wegkommt, das sind die Mediziner ...«

Ich wandte den Kopf. Am hinteren Ende des Raums hockte Trientje auf dem umgedrehten Übertopf des verstorbenen Gummibaums und sah den grauen Wolken nach, die hinter dem Fenster am Himmel aufzogen. Da die ganze Mannschaft beisammen war, waren die Stühle im Konferenzraum knapp. Pierre stand neben der Tür, gegen die Wand gelehnt, und flüsterte mit Cyriel Walsschaert, dem flämischen Alter ego Sébastiens.

»Nach allem, was wir wissen, können wir davon ausgehen, daß Donato wieder voll beweglich ist: Gegen zwei Uhr morgens hat unser Freund nach der Nachtschwester geklingelt und sie dann überwältigt. Dann hat er ihr die Schwesterntracht ausgezogen, sie ins Bett gesteckt und säuberlich mit sämtlichen elastischen Binden gefesselt, die er finden konnte. Danach scheint er sich den Schnurrbart abrasiert zu haben und im weißen Kittel, mit Häubchen, Auspolsterungen an den richtigen Stellen und Holzpantinen an den Füßen hinausgegangen zu sein. Der Korridor war dunkel. Das Mädchen hatte kurzes schwarzes Haar. Donato ist nicht eben dick und eher schmal gebaut. Dem Gendarm ist bei der schlechten Beleuchtung nichts aufgefallen. Jedenfalls behauptet er das ...«

Sébastien überflog eine Seite des Berichts. »... Rizzoli, Sandra. So heißt die Schwester. Italienerinnen sind offenbar nicht sein Typ.«

»Wir sollten aber vielleicht doch eine Personenüberprüfung veranlassen«, schlug ein Inspektor irgendwo in den vorderen Reihen vor.

»Des Gendarmen?«

»Nein, der Schwester.«

»Keine schlechte Idee ...«

Sébastien kritzelte etwas auf einen Notizblock. »Mit einem Wort, trotz aller Anstrengungen hat die Schwester sich nicht selbst befreien können und mit der Rolle Leukoplast, die Donato ihr auf den Mund geklebt hatte, hatte sie auch gewisse Schwierigkeiten, sich verständlich zu machen. Der Pfleger von der Frühschicht hat sie heute morgen bei seinem Dienstantritt gefunden. Dieser Galan hat sich übrigens nicht getraut, sie loszubinden oder ihr das Leukoplast abzureißen. *Wegen der eventuellen Indizien* – ich erfinde nichts, das steht wortwörtlich im Bericht. Und damit dieser historische Moment erhalten bleibt, hat der Laborfotograf obendrein noch ein paar Bilder geschossen. Der Blödmann hat Glück, wenn sie ihn nicht verklagt.«

Um seine Worte zu unterstreichen oder – was ich ziemlich fehl am Platze fand – die Atmosphäre aufzulockern, zeigte Sébastien eines der Fotos herum. Von da, wo ich mich befand, war es schwer, etwas Genaues zu erkennen. Eine junge Frau in himmelblauer Unterwäsche lag mit den Händen auf dem Rücken gefesselt auf dem Bauch und starrte, ein breites beiges Viereck auf dem Mund, mit verzweifeltem Blick in die Kamera.

»He, he! Nicht schlecht gebaut, die Kleine!« kommentierte Marlaire. »Könnte man das denn nicht an ein Bondage-Magazin verkaufen? Um die Kaffeekasse aufzufüllen!«

Er hatte früher einmal bei der Sitte gearbeitet. Einige Kollegen lachten höflich.

»Was für ein Magazin?« fragte Trientje von hinten.

»Vergiß es, Verhaert, das ist was für große Jungs.«

Trientje zog die Nase hoch und verschränkte die Arme.

*»Grote Lullen, zeker«**, brummelte sie.

Ein paar Flamen brachen in Gelächter aus, die anderen grinsten vielsagend. Marlaire reagierte nicht.

Sébastien, der sie ebensowenig verstanden hatte, fuhr fort:

»Bevor er über die Notaufnahme das Krankenhaus verließ, hat Donato eindeutige schriftliche Drohungen hinterlassen ...«

Das allgemeine Gemurmel erstarb.

»... und zwar gegen die hier anwesenden Inspektoren Verhaert und Dussert. Der Grund dafür scheint mir klar ...«

Die allseitigen respekt- oder mitleidsvollen Blicke der Kollegen waren mir unangenehm. Ich suchte nach dem von Trientje. Aber die vorüberziehenden Wolken vor dem Fenster nahmen wieder ihre gesamte Aufmerksamkeit gefangen.

»Von jetzt an stehen beide unter verschärftem Personenschutz, dessen Einzelheiten hier nichts zur Sache tun ...«

Kein Zauberkunststück, sie zu erraten. Heute abend würden zwei Schlümpfe in Zivil von der Spezialeinheit vor meiner Haustür kampieren. Hauptsache, sie schießen den Briefträger nicht ab, dachte ich mit einer gewissen Boshaftigkeit – aber irgendein Erkennungscode würde schon existieren zwischen Uniformträgern, selbst wenn sie ihre Schirmmützen nicht bei sich hatten.

* Unübertragbares Wortspiel, kann sowohl »große Idioten« als auch »große Eier« heißen.

»... Überflüssig zu betonen, daß ab jetzt und bis der Alarm abgeblasen wird, diese Geschichte Vorrang vor allen anderen hat. Die Jagd beginnt. Wir werden dennoch nichts überstürzen. Während der Abwesenheit des Hauptkommissars werden Cyriel Wallsschaert und ich selbst jede Aktion koordinieren, die in den nächsten Tagen stattfindet oder geplant wird ...«

Er packte seine Papiere zusammen und wischte sich die Stirn.

»... Das wäre alles. Ich danke Ihnen.«

Mit diesen Worten stand er auf und gab damit das Signal zum Aufbruch. Stühle wurden gerückt. Leise Unterhaltungen, in die sich hier und da ein Lachen mischte, erfüllten den Raum. Ich sah mich nach Trientje um. Aber klein, wie sie war, konnte ich sie in dem Getümmel nicht ausmachen. Kurz vor der Tür hielt Sébastien mich auf.

»Bleib da. Wir müssen uns unterhalten.«

Um nicht im Weg zu stehen, stiegen wir auf die Empore. Der Konferenzraum leerte sich rasch. Es blieb Massard, der mit geballten Fäusten auf seinem Stuhl schlief; sein Doppelkinn ruhte auf seiner Brust. Die Stille weckte ihn auf. Er klapperte mehrmals mit den Wimpern, hob, erstaunt über unsere Anwesenheit, die Brauen, murmelte ein paar entschuldigende Worte und schlich davon, wobei er vergaß, die Tür hinter sich zu schließen. Sébastien tat es für ihn.

»Kann man diese Drohungen mal sehen?« fragte ich.

Er nickte, blätterte in seiner Akte und zog ein unbeschriebenes Fieberkurven-Formular hervor, das von einem Bettrand abgerissen worden war. Auf die Rückseite war in roten Großbuchstaben gekritzelt: »Verhaert, Dussert, bis bald! Dann ist Zahltag!«

Ich gab ihm den Zettel zurück.

»Seltsam«, bemerkte ich.

»Findest du?«

Ich zog einen Stuhl heran und setzte mich ihm gegenüber.

»Nicht sein Stil«, präzisierte ich.

Er lächelte ironisch.

»Und das sagst gerade du? Nur zur Erinnerung: Der Typ hat dich um ein Haar umgebracht. Wenn Catherine nicht gewesen wäre ...«

Sébastien spannte das Gummiband um die Mappe und legte sie auf den Tisch.

»Jedenfalls habe ich keine Lust, es darauf ankommen zu lassen«, sagte er.

Dann kratzte er sich nervös die Nase. »Gleich morgen früh verschwindet ihr beiden hier, du und Catherine. Augenblicklich ist es mir lieber, ihr seid so weit wie möglich fort von hier.«

Ich schreckte zusammen. »Und das heißt ...?«

»Daß ich euch nach Heidelberg schicke. Ihr werdet dort erwartet. Daubie hat alle Papiere für das Rechtshilfeersuchen unterzeichnet, und euer Hotel ist bereits reserviert. Catherine muß sich nur noch um einige praktische Details kümmern.«

Der anonyme Brief, dachte ich. Nicht vergessen, ihm davon zu berichten. Ich hatte ihn unten auf meinem Schreibtisch gelassen.

»Bis dahin beziehungsweise bis zur Grenze wird man sich um euch kümmern.«

»Wer, die Leute vom ESI*?«

»Genau. Sie wissen bereits alles über euch, bis hin zur Größe und Farbe deiner Unterhosen. Wenn man dir nachher folgt, beunruhige dich erst mal nicht allzusehr. Das sollten deine Schutzengel sein.«

»Von Gendarmen beschützt ... Das kann ja heiter werden.«

»Ging nicht anders, Alter. Gehört zu deren Aufgaben. Jedem das seine ...«

Er war immerhin so taktvoll, das Thema nicht weiter zu vertiefen. Also insistierte ich nicht weiter.

»Aber vor eurer Abreise müssen wir noch Bestandsaufnahme machen.«

»Des Hubermann-Falls?«

»Natürlich. Ihr fahrt nicht in die Ferien, falls es das ist, was du gehofft hast.«

Ferien. Bis dato hatten weder ich noch Aline das Thema angeschnitten. Vermutlich war es dazu zu früh. Dennoch wollte ich

* Escadron Spécial d'Intervention – Spezialeinheit zur Bekämpfung des Terrorismus.

sie nicht ohne sie verbringen. Insgeheim machte ich mir so meine Gedanken zu dem Thema und freute mich darauf, sie ihr zu präsentieren, sobald der Moment günstig wäre.

»Spielen wir Pingpong?«

Ich nickte.

»Wer schlägt auf?« fragte Sébastien.

»Du«, antwortete ich aus Faulheit und um den Weg des geringsten Widerstands zu gehen. Aber bevor wir unseren verbalen Ballwechsel begannen, erzählte ich ihm doch von meiner morgendlichen Entdeckung.

»Das paßt«, bemerkte er.

»Das paßt? Findest du?«

»Zumindest bestätigt es, was ich mir bereits dachte. Wir haben einen erstklassigen Informanten.«

»Die Sache gefällt mir nicht.«

»Das verlangt auch keiner. Wichtig ist nicht, was er uns glauben machen will, sondern was er uns unwillentlich verrät, egal wie intelligent er auch sein mag – und das ist er. Darüber hinaus mache ich mir keine großen Sorgen. Wir werden schon noch den richtigen Platz für ihn im Gesamtbild finden, ob ihm das gefällt oder nicht.«

»Ich kann dir nicht ganz folgen, oder jedenfalls nur ziemlich vage.«

Macht nichts, schien sein Blick mir zu sagen. Er rieb sich die Hände und rückte seinen Stuhl heran.

»Also, spielen wir Pingpong?«

»Ja, spielen wir Pingpong.«

»Fertig?«

»Fertig.«

»Hubermann, wie gesagt ... Was macht er?«

»Ankunft Brüssel, Zentralbahnhof, gegen siebzehn Uhr. Reist erster Klasse über Koblenz und Köln. Kauf einer Wagner-Biografie in einer englischen Buchhandlung kurz vor achtzehn Uhr.«

»Nicht aufgefundenes Indiz.«

»Exakt.«

»Wird nicht so bleiben. Ich wette, es ist im Besitz *unseres Freundes.*«

»Du schweifst ab.«

»Stimmt. Ein Punkt für dich.«

Sébastiens Piepser klingelte. Er nahm den Telefonhörer ab und wählte eine Nummer.

»Delcominette?«

Es war Trientje. Die mußte man nicht auffordern, sich kurz zu fassen. Er legte beinahe augenblicklich wieder auf.

»Bezüglich eurer Reise ist alles geregelt. Das heißt, bis auf eine Kleinigkeit … Wo waren wir stehengeblieben?«

»Du bist immer noch am Aufschlag«, sagte ich.

Er versuchte sich zu konzentrieren. »Nach der Buchhandlung?«

»Schnelles Abendessen in einem Restaurant bei der Börse. Dann, immer noch alleine, zwei Bier im *Imaige Nostre Dame*. Offenbar wartet er dort auf jemand, der nicht kommt.«

»Informationen über diesen eventuellen Jemand?«

»Keine. Leerer Terminkalender unter dem Datum des 24.«

»Danach?«

»Wird in der Toilette vor der Kneipe erschossen. Weder Augen- noch Ohrenzeugen.«

»Todeszeit?«

»Laut Gerichtsmediziner gegen zwanzig Uhr.«

»Modus operandi?«

»Vier blaue Bohnen, Kaliber 7.65, in den Wanst, aus nächster Nähe.«

»Waffe?«

»Unbekannt. Keine Hülsen. Nach den Pulverspuren auf dem Trench zu urteilen, ziemlich alte Munition.«

»Weitere Indizien?«

»Ein auf einen Zettel geschriebenes Wort. Wir wissen nicht, von wem, ob vom Opfer oder vom Mörder. Wahrscheinlich eher vom Opfer.«

»Danton …«

»Genau. Sowie eine gesprayte Inschrift. Eine Beleidigung auf Hebräisch. Falsch rum geschrieben.«

»Dieselbe wie die vom Mahnmal …«

»Du kommst schon wieder ab!«

»Stimmt. *Der Ball war im Aus*. Du wirst langsam gut. Du hast Aufschlag.«

Einen so kurzen Schlagabtausch hatte ich nicht vermutet.

»Mögliche Tatmotive?« begann ich.

»Eliminierung eines Revisionisten. Momentan die einzige Spur. Ohne jeden Zweifel eine Falle.«

»Verdächtige?«

»Israelischer Geheimdienst.«

»Überprüfung?«

»Durch den Staatsschutz. Wenig wahrscheinlich, sagen die. Das Opfer ist nicht auffällig genug, außerdem der Allgemeinheit unbekannt.«

»Andere Verdächtige?«

»Jüdische Aktivisten.«

»Überprüfung?«

»Ebenfalls durch den Staatsschutz. Vorerst ausgeschlossen. Es gibt kaum extremistische Aktivisten in ihren Akten.«

»Andere Verdächtige?«

»Revisionistisches oder neofaschistisches Milieu, aus Belgien oder dem übrigen Europa.«

»Überprüfung?«

»Schon wieder durch den Staatsschutz. Schon plausibler.«

»Gründe?«

»Interne Streitigkeiten zwischen den verschiedenen Strömungen. Hubermann schien dort ziemlich isoliert dazustehen. Außerdem handelt es sich hier um ein potentiell gewalttätiges Milieu: Skinheads, Autonome, Neonazis et cetera.«

»Sonstige Gründe?«

»Zimmern eines Märtyrers. Eliminierung eines möglichen Führungskaders. Oder besser noch alles beides: zwei Fliegen mit einer Klappe. Welche Interpretation man auch vorzieht, die hebräische Beleidigung paßt ins Bild. Wie du ganz richtig sagtest: Ein ›Schuhfall‹ ...«

Wir sahen uns an.

»Pause?« fragte er.

»Pause.«

Ich hatte Durst. Heute früh hatte Aline den Kaffee machen

wollen. Aber als Expertin für Tees aller Farben und Geschmacksrichtungen hatte sie sich in der Dosis verschätzt und uns ein bräunliches Wasser serviert, das ich nur höflicherweise getrunken hatte.

»Die Wochen gehen ins Land, aber dieser Fall stockt«, bemerkte Sébastien. »Es wird wirklich Zeit, daß wir einen Gang zulegen.«

»Wenn es möglich ist ...«

»Also wirklich, irgendwann wird diese Geschichte schon in Fahrt kommen, egal wie. Mit oder ohne die Hilfe *unseres Freundes*. Und wir werden, auf die Gefahr hin, uns zu irren, eine Wahl treffen müssen. Was hatte dieser Typ in Brüssel zu suchen? Wenn wir erst mal diese Frage beantwortet haben, dann wird sich alles von alleine auffädeln. Meine Nase sagt mir, daß eher die Rechtsextremen ihre Finger im Spiel haben ...«

»Pure Mutmaßung ...«

»Da geb' ich dir recht, aber wenn jemals irgend etwas davon in ihren Schmierblättchen durchsickert ... Wenn sie zum Beispiel Hubermanns Tod bekanntgeben ...«

»Dann natürlich ...«

»Dann wäre die Sache doch sonnenklar: Bis dato hat noch keiner Wind bekommen.«

»Da müßten sie aber ziemlich dämlich sein, oder?«

»Ganz genau: Die Dämlichkeit der Leute, Alter, das ist das einzige, was ich gelernt habe, nie zu unterschätzen.«

Es bestanden also alle Chancen, Hubermanns Identität noch einige Wochen geheimzuhalten.

»Wer liest die eigentlich, diese Käseblättchen?« fragte ich.

»Die Faschisten, nehme ich an ...«

»Klar, aber für uns ...?«

»Der Staatsschutz. Seit die russischen Spione und die Linken von der Bildfläche verschwunden sind, mußte der sich schließlich was Neues einfallen lassen. Falls du es nicht weißt: Verbreitung der sogenannten ›Auschwitzlüge‹ und Revisionismus sind Straftatbestände: Artikel 444 des Strafgesetzbuches, wenn ich mich nicht irre.«

Er stand auf und zog ein Päckchen Zigaretten aus der Innentasche seines Jacketts.

»Du rauchst zuviel, Seb«, bemerkte ich.

Er zuckte die Achseln.

»Und trotzdem . . .«

Sein Feuerzeug spie einen Haufen Funken, aber es leuchtete keine Flamme auf.

». . . habe ich bei dieser Geschichte . . .«

Endlich loderte die gelbe Flamme auf. Er zog an seiner Zigarette.

». . . das Gefühl, daß wir seit dem Beginn – wie soll ich sagen? – auf die völlig falsche Nummer setzen.«

Ich schreckte auf.

»Was sagtest du?«

Er warf mir einen erstaunten Blick zu.

»Daß wir aufs falsche Pferd setzen. Warum?«

Ich stand auf und stieß das Dachfenster auf.

»Nur so«, meinte ich.

Ich steckte den Kopf hinaus und holte tief Luft. Ein eisiger Wind blies einige Stücke toten Mooses, die sich von den Schindeln gelöst hatten, in die trockene Dachrinne.

»Nur so«, sagte ich noch einmal und schloß das Kippfenster. Sobald diese Unterredung vorüber war, mußte ich daran denken, Aline Bescheid zu sagen, daß sie mich in den nächsten Tagen nicht zurückerwarten solle. Sie deswegen vom Büro aus anzurufen schien mir heikel. Ich hoffte nur, sie wäre nicht zu enttäuscht. Aber ich wollte sie nicht in meine beruflichen Sorgen hineinziehen – oder anders gesagt, bei ihr in Begleitung von zwei Gorillas auftauchen –, und vor allem wollte ich sie auch nicht dem geringsten Risiko aussetzen.

»Übrigens, vorhin, das war nur Show«, sagte Sébastien.

»Nur Show? Was denn?«

»Der Hubermann-Fall läuft weiter wie bisher. Ich habe vor, Pierre und Marlaire darauf anzusetzen und so gut wie möglich voranzukommen. Um Donato zu schnappen, genügt der Rest der Brigade, davon abgesehen, daß die Gendarmen ja auch hinter ihm her sind. Sonst treten wir uns nur alle auf die Füße.«

Und legen uns gegenseitig lahm. Wie üblich.

»Können wir für die Reise den Volkswagen haben?«

»Tut mir leid«, sagte Sébastien. »Wir brauchen hier alle Autos.«

»Den Peugeot also?«

»Ich hab' dir doch schon gesagt: Nein. Seit du letztes Jahr den Citroën zu Schrott gefahren hast, sind wir mit Autos ein bißchen knapp dran.«

Ich seufzte.

»Nimm deinen, und reich hinterher eine Spesenrechnung ein«, schlug er vor.

»Geht nicht. Der kommt heute abend in die Werkstatt: Ich hab' so gut wie keine Stoßdämpfer mehr. Apropos, meinst du, die Gendarmen können Taxifahrer spielen und mich nach Hause bringen? Das käme mir ganz gelegen. Ihnen doch auch, oder?«

»Wenn du sie höflich darum bittest ... Aber um auf morgen zurückzukommen, ihr könntet ja auch den Zug nehmen, ihr bekommt natürlich nur keine Reservierung mehr ...«

Plötzlich hellte sich seine Miene auf, und ein seliges Lächeln spielte um seine Lippen. Er schnippte mit den Fingern und zwinkerte.

»Was das Auto betrifft, gibt es doch eine Lösung ...«, begann er.

Dieses Lächeln bedeutete nichts Gutes.

»He, warte mal, nicht so schnell ...«

Wirklich überhaupt nichts Gutes.

»Ich ahne, worauf du hinauswillst ...«

Eine überirdische Furcht krampfte mir den Magen zusammen.

»Du denkst doch nicht etwa im Ernst an ...?«

Sofern das überhaupt noch möglich war, wurde sein Grinsen noch etwas breiter.

»Nie im Leben! Das kannst du vergessen! Eher gehe ich zu Fuß!«

Zehntes Kapitel

Der Vorteil der Autobahn war nicht nur, daß man auf ihr schnell vorwärtskam – in einem Renault 4 übrigens ein sehr relativer Begriff –, sondern vor allem, daß man nicht schalten mußte. Der krückstockartige Ganghebel rechts auf dem Armaturenbrett mit seinem weißen Knauf versprach einige Abenteuer, sobald wir in eine Ortschaft kämen. Davon abgesehen und abgesehen von den plötzlich auftretenden Ausfällen der Zündung – deren es seit der Abfahrt drei gegeben hatte; ich kuppelte aus, und Trientje bastelte unter dem Armaturenbrett an den Drähten herum, bis der Kontakt wieder da war –, vom Geschepper des Auspuffs abgesehen und der Tatsache, daß meine Knie das Lenkrad blockierten, gestaltete das Fahren sich beinahe erträglich. Nach vier Stunden kamen wir endlich an Bad Kreuznach vorbei. Über den schwarzen, fichtenbewachsenen Hügeln vermochte die Sonne genau wie unsere Tachonadel bereits nicht mehr höher zu steigen.

Wie üblich hatte ich Trientje nicht zweimal fragen müssen, um ans Steuer zu dürfen. (»Ich fahre nicht gerne, wenn ich Absätze trage«, hatte sie sich diesmal herausgeredet). Allerdings hatte sie eine Handtasche mitgenommen, zusätzlicher Beweis, daß sie sich schwer in Schale geworfen hatte. Leider, und vermutlich um sich für das bevorstehende Verlassenwerden zu rächen, hatte Schubert kurzfristig seine Vorliebe für Sessel vergessen und, mal was Neues, die nutzlose Schärfe seiner Krallen einer verbürgerlichten Hauskatze an der Handtasche getestet. Von diesem Detail abgesehen, fand ich Trientje unerwartet schick mit ihrem knappen pflaumenfarbenen Spenzer und ihren schwarzen Lederstiefeln.

Auf der Höhe von Aachen hatte ich erfahren, daß diese letzteren (»Sie sind ein bißchen zu weit. Wenn ich gehe, tun mir die Füße weh.«) für den Anlaß ausgeliehen waren und einer Cousine gehörten; kurz vor Köln, daß sie die größte Mühe gehabt hatte, ein zu ihrer Jacke passendes Gummiband für ihr Haar zu finden (»Wie heißt das noch mal auf französisch? – Ein Chouchou, glaube ich«); und während wir an Koblenz vorbeifuhren schließlich, daß das (»Findest du nicht?«) ein idiotischer Ausdruck sei – ich war ganz ihrer Meinung.

Mit einem Wort: eine völlig normale Konversation – Klamotten und Musik; ohnehin waren das die einzigen Themen, die sie beredt machten.

Über Donato jedoch kein Wort.

Wieder einmal behielt ich die Beobachtung für mich, daß auf ihrer linken Wade eine Laufmasche ihren verhängnisvollen Weg nach oben begonnen hatte. Dabei konnte es sich angesichts des neuen Farbtons – ein ins Bordeauxrot spielendes Granat – nicht um die Weihnachtsstrumpfhose handeln, die vermutlich längst den Weg alles Irdischen gegangen war. Schubert, den ich zunächst verdächtigt hatte, schied allerdings als Täter aus. Seine Ledergravuren bewiesen, daß er einen etwas heftigeren Strich hatte.

Was in Trientjes Auto noch am besten funktionierte, war der Kassettenrecorder, vorausgesetzt, man drehte die Lautstärke voll auf. Als ich am Vorabend mit meinen beiden Gendarmen aus der Autowerkstatt zurückgekommen war, hatte ich den Wunsch geäußert, bei der Mediathek vorbeizufahren, um ein paar Platten auszuleihen. Meine Schutzengel, die zwar sehr dienstbeflissen, aber in diesem Fall nicht päpstlicher als der Papst waren, hatten sich dieser plötzlichen Laune anstandslos gefügt. Der junge Polizeibeamte, der für meine Sicherheit zuständig war, trieb als eingefleischter Profi seine Sorge sogar so weit, mir bis in die Klassik-Abteilung zu folgen. Dort überraschte er mich angenehm mit einem Gespräch über die Meriten Schuberts (des Komponisten, nicht des Katers) und Schumanns. Bis dahin war ich einem weitverbreiteten Klischee aufgesessen und hatte geglaubt, daß Gendarmen an Musik nur Militärmärsche und Akkordeonweisen mochten.

Allerdings – das sei zu meiner Ehrenrettung gesagt – kannte er die Werke Alkans nicht, ganz im Gegensatz zu Trientje, die als Preisträgerin des Konservatoriums (und zu meiner heimlichen Enttäuschung) sich nicht einmal genötigt fühlte, angesichts meiner eklektizistischen Plattenwahl das geringste Erstaunen zu äußern. Die Kassette lief seit zwei Stunden wieder und wieder ab. Als wolle er sich über unsere gegenwärtige Odyssee lustig machen, beschallte der Lautsprecher den Innenraum mit den freudig hüpfenden Akkorden der *Chemin de fer*, die ich am Vorabend zugleich mit den *Esquisses* und den *Impromptus* aufgenommen hatte.

Entartete Musik, hätte Professor Hubermann wohl behauptet. Denn Alkan war Jude, und, laut der Legende, die sich um seinen Tod rankte – und die bekannter war als sein Werk; vor dieser Ausleihe hatte ich nie die Gelegenheit gehabt, auch nur einen Takt davon zu hören, und nur der Besuch bei Zylberstein hatte aus gänzlich nebensächlichen Gründen meine verspätete Neugier wachgerufen –, war Alkan sein Bücherschrank auf den Schädel gefallen, als er ein Exemplar des Talmuds konsultieren wollte, das unglücklicherweise im obersten Fach des Möbels stand.

»Und deine Übersetzung? Kommst du voran?«

Ich drückte das Gaspedal bis zum Anschlag durch, um einen Schweinetransporter zu überholen. Das Manöver, an einer Steigung begonnen, nahm eine gewisse Zeit in Anspruch und provozierte ein deutsches Hupkonzert hinter uns sowie einen Anflug von Panik bei den Schweinen.

»Nicht sehr viel, aber immerhin«, sagte ich.

Ein blaues Schild auf der rechten Straßenseite zeigte Heidelberg in weniger als hundert Kilometern an.

»Kann man was lesen?«

Der Fahrgastraum stank nach Benzin. Ich schob das Fenster ein Stück auf.

»Die grüne Mappe auf der Rückbank ...«

Trientjes Arm war nicht lang genug. Sie schnallte ihren Sicherheitsgurt ab, kniete sich auf den Sitz und wühlte in dem Durcheinander auf der Rückbank. Der Renault schwankte bedenklich. Schließlich hatte sie die Pappmappe gefunden.

»Hast du sie?«

Sie schnallte sich wieder an. Ich blickte nach vorn.

Um diese Uhrzeit würde Aline gerade einen Teller Pasta oder Rohkost in der Institutskantine verzehren. Ob sie wohl an mich dachte? Nicht unbedingt. Gestern abend war sie zwar angesichts der Kürze meiner Antworten etwas beunruhigt gewesen, die der Abstand, den ein Telefongespräch ganz automatisch schafft, noch ausweichender machte, hatte aber nicht weiter gebohrt und mich lediglich gebeten »gut auf mich aufzupassen« und »schnell wiederzukommen«. »Das heißt, wenn du kannst«, hatte sie mit ruhiger Stimme hinzugefügt, bevor sie auflegte.

Auf einem Rastplatz in der Nähe von Worms – in der Ferne konnte man unter der niedrigen Wolkendecke die Türme des Doms erahnen – packte Trientje den Imbiß aus, den sie uns bereitet hatte und der aus einer Thermoskanne Kaffee bestand und der Hauptingredienz eines jeden flämischen Picknicks, einem großen Päckchen (denn ich gelte als guter Esser) mit gebuttertem Spekulatius.

Würg.

Bei der Ankunft in Heidelberg übten wir uns in einer Fahrtechnik, die dazu dienen sollte, uns ohne Getriebeschaden bis ans Ziel der Reise zu bringen. Dazu brauchte es ein Minimum an Synchronität: Ich kuppelte, Trientje schaltete. Auf diese Weise kamen wir bis in Sichtweite der Alten Brücke, wo uns, laut Vereinbarung (sofern es nicht schneite oder regnete) der Kontaktmann des BKA erwarten sollte, ein Inspektor namens Paul Erhard.

Da mir daran gelegen war, daß wir uns nicht unnötig lächerlich machten, parkte ich den Renault so weit wie möglich von der Brücke entfernt, auf dem ersten freien Platz, den ich entlang der Neuenheimer Landstraße fand. Während Trientje meine Entwürfe wieder verstaute, stieg ich aus und überquerte die Straße.

Zu meiner Freude, endlich die Beine ausstrecken zu können, gesellte sich noch die hinzu, eine meiner Lieblingsstädte wiederzusehen. Heidelberg gehörte aufgrund seiner Anlage – schieferfarbener Fluß in einem Tal, steinerne, wie ein Lettner ausgeschmückte Brücke, ein Schloß, das sich hoch über die barocke Stadt zu seinen Füßen erhebt – gemeinsam mit einigen anderen Städten des alten Mitteleuropa zu jenen, die ich meine »kleinen Prags« nannte. Weniger majestätisch natürlich, gewiß auch weniger magisch, aber dafür näher, so daß man spontan beschließen konnte, hinzufahren und binnen eines Tages dort war. Ziele kleiner Spritztouren, um einen plötzlichen und unbezähmbaren Hunger auf *Anderswo* zu befriedigen; Stätten, wollte mir scheinen, in denen die Zeit nicht wie an anderen Orten verging, wo Zeit nicht alles war, wo jede Abenddämmerung Jahrhunderte währte, wo die Toten sich bemühten, nie gänzlich zu sterben, wo man keine Angst vor dem Altwerden haben mußte, weil das Alter nicht mehr zählte, weder das der Steine noch das der Menschen. Ja, ich liebte diese Städte, deren Seele fast vollständig in ihren Brücken enthalten ist, diesen unbeweglichen Tribünen, die inmitten der ewigen Vorwärtsbewegung der Flüsse und des Winds fest verankert stehen und bevorzugter Aussichtspunkt all jener sind, die sich, sei es aus einer Laune heraus, aus Sehnsucht oder aus Müdigkeit, entschieden haben, ihre Koffer einen Augenblick lang irgendwo in der Welt abzustellen.

Heidelberg im Januar, das war neu für mich. Die Stadt hatte ihren dunkelgrünen Schimmer verloren. Oberhalb des Flusses klammerten die Schloßterrassen sich an Abhänge, aus denen stachlig nackte Bäume ragten, deren Zweige ein graues Gitter bildeten, das hier und da mit hellbraunen Flecken besetzt war. Ich hatte mich gegen eine Platane gelehnt. Soweit mein Auge reichte, sog ich mit Blicken das rote Heidelberg in mich auf, eine Stadt aus Backstein, das kaum einmal vom weißen Glanz der Fachwerkgiebel unterbrochen wurde; vor allem aber die beiden makellosen Türme der Alten Brücke, die in der klaren Winterluft leuchteten. Zwischen den Pfosten des Brückengeländers aneinandergedrängt, träumten einige schweigsame Möwen von der Ostsee und überwachten dabei mit gelangweilten Blicken die wenigen Kähne, die noch den glatten, schläfrigen Neckar hinabglitten, der momentan von allen Vergnügungsschiffen verlassen war.

Laut der Angaben in seinem Personalausweis mußte Rüdiger Hubermanns Heim irgendwo hinter uns liegen, unterhalb des Philosophenwegs, in einer steilen kleinen Gasse, die nach dem Dichter Hölderlin benannt war – ich hatte auf dem Stadtplan nachgesehen. Sinnlos, mich dafür umzudrehen. Obwohl man das Haus vielleicht von hier aus sehen konnte, erlaubten meine Informationen mir wohl nicht, es mit Sicherheit in der waldigen Villengegend des rechten Ufers auszumachen.

(»Was ist, kommst du?«)

Sie hatte den Mund nicht geöffnet, aber ich verstand auch so. Mit verschränkten Armen wartete Trientje darauf, daß ich mich in Bewegung setzte. Bei genauer Überlegung war meine Übersetzung allerdings zu vage. Wenn ihre Haltung tatsächlich etwas ausdrückte, dann nicht so sehr Ungeduld als vielleicht vielmehr den Wunsch, sich an eine Vereinbarung zu halten – was allerdings bei Lichte besehen auch wieder aufs gleiche hinauslief.

»Ich komme«, sagte ich und ließ meine Platane Platane sein.

Wir gingen auf die Brücke zu. Trientje voraus. Für alle Fälle zog ich meinen Krawattenknoten unter dem Schal straff. (Krawatten sind eine schreckliche Erfindung. Ich frage mich, welchem Masochisten wir wohl dieses Accessoire zu verdanken haben, das bis dato noch von keiner Mode über Bord geworfen worden ist.)

»Wie sieht er eigentlich aus, unser Mann?« fragte ich.

»Weiß nicht.«

»Ach! Und wie sollen wir ihn dann finden?«

»Er wird mich erkennen. Das ist nicht schwer.«

Sollte ich dagegen Bedenken erheben? Da die Antwort nicht ganz leicht war, zog ich es vor, das Thema zu wechseln:

»Vergiß nicht, daß du diesmal das Reden besorgen mußt.«

Was das betraf, ließ die Erfahrung mich Böses ahnen. »Ausnahmsweise«, hätte ich, um genau zu sein, hinzufügen müssen.

Ein Bataillon asiatischer Touristen, die gerade den Fluß überquerten, um in die Andenkenläden einzufallen, besetzte den Brückenkopf. Vermutlich zu Übungszwecken wurde bereits in alle Richtungen geknipst. Das Schloß und die Heilig-Geist-Kirche mußten am häufigsten dran glauben. Angesichts seines eher hohen Wuchses, seiner relativen Blässe und weil er keinen Fotoapparat um den Hals hatte, hielt ich ihn zunächst für den Reiseleiter: Mit eingezogenem Kopf, um möglichst von keiner Kamera erwischt zu werden, faltete ein Mann im flaschengrünen Lodenmantel seine Zeitung zusammen und kam auf uns zu. Sobald er vor uns stand, zögerte er ein wenig.

»Entschuldigen Sie bitte ... Inspektor Verhaert?«

Trientje öffnete den Mund und sah mich an.

Darauf hätte ich wetten können.

»Herr Erhard?« fragte ich etwas überrumpelt.

»Inspektor Dussert, nehme ich an?«

»Ganz recht. Barthélemy Dussert. Guten Tag.«

»Sehr angenehm. Paul Erhard.«

Trientje preßte irgend etwas zwischen ihren Lippen hervor. Der Mann zog seinen Handschuh aus, deutete eine Art Diener an und berührte sachte ihre Fingerspitzen – beinahe eine Art Handkuß –, dann schüttelte er mir kräftig, aber dennoch mit einer gewissen Zurückhaltung die Hand. Sein Haar war schwarz, dicht und kurz geschnitten, der Oberkörper gerade, in der Mitte des kräftigen Kinns saß ein Grübchen, er konnte nicht älter als vierzig sein. Jedenfalls stand diesem Mann seine Distinguiertheit ins Gesicht geschrieben, wenn nicht gar seine Ehrlichkeit.

»Wie pünktlich Sie sind! Ich hatte nicht mal Zeit, einen Artikel anzufangen. Haben Sie eine angenehme Reise gehabt?«

Trientje wirkte, als suche sie nach einer passenden Antwort, gab es dann aber auf.

»Jedenfalls sind wir angekommen, das ist die Hauptsache«, antwortete ich.

»Nicht zu müde?«

»Ach wo, die vierhundert Kilometer sind doch nicht der Rede wert ... Wir sind ja so gut wie Nachbarn, nicht wahr?«

»Sie ahnen gar nicht, wie recht Sie in diesem Punkt haben, Monsieur Dussert. Meine Familie kommt aus Monschau – oder Montjoie, wenn Ihnen das lieber ist.«

»Ach ja? Also beinahe belgisch.«

»Ja, beinahe.«

Paul Erhard unterbrach sich. Von der Pause profitierend, trat ein japanischer Tourist an ihn heran und fragte in förmlichem Englisch, ob er wohl bereit wäre, eine Aufnahme seiner kleinen Familie zu machen, mit dem Schloß im Hintergrund.

Erhard kam dieser Bitte sogleich nach *(»Of course!«)*, stellte den Apparat sorgfältig ein und drückte mit abgespreiztem kleinen Finger auf den Auslöser, um die Kamera dann lächelnd wieder ihrem Eigentümer auszuhändigen.

»Etwas anderes, Sie sprechen doch beide französisch?«

Der Moment schien mir gekommen, Trientje etwas auflaufen zu lassen. Daher nahm ein Schwarm Möwen meine ganze Aufmerksamkeit gefangen.

»Hmm . . .«

Sie kratzte ihre Narbe. Paul Erhard trug eine heitere Miene zur Schau, die ganz offenbar nichts und niemand von seinem Gesicht verscheuchen konnte. In diesem Stadium, dachte ich bei mir, kann man schon nicht mehr von Höflichkeit reden, eher von Unterwürfigkeit – oder aber von einem nervösen Tic.

»Ja«, entschied sie endlich.

(Schulterzucken, was bedeutete: »Ist einfacher so.« Ich bestätigte das nickend.)

»Bestens. Werden wir uns also ans Französische halten. Ausgezeichnete Übung für mich. Aber bevor wir mit den ernsten Dingen beginnen, möchten Sie vielleicht Ihr Gepäck ins Hotel bringen?«

Was die praktischen Details betraf, zog ich es vor, die Initiative meiner Kollegin zu überlassen. Trientje schüttelte den Kopf.

(»Nicht nötig.«)

»Später«, sagte ich.

Erhard zog seinen Handschuh wieder an und schlug den Kragen seines Lodenmantels hoch.

»Sehr schön, machen wir uns also auf den Weg!« sagte er.

Eins schien mir sicher: Mit einem solchen Führer würden wir keine Zeit mit Nebensächlichkeiten verlieren. Tourismus stand nicht auf dem Programm. In seinem Gefolge überquerten wir wiederum die Straße. Er schlug den Weg nach rechts ein, Richtung Ziegelhausen.

»Apropos, was den Fall betrifft, der Sie hierherführt, Sie haben doch mein Dossier, das ich nach Brüssel geschickt habe, erhalten?«

»Ihr Dossier?« fragte ich erstaunt.

Erhard kraulte sich ebenso verblüfft das Kinn.

»So? Komisch. Dabei ist es vor zwei Wochen mit Eilpost abgegangen ...«

»Und an welche Stelle adressiert?«

»Nun ja ... an unsere übliche Kontaktadresse, nehme ich an. Warten Sie mal ... Ehrlich gesagt, ich habe nie einen persönlichen Kontakt gehabt. Ich muß das bei der Versandstelle nachprüfen.«

»Sparen Sie sich die Mühe. Ich gestehe Ihnen das nur ungern, aber die Organisation ist nicht unsere stärkste Seite. Manchmal ist es sogar zum Verzweifeln.«

Da muß Sébastien ran, dachte ich. Vermutlich war das Dossier irgendwo auf dem Weg durch die Hierarchie hängengeblieben. Irgendwo oben wahrscheinlich. In Hoflycks Ablage? Nicht auszuschließen. Während seiner Abwesenheit staute sich die offizielle Post dort gerne – und von seiten Massards, der für die Verteilung verantwortlich zeichnete, wäre das nicht der erste Schnitzer. Außerdem dürfte die untergeordnete Wichtigkeit, die der Fall zunächst besessen hatte, eine verhängnisvolle Rolle gespielt haben.

»Nicht weiter schlimm«, schloß Erhard. »Erinnern Sie mich heute abend dran, daß ich Ihnen eine Kopie gebe. Die Akte enthält alles, was wir über Professor Hubermann wissen, einschließlich einer ganz aktuellen Befragung der ihm Nahestehenden, ehemalige Kollegen und Studenten, sowie einer vollständigen Aufstellung seiner letzten Bücher, Artikel, Reden und sonstigen Äußerungen. Aber wenn Sie wünschen, können Sie selbstverständlich auch persönlich weitere Verhöre durchführen. Fragen genügt. Ich bin auch dafür hier. Haben Sie vor, mehrere Tage in Heidelberg zu bleiben?«

»Ich weiß noch nicht. Wir werden sehen, ob wir vorankommen, wie schnell und in welcher Richtung.«

»Vor allem scheuen Sie sich nicht, mir sämtliche Fragen zu stellen, die Ihnen in den Sinn kommen. Ohne mich irgendwie damit brüsten zu wollen, darf ich sagen, daß ich wohl am ehesten die Antworten darauf kenne. Ich kümmere mich schon sehr lange um die Akte Hubermann.«

»Schon sehr lange, sagen Sie? Und in welchem Zusammenhang? Natürlich nur, falls meine Frage nicht indiskret ist.«

»Oh, aber keineswegs, Monsieur Dussert! Wissen Sie, die Akte Hubermann existiert nicht erst seit gestern. Denn der Herr Professor hat schon lange, bevor er sich bei Ihnen in Brüssel ermorden ließ, unsere Aufmerksamkeit erregt. Sie müssen wissen, daß der Revisionismus und seine verschiedenen Spielarten hier bei uns Straftatbestände sind – Sie werden verstehen, wieso, ich muß wohl nicht ins Detail gehen. So ist vor vier Jahren, und zwar auf die Empfehlung verschiedener Dienste hin, darunter des meinen, ein *Berufsverbot* über Herrn Hubermann verhängt worden ... wie nennt man das auf französisch?«

»Beroepsverbod. Interdiction professionelle.«

Drei Worte. Sehr lobenswert, Trientje. Immerhin, in zwei Sprachen – aber das war schließlich einer der Gründe ihrer Anwesenheit hier.

»Genau ... Mit einem Wort, er ist von seinem Universitätsposten entfernt worden, außerdem wurden ihm sind sämtliche Bezüge gestrichen. Der Schlag war ziemlich hart und scheint ihn denn auch völlig unvorbereitet getroffen zu haben. Man muß dazusagen, daß Professor Hubermann vor dieser Geschichte einen zwar nicht weitreichenden, aber guten Ruf hatte, vor allem im Ausland, in gewissen angelsächsischen Kreisen.«

»Und wovon hat er seither gelebt?«

»Privatvermögen. Sie werden verstehen, was ich meine, sobald Sie das Haus sehen. Diese Tatsache hat mir damals die Entscheidung etwas erleichtert, denn ich habe mich ja, wie man so schön sagt, verantworten müssen. Angesichts der Schwere der Anschuldigungen, mußte ich eine hieb- und stichfeste Akte zusammenstellen. Deswegen kenne ich den Fall auch so gut. Aber trotzdem, jemandem seine Arbeit wegzunehmen, gehört nicht gerade zu den angenehmsten Jobs. Auch wenn man sich noch so sehr hinter den Vorschriften und Gesetzen versteckt und sich sagt, daß die Entscheidung ja allein beim Richter liegt ... Und zusätzlich wurde alles dadurch kompliziert, daß der Professor gerade seine Frau und seinen Sohn bei einem Autounfall verloren hatte. Sie können sich denken, was das für eine Gewissensfrage war, nicht wahr? Unter uns, ich war immer der Meinung, daß damals seine Probleme erst wirklich angefangen haben. Je länger ich darüber nachdenke, desto mehr glaube ich, daß er an diesem Punkt ausgerastet ist. Aber es hätte auch noch schlimmer kommen können. An Beispielen dafür mangelt es nicht.«

Er blieb stehen und deutete auf einen Durchgang zwischen zwei Häusern.

»Folgen Sie mir, da geht es lang.«

Man mußte eine Steigung hinauf, um zum Hölderlinweg zu kommen, und zwar über eine ziemlich steile Treppe, die aus demselben rötlichen Stein gehauen war wie die Häuser der Altstadt und die den Hügel hinaufführte. Erhard ging voran. Trientje folgte ihm. Nach zwei Stufen blieb sie stehen und warf einen Blick über die Schulter zurück.

(»Schaffst du's?«)

Ich nickte und bedeutete ihr, weiterzugehen und sich nicht um mich zu kümmern. Unter dem steifen Äußeren eines preußischen Junkers verbarg sich bei Erhard ein durchtrainierter Sportler, oder zumindest hatte er keine Angst vor Treppen. Mit federnden Schritten stieg er Stufe um Stufe hinauf, ohne die geringste Pause einzulegen. Die Hände in den Taschen ihres Regenmantels vergraben, folgte Trientje in einigem Abstand. Bei jedem Schritt schlug ihre schwarze Tasche ihr gegen den Schenkel. Wie vorauszusehen, hatte ich einige Schwierigkeiten, bei diesem Tempo Schritt zu halten, und gab es schließlich auf. Mein linkes Bein streikte. Außer Atem klammerte ich mich ans Geländer und versuchte, mich in Etappen von drei oder vier Stufen bis nach oben zu schleppen. Auf einem Absatz machte ich Pause, zog mein Taschentuch heraus und tupfte mir die Stirn ab.

Unten im Tal rauschte der mittlerweile unsichtbare Neckar lauter als der Autoverkehr. Durch das Dach der Zweige, die aus der Treppe einen Laubengang machten, konnte ich das linke Ufer des Flusses sehen: den achteckigen Glockenturm der Heilig-Geist-Kirche, die Spitze der Brückentürme, auch einige rote

Dächer, Dachgauben und helle Giebel sowie die grauen Narben von ein paar Straßenschluchten, die an ihrem Zusammenfluß, wie um aufzuatmen, in einen Platz mündeten, das Ganze in Modelleisenbahngröße. Trotz der winzigen schwarzen Punkte, die in Zehnergruppen, ja vielleicht sogar zu Hunderten, langsam die Flußpromenade entlangschritten, wirkte diese Stadt von weitem gesehen und im Gegensatz zu den großen Villen hier oben, deren verlassene Gärten schweigend unter ihrem Pflanzenkleid lagen, unwirklich.

Mit einem Mal fühlte ich mich ziemlich alleine. Ich konnte nicht mehr, drehte mich um und hob den Kopf. Trientje war zwanzig Meter weiter oben stehengeblieben. Sie sah mich nicht an. Ich war ihr dankbar dafür. Mit der linken Hand rieb sie sich einen Knöchel. Erhard dagegen war von der Bildfläche verschwunden.

Trientje wartete, bis ich sie eingeholt hatte. »Diese Stiefel sind wirklich zu weit«, erklärte sie rasch.

Ich tat, als glaubte ich ihr. Von da ab horchte sie, richtete, ohne sich umzudrehen, ihren Schritt nach dem meinen.

Endlich erreichten wir den Gipfel meines Golgatha und bogen in die Gasse ein. Unter dem Straßenschild, vermutlich um uns zu zeigen, daß er uns nicht angelogen hatte, stand Erhard und wartete auf uns. Er blätterte in seiner Zeitung. Ich konnte mir nicht helfen, ich begann, ihm gegenüber eine gewisse Gereiztheit zu verspüren.

Er faltete seine Zeitung zusammen und lächelte uns zu.

»Da wären wir. Es ist die große orangefarbene Villa da.«

Das Wort »ocker« gab es offenbar nicht in seinem Wortschatz. Aber, auch wenn er nach außen den Eindruck vermittelte, schließlich konnte auch dieser Mann nicht allwissend sein.

Wie auch immer, ich verstand jetzt besser, was er mit seiner Andeutung in bezug auf den Reichtum des Eigentümers gemeint hatte. Die Villa – denn das Wort Haus wäre ungenau, ja fehl am Platze gewesen – erschlug durch pure Masse ihre Nachbarn, die schon alles andere als bescheiden waren. Hohe getünchte Mauern, die von einem Gesims aus schneeweißem Kalkstein aufgelockert wurden, ließen den Passanten, der außer Atem oben auf der Treppe ankam, beim Anblick ihrer drei Etagen schwindeln. Schmiedeeiserne Gitter und Mauern mit spanischen Reitern verwehrten den Eintritt und erlaubten nur einen sehr begrenzten Einblick in die Grünanlagen. Auf der Rückseite des Gebäudes ging eine Renaissance-Loggia im wilhelminischen Stil, gekrönt von einer Terrasse in perfekter Südlage, auf einen großen Obstgarten hinaus, dessen Astgewirr den Blick ins Tal nur unvollkommen verdeckte. Und doch vermochte die relativ große Eleganz dieses Anbaus die Schwerfälligkeit des entsetzlich massiven Ganzen nicht zu mildern.

»Nicht schlecht, was?« meinte Erhard.

Er zog einen Schlüsselbund aus der linken Tasche seines Lodenmantels, wählte einen Schlüssel aus und sperrte das Gartentor auf.

»Nach Ihnen.«

Als sie merkte, daß wir warteten, ging Trientje vor. Die Haustür war versiegelt. Erhard riß die Siegel eines nach dem andern ab. Linker Hand fiel mir ein an zwei Mülltonnen gelehntes, rostiges Fahrrad auf.

»Das ist das Rad der Putzfrau«, erklärte Erhard. »Ich habe vergessen, ihr zu sagen, daß sie es sich wieder abholen kann.«

Als die Tür offenstand, spielten wir noch einmal dasselbe Spielchen wie vor der Gartenpforte, bis Trientje eintrat.

Die Diele war aufgrund der Jugendstil-Glasmalereien auf den Fenstern und der herabgelassenen Rolläden in sanftes Dämmerlicht getaucht, das die nackten weißen Wände ein wenig aufhellte. In der Mitte des Saals, den die verschwommenen Konturen noch größer erscheinen ließen, hing ein Leuchter von der Decke, der die Helligkeit auffing, die aus einem Oberlicht über der imposanten Treppe herabfiel. Auf der Stelle schnupperte ich die so einzigartige Atmosphäre unbewohnter Häuser. Während leere Gebäude den Einheitsgeruch dessen ausstrahlen, was ihre Hülle ausmacht, ihr sichtbares oder unsichtbares Gerippe – vergipste Wände, hölzerne Böden und Decken, abblätternde Tapeten, altes, rissiges Linoleum –, ist die Besonderheit wirklich verlassener Häuser, daß lang eingeschlossene Düfte sich endlich wieder ungehindert ausbreiten wie das Unkraut in einem unbestellten Garten. Jedes Zimmer trägt hier seinen Obolus zu diesem Gewirr rivalisierender, freiheitsdürstender Gerüche bei: Wachs, Möbelpolitur, Roßhaarfüllung, feuchte Asche und welke Blumen in den Wohnräumen, Bettfedern, zusammengedrückte Wolle der Matratzen, vertrocknete Lavendelsäckchen oder Mottenkugeln in den Schlafzimmern, alte Gewürze, deren Aroma längst verflogen ist, keimende Zwiebeln, trockenes Brot in den Küchen, ranzige Seifen, oxydiertes Kupfer, fauliges Wasser in den Badezimmern, und überall präsent und gemeinsamer Nenner der Verlassenheit: der Staub.

Erhard trat in den Raum und stieß die hintere Tür auf. Immer noch schweigend betraten wir den Salon. Der Nacktheit der immensen Eingangshalle folgte die dekorative Überfülle einer Bonbonschachtel. Das Parkett knarzte. Unter ihren weißen, leichentuchartigen Schonbezügen wirkten Sessel und Kanapees wie Trugbilder. Gemälde in leuchtenden Tönen bedeckten, auf verschiedenen Höhen aufgehängt, jeden freien Zentimeter Wand. Sie bewiesen einen ausgeprägten Geschmack des Hausherrn oder seiner Familie für die nazarenische Schule. Als Kontrast dazu beherbergten die übrigen Rahmen ovale, nachgedunkelte Porträts von Offizieren oder düsteren Bürgern mit glasigen Augen.

»Hier hat sich seit dem Tod seiner Frau und seines Sohnes nichts verändert«, erklärte Erhard. »Vor vier Jahren sah es schon ganz genauso aus.«

Er ging auf ein Fenster zu, griff nach der Kurbel und drehte den Rolladen hoch. Ich mußte blinzeln. Das weiße Nachmittagslicht erweckte die Teppiche zum Leben und schälte auf der gegenüberliegenden Wand weitere Gemälde aus dem Dämmer.

»Zum Büro geht es hier entlang.«

Trientje hatte Regenmantel und Handtasche auf eines der Sofas gelegt, ein Zeichen, daß sie nicht mehr weitergehen würde. Wir tauschten einen kurzen Blick. Sie nickte zustimmend.

»Wir haben so unsere feste Vorgehensweise«, begann ich.

Erhard blieb, die Hand auf einem Türgriff, stehen.

»Und was heißt das?«

»Wenn wir in einem Haus sind, kümmere ich mich in der Regel um den Papierkram, das Büro und die Bibliothek mit einem Wort. Das ist meine Spezialität ...«

Erhard versuchte sein Erstaunen nicht zu verhehlen. Trientje hatte uns den Rücken zugedreht und bereits begonnen, ohne sie zu berühren, die kleinen Figürchen aus Meissner Porzellan zu untersuchen, die eine Kommode zierten.

Einen Augenblick lang kam es mir trotz der Entfernung so vor, als interessiere Erhard sich ein wenig zu sehr für die Beine meiner Kollegin oder zumindest dafür, was zwischen den Stiefeln und dem Rocksaum davon zu sehen war. Ich lasse ihm wirklich nichts durchgehen, dachte ich. Außerdem konnte ich mich ebensogut täuschen. Und falls dem so war, zeugte sein Interesse zumindest von gutem Geschmack.

»Wenn ich recht verstehe, interessiert Sie das Büro?« sagte er.

»Sie haben es erfaßt.«

Bevor er die Tür schloß, warf er einen letzten Blick ins Wohnzimmer. Trientje öffnete die Schublade eines Sekretärs.

»Keine Angst«, warf ich ein. »Wir lassen die Nippessachen im allgemeinen nicht mitgehen.«

Ich und meine große Klappe.

Um die Sache zu entschärfen, fügte ich sofort hinzu: »Was die größeren Räume angeht, ist meine Kollegin sehr geschickt.«

Sein Lächeln erstarrte.

»Für die Schlafräume vielleicht unter anderem?« Er lächelte wieder.

»Nicht nur«, sagte ich. Was sollte das denn heißen?

»Ich kenne keinen besseren Polypen für eine Hausdurchsuchung«, fuhr ich fort. »Sie ist – wie soll ich es ausdrücken? – so eine Art kleine Wühlmaus: macht keine Unordnung, aber findet alles, vorausgesetzt, es liegt nicht höher als zwei Meter ... Während unsereins eher ein Riesen-Durcheinander veranstaltet, alles auf den Kopf stellt und einen schrecklichen Saustall hinterläßt ... Als wenn das etwas nützen würde ...«

Ich hätte dazusagen können, daß ich im allgemeinen versuchte, nach meinem Aufenthalt, oder sogar dem meiner Kollegen, alles wieder einigermaßen in Ordnung zu bringen.

Wir standen jetzt in einem rechteckigen Zimmer, dessen rückwärtige Wand völlig hinter einer dichten Mauer von Büchern verschwand. Zwischen zwei Vorhängen drang ein gerader Lichtstrahl hindurch und brachte die Vergoldungen einiger Buchrücken zum Leuchten.

Erhard schritt die Fensterfront ab und zog einen Vorhang nach dem anderen auf. Die gegeneinanderschlagenden Ringe klapperten auf den kupfernen Gardinenstangen. Ich kam näher und konnte draußen den langgestreckten Rasen des Obstgartens sehen. Das Büro befand sich in der Loggia. Gegenüber, jenseits der Baumwipfel, stand das Schloß, ein rötlicher Farbtupfer in der Landschaft, dessen Leuchtkraft von einem feinen, vom Fluß aufsteigenden Dunstschleier gedämpft wurde.

Hier gab es keinerlei Schonbezüge auf den Möbeln. Der Raum sah aus, als habe Hubermann ihn erst gestern verlassen. Ein schwacher Geruch nach Pfeifentabak hing in der Luft. Dafür war es hier kühler als im Salon. Erhard behielt seinen Mantel an. Ich konnte mich kaum bewegen in meinen diversen Lagen Klamotten, so daß ich beschloß, mir ein bißchen Erleichterung zu verschaffen, und den Trenchcoat über eine Sessellehne warf. Vorsichtshalber behielt ich meinen Schal an.

»Genau, fühlen Sie sich wie zu Hause!« rief Erhard.

Mit diesen Worten suchte er sich einen Sessel aus, der nahe bei einem der Fenster stand, setzte sich hinein, faltete seine Zeitung auf und zog einen Kugelschreiber aus der Tasche. Die Botschaft schien mir klar: Ich hatte freie Bahn, brauchte aber nicht auf seine Mithilfe zu zählen.

Bevor ich mich hinter den imposanten Schreibtisch aus Walnußholz setzte, wollte ich den Inhalt der Bibliothek inspizieren. Eine alte Gewohnheit: Sag mir, was du liest, und ich sage dir, wer du bist. (Um ehrlich zu sein: Ich hatte denselben Wahlspruch schon bei Aline angewandt, dort aber in bezug auf die Wäsche.)

Was sein Fachgebiet betraf, so hätte Rüdiger Hubermanns Auswahl die Grundlage jeder Bibliothek eines anständigen Menschen sein können. Das war zumindest der Eindruck nach einer ersten oberflächlichen Prüfung. Denn unter der Hand hatten sich dennoch einige Eindringlinge in die Versammlung gestandener Historiker schmuggeln können, wo sie das Büffet abräumten und die silbernen Löffel klauten. So stieß ich beim Durchsuchen der Regale auf die üblichen Bekannten: Faurisson folgte auf Elie Faure, Butz auf Burckhardt und Rassinier auf von Ranke, ohne daß irgend etwas außer der primitiveren Ausstattung die ersteren von den letzteren unterschied. Eine fragwürdige Mischung. Was mir ebenfalls auffiel, waren die zahlreichen französischen Geschichtsschreiber, einige davon im Original. Jedenfalls hatte der Eigentümer allen Werken die gleiche manische Sorgfalt gewidmet. Ledereinbände waren keine Seltenheit, ein vergoldeter Schnitt ebensowenig. Darüber hinaus prangte auf jeder Umschlaginnenseite ein schön gestaltetes Exlibris mit dem Monogramm RH.

Mein Ordnungswahn verleitete mich dazu, den Bussy-Rabutin, den ich durchgeblättert hatte, nicht wieder dort hinzustellen, wo ich ihn gefunden hatte, sondern zwischen Burckhardt und Butz. Danach ging ich zurück und setzte mich an den Schreibtisch. Ein kurzer Blick zu Erhard hin, bevor ich die erste Schublade öffnete.

Der kümmerte sich nicht im geringsten um mein Hin und Her, sondern füllte sorgfältig ein Kreuzworträtsel aus. Wir hatten ganz offensichtlich nicht allzu viele Gemeinsamkeiten.

Eine dünne Staubschicht bedeckte die Schreibunterlage. Nur zwei große Tintenflecke deuteten darauf hin, daß sie benutzt worden war. Der verstellbare Kalender zeigte den 23. Dezember letzten Jahres. Als ich versuchte, sie zu öffnen, stellte ich fest, daß die Schreibtischschubladen verschlossen waren.

»Erhard?«

Er hob die Augen von seiner Zeitung.

»Haben Sie die Schlüssel zum Schreibtisch?«

Natürlich hatte er sie. Er stand auf, zog den Bund aus seiner Tasche, löste einen Schlüssel daraus und hielt ihn mir hin.

»Danke.«

Von diesem Moment an stand, und das wußte ich, die Zeit still. In der Vergangenheit eines anderen zu wühlen, heimlich in sie einzubrechen, heißt für den Ermittler, die eigene Gegenwart auszuklammern. Das ist der Preis, den er zahlen muß. Ohne sehr viel Zeit zu investieren (und zwar seine Zeit), ist hier kein Blumentopf zu gewinnen. Und das wirft man uns übrigens häufig genug auch noch vor.

Die erste Schublade klemmte. Ich mußte Gewalt anwenden, um sie zu öffnen. Sie quoll von Papieren, Notizbüchern und Terminkalendern über. Jedes Stück verdiente meine Aufmerksamkeit, jedes würde also überprüft werden. Was Erhard anging, so schwor ich mir, nur wenn es gar nicht anders ging, an seine Sprachkenntnisse zu appellieren.

Ich lockerte den Krawattenknoten, warf die Enden meines Schals über die Schulter und begann, die erste Lage Papier durchzusehen. Aber zuvor mußte ich noch ein Detail regeln.

»Funktionieren die Uhren hier denn nicht?«

Erhard antwortete mir, ohne die Augen von seiner Seite zu heben.

»Es ist halb vier.«

»Das meine ich nicht.«

Auf einem runden Tischchen links vom Schreibtisch erblickte ich eine Standuhr unter Glas. Ich stand auf. Ein kleiner, auf einer Schaukel sitzender Porzellan-Pierrot diente als Pendel. Der Schlüssel des Uhrwerks lag am Rande eines Deckchens hinter der Uhr. (Diesen ebenfalls zu konfiszieren, war Erhard offensichtlich nicht eingefallen.) Die Uhrzeit interessierte mich überhaupt nicht. Vorsichtig hob ich die Glasglocke hoch. Ohne die Zeiger zu berühren, zog ich die Uhr auf und tippte danach gegen den Pierrot. Das Tick-Tack füllte die Stille.

So, nun war alles perfekt. Selbst Erhard wurde mir beinahe sympathisch. Das Rascheln seiner Zeitung erinnerte mich an gewisse Winternachmittage im großen Salon von Gosselies, vor allem sonntags, wenn mein Großvater nach dem Mittagessen in seinem gelben Sessel Platz nahm und den Leitartikel einer konformistischen Gazette las, der ihn rasch – obwohl er das hinterher immer bestritt – in Morpheus' einladende Arme wiegte. Ich setzte mich wieder und machte mich an die Arbeit.

Hubermann hob offenbar jedes beschriebene Stück Papier auf. Vermutlich war diese Manie der Gewissenhaftigkeit des Historikers zuzuschreiben. Ein erstes Durchkämmen der Terminkalender förderte nichts Interessantes zutage. In den Adreßbüchern fanden sich ausschließlich mir unbekannte Namen. Die Kontrollformulare der Scheckhefte wiesen nicht die geringste Summe auf, die auch nur annähernd den Rahmen des Üblichen gesprengt hätte. Alle Rechnungen schienen regelmäßig beglichen. Die Kontoauszüge zeigten keinerlei verdächtigen Eingang.

Ich ging auf diese Weise rund hundert der verschiedenartigsten Dokumente durch, von Seminaraufzeichnungen bis zu Einladungskarten. Die Stunden flossen langsam und eintönig vorüber. In meinem Geiste legte sich trotz all meiner Bemühungen über Hubermanns Bild immer das seiner Leiche. Die Betrachtung seiner Papiere ließ auf einen trockenen, rationellen, wenn auch nicht gerade praktisch veranlagten Menschen schließen, kurz gesagt: immer korrekt – mit Ausnahme seiner letzten Schriften! Auch das Porträt seiner Frau, so distanziert und kühl, daß es wirkte wie in einem Studio aufgenommen (dabei war im Hintergrund deutlich eines der Gemälde des Salons zu erkennen), sagte nichts über das tiefere Wesen ihrer Verbindung aus. Auf der Rückseite waren weder ein Datum noch ein Vorname vermerkt.

Schwierig, für einen derartigen Menschen Sympathie zu hegen. Ebenfalls schwierig, vorerst zumindest, ihn zu hassen. Als Erklärungsversuche – oberflächlicher Art natürlich – eines solchen zwischen Rückzug von der Welt und Berühmtheit schwankenden Lebens zögerte ich zwischen zwei Metaphern: der von sukzessiven Mauern zunächst, die sich hintereinander aufrichten, immer dicker, immer undurchdringlicher, bis hin zur letzten, die die unerwartete Gestalt eines Gesichts mit geschlossenen Augenlidern besitzt. Oder aber der einer Wüste, jedoch keiner erlebten, keiner Sandwüste, sondern des Symbols par excellence eines abseitigen, reinen und entstofflichten Ortes, den man in aufeinanderfolgenden Phasen der Askese Düne für Düne überquert, und dem nur eines fehlt, um seine volle Bedeutung zu erhalten: die dürre Perfektion des Todes. Hinter der Mauer: Leere. Am Ende der Wüste: Leere.

Eine Ästhetik der Leere.

Ab und zu, vermutlich, weil die Zeit anfing, ihm lang zu werden, hüstelte Erhard in seiner Nische und warf einen zerstreuten Blick aus dem Fenster. Er war mit seinem Kreuzworträtsel fertig, konnte sich aber angesichts der fortgeschrittenen Stunde nicht dazu entschließen, irgendeine Lektüre zu beginnen. Hätte ich den Einflüsterungen meines bösen Geistes Folge geleistet, ich hätte garantiert noch ausreichend Beschäftigung bis zum Einbruch der Nacht gefunden. Gar soweit wollte ich zwar nicht gehen, doch ich faßte den Plan, ihm noch heute beizubringen, daß meiner Ansicht nach Geduld zu den wichtigsten Tugenden jedes guten Polizisten gehört.

Der Inhalt des Schreibtisches lieferte mir sogleich Gelegenheit dazu. Auf der linken Seite des Möbels entdeckte ich ganz hinten in dem Schränkchen, das die Tischplatte stützte, zwei Schuhkartons. Sie enthielten Briefe, die sorgfältig gefaltet und in ihre mit dem Brieföffner aufgeschlitzten Originalumschläge zurückgesteckt waren. Über den Daumen schätzte ich ihre Anzahl auf etwa zweihundert.

Getreu meiner Methode begann ich mit dem ersten.

Als ich den fünfundzwanzigsten wieder zusammenfaltete – einen Brief des Sohnes Hubermann aus den Vereinigten Staaten, wo er in einer Kommune lebte –, ließ eine rasche Folge gedämpfter Noten mich den Kopf heben. Mit einer brüsken Geste schlug Erhard das Buch zu, das er soeben geöffnet hatte.

»Sie macht ja doch Lärm, Ihre kleine Wühlmaus!« lachte er. »Na ja, um so besser. Da kommt wenigstens ein bißchen Stimmung auf.«

Zwei feierliche, getragene Töne. Dann eine komplette Tonleiter. Mit allen chromatischen Halbtönen. Und noch einmal. Stille. Und ein drittes Mal. Die Melodie zögerte, nahm Form an, dann Fülle. Ich kannte das Stück nicht. Aber die Töne kamen durch die Entfernung verzerrt hier an, durch Mauern, Türen und Vorhänge.

»Ich habe da oben gar kein Radio gesehen?« meinte Erhard.

Weder da oben noch irgendwo anders im Haus. Offenbar gab es auch keinen Fernseher.

»Ist nicht das Radio«, sagte ich, den nächsten Brief öffnend.

In, wenn ich es recht sah, wohlgewählten Worten bat ein Student respektvoll um eine Verschiebung seiner Prüfung. Offensichtlich erzürnt, hatte Hubermann mit Bleistift »*Nein*« auf den Rand geschrieben und ein großes Ausrufezeichen dahintergesetzt. Er hatte bestimmt seine Gründe gehabt.

Man kann tun, was man will, bei solchen Nachforschungen kommt früher oder später immer der Moment, wo die Konzentration nachläßt. Das liegt daran, daß man müde wird, oder, prosaischer ausgedrückt, daran, daß man zu lange sitzt. Ich hatte allmählich die Nase voll davon, die Briefe zu verwechseln und die Jahre durcheinanderzubringen. Trotzdem sperrte ich mich dagegen, meine Suche zu unterbrechen, bevor ich nicht das eine Indiz gefunden hatte, das meinen anfänglichen Enthusiasmus gerechtfertigt hätte, sei es auch nur in Form eines vagen Anhaltspunktes. Ich steckte ein Lesezeichen in den Briefstapel und begann, einen nach dem andern, die Umschläge zu untersuchen, nichts als die Umschläge. Ich ging den gesamten Karton durch. Und da ich schon einmal dabei war, öffnete ich auch den zweiten, mit dem ich genauso verfuhr. Ehrlich gesagt hatte ich keine Ahnung, was ich eigentlich suchte. Einen handschriftlichen Hinweis? Einen besonderen Briefkopf? Eine belgische Briefmarke?

Als ich mit dem zweiten Karton durch war, hatte ich Lust, ihn zuzumachen und eine Runde durchs Haus zu drehen. Das Klavier im ersten Stock schwieg wieder. Aber diese Stille würde nicht andauern, das wußte ich. Erhard blätterte jetzt resigniert in einem Buch.

Ich legte den Deckel auf den Karton, um ihn sofort wieder hochzuheben. Die undeutliche Erinnerung an irgend etwas flackerte vor meinem inneren Auge auf. Ich begann noch einmal von hinten, beim letzten Umschlag. Die Briefmarken, nie an der gleichen Stelle, blätterten vor meinen Augen vorüber. Die Briefmarken, die Adressen, die Poststempel, das verschiedenfarbige Umschlagpapier. Rein weiß, eierschalen oder cremefarben, wassergrün, amtliches Beige, kaltes Blau, verblaßtes Gelb ...

Gelb ...

Kein Zweifel, ich war zu schnell gewesen. Eine neuerliche Inspektion der letzten Briefe brachte einen gelben Umschlag zum Vorschein.

Noch bevor ich öffnete, wußte ich, daß irgendwas einrastete, oder besser gesagt: paßte. Die maschinengeschriebene Adresse erinnerte mich aufgrund ihrer Plazierung an jenen Umschlag, der eines Januarmorgens in meinem Briefkasten gelegen hatte. Ich kontrollierte den Stempel. Der Brief war in Deutschland abgeschickt worden, in Düren. Ich drehte ihn um. Keinerlei Absenderangabe.

Jetzt vor allem die Ruhe bewahren.

Der Inhalt machte mich bereits richtiggehend nervös. Er fühlte sich an – und auch das Gewicht des Umschlags sprach dafür –, als handle es sich um einen Karton oder eine Ansichtskarte. Keinen eigentlichen Brief.

Mit zwei Fingern zog ich eine rechteckige Fotografie aus dem Umschlag, die kleine Eselsohren hatte. Ohne jeglichen Begleitbrief. Was an sich schon eigenartig war.

Ich drehte mich mit dem Stuhl um und hielt das Foto ans Licht. Die Schwarzweißaufnahme zeigte eine Gruppe von Männern, schräg von hinten, einige mit Schirmmützen, andere ohne Kopfbedeckung. Es war kein Gesicht zu erkennen. Sie standen unter den Zweigen eines Obstgartens beisammen, fast alle mit gefesselten Händen – ein Knie auf der Erde, war ein schiffchentragender Feldwebel mit dieser Aufgabe beschäftigt –, und alle schienen sie auf die Auflösung eines Dramas zu warten, das sie nicht verstanden. Im Hintergrund konnte man die völlig verschwommene Silhouette eines Soldaten erahnen. Auch er wartete auf wer weiß was, wahrscheinlich auf einen Befehl. Vielleicht würde die Entscheidung vom Fotografen kommen, der ebenso präsent wie abwesend war – ein junger Leutnant mit seiner Leica oder Rolleiflex, der begierig darauf wartete, die Erinnerungen seines ersten Feldzugs auf Film zu bannen?

»Kommen Sie sich das ansehn!« sagte ich.

Erhard stand auf, ohne sein Buch aus der Hand zu legen.

»Worum handelt sich's?«

»Die Frage wollte ich eigentlich Ihnen stellen.«

Er nahm das Foto in die Hand, drehte es um, nickte.

»So so ...«

Ich nahm ihm die Aufnahme auf der Stelle wieder aus der Hand, recht unhöflich, wie ich fand, aber dies eine Mal entschuldigte die Ungeduld alles. Ich hatte es nicht zu glauben gewagt, aber auf der Rückseite des Fotos stand ein lakonischer Text. Er war nicht unterschrieben. Er war auch nicht geschrieben. Nur aufgeklebt. Ein Buchstabe nach dem andern, auf eine Weise, die mir mittlerweile bekannt war. Ich las:

»Verschwörer? Diese Leute? Sind Sie sich da so sicher?«

Erhard verzog das Gesicht. Mein Akzent ließ offenbar einiges zu wünschen übrig. Nun nahm auch er den Umschlag in Augenschein.

»Ist erst vor kurzem abgesandt«, kommentierte er.

Ich nickte wortlos.

»Jedenfalls«, sagte ich nach einer Weile, »auch wenn der Verfasser dieser Botschaft ein Deutscher ist, die Zeitung, die er benutzt hat, ist es jedenfalls nicht.«

»Und was macht Sie da so sicher?«

Mit dem Fingernagel kratzte ich über das »ö« des ersten Wortes. Die beiden Pünktchen hingen nicht mit den Buchstaben zusammen. Es handelte sich um einen Doppelpunkt, der anderweitig ausgeschnitten worden und direkt darübergeklebt worden war. Erhard kratzte sich das Kinn.

»Wenn Sie meine Meinung hören wollen, der Verfasser ist auch keiner«, sagte er.

Trotz Trientjes Abwesenheit war es mir unangenehm, um eine Übersetzung zu bitten. Aber das war nicht nötig. Erhard, zufrieden, seinen Senf dazugeben zu können, sprach weiter:

»Das Wort ›Verschwörer‹ scheint mir hier nicht korrekt ...«

»Nein? Und warum nicht?«

»Nun ja, vielleicht täusche ich mich ja, aber ich habe den starken Verdacht, daß dieses Foto während des letzten Kriegs in Rußland aufgenommen wurde. ›Verschwörer‹ jedoch ist eher eine Bezeichnung für Staatsfeinde, die ein Komplott schmieden. Hier dagegen würde man eher auf eine Erschießung von Partisanen tippen. Man müßte das Foto genauer untersuchen, die Archive konsultieren, aber in diesem Zusammenhang wäre mir

›Terroristen‹ passender erschienen oder, im Zweifelsfall, ›Partisanen‹. Dann müßte der Satz lauten: ›Terroristen, diese Leute? Sind Sie da so sicher?‹«

Zufrieden mit seinem Einwurf erhob er sich.

»Ich kannte dieses Foto nicht«, sagte er.

»Tatsächlich?«

»Interessiert es Sie?«

Er durchbohrte mich förmlich mit seinen Blicken.

»Schon möglich«, antwortete ich mit möglichst neutraler Stimme.

»Die letzte Zeit hat der Professor viele anonyme Briefe erhalten. Er hat deswegen sogar eine Klage erhoben. Eine Kopie davon ist in der Akte, Sie werden sehen.«

»Ich werde sehen, genau.«

Es war in der Tat eine ganze Menge, was in diesem Fall noch zu sehen oder zu entdecken blieb. Eine Menge dunkler Ecken war noch nicht ausgeleuchtet. Aber für heute wollte ich's dennoch gut sein lassen.

»Was eventuelle Beweisstücke angeht, können wir die mitnehmen?«

Erhard drehte mir den Rücken zu, strich mit einem Finger über die Fensterbank und hinterließ eine Spur im Staub.

»Ich fürchte nein, Monsieur Dussert. Jedenfalls nicht sofort. Aber das wissen Sie ja wohl ebensogut wie ich.«

»Gewiß.«

Ich steckte das Foto in seinen Umschlag zurück und den Umschlag in den Karton. Oben im ersten Stock hatte die majestätische Melodie wieder angehoben. Momenteweise erklangen die Noten im selben Takt wie die Standuhr, die auf diese Weise die Funktion eines Metronoms übernahm.

»Hören wir uns das doch mal aus der Nähe an«, sagte ich im Aufstehen.

Erhard zuckte die Achseln und folgte mir. Bevor ich die Tür hinter uns schloß, versicherte ich mich mit einem raschen Blick, daß mein Regenmantel noch immer auf dem Sessel lag.

Um ins Musikzimmer zu gelangen, mußten wir die vier Absätze einer monumentalen Treppe überwinden, von der schon allein das Walnußholzgeländer mit seinen Feston-Motiven eine architektonische Kuriosität darstellte. Natürlich hatte Erhard keinerlei Mühe, mich abzuhängen. Als ich den Raum betrat, stand er hinter Trientje, hielt den Kopf schräg und betrachtete – das wollte ich jedenfalls hoffen – die Partituren, die auf dem Klavierdeckel verstreut lagen.

Trientje spielte vom Blatt. Mitten im Akkord hob sie die Hände von den Tasten und blätterte um.

»Was ist das für ein Stück?« fragte ich.

Sie drehte sich um und lächelte. Ich trat näher und warf einen Blick auf den Titel der Partitur: Charles Valentin Alkan, *Super flumina Babylonis* Paraphrase, op. 52.

»Es gibt noch eine Menge mehr in dem Schrank«, sagte sie. »Und ein paar, die man hier nicht erwarten würde.«

Es war garantiert nicht die Laufmasche, die seine Aufmerksamkeit derart fesselte: Die reichte nicht weit genug nach oben. Erhard schielte jetzt völlig ungeniert auf Trientjes Beine unter dem Klavier. Sie hatte nichts bemerkt. Daher war es auch kaum erstaunlich, daß er, wie mir jetzt klar wurde, zwar diskret vorging, aber so, daß es mir nicht entgehen konnte. Ein wenig, als wolle er mich zum Komplizen seiner Schlüpfrigkeiten machen. Ich postierte mich ostentativ vor ihn, um ihm die Aussicht zu verstellen.

Die Partituren, von denen Trientje gesprochen hatte, lagen auf dem Klavier. Sie hatte sie sorgfältig gestapelt. Es gab rund zehn Werke Mendelssohns sowie einige anderer, unbekannterer jüdischer Komponisten, darunter Alkan, und das *Kol Nidrei* von Max Bruch.

»Amateurpianist, sollte man meinen. Und ein echter Musiknarr obendrein ...«

Erhard stieß ein kurzes verächtliches Lachen aus.

»Musik wirkt mäßigend. Das ist doch ein französisches Sprichwort, nicht wahr? Leider schärft sie nicht gerade den Verstand. Jedenfalls nicht immer.«

Trientje war aufgestanden. Sie ließ ihre Knöchel knacken.

»Das hier habe ich auch gefunden, im Schlafzimmer auf einem der Nachttische. Es lag eine Brille drauf und ein blauer Kuli daneben. Das Bett war auf der Seite auch benutzt und das Kopfkissen ganz zerdrückt.«

Sie hob einen Stapel Papiere von einem Stuhl. Ich konnte mich täuschen, aber ich hatte den Eindruck, es handle sich um Korrekturfahnen.

»Er ist bis zu dieser Seite hier gekommen«, fuhr sie fort. »Danach gibt es keine Anmerkungen mehr.«

Die feine und fast unleserliche Schrift war dieselbe wie in den Terminkalendern.

»Was meinst du . . .?« fragte ich.

Trientje schniefte und kratzte ihre Narbe. Erhard hinter ihr verfolgte immer noch sein nervendes Spielchen. Zum ersten Mal hatte ich Lust, ihm eine Ohrfeige zu verpassen.

»Das hier ist vielleicht der letzte Text, den er lebend in diesem Haus gelesen hat«, sagte sie.

Die erste Seite, mit einer Reihe kabbalistischer Zeichen verziert, die vermutlich vom Drucker stammten, nannte den Titel des in Entstehung befindlichen Werks: *Der Kult des Opfers im Europa des 20. Jahrhunderts.*

Es gab auch einen Untertitel: *Sentimentalität und Diabolisierung.*

»Und was soll das heißen?«

Erhard deklamierte die französische Übersetzung mit auf dem Klavier verschränkten Armen und fügte hinzu:

»Daran arbeitete er gerade.«

»Wieder etwas Revisionistisches?«

»Nein. Hubermann hatte den Eindruck, daß er dieses Thema erschöpfend behandelt hatte. Er wollte nichts mehr davon wissen. Das hat er zumindest behauptet. Er hatte ein neues Steckenpferd gefunden. In gewisser Hinsicht eine Rückkehr zur klassischen Geschichtsschreibung.«

»Und wovon handelte es dann, dieses Buch?«

Die Vergangenheitsform schien mir angemessen.

»Ich weiß es nicht. Das letzte Mal, als ich ihn traf, war er dabei, gewisse Dinge zu analysieren, die sich im deutsch-französischen Krieg 1870/71 abgespielt hatten.«

»1870? Bei diesem Titel?«

»Da ist noch etwas anderes«, sagte Trientje.

Sie befeuchtete ihren Zeigefinger und blätterte einige Seiten weiter; schließlich hatte sie das Inhaltsverzeichnis gefunden.

»Da ... Ein Kapitel fehlt, nämlich das zwölfte: *Fabrikation eines Mythos ...*«

Ich wandte mich an Erhard.

»Sagt Ihnen das was?«

»Nein. Aber es genügt ja, beim Drucker nach dem Text zu fragen. Es handelt sich um einen Offset-Druck, also muß es mehrere Andrucke geben, oder zumindest den Film.«

»Könnten Sie sich darum kümmern?«

»Natürlich. Das kann allerdings eine Weile dauern.«

»Warum?«

»Es handelt sich, wenn ich nicht irre, um eine kanadische Druckerei.«

»Ach ...«

Trientje öffnete den Mund und nieste.

»Gesundheit. Wolltest du etwas sagen?«

Sie faltete ein großes weißes Taschentuch auf.

»Dieses Kapitel ...«

»Ja?«

»Meiner Ansicht nach hat er es mitgenommen ...«

»Möglich. Jetzt, wo du's sagst ... Da war eine leere Mappe in der Aktentasche.«

Sie runzelte die Brauen.

»Es besteht also die Möglichkeit, daß es wieder auftaucht?«

Ausnahmsweise konnte Erhard nicht mehr folgen und fühlte sich ausgeschlossen.

»Wie meinen Sie das?« fragte er.

Jetzt war es an mir zu lächeln.

»Nur ein Detail. Machen Sie sich keine Gedanken darüber.«

Trientje hatte ins Schwarze getroffen. Mit ein bißchen Glück hatte *unser Freund* also noch Munition in Reserve. Nur wozu?

Natürlich war es noch zu früh, irgendeine Hypothese aufzustellen. Der Rest der Durchsuchung würde uns zeigen, ob wir auf der richtigen Spur waren oder nicht. Denn das fehlende Kapitel konnte sich genausogut irgendwo hier im Haus finden.

Trientje hatte sich wieder ans Klavier gesetzt und erforschte eine weitere Seite der Partitur. Unter ihren Fingern perlten die langsamen Töne wie sachte fallende Wassertropfen. *Super flumina Babylonis.* An den Flüssen von Babylon. Ich ging zum Fenster. Weit entfernt, sehr weit, ein schmales Rinnsal tief im Tal: der Neckar, der seinen unbeirrbaren Kurs Richtung Meer nahm, ins große Ganze, ins Nichts. Ohne Erinnerung. Ohne Bewußtsein. Im Westen leuchtete die Sonne nur noch indirekt, durch eine durchsichtige Wolkenwand hindurch. Dagegen lastete über dem Schloß ein schieferfarbener Himmel.

»Heut nacht wird es Schnee geben«, murmelte Erhard, der neben mir stand.

Der Moment schien mir geeignet, um Frieden zu schließen.

»Wir werden jetzt gehen. Für heute reicht's. Dürfen wir Sie noch auf ein Glas einladen?«

»Danke schön, aber meine Frau erwartet mich.«

Er trug keinen Ehering.

Bevor wir das Gebäude verließen, holte ich noch meinen Regenmantel aus dem Büro. Als wir soweit waren, ließ Erhard die Rolläden herunter, schaltete die wenigen brennenden Lampen aus und ließ uns den Vortritt. Sodann verriegelte er sorgfältig zunächst die Haus-, dann die Gartentür. Das Fahrrad war aus dem Vorgarten verschwunden.

»Sie wohnt hier um die Ecke. Sie wird uns gesehen haben.«

Es wurde allmählich dunkel. Die Straßenlaternen gingen an und verströmten ihr weißes Licht. Ich hob den Blick zum Haus. Das Musikzimmer mußte unter dieser Art Pagodendach liegen, das man auf der Rückseite des Gebäudes erkennen konnte, hinter den Mansarden.

Anstatt die Treppe wieder hinabzusteigen, lotste Erhard uns auf den Hölderlinweg, der hinter einer Biegung zur Landstraße hinabführte und wesentlich weniger steil war als unser Hinweg. Ich war zu müde, um ihm noch böse zu sein.

Auf Höhe der Brücke nahm Erhard mit einem besonders herzlichen Handschlag Abschied von uns.

»Ich stehe auf der andern Flußseite. Kennen Sie Ihr Hotel?«

»Haus zum Ritter. *La Maison du Chevalier*«, sagte Trientje.

»Kenne ich«, sagte ich. »Jedenfalls von außen.«

»Bei dem Ritter handelt es sich um den Heiligen Georg«, bemerkte Erhard gedankenversunken. »Den Schrecken der Drachen. Zum Glück für unsereins hat er ein paar übriggelassen. Davon abgesehen, ist es ein sehr romantisches Hotel.«

»Bis morgen also?«

Das drückte keinen Wunsch aus.

»Bis morgen«, antwortete er. »Und bis dahin ...«

Er zwinkerte mir zu.

»Viel Spaß!«

Trientje sah ihm perplex nach.

»Komisch«, sagte sie.

»Was?«

»Der Typ ...«

Ich zuckte die Achseln und ging aufs Auto zu.

Das »Haus zum Ritter«, ein wunderbares Renaissance-Gebäude, erhob sich im Schatten der Heilig-Geist-Kirche. Ich atmete auf, als wir endlich davorstanden. Trientjes Koffer, mit wer weiß welchem Kram gefüllt, den Frauen so mitschleppen, war schwerer als sie selbst. Trotz ihres Protestes hatte ich darauf bestanden, Gepäckträger zu spielen, was sie nur akzeptierte, als sie dafür meine Reisetasche nehmen durfte, die allerdings trotz all der mitgeführten Papiere ein gutes Stück leichter war.

Eine große Ritterrüstung bewachte gleichsam den Empfang, daneben ein glatzköpfiger Pförtner, der so fett war, daß man einen Dosenöffner gebraucht hätte, um ihn aus einer derartigen Montur zu befreien. Ich ließ Trientje und die Koffer stehen und stürzte in die Lounge, wo ich mich in einen Sessel fallen ließ.

Trientje begann das übliche Palaver.

»Sind Sie sicher, Fräulein?«

Irgendwo hatte ich das doch schon einmal gehört. Oder, nein: gelesen.

Von meinem Sessel aus konnte ich die Rezeption beobachten. Der dicke Mann, ein typischer Vertreter der Hotelangestellten-Kaste, auf eine professionelle Weise zuvorkommend und jovial, bemühte sich augenscheinlich, eine völlig niedergeschmetterte Trientje zu trösten.

»Katrien? Ist irgendwas nicht in Ordnung?«

Mit hängendem Kopf und schlurfendem Schritt kam Trientje zu mir herüber.

»Ich ...«

Sie war puterrot, wodurch die Narbe auf ihrer Wange um so weißer wirkte. (Deshalb will sie auch nie braun werden, dachte ich.)

»Ich glaube, ich habe ziemlichen Mist gebaut ...«

Na, na.

»Ich ... Als ich reserviert habe, hab' ich mich wohl nicht richtig verständlich gemacht ...«

»So? Und inwiefern?«

Sie ließ die Knöchel knacken.

»Ich hatte ein Zimmer bestellt, für zwei Personen.«

Ich stand auf.

»Ja. Und wo ist das Problem?«

»Ich wollte sagen: zweimal ein Zimmer. Na, du verstehst schon, zwei Zimmer für je eine Person eben.«

Ich hatte verstanden. Und ich verstand auch ihre Verlegenheit.

»Und es steht nur ein Bett drin, ist es das?« fragte ich.

Mir gelang es immerhin, nicht rot zu werden. Sie antwortete nicht auf meine Frage – keine Antwort war in diesem Fall auch eine.

»Der Saukerl!« murmelte ich.

Er hatte es natürlich gewußt. Trientje verdrehte die Augen. Ich hatte eine Idee.

»Na und! Es gibt doch garantiert auch ein Sofa, oder?«

Mit einem Schlag gab es wieder Hoffnung. Trientje lief zum Empfang zurück. Der Pförtner nickte.

»Ich werde auf dem Sofa schlafen«, sagte sie, als ich mich ins Gespräch mischen wollte.

»Kommt gar nicht in Frage!«

Anstatt den Streit zu schlichten, drückte der Pförtner uns den Schlüssel in die Hand.

Das Zimmer, klein, aber sauber und adrett, gefiel mir sofort. Vorsichtshalber deponierte ich meine Sachen sofort auf der Couch, um sie gleich mit Beschlag zu belegen. Trientje war im Badezimmer verschwunden.

Dann zog ich den gelben Umschlag mit dem anonymen Brief aus meiner Jackentasche. Ich konnte mir nicht helfen, ich mußte grinsen. Hehe. Du kennst Babar eben schlecht, Freundchen!

»Ich geh' zum Empfang runter!« rief ich. »Nur eben ein Fax losschicken!«

Die Antwort ließ ein wenig auf sich warten. »Stört's dich, wenn ich noch dusche? Ich würde mich auch gern umziehen ...«

Ich hatte verstanden. »Kein Problem. Ich mach' inzwischen ein Restaurant ausfindig. Ich warte dann unten auf dich. Worauf hast du Lust?«

»Om het even. Völlig egal.«

»Bis nachher also. Ich lass' den Schlüssel auf dem Tisch.«

Der freundliche Pförtner stellte mir sein winziges Büro sofort zur Verfügung. Ich kopierte das Foto und den Text und faxte beides nach Brüssel, zusammen mit der Bitte an Pierre, Ort und Zeit des aufgenommenen Ereignisses zu identifizieren. Danach konsultierte ich einen Atlas und stellte fest, daß zwischen Brüssel und Düren lediglich 160 Kilometer Autobahn lagen. Rund zwei Stunden Autofahrt. Oder Bahnfahrt, warum nicht? Düren war, nach Lüttich und Aachen, die dritte und letzte Haltestelle vor Köln, der Endstation für Unmengen aus dem Wochenende zurückkehrender Soldaten, zu denen auch ich fast acht Monate gehört hatte.

Nun blieb noch ein letztes Detail zu überprüfen. Dafür brauchte ich Kleingeld. Ich fluchte. Die Überbleibsel meiner letzten Reise waren in der Reisetasche, oben im Zimmer.

Vor der Zimmertür zögerte ich kurz. Ein vorsichtiger Blick in beide Richtungen des Korridors, und ich preßte das Ohr gegen die Tür. Durch die Massivholztür konnte ich nur leises Geklapper hören. Es war nicht abgeschlossen.

Ich schlich auf Zehenspitzen hinein, bereit, im Bedarfsfall zu rufen: »Ich bin's nur, bin schon wieder draußen, hab' nur was vergessen!«

Den beschlagenen Scheiben nach zu urteilen, hatte Trientje es sich anders überlegt und nahm ein Bad. Der pflaumenfarbene Spenzer lag flach auf dem Bett ausgebreitet, ohne eine einzige ungehörige Falte. In einer Zimmerecke traten die schwarzen

Stiefel sich gegenseitig auf die Füße. Der Rock dagegen lag über einer Sofalehne. Meine Tasche genau darunter. Ich wollte sie öffnen, da stieß meine Hand auf etwas Weiches, Warmes, das unter dem Rock lag.

Es war ein breiter und dicker Gürtel aus braunem Leder.

Ich verstand auf der Stelle, daß irgend etwas da nicht stimmte. Die Schlaufen des Rocks waren zu schmal, um diesen Gürtel hindurchzuziehen. Das hatte ich schnell festgestellt. Außerdem lag ein weiterer Gürtel aus schwarzem Kunstleder auf dem Bett.

Ich hielt das Objekt vor eins der Fenster. Die Schnalle war entfernt worden. Statt dessen hing da ein aufgeknoteter Riemen durch eine große Öse. Am anderen Ende war eine zweite Öse. Aber das war nicht das Seltsamste. Ich spannte den Gürtel. Auf einer Seite war das patinierte Leder rechts von einer großen Anzahl kleiner Einstichstellen durchsetzt. Ich sah näher hin: Es handelte sich um runde kleine Löcher, von denen einige, schien mir, glitzerten, wenn man sie ans Licht hielt.

Auf dem Tisch lag in einem Aschenbecher eine Haarnadel. Ich steckte die Spitze in eins der Löcher und bohrte darin herum. Etwas fiel heraus, sprang mit einem trockenen Klicken auf dem Tisch auf und verschwand dann im grauen Teppichboden. Auf allen vieren suchend, fand ich es schließlich wieder.

Es war ein kleines, schwarzes, metallisches Körnchen.

Plötzlich kam ich mir ziemlich mies vor.

Bis zu diesem Abend hatte ich mir nie die Frage gestellt, wie man mit zwei Schrotladungen im Bauch überlebte. Verstärktes Leder, hausgemachte Munition, da hatte ich meine Antwort. Ich hatte schon auffälligere Talismane gesehen.

Hinter der Wand sang Trientje in der Badewanne. Ich glaubte, die ersten Takte von *Super flumina Babylonis* wiederzuerkennen. Wenigstens heute abend, Monsieur Alkan, werden Sie nicht in Vergessenheit geraten sein. Vielleicht morgen ... morgen gewiß ... Ich steckte mein Kleingeld ein und verließ lautlos das Zimmer.

Auf der taghell erleuchteten Hauptstraße entdeckte ich einen Briefmarken-Automaten. Ich steckte zwei Münzen hinein und drückte auf den Knopf. Eine Marke fiel in das verglaste Entnahmefach. Ich betrachtete die Ränder: Ungezahnt. Wie auf dem Umschlag.

Bevor ich ins Hotel zurückging, betrat ich eine Telefonzelle und wählte die internationale Vorwahl und dann Alines Nummer. Niemand ging dran. Als ich auflegte, mußte ich feststellen, daß der Apparat meine Münzen geschluckt hatte. Man hätte meinen können, man wäre in Belgien. Das waren die letzten gewesen.

Ich ging zurück ins Hotel, setzte mich in die Lounge und wartete. Es ist verrückt, wieviel Zeit Frauen in Badezimmern verbringen können. Als Trientje endlich am Fuß der Treppe erschien, das Haar noch ein wenig feucht, stand ich aus meinem Sessel auf.

»Ich habe Hunger«, sagte sie.

»Ich auch.«

Während sie den Schlüssel am Empfang abgab, stellte ich fest, daß sie ihre Stiefelletten gegen ein Paar flache Schuhe getauscht hatte, wofür sie von mir sicher kein Kompliment ernten würde. (Schließlich hatte ich auch meine Krawatte anbehalten.) Dagegen war die schwarze Strumpfhose neu, glänzte und wurde von keiner Laufmasche verunstaltet. Auch den Haargummi hatte sie entfernt und ihr helmartig fallendes feines blondes Haar befreit.

Ich hatte keine großen Recherchen angestellt, was den Abend anbelangte, sondern ein Restaurant ausgesucht, in dem ich schon einmal, auf einer unserer Reisen, mit Sébastien gewesen war. Wir aßen also im »Perkeo« zu Abend, benannt nach einem bekannten Zwerg, um den sich in der Gegend eine Reihe von Legenden rankte und der in sämtlichen Reiseführern erwähnt wurde; Trientje fühlte sich glücklicherweise nicht auf den Schlips getreten.

Zu unseren Steaks bestellten wir eine Flasche badischen Wein, und ich stellte zufrieden fest, daß Trientje, wenn die Gelegenheit sich einmal bot, gerne mithielt. Jedenfalls versetzte er sie in bessere Stimmung als ihre Cappuccinos. Die ganze Mahlzeit über redeten wir über dies und das, und ich war dabei nicht gezwungen, die Konversation alleine am Laufen zu halten. Voller Zärtlichkeit dachte ich an Anne, deren Vorliebe für Rioja sie ebenfalls manchmal zu Geständnissen getrieben hatte, auch wenn der Kontrast bei ihr weniger extrem war. Eine Sekunde lang, als Trientje sich bückte, um ihre auf den Boden gefallene Serviette aufzuheben, hatte ich den Eindruck, zwischen zwei Knöpfen ihrer Bluse ein Dreieck aus braunem Leder zu sehen.

Müdigkeit, Wein und Kälte ließen uns den geplanten Verdauungsspaziergang am Neckar entlang abkürzen. Mitten auf der Alten Brücke gähnte Trientje, und ich hätte es ihr beinahe gleichgetan.

Auf unserem Zimmer folgte in Pyjama und Nachthemd ein letzter Streit um das Sofa. Trientje wollte nicht nachgeben. Aber ich war heroisch. (Vor allem vertrug ich mehr Wein.) Schließlich gab sie es auf und verschwand unter der Daunendecke des großen Betts. Ich schaltete die Deckenlampe aus.

»Wird das gehen, bist du sicher?«

Ich legte mein Kopfkissen auf die Lehne.

»Aber ja doch ...«, brummte ich.

Ich sah aus dem Fenster. Dort drüben, irgendwo in der Dunkelheit, lagen die schönen Villen Heidelbergs mit ihren Gärten. Das Bild eines Obstgartens voller Männer ging mir durch den Kopf.

Bevor ich den Vorhang zuzog, warf ich noch einen letzten Blick auf die Straße hinab. Das Kirchenportal gegenüber lag im Schatten. Eine struppige Promenadenmischung pinkelte gegen eine Mülltonne. In den orangefarbenen Lichtkreisen der Straßenlaternen tanzten die ersten Schneeflocken.

»Gute Nacht also?«

»Gute Nacht, Katrien«, antwortete ich und zog die Beine an. Kein Zweifel, heute nacht würde ich wie ein zusammengeklapptes Taschenmesser schlafen müssen.

»Barthélemy?«

»Ja?«

»Ich muß dir was sagen ...«

»Was?«

Sie kicherte ein wenig.

»Wenn ich was getrunken habe, schnarche ich.«

Ich zögerte.

»Wenn du einen Schnupfen hast, auch.«

Ein paar Sekunden vergingen, dann ein paar Minuten. Ich stützte mich auf einen Ellbogen. Sie atmete leise, ruhig und regelmäßig. Winzig klein in dem großen Doppelbett schlief sie wie ein Baby.

Keine glückliche Formulierung.

Ich sah auf die Uhr. Es war halb eins. Immerhin, sie schnarchte doch nicht.

Trotzdem ... ging es mir durch den Kopf. Irgend jemand mußte es ihr ja wohl gesagt haben.

Ich schlief sehr schlecht in dieser Nacht.

Das Sofa war zu klein.

12210 Private
R. W. Walton
20Th Hussars
21st February 1915

(C.9)

Du faltest deine Zeitung zusammen, stehst auf. Unnötig, die Schlagzeile noch einmal zu lesen. Es ist also offiziell. Im Wohnzimmer räumt Emma das Geschirr ein. Normalerweise müßtest du jetzt langsam in den Laden zurück. Es wird allmählich Zeit, und Mister Davies zählt auf dich. Aber es gibt noch andere Pflichten. Das ganze Leben besteht darin, Prioritäten zu erkennen und entsprechend zu handeln.

Du ziehst dein Jackett an – das gute, das schwarze für sonntags. Als du auch die neue Melone aufsetzt, zeigt deine Frau sich erstaunt. (Ach, da fällt mir auf, daß ich deinen Vornamen nicht kenne – das Register schweigt sich über diesen Punkt aus. Aber deine Frau wird ihn mir schon sagen.)

»Gehst du schon, Reginald?«

Du bist fünf Minuten zu früh dran.

Sie hat sich nie überwinden können, Reg zu sagen. Paßt nicht zu dir und zu ihr auch nicht. Du bist kein Freund unnötiger Vertraulichkeiten. Und vor allem kein Freund vieler Worte. Das trifft sich gut, sie ebenfalls nicht. Im Vestibül drückst du ihr einen schnellen Kuß auf die Wange. Sie macht eine besorgte Miene – du kennst diesen Gesichtsausdruck schon an ihr. Auch wenn sie nichts sagt, bist du überzeugt, daß sie verstanden hat.

Als du von der Meldestelle zurückkommst – für die Reservisten geht es ganz schnell, und auf dem Rückweg hast du im Laden vorbeigeschaut (Mister Davies hat dich beglückwünscht, er wird dir deine Stelle freihalten, ein braver Mann, dieser Mister Davies) –, ist Emma nicht im Wohnzimmer. Von oben sind Geräusche zu hören. Du findest sie in eurem Schlafzimmer. Dein olivgrüner Uniformrock liegt auf dem Bett ausgebreitet und riecht nach Mottenpulver. Die Knöpfe hätten es nötig, an-

ständig poliert zu werden. Die gelbe Litze auf den Schulterstücken wirkt ein wenig verblaßt. Halb energisch, halb resigniert, bürstet Emma dein Käppchen. Du lächelst ihr zu. Sie weicht deinem Blick aus. Vielleicht hast du sie nie so sehr geliebt wie in diesem Augenblick.

»Da ... Halt still ... Du hast zugenommen, Reginald.«

Sie kappt den Faden mit den Zähnen und versetzt den letzten Knopf, dann steckt sie die Nadel wieder ins Nadelkissen. Tritt zurück und mustert dich.

»Na, so wird's schon gehen. Aber der Kragen müßte noch umgearbeitet werden.«

Mit fünfunddreißig ist man nicht mehr wie mit fünfundzwanzig. Vor allem würdest du gerne deine Sporen wiederfinden. Sie müssen irgendwo im Wäscheschrank sein, wahrscheinlich unter den Unterhosen versteckt.

Denn du hast einen ganz schönen Weg zurückgelegt in diesen zehn Jahren. Die Armee? Ein Jugendtraum. Man muß sich die Hörner ja irgendwie abstoßen. Du bedauerst nichts davon. Und außerdem, als es dann notwendig wurde, erwachsen zu werden, hast du das anständig hinbekommen. Die Uniform weist dich als simplen Husaren aus, das stimmt schon, aber manchmal tut es gut, sich daran zu erinnern, woher man gekommen ist. Zu wissen, wo man hingehört.

Trotzdem hättest du ein bißchen auf deine Form achten müssen, etwas für deinen Körper tun. Acht Jahre ist es her, daß du nicht mehr im Sattel gesessen hast.

»Deine Sporen? In der rechten Schublade des Geschirrschranks.«

Von South Shields nach Durham ist es nicht besonders weit. Emma kann dich begleiten. Sie kommt ja nie aus dem Haus, das wird sie freuen. Also schlägst du es ihr vor. Außerdem gehst du ja erst Montag fort. Sie sagt natürlich ja. Bis dahin hast du Zeit, dich von deinen Eltern in Gateshead zu verabschieden. Damals, als du dich freiwillig gemeldet hast, waren sie nicht gerade glücklich. Du warst ein Romantiker, hast Kipling gelesen. Captains Courageous. *Alles hat seine Zeit.*

In Durham habt ihr euch auf den Mund geküßt, Emma und du. Sie wird erst weinen, nachdem der Zug abgefahren ist. Und du, du weißt nicht so recht. Momentan macht sie sich Sorgen um deine Gesundheit. Du holst dir ja so leicht einen Schnupfen, wegen nichts und wieder nichts, also hat sie dir heimlich vier Paar wollene Socken in den Koffer gepackt – für den Fall, daß die Sache länger dauert. Dabei ist gerade mal

Anfang August. In zwei Monaten, versprichst du ihr, werdet ihr wieder zusammen in South Shields Tee trinken und Zukunftspläne schmieden. Sie hätte so gern Kinder, das weißt du ja.

In Belgien hat dir die Hitze zu schaffen gemacht. Aber mehr noch die Sturmangriffe über die Felder um Mons – zu Anfang bist du kaum nachgekommen. Zum Glück haben das Training – und die Rationen – dich abnehmen lassen. Aber hart war es trotzdem. Und immer wenn auf der anderen Seite die Maschinengewehre zu bellen anfingen, hattest du einen Höllenschiß. Wie durch ein Wunder bist du nicht verwundet worden. Auch Brown Harry nicht. Du fragst dich immer noch, wie das möglich war.

Dann ist der Herbst gekommen. Und mit ihm der Schlamm. Keine Arbeit mehr für fesche Husaren. Also habt ihr abgesattelt. Und euch in der Etappe wiedergefunden. Ab und zu Dienst in den Gräben, damit alle mal drankommen. Als ob ihr plattfüßige Infanteristen mit geklauten Sporen wäret.

Nach dem Herbst, der Winter. Dann das neue Jahr. In ihren Päckchen schickt Emma dir Schals, Strümpfe und Handschuhe. Sie weiß es, sie weiß, wie leicht du frierst. Und auch, daß du dich nie beschwerst, auch wenn du zwölf Stunden lang mit den Füßen im eisigen Wasser stehst und die Gamaschen sich vollsaugen und die Schuhe aus dem Leim gehen (ja, wenn ihr wenigstens Stiefel hättet!). Manchmal tröstest du dich mit dem Anblick der Schotten. Mein Gott, wie stellen die es an, nicht zu erfrieren?

Denn du frierst, Reginald. Du frierst fürchterlich. Eine derartige Kälte, die macht einen ganz dumm im Kopf. Du paßt nicht mehr auf, du wirst unvorsichtig. Vorgestern hat dir eine Kugel das Schulterstück weggerissen. Du bist mit dem Schrecken davongekommen.

In der Etappe warten die Pferde auf ihre Reiter und ihre Ration Hafer. Deins heißt Brown Harry – aber das sagte ich schon. Ein gutes Tier, vielleicht ein bißchen langsam.

Eines Januarabends wird es vergeblich auf deine Rückkehr warten.

Emmas letztes Päckchen trifft drei Tage nach deinem Tod im Lazarett in Ypern ein. Lungenentzündung.

Es enthält Wollstrümpfe.

Grüne.

Deine Lieblingsfarbe.

Elftes Kapitel

Ein Schwarm Möwen umkreiste wie feiner weißer Staub in einem Moiré-Himmel die schon weit entfernte Kuppel des Zentralbahnhofs. Ihre schrillen Schreie drangen nicht mehr bis zu uns. Von Zeit zu Zeit schnitt ein winziger Flügel einen Sonnenstrahl und leuchtete auf, um fast augenblicklich wieder zu erlöschen. Dieses langsame, beinahe regungslose Ballett erinnerte mich an Dachboden-Tage, an denen ich von morgens bis abends unter dem schmutzigen Dachfenster alte, vergilbte Zeitschriften durchgeblättert hatte. Dabei waren das sommerliche Erinnerungen, keine winterlichen. Hinter uns hupte ein ungeduldiger Autofahrer. Die Ampel war auf Grün gesprungen. Ich trat die Kupplung.

In der Stadt waren die Trottoirs beinahe trocken, die Platten klangen hell unter dem Schritt. Überall war der Schnee weggeschmolzen und hatte keine anderen Spuren hinterlassen als kleine schmutzige Harschränder um die Löcher im Asphalt und die Rinnsteine. So hatte ich ein Belgien vorgefunden, das mit dem vor einer Woche verlassenen beinahe identisch war. Vielleicht ein klein wenig feuchter – und das hatte nichts mit der Nähe des Hafens zu tun.

Laut Aline hatte ein einziger Regennachmittag genügt, den weißen Teppich, der am Abend meiner Abreise gefallen war, fadenscheinig zu machen. Und ebenfalls laut Aline hatte ich eine Reihe schöner Waldspaziergänge verpaßt. Im ersten Moment wünschte ich, sie hätte »wir« gesagt, aber bei Lichte besehen teilte ich ihre Städter-Freuden kaum: Verschneiter Hochwald, spiegelblanke Rodelbahnen und Schlittenpartien quer durchs

Gebüsch hatte ich als Kind täglich gehabt im Winter. Allerdings hatte dieser feine Unterschied hinsichtlich unserer individuellen Mythen uns nicht davon abhalten können, unser Wiedersehen gebührend zu feiern. Ich war letzte Nacht kaum zum Schlafen gekommen. Ich unterdrückte ein Gähnen und schlug die Richtung zu den Kais ein.

Unter der von Osten heraufziehenden Wolkendecke glitten die letzten Strahlen der bereits tiefstehenden Sonne von Dach zu Dach über die Schindeln und Ziegel, auf denen der Rauhreif glitzerte. Am Ende ihres Wegs würden sie auf die ein oder andere Fassade stoßen, falls sie nicht in einem letzten Aufglänzen auf einer vergoldeten Fensterscheibe vergingen. Starr vor Kälte drängte ganz Antwerpen sich um die Kathedrale Notre-Dame, deren Turm aus Zuckerguß wirkte, als ob er beim ersten Wärmeeinbruch schmelzen würde. Fernab der großen Durchgangsstraßen, wo traurig abgeschaltete Leuchtgirlanden hingen und abgenadelte Christbäume standen, schritten die Passanten in den kleinen Querstraßen rasch aus, als fürchteten sie, von der schnell einfallenden Dämmerung überrascht zu werden. In den Schaufenstern der kleinen Geschäfte hatten gelbe Glühbirnen und weiße Neonröhren das Tageslicht bereits abgelöst.

Anstatt wieder die Chaussee von Mechelen in Richtung der Autobahn nach Brüssel zu nehmen, hatte ich einen Umweg über die Kais gemacht, an der Schelde entlang. Niemand im Auto schien den Abstecher zu bemerken. Im Gegenteil, jedermann zog sich in dieses Schweigen zu Ende gehender Tage zurück, wenn nicht mehr viel zu tun bleibt, als zu warten, bis sie vorüber sind. Dafür war es, was uns betraf, allerdings noch ein wenig früh, vor allem weil wir noch eine gehörige Strecke zurückzulegen hatten, bevor wir zu Hause wären. Die alten Stoßdämpfer des Volkswagens quietschten rhythmisch über das Pflaster des Quai Plantin.

Trotz der Kälte hatte ich meine Scheibe einen Spalt geöffnet. Die eisige Flußluft drang ins Wageninnere, und ich sog den würzigen Geruch aus fauligen Algen, altem, aufgewühltem Schlick und Maschinenölpfützen ein. Aber ich konnte mir nicht helfen: Hinter den groben Maschen dieses Netzes aus Schimmel- und

Verwesungsdünsten roch ich die unsichtbare Präsenz des Meers, überkam mich, ohne daß ich es rational zu verstehen versuchte, die immer wieder überwältigende Ahnung jener planen Unendlichkeit, die, frei und in Bewegung, die einzige Rivalin des Himmels ist.

Trientje auf der Rückbank hüstelte. Ich drehte die Scheibe hoch. Im Rückspiegel, der auf Marlaire eingestellt war, sah ich nur eins ihrer Knie sowie die weißen Hände Pierres, der in die Lektüre seines Danton vertieft war, und die Ecke einer Kiste, die nicht mehr in den Kofferraum gepaßt hatte. Richter Daubie neben mir besah sich ratlos eines der zahlreichen beschlagnahmten Dokumente, dessen Typographie ihn zumindest verblüffte.

»Monsieur Dussert, Sie sind doch sozusagen ein wenig vom Fach ... Was das Hebräische betrifft, vorausgesetzt, das ist hier welches, haben wir doch wohl vereidigte Übersetzer?«

»Ich weiß es nicht, Herr Richter«, sagte ich.

Der Richter seufzte und runzelte die Brauen.

»Immer vorausgesetzt, daß es sich als nötig erweisen sollte, Monsieur Dussert. Woran ich offen gestanden nicht im geringsten glaube.«

Da gewisse hohe Tiere ungeduldig wurden, war die Hubermann-Affäre an einem Wendepunkt angelangt: Man ging an die Öffentlichkeit und suchte nach Zeugen. Auf den auf Veranlassung der Polizei ausgestrahlten Fernsehaufruf hin hatte die Gendarmerie, getreu ihren gewohnten Taktiken, eine großangelegte Operation von quasi militärischem Zuschnitt vorgeschlagen. Da diese Initiative von einer anderen Stelle als dem Justizpalast ausging, war die Staatsanwaltschaft ihr nur unwillig und widerstrebend gefolgt. Unter der Hand konnte der Staatsanwalt sich gar nicht beruhigen und erzählte jedem, der es hören wollte, daß die Herren von der Gendarmerie ihn wieder einmal gegen seinen Willen zu etwas gezwungen hätten. Um bei einem Fall, der letztendlich vor allem in ihre Kompetenz fiel, nicht außen vor zu bleiben, hatte die Kripo dann ihren Teil in Form von unnötigen Hausdurchsuchungen beigesteuert. Alle geschahen sie auf vage Denunziationen hin, meistens anonymer Art, die der Staatsanwaltschaft über eine kostenlose Telefonnummer zugingen, welche der Stab der Gendarmerie großzügig zur Verfügung gestellt hatte. Viel Lärm um so gut wie nichts: Nicht einen Augenblick lang drohte der Leitung eine Überlastung. Und während er seine verschiedenen Durchsuchungsbefehle ausstellte – hauptsächlich, um seine Pflicht zu tun, aber auch, um, ohne dabei jemandem auf die Füße zu treten, zu zeigen, mit welchem Lager er sympathisierte –, hatte der Untersuchungsrichter sich entschlossen, uns zu begleiten.

Bei der ersten Razzia, von der wir gerade zurückkamen, hatten wir uns eine Gruppe orthodoxer Juden vorgeknöpft, die für ihre radikalen Positionen in religiösen Fragen bekannt war. Bei der zweiten, von Marlaire, Ferraoui und der kompletten Walschaert-Mannschaft durchgeführt, war ein rechtsextremer Brüsseler Buchladen durchforstet worden.

»Da stecken doch wieder die Loubavitchs dahinter!« hatte der Hauseigentümer die ganze Zeit geschrien, und seine Löckchen tanzten wild dazu, während wir Broschüren und Pamphlete in unsere Kisten verstauten.

Der Mann war uns während der ganzen Durchsuchung gefolgt, vom Keller auf den Dachboden, vom hintersten Abstellraum bis in die Besenkammern. Vermutlich von unseren leicht abgespannten Mienen ermutigt und in der Hoffnung, einen aufsehenerregenden polizeilichen Übergriff provozieren zu können, schüttete er kübelweise Beleidigungen über uns aus, in denen sich »Rassisten« auf »Gestapisten« reimte, »Nazitypen« auf »Polypen« und »Faschos« auf gar nichts. Vor lauter tatsächlicher oder gespielter Empörung hatte der Arme schließlich den Faden verloren und seinen gesamten Vorrat an Schimpfworten aufgebraucht.

Von zwei, drei englischen Texten abgesehen, war das Verdächtige an den beschlagnahmten Dokumenten eher die Form als der Inhalt. (»Wer weiß, ob wir hier nicht mit Kochrezepten abziehen!« hatte Pierre gespottet.) Wenn wir wenigstens ein paar Disketten gefunden hätten, so hätte uns das immerhin geholfen, das Gesicht zu wahren und das Feld würdig und rasch zu räumen; leider barg das Haus keinen einzigen Computer.

»Monsieur Dussert?«

»Ja, Herr Richter?«

»Ich sehe da nicht ganz klar. Rufen Sie mir doch noch mal ins Gedächtnis zurück, was der Unterschied zwischen Satmars und Loubavitchs ist.«

Um ihm den ins Gedächtnis zurückzurufen, hätte ich ihn zunächst einmal kennen müssen.

»Das sind doch so eine Art jüdische Sekten, oder?« wagte Pierre sich vor.

»Jedenfalls scheinen sie einander, obwohl sie beide gläubig sind, nicht sonderlich zu schätzen«, bemerkte der Richter.

»Sieht so aus«, sagte ich. »Was das betrifft, hatte der Besitzer vielleicht nicht unrecht.«

»Worauf wollen Sie hinaus?«

»Ich meine die Denunziation, Herr Richter.«

Ich bog nach links ab, in Richtung Ring, wo sich der Verkehr bereits staute – es war Freitagabend. Jetzt endlich dachte ich daran, den Rückspiegel einzustellen. Die altrosa Oberfläche des Flusses nahm kurz den Spiegel ein und wich dann einem Nebel aus weißen Scheinwerferstrahlen auf grauem Hintergrund.

»Und Danton, Monsieur Crestia? Wie weit sind Sie damit gediehen?«

Pierre hatte sein Buch geschlossen.

»Überhaupt nicht weit, Herr Richter.«

»So? Aber angesichts der Seitenzahl muß er doch wenigstens schon geboren sein?«

Gegenüber Daubie geriet Pierre stets ins Rudern. In seine Höflichkeit mischte sich dann ein ängstlicher Respekt, in dem sich Mißtrauen und die Hoffnung, ein paar Punkte gutzumachen, die Waage hielten.

»Ich bin beim Tod seiner Frau ... Dazu gibt es übrigens eine sehr schöne Passage ...«

Der Richter streckte die Beine aus und räkelte sich auf seinem Sitz. (Er hatte ihn so weit wie möglich nach hinten gerückt. Die Beinchen Trientjes hinter ihm nahmen nicht viel Platz ein, und sie hätte ohnehin niemals protestiert, was der Richter wiederum genau wußte.)

»Na wunderbar! Erzählen Sie uns das doch mal genauer, Monsieur Crestia!«

Pierre schwankte kurz und gab sich dann einen Ruck.

»Man hat die Heißblütigkeit dieses Menschen stark übertrieben dargestellt«, begann er. »Danton war zweifelsohne kein Kostverächter, aber in Wirklichkeit betete er seine Frau an. Nur daß ihn die mit seiner Position einhergehenden Verpflichtungen eben oft zwangen, außer Haus zu sein ...«

»Bis hierhin ist das nicht weiter originell«, seufzte der Richter und warf einen besorgten Blick auf seine Armbanduhr. (Madame Daubie war für ihr eifer- und rachsüchtiges Wesen bekannt.)

»Gewiß ... Bloß als Gabrielle, bereits sehr geschwächt, im Sterben liegt, während ihr illustrer Gatte Belgien bereist ...«

»Belgien? Soso! Das Detail war mir unbekannt.«

»... Als Danton davon erfährt, kehrt er schnurstracks nach Hause zurück. Aber zu spät! Gabrielle ist tot. Tief verzweifelt, wahnsinnig vor Schmerz, stürzt er zum Friedhof ...«

Pierre stellte sein erzählerisches Talent nicht nur beim Erzählen der neuesten unanständigen Witze oder, als kleinen Kontrast, beim Zitieren hochgestochener Racine-Zitate, die er wer weiß woher hatte, unter Beweis. Trotz seiner Blasiertheit und seiner spöttischen Herablassung hätte sich der Richter beinahe mitreißen lassen.

»Und dann?«

»Dann? Er läuft augenblicklich zum Totengräber ...«

»Und ...?«

»... befiehlt, den Sarg auszugraben ...«

Jetzt hatte der Richter angebissen. Zufrieden legte Pierre eine Pause ein, in die hinein er seine Pointe setzte:

»Um seine Frau ein letztes Mal mit Küssen zu bedecken!«

Diese Pointe war schon dazu angetan zu überraschen. Und sie überraschte. Ich nickte. Nachdem man mich mehrmals angeblinkt hatte, hielt ich den Moment für gekommen, die Scheinwerfer einzuschalten.

»Ist doch schön, nicht wahr?« schloß Pierre.

Angesichts des Schweigens befürchtete er, zu weit gegangen zu sein. Der Richter machte eine zweifelnde Miene und kratzte sich das Kinn. Ich meinerseits blickte in die flache Landschaft, deren Horizont im Westen von einem Streifen Licht gebildet wurde, der zum Teil so schmal war, daß schon das flache Dach eines Hauses ihn unterbrechen konnte.

»Ekelhaft ist das«, murmelte Trientje, von der seit einer halben Stunde oder länger kein Ton mehr zu hören gewesen war.

Als hätten sie auf nichts anderes gewartet, verfiel jeder wieder in Schweigen. Einen Augenblick lang fürchtete ich, Pierre würde jetzt schmollen. Aber ich hätte um nichts in der Welt meine Ansicht zum besten geben wollen. In Wirklichkeit wollte ich mir lieber keine Meinung dazu bilden müssen.

Statt dessen achtete ich nicht mehr auf die eintönige Autobahnlandschaft und ließ meine Gedanken schweifen. Pierres Anekdote, weit davon entfernt, mir nahezugehen, ließ vielmehr vor meinem inneren Auge eine harmlose Theaterszene entstehen, auf die ich mich unbekümmert und mit vager Neugier einließ. So stellte ich mir einen fetten, hängebäuchigen Danton vor, mit langer, gepuderter Mähne, der über den grauen Stoppelrasen eines kleinen Friedhofs stapfte, der voller einander gleichender weißer Grabsteine war. Seltsamerweise verlieh meine Phantasie ihm die schwammigen Züge Massards. Zu seinen Füßen gähnte ein ausgehobenes Grab. Eins nach dem andern sprangen mit lautem Knacken die Sargbretter auf. Ich stand im Grab, stützte mich mit beiden Händen auf den Stiel meines Spatens und benützte ihn als Hebel. Massard weinte nicht, er lachte aus vollem Halse. Er war besoffen. Endlich sprang das letzte Brett auf, und ein Gesicht erschien: abgezehrt, verschlossen, hochmütig – das Gesicht Rüdiger Hubermanns.

»Adieu, meine liebe Lucie!« brüllte Danton-Massard, eine kleine Flasche Genever in der Hand haltend.

Ich schreckte hoch. Der Wagen kam leicht nach rechts von der Straßenmitte ab. Ich lenkte sanft gegen. Niemand hatte etwas bemerkt. Wirklich nicht genug geschlafen gestern nacht. Der Richter neben mir hatte die Arme verschränkt und betrachtete die Landschaft.

Die Nacht sank über die Straßen, Häuser, Felder und Friedhöfe herab. Schon zwei Monate, daß ich nicht mehr in Ypern gewesen war. In meinem roten Notizheft warteten zig weiße

Seiten auf nichts anderes, als mit meinem Kugelschreiber beschrieben zu werden.

Aber das war etwas ganz anderes. Wirklich, etwas ganz anderes. Gräber öffnete man mit dem Spaten oder der Schaufel. Nicht mit Sätzen, nicht mit Worten. Nein tatsächlich: etwas ganz anderes. Für mich ging es weder ums Öffnen noch ums wieder Schließen. Dort, wo die Spaten tote Erde über toten Körpern festklopften, jäteten die Worte lebendige Erinnerung. Und die Grabsteine meines Friedhofs waren weiße Seiten. Spaten und Schaufeln werden mit der Zeit und der Benutzung stumpf. Vorausgesetzt, sie waren ehrlich, behielten dagegen die Worte all ihre Schärfe. Sie töteten gewissermaßen den Tod.

Es sah nach einem Stau aus. Auf der Rückbank öffnete Pierre, des Nichtstuns müde, wieder sein Buch und entzifferte die Buchstaben im Licht der entgegenkommenden Scheinwerfer. Der Richter zupfte sich mit Daumen und Zeigefinger an den Augenbrauen herum und brütete über irgendeinem komplexen Verfahrensproblem.

Um meiner Müdigkeit Herr zu werden, rief ich mir eins der Spiele des Kindes, das ich gewesen war, ins Gedächtnis; alleine auf der Rückbank des großen Autos von Papa, in einer längst vergangenen Zeit, als Belgien noch nicht komplett von Autobahnen überzogen gewesen war. Statt Statistiken über Automarken oder Herkunftsländer anzulegen, versuchte ich heute abend die Nummernschilder zu lesen, oder besser, die drei Anfangsbuchstaben, auf der Suche nach komischen oder unerwarteten Kombinationen. Gewisse dieser Kombinationen, die man als zu obszön ansah, wurden von vornherein nicht zugelassen, und das war gewiß ein Glück. Aber ich hatte mir ungefähr ausgerechnet, daß die Administration angesichts des nationalen Automobilbestands für jedes verbotene Wort mindestens drei weniger schlimme durchgehen lassen mußte, denn andernfalls wäre es bald nicht mehr möglich gewesen, in ausreichendem Maße Zulassungen auszustellen. Und so kam es, daß man auf jeder Kurzstrecke eine Unzahl an UPS und HEI, an GAS, ASS, GUT und MUT einfahren konnte, um nur von den häufigsten zu reden.

Heute abend dagegen nichts Originelles: die Ausbeute war

mager. Kaum daß ich auf der Höhe von Mechelen einem WER-521 begegnete. Nach ein paar Kilometern und einem BIN-212 verlor ich die Lust, auf das ICH zu warten, das hätte folgen müssen.

Du wirst alt, dachte ich.

Der Rest der Fahrt ging mit Überlegungen dahin, wie ich Aline am geschicktesten dazu bringen konnte, eine etwas weniger aufreibende Nacht zu verbringen als die vergangene. Auch wenn es gegen meinen männlichen Stolz ging, glaubte ich nicht, einen derartigen Rhythmus lange durchhalten zu können. Hatte ich Angst vor dem unvermeidlichen ersten Streit? Alines Ausgeglichenheit sollte in dieser Hinsicht eigentlich beruhigend wirken, aber die Möglichkeit ängstigte mich. Also hörte ich lieber auf zu grübeln und verließ mich in der Zwischenzeit auf mein äußerst zweifelhaftes Talent zur Improvisation.

Als Brüssel in Sicht kam, wölbte sich die grüne Kuppel der erleuchteten Koekelberg-Basilika in den schwarzsamtenen Himmel. Auf ihrer Spitze strahlte ein kleines rotes Kreuz. Der Hauptverkehr verlief nunmehr in der Gegenrichtung. Ich durchquerte die Stadt mit hoher Geschwindigkeit auf den leeren Boulevards.

In der Brigade bereitete man sich auf den Wachdienst der kommenden Nacht vor. Jeder mit einer Kiste – der Richter hatte darauf bestanden, die Trientjes zu schleppen, die im Gegenzug seine Aktentasche nahm – stiegen wir in die still daliegende zweite Etage hinauf, wo es nach kaltem Kaffee und Scheuerpulver roch. Mit gekreuzten Beinen auf einem Stuhl im Korridor sitzend, erwartete die Schreiberin uns unter einer Grünpflanze. Ich versuchte, nicht auf ihre voluminösen Schenkel und flachen Waden zu blicken. Nach einem letzten Blick auf seine Uhr bedankte der Richter sich bei uns und verabschiedete sich. Die junge Frau folgte ihm mit selbstzufriedener Miene.

Die Tür zu unserem Büro stand offen.

»Ich kann mich kaum noch auf den Beinen halten, meine Kräfte schwinden ...«

Sichtbar erleichtert stellte Pierre seine Kiste auf dem Waschbecken ab. Dann schaltete er das Deckenlicht an.

»Meine Augen blendet die Helligkeit, die ich wiedersehe ...«

Ich mußte lächeln. Der Einbruch der Dunkelheit trug seine Früchte. Dabei kam es nicht in Frage, sich bei ihm nach der Herkunft dieser Verse zu erkundigen. Schweigend schaltete ich die Kaffeemaschine aus, da auf dem Boden der Kanne so etwas wie ein mißratener Mokkakuchen vor sich hin köchelte, während Pierre, vermutlich um seinen Sätzen Nachdruck zu verleihen, auf seinem Stuhl zusammensank (»Und meine zitternden Knie geben unter mir nach«), um beinahe sofort wieder aufzuspringen. Sodann stellte er energisch seine Aktentasche vor sich auf den Schreibtisch und wollte sich ohne weitere Umschweife auf den Heimweg machen.

Genau in diesem Moment trat Sébastien ein.

»Gehst du etwa schon?«

Pierre zuckte überrascht die Achseln.

»Nein, ich räume auf.«

Aber Sébastien erwartete gar keine Antwort. Er hatte seinen Trenchcoat anbehalten. Die Hände in den Taschen und mit niedergeschlagenen Zügen sah er sich zerstreut im Büro um und kam dann zu meinem Schreibtisch.

»Ist irgendwas nicht in Ordnung?« fragte ich.

Er blies die Wangen auf und atmete lange aus.

»Das kann man wohl sagen, fürchte ich.«

Trientjes Schreibmaschine hatte zu rattern begonnen. Seit unserem Abstecher nach Deutschland und ihrem Termin letzthin vor der Disziplinarkommission – wegen der Fußtrittaffäre – war sie nicht mehr auf dem laufenden mit ihren Akten.

»Eigentlich müßte ich mich ja mittlerweile daran gewöhnt haben . . .«

Mit einer müden Geste legte er die Akte, die er unterm Arm getragen hatte, vor mich hin. Auf dem Etikett las ich: »Rüdiger J. Hubermann«, und auf der ersten Seite erkannte ich die ebenmäßige Schrift Paul Erhards wieder.

»Da sieh mal einer an! Und wo kommt die jetzt plötzlich her?« fragte ich erstaunt.

Sébastien lehnte sich gegen Trientjes Schreibtisch und wischte sich über die Stirn.

»Vom Staatsschutz. Subversionsabteilung oder -direktion, ich erinnere mich nicht mehr. Von denen komme ich gerade, stell dir vor ... Und du kannst mir glauben, daß ich für heute fertig mit der Welt bin.«

Er wirkte völlig erschöpft.

»Es reicht doch, daß die Gendarmen uns an den Kragen wollen ...«, sagte er. »Wenn der Geheimdienst jetzt auch noch damit anfängt, werden wir das Rentenalter gar nicht erreichen ...«

(Immer dieser Hang zum Dramatisieren.)

»... Wir werden alle als Gerichtsschreiber enden oder als Gefängniswärter ...«

(Mit einem Schlag ist er wieder wach.)

»Apropos, Catherine ... genial, deine Idee!«

Trientje nahm die Finger von der Tastatur. Sie legte den Kopf schief und stützte das Kinn in die Hände. Ihre grauen Augen verrieten keinerlei innere Erregung, es sei denn vielleicht die Erinnerung an ein lang vergangenes Erstaunen.

»Kommst du bei mir vorbei, damit wir darüber sprechen können?«

Seltsame Art und Weise, den Tag zu beenden, dachte ich bei mir. Aber wenn es nicht um Dienstliches ging, durfte man Sébastiens Erklärungen nie wortwörtlich nehmen. Trientje zog ihr Protokoll aus der Schreibmaschine, unterschrieb, wobei sie das Blatt durchlöcherte, legte das Kohlepapier in eine Schublade zurück und stand auf.

»Gehen wir. Guten Abend zusammen!« rief Sébastien.

Trientje folgte ihm auf den Korridor. Nach kurzer Überlegung hatte sie ihre Jacke auf dem Kleiderständer gelassen. Bevor er die Tür hinter ihr schloß, steckte Sébastien noch einmal den Kopf herein.

»Pierre?«

Der drehte sich um.

»Vorhin ... Das war natürlich ein Scherz!«

Die Tür fiel lautlos ins Schloß. Pierre stellte seine Aktentasche unter seinem Stuhl ab und zog die Plastikhülle von seiner Schreibmaschine.

»Aber gewiß doch!« bemerkte er zähneknirschend.

Ich zögerte, die Akte zu öffnen, die auf meiner Schreibunterlage wartete. Auch ich ging auf dem Zahnfleisch, wenn auch vermutlich nicht aus denselben Gründen wie Sébastien. Dennoch durchzuckte die plötzliche Lust mich, Aline wiederzusehen, den etwas welken Duft ihres Wohnzimmers einzuatmen, ihre leichten Arme um meinen Nacken zu spüren, meine Finger über das seidige Nylon ihrer Strumpfhose gleiten zu lassen und neben ihr in der weichen Wärme der Daunendecke einzuschlummern ...

Nur um mir selbst zu beweisen, daß ich nicht mehr konnte, versuchte ich, die erste Seite zu lesen. Und tatsächlich: Ganz im Gegensatz zum Deutsch Hubermanns stellte das von Erhard mich vor syntaktische Probleme, die ohne die Hilfe eines Wörterbuchs nicht zu lösen waren. Die geographische Entfernung stimmte mich gnädig, so daß ich diese Schwierigkeiten dem amtlichen Charakter des von ihm verfaßten Schriftstückes zuschrieb. Nebenher fragte ich mich, ob Aline mir nicht helfen können würde, es zu entziffern – gleich heute abend, warum nicht? Gehörte das Lernen einer so wichtigen Fremdsprache wie des Deutschen nicht zur normalen Ausbildung eines Kunstgeschichtlers? Wie sollte man die Feinheiten eines Schelling, Burckhardt oder Wölfflin goutieren können, wenn man sich nicht zuallererst mit dem Originaltext beschäftigte? Ich nahm mir vor, sie diesbezüglich zu fragen. Was den *Kult des Opfers* anging, so lieferte Trientje mir keine Inhaltsangaben.

Pierre hatte begonnen, einen Bericht zu tippen.

»Pierre?«

»Ja?«

»Worum handelt es sich denn bei dieser genialen Idee?«

Mit der rechten Hand öffnete er eine Schreibtischschublade.

»Irgendwas, um Donato dranzukriegen, glaub' ich ...«

»Glaubst du oder weißt du?«

Er grinste breit und schüttelte ein Fläschchen Korrekturflüssigkeit.

»Du kennst sie doch.«

Ich wollte gerade die Akte zuklappen und in eine Schublade räumen, als eine lärmende Horde das Treppenhaus erzittern ließ. Zurückhaltend, wie er war, öffnete Marlaire die Tür mit einem Fußtritt, so daß sie krachend gegen die Wand schlug.

»Salut, ihr Antwerpener!« brüllte er. »Bahn frei für die reinen Arier!«

Mohammed, der ebenfalls eine Kiste trug, folgte dicht hinter ihm. Seine blaue Krawatte hing schräg über das Revers eines gestärkten und offenbar neuen Trenchcoats.

Die beiden Kisten landeten auf Trientjes Schreibtisch. Marlaire nahm davor Platz, legte die Füße auf die Kante, inspizierte den Inhalt eines Behälters und entnahm ihm ein Blatt Papier, das er in die Schreibmaschine spannte. Mit einem Finger der rechten Hand tippte er etwas, was ihn zum Lachen reizte. Mohammed blieb stehen.

»Irgendwas bei rausgekommen?« fragte Marlaire.

»Pustekuchen«, knurrte Pierre, der sich immer noch mit seiner Kopie und seiner Korrekturflüssigkeit herumschlug – er hatte einen kleinen weißen Fleck davon auf der Nasenspitze.

Marlaire spielte mit dem Gasdruckhebel des Stuhls, der, an ein solches Schwergewicht nicht gewöhnt, herzzerreißende Seufzer ausstieß.

»Bei uns war's kaum besser«, meinte er. »Bis auf eine Beamtenbeleidigung. Stimmt's, Momo?«

Mohammed wurde rot und kniff die Lippen zusammen.

»Inspektor«, murmelte er.

Marlaire lachte schallend. Das genügte. Sehr würdig und ohne ein Wort verließ Mohammed den Raum.

»Na ja, irgendwas werden wir da vielleicht schon rausholen können.«

Marlaire fischte aus einer der Kisten einen von einem Gummi zusammengehaltenen Stapel Disketten.

Jemand klopfte an. Marlaire nahm die Beine vom Schreibtisch.

»Da sind sie«, flüsterte er.

Er griff rasch nach einem herumliegenden Zettel und rief:

»Herein!«

Ein Mann im grauen Leinenjackett, die Hände in den Hosentaschen, trat ein. Hinter ihm stand sein Adlatus, ein junger schnurrbärtiger Athlet in einer beigen Wildlederjacke und grünen Strickkrawatte. Sie hatten ihre Armbinden abgelegt.

»Hallo, Jungs!« rief Marlaire, ohne den Kopf zu heben. »Sind eure Uniformen in der Reinigung?«

Adjutant Leenaerts, der Humor hatte und sich überdies auf feindlichem Terrain wußte, begnügte sich damit, sein Pferdegebiß in einem höflichen Lächeln zu entblößen.

»Ist der Richter noch da?« erkundigte er sich. Marlaire, immer noch über seinen imaginären Bericht gebeugt – ich glaubte, auf dem Zettel die neueste Liste der bei Leonardo erhältlichen Sandwiches zu erkennen –, deutete auf die Tür.

»Erster Stock. Dritte Tür rechts.«

Die Gendarmen in Zivil salutierten – Macht der Gewohnheit – und verschwanden wieder. Das Problem mit den Gendarmen ist gar nicht so sehr, daß sie eine Schirmmütze auf dem Kopf tragen, sondern vielmehr, daß sie auch eine darin haben.

»Sie werden da nicht reingehn«, sagte ich. »Leenaerts kennt das Gebäude.«

»Die Wette gilt! Der Verlierer muß ein Protokoll übernehmen!«

Marlaire hatte ihnen den Weg zu den Toiletten gewiesen.

»Schau mal, was ich hier habe ...«

Er zog ein kleines emailliertes Schildchen aus der Innentasche seiner Jacke, auf dem eine schwarze Silhouette zu sehen war.

»Damen auch noch ... Du übertreibst wirklich.«

Er stand auf und nahm den Stapel Disketten.

»Ich werd' gleich mal nachsehen, ob diese Herren Stil haben. Ich halte dich auf dem laufenden. Wenn mich inzwischen irgendwer sucht, ich bin im dritten Stock in der Dokumentation. Funktioniert der Computer eigentlich?«

»Ich glaube schon.«

»Bestens. Na dann ab in die Überstunden.«

Hatte er denn heute abend nichts Besseres vor? Oder wollte unser Don Juan vom Dienst mit seiner letzten Flamme Schluß machen? Laut der Legende, an der er hartnäckig webte, waren seine Affären stets nur von kurzer Dauer.

»Arbeite nicht zuviel«, bemerkte ich ironisch.

»Keine Sorge. Bei diesem Fall setzen wir sowieso auf die falsche Nummer.«

Die Tür schlug zu.

»Das Schlimmste ist, daß er recht hat, der alte Arsch«, sagte Pierre.

Ich stand ebenfalls auf und stützte mich auf die Fensterbank.

»Daß er recht hat?« fragte ich.

»Ja ... Wir setzen auf die falsche Nummer.«

Gegenüber reihte sich trotz der abendlichen Kälte eine Schlange aus mehreren Dutzend Wartenden vor dem Eingang des Neuen Theaters auf. Ich versuchte, den Titel des Stücks zu entziffern, der auf der am Fuß der Treppen aufgeklappten Tafel stand. Plötzlich existierte der Platz nicht mehr. Ich drehte mich um.

»Was hast du da eben gesagt?«

Pierre zuckte zusammen. Ich hatte plötzlich sehr laut gesprochen.

»Jetzt, gerade eben ...!«

Er rückte mit seinem Stuhl zurück.

»Äh ... auf die falsche Nummer ... Warum?«

Sébastien hatte genau dasselbe gesagt, vor ein paar Wochen oder Tagen, ich erinnerte mich nicht mehr. Wort für Wort kam mir unser Gespräch wieder in den Sinn. Und mit ihm das ungute Gefühl, das mich beschlichen hatte. »Herrgott noch mal!«

Ohne um Erlaubnis zu fragen, begann ich in Pierres Papieren zu wühlen. Der ließ mich wie erstarrt machen und sah mir zu.

»Sag mal! Bist du sicher, daß dir nichts fehlt?«

Ich fand nicht, wonach ich suchte. Nicht weiter erstaunlich in diesem Saustall.

»Wo hast du die Liste hin?« schrie ich.

»Was für eine Liste?«

Er machte mich noch wahnsinnig.

»Die Liste der Nummernschilder natürlich!«

»Die Liste der Nummernschilder?«

»Die die Stadtpolizei uns überlassen hat ...! Der Fall Hubermann, sagt dir das irgendwas?«

»Ah! Die Liste ...! Jetzt verstehe ich!«

Mit einem Griff zog er einen dünnen gelben Ordner aus seinem Durcheinander.

»Hier ist sie! Fragen genügt.«

Ich nahm mir nicht die Zeit, seine Ablagemethode zu kommentieren, sondern riß ihm das Dokument aus den Händen. Das Herz schlug mir bis zum Hals. Das Paradoxe an der Sache war, daß ich sicher war, das, was ich suchte, nicht zu finden. Mein Finger fuhr die alphabetisch geordneten Spalten hinab.

RCA-453, RTU-520, SUA-979 …

TUT-112 …

Das Nummernschild war nicht darunter. Ich donnerte die Faust auf den Tisch. Pierres Tasse hüpfte hoch, und der Löffel stieß klirrend gegen das Porzellan.

»He! Immer mit der Ruhe!«

Ich war weder glücklich noch unzufrieden. Ich wußte lediglich, daß ich endlich etwas in der Hand hielt, wenn ich auch nicht wußte, was …

TOT also.

Die Ziffern. Die Ziffern fehlten mir noch.

»Ich bin im dritten Stock!« rief ich.

Als ich das Treppenhaus betrat, dröhnte vom Stockwerk drunter das Geräusch einer Klospülung herauf. Als echten Detektiven hätte ihnen eigentlich auffallen müssen, daß keine Pissoirs da waren. Ich würde also ein zusätzliches Protokoll tippen dürfen. Zu meinem Glück war Marlaire nicht einer von denen, die jedes Detail aufnehmen.

Er hatte die Tür offengelassen. Als ich den Raum betrat, erinnerte ich mich plötzlich wieder an die Nummer:

422. TOT-422.

Wenigstens dieses eine Mal hatte mich mein miserables Zahlengedächtnis nicht im Stich gelassen. Der Bezug der Nummer zu einem gewissen Würfelspiel, das ich übrigens nie gespielt hatte, hatte sie vermutlich vor dem Vergessen gerettet.

Marlaire, der vor dem Bildschirm saß und sich auf die Arbeit konzentrierte, hatte mein Eintreten nicht bemerkt. Ich sah lediglich seinen gebeugten Rücken sowie sein blondes Haar und seine linke Hand, die von bläulichem Licht übergossen waren. Die Tasten klickten fast ohne Unterbrechung, von Zeit zu Zeit erfuhr der Rhythmus eine plötzliche Beschleunigung. Das Terminal hinter ihm am anderen Ende des Saals war ausgeschaltet.

Ich warf es an, zog mir einen Stuhl heran und wartete auf das Erscheinen der Benutzeroberfläche.

»Kennst du das neue Paßwort für die Autozulassungskartei?« fragte ich.

Als Spezialist vom Dienst für gestohlene Autos, Lastwagen, kurz, bis auf Fahrräder, für alles, was rollte, kannte Marlaire es auswendig. Dennoch verstrich einige Zeit, bevor er mir antwortete. Ich notierte das Wort auf einen Schreibblock, der herumlag. Das Schweigen meines Kollegen ließ in dem kleinen Saal den Krach, den sein Computer verursachte, um so lauter klingen. Nicht nur eine ziemlich unerträgliche Melodie war da zu hören, sondern auch alle paar Sekunden eine hektische Kakophonie aus schrillen Tönen, zu der sich die Pieps, Pings und Tuuts vereinten.

Endlich erschien das Menü. Mit zitterndem Finger tippte ich das Paßwort ein. Sofort glitt das unvermeidliche technische Blabla über den Bildschirm. Nach einer Reihe von Fragen, deren Beantwortung mir ebenso sinnlos wie langwierig erschien, konnte ich endlich die gesuchte Zulassungsnummer eingeben.

»T. O. T. 4. 2. 2.«, buchstabierte ich halblaut, während ich tippte.

Das System begann mit der Suche. Es mußte Tausende von Registrierungen durchgehen. Ich hielt den Atem an. Am unteren Ende des Bildschirms blinkte der Cursor. Ich war ganz nah dran, dessen war ich sicher. Dann erschien eine neue Botschaft – so neu sogar, daß ich mich nicht erinnern konnte, sie schon einmal gelesen zu haben.

Das gesuchte Nummernschild existierte nicht.

Ich vergaß sogar zu fluchen. Hatte ich mich vertippt? Ein zweiter Versuch erbrachte dasselbe Resultat.

»Hugues?«

Seit einigen Sekunden hopste Marlaire auf seinem Stuhl auf und ab, stieß kleine Knurrlaute aus und hämmerte mit einer Energie auf die Tasten ein, die mich für die Tastatur das Schlimmste befürchten ließ. Jetzt verstand ich endlich, daß es sich um ein Computerspiel handeln mußte. Es konnte nichts anderes sein. Und nun hörte ich den schrillen hohen Pfiff einer virtuellen Lokomotive. »Jaa, was denn?«

»Eine nicht registrierte Autonummer, ist dir so was schon mal vorgekommen?«

Er lehnte sich zurück, hob einen Finger hoch und drückte dann dreimal hintereinander auf die Leertaste. Ein metallisches Quietschen ertönte und verhallte.

»Jaa.«

»Gefälschtes Nummernschild?«

Das hatte ja bereits Informationscharakter.

»Nicht unbedingt.«

»Ach! Drück dich mal deutlicher aus . . .«

»Sekunde . . .«

Vor seinem Computer erinnerte er mich an eine Katze, die einer Maus auflauert. Mit einem Schlag fielen seine Finger auf die Tastatur hinab und mißhandelten die Tasten. Der Bildschirm nahm eine andere Farbe an, aus dem Lautsprecher kam das Liedchen.

»Und hoppla! Noch einer!« rief er. »Was sagtest du . . .?«

»Die Nummernschilder.«

»Ach ja. Nicht registriert, oder?«

»Genauso ist es.«

Er drehte sich um.

»Ganz einfach . . .«

Er zählte an den Fingern ab:

»Von der Gendarmerie: die Sondereinsatzschwadron; von der Kripo: die erste nationale Brigade; vom Staatsschutz: alle Einheiten . . .«

Sauber, dachte ich. Die Elite.

»Unsere Nummernschilder übrigens auch nicht, falls dir das entfallen war.«

Na gut, vielleicht doch nicht ausschließlich die Elite.

»Aber dein Nummernschild kann natürlich genausogut wirklich gefälscht sein«, bemerkte er noch beiläufig. »In dem Fall hättest du es mit ziemlich untalentierten Bastlern zu tun. Aber das soll's ja geben.«

Für jemanden, dessen schnelles Schalten seine erste und manchmal seine einzige Qualität war, fand ich seine Reaktion ein wenig langsam. Denn mein Problem blieb voll und ganz bestehen. Ja, ich hatte sogar mehr Fragen als Antworten. Ich schloß die Datei und schaltete das Terminal ab. Ich war kaum weitergekommen und wollte schon gehen und ihm einen guten Abend wünschen, als eine neue Melodie aus seinem Computer ertönte. Ich traute zunächst meinen Ohren nicht. Mit einer gewissen Überraschung und einer gewissen Genugtuung hatte ich soeben das Horst-Wessel-Lied wiedererkannt.

»Was ist denn das da?« fragte ich.

»Eine von den Disketten«, antwortete er. »Wir haben sie in dieser Buchhandlung kiloweise beschlagnahmt. Ein in den Vereinigten Staaten hergestelltes Spiel. Eine Gebrauchsanweisung liegt nicht bei, aber es ist ganz leicht und verdammt gut gemacht.«

Neugierig postierte ich mich hinter ihm. Oben auf dem Bildschirm zeigte eine von zwei Hakenkreuzen (oder besser gesagt: Svastikas: denn die Arme gingen in die falsche – oder eher in die richtige – Richtung) eingerahmte Patrone den Namen des Computerspiels in verschnörkelten gotischen Lettern:

Auschwitz Commander.

In einer flachen einheitsgrünen Wiesenlandschaft fuhren kleine dampfbetriebene Eisenbahnen über ein komplexes Gleissystem mit Brücken, Tunneln und Straßenübergängen durch die Gegend. All diese Züge erreichten schließlich den Eingang eines stacheldrahtumzäunten Lagers. Ein Konvoi, durch eine bestimmte Tippfolge gesteuert, fuhr die letzte Gerade entlang.

»Man muß achtgeben, das Tor nicht zu demolieren ...«

Wieder drückte Marlaire die Leertaste. Bremsgeräusche waren zu hören. Das Tor glitt zur Seite, und Marlaire drückte auf die Enter-Taste. Der Zug fuhr ein und blieb stehen.

»Um abzuladen, mußt du auf *Down* drücken.«

Auf der Stelle stiegen mit abgehackten Bewegungen Massen winziger Menschen aus jedem Waggon, formierten sich längs der Gleise zu einer Schlange und bewegten sich dann, gut bewacht, auf eine Art dunklen, fensterlosen Bunker zu.

»Das Prinzip ist einfach«, kommentierte Marlaire. »Es ist ein Organisationsspiel. Um Punkte zu machen, mußt du in einem Minimum an Zeit ein Maximum an Zügen heranlotsen und leeren.«

»So?« sagte ich, um irgend etwas zu sagen.

»Hast du die Bildqualität gesehen? Nicht schlecht, was? Es gibt sogar einen kleinen bellenden Schäferhund, hier. Siehst du ihn?«

Ich beugte mich vor. Selbst wenn man sehr genau hinsah, konnte man auf den grauen Oberkörpern der kleinen Figuren keinen gelben Stern entdecken.

»Um möglichst schnell auszuladen, genügt es, auf die Home-Taste zu drücken, so. Wenn du mehrmals draufdrückst, kommen die SS-Männer und schlagen in den Haufen, und du verlierst Zeit. Das ist ein Minuspunkt ... Und dann gibt es noch einen Trick, aber der ist nicht ganz leicht zu finden ...«

Mit der Spitze des kleinen Fingers drückte er behutsam die Enter-Taste. Ich wagte nicht, den Blick vom Bildschirm zu nehmen. Ein schwarzes Rechteck öffnete sich im Bunker, und die kleinen Leute, die sich bis dahin vor den Mauern gedrängt hatten, traten in Reih und Glied ein. Währenddessen hatte der Zug das Lager verlassen und die Gleise freigemacht. Ein weiterer Konvoi passierte die letzte Weiche.

»Du drückst auf die Delete-Taste und hopp ...!«

Die Tür schloß sich wieder. Der kleine Schornstein auf dem Dach des Bunkers war mir bisher noch nicht aufgefallen. Jetzt begann er, hübsche kleine weiße Rauchwolken auszuspucken, rund und wattig – dieselben wie die Lokomotive –, da hatte sich der Programmierer nicht gerade verausgabt. Auf der rechten Bildschirmseite erschien eine Zahlenstatistik.

»Die Partie ist beinahe zu Ende, und ich bin ewig weit vom Rekord entfernt.«

Marlaire sah auf seine Uhr und drückte auf Pause.

»Was sie nicht alles erfinden, hä?«

Ich wußte nicht, was antworten, vor allem nicht, was denken.

»...«

Wirklich, was sollte ich sagen.

Marlaire reckte sich und fuhr auf seinem Sessel herum.

»Jedenfalls sind wir da ebenfalls auf dem Holzweg.«

Hinter ihm war Hitlers Visage als Bildschirmschoner aufgetaucht.

»Wieso das?« fragte ich.

»Ganz einfach.«

Unfähig wie ich war, einen zusammenhängenden Satz herauszubringen, begnügte ich mich damit, Papagei zu spielen.

»Wieso einfach?«

Sein Gesicht wurde ernst, und er runzelte die Brauen.

»Das ist kein revisionistisches Spiel.«

Er hatte recht. Dieser Aspekt des Problems war mir entfallen. Mit einem leichten Grauen fragte ich mich sogar, ob der Verkauf dieses Spiels dann überhaupt strafbar war.

»Schön, ich werde dich jetzt in Ruhe lassen.«

Er wandte sich wieder dem Bildschirm zu. Hitlers Fratze zerfiel in Pixel, verschwand, und die Eisenbahnlandschaft nahm wieder das Bild ein.

»Paß trotzdem auf«, sagte ich im Hinausgehen.

»Worauf?«

»Vielleicht steckt ein Virus in diesen Disketten.«

»Glaubst du?«

Diese Möglichkeit schien ihn nicht sonderlich zu beunruhigen.

»Der Jerusalem-Virus«, murmelte ich auf dem Flur.

Meine Beine waren ganz zittrig. Ich hatte Hunger, fühlte mich aber unfähig, irgend etwas herunterzubekommen. Das Büro im zweiten Stock lag im Dunkeln. Pierre hatte die Akten geschlossen und den Laden dichtgemacht. Außerdem hatte er mir eine Nachricht hinterlassen, die deutlich sichtbar auf dem Löschblatt meiner Schreibunterlage wartete:

»›Phädra‹ natürlich! Schönes Wochenende!«

Trientjes Jacke hing noch immer auf dem Kleiderständer. Bevor ich meine überzog, nahm ich den Hörer hoch und wählte die Zentrale der Kommunalpolizei an. Angesichts der vorgerückten Stunde und des fast angebrochenen Wochenendes mußte ich zwei Minuten warten, bevor jemand abhob, und dann eine Viertelstunde zwischen den verschiedenen Abteilungen hin und her telefonieren, bevor ein Beamter sich für kompetent erklärte, meine Frage zu beantworten. Der gute Mann war dabei, irgend etwas Eßbares zu kauen, dessen feuchtes Knacken mich auf Rohkost tippen ließ.

Nein, der Beamte, der die Liste der Nummernschilder aufgenommen hatte, sei nicht anwesend ... Nein, morgen komme er auch nicht ... Nein, Montag ebenfalls nicht ... Ja, seine private Telefonnummer könne ich haben ... Aber, nein, das werde auch nichts nutzen ... Denn, ja, er sei im Urlaub.

»Wo ist er, Jan?«

»An der Costa Brava!« brüllte Jan vom anderen Ende eines Saals her, den man sich verraucht, nach Schweiß stinkend und hallend vorstellte.

»Vorausgesetzt, er kommt irgendwann wieder zurück, wann könnte das denn wohl der Fall sein?«

»Montag in acht Tagen, Inspektor.«

Das hätte man mir in der Tat auch gleich sagen können.

Ich legte auf.

Im ersten Stock herrschte in Sébastiens Büro noch Betrieb. Unter der angelehnten Tür kam ein Lichtstrahl hindurch, und das Gemurmel zweier Stimmen war zu hören. (Um ganz genau zu sein: von anderthalb Stimmen.) Ich dachte kurz daran einzutreten, sah dann aber davon ab. Was die mysteriöse Autonummer betraf, ließ ich einen Zettel in seinem Fach. Dann machte ich mich davon, ohne mich von irgend jemandem zu verabschieden.

Angesichts seines Alters, seiner Marke und seiner Größe bedeutete es kein besonderes Risiko, mein Auto die Nacht über hier stehenzulassen. Ich zog es vor, mit der Metro nach Woluwe-Saint-Lambert zu fahren. Die blinden Waggons voller grauer Gestalten mit ausdruckslosen oder auch traurigen Gesichtern rollten ihrem Ziel, das heißt ihren Haltestellen, entgegen. Ich fand einen Sitzplatz. Irgendwo in dieser Stadt mußte es einen Menschen geben, der irgendwo in einem düsteren Raum voller Bildschirme und farbiger Lichter saß, auf seinem Schirm den Wettlauf der orangefarbenen Triebwagen verfolgte und das Ballett der Ampeln und Weichen dirigierte.

Zum Bremsen Leertaste drücken. Ich stieg ein paar Haltestellen zu früh aus, um ein paar Schritte zu gehen und frische Luft zu schnappen.

An diesem Abend fand Aline mich griesgrämig. Ich tat mein

Bestes, diesen Eindruck zu zerstreuen. Wir verbrachten den Abend vor dem Fernseher und sahen uns eine gräßliche Schnulze an. Aline hatte mir den Kopf auf die Schulter gelegt. Ihr Haar roch gut. Wir legten uns früher als sonst schlafen. Anstatt zu reden, liebte ich sie, wie man die Flucht ergreift, mit an Besessenheit grenzender Leidenschaft. Danach fiel ich in bleiernen Schlaf. Die ganze Nacht über hatte ich das Gefühl, das durch Mark und Bein gehende Gehämmer von eisernen Rädern über Gleisschwellen zu hören.

Zwölftes Kapitel

Für einen Samstagmorgen im Winter herrschte eine Menge Betrieb in der Metro. Hatten die Götter des Handels den Schlußverkauf denn noch einmal verlängert? Wir mußten durch den gesamten Wagen gehen, um am hinteren Ende zwei freie Plätze zu finden.

Aline saß neben mir, hielt meine Hand und blickte auf die dunklen Wände, die hinter dem Fenster vorüberflogen. Es war beinahe nicht zu sehen – nur die langen Wimpern verrieten die Bewegung ihrer Augen –, daß ihre Blicke den langen Wellen der Kabel und Rohre folgten.

Ich betrachtete verstohlen ihr Profil in der spiegelnden Scheibe. Auf ihren einen Spalt geöffneten Lippen spielte dieses stille, ein wenig rätselhafte Lächeln, das so gut zu ihrer friedfertigen und in mancher Hinsicht verschlossenen Natur paßte. Dabei verbarg Aline nichts, oder doch nur sehr wenig. Es kam mir lediglich so vor, als ziehe sie sich in Augenblicken höchster Vertraulichkeit, wenn sie sich völlig gehenließ, ganz im Gegensatz zu ihrem Überschwang in Gesellschaft, an einen weit entfernten Ort zurück, der nur für sie selbst erreichbar war und von dem sie jedes Mal gestärkt, heiterer, aber auch distanzierter zurückkam. Diese Aline und jene Frau ohne Geheimnis, die ich zunächst zu kennen geglaubt hatte, jene Frau, die ständig bemüht war, das Rechte zu tun und ängstlich darauf achtete, was andere von ihr halten mochten, gehörten zwar zusammen, aber auf eine Weise, die keineswegs selbstverständlich war.

Bislang hatte ihre völlige Verfügbarkeit in unserer Beziehung mir jede Anstrengung erspart und keinerlei Anlaß zu irgendwelchen Befürchtungen geliefert. Allerdings wollte mir scheinen, daß Verfügbarkeit nicht gleichbedeutend mit sich verschenken war. Selbst wenn wir uns liebten, bewies sie eine gewisse Zurückhaltung, ja Selbstbeherrschung. Gewiß, Aline war immer bereit, mir zuzuhören, meine Zerstreutheit vorbehaltlos zu verzeihen. Ich glaube, daß mein Vorhandensein ihr Sicherheit gab, ein Gleichgewicht in ihr Leben zurückbrachte, für das sie mir, wie ich glauben durfte, dankbar war. Aber wie ich mich auch gegen sie wehrte: Eine Frage kam ständig wieder und störte meinen Seelenfrieden. Würde sie mir eines Tages erlauben, noch anderes an ihr schätzen zu lernen als ihre Nettigkeit, noch anderes als ihren Körper? Dabei hatte ich das Gefühl, daß das, was ich zu überwinden haben würde, mehr als irgendeine Zurückhaltung ihrerseits, meine eigene Passivität war.

Vorhin, als wir wortlos glücklich untergehakt auf den Eingang der Metro zugegangen waren, hatte ich mich einen kurzen Moment lang gefragt, inwieweit sie mich nicht nur deswegen begleitete, um festzustellen, ob ich wirklich an einem Samstag arbeitete. Mittlerweile schämte ich mich für diesen Gedanken. Meine linke Hand drückte die ihre ein wenig fester. Sie wandte sich um, sah mich an, drückte zärtlich ihren Schenkel gegen meinen und legte den Kopf auf meine Schulter.

»Ist das für deine Ermittlung?«

»Ja.«

Seit zwei Haltestellen blätterte ich einige der Inhaltsangaben durch, die Trientje für mich getippt hatte. Mit einer Hand war das nicht ganz einfach. Alle betrafen den *Kult des Opfers im Europa des 20. Jahrhunderts,* das postume und nun auf ewig Fragment bleibende Werk Hubermanns. Mehrere Passagen, deren Wortlaut sie bemerkenswert gefunden hatte, waren in extenso übersetzt. Trientje hatte das Entgegenkommen so weit getrieben, sie sogar in ihrem exzellenten Französisch niederzuschreiben, das den trocken-belehrenden Ton des Originals gut wiedergab.

Der Auszug, der meine Aufmerksamkeit fesselte, stammte aus dem Anfangskapitel. Bevor Hubermann auf die tatsächlichen historischen Entwicklungen zu sprechen kam, gab er eine Art prinzipieller Erklärung ab, die laut Trientje einer der roten Fäden des Werks war.

»... *Mehr noch als das ausgehende neunzehnte ist das zwanzigste Jahrhundert in Europa das der angewandten, auf die soziale Realität zurückbezogenen Ideologien. Dementsprechend ist die Tat nur mehr eine zwangsläufig ungeschickte Transponierung einer höherstehenden Abstraktion. Losgelöst von ihrer ideologischen Begründung erhält die Tat ihre Rechtfertigung nicht mehr aus sich selbst heraus, sie ist auch kein Versuch mehr, sondern ein simples Mittel zum Zweck. Der perverse Effekt dieser neuen Ontologie liegt in der impliziten Entwertung der Tat. Handeln ist von nun an die Aufgabe banaler Handlanger. Die Tat wird, mehr als zu einer rein theoretischen – denn das wäre gewiß eine physische Unmöglichkeit, zu einem Akt, der jeglicher gedanklicher Grundlage entbehrt* ...«

An den Rand hatte Trientje in ihrer kleinen, krakeligen Schrift eine Anmerkung gekritzelt: »*Kan het niet beter vertalen.** Auch was das Wort Ontologie betrifft, bin ich mir nicht sicher.«

»Ist das dein Freund Sébastien, der so schreibt?«

»Ja«, murmelte ich.

»... *Diese Entwicklung wird von einer progressiven Verschiebung der kollektiven Vorstellungswelt begleitet. Populäre Verehrung wendet sich von nun an nicht mehr dem Handelnden zu, sondern dem, der, ohne sie unbedingt zu verstehen, die Gewalt der neuen Barbaren erleidet, die niemand anderes sind als die ehemaligen und entmystifizierten Helden, die man sozusagen auf Normalmaß gestutzt hat. Diese Verehrung gebiert wiederum und ganz logischerweise ihre eigenen Mythen. Dort, wo Völker zuvor nach Helden verlangten und sie, so nötig, selbst erfanden, wollen sie nun Opfer haben und erfinden sie, wo nötig. Dem Willen zur Macht folgt eine Moral des Abdankens, der Passivität, der Inaktion* ...«

Der Zug bremste. Wir waren da. Immer noch mit einer Hand faltete ich die Blätter zusammen und steckte sie in meine Tasche.

* »Kann ich nicht besser übersetzen«.

Wir verabschiedeten uns an der Kreuzung Rue Saint-Michel. Aline ging Richtung Zentrum und Boutiquen weiter. Zuvor küßten wir uns mitten zwischen den Passanten mit einer Leidenschaft, die mich überraschte. Meine Hände glitten heimlich in die Wärme unter ihrer Jacke zu einer diskreten Leibesvisitation. Zum Spaß ließ ich einen ihrer BH-Träger schnalzen.

In ein paar Stunden würde eine ihrer besten Freundinnen den Sprung wagen und heiraten. Ihr zu Ehren hatte Aline beschlossen, sich eine neue Handtasche zu leisten. Die Einladung galt für zwei. Das hieß, daß Aline mich in ihrem Bekanntenkreis bereits erwähnt hatte. Wäre nicht der Wochenenddienst gewesen, für den ich – da ich nicht rechtzeitig gesucht hatte – keinen Vertreter gefunden hatte, wäre ich gern mit ihr mitgekommen. Ihre Enttäuschung, sich während der Zeremonie nicht in meiner Begleitung zeigen zu können, war schließlich in die Vorfreude umgeschlagen, mich abends bei dem Fest vorstellen zu können. Ich müßte lügen, wollte ich behaupten, daß diese Aussicht mir sehr behaglich gewesen wäre – ich habe gesellschaftliche Ereignisse schon immer gehaßt –, aber einmal abgesehen von der simplen Tatsache, daß ich mich in ihrer Gegenwart wohl fühlte, schmeichelte die Idee, mit ihr zusammen auszugehen, meinem bis dato zwar stark vernachlässigten, aber dennoch existenten Selbstbewußtsein.

Solange meine Blicke ihr folgen konnten, war ich unfähig, einen Schritt zu tun. Ihre rotschwarze Silhouette wogte auf dem nassen Asphalt und leuchtete in den Pfützen auf. Bevor sie an der Ecke zur Rue Neuve verschwand, drehte sie sich um und machte mir ein kleines Handzeichen, auf das ich mit einem Lächeln antwortete – einem jener dümmlichen Lächeln, die einem selbst das Herz wärmen.

Am Wochenende räumte die Gendarmerie das Gebäude der Brigade mit ihren Untersuchungsgefangenen und kam nur in dringenden und wohlbegründeten Fällen zurück. Das heißt, daß die Pforte des Hauses bis Montag unbesetzt blieb. Da ich es am Vorabend vergessen hatte, ging ich zunächst zu meinem Fach, die Post zu holen. Ein Brief wartete dort auf mich. Der Umschlag war aufgerissen. Quer über der Lasche stand ein bleistiftgeschriebener Text:

»Freitag abend. Kurz vor Feierabend finde ich dies hier in meiner Ablage. Heute morgen nach der Razzia eingetroffen. Ist in jedem Fall für dich. Schönes Wochenende und bis Montag. Pierre.«

Im Treppenhaus las ich die Absenderangabe. Das »Zentrum für historische Studien und Forschungen zum zweiten Weltkrieg« hatte seinen Sitz in der Rue de la Loi Nummer sechs. Begierig darauf, den Inhalt des Briefes zu erfahren, legte ich einen Schritt zu.

Heute gehörte mir der ganze zweite Stock. Ich schloß die Tür des Büros, das wie ausgestorben war. In einer Zimmerecke benetzte ein erbärmlich kleiner Helligkeitsfleck das Linoleum und das Email des Waschbeckens. Ich zögerte, Licht zu machen und hängte meine Jacke an den Kleiderständer, der genauso kahl dastand wie die Bäume in den Parks. Marlaires Kisten waren verschwunden. Anstatt die Deckenbeleuchtung anzuschalten, setzte ich mich an Trientjes Schreibtisch, der vor dem Fenster stand, und leerte den Umschlag. Ein Abzug des bei Hubermann gefundenen Fotos war mit einer Büroklammer am Brief befestigt und verschaffte mir sofort die beruhigende Gewißheit, daß meine Anfrage berechtigt gewesen war. Der Spezialist des Forschungszentrums entschuldigte sich zwar für seine späte Antwort, aber er hatte ganze Arbeit geleistet. Ich las über die diversen rhetorischen Einschränkungen und Höflichkeitsformeln hinweg und konzentrierte mich sofort aufs Wesentliche.

»Die beiliegende Fotografie, die mit dem von Ihrer Dienststelle zugesandten Dokument übereinstimmt, ist in Belgien aufgenommen, und zwar unweit des Dorfes Vinkt (Ostflandern) an einem Schwarzes Haus *(Zwart Huizeke) genannten Ort. Datum der Aufnahme ist der 27. Mai 1940 gegen neun Uhr abends, Fotograf ein unbekannter deutscher Soldat. Die Szene stellt die Vorbereitungen zu einer der zahlreichen Massenerschießungen dar – hier handelt es sich um elf Zivilisten, die aus der Gegend nordöstlich des Dorfes stammen –, welche die Wehrmacht (225. Infanteriedivision) im Dorf und seiner Umgebung vorgenommen hat. Zur Erinnerung: Die Massaker von Vinkt (27. und 28. Mai 1940) waren die Konsequenz aus der entschlossenen Verteidigung des Dorfes durch das erste und dritte Regiment der* Chasseurs ardennais, *der Ardennenjäger, und forderten den Tod von etwa siebenundachtzig unschuldigen Zivili-*

sten sowie die Gefangennahme und Entwaffnung zweier belgischer Soldaten in Uniform.«

Es folgte eine Reihe technischer Anmerkungen, darunter der Name des Fotografen. Dabei hätte der Spezialist es eigentlich bewenden lassen können. Aber er hatte es für nötig befunden, noch eine letzte Bemerkung anzuschließen.

»Obwohl diese Ereignisse später von der belgischen Justiz strafrechtlich verfolgt wurden (Verurteilung für Kriegsverbrechen des Oberleutnants Lohmann und des Majors Kühner), sind sie der Öffentlichkeit größtenteils unbekannt.«

Ich steckte den Brief in den Umschlag zurück und schob das Foto zwischen die elfenbeinfarbenen Tasten der Schreibmaschine, um es genauer zu betrachten.

Männer zusammengedrängt unter den niedrigen Ästen, man erkennt ihre Rücken, ihre Nacken und die Mützen. Kein einziges Gesicht. Je länger ich das Foto ansah, desto mehr erfüllte diese Abwesenheit mich mit einer eigentümlichen Faszination. Sie blickten alle starr nach vorne, auf eine Zukunft, die am Gartenzaun endete. Kein einziger wollte dem Tod ins Gesicht blicken, seine Ankunft zugeben, seine Präsenz anerkennen. Wahrscheinlich weil sie nicht wirklich an ihn glaubten, weil er an diesem Tag menschliche Gestalt angenommen hatte und weil er unter der abgetragenen Uniform genauso nach Angst und Schweiß roch wie sie selbst. Nur eine andere Sprache redete er, aber doch der ihren so verwandt, daß sie sie zu verstehen glaubten. Und deshalb drehten sie sich nicht um: Bescheiden und unterwürfig hatten sie sich verabschiedet, ohne sich vorzustellen, waren mehr erstaunt als starr vor Angst, lösten sich schon vor der Zeit in der totalen Anonymität einer Fotografie auf.

Gewiß, all das war lange her, und wie alles Menschengemachte stellt auch die Geschichte keine Ausnahme von der Regel dar, daß es zwangsweise immer Ausschuß gibt. In einer Epoche, in der man mit Zeit handelt wie mit kurzfristigen Aktienoptionen, in der es genügt, daß eine Sache alt ist, um sie zu verurteilen, mußte es genügen, zur Erbauung der Massen einen als repräsentativ geltenden Querschnitt von Vorzeigeobjekten am Leben zu halten. Und bei dieser Operation war Vinkt durchs Sieb gefallen.

»Muster ohne Wert.«

Dieses Wort hatte mir, ganz unwillkürlich, Marlaires grobschlächtiger Humor eingegeben. Gestern abend hatte er es in Großbuchstaben über Trientjes Protokoll getippt, das immer noch in die Maschine gespannt war. Sie hatte, vermutlich nach ihrer langandauernden Sitzung mit Sébastien und in der Eile, nach Hause zu kommen, um Schubert zu füttern, nichts bemerkt. Ich zog das Blatt von der Walze. Marlaire begann, in seinem Kleinkrieg mit meiner Kollegin etwas zu weit zu gehen.

Ich legte das Foto zusammen mit dem Umschlag auf meinen Schreibtisch und stand auf, um eines der Fenster zu öffnen. Ein gleichmäßiger Nieselregen, der aus dem fahlen Himmel fiel, brachte das Pflaster des Platzes zum Glänzen. Was für ein Wetter hatte wohl an jenem 27. Mai 1940 gegen neun Uhr abends geherrscht? Schönes wahrscheinlich. Den ganzen Tag lang hatte wohl eine bleierne Sonne die gelben Felder und verbrannten Wiesen übergossen. Der von den Straßen und Feldwegen aufgewirbelte Staub senkte sich nun in der abendlichen Wärme als weißlicher Schleier, setzte sich auf das trockene Laub von Bäumen und Hecken und mischte so unter die leicht säuerlichen Düfte des ausgehenden Frühlings eine herbe und allgegenwärtige Note: die des vorwärtsrollenden Kriegs.

Mit der linken Hand glättete ich geistesabwesend das unbrauchbar gemachte Protokoll. Ich hatte vor, eine perfekte Kopie zu tippen, um unnötige Streitereien zu vermeiden. Was die Unterschrift betraf, würde mir schon was einfallen. Weder Marlaire noch Trientje würden irgend etwas davon erfahren. Aber wenn ich eine anständige Fälschung hinkriegen wollte, sollte ich lieber ein weniger mitgenommenes Kohlepapier benutzen als meines, das reif für den Papierkorb war. Samstags war die Materialausgabe geschlossen. Um nicht lange suchen zu müssen, öffnete ich die unterste Schublade. Normalerweise bewahrte Trientje hier unter ihren Ausgehschuhen und Reservetampons ihren Vorrat an Kohlepapier auf. Die Schachtel war leer.

Mein Telefon klingelte. Ich stand auf.

»Hallo? Inspektor Dussert ...«

»Hallo, Barth.«

»Ach? Hallo, Sébastien.«

Sein trübsinniger Tonfall machte mir sofort Sorgen.

»Wie geht's?« startete ich einen Versuchsballon.

»Muß ja ...«

Es entstand eine Pause. Die Leitung knisterte. Als guter Freund hätte ich dieses Schweigen jetzt irgendwie brechen müssen.

»Ich hab' deine Nachricht gestern abend noch gefunden«, fing er wieder an. »Bist du dir wirklich ganz sicher in dieser Sache?«

»Was die Autonummer betrifft?«

»Genau. Paß auf, das ist eine ernste Sache.«

Ich nahm mir Zeit zum Nachdenken.

»Definitiv«, erklärte ich.

Er schnaubte in den Hörer.

»Gibt's irgendwas, was dir Kummer macht?«

»Weiß noch nicht«, sagte er. »Aber gut möglich.«

»Willst du, daß wir darüber reden? Wo steckst du denn momentan?«

»Im Ministerium ...«

»Im Ministerium? An einem Samstag?«

»Ja. Aber tut mir leid, ich kann dir jetzt nicht mehr sagen. Du bist also sicher, sagst du? Hundertprozentig?«

Wenn er so weitermachte, würde ich anfangen, meine Zweifel zu bekommen. Das wußte er sehr gut.

»Ja«, beeilte ich mich zu antworten, bevor es soweit war.

»Ärgerlich. Das riecht nach einer verworrenen Situation ...« Er unterbrach sich von neuem.

»Irgendeine Gemeinheit der Gendarmen?« tippte ich aufs Geratewohl.

»Nein, sieht so aus, als käme es diesmal aus einer anderen Ecke. Offen gestanden habe ich seit der Geschichte mit der entschwundenen Akte schon so was in der Art erwartet.«

»Der Geheimdienst, willst du sagen?«

»Ich fürchte, ja. Ich fürchte auch, daß deine Spur sehr bald im Sand verlaufen wird.«

Aber was gab es da eigentlich zu fürchten? Der Wortlaut des Gesetzes – dessen Geist allerdings nur für die Mächtigen galt - besagte, daß die Agenten des Staatsschutzes keinerlei rechtliche Kompetenz hatten und daher eine Instanz wie die unsere nicht einfach umgehen konnten, erst recht nicht ohne klare Motive.

»Sag mal, Sébastien?«

»Ja?«

»Bist du sicher, daß mit dir alles in Ordnung ist?«

Außerdienstlich hatte er mich noch nie anlügen können.

»Du hast doch irgendwas auf dem Herzen«, insistierte ich.

Er schwieg weiter hartnäckig, geriet aber bereits ins Wanken.

Schließlich räusperte er sich und seufzte.

»Na ja, sagen wir ...«

Vielleicht war er nicht alleine. Aber wenn dem so war, vertraute ich ihm, den adäquaten Code zu finden, in dem er mir die Sache verständlich machen konnte.

»Na ja, sagen wir ... daß du recht behalten hast, das ist es.«

Ich wußte, daß er nach dem elegantesten Weg suchte, einen unangenehmen Sachverhalt auszudrücken und ihn auf diese Weise abmildern und ihm die Peinlichkeit nehmen wollte. Für die Außenstehenden sah es so aus, als löse Sébastien alle seine Probleme mit derartigen Pirouetten. Alles andere, meinte er, ging nur ihn etwas an.

»Du hast recht behalten: die Fremdsprachen ... Sieht so aus, als wären sie wirklich nicht meine Stärke.«

»Warte mal ...«, sagte ich.

Ich zögerte und wog meine Worte ab.

»Du meinst, es hapert mit dem Schwedischen?«

»Dir kann man auch nichts verheimlichen, Alter ...«

Eine Silbe lang hatte seine Stimme gezittert.

»Willst du morgen abend vorbeikommen?« fragte ich. (»Heute abend geht's nicht«, hätte ich fast dazugesagt.)

»Wo?«

»Na, bei mir natürlich!« Ich hätte auch »zu Hause« sagen können, aber seit Aline in mein Leben getreten war, bedeutete dieses Wort nicht mehr dasselbe.

»Ich werd' eine Flasche mitbringen«, sagte er. »Wir trinken einen Schluck Roten zusammen wie in den guten alten Zeiten, weißt du noch?«

In den Zeiten von Anne, dachte ich. Anne, der Schutzpatronin meiner Besäufnisse, von der ich ihm ganze Nächte durch erzählte, als könne man mit Worten anderes bannen als Träume. Und ob ich mich noch erinnerte, viel besser, als mir lieb war sogar.

»Schön, dann werd' ich mich jetzt verabschieden«, begann er wieder. »Die gnädigen Herrschaften nebenan warten auf mich.«

»Bis morgen abend also?«

»Abgemacht.«

Er wollte auflegen.

»Sébastien, warte!«

»Ja, was?«

»Vinkt.«

»Wie bitte?«

»Vinkt: Sagt dir das was?«

Auf dem benachbarten Schreibtisch begann Pierres Telefon zu klingeln. Mit einem Finger hielt ich mir das linke Ohr zu.

»Und?« bohrte ich nach.

»Ich hab' keine Ahnung ... Ist das irgendein Regionalminister?«

»Nein.«

»Der zusätzliche Inspektor, den ich seit einem Jahr verlange?«

»Auch nicht. Vergiß es. Pierres Telefon geht mir auf die Nerven, ich werd' auflegen. Bis morgen.«

Natürlich hörte das Klingeln in dem Moment auf, als ich nach dem Hörer griff.

In Abwesenheit des zuständigen Beamten war der Büromaterial-Schrank mit einem Vorhängeschloß verriegelt, aber Trientje hatte mich in der subtilen Kunst unterrichtet, gewisse primitive Schlösser mit einer Haarnadel zu öffnen. Zum Glück war noch eine Schachtel mit Kohlepapier übrig, die ich mir aneignete. Kaum war der Diebstahl vollbracht, traf ich Massard, der auf dem Weg zur Toilette war – wie die Zeitung bewies, die er schwenkte.

»Hallo, Dussert!«

Er hielt mich am Arm fest.

»Hast du die Zeitung gesehn?«

Energisch hielt er mir die Titelseite unter die Nase. Ich mußte ein Stück zurückweichen. Die Schlagzeile berichtete mit vielen Ausrufezeichen über einen Vorfall von geringem Interesse, der eher in die Spalte »Vermischtes« gehörte. Ich verstand nicht recht, was er eigentlich von mir wollte, und las:

»Panik in der Gaume! Ein heruntertrudelnder Heißluftballon verfängt sich auf dem Kirchturm von Saint-Mard! Noch einmal mit dem Schrecken davongekommen!«

Der Zwischenfall schien mir als solcher noch immer nicht erwähnenswert. Zwei Absätze darunter allerdings war das Foto des geretteten Luftschiffers zu sehen, das Massards Aufregung erklärte. Der bleichen Miene nach zu urteilen, war der Hauptkommissar Hoflyck offensichtlich mit dem Hintern auf der Kirchturmspitze gelandet.

»Sag mal . . .«, begann ich, entschlossen, das Thema zu wechseln. Es lag zwar nicht auf seiner Linie, aber einen Versuch war es wert.

»Vinkt . . .? Sagt dir das irgendwas?«

Er musterte mich mißtrauisch und kratzte sich dann den Schädel.

»Soll das ein Witz sein?«

»Nein«, sagte ich. »Warum?«

Er wirkte erleichtert.

»Na . . . weil es so einfach ist, natürlich!«

»So?« erwiderte ich, unfähig, mein Erstaunen zu verbergen.

Massard warf sich in die Brust und kniff die Augen zusammen.

»Das ist ein Haushaltsreiniger, stimmt's?«

Ich nickte.

»Stimmt genau.«

Seit Lucie fort war, mußte seine Spüle schmutzig sein, von den sanitären Einrichtungen ganz zu schweigen. Ich fand es unangebracht, ihm noch mehr vorzulügen und ging meines Wegs.

Im Treppenhaus stürzte Mohammed an mir vorbei, ein Fax in der Hand.

»Guten Tag, Monsieur Dussert!«

Eine Sekunde lang schwankte ich. Aber ihm eine solche Frage zu stellen, wäre schon ziemlich unfair gewesen.

»Hallo Mohammed. Wo rennst du denn so eilig hin?«

»Zu Monsieur Marlaire. Eine Sache mit einem gestohlenen Lastwagen.«

»Ach? Der treibt sich hier heute auch rum?«

Offenbar herrschte an diesem Samstag überall Hochbetrieb, selbst in der Brigade. Gut, daß Aline nichts davon wußte, sie hätte wohl kein Verständnis dafür aufgebracht. Seiner plötzlichen Arbeitswut nach zu urteilen, mußte Marlaire derzeit einem wahren Flintenweib zu entkommen versuchen. Der Gedanke, daß er jetzt für all die anderen büßen mußte, fing an, mir eine klammheimliche Schadenfreude zu bereiten. Also entschloß ich mich, ihn auf den Arm zu nehmen. Mohammed, der es eilig hatte, seine Nachricht zu übergeben, hatte nicht auf mich gewartet. Als ich auf dem Treppenabsatz stand, kam er schon wieder zurück: Auftrag ausgeführt.

Ein gelangweilt wirkender Marlaire überflog das Fax mit den Füßen auf dem Tisch. Die Dekoration an den Wänden hatte sich seit meinem letzten Besuch nicht geändert. Und es lag nicht nur an der Enge des Raums: Von den Bierdosen abgesehen, hätte man sich in der Fahrerkabine eines Fernlasters glauben können. Ob die zwei Poster, die an Reißzwecken zwischen den Fenstern hingen, dazu dienten, einen Herzschlag des Staatsanwalts zu provozieren, falls er je auf die dumme Idee kommen sollte, einen Fuß in diesen Teil des Gebäudes zu setzen?

»Hallo, Marlaire!«

Ich legte meine Schachtel Kohlepapier auf eine Ecke seines Schreibtischs, zog mir einen Stuhl heran und setzte mich rittlings darauf.

»Wenn du mir was von dem Heißluftballon erzählen wolltest, ich bin auf dem laufenden«, brummelte er.

Die Zeitung mit der Meldung lag auf seiner Schreibunterlage.

»Nein«, meinte ich.

»Also, ich höre.«

»Vinkt ... Sagt dir das irgendwas?«

Er schnitt eine Grimasse, faltete das Fax zusammen und dachte nach. Diesmal tippte ich nicht auf ein Scheuerpulver, sondern auf eine Marke für Damenunterwäsche. Er knüllte das Blatt langsam zusammen.

»Das ist ein Kuhkaff westlich von Gent ...«

Er schloß das rechte Auge und zielte. Der Ball landete im Papierkorb des benachbarten Schreibtischs.

»1940 hat dort ein Massaker stattgefunden«, schloß er.

Ich war baff.

»Dussert?«

»Hm?«

»Dein Kohlepapier, kannst du mir da was abgeben? Ich hab' keines mehr.«

Ich riß den Plastikfilm, der den Karton versiegelte, mit dem Nagel auf.

»Bist du sicher?« murmelte ich.

»Du kannst dich selbst davon überzeugen.«

Er öffnete seine Schublade.

»Nein ... was Vinkt betrifft!«

Ich war so überwältigt in diesem Augenblick, daß ich ihm die Hälfte des Inhalts schenkte.

Er glättete das Paket sorgfältig mit der flachen Hand.

»Und ob. Mein Onkel war dabei.«

Mein Erstaunen wuchs. Soweit ich wußte, hatte Marlaire immer auf seinen rein ardennischen Wurzeln bestanden, so vehement, daß er selbst von dem Adjektiv »wallonisch« nichts wissen wollte.

»Als Flüchtling?«

Marlaire nahm seine Füße vom Tisch, drehte sich auf seinem Sessel um und musterte mich mit einem strengen Blick.

»Natürlich nicht! Als Soldat!«

(Kapiert. Was war ich aber auch manchmal schwer von Begriff.)

»Chasseur Ardennais, Ardennenjäger!« fuhr er fort. »Drittes Regiment! *Resiste et mords* – leiste Widerstand und beiß zu!«

Bis vor kurzer Zeit die Wehrpflicht abgeschafft wurde, war Marlaire Reserveoffizier gewesen, und zwar ebenfalls bei den

Ardennenjägern. Es handelte sich also offenbar um eine Familientradition.

»Er ist jetzt fünfundsiebzig ...«

Seine Augen begannen zu leuchten.

»Ein Harter ... ein echter ...«

Ihm, der doch eher ein Großmaul war, wenn das Thema ihn inspirierte – die Jagd, die Frauen und seine Beute auf beiden Feldern –, schienen plötzlich die Worte zu fehlen.

»Stört's dich, wenn wir uns ein bißchen unterhalten?« fragte ich. Ich legte die Arme um meine Stuhllehne. Marlaire hatte die Füße wieder auf dem Tisch. Mit einem etwas verwunderten Blick machte er mir ein Zeichen fortzufahren.

»Weißt du, er interessiert mich, dein Onkel.«

Durch den Umweg über die Bibliothek war ich jetzt zu spät dran. Vor allem hatte ich eine gute halbe Stunde gebraucht, um Pierres Ausweis zu finden, der unter mehreren Lagen Krempel versteckt war. Diesmal zeigte die Blondine von der Ausleihe sich mit meiner Wahl einverstanden und – unverhofftes Glück – vergaß, mich zu fragen, was ich so lange mit Dantons Biographie machte. Die Strafgebühren für die verspätete Rückgabe würden vielleicht über die Spesenrechnung laufen können. Auf der Autobahn hatte ich mit Vollgas fahren müssen, wobei ich mir sagte, daß ich die Strafzettel infolge eventueller Radarkontrollen persönlich annullieren würde.

Der Ball, zu dem ich fuhr, fand in einer der stattlichen Villen statt, die rund um einen kleinen See bei Genval im wallonischen Brabant standen, einem Sommertreff für Windsurfer und Spaziergänger, die gerne in bürgerlicher Ruhe lustwandelten. In der Nähe des Eingangs, den zwei Fackeln kennzeichneten, war an einen freien Parkplatz nicht mehr zu denken, und ich mußte den Wagen irgendwo in der Walachei abstellen, in einem Nebensträßchen, das von zwei anämischen Straßenlaternen mit ihren Glaskugeln voller toter Insekten nur äußerst spärlich beleuchtet wurde.

Der verschwommene Vorhang des Nieselregens hatte sich gehoben. Ein letzter Rest fiel noch aus den Zweigen, und der eine oder andere eisige Tropfen klatschte auf meinen Schädel. Ich zog den Kopf zwischen die Schultern und zwang mich, nicht über den Kiesweg zwischen den Pfützen durchzurennen, in denen kein Stern sich spiegelte. Ein kräftiger Humusgeruch erfüllte die Luft. Auf einer Anhöhe direkt über dem See hingeklotzt, präsentierte die Villa ihre mit Fachwerk und Strohdach einem englischen Cottage nachempfundene zackige Fassade.

Hinter den beleuchteten Fenstern des Erdgeschosses konnte ich schon von weitem meinen alten Feind sehen: die Menschenmenge. Heute abend hatten sich ihre Vertreter besonders herausgeputzt, vor allem der weibliche Teil – aber egal wie aufgetakelt, parfümiert und stinkend vor Klasse die Leute auch sein mochten, die Masse blieb doch die Masse. So dauerte es auch nicht lange, bis die Magie der großen Zahl wie üblich zu wirken begann: Die Eleganz latschte mir auf die Füße, die teuren Parfums lösten sich im Schweißgeruch auf, und der Lärm verwandelte jeden Versuch zu einem Gespräch in ein Gestikulieren zwischen Taubstummen. Die einzigen Orte, wo das Wort zu seinem Recht kam, waren die Bar und der Vorraum der Toilette, was auf eine verhältnismäßig seltsame Verwandtschaft zwischen Sprachtheorie und Strömungslehre hinzudeuten schien.

Irgendwo inmitten dieser Menge wartete Aline auf mich. Also nahm ich all meinen Mut zusammen und stürzte mich in die Höhle des Löwen. Kaum hatte ich die enge Garderobe durchquert, fand ich mich in einem Salon voller Blumen, Leder und Kristall wieder. Ein Mann im Sakko und mit rotbrauner Weste, der vor einer gläsernen Flügeltür mit Facettenschliff stand, schüttelte strahlend wie ein Honigkuchenpferd Hände und klopfte auf Schultern. Nach dieser letzten Prüfung durften die Tanzkandidaten ins Königreich Terpsichores eintreten, in dem ein gigantisches Herz zu schlagen schien. Der hämmernde Puls einer binären Musik drang durch Wände und Mauern, und seine dumpfe Vibration pflanzte sich bis ins Parkett und die Möbel fort. Hier klebten die Menschen noch dichter als zuvor in Trauben zusammen. Die Passagiere des Dampfers zogen offenbar der relativen Ruhe der Brücke Tumult und Dunkelheit des Maschinenraums vor, der von dem blendenden Aufblitzen der Spots momentweise in Helligkeit getaucht wurde. Ich setzte ein dümmliches Lächeln auf, stellte mich in die Schlange, schüttelte dem Herrn, der, wenn ich es recht verstand, niemand anders war als der Brautvater selbst, die Hand, und taumelte dann, ein Glas in der Hand – denn die Kellner schlängelten sich mit unglaublicher Sicherheit durchs Gewühl – ins Auge des Zyklons.

In meinen Anzug gepfercht, war ich schon jetzt schweißgebadet und dankte dem Himmel für die Eingebung, die Pistole doch lieber nicht mitzuschleppen. Nach mehreren Kollisionen mit Rücken ohne Gesichter und Füßen ohne Beine hielt ich es für ratsam, mein Glas zu leeren. Zwecklos: Einer der herumspazierenden Ober füllte es sofort wieder auf, bevor er seine Jagd auf leere Trinkbehältnisse fortsetzte. Fast absichtslos, nur hier und da von sich plötzlich bildenden Öffnungen profitierend, fand ich mich bald in der Mitte der Tanzfläche wieder. Dicke und magere, kleine und große, trockene und pitschnasse – alle Tänzer wiegten sich rhythmisch, blieben auf der Stelle oder beschrieben Achten, manche eher bärenhaft, andere mit so viel Grazie, wie der beschränkte Raum nur zuließ.

Trotz aller Anstrengungen vermochte ich Aline nicht zu finden. Verloren in der Masse, trank ich, um meine Unsicherheit zu überspielen. Nach einiger Zeit war ich des Suchens müde und ließ mich treiben, von der ziellosen Bewegung der Masse mittragen, und begann, ein Glas nach dem andern zu leeren, ohne noch mitzuzählen. Ich ging in meiner Höflichkeit sogar so weit, mit stummen Lippenbewegungen das ein oder andere Gespräch mit diversen Gästen zu mimen, die mich im Halbdunkel mit jemandem verwechselten.

Endlich sah ich sie zwischen zwei in den Spotlights glitzernden Champagnerflöten. Aline scherte sich nicht um den Lärm, sondern plauderte in einer Ecke mit der Braut, die andauernd an ihrem langen weißen Kleid zog, um es vor weiteren Fußabdrücken in Sicherheit zu bringen. Mein Gestikulieren war erfolglos, also steuerte ich auf die beiden Frauen zu.

Um den Preis weiterer Verrenkungen drang ich bis zu ihnen durch. Sobald Aline mich erblickte, hellte ihre Miene sich auf. Sie legte ihren Arm um mich, küßte mich und hauchte mir unverständliche Worte ins Ohr. Ich drückte die feuchte Hand der Braut, und wir lächelten uns zu. Ihr Vorname entging mir, da es mit den Slows zu Ende ging und die ersten Akkorde eines hämmernden Rocksongs die darniederliegenden Energien aufputschten. Ein Chor von angetrunkenen Gästen, der es sich offenbar in den Kopf gesetzt hatte, die Lautsprecher noch zu übertönen, und der sich rund um den glücklichen Gemahl zusammengerottet hatte, grölte mit mehr Enthusiasmus als Talent einen alten Hit. Aline drückte sich gegen mich. Diesmal verstand ich, was sie mir sagte.

»Tanzen wir?«

Bevor er zur Tat schreiten konnte, umdribbelte ich den Kellner und stellte mein Glas auf sein Tablett. Hinter mir wiegte Aline sich schon zur Musik. Ihr geschmeidiger Körper hatte sich dem schnellen Rhythmus angepaßt. Fasziniert bewunderte ich alles an ihr: ihre glänzende Haut, die dunklen Strähnen, die ihr in der Stirn klebten, ihre lianengleichen Arme, ihre stolz vorgereckten Brüste unter der weißen Seidenbluse, die träumerische Ekstase ihrer halbgeschlossenen Augen – es stimmte einfach alles.

Bei jedem ihrer Schritte drohte die undurchdringliche, schattenhafte Masse der übrigen Tänzer uns zu trennen. Ich setzte mich zur Wehr. Ich hatte große Lust, ihre Taille zu umfassen, aber dazu eignete die Musik sich schwerlich. Sie hatte die Augen geschlossen und drehte sich um sich selbst. Die Schöße ihres Rocks flogen hoch. Von Zeit zu Zeit öffnete sie die Augen, wunderte sich über meine Apathie und machte mir Zeichen, es ihr gleichzutun. Ich gab schließlich nach und deutete einen Tanzschritt an, dann zwei.

Ich fühlte mich schwerfällig und fehl am Platz in dieser Welt voller ausgelassener Leute, die sich in ihren enganliegenden Kleidern wohl fühlten, zwischen all diesem auf dem Präsentierteller rotierenden Fleisch. Wäre Aline nicht gewesen, ich hätte die Flucht ergriffen. Aber ihre natürliche Grazie ließ die unförmige Masse der Sohlengänger in Tanzschuhen nichtig erscheinen. Da sie mich dazu anhielt, versuchte ich ungeschickt, ihre Pirouetten zu dirigieren. Ihr Rock schraubte sich höher und höher hinauf. Zerstreut wie ich war, machte ich eine falsche Bewegung, und Aline stieß gegen den Rücken eines Schönlings im Frack. Beide brachen in Lachen aus. Sie amüsierten sich.

Meine Energie ließ langsam nach. Der Rock 'n' Roll ging zu Ende. Ihm folgte eine Art Gymnastik im Zweiertakt, deren Grundprinzip es verlangte, daß jedermann an Ort und Stelle und mit rudernden Armen auf- und abhopste. Dazwischen sorgte die Ankunft eines Tabletts mit Häppchen für neuerliche Konfusion. Auf dem Weg zum Büffet kamen zwei Frauen mit schwindelerregenden Dekolletés an mir vorüber. Die erste trat mir auf die Zehen. Die zweite kam aus dem Gleichgewicht, fing sich an meinem Revers auf und drückte ein Paar weiche und penetrant riechende Brüste gegen meinen Oberkörper. Ein Schwall Champagner durchtränkte mein Hemd. Ich entschuldigte mich. (»Champagner macht keine Flecken.«)

Als ich nach ihr Ausschau hielt, war Aline schon weit fort. Sie wirbelte um die eigene Achse, allein zwischen all den Rücken, Nacken und einem Wald flanell-, seiden- und nylonbedeckter Beine. Der Diskjockey kündigte eine neue Runde aktueller Hits an. Ich schlug die Augen nieder. Ein wildgewordener Bienenschwarm von Schuhen rutschte auf dem gebohnerten Parkett in alle Richtungen, bei dessen Betrachtung ich schließlich einen Drehwurm bekam.

Sie sah mich nicht mehr, hielt nicht mehr nach mir Ausschau.

In diesem Moment brachte sich mein lädierter Schenkel in Erinnerung. Ich verzog das Gesicht vor Schmerz. Unfähig, noch weiter gegen den Strom zu schwimmen, der mich mit sich trug, hängte ich mich an eine Gruppe von müden Tänzern, die den Weg nach draußen einschlug. Mein nasses Hemd war mir unangenehm. Trotz all der Gläser, die ich in mich hineingeschüttet hatte, fühlte meine Kehle sich an wie altes Pergament. Der Kopf dröhnte mir, ich suchte die Bar. Dort mußte man wie überall kämpfen, um zum Ziel zu kommen. Als ich endlich die Hand auf den kühlen Marmor des Tresens stützte, streckte ein Kellner in blütenreiner Weste, der offenbar genug davon hatte, seinen wertvollen Speichel zu vergeuden, lediglich das Kinn vor.

»Einen Weißwein, bitte!« brüllte ich, und schreckte vor meiner eigenen übertrieben lauten Stimme zurück.

Einige der Trinkenden drehten sich auf ihren Barhockern nach mir um. Die kamen nicht von der Tanzfläche, sondern harrten so nah wie möglich am Nachschub aus. Sie mußten mich für noch besoffener als sich selbst halten. Vielleicht hatten sie gar nicht mal so unrecht. Während der eisige Trunk mir die Kehle ölte, renkte eine energische Pranke mir beinahe die Schulter aus.

»Na, Barth? *Hoe gaat het?* Wie geht's?«

Ich setzte vorsichtshalber ein Lächeln auf und drehte dann den Kopf. Champagnerflöte in der Hand, zwinkerte ein blonder normannischer Schrank von einem Mann mir auffällig zu. In seinem rechten Ohrläppchen funkelte ein winziger Brillant. Ich erkannte Adriaan Verhaert auf der Stelle wieder, der, von den Haaren abgesehen, das genaue Gegenteil seiner Schwester war. Seine Anwesenheit hier war nicht weiter erstaunlich, denn die Braut saß auf einem kleinen Verwaltungsposten in der Monnaie.

»Gut! Gut!« schrie ich immer noch zu laut.

Er hielt sich spaßeshalber die Ohren zu.

»Ewigkeiten her, daß man dich in der Oper gesehen hat«, sagte er. »Bietet meine Schwester dir wenigstens Karten an?«

Ich nickte.

»Wenn ich gewußt hätte, daß du auch hier bist! Zu zweit hätten wir sie vielleicht von ihrem verflixten Klavier loseisen können!«

In der Familie Verhaert war Adriaan als einziger nicht nur mit physischem und phonetischem Volumen, sondern auch gesellschaftlichen Talenten bis hin zur Konversationsgabe gesegnet.

»Wenn sie so weitermacht, endet sie noch als Katzenmama!« sagte er lachend. »Sie hätte das gleiche tun sollen wie ich: den Alten, Gott hab ihn selig, zum Teufel jagen. Aber was soll's, wir lieben sie, wie sie ist ...«

Ich hob eine Braue, was weder Zustimmung noch Ablehnung signalisierte.

»Alleine hier?« fuhr er fort.

»Ja.«

»So? Schade, ich hätte also wirklich darauf bestehen sollen.«

Ich blickte auf den Boden meines Glases.

»Weißt du, das Problem meiner Schwester ist, jemanden zu finden, der von der Größe zu ihr paßt. *Zo van die kleine* . . .* Ich bin einfach zu groß, um mit ihr zu tanzen . . .!«

Ich auch, dachte ich. Wenn auch nicht im selben Maße, um genau zu sein.

Mit einem plötzlich geschäftig wirkenden Ausdruck drehte Adriaan sich um und warf einen Blick über die Köpfe hinweg. Vom anderen Ende des Tresens winkte ihm, hinter dem Bierzapfhahn versteckt, ein hochgeschossener, hagerer Typ mit Seidenschleife und Pferdeschwanz.

»So, entschuldige mich, aber ich empfehle mich! Denn ich . . .«

Er zwinkerte mir von neuem zu.

». . . ich bin nicht alleine gekommen!«

Seit unserer letzten Begegnung schien Adriaans Typ gewechselt zu haben. Auf die großen, kräftigen Blonden folgten nunmehr lange, schlanke und nervöse Braune. Der auf den Tresen gestützte Vertreter dieser Spezies warf uns ziemlich eindeutige, düstere Blicke zu. Auch noch eifersüchtig. Ich leerte mein Glas.

»Na dann! *Zie je later***, okay?«

Er drückte mir die Hand, entfernte sich und überließ mich wieder meinem passiven Dasein. Von keinem Zerberus bewacht, der mich jedesmal hätte wiedererkennen können, übten die Toiletten eine heimtückische Anziehungskraft auf mich aus, der ich so lange wie möglich widerstand. Sie erlaubten mir, eine peinliche, ja vielleicht sogar schuldhafte Einsamkeit hinter einem natürlichen und legitimen Bedürfnis zu verbergen. Ich suchte sie dreimal auf, in immer kürzeren Abständen, die beiden letzten Male, um die Zeit totzuschlagen, wobei mir jede Sekunde wie eine halbe Ewigkeit vorkam, und fragte mich, was ich eigentlich hier machte. Jedesmal setzte ich mich auf denselben Klodeckel und versuchte zu verdrängen, daß ich diesen Ort bald wieder verlassen müßte. Hier hörte man sich wenigstens denken. Aber woran denken?

* Einen Kleinen.

** Wir sehen uns.

Was die Tanzerei betraf, so endete mein letzter Versuch, daran teilzuhaben, in einem Fiasko. Ich kam nicht über den Vorraum des Tanzsaales hinaus. Kaum daß ich einmal kurz den Eindruck hatte, in weiter Entfernung Aline in ihrer weißen Bluse auszumachen, die mit erhobenen Armen zwischen den schwarzen Jacketts übers Parkett schwebte. Und plötzlich fühlte ich mich in diesem lärmerfüllten Haus, das randvoll mit lustigen Fremden war, wie aus meinem Biotop herausgerissen. Ich drohte zu ersticken. Also entschloß ich mich, so schnell wie möglich zum Ausgang zu streben.

Neue Gäste trafen ein. Ich mußte mit aller Kraft gegen die Strömung ankämpfen. Aufsteigende Panik, gewürzt mit einer Prise schlechten Gewissens, kam mir zu Hilfe. Endlich stieß ich die Glastür auf und gelangte auf den Vorplatz ins Freie.

Die eisige Frische der Nacht umhüllte mich, aber die feuchte Luft tat mir gut. Wenn ich mir keine Lungenentzündung holen wollte, mußte ich ein paar Schritte gehen. Da ich auf den Alleen unweigerlich anderen Gästen begegnet wäre, spazierte ich lieber über das tote Gras des Rasens, der hinter einer Hecke sanft bis zum Seeufer abfiel. Die ölig schillernden Lichtreflexe dienten mir als Wegweiser. Ohne Rücksicht auf meine neuen Schuhe trat ich auf die großen Kiesel und machte erst direkt vor dem Wasser halt.

Jetzt erst hatte ich das Gefühl, langsam wieder zu mir selbst zu finden. Traurigkeit und Glücksgefühl stritten sich in meiner Brust. Obwohl sie meine Einsamkeit aufhob, war Alines strahlende Präsenz mir doch unerträglicher als alles Alleinsein. Vor allem aber verfluchte ich mein Gelangweiltsein, meine tiefsitzende Unfähigkeit, diese Art von Feier genießen zu können. Zu meinen Füßen erstreckte sich der See: eine längliche, schwarze Masse, über die nur hier und da ein Schauer lief. Von der Distanz und der Kälte gedämpft, drang in Schwällen Musik aus der erleuchteten Villa. Jedesmal, wenn eine Tür sich öffnete oder ein weiteres Auto hielt, tanzten Schatten über den Rasen und die Büsche. Vermutlich wäre ich unter den wenigen Einzelgängern, die den Park durchstreiften, auf den ein oder anderen Leidensgenossen – vielleicht sogar die eine oder andere Leidensgenossin – gestoßen, nur weckte mein mürrischer Egoismus in mir rasch die Vorstellung, daß diese Leute nur darauf brannten, in den Trubel des Balls und die Wärme der aneinandergedrängten Körper zurückzukehren.

Ich fand den Abstand zwischen meiner Isolation und diesem Fest, das sie mit jeder Minute noch weiter zuspitzte, unzureichend. Also stieg ich beinahe energischen Schrittes den Hügel hinauf und ging – wenn ich schon kein Ziel hatte, war dieses ebenso gut wie ein anderes – in Richtung meines Autos.

Ich hatte sofort Lust, mich ans Steuer zu setzen, fortzukommen, die Leere der Nacht zu füllen, indem ich einfach drauflosfuhr, ohne an irgend etwas zu denken, vor allem, ohne zuzugeben, daß es mir um diesen Abend leid tat – und ich mir vor allem selbst leid tat. Einen kurzen Augenblick lang kam mir der Gedanke, Sébastien aufzusuchen und ihm den üblen Kater zu ersparen, der ihm drohte, indem ich einen Teil der Flasche, die er vermutlich bereits geöffnet hatte, um die schönen Schwedinnen zu vergessen, selbst austrank.

Die Katastrophe bis zur Neige auskosten.

Andere Autos standen um meines herum. Ebenfalls Gäste vermutlich. Als ich die Tür öffnete, ließ irgend etwas mich innehalten. Ich blieb, den Schlüssel vor dem Türschloß haltend, regungslos stehen. Was war los? Gewiß, was die Getränke anging, hatte ich ein paar gefährliche Mischungen geschluckt, die drohten, sich als Zeitbomben zu entpuppen. Aber das war es nicht. Direkt vor meinem Wagen stand, Stoßstange an Stoßstange, ein riesiger grauer Ford und vereitelte meine Pläne, hier zu verschwinden. Das Nummernschild war nicht beleuchtet. Dennoch hatte ich den Eindruck, daß die Buchstaben und Ziffern mir in die Augen sprangen.

TOT-422.

In meinem Rücken räusperte sich jemand.

»Ich habe auf Sie gewartet, Monsieur Dussert.«

Ich fuhr auf dem Absatz herum.

»Ja, gewiß, ich hätte es auswechseln können. Aber diese kleine Freude war ich Ihnen schuldig.«

Vor mir stand ein Mann im hellgrauen Mantel und zündete

sich eine Zigarette an. Mit seiner Fliege wäre er auf der Hochzeitsfeier nicht aufgefallen.

»Wenn Sie rauchen würden, böte ich Ihnen gerne eine an. Aber das ist, glaube ich, nicht der Fall, stimmt's?«

Der Mann mit dem kurzen grauen Bürstenschnitt, der gegerbten Haut eines alten Seemanns und der dicken Hornbrille, die ins Faltenwerk seines Gesichts eingelassen war, mußte an die sechzig Jahre alt sein. Er zog an seiner Zigarette und blies den Rauch über meinen Kopf hinweg auf die Zweige zu. Dabei betrachtete er mich mit einem Interesse, das mich in einem anderen Zusammenhang eingeschüchtert hätte. Irgend etwas stimmte nicht in der Geometrie seines Gesichts, und es irritierte mich, daß es mir nicht gelang herauszufinden, was es war.

»Guten Abend, Kommissar«, sagte ich. »Ich nehme doch an, daß Sie Kommissar sind?«

Ein breites Lächeln entblößte ein ebenmäßiges, gelbes Rauchergebiß.

»Sie gehen ganz recht in der Annahme, Monsieur Dussert.«

Jetzt war es an mir zu lächeln.

»Die Neuigkeit hat sich rasch verbreitet, wenn ich das richtig sehe.«

»Informationen sind mein Beruf, Monsieur Dussert.«

»Versteckspielen ebenfalls?«

Er zuckte die Achseln.

»Lassen Sie doch die billigen Scherze, ja? Aber davon abgesehen: Glückwunsch zu Ihrem visuellen Gedächtnis.«

»Das war nicht so schwer, das werden Sie doch zugeben müssen.«

Den rechten Fuß hatte er gegen einen Reifen des Ford gestellt.

»Der Verantwortliche des Automobilparks spricht niederländisch. Die unfreiwillige Komik des Nummernschildes ist ihm wohl entgangen.«

»Da können Sie ja von Glück sagen.«

»Das müßte wohl eher für Sie gelten.«

Er hatte den Kopf abgewandt. Seit dem Beginn unseres Gesprächs sah ich nur noch sein Profil mit der geraden Nase, den schmalen, ein wenig verächtlichen Lippen.

»Sie waren dort, am Abend des Mords?« sagte ich.

Er preßte die Lippen zusammen.

»Ja«, gab er zu.

»Das heißt, der Staatsschutz hat Hubermann seit seiner Ankunft überwacht?«

»In der Tat, Monsieur Dussert. Sogar schon lange vorher.«

»Ich schließe daraus, daß Sie eine Akte über ihn besitzen?«

»Ja. Genau wie über andere Individuen seines Schlags. Sehen Sie, Monsieur Hubermann hatte in unserem gastfreundlichen kleinen Königreich einige Freunde. Von der gleichen Denkungsart. Wir haben ihn über diese Herrschaften kennengelernt. Aber Sie haben, glaube ich, eine Kopie dieser Akte erhalten. Mit Verspätung, versteht sich.«

Er hatte die Nüstern zusammengezogen und lächelte spöttisch. Dann traf mich sein Blick, der plötzlich direkt auf mich gerichtet war, wie ein Peitschenhieb. Kalt wie Eis, dachte ich.

»Was ich nicht verwinden kann . . .«

Er unterbrach sich und nahm seine Brille ab.

»Das ist, daß ich mich an dem fraglichen Abend, Monsieur Dussert, habe an der Nase herumführen lassen wie ein Anfänger. Und dazu noch von einem Amateur . . .«

»Wie denn das?«

Sein Blick verlor sich in der Ferne, auf der anderen Seite des Sees. Er putzte seine Brille und setzte sie wieder auf.

»Oh, das ist ganz einfach«, sagte er. »Ein Kollege reiste von Köln an im selben Abteil mit. Ich selbst habe Hubermann, seit er aus dem Bahnhof trat, beschattet. Wo ich den Kontakt verloren habe, war in der Buchhandlung. Ich wollte sehen, welches Buch er gekauft hatte. Ein klassischer Fehler.«

»Eine Wagnerbiografie«, sagte ich.

»Sehen Sie: Sie sind über sein Kommen und Gehen bereits besser im Bilde als ich. Was hätte ich Ihnen Zusätzliches verraten können außer seiner Identität? Mit einem Wort: Als ich seine Spur wiederfand, war es bereits zu spät. Ohne Sie hätte ich sie übrigens gar nicht mehr aufgenommen. Ich habe den Polizeifunk abgehört und dabei mitbekommen, daß die Kommunalpolizei dort zugange war. Und dann sind Sie ja selbst aufgetaucht.

Wir wären uns um ein Haar über den Weg gelaufen. Vielleicht wäre das übrigens besser gewesen ...«

»Sie hielten es nicht für nötig, uns über Ihre Anwesenheit zu informieren?«

»Wozu? Ich sage es Ihnen noch einmal. Abgesehen von seiner Identität, von der ich mir nicht vorstellen konnte, daß sie Ihnen lang verborgen bliebe, hätte ich Ihnen nichts von Interesse mitteilen können. Und dann, Sie wissen es ja, vermeidet unser Dienst gerne solche Überschneidungen.«

»Sie haben das Nummernschild aus der Liste streichen lassen?«

»Nichts leichter als das. Trotz einiger unglücklicher Affären genießen wir bei der Polizeiverwaltung noch ein gewisses Prestige. Übrigens genau aus dem Grund, um eine ... sagen wir: ärgerliche Publizität zu vermeiden, sind meine Vorgesetzten eingeschritten und haben mir geraten, ein wenig ...«

»Diskretion walten zu lassen?«

»Genau das.«

Er schnippte seine Kippe auf die Straße.

»Was mir bei dieser Geschichte wirklich auf den Magen schlägt, Monsieur Dussert, ist, daß ich das hätte vermeiden können.«

»Den Mord?«

»Ja. Hubermann war ein Schwein, aber lebendig wäre er weniger schädlich gewesen als tot.«

»Glauben Sie?«

»Diese Sache braucht nicht auch noch Märtyrer.«

Er öffnete seinen Regenmantel und kramte in den Taschen seines Jacketts. Im Licht des Mondes oder einer Straßenlaterne erblickte ich den gerillten Griff seiner Neun-Millimeter.

»Wir wären uns um ein Haar über den Weg gelaufen, sagen Sie. Es ist seltsam, aber ich werde das Gefühl nicht los ...«

»Welches, Monsieur Dussert?«

»Sie bereits irgendwo einmal gesehen zu haben.«

Sein Päckchen war leer, er knüllte es zusammen.

»Das erstaunt mich jetzt aber. Auch Diskretion ist mein Beruf. Wirklich zu schade, daß Sie nicht rauchen.«

»Ich bitte untertänigst um Vergebung.«

»In letzter Zeit bin ich Ihnen häufig gefolgt. Ihnen und einigen Ihrer Kollegen. Um meine Akte komplettieren zu können. Übrigens habe ich, was das betrifft, Ihre Entscheidungsfreude in Anderlecht sehr zu schätzen gewußt.«

Diesmal merkte ich auf.

»Und was hatten Sie da zu suchen?«

»Dasselbe wie Sie, nehme ich an. Aber Ihrem Dossier fehlt ein Baustein, Monsieur Dussert.«

Er zog einen gelben Umschlag aus seiner Tasche und hielt ihn mir hin. Identisch mit dem, den ich erhalten hatte. Da ich den Inhalt kannte, hielt ich es nicht für nötig, ihn zu öffnen. Jedenfalls nicht sofort.

»Sie also auch ...?« fragte ich.

»Willkommen im Club, Monsieur Dussert.«

»Es scheint, wir haben denselben *Freund?*«

»*Freund* würde ich es nicht eben nennen.«

»Stimmt, Sie ziehen es ja vor, das Geschehen selbst zu bestimmen«, meinte ich ironisch.

»Mag sein. Vor allem aber glaube ich, daß wir nicht woanders nach unserem Mörder zu suchen brauchen. Seine Motive sind die Mühe wert, wenn meine Meinung Sie interessiert.«

Immer noch dieser kalte Blick hinter den Brillengläsern.

»Schließen wir Frieden, einverstanden?« sagte er nach einer Weile.

»Dazu müßte es überhaupt erst einmal Krieg gegeben haben, Monsieur ...?«

»Kommissar Debruyne. Gérard Debruyne.«

»Also schön, Monsieur Debruyne. Ich schlage vor, daß wir von nun an gemeinsam vorgehen, anstatt jeder auf eigene Faust zu handeln ...«

Er seufzte.

»Der Handel scheint mir nur klug, Inspektor. Und daher möchte ich Sie darum bitten, mir ein paar technische Einzelheiten mitzuteilen, die den Mord selbst betreffen, damit ich bei meinen Nachforschungen gezielter vorgehen kann.«

»Einverstanden.«

Beinahe hätte ich die geplante Zusammenarbeit mit einem

Verstoß gegen unsere Vereinbarung begonnen. Im letzten Moment aber entschloß ich mich, die Heimlichtuerei in einen Test umzuwandeln.

»Vinkt ...? Sagt Ihnen das irgendwas?«

Sein Lachen begann leise und wurde immer lauter.

»Aber natürlich, Monsieur Dussert!«

Ich hatte eine andere Reaktion erwartet.

»Vergessen Sie nicht, daß das Dossier des guten Herrn Erhard, bevor es Ihnen zugegangen ist, meine Abteilung durchlaufen hat, und das gilt auch für die Nachträge. Sie werden mir nicht böse sein, daß ich einen kurzen Blick hineingeworfen habe, aus beruflicher Neugier. Es enthält, mit ausführlichen Kommentaren versehen, ein Foto, das Sie ebenso gut kennen wie ich, denn schließlich haben Sie es selbst entdeckt.«

So weit war ich mit meiner Lektüre noch nicht gekommen. Ein wenig ärgerlich dachte ich, daß Erhard mich auch schon eher vom Ergebnis seiner ikonographischen Nachforschungen hätte informieren können. Währenddessen nahm das Geräusch knirschenden Kieses die Aufmerksamkeit Kommissar Debruynes gefangen.

»Da kommt jemand«, sagte er. »Ich werde mich verabschieden ...«

»Daß Sie so diskret sind, hätte ich nicht gedacht.«

Er zuckte gereizt die Achseln.

»Für mich zählt jetzt nur noch eins ...«

»Und zwar?« fragte ich.

»Den Zorro beim Wickel zu kriegen, der sich hier über uns lustig macht.«

»Eine Frage der Selbstachtung?«

»Wenn Sie so wollen.«

Der Kies knirschte nicht mehr. Jetzt war das Geräusch von Absätzen auf dem Asphalt der Straße zu hören. Noch bevor ich ihre Silhouette sehen konnte, erkannte ich Alines Schritt.

»Guten Abend, Madame«, sagte Debruyne höflich.

Aline antwortete nicht, sah nur zu, wie er sich in sein Auto schwang. Er startete voll durch. Ein Steinchen, das sich vom Straßenbelag gelöst hatte, schlug mit mattem Klirren gegen meine Kühlerhaube. An der Straßenkreuzung leuchteten seine Bremslichter auf, dann war der Ford hinter einer Zypressenhecke verschwunden. Was die Diskretion betraf, so war er heute abend nicht in Form gewesen.

»Was machst du denn hier?« fragte ich.

Sie hatte ihren roten Mantel über die Schultern geworfen. Im Ausschnitt ihrer Bluse darunter war ein Träger ihres BHs zu sehen. Ihr Haar war aufgelöst. Ich trat näher. Sie schnatterte vor Kälte.

»Ich habe auf dich gewartet«, murmelte sie.

Mit der flachen Hand streichelte ich über ihre feuchte und eiskalte Stirn und brachte ihren schwarzen Pony in Ordnung. Sie neigte den Kopf und drückte sich mit vor der Brust gefalteten Armen an mich.

»Mir ist kalt, Barthélemy.«

Ich küßte ihr Haar.

»Mir auch. Laß uns nach Hause fahren.«

Als ich den Motor anließ, gab der Destillierkolben, den ich anstelle eines Magens hatte, ein beängstigendes Geblubber von sich. Trotz der über allen Zweifel erhabenen Qualität der Getränke begannen Weißwein, Rotwein, Champagner und Blanquette de Limoux mit Verspätung, unlösbare Nachbarschaftskämpfe auszufechten.

»Aline?«

Sie suchte in ihrer brandneuen Handtasche nach einem Taschentuch. Ich hatte vergessen, ihre Wahl zu loben.

»Könntest du vielleicht fahren?«

Ihre Reaktion überraschte mich durch ihre Aggressivität.

»Nein!«

Sie hatte die Tasche zwischen ihre Beine fallen lassen.

»Nein ...«, wiederholte sie und fixierte den Wagenboden. Sie schüttelte den Kopf.

»Bitte ...«

Die Müdigkeit siegte über meine Neugierde.

Auf dem Weg zur Autobahn ging es durch einige schlafende Nester. Aline schwieg. Angesichts der späten Stunde war nicht viel Verkehr. Ich fuhr schnell und auf der linken Spur.

»Sag mal ...«, begann ich.

Aline hob die Nase aus ihrem Taschentuch.

»Der Typ vorhin ...«

»Beim Auto?« fragte sie.

»Ja.«

»Kennst du ihn?«

»Nein«, sagte ich.

»Ich hatte gedacht, es sei einer deiner Kollegen.«

»Ganz gewiß nicht. Aber das wollte ich nicht sagen ... Er hatte ein komisches Gesicht, fandest du nicht?«

Sie schniefte.

»Nicht irgendwie ungewöhnlich ...«

Auf die Gefahr hin, sie zu nerven, beharrte ich dennoch darauf, daß irgend etwas daran merkwürdig sei.

»Er hat verschiedenfarbige Augen«, präzisierte sie.

Ich legte ihr die rechte Hand aufs Knie. Das Nylon fühlte sich kühl an. Sofort lehnte sie ihren Kopf gegen meine Schulter. Als wir in Woluwe ankamen, schlief sie bereits fest.

Auf meinem Hemdkragen klebte etwas Make-up.

8362 Private
F. M. Searle
346
Aust. Army Medical Corps
29th October 1917
He died
That others might live

(B.12)

Es ist wirklich zu dunkel. Ganz einfach: Man sieht nicht mal mehr, wo man die Füße hinsetzt. Man muß sich an den Geräuschen orientieren, auf das Stöhnen zwischen zwei Einschlägen horchen. Fast ein Ding der Unmöglichkeit, hier etwas auszurichten, aber man kann's auch nicht einfach sein lassen, auf keinen Fall. Also gibt Sergeant Burbridge euch eine Viertelstunde, keine Minute mehr. In einer Viertelstunde müßt ihr wieder los, nach den Verletzten suchen.

Du schüttelst deine Schuhe nicht aus. Ist auch sinnlos. Mit dem Lehm, der daran klebt, wiegen sie Tonnen. Wenn ihr vorrückt, hat Bertie ausgerechnet, legt ihr ungefähr 300 Yards pro Stunde zurück, vorausgesetzt, der Matsch ist nicht zu naß und glitschig. Mit einem Typen auf der Trage halb soviel. Bertie ist nun mal so, er muß alles ausrechnen. Das hilft ihm, nicht zuviel nachzudenken.

Währenddessen zieht er mit der linken Hand das Wachstuch über die Lehmskulptur, die bis vor fünf Minuten noch auf der Trage nach ihrer Mutter rief. Der wenigstens ist nicht ersoffen. Denn das ist es, wovor sie Angst haben. Und du bildest da keine Ausnahme.

Nur noch zehn Minuten. Gerade genug Zeit, um eine Navy Cut zu rauchen. Das solltest du normalerweise bleibenlassen. Aber bei dem Granatenvorhang, der direkt vor dir auf die Verbindungsgräben niedergeht, und dem großen Geschoß, das weiter hinten gegen Ypern auf der Straße nach Menin einschlägt, müßte es schon mit dem Teufel zugehn, wenn ein kleiner roter Punkt da noch irgend etwas ausmacht.

Während du die Flamme des Streichholzes betrachtest, fragst du dich, wie viele Typen gerade dabei sind, langsam im Wasser eines Granattrichters zu versinken, direkt neben dir, vielleicht nur ein paar Meter ent-

fernt. Sicher, die warten auf euch, zählen auf euch, rufen nach euch. Also versuchst du, an den Typen zu denken, den ihr nachher retten werdet, und an nichts als ihn. Denn da liegen Hunderte, und ihr, Bertie und du, ihr könnt nur einen einzigen tragen. Und um bis zu ihm hinzukommen, werdet ihr die ganze Nacht und bis zum Morgen gegen einen Ozean aus Schlamm ankämpfen müssen.

Was den Tod angeht, so wird man später sehen.

Es regnet. Eine Garbe Leuchtraketen raucht am Himmel hinter einem glitzernden Vorhang aus Regentropfen, die der Wind peitscht. Das ist schön, trotz allem. Niemand kommt auf den Gedanken, in Deckung zu gehen. Ohnehin steht jede Deckung unter Wasser. Du bist geblendet und schließt die Augen.

Und da siehst du es, wie jeden Abend. Mit seinen treuen, schwarzen Augen, so ausdruckslos, als wüßte es nicht einmal von der eigenen Existenz. Es ist idiotisch, aber woran denken Känguruhs wohl? Vor zwanzig Jahren hat Onkel John eins überfahren, auf der Straße nach Canberra. Ergebnis: ein verbeulter Kotflügel, und du heultest Rotz und Wasser. »Na komm, sei ein Mann, Freddie!« Er hatte ja recht, der Onkel. Es gibt zu viele Känguruhs. An manchen Abenden träumst du, daß Känguruhs hier durchs No man's land *hüpfen.*

Aber woher... Sind ja nicht verrückt, die Känguruhs.

Nur noch fünf Minuten. Sergeant Burbridge geht seine Befehle abholen. Bertie schläft, den Kopf hat er auf ein Bein des Toten gelegt. Seine Erkennungsmarke ist nicht gefunden worden. Das einzige, was man weiß, ist, daß es ein Engländer oder Kanadier sein muß. Auch ein Alter hat er nicht, mit der Lehmkruste auf dem Gesicht. Die Einschläge da vorn kommen näher. Du gehst vorsichtshalber die Böschung runter.

Unten auf der anderen Seite sind die Pioniere dabei, den Weg wieder gangbar zu machen. Viel wird's nicht nützen. Aber gut, mit ein bißchen Glück wird es den Rückweg nach Ypern und zur Casualty Clearing Station *erleichtern. Du näherst dich ihnen. Die Typen reden in einer Sprache, die du nicht kennst. Dabei muß es sich dem Helm nach um welche von euren handeln. Inder vielleicht?*

Maoris sind's, da hättest du auch gleich draufkommen können. Fast Nachbarn. Immer in der ersten Reihe für die Drecksarbeit. Komisch, aber die haben wirklich keine Aborigines-Visagen. Alle schleppen sie Bretter, Balken, Bohlen. Wenn man denkt, daß das alles morgen im

Schlamm versunken sein wird – genau wie die Granaten, die in Häufchen für die Artilleristen bereitliegen, die Rationen, die niemand holen wird, die Rollen neuen Stacheldrahts und die Toten und Verletzten, die die schlechte Idee hatten, vornüber zu fallen, unter ihrem Marschgepäck begraben.

Der Schlamm schluckt alles. Er verwischt auch alle Unterschiede.

Ein kleiner Korporal wirkt sympathisch. Scheint, als freue er sich, mit einem Aussie *zu quatschen. Sein Englisch ist gar nicht schlecht. Du bietest ihm eine Lulle an. Er zögert, sie anzuzünden. Gerade mal neunzehn, und der Kleine ist schon ganz schön rumgekommen. Gallipoli, das scheint kein Zuckerschlecken gewesen zu sein. Du mit deinen Fünfunddreißig warst noch nicht mal an der Somme dabei – ein verstauchter Knöchel zwei Wochen vorher, weil du auf dem Trittbrett der Ambulanz gestolpert bist.*

Die Trillerpfeife des Sergeants ... Es muß schon Instinkt sein, daß du sie gehört hast. Denn bei dem Lärm hier könnte man nicht mal die Posaunen des Jüngsten Gerichts hören. Als du die Böschung hochsteigst, klatscht dich eine gewaltige Druckwelle gegen den Boden. Eine Sekunde Panik. Du drehst dich um. Ist direkt hinter dir eingeschlagen. Der Schlamm regnet in heißen Tränen runter. Die kleinen Maoris müssen bös was kassiert haben. Man sollte vielleicht mal nachsehen? Aber nein, sie werden schon von alleine kommen. Die, die noch können. Immerhin sind sie auf der richtigen Seite. Die andern, die, die da draußen im No man's land *brüllen, die wird keiner holen. Dabei fällt dir auf, daß du nie seinen Namen erfahren wirst, den von dem kleinen Korporal. Bestimmt irgendein merkwürdiger Name.*

So, und nun auf zur nächsten Runde. Diesmal geht Bertie hinter der Bahre. Das wird ihm das Leben retten, aber das weiß er noch nicht. Gegenüber schiebt ein deutscher MG-Schütze einen neuen Patronengürtel in seine Waffe. Er schimpft auf den Schlamm. Du, Frederick Morton, hast kein Schwein: Zehn Minuten später wird sie klemmen. Aber du wirst schon vorher in sein Schußfeld geraten sein.

Er wird nicht einmal auf dich gezielt haben. Dazu ist es wirklich zu dunkel.

Dreizehntes Kapitel

Von glitzerndem Rauhreif bedeckt, den die sich fein abzeichnenden Schollen und die dunklen Venen der Feldwege kaum trüben können, breitete sich über die Rübenäcker, so weit das Auge reichte, der Anflug einer Schneelandschaft. Um die Illusion perfekt zu machen, fehlte es der weißen Schicht lediglich ein wenig an Dicke. In der Nähe der Dörfer lockerten die schwarzen Baumgruppen und die verschachtelten grauen Dächer die monotone Ödnis ringsum etwas auf. Nur die weißen, wie mit dem Lineal vor den blaßblauen Himmel gezeichneten Rauchsäulen, die regungslos über den Schornsteinen standen, verrieten, daß es rund um die Kamine noch eine Form von ganz auf sich selbst reduziertem und zurückgezogenem Leben gab.

Irgend jemand aber mußte sich auch in diesem abgeschotteten Universum um das Nebensächliche kümmern. Mit einer Hand zog ich mir die Wollmütze über die Ohren runter. Die Heizung des Autos funktionierte ebenso schlecht wie die Entlüftung. Gewiß, es war das abgewrackteste des gesamten Wagenparks – laut den Papieren war es noch vor meinem Eintritt in die Kripo erstanden worden. Alle zehn Minuten mußte ich, wollte ich nicht in dicker Nebelsuppe weiterfahren, die beschlagene Windschutzscheibe sauberwischen. Zum Glück waren die Straßen frei und nur wenig Autos unterwegs.

An diesem Morgen hatte der Wetterbericht Glatteis für die Regionen nördlich von Sambre und Maas vorhergesagt, und ich fuhr so vorsichtig, wie es sich mit meiner Pünktlichkeitsliebe vertrug. Genau wie Aline haßte ich es, zu spät zu kommen. Dementsprechend hatte ich zum Mittagessen am Rand der Nationalstraße nur ein Gouda-Sandwich verspeist. Monsieur Joseph Marlaire erwartete mich in seinem kleinen Nest in der Nähe von Namur um vierzehn Uhr. Ich hoffte sehr, er würde mir einen Kaffee anbieten.

Bis dato hatten die abenteuerlichen Mixturen, die ich am Vorabend in mich hineingeschüttet hatte, weder was die Gesundheit noch was die Stimmung betraf, dauerhafte Schäden hervorgerufen (aber das konnte natürlich noch kommen), und ich war zwar vielleicht nicht gerade seelisch ausgeglichen, fuhr aber doch mit einem klaren Kopf und dem festen Vorsatz, so gut wie möglich davon zu profitieren. Aus Furcht, mich von meinen Vorurteilen überwältigen zu lassen, gestattete ich mir nicht, mir den Ablauf des Gesprächs im Vorfeld auszumalen. Auch deshalb konzentrierte ich mich aufs Autofahren und die Landschaft; ich wollte meiner von der Erwartung angeheizten Phantasie nicht die Zügel schießen lassen und nicht in ihre Fallen tappen, vor allem nicht in die allergrößte, mir, noch bevor ich ihn kennenlernte, ein Bild von Joseph Marlaire zu machen, das dem Porträt, das sein Neffe von ihm gezeichnet hatte, allzu ähnlich wäre.

Wenn ich es mir recht überlegte, war dieses Risiko durchaus ein reales, denn laut jenem Neffen schien der alte Mann sich darauf kapriziert zu haben, wann immer er konnte, die eigene Legende herabzuwürdigen. Nach langem Zaudern und höchst widerwillig hatte Hugues Marlaire mir wortkarg gestanden, daß der Onkel nach Ende des Kriegs nicht mehr in seine Herkunftsprovinz habe zurückkehren wollen, außer um seine Familie zu Festen zu besuchen, vor denen er sich – Hochzeiten, Geburten, Begräbnisse – beim besten Willen nicht drücken konnte. Dazu kam noch, daß er seinen vorgezeichneten Lebensweg verlassen und sein Berufsleben weder als Soldat beendet hatte noch als Legionär in Algerien oder Söldner in Katanga, auch nicht als Gendarm, ja noch nicht einmal als Polyp, sondern als bescheidener Studienrat für Sprachen in einem katholischen Mädchengymnasium. Mit einem Wort: Marlaire junior konnte nur schwerlich seine Enttäuschung verbergen, am Ende seiner Hagiographie den Fall des Idols erwähnen zu müssen, und bestand darauf, darin ausschließlich eine Demonstration von Demut zu sehen, was zwar gewiß bedauerlich, anderseits aber auch verzeihlich war, da Onkel Joseph es eben so und nicht anders gewollt habe.

Vorsichtshalber hatte ich mich dennoch entschlossen, nicht leichtfertig die Korpsgeist-Reflexe, die bei einer großen Anzahl ehemaliger Soldaten immer latent erhalten bleiben, außer acht zu lassen. So hatte ich die mageren Dokumente studiert, die ich am Vorabend in der Bibliothek zusammengetragen hatte, unter anderem, um nicht im unpassendsten Moment den landwirtschaftlichen Verdienstorden mit dem militärischen Großkreuz mit Palmen zu verwechseln. Dennoch hatte ich solche Generalproben nicht zu weit treiben wollen. Denn indem ich von einer Ordenssammlung ausging, die einem, auf dem Wohnzimmerbüffet stehend, sofort ins Auge sprang, oder einem gerahmten Foto Leopolds III. mit einer Trauerschleife über dem Kamin, war ich schon mitten in der Interpretation, ja sogar in einer gewissen Form der Vereinfachung gefangen.

Heute morgen vor der Abfahrt ins Büro hatte Alines Befinden mir ein wenig Sorgen gemacht. Seit zwei, drei Kilometern spielte ich mit dem Gedanken, sie von einer Zelle aus noch mal anzurufen. Dem stummen Klingeln meines eingebauten biologischen Weckers gehorchend, hatte ich gegen halb sieben die Augen geöffnet und auf ein leeres Kopfkissen geblickt, dessen Bezug nicht einmal zerknittert war. Langsam wurde dieser Anblick zur Gewohnheit. Die Straßenbeleuchtung draußen schien, als sei es mitten in der Nacht. Vorsichtig hob ich einen Zipfel des Kopfkissens hoch.

Die Taschentücher, die überall unter der Decke und auf dem Bettvorleger verstreut lagen, sprachen eine noch deutlichere Sprache als ihre wunde Nase: Aline hatte sich einen gewaltigen Schnupfen eingefangen. Sie zog, murrend und die Augen zusammenkneifend, das Kissen auf der Stelle wieder über ihr verschnupftes Schnäuzchen und erklärte heiser ihre Absicht, im Bett zu bleiben, und zwar, wenn nötig, den ganzen Tag. Ich hatte aber in der Küche trotzdem ein Frühstück für zwei bereitet.

Sobald ich gegen die Kälte eingepackt war, stieg ich mit dem Tablett ins Schlafzimmer hinauf. Die heiße Milch dampfte in der Tasse. Ich tastete nach ihrem Gesicht, drückte ihr einen kleinen

Kuß auf die Wange und sagte, sie solle mich, wenn nötig, über meinen Piepser anrufen. Die einzige Antwort war, daß sie sich auf den Bauch drehte, das Deckbett über den Kopf zog und mir aus ihrem Federkokon heraus einen schönen Sonntag wünschte.

Bei der Ausfahrt Namur überraschte ich mich dabei, den Marsch der Ardennenjäger zu pfeifen, eine entfernte Erinnerung aus Grundschulzeiten, in denen Patriotismus und Regionalismus noch zusammengingen – was nicht erstaunlich war, da der Lehrer, wie übrigens auch die Marlaires, aus Arlon stammte.

Nous défendrons le sol de la Belgique
En défendant le vieux sol ardennais . . . –
Indem wir die alte Ardennenerde verteidigen,
verteidigen wir belgischen Boden . . .

Bei Lichte besehen, und gemessen an den heute geltenden nationalen Kriterien, hatten sie hauptsächlich flämische Erde verteidigt – wobei die Flamen dies vielleicht gar nicht verlangt hatten.

Trotz des fortgeschrittenen Alters meines Gesprächspartners war unser Telefonat ohne die geringste Schwierigkeit verlaufen. Ich hatte nicht, wie befürchtet, jeden Satz zweimal wiederholen, auch nicht in den Hörer brüllen müssen. »Er ist noch sehr gut zu Fuß« hatte Marlaire junior mir versichert. Und hätte hinzufügen können, daß auch sein Gehör und sein Benehmen noch nichts zu wünschen übrigließen. In keinem Augenblick schien der alte Mann sich über meinen Besuch zu wundern, und er schien ihm auch nicht ungelegen zu kommen, was bei einem einsamen, von der Welt zurückgezogenen Mann immerhin legitim gewesen wäre – immer vorausgesetzt, man konnte die Vertraulichkeiten seines Neffen wörtlich nehmen.

Ich kannte die südlich von Namur gelegene Gemeinde gut, in der der einstige Ardennenjäger seit seiner Pensionierung und dem Tod seiner Frau lebte: In den zwei Jahren, die ich bei der kleinen Brigade des dortigen Bezirks verbracht hatte, war ich öfter durch den ein oder anderen seiner zweiundfünfzig Weiler gefahren. Insofern hatte ich keine Schwierigkeiten, mich im Labyrinth der Dörfchen zurechtzufinden, wo die Unzahl von

Ortsnamen in keinem Verhältnis zu der geringen Anzahl der Hinweisschilder stand. Die Sache wurde noch komplizierter durch den Umstand, daß hier die platten Rübenfelder einem Gewirr tief eingeschnittener Täler gewichen waren, die von waldigen Hügeln getrennt wurden, welche die Sicht auf die menschlichen Siedlungen zum Teil völlig verdeckten, sie zum Teil aber auch hinter einer Serpentine auf einer kaum befahrbaren Straße in einem atemberaubenden Panorama plötzlich freigaben.

Wenn meine Erinnerung mich nicht täuschte, mußte die mir genannte Adresse zu einem Weiler aus niedrigen Häusern gehören, die am Rand eines Plateaus verstreut lagen, auf dem Kühe weideten und über das der Wind hinwegpeitschte. Bevor ich dort hinauffuhr, hielt ich, da mir noch genügend Zeit blieb, an einer Telefonzelle und wählte Alines Nummer. Der Anrufbeantworter sprang an. Ich legte auf, ohne eine Nachricht zu hinterlassen.

Wohnsiedlungen hatten die Kühe vertrieben, aber der Wind war noch immer da: Der Rauch aus den Schornsteinen wehte waagerecht. Ich ließ eine letzte Gruppe neuer Häuschen hinter mir und erreichte den Rand des Plateaus. Exakt um vierzehn Uhr zwei tauchte der grüne Briefkasten des Hauses vor meiner Windschutzscheibe auf. Ein Gebäude aus dem Stein der hiesigen Gegend, das der steil abfallende Hang halb verdeckte, hielt dem Wind eine nackte fensterlose Mauer entgegen, an die ein Holzschuppen gelehnt war. Mit abgeschaltetem Motor ließ ich den Wagen die Einfahrt hinunterrollen. Einige hohe Grasbüschel, die der Frost übersehen hatte, kratzten mit dumpfem Geräusch über den Wagenboden. Noch bevor ich die Handbremse angezogen hatte, öffnete sich an der Seite des Hauses eine Tür, und ein großgewachsener Mann ohne Kopfbedeckung und Mantel erschien auf der Schwelle.

»Guten Tag, Monsieur Marlaire«, sagte ich und reichte ihm die Hand.

Die Ähnlichkeit sprang einem sofort ins Auge. Selbst wenn die Jahre oder die niedrigen Decken ihn ein wenig gebeugt hatten, überragte Joseph Marlaire mich um einen guten halben Kopf, und sein silbriges, noch immer dichtes Haar mußte vom gleichen Blond gewesen sein wie das seines Neffen. Dagegen genügte ein einziger Händedruck, um mich ahnen zu lassen, was die physische Ähnlichkeit an Unterschieden des Selbstverständnisses und der Art, der Welt zu begegnen, überdeckte: Die Dynamik wurde hier von Zurückhaltung und Diskretion gebremst.

»Guten Tag, Monsieur Dussert. Kommen Sie doch bitte herein.«

Ich folgte ihm in den engen Korridor. Ich hatte meine Mütze abgenommen und suchte nun nach einem Spiegel, um meinem verstrubbelten Haar wieder ein Minimum an Form zu verleihen. Am Kleiderständer hing, verloren zwischen Jacken, Schals und Handschuhen, ein großes Barett. Während ich ablegte, versuchte ich herauszufinden, ob das Wildschwein-Emblem noch immer in dem grünen Filz steckte. Und wenn das Abzeichen fehlte, würden mir vielleicht die Einstecklöcher einen Hinweis geben.

»Haben Sie leicht hergefunden?«

Ich erzählte ihm kurz, woher ich die Gegend kannte – ein gutes Mittel, das Eis zu brechen – sommers wie winters –, selbst wenn es mir so vorkam, als versuche ich damit diesmal, hauptsächlich mich selbst zu beruhigen und nicht mein Gegenüber. Joseph Marlaire gab keinerlei Kommentar ab und ging mir in einen Raum voraus, der wohl das Wohnzimmer sein mußte. Ich hatte alles erwartet, aber nicht die Strenge einer Mönchszelle, die in diesem weißen, unauffälligen Zimmer herrschte. Im allgemeinen gleichen ältere Menschen gefällten Bäumen, deren Alter man an den Jahresringen ablesen kann: Rund um das harte Herz bildet das Splintholz Jahr für Jahr eine weiche Schicht. Ähnlich lagert sich die Vergangenheit der Alten rund um sie ab. Sie befrachtet die Wände, die Möbel und die dumpfe Atmosphäre ihrer Häuser so lange, bis sie ein dichtes, erstickendes Sediment geschaffen hat, das sie in ihnen festhält, das Türen und Fenster versiegelt und alles, was sich bewegt, alles, was pulst, zum Stehen bringt – ähnlich wie der Kalk Brunnenrohre verstopft, durch die viel Wasser geflossen ist. Nur noch ein schmales Rinnsal Gegenwart tröpfelt hindurch. Das Wohnzimmer hätte voller Kommoden, gedrechselter Rahmen, Krimskrams, Regalen mit Nippessachen stehen müssen, all dem Zeug, das man über die Katastrophen im Leben so rettet; mit seinen schmalen, auf das Tal hinausgehenden Fenstern hätte dieses Zimmer in einem friedlichen Dämmerlicht liegen müssen, durch das von Zeit zu Zeit das Knacken eines Holzscheites im Feuer oder das regelmäßige Klopfen eines toten Zweigs gegen ein Fenster drang.

Der Eindruck jedoch, den dieser Raum machte, war der einer keineswegs zufälligen, methodischen Leere. Zwei granatrote Clubsessel, ein Couchtisch voller Zeitschriften und ein verglaster Bücherschrank aus Fichtenholz vermochten kaum die geometrische Askese dieser Einrichtung zu stören, die keinen Raum für spielerisch Überflüssiges hatte. Weißgekalkte Wände, schwarze Deckenbalken und schachbrettartig verlegte Fliesen, die kein Teppich erwärmte, taten das Ihre, die Strenge der Behausung zu unterstreichen. Die weißen Wände unterstützten das schwächliche Tageslicht, das von einem Moment zum nächsten verschwinden konnte. Aber wenn kein Sonnenstrahl in dieses Zimmer drang, so hatte auch der Schatten hier nichts zu suchen: Es war gewissermaßen ein neutrales Territorium, in dem das Gesetz des Kompromisses herrschte.

Die einzigen Zugeständnisse dieser kargen Einrichtung waren drei kleine Bilderrahmen. Ich trat vor einen hin.

»So hab' ich die Ardennen am liebsten ...«

Seine Baßstimme ließ mich zusammenfahren. Joseph Marlaire stand hinter mir. Das gerahmte Aquarell weckte Assoziationen an eine Waldlandschaft. Hinter grünen Wiesen, auf denen graue Häuser verstreut lagen, erhoben sich Tannen.

»... unter Glas und in einem Rahmen ...«

Mit einer Handbewegung lud er mich ein, Platz zu nehmen.

»Ich selbst bin lieber aus dem Rahmen rausgetreten.«

Ein bauchiger Kessel links vom Kamin enthielt einige Holzscheite. Er nahm eines, zerriß zwei Seiten eines alten Lokalblatts und begann, Feuer zu machen. Ich nutzte die Zeit, um den Tisch in Augenschein zu nehmen. Er verschwand unter einem Stapel flämischer und niederländischer Zeitschriften.

Auf dem Kaminsims bewahrte ein kleines ovales Foto das Andenken an eine braunhaarige Frau mit hoher weißer Stirn.

»Ich hab' nicht alles verstanden, aber zumindest in groben Zügen hat der Kleine mir die Gründe Ihres Besuchs erklärt.«

Er hatte »der Kleine« gesagt. Einen Mann betreffend, der knapp zwei Meter maß, regte diese Beschreibung zum Schmunzeln an. Vor dem Rost kniend, fachte Joseph Marlaire das Feuer an. Das trockene Kleinholz flammte auf, und die ersten Zungen leckten bereits am weißen Rand des Scheits.

»Was er Ihnen aber gewiß nicht gesagt hat, Monsieur Dussert ...«

Er erhob sich und stützte sich mit einer Hand auf dem Kaminsims ab. Ich konnte sein Gesicht nicht sehen.

»Das ist, daß ich es hasse, darüber zu reden ... Vergangen ist vergangen, oder nicht? Wozu also soll es gut sein, die alten Geschichten wieder aufzuwärmen. Bald wird sich ohnehin niemand mehr dafür interessieren ...«

Statt irgendeinen Kommentar zu geben, der möglicherweise einfältig gewesen wäre und den weiteren Verlauf des Gesprächs gefährdet hätte, zog ich es vor abzuwarten. Hier war es nicht an mir zu reden, ich mußte nur zuhören – und sei es der Stille zwischen zwei Sätzen. Der alte Mann wandte mir den Rücken zu. An seinem insgesamt sehr korrekten Aufzug verrieten die durchgescheuerten Ellbogen des Pullovers und die ausgerissenen Säume der Cordhose den Alleinstehenden.

»Aber keine Angst, Monsieur Dussert. Sie sollen die Reise nicht umsonst gemacht haben. Nachdem ich Ihnen zugesagt habe, wäre es nicht recht, jetzt auszuweichen. Ich nehme an, dazu ist es zu spät ...«

Mit einem Seufzer ging er vom Kamin weg, rieb sich die Hände und setzte sich mir gegenüber in den zweiten Sessel.

»Ich höre«, sagte er schließlich.

Ich war zwar vielleicht gerettet, aber diese Eröffnung verblüffte mich doch. Während der Fahrt hatte ich mir einen Haufen Taktiken zurechtgelegt, die dazu dienen sollten, eine Logorrhöe zu bremsen oder Ordnung in einen Schwall von sich wild überschlagenden Erinnerungen zu bringen. Und nun war es der alte Marlaire, der von mir ein Minimum an Disziplin und Präzision erwartete.

»Das ist eine schwierige Sache«, begann ich. »Ehrlich gesagt tappe ich ziemlich im dunkeln. Ich weiß nicht genau, was ich eigentlich suche . . .«

»Selbst wenn es mir schwerfällt, Monsieur Dussert, ich möchte Ihnen nur helfen. Und genau deswegen sind Sie doch hier. Also?«

Einen Augenblick lang hatte ich befürchtet, er werde ungeduldig. Vor allem wußte ich nicht, inwieweit Hugues mir bereits den Weg geebnet hatte.

»Die Geschichte in Vinkt spielt eine Rolle in dem Fall, in dem ich ermittle, aber ich weiß noch nicht, welche. Was ich also gehofft habe, ist . . .«

Seine Hände lagen flach auf dem altersschwarzen Plüschstoff der Armlehnen. Sein brillenloser blauer Blick gewährte mir weder eine Atempause noch die Chance auszuweichen.

»Sie haben darauf gezählt, daß ich Ihnen eine, nun sagen wir, anekdotische Schilderung der Ereignisse liefere, ist es das?«

»Anekdotisch würde ich es nicht nennen.«

»Ich verstehe schon. Sagen wir also eine . . . hautnahe Schilderung?«

Ich nickte.

»Aber was bin ich für ein miserabler Gastgeber, Monsieur Dussert. Einsamkeit schafft schlechte Angewohnheiten. Ich glaube immer noch, daß Amélie gleich mit den Getränken hereinkommt. Das heißt, nach all der Zeit weiß ich nicht mehr, ob ich's glaube oder hoffe . . . Was kann ich Ihnen anbieten? Einen Kaffee, einen Pflaumenschnaps? Der Kaffee kommt aus der Thermoskanne, und der Schnaps ist, fürchte ich, nicht besonders gut.«

»Kaffee ist wunderbar. Ohne Zucker und ohne Milch, das wäre nett.«

Er entschuldigte sich, verschwand im Nebenzimmer und kam mit zwei Bechern und einer roten Thermoskanne mit rosa Blümchenmuster wieder. Während er den Kaffee eingoß, bemerkte ich, daß seine Hände zitterten.

»Es ist also Vinkt, was Sie interessiert ...«

»Ja.«

Er setzte sich wieder auf die andere Seite des Tischs und legte die Beine übereinander. Ein Knöchel knackte.

»Na gut, es läßt sich wohl nicht vermeiden. Zumindest wird mir das alles andere ersparen. Übrigens, wo wir schon so weit sind, kann ich Ihnen auch gleich gestehen ...«

Ich beugte mich zu meinem Becher vor.

Sein Blick wurde düster und bohrend.

»Ich weiß, warum ich Ihnen zugesagt habe ...«

Den Becher in der Hand, vergaß ich zu trinken. Das Porzellan wärmte mir die Handflächen.

»Man ist nie so stark, wie man gern möchte«, fuhr er fort. »Bevor ich mich endgültig empfehle – und das kann nun nicht mehr so lang hin sein –, habe ich einfach noch reden müssen, einmal auspacken müssen. Denn, wissen Sie, was ich Ihnen heute erzählen werde, habe ich noch nie jemandem anvertraut, nicht einmal meiner Ehefrau. Und schon gar nicht meinem Neffen! Nein, noch nie ...«

Er schüttelte den Kopf.

»Ich habe geschwiegen, Monsieur Dussert. Zweifelsohne zu Unrecht. Zweifelsohne hätte ich reden müssen, selbst wenn das nichts geändert hätte. Vielleicht wäre es sogar meine Pflicht gewesen? Aber, bah ... Man vernachlässigt so viele Pflichten, aus Trägheit, aus Feigheit ... Man kann nicht bedauern, daß man so ist, wie man ist. Das wäre Zeitverschwendung.«

Er lehnte sich mit dem Nacken gegen seinen Sessel, schloß die Augen und öffnete sie wieder.

»Und dann ist es vor einem Fremden leichter.«

Oh, ich werde Ihnen nicht meinen Krieg erzählen, Monsieur Dussert. Das wäre Überheblichkeit. Mein Krieg, das ist nämlich nicht meiner, sondern der von Millionen Männern, die sich nicht danach gedrängt haben, ihn mitzumachen, oder die ihn in der üblichen menschlichen Dummheit durchzogen und vor allem in der Überzeugung, es sei der letzte. Denn der Krieg, wissen Sie, ist ein schmutziges Geschäft. Man kann sich noch so bemühen, sauber zu bleiben, man übersteht ihn nie mit reiner Weste.

Gewiß, damals war ich jung, hatte Ideale, wie man so schön sagt. Sie waren übrigens nicht alle idiotisch. Ich glaube, sie sind noch nicht einmal alle aus der Mode gekommen. Ein paar davon haben mir weitergeholfen – nicht allzu sehr, offen gestanden. Aber vereinfacht gesagt, war »dienen« das magische Wort.

Dienen ... Dem Vaterland, dem König, der Gerechtigkeit, der Freiheit, der Demokratie, der Nation, wem auch immer. Wir waren damals eben so: Man glaubte an die hehren Prinzipien, man liebte große Worte. Dabei hat dieses Land weiß Gott, das nur als Beispiel, einen eher leichtgewichtigen Patriotismus hervorgebracht. Was übrigens meiner Ansicht nach eine seiner raren positiven Eigenschaften ist. Wissen Sie, kleine Länder haben den Vorteil, daß ihre Dummheiten nie größer sind als sie selbst. So gesehen hat die Größe ihre Kehrseiten.

Aber ich komme vom Thema ab ... Um es kurz zu machen, Monsieur Dussert, lassen Sie mich Ihnen nur sagen, daß wir uns bis zur Lys, das heißt bis Vinkt, immer nur geschlagen hatten, um beinahe auf der Stelle das Feld zu räumen. Nach monatelanger Wartezeit kämpften wir endlich, aber immer im Rückwärtsgang, oder anders gesagt, anstatt zu kämpfen, reagierten wir nur passiv. Die abendlichen Befehle annullierten die morgendlichen wieder, die Stäbe irrten auf der Suche nach ihren Einheiten durchs Land, die zu haltenden Positionen wurden, kaum waren sie festgelegt, schon wieder aufgegeben ... Mit einem Wort: ein Saustall auf allen Ebenen. Und dabei – ja, ja! – wollte das Regiment nichts anderes, als endlich richtig losschlagen. Man hatte es uns schließlich oft genug eingetrichtert, daß wir ein Elitekorps seien. Sie hatten es uns so oft wiederholt, daß wir schließlich selbst daran glaubten. Wir hatten eine Mission zu erfüllen, Monsieur Dussert. Ja, eine Mission. Das ist wirklich das Wort, das hier angebracht ist ...

»Mein Gott, wie lang das alles her ist. Ich bin mir bei den Daten nicht mehr ganz sicher, ebensowenig wie bezüglich gewisser Einzelheiten. Es besteht die Gefahr, daß ich nicht sehr präzise sein werde.«

»Das ist nicht wichtig, Monsieur Marlaire. Erzählen Sie weiter.«

Natürlich waren wir innerhalb des großen Spiels nur ein paar khakibraune Bauern, winzig kleine Partikelchen, und unsere Offiziere, das sei der Gerechtigkeit halber gesagt, wollten nicht, daß wir für nichts und wieder nichts aufgerieben würden. Aber den Krieg hatten wir schon verloren, bevor wir ihn überhaupt begonnen hatten. Wir hatten den Startschuß erwartet, und dann war er gekommen. Und von diesem Moment an war uns der Krieg ebenso auf den Fersen wie wir ihm. Alles ging zu schnell. Die französische Front war bei Sedan zusammengebrochen. Von da an ging es nur noch darum, das Unvermeidliche hinauszuzögern.

Inmitten all dessen tat mein Regiment, was es konnte. Und das ziemlich gut. Wobei das Schlimmste das Zurückweichen war, dieses ewige Zurückweichen ... Wenn Sie es genau wissen wollen, von den gesamten achtzehn Tagen, vom Einmarschieren der Deutschen im Mai 1940 bis zur Kapitulation, hat das Regiment seine größten Verluste in Temploux erlitten, gar nicht weit von hier, bei einem Luftangriff. An jenem Tag haben sie uns wie die Hasen abgeknallt, Monsieur Dussert. Wir duckten uns hinter Bäume, wir sprangen in Gräben, und die Flugzeuge flogen zum Greifen nahe über unsere Köpfe hinweg. Lambert, mein MG-Schütze, hat ein Magazin seiner FM nach dem andern verschossen. Der Leutnant schrie ihn an aufzuhören, es habe keinen Sinn. Neben mir heulte ein Typ, ein großer Koloß aus Sterpenich, ich habe seinen Namen vergessen. Insgesamt sind rund fünfzig Männer dortgeblieben. Wir haben sie auf der Stelle in einem Feld begraben, dann sind wir weiter.

Marschieren und noch mal marschieren, soviel Kilometer wie möglich im Schutze der Nacht zurücklegen, tagsüber Atem schöpfen, versuchen, zwischen zwei Etappen nicht zu viele Männer zu verlieren, den Feind ein paar Stunden aufhalten, dann den Kampf abbrechen, etwas anderes konnten wir, so schien es, nicht tun. Und so sind wir in Lotenhulle angekommen, nördlich von Vinkt, hinter dem Ableitungskanal. Ich erinnere mich daran, als sei es gestern gewesen. Ein kleines rotes Haus mit einem Gemüsebeet und einer Schaukel am Ende des Gartens. Die Eigentümer hatten alles stehen- und liegenlassen, nur die Matratzen nicht. Nach fünfzehn Tagen Marschieren endlich ein Zimmer und ein Bett: ein unglaublicher Luxus. Ich hab' auf den Sprungfedern geschlafen ...

Der alte Mann unterbrach seine Erzählung, trank einen Schluck Kaffee. Ich führte ebenfalls den Becher an meine Lippen. Das Porzellan war angeschlagen. Joseph Marlaire stand auf, nahm einen Schürhaken und schlug gegen das Holzscheit, dessen Rinde qualmte. Ein Funkenregen ließ die kupfernen Feuerböcke aufleuchten.

Wenn ich mich recht entsinne, sind wir einen Tag in Lotenhulle geblieben. Oder waren es zwei? Ich weiß nicht mehr. Aber das ist auch unwichtig. Der Generalstab hat jedenfalls sehr rasch die schlechte Neuigkeit bekommen: Die Deutschen hatten bei Meigem die Kanallinie durchbrochen. Die Gerüchteküche war am Brodeln: Eine Infanteriedivision hätte, fast ohne einen einzigen Schuß abzugeben, die Waffen gestreckt, und die Jäger zu Fuß hätten sich aufreiben lassen, um zu retten, was zu retten war. Das erste Regiment vor Vinkt war isoliert. In der Not hat der Generalstab die Operation »Eiserner Besen« geplant, für einen Schlag nach Süden. Sobald die Nacht fiel, hat das gesamte Regiment angegriffen. Jetzt würden wir es ihnen zeigen ...

Die Deutschen waren offenbar nicht mehr daran gewöhnt, daß es auch so was wie Gegenangriffe gibt. Als wir ihnen auf den Pelz rückten, hatten sie nicht mal mehr die Gelegenheit, »uff« zu sagen. In den frühen Morgenstunden hatten wir uns mit dem Ersten vereinigt. Die Partie war gewonnen. Mit den Seitenwagen des Krad-Bataillons hätten wir sie bis zum Kanal verfolgen und ihnen sogar rüberhelfen können, aber wir haben's nicht getan. Statt dessen haben wir uns im Dorf und seiner Umgebung eingeigelt und darauf gewartet, daß sie wiederkommen. Denn daß sie wiederkommen würden, daran hat niemand gezweifelt.

»Ihr Kaffee ist kalt. Ich werd' Ihnen noch etwas heißen draufschenken.«

»Danke.«

Und dann war plötzlich die Hölle los. Dabei hätte es, wenn man sich die Menschen wegdachte, das Paradies sein können. Eine schöne Maisonne strahlte, Blumenbeete und Apfelbäume blühten, überall in der Luft hing der Fliederduft, viel intensiver als der Pulvergeruch, der Ledergeruch, stärker als der Schweiß oder das Waffenöl ...

Auf die Deutschen mußten wir nicht sehr lange warten. Sie kamen die Straße nach Nevele entlang, querfeldein, über die Heuwege. Ich weiß nicht mehr, wie spät es war. Der Leutnant beobachtete sie durch den Feldstecher.

»Das sind nicht dieselben.«

Er hat weiter nichts gesagt, nur eine Nachricht auf ein Stück Papier gekritzelt und Goffinet befohlen, sie weiterzugeben. Wir sind in unsere Löcher gekrochen, haben die Gewehre geladen und gewartet.

»Bajonett aufsetzen!«

An diese paar Minuten, Monsieur Dussert, werde ich mich erinnern, solange ich lebe. Ich dachte an nichts und niemand, nur daran, daß ich jetzt sterben würde und daß es gut so sei, daß es unweigerlich so käme. Für mich waren die Männer, die da auf der anderen Seite vorrückten, nicht wirklicher als bunt in einem Gemüsegarten herumflatternde Schmetterlinge. Ihr Leben oder ihr Tod waren mir völlig fremd. Ich konnte sie ja gar nicht töten, weil sie, genau wie ich selbst, bereits aufgehört hatten zu existieren.

Die ersten Granaten zerstreuten sie dann sehr rasch. Seit dem Beginn des Feldzugs hatten wir uns auf unsere Artillerie immer verlassen können. Vielleicht hätte ich mich darüber freuen sollen und die Einschläge mitzählen, von denen jeder einzelne die Gefahr von den Löchern, in denen wir steckten, abwandte? Aber das konnte ich nicht. Eine absurde Idee hatte von mir Besitz ergriffen: Irgend jemand stahl mir meinen Tod, indem er das Unvermeidliche hinauszögerte. Denn ich wollte nicht hinterrücks sterben, Monsieur Dussert, ohne es mitzubekommen, durch Unaufmerksamkeit, durch einen Zufallstreffer oder unter dem Gebälk eines zusammenstürzenden Hauses. Nein, ich wollte an der frischen Luft sterben, und wenn schon nicht im Stehen, dann wenigstens sehenden Auges. Meinen Tod erleben gewissermaßen.

Direkt nachdem wir sie gestoppt hatten, nahm der Leutnant einen Trupp mit sich und ging nach vorn. Sie sind dann sehr rasch mit Gefangenen zurückgekommen. Es war eine frische Division, die uns angriff. Hamburger. Grüne Jungs, die nicht wußten, wie ihnen geschah. Man hatten ihnen erzählt, daß sie mit den kleinen Belgiern leichtes Spiel hätten. Was man ihnen offensichtlich verschwiegen hatte, war, daß nicht alle gleich waren. Es gab viele Tote auf ihrer Seite. Viel zu viele …

Sein Nacken löste sich von der Sessellehne.

»Haben Sie schon einmal jemanden getötet, Monsieur Dussert?«

Diese Frage hatte ich, ohne es mir offen einzugestehen, seit dem Beginn unseres Treffens befürchtet. Sie berührte einen noch zu frischen Teil meiner Vergangenheit, auf den auch ich nur ungern zurückkam.

»Ja«, antwortete ich schließlich.

Mit der linken Hand strich ich über meinen Schenkel.

»Einmal«, präzisierte ich.

Joseph Marlaire nickte und faltete die Hände.

»Sie wissen also, wovon ich rede«, sagte er. »Nur daß ich denen, die ich getötet habe, nie in die Augen blickte. Ich wollte nicht, ich vermied das. Einen Menschen auf Distanz umzubringen ist vergleichsweise einfach: Es genügt, auf einen Abzug zu drücken, der Schuß geht los, und was den Mann in Ihrem Visier betrifft, so können Sie immer noch hoffen, daß Sie ihn verfehlt haben. Aber im Nahkampf, mit dem Bajonett, geht das nicht mehr. Von einer Sekunde auf die andere verändert die Angst Sie vollständig und macht einen perfekten Mörder aus Ihnen. Ich, ich habe ihnen immer nur auf die Hände gesehen, nie in die Augen. Manchmal, abends, frage ich mich, ob ich andernfalls fähig gewesen wäre ...«

Er betrachtete seine langen, weißen, knochigen Hände. Das Kaminfeuer ließ rötliche Reflexe auf ihnen spielen.

»Ich versuche mich zu beruhigen, indem ich mir sage: Nein.«

Sein Blick wurde trübe.

»Aber es ist ja auch egal ...«

Seine rechte Hand krampfte sich um die Armlehne.

»Ich habe andere Augen gesehen, Monsieur Dussert ...«

Dann kam ihr Gegenangriff. Sie waren in der Überzahl. Vorsichtiger. Auch entschlossener. Verbissener. Der Haß war allgegenwärtig, man konnte ihn riechen, die Luft war voll davon. Sie hatten die Taktik geändert. Sie durchbrachen die Linien, versuchten uns zu isolieren. Also schlugen wir uns überall und auf jede nur erdenkliche Weise. In den Hecken, den Gärten, zwischen den Obstbäumen. Rund um die Häuser, Schuppen und Ställe. Hinter den Böschungen, den Mäuerchen, den Viehtränken. Zu ihrem Unglück lag uns das Terrain. Und so nahmen wir sie von hinten oder stießen ihnen in die Flanke, schossen sie ab und verschwanden im Gebüsch. Nicht weiter erstaunlich, daß sie an Heckenschützen glaubten.

Unsere strategischen Stellungen hielten mittlerweile. Ich stand mit meinem Zug an der Straße nach Nevele. Eine böse Ecke, denn es gab kaum Deckung. Lambert graste die Chaussee mit seiner FM ab. Goffinet reichte ihm die Magazine rüber. Die Schießerei nahm kein Ende. Die deutsche Artillerie gab den Ton an. Die Granaten kamen dicht an dicht runter, immer näher an unsere Löcher, immer dichter an die Häuser.

»Und die waren voller Zivilisten und Flüchtlinge, Monsieur Dussert. In manchen Augenblicken konnte man die Kinder weinen hören.«

Er nahm einen Schluck Kaffee und sah dabei aus dem Augenwinkel nach dem Feuer. Ich tat es ihm gleich, betrachtete den lautlosen Flammentanz.

»Sie hatten nicht fortgewollt. Sie wollten nie fort. In der ganzen Gegend war es jedesmal dasselbe: Es waren alles Bauern, Leute, die mit ihrer Scholle lebten, wie auch viele von uns übrigens – und zumindest, was das anging, konnten wir sie verstehen. Also sagten wir uns, statt unsere Höfe zu verteidigen – sie waren ja so weit weg, unsere Höfe –, würden wir die ihren verteidigen. Und dann waren wir ja schließlich auch daheim, hier ...«

Er legte eine Pause ein und blickte auf seine Hände.

»Das heißt, das dachten wir zumindest ...«

Ich unterbrach das Schweigen nicht.

»Es stimmt schon, Vinkt unter solchen Bedingungen zu halten, hieß große Risiken auf sich nehmen, aber irgend jemand mußte diese Typen auf der anderen Seite doch schließlich einmal stoppen, irgendwo, irgendwann ...«

»Und wann war das?«

»Am 27. Mai 1940, Monsieur Dussert. Ein Datum, das ich niemals vergessen werde, was immer auch geschehen mag.«

Er lachte verächtlich auf.

»In gewisser Hinsicht bin ich an diesem Tag gestorben.«

Gegen elf Uhr hatte bereits jedermann verstanden, daß die Schlacht sich ihrem Ende zuneigte. Je mehr wir erledigten, desto mehr kamen nach. Wir hatten Verluste. Die Munition begann knapp zu werden. Lambert hatte keine Magazine mehr für seine FM. Und mir selbst blieb nur mehr ein Dutzend Patronen. Die Artillerie unterstützte uns immer noch, aber die deutschen Kanonen hielten vom Kanalufer aus dagegen. Mit einem Wort, die Lage wurde brenzlig. Der Rückzugsbefehl konnte jeden Moment kommen, das war uns allen klar. Wir haben noch zwei Stunden ausgehalten – oder drei, ich weiß nicht mehr...

Und dann ist in unserem Rücken irgendwas in die Hose gegangen.

Niemand war darauf gefaßt. Der erste Brennzünder ist zehn Meter von meinem Zug entfernt runtergekommen. Ein 120er. Der zweite sofort hinterdrein. Einen dritten gab es nicht, dafür eine gewaltige, nicht enden wollende und ohrenbetäubende Detonation. Die trockenen Erdschollen flogen in alle Richtungen. Direkt vor mir rollte ein Helm über das Straßenpflaster. Es war mein eigener. Lambert brüllte:

»Sie schießen zu kurz!«

Der Leutnant hatte auch verstanden, was da geschah.

»Sie glauben, wir hätten uns schon zurückgezogen, Himmel Herrgott!«

Damit war es mit der Verteidigung vorbei. In allen Zügen herrschte das tollste Durcheinander. Die Jungs krochen oder rannten die Gräben entlang nach hinten. Der gesunde Menschenverstand riet uns, es ihnen gleichzutun. Aber Lambert, Goffinet und ich, wir waren zu weit vorne. Dann ging der nächste Schwall auf uns nieder. Und als wir anschließend aus unseren Löchern kriechen konnten, war es zu spät. Die Deutschen hatten uns eingekreist, waren links und rechts von uns.

Wir konnten sie genau sehen. Sie waren ganz nah. Die Pioniere bewegten sich in kleinen Gruppen voran, die Zäune entlang, und säuberten das Terrain methodisch mit Handgranaten. Wir hatten keinerlei Flankenschutz mehr. Da sagte ich mir:

»Jetzt ist es also soweit, Joseph. Jetzt bist du verloren.«

»Das Schlimmste, wenn ich mir's überlege, Monsieur Dussert, war, daß ich nichts empfand. Absolut gar nichts, höchstens vielleicht eine vage Neugier. Ich glaube, noch nicht einmal der Gedanke, mich zu ergeben, kam mir.«

»Die Anspannung des Augenblicks?«

Er zuckte die Achseln.

»Eine ganze Reihe Leute behauptet, daß kurz vor dem Tod

alles noch einmal an einem vorbeizieht, die Eltern, die man verloren, die Frauen, die man geliebt, die Schweinereien, die man begangen hat ...«

»Und Sie glauben nicht daran?«

»Es ist gar nicht so sehr, daß ich nicht dran glaube. Es ist mir nur einfach nicht so gegangen, das ist alles. Nicht mal an Amélie hab' ich gedacht. Und dabei hatte ich ihr Foto in meiner Brieftasche.«

Er wandte den Blick zum Kamin.

»Sehen Sie, es war dieses da ...«

Und dann, gegen zwei Uhr, ist etwas geschehen, was sowohl banal war – in Kriegszeiten, meine ich – wie auch außergewöhnlich. Ich habe es noch immer im Ohr, nach all diesen Jahren ... Ja, ich höre es noch immer ...

In einer Zimmerecke begann das Telefon zu läuten. Er kümmerte sich nicht im geringsten darum, sondern starrte weiterhin in die gelben Flammen, die im Kamin und in seinen Augen widerschienen.

Zuerst klang es wie ein langanhaltender Klagelaut, dann folgte eine dumpfe Vibration. Der Boden unter unseren Füßen erbebte, aber das mag auch nur Einbildung gewesen sein. Der schmerzliche Ton schraubte sich immer weiter in die Höhe und wurde immer lauter. Goffinet drehte sich um. Ich ebenfalls. Plötzlich zerriß die Vibration und entlud sich in einer Kaskade wild herabstürzender Töne. Wenn mir in jenem Moment einer gesagt hätte, die Erde weint, ich hätte ihm geglaubt, Monsieur Dussert. Aber das war es nicht. Wir haben eine Weile gebraucht, bis wir verstanden, einige Sekunden ganz bestimmt. Aber es handelte sich um ein Zeichen, von dieser Überzeugung wird man mich niemals abbringen können. Für uns war alles zu Ende. Für sie auch ...

»Was war denn geschehen?«

»Sie hatten die Kirche getroffen. Den Kirchturm, genauer gesagt. Eine belgische Granate, wenn ich mich nicht täusche. Die Schallfenster waren in Stücke geschossen. Alle Glocken waren hinuntergefallen.«

Und da fragte Goffinet mich:

»Was machen wir jetzt, Joseph?«

Und ich hatte die schlechteste Idee, die man überhaupt haben konnte.

»Wir sind abgeschnitten. Versuchen wir, Richtung Norden durchzukommen, nach Lotenhulle. Wir müssen es nur in das kleine Wäldchen dort gegenüber schaffen. Danach sehen wir weiter.«

Wir fragten Lambert, was er von der Sache hielt. Er hatte überhaupt keine Meinung dazu. Er hatte einen Granatsplitter in den Schenkel bekommen und war dabei, ihn sich mit seinem Koppel abzubinden.

»Geht ohne mich, Jungs.«

Und das haben wir getan. Natürlich sind wir sehr schnell von unserer Route abgekommen. Die Deutschen waren überall. Wir krochen durch Hühnerställe und Gemüsebeete, durch Hecken und Gräben. Von Zeit zu Zeit rannten wir über ein Feld und tauchten dann kopfüber in einen Hohlweg ab. Ich weiß nicht, wie viele Kilometer wir wohl auf diese Weise zurückgelegt haben. Wir hatten vor, erst am Ufer des Poekebeek anzuhalten, dem Flüßchen, das wir am Vortag überquert hatten, als das Regiment Lotenhulle verließ.

»Aber dort sind wir natürlich nie angekommen.«

»Und warum nicht?«

»Weil wir vor lauter Ausweichen schnurstracks nach Osten marschiert sind, in Richtung Meigem. Ein grober Irrtum, wenn ich dran zurückdenke: Es hätte genügt, sich nach der Sonne zu richten.«

Nach zwei, drei Stunden sind wir schließlich auf einem Feldweg herausgekommen. Ein Blick nach links, ein Blick nach rechts: Niemand in Sicht. Also sind wir mit einem Sprung drüber hinweg. Aber doch nicht schnell genug. Sie hatten uns offenbar schon eine ganze Weile davor erspäht. Ich habe die Detonationen nicht einmal gehört. Goffinet hechtete vor mir rüber, ich wollte das gleiche tun, aber statt dessen kam es mir vor, als machte ich einen großen Satz nach hinten. Ich fiel auf den Rücken, gegen die Böschung, und rollte auf die Seite. Die letzten Kugeln der Salve pfiffen noch über das Feld. Mein Gewehr lag mitten auf dem Weg, mit zerbrochenem Kolben. Gegenüber von mir lag Goffinet im Graben und zielte auf irgendwas, das sich rechter Hand befand. Er drehte am Visier, nahm sich Zeit. Guter Schütze, Goffinet.

»Hau ab, Jules!« sagte ich ihm. »Es hat keinen Sinn mehr!«

Sie kamen uns nicht holen. Ich spürte meine rechte Schulter nicht mehr. Ebensowenig wie meinen Arm. Meine Jacke war oben aufgerissen, und Blut tropfte auf einen Knopf, ein dicker roter Tropfen. Ich könnte nicht mehr sagen, wie spät es war. Jedenfalls brannte die Sonne unbarmherzig vom Himmel herab. Mir war heiß, und trotzdem klapperten mir die Zähne. Die Salve war wohl aus einem Haus gekommen, hundert Meter entfernt, auf der rechten Seite – man konnte eine Dachluke und ein Stück Dach sehen. Die Hauptstraße war nicht weit. Goffinet zögerte. Er wollte mich nicht zurücklassen. Also mußte ich wütend werden.

»Mach, daß du wegkommst, Jules! Um mich ist es so oder so geschehen!«

Ein Stückchen weiter stand eine kleine Kapelle zwischen zwei Berberitzen-Hecken eingeklemmt. Wenn ich mich bis dahin schleppen könnte, würde ich mich zwar den Deutschen nähern, aber von ihnen nicht gesehen werden können. Ich hatte gepokert, ich hatte verloren, aber ich wollte Goffinet nicht seiner Chancen berauben. Er mußte es weiter versuchen. Ohne mich konnte er es immer noch schaffen, sich den anderen anzuschließen.

»Ist er durchgekommen?«

»Das, Monsieur Dussert, weiß ich nicht. Sehr gut möglich. Ich habe ihn, selbst nach dem Krieg, nie mehr wiedergesehen, ebensowenig übrigens wie irgendeinen anderen meiner ehemaligen Kameraden. Ehrlich gesagt habe ich es auch gar nicht versucht. Hätte ich es gewollt, so hätte es eine Menge Vereinigungen gegeben, die mich mit Freuden informiert hätten.«

Hinter der Kapelle war Schatten. Ich nehme an, das war es, was mich bewogen hat, schließlich bis dorthin zu kriechen. Seit ich meinen Helm verloren hatte, war ich barhäuptig unterwegs. Ich wollte mein Barett nicht aufsetzen, denn ich hatte Angst – ob Sie's glauben oder nicht –, daß im Falle einer Gefangennahme irgendein deutscher Landser es mir stehlen würde. Diese Gefahr vergrößerte sich, und bald würde ich wissen, woran ich war. Als ich mich endlich gegen die Backsteinmauer lehnen konnte, im Schatten der Hecke, blickte ich, daran erinnere ich mich noch, in den Himmel und war erstaunt, ihn so groß zu sehen, so sauber und so gleich-

gültig gegen alles, was hier unten geschah. Ich selbst fühlte mich schmutzig, klein und erbärmlich. Ich war unrasiert, ich stank nach Schweiß, nach Blut, nach Krieg. Vor allem war der Himmel durchsichtig, Monsieur Dussert, ohne Anfang und Ende, mit einem Wort: frei. Während es hier unten, wo immer der Blick hinreichte, nur Hindernisse gab: Hecken, Zäune, Gatter, Grenzen und Frontlinien, über die man hinweg mußte ...

»War sie schwer?«

»Meine Verletzung?«

»Ja.«

»Zwei Kugeln in die Schulter. Schlüsselbein gebrochen. Großer Blutverlust. Beeindruckend, das ja. Aber der Schmerz hält einen rasch vom Nachdenken ab. Mit der linken Hand habe ich meine letzten Kompressen ausgepackt – die andern hatte ich Lambert überlassen. Und dann habe ich gewartet ... und bin weggekippt.«

Ein Knacken brachte mich schlagartig wieder zu Bewußtsein. Ganz in meiner Nähe, in der Hecke hinter der Kapelle, bewegte sich etwas. Eine Granate hatte ich noch. Vorsichtshalber wollte ich sie nehmen. Meine Schulter brachte mich schnell zur Vernunft. Ich schrie auf wie ein abgestochenes Schwein.

Und dann hörte ich ein zartes Stimmchen:

»Du bist nicht tot, Monsieur, stimmt's?«

Ein Knabe, der unter den tiefhängenden Zweigen hockte, beobachtete mich. Ganz offenbar kam er vor Angst beinahe um. Ich versuchte, ihm zuzulächeln. Das erste, was mir auffiel, war sein kleiner Kommunions-Anzug – die Uniform der Flüchtlinge. Nichts fehlte daran: Fliege, Jackett aus schwarzem Kammgarn, weißes Hemd, kurze Hosen, weiße Söckchen und Schnallenschuhe. Ach ja, doch, eines fehlte: die seidene Armbinde ...

»Was machst du hier, Kleiner?«

Dem Augenschein nach mochte der Knirps so fünf Jahre alt sein. Seine Augen waren riesengroß und glänzten.

»Und wo sind deine Eltern?«

Sein Jackett war am Ellbogen zerrissen und staubgrau. Er mußte schon eine ganze Zeitlang durch die Gegend irren.

»Ich habe Angst, Monsieur ...«

Zunächst gab ich nicht darauf acht, was er sagte, sondern horchte auf seinen Akzent.

»Sie bringen alle um!«

Es war ein kleiner Flame. In Arlon sah man die nicht oft, die einfachen Leute reisten wenig vor dem Krieg. Aber er sprach gut französisch. Ich erfuhr sehr schnell, daß er aus Antwerpen kam, daß er seine Eltern im Tohuwabohu der Flucht bei einem Stuka-Angriff verloren und sich verlaufen hatte. In einer meiner Taschen steckte noch ein altes Karamelbonbon, das warf ich ihm zu. Er hätte am liebsten auch noch das Einwickelpapier gegessen.

»Sie bringen alle um, Monsieur!«

Mit der linken Hand machte ich ihm ein Zeichen, näher zu kommen. Aber er wollte nicht. Dieser Junge hatte Angst, Monsieur Dussert. Und während er das Karamelbonbon kaute, wiederholte er immer wieder denselben Satz, es nervte schon fast.

»Sie bringen alle um, Monsieur!«

Schließlich fragte ich ihn.

»Wer sie? Wen alle?«

Gewiß hatte ich zu hart, zu schneidend gesprochen. Die Müdigkeit, Sie verstehen. Wo der kleine Mann doch für sein Alter schon viel zu viel gesehen hatte. Sein Gesicht verzog sich. Und er fing an zu weinen.

»Na, na, Junge! Sei ein Mann!«

Er war zu weit weg. Ich fand nicht die rechten Worte.

»Das ist doch alles Unfug. Wer hat dir denn solche Flöhe ins Ohr gesetzt?«

Sie wissen schon, Erwachsene, die, um ihre eigene Furcht zu bezähmen, den Kindern idiotische Schauergeschichten erzählten, davon gab es eine Menge.

»Aber ich hab' sie gesehen, Monsieur! Sie bringen alle um!«

Ich hätte ihn trösten wollen, sehen Sie, im Zivilleben war ich Volksschullehrer, aber er weigerte sich, aus seiner Deckung in der Hecke herauszukommen. Außerdem hätte ich selbst Trost gebrauchen können. Ich fühlte mich entwaffnet, in jeder Hinsicht. Der Himmel über meinem Kopf flimmerte vor goldenen Kreisen, vor roten Flecken, die umherwirbelten und sich übereinanderschoben. Ich war fertig, ich war am Ende. Ich glaube, ich kam noch dazu, ihm zu sagen:

»Ist doch alles Unfug . . .«

»Und dann verlor ich wieder das Bewußtsein.«

»Waren Sie weit entfernt von Vinkt?«

»Der Kleine hat es herausfinden wollen. Hugues, meine ich. Vor ein paar Jahren hat er dort so eine Art Ermittlung durchgeführt, von den paar Worten und den Bruchstücken ausgehend, die er mir hatte aus der Nase ziehen können. Er hat sich wohl gedacht, er würde mir eine Freude damit machen, nehme ich an. Er ist nämlich stur, müssen Sie wissen. Aber ich bin noch sturer. Wie auch immer, jedenfalls behauptet er, die Kapelle gefunden zu haben, an einem Ort, der *De Spoele* heißt. Ich will's ihm gerne glauben.«

»*De Spoele*?«

Auch ich hatte, bevor ich herkam, einige Karten studiert.

»Warten Sie, das heißt, nicht weit entfernt von ...«

»Von *Het Zwart Huizeke*. Nein, nicht besonders weit, in der Tat. Aber es hätte nicht viel gefehlt, und ich hätte das nie erfahren.«

Ein unerträglicher Schmerz ließ mich wieder zu Bewußtsein kommen. Ein harter Gegenstand hatte mir gegen die Schulter geschlagen. Ich brüllte auf. Aber ich war nicht der einzige. Als ich die Augen öffnete, legte ein Typ auf mich an. Sein Blick, Monsieur Dussert ... Sein Blick hat mir mehr angst gemacht als der Gewehrlauf. Der zweite Deutsche schlug mir seinen Kolben in die Rippen. Er war derjenige, der schrie. Eines war sicher: Diese Leute waren in Panik, und die Angst entfachte ihren Haß. Ich bin niemals sonderlich gläubig gewesen, aber da habe ich mich mein Reuegebet sprechen hören, ganz wie in der Bibelstunde. Und plötzlich hörten die Schläge auf. Ich hatte überall Schmerzen. Mit der linken Hand schützte ich mein Gesicht. Ich war so erleichtert ...

» Erleichtert?«

Joseph Marlaire lachte schallend los.

»Daß sie mir nicht mein Barett geklaut hatten!«

Dann lud der größere der beiden sein Gewehr. Der Kleine, der mich geschlagen hatte, sah zu, zögerte. Nun ging es also zu Ende mit mir. Ich wollte die Augen nicht schließen. Ich wollte meinen Tod kommen sehen, und ich wollte, daß die ihn auch sehen.

Als die Salve losging, habe ich trotzdem die Augen geschlossen.

Sie brüllten immer noch, aber jetzt war es eine andere Stimme.

Ich öffnete die Augen wieder. Sie hatten mich nicht erschossen. Ein bebrillter Feldwebel schnauzte sie an. Der Lauf seiner Maschinenpistole rauchte noch. Hinter ihm schob ein junger Soldat ein Damenfahrrad über den Weg. Das Rad mußte eine Acht haben, ich konnte das Tick-Tick der Speichen gegen das Schutzblech hören. Die beiden Typen sahen sich an und machten sich dann mit bösen Gesichtern und ohne sich zu beeilen davon. Der Große widerwillig, der Kleine eher erleichtert. Der Feldwebel hob einen herumliegenden Stein hoch und warf ihn den beiden nach, während er sie noch weiter beschimpfte. Dann kamen noch mehr Deutsche. Verdreckt, müde. Niemand kümmerte sich um mich. Der Feldwebel erteilte ihnen Befehle. Ein Dicker mit einer Armbinde reichte ihm einen Beutel. Darin war Verbandszeug. Der Unteroffizier löste den Helm, legte die Maschinenpistole ins Gras und kniete sich neben mich.

»Sprechen Sie Deutsch?«

Ich kam aus Arlon und sprach den Dialekt der Region, das klang so ähnlich. Er konnte ein bißchen Französisch. Er nahm mir die vollgesogenen Kompressen ab und verband mich frisch. Der junge Landser sah uns gegen die Kapellentür gelehnt zu. Er wühlte in einer Satteltasche seines Fahrrads.

»Zigarette?«

Ich nickte. Er steckte mir eine an. Es waren englische, Navy Cut, vermutlich Kriegsbeute.

Dann setzte der Feldwebel sich neben mich, öffnete sein Koppel, setzte den Helm ganz ab und zog ein speckiges Schiffchen über. Der Soldat blieb stehen. So sind wir da eine Viertelstunde sitzen geblieben, vielleicht länger, ohne ein Wort zu sagen, und haben die Sonnenstrahlen betrachtet, die zwischen den Blättern tanzten. Meine Verletzung tat mir weh. Trotzdem fühlte ich mich wohl. Sie hatten vergessen, meine Taschen zu leeren. Also hab' ich ihnen mit der linken Hand die Granate gegeben. Der Landser steckte sie in die Satteltasche seines Rads. Das Päckchen Zigaretten war leer, also warf er es in die Hecke. Der Junge war nicht mehr dort.

Der Feldwebel öffnete einen Napf aus Weißblech.

»*Essen?* Manger?«

Ich hatte seit dem Vorabend nichts mehr zu mir genommen, aber ich hatte keinen Hunger. Trotzdem habe ich ihr schwarzes, ein bißchen säuerliches und klebriges Brot angenommen. Und dann, wie es eben so geht, wenn man miteinander ißt, haben wir uns unterhalten. Der Feldwebel hieß Manfred, Manfred Kleiberg. Er war Mathematiklehrer in Hamburg – in Sankt Pauli, genauer gesagt. Ich mußte lachen. Er fragte mich, warum. Ich sagte ihm, daß ich auch Lehrer sei, aber die Mathematik haßte. Er lachte ebenfalls. Der Landser war mittlerweile eingeschlafen. Damit es ihm nicht gestohlen würde, hatte er sein Rad in den Graben gelegt und seine Beine darüber.

Diese beiden Typen hatten mir das Leben gerettet, Monsieur Dussert. Sie zumindest hatten sich bemüht, normale Menschen zu bleiben. Wobei man so was ja auch erst mal wagen mußte. Ohne sie hätte ich leicht der Dritte sein können.

»Der Dritte?«

»An diesem Tag haben sie zwei von uns exekutiert, in der Umgebung des Dorfs. Einfach so. Aus Rache, nehme ich an. Oder aus Verachtung, ich weiß nicht.«

Da es sich herausstellte, daß ich gehen konnte, machten wir uns auf den Weg. Kleiberg suchte schon seit einigen Stunden nach seinem Zug. Sechs seiner Leute waren bei dem morgendlichen Angriff getötet worden. Die anderen waren verschwunden.

Die Schlacht war jedenfalls aus und vorbei. Die Hauptstraße wimmelte von Deutschen. Für diese Ecke Flanderns begann die Besatzung. Kleiberg erkundigte sich. Nach einiger Zeit zeigte ein junger Leutnant ihm eine Reihe Häuser, wo sich seiner Meinung nach Leute seines Regiments befanden.

Es war ganz nah. Ich hatte Durst, und meine beiden Schutzengel ebenfalls. An der Kreuzung nach Meigem stand ein Café. Das heißt, Café ist vielleicht etwas übertrieben. Eher eine kleine Pinte …

»Dieses Café, war das …?«
»Sie haben's erraten … *Het Zwart Huizeke.*«

Ein Lastwagen fuhr eben dort weg, und im Schankraum roch es nach Dieselöl. Das Erdgeschoß war leer, aber dahinter, im Garten, ertönten Schreie. Wir sahen zwei Offiziere vorbeikommen und dahinter einen

Trupp Männer mit umgehängten Gewehren. Kleiberg, der seine Jungs nicht finden konnte, beschloß, einmal ums Haus herumzugehen. Ich hinterher. Der Landser mit dem Fahrrad bildete die Nachhut. Dann kamen wir auf eine Art Hinterhof – oder Terrasse, ich kann mich nicht mehr erinnern. Aber ich habe sie sofort gesehen ...

Ja, sofort.

Es dämmerte im Wohnzimmer. Das Feuer im Kamin hatte sein Zerstörungswerk beinahe vollendet. Die Flammen vollführten einen langsamen und barbarischen Tanz auf dem geschwärzten Holz. Auch sie würden bald sterben. Zum ersten Mal erschien mir der in seinem Sessel zusammengesunkene Joseph Marlaire greise und sehr verbraucht – aber nicht vom Alter oder der Einsamkeit.

Sie standen in Reih und Glied vor einer der Mauern des Cafés. Eine Mauer mit einem Sockel aus großen, grauen Steinen, ich sehe sie noch vor mir. Man hatte ihnen die Hände auf dem Rücken gefesselt. Hinter ihnen diskutierte, lachend und rauchend, eine Gruppe Deutscher. Alle sehr jung. Kleiberg blieb stehen. Er warf seine Zigarette weg, ins Gras. Wir blickten einander an. Nur kurz. Sein Gesicht, unter der Sonnenbräune, war bleich. Hinter seinen Brillengläsern schlug er die Augen nieder.

Er hatte verstanden. Der Landser hinter uns kapierte nicht, was vorging. Kleiberg gab ihm einen Befehl. Wir legten sofort einen Schritt zu und gingen hinter der Gruppe Zivilisten entlang, als sei das der kürzeste Weg zu irgendeinem Ausgang.

Aber es gab kein Entkommen, Monsieur Dussert. Denn in diesem Moment geschah es ...

Ich redete nicht. Trotzdem war meine Kehle trocken. Um der erstickenden Hitze dieses Vorfrühlings eine Sekunde lang zu entkommen und meinen schön kalten und schön sauberen Winter wiederzufinden, wollte ich einen Schluck Kaffee trinken. Der Becher war leer.

Als ich gerade hinter ihm vorbeiging, drehte einer der Zivilisten sich um. Ein junger Mann. Er hatte mich an meiner Uniform erkannt. Sein Blick hielt mich fest. Nichts als sein Blick. Kleiberg sah ihn ebenfalls. Wie um sich zu entschuldigen, legte er eine Hand auf meine Schulter – die gute.

»Vorwärts. Schnell. Es ist besser so.«

Aber ich, ich konnte mich nicht von diesem Blick losreißen. Der Landser hinter uns schob noch immer sein Rad. Und dann, sehr schnell, begann der Mann zu mir zu sprechen, mit einer hellen Stimme, und ich hatte den Eindruck, er legte sein ganzes Leben in seine Worte. Es blieb ihm nicht mehr viel Zeit. Und er hatte mir so viel anzuvertrauen.

Das war schwer, Monsieur Dussert. Das war wertvoll ...

Er unterbrach sich und bedeckte sein Gesicht mit den Händen.

Ich mußte ihm die Frage stellen. Ich mußte. Ich spürte vage, daß er es von mir erwartete.

»Und was hat er Ihnen gesagt?«

Durch die enge Schießscharte des Fensters konnte ich draußen einen bleiernen Himmel sehen. Joseph Marlaire nahm all seine Kräfte zusammen. Ich hatte den Eindruck, daß ich ihm, wenn ich ihn nicht direkt ansah, die Sache ein wenig leichter machte.

Es war Flämisch. Ich habe nicht verstanden, was er mir gesagt hat ...

Seine langen weißen Hände sanken auf die Armlehnen nieder. Sein Kinn zitterte.

Kleiberg dagegen hatte, glaube ich, etwas mitbekommen. So kam es mir zumindest vor. Die Verwandtschaft der Sprachen, nehme ich an ... Aber der Mann da hatte nicht zu ihm gesprochen ...

Auch ich wollte ihm nicht in die Augen sehen.

Ich habe versagt, Monsieur Dussert ... Ich habe die Verbindung gekappt ... Wie ein Briefträger, der seine Briefe verbrennt, anstatt sie auszutragen ...

Es folgte ein langanhaltendes Schweigen. Die Erzählung, das war mir klar, würde nur weitergehen, wenn Joseph Marlaire die notwendige Energie finden würde fortzufahren. Währenddessen war es an mir, sein Schweigen zu respektieren. Es kam mir nicht zu, ihm irgendwelche goldenen Brücken zu bauen – die doch nie lang genug hätten sein können. Denn auch wenn ich hier in diesem weißen, von der Kälte umgebenen Raum einem alten Mann gegenübersaß, so war es doch ein junger Korporal, der vom Grunde eines ewigen Frühlings herauf redete und litt.

Ich war seine Chance. Die einzige. Die letzte ...

Mehr als fünfzig Jahre lagen zwischen uns. Nein, kein anderer als er selbst konnte Joseph Marlaire noch helfen. Man konnte ihm nur zuhören – eine Hilfe, deren Wohltat er sich bis zu diesem Tag stur verweigert hatte.

Wir sind geflohen wie die Diebe. Ich mußte behandelt werden, und Kleiberg hoffte, in Vinkt eine Sanitätsstation zu finden. Der Landser schlug vor, mich auf dem Gepäckträger seines Rads mitzunehmen. Ich habe abgelehnt. Als die Gewehrsalve in unserem Rücken losbrach, waren wir schon auf der Straße nach Nevele.

Wir sind alle drei zusammengefahren, aber keiner drehte sich um. Der Landser – weder Vor- noch Nachnamen habe ich je erfahren – murmelte: »Schweinerei« und verfiel dann in Schweigen. Und ich mußte wieder an den kleinen Jungen von der Kapelle denken. Ob sie auch die kleinen Jungs umbrachten?

Am Horizont ging eine rote Sonne unter. Weit entfernt standen violette Wolken am Himmel. Es war ein schöner Abend. Die Abstände zwischen den immer seltener werdenden Konvois auf der Straße vergrößerten sich. Wir näherten uns Vinkt. Ein Kradfahrer kam uns von dort entgegen. Er fuhr mit Volldampf direkt auf uns zu und zog eine Staubwolke hinter sich her. Ich sah gleich, daß er nicht fuhr, wie er sollte. Kleiberg machte eine Geste, um ihn anzuhalten. Aber das war gar nicht nötig, der andere hatte bereits einen Fuß auf den Boden gestellt. Sie kannten sich. Der Kradfahrer gestikulierte und stotterte unverständliches Zeug auf Deutsch.

»Manfred! Geh da nicht hin! Mach, daß du fortkommst!«

Der Motor lief im Leerlauf. Es war eine schöne Maschine, eine BMW, glaube ich. Der Typ zog seine Schutzbrille ab. Ringsherum hatte ihm die

Sonne die Haut verbrannt. Er sah wirklich wie ein Boche aus, wissen Sie, blond und blauäugig, der Arno-Breker-Typ ... Nur daß auf seinem Gesicht zwei große Tränen zitterten. Er wischte sie nicht ab, sie zogen zwei helle Furchen in den Staub, der ihm die Wangen geschwärzt hatte.

»Manfred! Da drüben ...!«

Mit seiner behandschuhten Hand deutete er auf das Dorf.

»... die sind völlig übergeschnappt!«

Kleiberg hatte seine kleine Nickelbrille abgenommen. Er wirkte verstört. Der Kradfahrer schlug mit der Faust auf seinen Lenker. Und dann, ohne ein Wort, ohne sich umzudrehen, fuhr er wieder los, und sein Hinterrad quietschte auf dem Pflaster.

Kleiberg setzte die Brille wieder auf – offenbar hatte er vorgehabt, sie sauberzuwischen, statt dessen hatte er sich mit dem Taschentuch die Stirn abgetupft. Dann machten wir uns wieder auf den Weg. Kurz darauf kamen wir am Kloster vorbei. Das halbzerstörte Dorf steckte voller Deutscher. Viele Häuser waren nur noch Schutt und Asche. Ein paar qualmten noch. Am anderen Ende der Hauptstraße sahen wir den zerschossenen Kirchturm. Zunächst sah ich gar nichts anderes. Ein Stückchen weiter machte die Straße einen Bogen, und da ...

Neuerliche Pause. Joseph Marlaire schraubte den Verschluß von der Thermoskanne, goß sich einen Becher schwarzen Kaffees ein und vergaß mich. Ich konnte seine kurze und unregelmäßige Atmung hören. Im Kamin schwelte nur noch rosige Glut.

»An diesem Abend, Monsieur Dussert, bin ich in zwei Sekunden um dreißig Jahre gealtert. Und ich war gewiß nicht der einzige.«

Überall lagen Tote. Alte, junge. Eine Gruppe von Männern war vor der Mauer der Metzgerei Van Laere auf der rechten Straßenseite exekutiert worden. Man konnte die Einschüsse im Backstein sehen. Mitten auf dem Haufen lag ein Junge von zwölf oder dreizehn – vielleicht auch noch jünger? Auch den Pfarrer sah ich. Und das Blut, Monsieur Dussert, das Blut ... Gewiß, ich hatte selbst welches auf meiner Kleidung, aber das war nicht dasselbe. Nein, das war nicht dasselbe ... Hier befleckte es die Jacketts der Honoratioren, die Mützen der Ladenburschen, die Westen der Bauern ...

Das, das war kein Krieg mehr. Das war etwas anderes. Kleiberg ging schnell. Ich hatte Mühe, mit ihm Schritt zu halten. Die Augen des Landsers waren groß wie Untertassen, und er murmelte andauernd dasselbe Wort:

»Schweinerei.«

Ja, eine Schweinerei war's ...

Mir wurde übel. Und um diesen Anblick nicht mehr ertragen zu müssen, drehte ich den Kopf weg ... Sinnlos: Denn jetzt sah ich die andern.

Und die hätte ich eigentlich gleich zu Anfang sehen müssen. Man hatte sie an der Mauer des Pfarrhauses erschossen. Es waren noch mehr. Manche lagen mit offenen Augen da. Waren es zwanzig? Oder dreißig? Ich weiß nicht. Ich weiß es nicht mehr. In meinem Kopf drehte sich alles. Ich hatte ziemlich viel Blut verloren. Aber doch weniger als all diese Leute hier. Ich erinnere mich an ein schwarzes, gestocktes Rinnsal, das den Bordstein entlangfloß und nirgendwo hinlief ...

Dann hörte ich Wortfetzen. Rechts von mir, unter einer Kastanie, zu Füßen einer großen, weißen Christusfigur, war Kleiberg dabei, einen Soldaten anzuschnauzen, der Fotos machte. Als er das sah, nahm mein Landser mich beim Arm. Anstatt in Ohnmacht zu fallen, folgte ich ihm.

Schon kam ein Offizier herbei. Der Landser zog Manfred am Ärmel. Aber der wollte nicht ablassen. Er hielt den Griff seiner Maschinenpistole so fest umklammert, daß seine Fingernägel weiß wurden. Der Fotograf war vor allem um seinen Apparat in Sorge. Der Offizier ließ die ganze Gruppe stillstehen. Und da sagte Manfred mit ruhiger Stimme die Worte, die alle anderen bei jeder Gelegenheit rausbrüllten:

»Zu Befehl, Herr Hauptmann!«

Danach sprach er. Der Offizier hörte ihm zu. Und antwortete dann:

»Zivilisten haben geschossen.«

Und damit war alles gesagt. Manfred salutierte. Der Offizier drehte sich um. Der Fotograf machte sich wieder an die Arbeit. Mein Landser hob sein Fahrrad auf, klopfte mir vorsichtig auf die linke Schulter und entfernte sich. Ich habe ihn nicht mehr wiedergesehen.

Alles, was folgte, lief wie in einem Traum ab. Ich wollte sie nicht mehr sehen, aber das war noch schlimmer – nun spürte ich sie überall um mich herum, ihre Anwesenheit war wie eine Heimsuchung. Davonzulaufen hatte keinen Sinn. Dennoch war es besser, Abstand zu gewinnen, Abstand zu schaffen. Manfred brachte mich in eine Parallelstraße. Wir ver-

ließen das Dorf. Ein Stück weiter, auf der Straße nach Deinze, wartete ein Lastwagen. Darin befanden sich schon zwei Kameraden vom Ersten Regiment und ein Jäger zu Fuß, ein langer Kerl aus Tournais. Alle drei mit Beinverwundungen. Sie saßen auf der Ladefläche, wirkten abwesend und erschöpft und rauchten deutsche Zigaretten. Auch für sie war alles vorbei. Von dem Massaker hatten sie nichts gesehen. Ich sagte ihnen nichts davon. Von diesem Augenblick an, Monsieur Dussert, habe ich begonnen zu schweigen ...

»Bis Sie gekommen sind.«
Er stand ächzend auf und schlürfte bis zum Fenster. Seine rechte Hand verschwand in seiner Hosentasche.

Manfred kletterte aufs Trittbrett und hievte mich in den Lastwagen. Allein wäre ich nie hochgekommen. Die andern Jungs sagten nichts, oder jedenfalls nicht besonders viel. Sie rauchten schweigend, mit der düsteren Resignation der Besiegten. Durch die Verschlagbretter konnte man Lastwagen, Fahrräder und Karren vorbeirollen sehen. Manfred setzte sich an den Rand der Ladefläche und ließ die Beine baumeln. Er blieb da. Wir redeten nicht mehr. Dann nahm er ein Päckchen Zigaretten aus der Tasche seiner Uniformjacke und bot auch den anderen dreien welche an. Ich hatte keine Streichhölzer mehr. Er sagte mir, daß das nichts mache. Er zog aus einer anderen Tasche ein Feuerzeug, ein kleines vernickeltes Ding. Als ich es ihm zurückgeben wollte, schüttelte er den Kopf.

»Für Sie. Geschenk.«

Der Fahrer in seiner Kabine ließ den Motor an. Dann stieg er aus und kam nach hinten, um nachzusehen, ob alles in Ordnung war. Manfred sprang von der Ladefläche hinunter. Dabei verlor er beinahe seine Brille. Dort hinten bewachte uns niemand, sie hatten nicht genug Leute. Der Lastwagen fuhr an. Ich traute mich nicht, ihm vor den andern ein Zeichen zu machen. Und er, er blieb da stehen, mitten auf der Straße, mit seiner umgehängten Maschinenpistole. Seine Brillengläser spiegelten, so daß die Augen nicht zu sehen waren.

Und dann, bevor der Wagen die Kurve nahm, hab' ich endlich die Hand gehoben. Er war nur noch ein kleiner, graugrüner Punkt auf dem hellen Band der Straße. Dann schnitt eine Reihe Bäume den Au-

genkontakt ab. Definitiv. Aber er hatte mir geantwortet, ich bin fast sicher.

Jeder Pflasterstein, jedes Schlagloch tat uns weh. Ich schlief irgendwann trotzdem ein. Am Tag darauf kapitulierte Leopold III. Ich hab' es erst sehr viel später erfahren. Wenn ich noch lebendig gewesen wäre, hätte ich vielleicht geweint. Der Rest ... Der Rest ist uninteressant für Sie ...

Über alles, was dann kam, hatte Hugues mich detailliert unterrichtet: die Gefangenschaft, die Flucht aus dem Lazarett nach England via Spanien und Portugal, schließlich dann die Normandie und die zweite Verwundung in der Umgebung von Deauville. Eine ganze Handvoll Auszeichnungen, von denen ich hier nirgends auch nur ein Stückchen Ordensband gesehen hatte.

»Wissen Sie, was aus ihm geworden ist?«

»Aus Kleiberg? Ja.«

Joseph Marlaire wandte mir den Rücken zu. Seine hohe, schlanke Silhouette zeichnete sich vor dem Fenster gegen die schwarzen Fensterkreuze ab.

»Er ist bei sich zu Hause in Hamburg umgekommen, während des großen Luftangriffs von 43. Lebendig verbrannt, zusammen mit seiner Frau und seinem jüngsten Sohn. Er hatte in Rußland ein Bein verloren, vor Demiansk. Mit dem einen, das ihm blieb, konnte er nicht entkommen. Seine Frau wollte ihn retten. Man hatte ihn ausgemustert, aber er ist nie wirklich darüber hinweggekommen. Seine Tochter hat auf meinen Brief geantwortet. Er hatte ihr von mir erzählt – von Vinkt nicht, natürlich ... Von Zeit zu Zeit schreibt sie mir noch, zu Neujahr.«

Er sah mich an und zog seine Hand aus seiner Hosentasche. Dann öffnete er die Finger. Ein Feuerzeug glänzte in seiner Handfläche.

»Bald werde ich es ihm zurückgeben können ...«

Er schloß die Hand zur Faust. Das Feuerzeug verschwand darunter.

»Ja, bald ...«

Das von den Wolken gedämpfte Tageslicht verweilte in seinem weißen Haar und ließ den herabhängenden Faden eines Spinnennetzes aufleuchten. Während die Sekunden verstrichen, zerbröckelte im Kontakt mit den Erinnerungen die Welt Joseph Marlaires und zog sich zusammen. Bald schon würde das Stückchen, auf dem ich mich befand, für ihn jegliche Dimension, jegliche Realität verloren haben.

Er seufzte.

»Ich möchte Sie nicht hinauswerfen, Monsieur Dussert, aber es wird bald anfangen zu schneien. Und in so einem Fall werden die Straßen schnell ziemlich gefährlich oder sogar unbefahrbar.«

Ich hatte verstanden. Ich erhob mich. Ich wußte nun ohnehin genug. Und doch konnte ich mir nicht verkneifen, ihm zum Abschied noch eine letzte Frage zu stellen. Aber war es überhaupt eine Frage?

»Diese Geschichte in Vinkt ... Man hat seinerzeit nicht eben viel Aufhebens davon gemacht, finden Sie nicht?«

Joseph Marlaire lächelte spöttisch.

»Dieses Land hat keine Geschichte, Monsieur Dussert, nur ein bißchen örtliche Folklore, einen Haufen kleiner Partikularmythen, die sich nicht überschneiden. Es lebt in einer Art perpetueller Gegenwart. Wie sollte man sich da wundern, wenn es auch kein Gedächtnis hat?«

Er trat an den Tisch und räumte die Becher ab.

»Nein, was das Gedächtnis betrifft, sind wir sparsame Leute: Das überlassen wir den Experten. Wozu sollten die Historiker denn sonst wohl gut sein? Aber es gibt noch einen preiswerteren Weg: die Straßenschilder. Wenn ich meinem Neffen glauben darf, so gibt es heute in Vinkt einen Platz der Märtyrer und eine Ardennenjäger-Straße. Auch ein Mahnmal ist dort, auf dem Friedhof – was für ein schönes Wort! Aber vielleicht täusche ich mich ja auch. Denn ich bin nie dorthin zurückgekehrt, Monsieur Dussert. Es war nicht notwendig. Denn eigentlich bin ich nie aus diesem Dorf weggekommen. Seit fünfzig Jahren lebe ich dort, Tag und Nacht. Ich habe ein paar gute Kameraden dortgelassen, eine Menge Illusionen, und vor allem unbekannte Menschen, die zu Dutzenden auf den Gehwegen lagen, voller Blut und voller Staub ...«

Während er die Becher in die Küche trug, warf ich einen Blick aus dem Fenster. Eine dichte Wolkenwand versperrte den

Horizont und senkte sich auf das Tal hinab. Zwischen ihm und dem Haus bildeten die entlaubten Bäume des Hügelkamms einen erbärmlichen schwarzen Stacheldrahtzaun, der schon im voraus überrannt war. Aber ich hatte bereits meinen Rückzugsbefehl erhalten. Bevor ich ins Zimmer zurücktrat, fiel mir etwas Kleines, Glänzendes auf, das auf der Fensterbank stand. Es war das Feuerzeug. Behutsam und mit einer Gefühlswallung, die ich mir nicht zu erklären suchte, nahm ich es mit zwei Fingern auf. Unter dem abgewetzten Nickelüberzug der Kanten kam das gelbe Kupfer hervor. Auf einer der Seiten war in Kursivbuchstaben eine halbverwischte Inschrift eingraviert.

»*Meinem lieben Manfred. Deine Ute.*«

Ich stellte es auf das Kaminsims. Joseph Marlaire erschien wieder. Mit entspannterem Gesicht begleitete er mich ins Vestibül.

»Was mich beruhigt, Monsieur Dussert . . .«

Ein wenig unbeholfen half er mir in die Jacke. Ich konnte den linken Ärmel nicht finden. Aus dem Augenwinkel betrachtete ich die Garderobe. Was das Barett betraf, so hatte ich vergessen nachzusehen.

»Ja?« meinte ich.

Er hielt mir meine Mütze hin.

»Das ist, daß ich bald wissen werde . . .«

Als er die Tür öffnete, schlug mir eine steife Brise ins Gesicht.

»Daß ich endlich wissen werde, was er mir sagen wollte.«

Er war ins Haus zurückgetreten, noch bevor die Tür zuschlug.

»Auf Wiedersehen, Monsieur Marlaire«, murmelte ich ausschließlich zu mir selbst.

Nach langem Gestotter ließ sich der Motor endlich dazu herab anzuspringen. Als ich auf die Autobahn bog, fielen die Nacht und der Schnee auf den Schmerz dieser Welt. Bald würden sie alles bedeckt, alles ausgelöscht haben.

30936 Private
J. Gordon
S. Staffordshire Regt.
12th September 1917

(J.17)

»Und das nennt ihr einen Schützengraben? Das grenzt ja schon an Unverschämtheit, Freunde! Da drin kann man ja nicht mal Begonien pflanzen! Nur zu eurer Information: Die Teepause ist seit einer guten Stunde vorbei! Kommt mal in die Puschen! Wenn ihr mir in zwanzig Minuten diese Rille nicht einen Meter tiefer gegraben habt, dann lass' ich euch eure Hacken fressen, ihr faulen Säcke! Und zwar mit Stumpf und Stiel!«

Zufrieden, daß er seine Standpauke losgeworden ist, zieht der Oberfeldwebel Leine. Vermutlich denkt er bereits über ein paar noch nie dagewesene Beleidigungen für den Zug VI nach, der im Verbindungsgraben West arbeitet. Gar nicht so einfach, nach zwei Jahren immer noch was Neues zu finden. Aber da braucht's schon mehr, damit ihr einen Zahn zulegt. Der Major spielt seine Rolle und ihr die eure: Er brüllt, ihr grabt. Völlig in Ordnung. Und was die Begonien betrifft, die werden im Frühling gepflanzt, nicht im Herbst, und vor allem nicht in so eine Erde. Von Blumen hat er keine Ahnung.

Um diese Zeit, so Mitte September, wäre eher der Moment, um Baldrian zu pflanzen oder Hellerkraut oder Akelei. Einen Augenblick lang siehst du wieder das große Beet vor dir, in Quarry Bank, hinter dem Haus deiner Eltern. Denn du machst jeden Abend, nach der Arbeit im Park von Mr. Bates, noch weiter. Es ist ein großes rundes Beet, mit Steinen umrandet. Eine Blumenuhr in einem kleinen Garten.

»Das heißt, Sie können mit einem Spaten umgehen?«

»Gewiß, warum?«

Und so landet man in einem Pionierbataillon – 9. South Staffords, 23. Division –, um Unterstände und Schützengräben für die Kumpel aus Yorkshire zu graben, die vorne an der Front ihre Spitzhacken gegen

Gewehre getauscht haben: Die Welt steht auf dem Kopf. Es gibt auch Bergarbeiter aus Nottingham – die »Sherwood Foresters« nennen sie sich, zur allgemeinen Erheiterung.

Das Wetter wird und wird nicht besser. Gut, der Regen erinnert an zu Hause, aber man muß es ja nicht übertreiben. Gegenüber, hinter den Linien des 8. Yorkshire, liegt, nach wie vor nicht zu sehen, das kleine Wäldchen Inverness Copse. Das einzige, was man vom Polygon Wood mehr ahnt als sieht, sind ein paar abgebrochene Stämme, die wie feine weiße Splitter im Dunkel der Nacht aufscheinen. In diesem Tintenhimmel qualmen die Leuchtkugeln wie naßgewordene Knaller. Die Erde hat zuviel Wasser geschluckt. Bei dem, was von unten hochsteigt, und dem, was vom Himmel fällt, bräuchtet ihr Schöpfkellen, keine Schaufeln und schon gar keine Hacken. Die Hacken, die waren an der Somme gut. Im Rückblick fehlen sie dir beinahe, die Kreide- und Mergelböden von Pozières und Contalmaison. Das Eisen eurer Spaten schnitt schöne goldgelbe Kuchenschnitten da raus, mit kleinen weißen Stückchen darin wie Zuckerwürfel. Hier dagegen sind das einzige, was man vielleicht anpflanzen könnte, Seerosen. Um diese Jahreszeit müßte man zumindest die letzten Schafgarben, Erdrauch oder Flockenblumen sehen können. Denn es ist schon so: Die schönsten Blumen blühen von alleine, ohne daß man nachhelfen müßte. Aber in diesem Schlammozean hat die Natur aufgegeben. Das einzige, was man hier noch einsät, wächst niemals wieder raus: der Mensch. Und der Mensch taugt auch höchstens als Mist, er blüht nicht.

Ach ja, apropos Mist … Beim Essen erzählen sie, daß Schlachter-Gough von seinen Chefs gefeuert werden wird. Wenn das stimmt, haben sie sich ganz schön Zeit gelassen. Angeblich sollen wir für ihn Opa Plumer oder Rawlinson kriegen. Alles in allem kann ein Infanterist auch nicht schlimmer sein als so ein schwachsinniger Kavallerist.

Jedenfalls ist das alles eher zum Heulen. So wie es aussieht, wird dieser Dreckskrieg Jahre dauern. Als du nach Frankreich übergesetzt bist, blühten die roten Begonien in Quarry Bank. Spezies »Semper Florens«. Ist lateinisch und bedeutet »immer blühend« – das hat Mr. Bates dir gesagt. (Was nur beweist, daß man nicht alles glauben muß, was gebildete Leute reden. Denn nach Oktober kann man die kleinen Begonien vergessen; sie blühen genausowenig, wie's Zitronen am Nordpol gibt.) Genauso ist's mit diesem Krieg hier. Als du bei deinem letzten Heimat-

urlaub zurück nach Hause kamst, hattest du den Eindruck, daß man nicht mehr darüber redet. Oder jedenfalls nicht von demselben. Bei dem Krieg, von dem sie in Piccadilly reden, in ihren Zeitungsspalten, verzeichnen wir nämlich einen Sieg nach dem anderen.

Jedenfalls: Wenn dieser verflixte Krieg eines Tages endet, dann wird er hier eine Menge Arbeitsplätze schaffen. Logisch: Da kein einziger Toter rüber nach Blighty gebracht wird, kann man sich ja leicht ausrechnen, daß die Friedhöfe hierbleiben werden ... Wer aber Friedhof sagt, sagt auch Blumen. Und wer Blumen sagt, sagt Gärtner. Klar wie Kloßbrühe.

Denn du hast allmählich die Nase voll davon, die Erde aufzugraben, um nichts anderes als Tote darin zu verbuddeln, oder solche, die es bald sein werden. Nein, wenn man dich machen ließe, könnten sie hübsch werden, diese Friedhöfe. Frisch, blitzsauber und überhaupt nicht traurig. Im Frühling Krokusse, Narzissen und Primeln, dann im Sommer große Begonien – und zwar gelbe und weiße – und natürlich Zinerarien. Und im Herbst? Wir haben Herbst. Für den Herbst werden wir schon noch sehen. Jedenfalls wird's Arbeit geben, das ist sicher. Vorausgesetzt, du kommst durch.

Aber du wirst durchkommen. Den Ruhm können die andern haben.

In ein paar Stunden werden die Yorkshire men *den großen Vorstoß beginnen. Den großen Schlammsprung eher. Das sieht man ihren Gesichtern an und daran, wie sie an ihren Zigaretten ziehen. Ihr, ihr werdet der letzten Welle folgen, direkt hinter dem Säuberungstrupp und vor den Sanitätern, mit all eurem Krempel, um die neuen Positionen zu konsolidieren. In diesem Moment werden die Jerrys wie üblich damit anfangen, die Verbindungsgräben unter Trommelfeuer zu nehmen. Das wird der Augenblick sein, in dem du besonders aufpassen mußt. Denn da wird dir bös was um die Ohren fliegen, soviel ist sicher.*

Der Morgen graut.

Aber Herrgott noch mal, alles was recht ist: Was zum Henker sucht ihr hier bloß?

Und überhaupt, James, du darfst gar nicht sterben.

Wer sollte sich denn sonst wohl um das Beet in Quarry Bank kümmern?

Vierzehntes Kapitel

Aline hatte mich nicht mit ihrem Schnupfen angesteckt. Daß sie sich derartige Sorgen um meine Gesundheit machte, hätte mich vielleicht beruhigen sollen. Aber gestern abend hätte ich nach ein paar Streicheleinheiten, die zu beiläufig gewesen waren, um als echte Zärtlichkeit durchzugehen, eine andere Form von Altruismus vorgezogen. Gegen halb zwölf hatte der Lärm eines draußen vorbeifahrenden Motorrads mich aus dem Schlaf hochschrecken lassen. Aline schlief neben mir, regungslos und völlig unsichtbar unter ihrer Decke. Plötzlich kam unser Bett mir so weit wie ein ausgestorbener Boulevard vor, auf dessen gegenüberliegenden Trottoirs wir uns befanden. Und im selben Augenblick fiel mir ein, daß dieses Bett genaugenommen nicht meins war, auch noch nicht unseres, sondern lediglich das ihre.

Mußte ich in diesen Gedanken den ersten Hinweis auf ein Besitzdenken sehen, von dem ich mich bis dato frei geglaubt hatte? Nein, ich vertraute darauf, daß es sich nicht um dergleichen handelte, oder wenn ja, daß es nicht weiter tragisch sei, zog die Decke ans Kinn und schlief wieder ein. Abgesehen davon, daß einem oft die Lösung eines Problems einfiel, wenn man darüber schlief, hatte die Nacht vor allem den Vorteil, unfruchtbare Diskussionen abzuschneiden. Dennoch würde ich demnächst, egal was es mich kosten würde, den derzeitigen Status quo zu stören, die Frage nach unserem Zusammenziehen aufs Tapet bringen müssen, und sei es in Form eines vagen Zukunftsprojekts.

Denn ich konnte mir nicht helfen, in diesem Haus fühlte ich mich nur zu Besuch. Und der Natur der Dinge nach sind Gäste

Leute auf der Durchreise. Vielleicht bittet die Hausherrin sie, länger zu bleiben. Ebensogut aber können sie zu entsetzlichen Kletten werden, die man nicht mehr loswird. Vielleicht war es das, was mir am meisten angst machte.

An diesem Morgen hatte der Wecker aus unerfindlichen Gründen nicht funktioniert. Und was noch nie dagewesen war: Aline hatte mich aus dem Bett werfen müssen. Sie frühstückte quasi im Stehen, sprang in eine Hose, griff blind nach einer Sommerjacke, die am Garderobenhaken hing, und rannte los, um ihre Straßenbahn noch zu erwischen. Die Eingangstür schlug zu. Langsam verklang das Geklapper der Absätze in der zerbrechlichen Stille des Hauses. Es kam mir so vor, als hörte ich aus großer Entfernung die Klingel der Straßenbahn.

Zum ersten Mal seit dem Beginn unseres gemeinsamen Lebens fand ich mich in der großen Erdgeschoßwohnung alleine. Unbekannte Geräusche drangen an meine Ohren. Bislang hatte Alines Gegenwart genügt, sie zu verscheuchen. Ihr unvermitteltes Verschwinden entfesselte sie nun. Zum Beispiel schaltete der Mieter im Obergeschoß das Radio ein. Ein weiterer, vermutlich der aus der zweiten Etage, stieg mit schwerfälligen, unbeholfenen Schritten das Treppenhaus herab. Das Klicken von Krallen auf den Holzstufen neben dem Läufer deutete darauf hin, daß ein großer Hund neben ihm herlief. In der Küche zischte die Dauerzündflamme des Boilers gedämpft. Alle zwei Sekunden zerplatzte klingelnd ein Tropfen auf dem verchromten Metall der Spüle.

Um meine Sehnsucht noch brennender zu machen, hatte die Abwesenheit Köder ausgelegt. Zugegeben, ich war eine leichte Beute. Alines Parfum, jedesmal anders duftend, je nachdem, welchen Raum es erfüllte, folgte mir von Zimmer zu Zimmer. Durch die angelehnte Gartentür drang der frische Atem des Morgens. Licht und Schatten zeichneten in trägem Spiel weibliche Silhouetten in den losen Faltenwurf der Vorhänge, die der Luftzug in Bewegung versetzte. Das Knarren des Parketts unter meinen Füßen ahmte das trockene Geklacke ihrer Absätze nach. In einer Schale glänzten zwei vergessene Ohrringe. Im Salon hing eine weiße, am Vorabend gebügelte Bluse über einer Stuhllehne.

Da ich ihre Ordnungsliebe kannte, brachte ich das Kleidungsstück zum Wäscheschrank. Ich strich den Stoff glatt und hängte es dann auf einen Bügel. Danach räumte ich in der Küche die Überreste des Frühstücks ab, goß den kalten Tee, den zu trinken sie keine Zeit mehr gehabt hatte, in den Ausguß und beschloß, meinerseits zu gehen.

Die Tage wurden langsam länger. Unterwegs hatte ich dank der Staus alle Muße, durch die streusalzverschmutzte Windschutzscheibe die schlaftrunkenen Fassaden der Avenuen anzusehen und die aktentaschenbewehrten Fußgänger, die eilig den Schauplätzen ihrer vertraglich vereinbarten Folter zustrebten. Auf dem Land rund um Brüssel hielt der Schnee wohl noch und beleuchtete wahrscheinlich die sonnenentwöhnte Landschaft von unten. In der Stadt dagegen hatte er der erbarmungslosen Reifenarmada nicht standgehalten. Der braune Matsch, der auf den Trottoirs an den Sohlen der Passanten klebte, hieß zwar noch so, war aber kein Schnee mehr. Und auf den Rasenstücken der Parks und Grünstreifen hatte es nur weniger Trampelspuren bedurft, und schon wirkten sie noch räudiger als im Sommer. Das winterliche Weiß hatte sich zur letzten Bastion die luftigen Höhen erwählt und sich auf die unterschiedlich geschmückten Häupter der Statuen, die Balkongeländer und Dachschrägen zurückgezogen.

In der Rue du Marais bot sich ein freier Parkplatz an. Ich ließ den Wagen dort und ging den Rest des Wegs bis zum Büro zu Fuß.

Leuten aufzulauern war offenbar seine Lieblingsbeschäftigung. Vielleicht bezahlte man ihn sogar dafür. Aber genau wie das Ministerium, von dem er abhing, besaß der Staatsschutz offenbar keinen unerschöpflichen Kredit: Denn wenn er auch sein Nummernschild hatte austauschen lassen, so fuhr der Kommissar Debruyne doch noch immer denselben Dienstwagen. Und der stand in der Rue du Persil, dort, wo ich normalerweise parkte. Er kannte also offenbar einige meiner Angewohnheiten. Wenn man bedachte, wie spät es schon war, hatte ich ihn wohl ziemlich warten lassen.

Ich überquerte die Straße im Laufschritt, bog, ein Zelt der Gaswerke als Deckung benutzend, um die Ecke und näherte mich seinem Wagen. Er hatte eine offene Zeitung auf dem Lenkrad liegen und überwachte die Straße mit Hilfe des verborgenen Rückspiegels. Ich klopfte gegen die Scheibe.

Er schreckte überrascht hoch, warf mir einen Seitenblick zu und faltete dann ostentativ langsam seine Tageszeitung zusammen – eine Boulevardzeitung in schreienden Farben. Das Fenster wurde heruntergekurbelt.

»Ich habe ein Büro, wissen Sie ... Und sogar ein Telefon!«

Er wirkte eher abwesend als verärgert und reagierte nicht. Unter der gegerbten Haut spielten seine Kiefermuskeln.

»Ich nehme an, Sie sind nicht hier, um die Landschaft zu bewundern?« fuhr ich fort. »Oder stehe ich etwa noch unter Überwachung?«

Er hob eine kartonierte Mappe vom Beifahrersitz.

»Keineswegs, Monsieur Dussert, keineswegs. Ich habe nur einfach eine Akte für Sie. Mit vielen Grüßen von Monsieur Erhard.«

Die ziemlich dünne Sammelmappe enthielt ein Dutzend maschinengeschriebener Seiten.

»Ich nehme an, es handelt sich um Kopien?« sagte ich.

»Ich bitte Sie, werden Sie nicht unhöflich!«

»Keineswegs, Monsieur Debruyne, keineswegs. Aber wenn Sie mir Zeit sparen helfen, indem Sie mir vielleicht kurz sagen könnten, was darinsteht?«

Die versteckte Ironie, in der ich mir gefiel, irritierte mich selbst stärker als ihren Adressaten, sie schien mich auf die Rolle eines Stichwortgebers zu reduzieren. Meine Repliken klangen genauso hohl wie meine Attacken. Indem ich den Part des Nörglers spielte, dem man nichts vormachen kann, spielte ich sein Spiel mit, ohne zu wissen, wie ich aussteigen könnte.

»Sie fangen an, mich zu nerven, Monsieur Dussert«, seufzte er. »Ich bin nicht Ihr Sekretär. Aber wenn Sie darauf bestehen, es steht meines Erachtens nicht viel Neues darin. Höchstens eine Auflistung der Anrufe, die Hubermann in Heidelberg entgegengenommen hat. Mehrere davon kommen, scheint es, aus Belgien.«

»Hat man sie lokalisiert, diese Anrufe?«

Diese Frage schloß ihre Antwort schon ein.

»Ein rechtsextremer Buchhändler, den Ihre Kollegen bereits besucht haben, sowie zwei, drei Telefonzellen. Na ja, Sie werden's ja selbst sehen.«

Er blieb in seinem Wagen sitzen, die Hände flach auf den Knien. Eine Zigarette verglühte im Aschenbecher. Das Heizungsgebläse blies mir Schwaden aus lauwarmer Luft und Tabakqualm ins Gesicht. Hinter den getönten Gläsern seiner Brille versteckt, wichen seine Augen meinem Blick aus. Dieser Mann mißfiel mir.

»Aus Neugierde bin ich übrigens auch nach Vinkt gefahren ...«

Ich hätte erstaunt sein können.

»Und?«

Seine Brille war ein Stück herabgerutscht. Mit der Spitze des Zeigefingers schob er sie wieder auf den Nasenrücken.

»Meines Erachtens ist da nichts zu holen. Das Nest erstickt in seinem sauberen und wohlgeordneten Vergessen. Begonien, Gartenzwerge und frischgestrichene Fensterläden. Kein Grashalm länger als die anderen.«

»Trotzdem, würde es Ihnen sehr widerstreben, mir vielleicht zu erklären, was Sie da gesucht haben? Oder ist das ein Staatsgeheimnis?«

Er lehnte sich in das geöffnete Autofenster und starrte mich nun regelrecht an.

»Sie brauchen nur den Anhang der Akte zu lesen. Und der ist tatsächlich eine Kopie.«

Da ich meine Flegelrolle nicht aufgeben mochte, tat ich so, als wollte ich nachsehen.

»Na gut ...«, begann er wieder.

Ich hatte das Gefühl, er gebe mir ein Almosen.

»Ich habe ein paar Nachforschungen im Rathaus angestellt, über die Familien der Opfer und ihre Nachkommen. Sie sehen: Ich arbeite für Sie. Sie sollten mir dankbar sein.«

»Ich wüßte ehrlich gesagt nicht, warum.«

»Nun warten Sie doch erst einmal ab. Zwei der Anrufe, die Hubermann bekommen hat, kamen aus einer öffentlichen Telefonzelle in Deinze, der Stadt, der Vinkt am nächsten liegt. Nun ja, ich gebe Ihnen diese Information so weiter, was immer sie zu bedeuten haben mag. Machen Sie damit, was Ihnen richtig erscheint. Schließlich und endlich ist es ja Ihre Ermittlung.«

»In diesem Punkt sind wir einer Meinung. Ich pflege meine Aufgaben für gewöhnlich selbst zu erledigen, Monsieur Debruyne. Also lassen Sie sich gesagt sein, daß ich ebenfalls die Absicht habe, nach Vinkt zu fahren. Und da Sie den Ort ja bereits kennen, ist es unnötig, mir zu folgen, nicht wahr?«

Er lachte mitleidig auf und beobachtete mich über den Rand seiner Brille hinweg. Ein Auge grün, das andere blaßblau – so frappierend war der Kontrast gar nicht.

»Wenn Sie unbedingt einen Tag vertun wollen, so ist das Ihr Bier«, antwortete er. »Ich hoffe für Sie, daß Sie Friedhöfe mögen. Dort liegen die Toten überall, bis zu den Füßen der Christusse. Sehr diskrete und zurückhaltende Leute übrigens ...«

»Diese Entscheidung müssen Sie mir schon selbst überlassen. Aber da Ihre Zeit sicherlich wertvoller ist, möchte ich Sie nicht länger aufhalten.«

»Keine Sorge, Monsieur Dussert. Halten Sie mich auf dem laufenden.«

»Vielen Dank für die Mappe.«

Er lächelte, und sein ganzes Gesicht war von Falten durchfurcht.

»Wirklich keine Ursache, Inspektor.«

Er zog das »wirklich« in die Länge.

»Wirklich nicht ...«

Die Fensterscheibe glitt hinauf und mit ihr ein Widerschein des weißen Himmels, der sein Profil unsichtbar machte. Die behandschuhten Hände ergriffen das Lenkrad weit oben. Der Wagen fuhr an. Ich blickte ihm nicht hinterher.

Es sah so aus, als würde an diesem Morgen jedermann auf mein Erscheinen warten. Ich hatte noch keine zwei Schritte durch die Eingangshalle der Brigade gemacht, da legte Sébastien den Telefonhörer am Platz des Wachpostens auf. Er hatte seinen Regenmantel noch an.

»Barth!« schrie er. »Wo hast du denn gesteckt?«

Er packte mich kurzerhand am Ärmel und zog mich mit sich ins Treppenhaus. Wir sprinteten die vier Absätze hinauf, ohne ein einziges Mal Atem zu schöpfen.

»Sébastien! Was ist denn los?«

Immer noch mit demselben Schwung hatte er schon die Tür zu unserem Büro geöffnet. Ohne Vorwarnung schoß er auf Trientje zu, hob sie aus ihrem Stuhl und drückte ihr einen Kuß auf beide Wangen. Einer ihrer Pumps fiel auf den Fußboden. Viel zu verwirrt, um wütend zu werden, vergaß sie sogar, ihn wieder anzuziehen. Pierre war ebenso geschockt und wischte den vor Schreck verschütteten Kaffee auf. Endlich ließ Sébastien sich dazu herab, eine erste Erklärung zu liefern. Sie war sehr einfach und in fünf Worten gesagt:

»Donato! Wir haben ihn ausfindig gemacht!«

Von soviel Lärm, an dem einmal nicht er schuld sein konnte, herbeigelockt, hatte Marlaire seine Höhle im ersten Stock verlassen und streckte den Kopf zur Tür herein. Sébastien war hektisch wie nie und hackte gerade auf die Tasten eines weiteren Telefons ein.

»Und, geht's voran? In zwei Minuten ... Ja, alle vier Wagen ...! Alle Mann ... Außer Massard natürlich! Ja, voll bewaffnet ... Und Funkstille! Diesmal will ich keine einzige Schirmmütze irgendwo sehen!«

Er legte auf.

»Donato? Ausfindig gemacht?« stotterte ich.

Sébastien warf einen fast zärtlichen Blick auf meine Kollegin. Da es ein Rock-Tag war, hatte sie ihre Schublade geöffnet und zog ein anderes Paar Schuhe an. Die Schnürsenkel machten ihr Schwierigkeiten.

»Donatos Töchter haben heute morgen die Schule geschwänzt«, erklärte er. »Daraufhin haben wir verschiedene, ausgewählte Orte beobachten lassen. Ein Versuch kostet ja nichts. Es ist eine Idee Catherines gewesen.«

»Und nur weil seine Töchter ...«, fragte Pierre erstaunt.

»Du kapierst gar nichts, was, Alter ...«

Er schnippte mit den Fingern.

»Seine Töchter ... Heute haben sie Geburtstag!«

Pierre wiegte irritiert den Kopf.

»Ah, verstehe. So gesehen ...«

»Ausfindig gemacht, meinetwegen«, sagte ich. »Aber wo?«

»Ein Freizeit- und Wasserpark, ungefähr fünfundzwanzig Kilometer von hier. Die Kripo von Nivelles ist bereits vor Ort.«

Rot vor Erregung kam Mohammed hereingefegt. Den Lauf gegen die Decke haltend, präsentierte er das einzige Sturmgewehr des Hauses.

»Wir können los, Kommissar!«

Ich betete insgeheim, daß er seinen momentanen Enthusiasmus nicht bald würde bereuen müssen. Übrigens hatte ich keinen Zweifel, daß er direkt mit der Entfernung des Geschehens zusammenhing und daß seine Begeisterung, kaum hätten wir Brüssel verlassen, um einige Grad abkühlen würde. So manch einem ist schon der Mut unterwegs gesunken. Jedenfalls nahm ich mir vor, ihm nicht in die Schußlinie zu geraten.

Auf der Autobahn belegte der Konvoi mit blinkenden Lichtern und heulenden Sirenen die linke Spur mit Beschlag. Die Autofahrer gingen, teils zögerlich, teils verängstigt, vom Gas und wichen zur Seite. Von Zeit zu Zeit warf ich einen schnellen Blick in den Rückspiegel, um zu überprüfen, daß die anderen Wagen folgen konnten. Diese Vorsichtsmaßnahme schien geboten, wenn man bedachte, daß der Peugeot Wasser verlor, der Volkswagen Öl und der Fiat ein bißchen von beidem. Der Opel, an dessen Steuer ich saß, war dagegen mit seinen 100 000 Kilometern noch brandneu.

Sébastien neben mir knabberte an seinem Daumennagel und blickte besorgt auf die Straße, als versuche er, durch die Hügel am nahen Horizont hindurch den Lauf der Zeit unter Kontrolle zu bekommen, Anstiege und Täler auszuradieren und zumindest in Gedanken den Freizeitpark, der bewegungslos unter einer Schneedecke lag, in Luftlinie zu erreichen. Ein widerlicher Geruch nach Lösungsmittel hing im Wageninnern. Auf der Rückbank war Trientje, bewaffnet mit ihren Reinigungsutensilien, dabei, den Revolver des Kommissars zu säubern, der sich mit derartigen Nebensächlichkeiten nicht abgab.

Der Freizeitpark, der sein Freiluftangebot den Winter über eingestellt hatte, erstreckte sich am Grunde eines breiten Tals, gegenüber einem anderen Park, der eher industrieller Art war. In der warmen Jahreszeit wiegte sich, kilometerweit sichtbar, ein festgeseilter Fesselballon mit dem Konterfei des Parkmaskottchens – eines dümmlich lächelnden, orangefarbenen Känguruhs – über dem Riesenrad, der Achterbahn und den Karussells.

Als wir uns der Ausfahrt näherten, bremste ich ab. Seit ein paar Sekunden war der Fiat aus meinem Rückspiegel verschwunden. Schon gestern, als ich von Joseph Marlaire zurückgefahren war, hatten zwei, drei Alarmleuchten auf dem Armaturenbrett zu blinken begonnen. Wahrscheinlich hätte ich dem Chef des Wagenparks Bescheid sagen sollen, wenn er denn dagewesen wäre. Sébastien schaltete den Funk ein.

»An alle Wagen! Blaulicht und Sirenen aus und normale Geschwindigkeit. Dem ersten, der seine Knarre zieht, werd' ich Massard als Partner aufs Auge drücken. Ich hoffe, ich habe mich klar ausgedrückt. Ende.«

Auf dem halbleeren Parkplatz stellten wir die drei Autos an unterschiedlichen Stellen ab. Bevor er ausstieg, gab Trientje Sébastien seinen Revolver. Er zog sich die Hose hoch und schob die Waffe innen in den Gürtel.

»Eines Tages wirst du sie dir auf diese Weise weichkochen!« witzelte ich.

Er zuckte die Achseln und entfernte sich.

Fünf Minuten später fanden wir uns im Büro des Direktors wieder, das, von der Enge einmal abgesehen, an den Konferenzraum der Brigade erinnerte. Ein Inspektor der Kripo von Nivelles erklärte mit Hilfe von Plänen des Hallenbads rasch die Lage.

»Die Mädel planschen im Nichtschwimmerbecken, hier. Er dagegen sitzt die ganze Zeit davor, in der Nähe der Bar. Er bewegt sich nicht von der Stelle. Von dort aus hat er den Eingang im Auge und kann alles sehen, was sich rund ums Gebäude tut.«

»Bewaffnet?« fragte Sébastien.

»Das ist genau das Problem. Wir haben keine Ahnung. Er trägt ein ziemlich weites T-Shirt. Darunter könnte er alles mögliche verstecken.«

»Eine MP wohl nicht gerade!« meinte Cyriel.

»Nein, das nun nicht.«

»Ist er ... *nerveux?«* fragte Inspektor Vermeiren, der aus Prinzip nur südlich von Brüssel französisch sprach.

»Er läßt sich zumindest nichts anmerken. Uns ist jedenfalls nichts Besonderes aufgefallen. Aber das will nicht viel heißen. Wenn ich Ihren Berichten glauben darf, ist er ein ziemlich harter Bursche und ganz schön gewitzt.«

Sébastien rieb sich unentschlossen die Stirn. Die Last einer Entscheidung lag auf seinen Schultern. Ein Engel ging durch den Raum.

»Und wenn wir warten, bis er rauskommt?« schlug Cyriel vor.

»Auf dem Parkplatz könnten wir die Sache hinkriegen«, meinte Marlaire zustimmend.

Diese Lösung klang zwar vernünftig, sagte Sébastien aber nicht zu. Er zog den Plan zu sich heran und betrachtete ihn.

»Wie viele Ausgänge hat denn dieser Raum?« fragte er.

»Mindestens vier, ohne die Fenster gerechnet«, antwortete der Direktor, ein strenger, wie aus dem Ei gepellter Technokrat.

»Das gefällt mir überhaupt nicht«, bemerkte ich.

»Mir auch nicht, das dürfen Sie mir glauben«, meinte der Geschäftsführer spöttisch.

»Und wenn wir die ESI zu Hilfe riefen?«

Alle Blicke richteten sich auf Mohammed.

»Das ist doch eigentlich deren Job, oder nicht?« brummelte er.

Zur Strafe hätte Marlaire ihm fast die Riot-Gun abgenommen.

»Man müßte eine Möglichkeit finden, sich ihm unauffällig zu nähern.«

»Er kennt uns«, sagte Marlaire. »Das heißt, bis auf Mohammed ...«

Der Angesprochene wurde bleich und klammerte sich an seinem Gewehr fest.

»Ich ... ich soll also da rein?«

»Nein«, entschied Sébastien. »Kommt nicht in Frage. Es sind zwar nicht viele Leute im Schwimmbad, aber ich will kein Risiko eingehen.«

Es klopfte. Ich dachte, es wären Pierre und die übrigen Insassen des Fiat. Statt dessen erschien ein junger Mann mit einer Baseballkappe, der nach Bademeister aussah, im Türrahmen. Mit einer ungeduldigen Geste bedeutete der Direktor ihm einzutreten. Der Angestellte, verwirrt von der ungewohnten Menschenmenge, die das Allerheiligste bevölkerte, brauchte eine Weile, bevor er seine Kopfbedeckung abnahm.

»Und?« fragte der Direktor mit schneidender Stimme.

Der junge Mann holte tief Luft:

»Er hat eine Eintrittskarte für vor- und nachmittags gekauft, Herr Direktor.«

Der hob die Augen gen Himmel und lockerte seine Krawatte.

»Na fein ... Das heißt, wir werden ihn so schnell nicht los sein!«

Sébastien und Cyriel tauschten einen nachdenklichen Blick.

»Schön«, setzte der zweite an. »*Wat doen we nu?* Packen wir unser Picknick aus oder schreiten wir ein?«

Der Kassierer, der wohl meinte, anderswo nützlicher sein zu können, war wieder verschwunden. Die Diskussion drehte sich mangels konstruktiver Ideen im Kreise. Sébastiens Stimmung begann entsprechend zu sinken.

»Himmel Herrgott!« explodierte er schließlich. »Wir können hier doch nicht weiter Däumchen drehen, während der Scheißkerl da Cocktails schlürft!«

Alle untersuchten ihre Fingernägel, bewunderten die Grünpflanzen oder betrachteten die Stiche mit den Jagdmotiven, die an den Wänden des eleganten Büros hingen. Der Direktor hüstelte. Wären wir seine Angestellten gewesen, so hätte er uns, ich zweifelte keinen Augenblick daran, wegen mangelnder Produktivität fristlos gefeuert.

Die Tür öffnete sich. Zunächst kümmerte sich niemand darum. Doch das änderte sich rasch.

Ein Känguruh hatte den Raum betreten.

Zum ersten Mal seit unserem Eindringen stand etwas anderes als hochmütige Verachtung auf dem Gesicht des Direktors. Das Tier schien mit in die Hüften gestemmten Armen und einem Lächeln auf den Lippen irgendeinen Kommentar zu erwarten, der nicht kam. Gewiß, das knallorange Fell konnte niemanden täuschen, aber dennoch verfehlte die Erscheinung nicht eine gewisse Wirkung.

»Also, was haltet ihr davon?« sagte das Känguruh.

Vorhin hatte er, ohne daß jemand es bemerkt hatte, die Kurve gekratzt. Bei seiner Größe spannte das Fell natürlich an den Nähten, aber alles in allem ging Marlaire doch als ein ziemlich überzeugendes Känguruh durch.

»Haben Sie davon noch mehr?« fragte er.

Der Direktor rückte seine Brille zurecht.

»Ich glaube schon, ja.«

Sébastien wirkte plötzlich interessiert und kam näher.

»Es ist ein bißchen eng«, kommentierte Marlaire. »Aber das Praktische ist, daß man seine Pistole hier im Beutel verstecken kann.«

»Wirklich, der letzte Schrei«, spottete ich.

Sébastien begann zu lachen.

»Na um so besser, wenn's dir gefällt!«

Selbst ohne die Maske schwitzte ich schon. Trientje stand auf einem Stuhl und beendete eine provisorische Schönheitsreparatur an der linken Schulter, deren Naht zu platzen drohte. Ich hatte zugenommen in der letzten Zeit.

»Da drin kommt man vor Hitze um!« meckerte ich.

»Halt still ...«, sagte Trientje mit einer Nadel im Mundwinkel.

»Na komm schon, Barth, so schlimm ist es auch wieder nicht!«

Zusammen mit den drei anderen Insassen des Fiat war Pierre mit dem Lieferwagen eines freundlichen Pizzakuriers im Park angekommen. Mein einziger Trost war, daß es von *courroux** abgesehen nicht viele Reime auf *Känguruh* gab. Was wohl Racines Glück war, in gewisser Hinsicht.

Sébastien unterzog uns alle einer gründlichen Inspektion, richtete hier ein abgeknicktes Ohr auf, strich dort ein paar abstehende Haare unseres Fells glatt und befand uns dann für tauglich.

»Also, ihr wißt, was ihr zu tun habt?«

Sobald die Kleinen wieder im Wasser wären, würden wir, aus

* Literarischer Ausdruck für »Zorn«.

der Tür der Umkleidekabinen kommend, die Bühne betreten, die braven Kinder begrüßen und, sobald wir an Donato vorbeikämen, unsere Waffen aus der Tasche – oder besser dem Beutel – ziehen. Auf dieses Signal hin kämen die übrigen Zweifüßer von allen Seiten hinzugerannt und würden unseren Freund überwältigen.

»Na dann, meine Herren, auf ins Gefecht!«

Ich rückte mir ein letztes Mal die Maske zurecht. Bevor er hinaustrat, drehte Marlaire sich einmal um sich selbst.

»Na Verhaert? Wie findest du mich?«

Trientje kratzte ihre Narbe.

»Beinahe perfekt ...«

Marlaire versuchte, sich in einem glasgerahmten Bild im Spiegel zu sehen.

»Was soll das heißen: beinahe?«

Trientje schniefte und lächelte giftig.

»Bei dir hätte man den Schwanz lieber vorne dranschnallen sollen.«

Wir traten wortlos hinaus. Meine neue Haut behinderte mich noch mehr, als ich befürchtet hatte. Das Biest hatte eine Schuhgröße von 50, und bei jedem Schritt zog mich der lange, schwere Wirbelfortsatz nach hinten wie ein Sack Blei. Um halbwegs das Gleichgewicht zu halten, mußte ich mit ausgebreiteten Armen gehen. Und so erinnerte meine ganze Haltung vermutlich eher an einen Pinguin als an ein Beuteltier. Marlaire dagegen hatte Zeit gehabt, seine Technik zu perfektionieren. Er bewegte sich mit kleinen Hüpfern vorwärts, von einer Pfote auf die andere. Das gab seinem Schritt etwas Tänzerisches.

»Sag mal, Dussert?«

Marlaire kam schneller voran als ich. Er drehte sich um.

»Hat sie sich da eigentlich eben wirklich über mich lustig gemacht?«

Ich winkte entnervt ab.

»Halt den Mund und hüpf weiter.«

Am Eingang zum tropischen Paradies postiert, überwachte ein Inspektor aus Nivelles das Schwimmbecken über den Rand seiner Zeitung hinweg. In seinem Schal und seinem Regenmantel wirkte er zu polypenhaft, um als echt durchzugehen. Wir entdeckten Donato auf der Stelle. Er saß in einem Sessel, nicht weit von der Bar entfernt, schlürfte ein Glas mit einem grünen Getränk und ließ das Becken keinen Moment aus den Augen. Die Mädchen konnte ich nicht sehen, aber sie waren sicher irgendwo in seinem Blickfeld. Wir traten ein.

»Dussert, gib acht, Herrgott noch mal!«

»Was?«

»Du latschst auf meinen Schwanz, du Rindvieh!«

»Hoppla. Entschuldige. Tut hoffentlich nicht weh?«

Die Kinder – eine Schulklasse auf Klassenfahrt – beobachteten uns, erstaunt von unserem Erscheinen, und kamen dann langsam näher. Bald zogen wir einen Rattenschwanz neugieriger Rangen hinter uns her.

»Guten Tag, kleines Mädchen!« murmelte ich mit Samtstimme einer kleinen bebrillten Blonden mit Zöpfen zu.

»Macht, daß ihr hier wegkommt, ihr kleinen Rotznasen!« flüsterte Marlaire, während er links und rechts kleine Püffe austeilte, die aus der Nähe gesehen eher an Ohrfeigen erinnerten. Er hatte Pech, denn die Kinder waren hart im Nehmen und begriffen das Ganze als Spiel. Zwei ausgebuffte kleine Rothaarige fielen in Boxposition.

Donato war nur noch zehn Meter entfernt. Der Schweiß lief mir unter der Maske in die Augen. Dennoch konnte ich deutlich die Kirsche erkennen, die in seinem Glas schwamm. Angesichts der Eskorte, die wir mit uns herumschleppten, wurde er nicht mißtrauisch. Im Gegenteil, er prostete uns sogar breit lächelnd zu.

»Go!« brüllte Marlaire.

Mit beiden Händen fischte ich die GP aus meinem Beutel. Marlaire sprang, inspiriert von seiner Verkleidung, vorwärts und riß einen Tisch mit. Nach einem kurzen Segelflug ging das Cocktailglas auf dem Fußboden zu Bruch, und eine große, grüne Lache bildete sich auf den cremefarbenen Kacheln. Die Kinderbande um uns herum begann, sei es nun aus Überraschung, Angst oder Erregung, zu kreischen.

»Keine Bewegung, Donato!« schrie ich.

Die Verstärkung kam im Galopp herbei. Von allen Seiten. Ein Inspektor, dann zwei und drei, stürzten sich auf Marlaire und Donato, die zwischen den umgefallenen Stühlen und dem Sonnenschirm umherrollten. Ein vierter rutschte auf der Flüssigkeit aus und krachte gegen die Bar. Flaschen zerbrachen. Orangefarbene Haarbüschel flatterten über dem Handgemenge herum. Das Känguruh hatte in der Prügelei ein Ohr verloren.

»He, ihr tut mir weh!« fauchte Donato.

Die Gruppe stolperte in ein Beet aus Zwergbambus.

»Ich ergebe mich ja! Wie soll ich es euch denn noch klarmachen?«

Hätte ich eine Leiter mit mir herumgetragen, ich hätte vermutlich besser achtgegeben. Jemand tauchte hinter mir auf. Um ihn vorbeizulassen, machte ich einen Schritt zur Seite. Keine gute Idee. Mit einem meisterlichen Schwanzschlag beförderte ich Pierre ins Nichtschwimmerbecken, zur größten Freude der beiden Rotköpfe, die uns nicht von den Fersen hatten weichen wollen. Die Spritzer fielen auf die ganze Versammlung und unterbrachen auf der Stelle den Vierercatch, der mangels klarer Ergebnisse auf eine Schiedsrichterentscheidung wartete. Die Rotköpfe klatschten begeistert in die Hände. Donatos tomatenroter Kopf tauchte auf.

»Seid ihr taub oder was?«

Zwei Meter vom Beckenrand entfernt beobachteten zwei kleine Mädchen im Wasser die Szene mit ernsten Gesichtern, offenem Mund und weit aufgerissenen Augen. In all dem Trubel waren sie mir zunächst nicht aufgefallen. Ihre beiden identischen Gesichter waren ausdruckslos und wie versteinert. Es waren Zwillinge. Etwa fünf Jahre alt. In fast perfekter Synchronität begann ihr Kinn zu zittern, und Tränen liefen die bereits nassen Wangen hinab.

Vier Inspektoren trugen Donato unsanft davon, ihn an Armen und Beinen packend. Rückkehr von der Jagd: Das Gruppenbild hätte einen Ehrenplatz zwischen den Stichen des Direktors finden können. Mit die Luft peitschendem Schwanz folgte Marlaire ihnen, so gut er konnte. Pierre stand im Schwimmbecken und prustete wie eine Robbe.

»Mist, ich hab' meine Knarre verloren!«

Naß, wie er ohnehin schon war, tauchte er noch ein weiteres Mal unter.

Trientje war der Verhaftung nur aus der Distanz gefolgt. Nun aber lagen am Beckenrand ein schwarzer Rock und ein Paar Schuhe mit aufgeschnürten Senkeln, die verdächtig an ihre erinnerten. Ein wenig überrascht entdeckte ich sie dann, wie sie die Leiter hinabstieg und sich durchs Wasser bewegte. Es reichte ihr bis über die Taille. Ich wollte ihr schon zurufen, daß ihre Pistole und ihr Magazin auch ein Bad nähmen, aber irgend etwas sagte mir, daß ihr das schnuppe wäre. Mit zwei, drei Schritten war sie bei den Mädchen, die eng beieinander standen, flüsterte ihnen etwas zu und nahm sie dann jede an eine Hand. Die Tränen waren rasch gestillt. Das anfängliche Mißtrauen verflüchtigte sich, und sie folgten ihr.

Pierre hatte seine Waffe wiedergefunden. Ich zog kräftig und hievte ihn aus dem Wasser. Seine Klamotten trieften.

»Tut mir leid, Alter.«

Er seufzte, schüttelte sich und inspizierte den Inhalt seiner Brieftasche.

»Och, nicht weiter schlimm, denke ich . . .«

Nun kam auch Trientje aus dem Becken. Ihr Pullover war untenherum tropfnaß. Die Schöße ihrer weißen Bluse klebten ihr an den Schenkeln. Die Zwillinge am Beckenrand kuschelten sich bereits in ihre Jacke. Sie schnatterten.

»Verhaert! Vergiß deinen Rock und deine Latschen nicht!« bemerkte Pierre, der die Ärmel seines Blousons auswrang.

Aber Trientje hörte nicht hin, sondern rubbelte die beiden Kleinen abwechselnd mit ihrem Schal ab, während sie sich nach einem Handtuch umsah.

»Schon gut«, sagte ich. »Ich nehm' die Sachen schon mit.«

Der Boden war tiefer als erwartet. In meinem Kostüm steckend, kam ich nicht mal an einen der Schuhe heran. Pierre hatte Erbarmen und hob sie für mich auf.

Es war heiß im Fitneßraum. In einer Ecke des Saals testete Vermeiren todernst in einer verchromten Rudermaschine seine an ein Batteriehähnchen erinnernden Muskeln. Donato, auf einer anderen Maschine sitzend, die mit Haltegriffen und Gegengewichten ausgestattet war, machte sich nicht soviel Mühe. Seit dem Kampf tat ihm seine Schenkelverletzung von neuem weh.

»Ich hatte es den Mädels versprochen, Kommissar. Und ein Versprechen ist ein Versprechen ... Haben Sie Kinder?«

Sébastien nickte.

»Was die kleine Krankenschwester betrifft: Ich hab' versucht, nicht zu fest zuzuschlagen. Nettes Mädchen ... Ich wollte ihr eigentlich schreiben, um mich zu entschuldigen, und dann, na Sie wissen ja, wie es so geht ... Ich hab's nicht getan.«

Er sah mich an, lächelte.

»Sie sind mir doch nicht böse, hoffe ich, wegen der Geschichte mit den Drohungen? Ich hab' mir gedacht, daß das die Ermittlungen auf eine falsche Spur brächte. War gar keine so schlechte Idee. Morgen hätte ich mich ohnehin gestellt. Ich hasse es, mich zu verstecken, wissen Sie. Die ganze Zeit davonzulaufen, das ist doch kein Leben ...«

Ich nickte nur stumm.

»Aber seine Versprechen halten, das ist wichtig ...«

Pierre war fort, einen Fön suchen. In einer Ecke feilschte Marlaire mit dem zuständigen Menschen um den Stückpreis der Känguruhkostüme. Trotz all seiner Bemühungen drohte die Verhandlung zu unseren Ungunsten auszugehen. Die Spesenrechnung versprach gesalzen zu werden.

Ein Mädchen auf jedem Knie, erzählte Trientje ihnen Geschichten. Die beiden lachten über die flämischen Ausdrücke, die sie nicht verstanden und mit denen meine Kollegin ihre Erzählung absichtlich spickte.

»Und da, was macht da dieser große *stommerik** von Känguruh ...?«

Neuerliches Auflachen. Donato, die Hände in Handschellen, lächelte. Er beantwortete äußerst bereitwillig Sébastiens Fragen, der seinerseits nicht allzu sehr insistierte. Mohammed, der noch immer seine Hakenbüchse trug, betrat den Raum.

* Dummerjan.

»Wir sind soweit, Kommissar, alles durchgekämmt.«

Sobald er die Mädchen erblickte, versteckte er sein Gewehr unter seinem Regenmantel. Erleichtert und im Bewußtsein, bei seiner ersten nennenswerten Verhaftung mitgemacht zu haben – im Bewußtsein auch, daß er sich lange daran erinnern würde –, zog er einen Stuhl herbei und setzte sich Trientje gegenüber vors Fenster. Die kitzelte mit ihrer freien Hand die Zwillinge, die so taten, als würden sie sich dagegen wehren.

»Na, das muß man Ihnen lassen, Inspektor ...«, erklärte Mohammed. Das Gewehr behinderte ihn.

»Sie können mit Kindern aber gut!«

Sébastien und ich sahen uns an. Mit gerunzelten Brauen erzählte Trientje jetzt die Geschichte von dem dicken, sehr würdigen Mann, der eines schönen Tages in einen Ballon steigen wollte, um über die Kirche zu fliegen.

»Ich zieh' mich eben um und komm' dann wieder«, sagte ich zu Sébastien. »Auf die Dauer ist das Känguruhdasein auch kein Leben.«

Was eine freie Kabine betraf, hatte ich die Qual der Wahl. Danach brauchte ich gute zehn Minuten, um den zuständigen Mann aufzutreiben und ihm das Känguruh-Kostüm wieder zurückzugeben.

»Wallaby-Kostüm!« präzisierte er.

Wenn er noch gekonnt hätte, Frederick Morton hätte mich gewiß mit Freuden über die Besonderheiten dieser Untergattung aufgeklärt.

Als ich mich unserem Grüppchen wieder anschließen wollte, stellte sich heraus, daß es ins Obergeschoß umgezogen war und sich nun wieder im Büro des Direktors befand. Im Treppenhaus verhandelte Cyriel mit den Kollegen aus Nivelles, um ein Auto auszuleihen, da der Fiat ja nicht mehr fahrtüchtig war und wir die komplette Mannschaft nach Brüssel zurückbringen wollten. Bevor sie seiner Bitte nachkamen, mußten die Herren erst ihre Vorgesetzten fragen. Einer von ihnen schlug vor, daß die Brigade in der Zwischenzeit einigen ihrer verdientesten Mitarbeiter um den geringen Preis einer Leihgebühr für Badehosen einen angenehmen Nachmittag *Dolcefarniente* spendieren könnte.

Donato saß im Ledersessel des Direktors und verabschiedete sich von seinen Sprößlingen.

»Meine Mädels, versprecht mir, ganz lieb zu Mama zu sein, ja?«

Die Kleinen nickten eifrig.

Sébastien saß auf der Kante des Diplomatenschreibtischs und telefonierte mit einem Pannendienst. Der Pizzakurier konnte, nach einem kurzen Abstecher zur Basis, den Lohn seiner guten Tat einfahren, indem er ringsum seine frischgebackenen Köstlichkeiten verteilte.

»Die Quattro Stagione war für wen?«

Ich trommelte mit dem Finger auf das Glas meiner Armbanduhr. Sébastien machte mir ein Zeichen, daß ich Zeit hätte. Perfekt.

Ich hatte mir vorgenommen, heute abend zu kochen. Auch wenn das die Überraschung zerstörte, zog ich es vor, Aline zu fragen, worauf sie Lust hatte. Vielleicht hoffte ich, ohne es mir einzugestehen, auf diese Weise einen zweiten Nachtisch zu verdienen. Die Dame meines Herzens mußte sich heute in der Personalabteilung um Krankenscheine und andere hochinteressante Formulare kümmern. Die Nummer kannte ich auswendig. Vorhin hatte ich im Untergeschoß im Vorbeigehen eine Telefonzelle entdeckt.

Der Korridor lag da wie ausgestorben. Die unter der Treppe zwischen einen Feuerlöscher und einen Schrank mit Rettungsringen eingeklemmte Plexiglasblase wirkte, als sei sie extra für heimliche Telefongespräche dorthin gestellt worden. Ich suchte eine Zwanzig-Francs-Münze in meinem Portemonnaie, als ich verhaltene Laute hörte. Ich spitzte die Ohren.

Eine Tür zu meiner Rechten war nur angelehnt. Dort heraus drang ein ersticktes Wimmern, das momenteweise zitterte, erstarb, um dann wieder um so heftiger loszubrechen, einmal tief, dann ganz hoch. Ich zögerte. Dann kam mir der Gedanke, daß man vielleicht einen kleinen Hund in dem Zimmer eingeschlossen hatte, der verzweifelt nach seinem Herrn rief. Oder wollte ich das nur einfach gerne glauben?

Es war die Damentoilette. Vorsichtig und nachdem ich mich

vergewissert hatte, daß niemand mich sehen konnte, öffnete ich die Tür einen Spalt.

Offenbar versteckte sie sich dort schon eine Weile. Bevor sie über dem Waschbecken zusammengebrochen war, hatte sie vermutlich ihre Strumpfhose auswringen wollen. Vielleicht hatte sie sogar eine Laufmasche entdeckt? Aber was konnte sie das kümmern? Trientje hatte Rock und Jacke wieder angezogen, nicht aber ihre Schuhe. Auf den Knien, die nackten Füße auf den Kacheln, die Arme über den Rand des Waschbeckens gekreuzt, weinte sie sich die Augen aus.

Ihr Gesicht, das in ihre Jackenärmel vergraben war, konnte ich nicht sehen – nur ihr Haar, den kleinen blonden Dachshaarpinsel, den das rote Gummiband zusammenhielt. Bei jedem Aufschluchzen zuckten ihre Schultern. Nichts existierte mehr für sie als ihr Schmerz. Ein nackter, unreflektierter Schmerz. Der Schmerz eines kleinen verwundeten Tiers, einsam und in seinem Unglück rettungsloser eingeschlossen als in jedem Käfig.

Sie konnte mich nicht sehen. In dem beschlagenen Spiegel sah ich meine hoffnungslos blöde Visage; ich war unfähig, auch nur einen Satz herauszubringen, mich zu bewegen oder einen Schritt zu tun. Eine Fresse zum Reinschlagen.

Irgend jemand näherte sich vom Korridorende. Ich biß die Zähne zusammen und schloß sanft die Tür. Als er an mir vorbeiging, erkannte der junge Kassierer mit der Mütze mich wieder und grinste von einem Ohr bis zum anderen. Ich hätte ihn ohrfeigen können.

Die Kollegen oben hatten das Büro des Direktors geräumt und besetzten jetzt die große Halle, letzte Etappe vor dem Ausgang. Die Mädchen hatten Mohammed in Beschlag genommen. Der hatte dafür die Aufsicht über sein Sturmgewehr an Pierre abgetreten. Donato, von zwei Inspektoren eingerahmt, wirkte entspannt und mit seinem Schicksal versöhnt.

»Hast du den kleinen Dachs irgendwo gesehn?« erkundigte Marlaire sich. Ich nickte ihm bejahend zu.

»Wir warten bloß noch auf sie . . .«

Ich drückte die Glastür auf, ging allen anderen voraus und sog tief die kalte Luft draußen ein. Auf dem Parkplatz lief der Motor eines unserer Autos bereits. Stinkende und graue Rauchwolken schwebten dicht über der Erde.

Der Himmel hatte dieselbe Farbe.

Schmutzig.

Ich hatte ganz vergessen zu telefonieren.

Fünfzehntes Kapitel

Niedrige Wolkendecke, zu schwaches Licht: Der automatische Belichtungsmesser muckte ein weiteres Mal. Anstatt auf manuelle Bedienung umzuschalten, hob ich das Objektiv gegen ein weißes Loch in der Wolkendecke, stellte ein und holte dann wieder den leeren großen Platz in den Sucher. So einfach konnte das sein. Klick.

Zufrieden warf ich einen Blick auf den Zähler. Ich hatte noch sieben Schüsse frei, um mein Tagwerk zu vollenden. Während mein gutes Verhältnis zu Pussemiers mir erlaubt hatte, den Fotoapparat mitzunehmen, ohne mich dafür mit dem Fotografen belasten zu müssen, der normalerweise seine natürliche Verlängerung darstellte, so war ich dagegen bei meinem Versuch, einen neuen Film zu bekommen, gescheitert.

Den Vormittag über hatte Pussemiers auf zwei Lokalterminen der Staatsanwaltschaft zu tun gehabt. Ausnahmsweise einmal war er nur mittelmäßig produktiv gewesen. Und so hatte er es, aus Gründen der Ökonomie, für vernünftig befunden, daß ich bis heute abend an seiner Stelle den Film vollmachte. Die Vormittagsfälle waren wohl nicht sehr dringlich. Auf welche Bilder blutig zerrissener Körper, auf welche Studien von Einschlagswinkeln und welche Porträts dahingestreckter, noch kaum abgekühlter Leichen würden meine harmlosen Fotos aus Vinkt wohl folgen? Hätten sie überhaupt die Kraft, den Film, auf dem schon all die Greuel eingefangen waren, noch zu belichten? Gewiß, auch hier handelte es sich um den Ort eines Verbrechens, nur daß ich mit einem guten halben Jahrhundert Verspätung eintraf.

Und dann, was wollte ich eigentlich mit diesen Fotos? Was das betraf, so hatte ich keine klaren Vorstellungen. Ich folgte meinem Instinkt. Sébastien nannte das, nicht mißbilligend, aber dennoch skeptisch, mein »Eichhörnchen-Syndrom«. Damit spielte er auf meine Manie an, alles aufzubewahren, oder doch soviel wie möglich, aus Angst, ein Detail zu vernachlässigen, das sich noch einmal als wichtig herausstellen könnte – auch auf die Gefahr hin, es in der Flut des Gesammelten zu ertränken oder es erst dann wiederzufinden, wenn die Sache ohnehin klar war. Meine ewig zeitverzögerten Reaktionen galten auch für Orte. Andererseits bestand mein Instinkt gerade darin, diese Tatsache, daß ich wenig behende, ja manchmal wie phasenverschoben in Zeit und Raum war, nie aus dem Auge zu verlieren und dementsprechend zu handeln.

Um die Metzgerei Van Laere ins Bild zu bekommen oder, besser gesagt, den undefinierbaren Kramladen, zu dem sie geworden war, mußte ich den Winkel vergrößern. Ich wollte die Mauer, an der die Erschießungen vorgenommen worden waren, an die heute nur noch eine einfache Steinplatte erinnerte, mit auf dem Bild haben. Das Auge gegen den Sucher gepreßt, betrat ich, rückwärts gehend, den alten Gemeindefriedhof am Fuß der Kirche. Der rote Kies der Alleen knirschte unter meinen Sohlen. Dieses unbedeutende Geräusch wuchs sich angesichts der Stille ringsum in meinen Ohren zu einem fürchterlichen Lärm aus, der mich um so mehr störte, da er hier deplaziert war und ich von exemplarischer Diskretion hatte sein wollen. Genau das Richtige, um aufzufallen und sich sogleich von Dutzenden vorwurfsvoller Blicke fixiert zu fühlen. Als mein Rücken gegen ein hartes, kantiges Hindernis stieß, lehnte ich mich dagegen und drückte auf den Auslöser.

Nun hatte ich beisammen, was ich brauchte. Und ich zog es vor, noch ein paar Aufnahmen in Reserve zu haben. Um endlich nicht mehr wie ein Tourist auszusehen, steckte ich den Apparat eilig in seine Tasche zurück.

Als ich mich umdrehte, stellte ich fest, daß die Toten auf diesem Friedhof nicht allein waren. Von ihrem Sockel herab breitete eine weiße Herz-Jesu-Figur, den Kopf leicht auf die Seite geneigt, die Arme in einer Geste der Barmherzigkeit aus. Eine feine Schicht grauen Mooses überzog den Faltenwurf ihres Gewands.

Weißer Christus, roter Kies. In unendlichen Variationen waren dies die beiden diesen Ort dominierenden Farben. Auch noch jenseits der Friedhofsgitter ging ihr Dialog weiter. Weiß gestrichene Türen, Fenster, Läden und Simse, roter Backstein, rote Dachziegel und Kneipenschilder. Der Schnee dagegen schien niemals die Grenze der Weiden und Brachwiesen überschritten zu haben, die das kleine Dorf umgaben. Auch ohne ihn war es hier sauber genug, kalt genug.

Hinter mir hörte ich einen anderen Schritt auf dem Kies. Endlich ein Einheimischer? Aber nein, es war Trientje. Den Schal über die Nase geschlungen, hatte sie, während ich meine Aufnahmen machte, einmal die Kirche umrundet.

»Irgendwas Interessantes gesehen?«

Sie zog die Nase hoch, zuckte die Achseln und hob die Augen zu der Herz-Jesu-Figur, die vor dem schieferfarbenen Himmel noch weißer wirkte, dann schob sie die Hände in ihre Jackentaschen.

Ich drängte nicht weiter. Es lag zwar gewiß in ihrer Natur, mich hierhin begleitet zu haben, ohne Fragen zu stellen, war aber nichtsdestoweniger auch ein Zeichen von Takt. Denn eigentlich wußte ich selbst nicht, wonach ich in diesem gottverlassenen kleinen flämischen Kaff suchte. Nur eines wußte ich: daß ich hatte herkommen müssen. Die Frage nach dem Warum würde erst hinterher gestellt werden, wenn überhaupt. Und das wäre dann auch der Moment, um überhaupt die richtigen Fragen zu stellen. Auch Trientjes Anwesenheit mochte sich dann noch als wertvoll herausstellen – denn um gewisse Leute zu befragen, die alt sein mußten, konnte mein literarisches und schwerfälliges Niederländisch sich rasch als unzureichend herausstellen.

Nachdem ich den Platz der Märtyrer aus allen mir interessant scheinenden Winkeln abgelichtet hatte, blieb mir nur noch, ihn etwas gründlicher zu erkunden. Hinter uns erhob sich die Kirche, deren Glocken hartnäckig schwiegen.

Jemand, der Augen hat zu sehen, wird in einer Kirche immer

fündig. Der Zustand und die Anordnung ihres Mobiliars, ob es gepflegt ist oder heruntergekommen, all das verrät häufig etwas über das Verhältnis der Einwohner, vielleicht nicht zur Religion oder zur Transzendenz im allgemeinen, aber jedenfalls doch zu den Dingen, die über den engen Kreis ihres Privatlebens hinausgehen. Und dann überdauern in einem Land, wo die Geschichte (wenn sie nicht ohnehin darauf besteht, inexistent zu sein) dasselbe Desinteresse hervorruft wie das Kunst- und Kulturerbe, ein paar ihrer letzten Relikte in den Gotteshäusern. Ein wenig vermodert natürlich, aber vorm Tageslicht geschützt, dem sie nicht standhalten würden. Vor allem jedoch findet man in Kirchen ab und zu Priester.

Das Portal befand sich am Fuß des quadratischen Turms. Ein weiterer Christus – dieser hier am Kreuz – wuchs aus einem Golgatha aus unbehauenem Stein, das vielleicht ein Grab war, und überwachte den Eingang. Bevor ich die Klinke ergriff, warf ich noch einen Blick auf die Umgebung. Das Dorf wirkte ebenso tot, ebenso verschlossen wie bei unserer Ankunft. An den Fenstern erschien kein einziges Gesicht zwischen den Vorhängen und den regungslosen Windblenden. Überall Stille. Nur das Geräusch unserer Schritte auf dem Kies war zu hören.

Die Tür gab nicht einen Millimeter nach, als ich sie aufstoßen wollte. Ein wenig beunruhigt lehnte ich mich mit der Schulter dagegen. Nichts zu machen: Die Kirche war verschlossen. Ich trat zwei Schritte zurück und sah auf das Ziffernblatt der Turmuhr oberhalb der Schallöcher. Die Zeiger deuteten auf halb vier. Es stand also doch nicht alles still in diesem Kuhdorf, wenigstens die Uhren gingen.

Mangels Alternative machten wir uns auf die Suche nach dem Pfarrhaus. Nach allem, was wir wußten, mußte es sich hinter der zweiten Exekutionsmauer befinden, an der ebenfalls ein kleines Schild hing mit der Aufschrift: *»Gedenk«*.

Sich erinnern? Klar, nur woran?

Trientje dicht hinter mir, klingelte ich an der Tür des Pfarrhauses. Nach einer guten Minute Wartezeit hatte ich kapiert, daß niemand uns öffnen würde. Der Gemeindepfarrer war nicht zu Hause. Die Hand als Blendschutz vor den Augen, spähte Trientje in eins der Erdgeschoßfenster. Als ich näher kam, sah ich, daß sie einen Ausschnitt aus der Lokalzeitung las, der mit Tesa von innen gegen das Fenster geklebt war. Das schlechte Foto, das den Artikel illustrierte, zeigte einen bebrillten Mann mit Beffchen, der, von einer Horde Knaben umgeben, unter einem Basketball-Korb stand.

»Ist ein junger«, bemerkte sie.

Es gab also noch welche. Das hieß aber auch, daß es hier keinen Priester mehr gab, der, wenn auch nur vom Hörensagen, irgend etwas über die Ereignisse des Mai 1940 gewußt hätte.

Wir kehrten zum Platz zurück. Das Mahnmal, auf das pflichtschuldigst mit Schildern hingewiesen wurde, wartete auf uns. Es blieb uns die Hoffnung, daß die Erinnerung der Steine, wenn auch diskret, die der Leute ersetzen würde. Ein eisiger Wind wehte durch die Ebene und fegte die anliegenden Straßen leer. Jedesmal, wenn wir irgendwo stehenblieben, trat Trientje von einem Fuß auf den andern, versuchte, sich aufzuwärmen. Am Eingang des Mahnmals schniefte sie und entfaltete ein großes blaues Taschentuch.

»Hab' mich erkältet«, murmelte sie.

Das Mahnmal, zu dem ein zweiter Friedhof, der außerhalb der Mauern des Gemeindefriedhofs lag, gehörte, erhob sich gegenüber der Apsis der Kirche. Um dort hinzugelangen, mußte der Besucher zunächst an einer roten Backsteinmauer entlanggehen, an der quadratische Medaillons hingen, auf denen in unterschiedlichen Paaren diverse, während des letzten Krieges begangene Massaker aufgezählt wurden: *Vinkt – Meigem; Bande – Putten; Ardea – Marzabotto; Katyn – Lidice*. Vermutlich kraft der großen Zahl durfte *Oradour* ein eigenes Medaillon einnehmen. Und das letzte endlich, auf dem *My Lai* stand, schien, obwohl seine Anwesenheit gerechtfertigt war, eher eine Konzession an den Zeitgeist, der Vietnam auf seine Banner geschrieben hatte, als eine mögliche Brücke zur Gegenwart zu sein. Dagegen sagten der vierte und der sechste Name der Liste mir nichts. Kein Zweifel, daß andere, eine Menge andere, hier überhaupt keinen Platz gefunden hatten.

Ein wenig weiter lag im Schatten einer Buchenhecke eine

lange steinerne Wand, in deren Mitte eine allegorische Skulpturengruppe aufragte. Ich zählte rasch nach. Mehr als sechzig graue Kreuze bevölkerten das Ehrenfeld. Mit seiner strikten Anordnung schien dieser Friedhof eher für Soldaten gemacht als für Zivilisten. Das anarchische Durcheinander von Kreuzen und Stelen, das ihm längs der Kirche gegenüberstand, verstärkte diesen Eindruck noch. Auf gut Glück entzifferte ich einige Namen. Zu beiden Seiten des Denkmals, einer strengen Skulpturengruppe, die, obwohl von expressionistischer Machart, paradoxerweise ausdruckslos war, warteten umgegrabene Beete darauf, daß die Begonien wieder wuchsen. Ich wettete auf rote. *Semper florens.*

Lediglich mit ein paar armseligen Angaben auf ihren Kreuzen: dem Nachnamen, einer Initiale und einem Datum, immer demselben, nahmen die Erschossenen von Vinkt das Zentrum des Dorfes ein, ohne dort wirklich Platz zu beanspruchen. Ein Muster an Zurückhaltung. Was zum guten Teil am Konzept des Mahnmals lag: Den leeren Symbolen entsprach die Abwesenheit einer irgendwie verständlichen Botschaft.

»Schön«, murmelte ich. »Suchen wir anderswo weiter.«

Es wurde Zeit, sich für die Lebenden zu interessieren.

Anstatt mir zu folgen, zog Trientje mich am Ärmel. Mit dem Kinn deutete sie auf eine graue Mauerecke am Ende der Allee, dort, wo das Mahnmal aufhörte. Sie war mir nicht aufgefallen.

Am Eingang zum neuen Friedhof verbarg sich ein weiteres Mahnmal, von dem man sich fragen konnte, ob es eine Art Blinddarm des ersten darstellte. Ein in die Mauer eingelassenes, von der Feuchtigkeit angefressenes Basrelief stellte einen stilisierten Ardennenjäger dar, Barett über dem Ohr, Bajonett an der Wange, leerer Blick. Ich suchte vergeblich nach einem einzigen französischen Wort. Eine kurze, auf flämisch verfaßte Inschrift wies darauf hin, daß das Monument vor kurzem renoviert worden sei. In der Mitte gab eine Tafel unter Plexiglas eine stumme Übersicht der militärischen Operationen. Auch hier waren die wenigen Erklärungen flämisch – man hatte sogar die Namen der Einheiten übersetzt. Die braunen Helme, die über die weißgründige Karte verstreut waren, stellten die militärischen Verluste dar, die blauen Kreuze die Zivilopfer. Die untere Hälfte des

Plans verschwand unter einer halbgeschmolzenen Schneeplatte, die aufgrund eines vorspringenden Randes nicht ablaufen konnte. Ich wischte mit der Hand einen halben Liter Schmutzwasser beiseite.

Die Helme zu zählen, machte ich mir nicht die Mühe. Laut meiner Quellen hatten rund fünfzig junge Ardennenjäger hier ihr Leben gelassen, im Dorf oder auf den umliegenden Feldern. Und wieviel andere hatten auch ihre Seele hier gelassen? Ebenso ausdruckslos wie der Rest des Mahnmals, erinnerte dieser Teil hier noch stärker an eine Rumpelkammer.

Wir machten kehrt.

Auf dem Platz angekommen, hielt ich inne.

»Das Nest hier ist doch nicht völlig tot. Es gibt zwei Kneipen.«

Aber hinter keinem ihrer Fenster brannte Licht. Was unter der Woche nicht weiter erstaunlich war. Die größere von beiden nahm, nach dem Schild zu schließen, das über ihrem Eingang hing, den Platz des ehemaligen, aufgegebenen Rathauses ein. Die kleinere stand rechter Hand an einer Straßenecke in der genauen Verlängerung des Mahnmals.

In dem Moment, als wir darauf zusteuern wollten, bog ein alter gebeugter Mann um die Ecke. Seine Latzhose bildete einen blauen Farbtupfer auf den roten Häusermauern. Die Hände auf dem Rücken, warf er uns einen mißtrauischen Blick zu und blieb dann stehen. Wir gingen auf ihn zu. Unter seinen von winzigen weißen Stoppeln bedeckten Wangen kaute er geistesabwesend auf einem schlechtsitzenden, klickenden Gebiß herum.

»*Dag Meneer!*« begann Trientje.

Trotz all meiner Bemühungen verstand ich so gut wie nichts von dem folgenden Wortwechsel. Der Alte zeigte sich kaum gesprächiger als meine Kollegin, und wenn er sich auch einer Sprache bediente, deren Intonation mir noch bekannt vorkam, so gab mir das benutzte Vokabular doch Rätsel auf. Trientje nickte, wartete seine Pausen ab, um eine Frage zu plazieren. Sie hatte jede Menge davon auf Lager. Dann verabschiedete der Alte sich mit einer Kopfbewegung und ging hinkend davon.

Trientje zog ihren Schal wieder hoch.

»Und?« fragte ich.

Sie seufzte, zuckte die Achseln.

»Fast nichts verstanden. Hörte sich an wie Genter Dialekt. Und dazu stocktaub ... Vielleicht hat er uns ja französisch reden hören?«

»Kann schon sein. Aber was hat er gesagt?«

Sie zog ihre Mütze aus der Jackentasche.

»1940 hat er nicht hier in der Gegend gelebt.«

Genauso wie Kirche und Pfarrhaus war auch die Kneipe geschlossen. Ich drückte die Nase gegen ein Fenster und sah im Halbdunkel das polierte Holz eines Tisches.

Aber wir waren nicht bis hierher gefahren, um so schnell wieder zu verschwinden. Und in Anwesenheit meiner Kollegin wollte ich nicht das Gesicht verlieren. Abgesehen von einem Schnupfen – aber da spielte das Bad vom Vortag gewiß auch eine Rolle – und ein paar Fotos von höchst zweifelhaftem Nutzen, war die Ausbeute ziemlich mager. Entschlossen, allen Eingebungen, die mir kamen, bis ins Kleinste zu folgen, faßte ich den Plan, das Dorf von Westen nach Osten zu durchqueren und den Posten zu suchen, den Joseph Marlaire verteidigt hatte. Unterwegs würden wir schon irgend jemandem begegnen.

Trientje, die ich fragte, was sie davon hielte, legte keinen Widerspruch ein, nur wollte sie, bevor wir aufbrachen, ein Päckchen Taschentücher aus dem Wagen holen. Während sie sich unverzüglich aufmachte, wartete ich vor der Kneipe.

Ich vernahm Schritte. Schwach zunächst. Die Mauern warfen einander das Echo zu. Hinter mir, auf halber Höhe der *Ketelstraat*, ging ein Mann, den Kopf zwischen die Schultern gezogen. Ich konnte nur seinen Rücken sehen. Der Wind bauschte seinen schwarzen Mantel. Ich überlegte nicht lange und hängte mich, ohne nachzudenken, an seine Fersen. Meine Kreppsohlen absorbierten jeden Laut. Die Absätze des Mannes dagegen hallten bei jedem Schritt kurz und rhythmisch aufs Pflaster und durchbrachen die Stille, was der Wind, der sich in der Gasse verfing, kaum zu dämpfen vermochte. Er konnte mich nicht hören. Plötzlich bog die Gestalt nach rechts in eine Seitenstraße ein. An der Kreuzung wollte ich ihm folgen.

Aber der Mann war wie vom Erdboden verschwunden. Die

Landschaft schien ihn verschluckt zu haben. Dabei waren seine Schritte noch zu hören, irgendwo hinter einer Hecke, einem Zaun, einer Mauer.

Aber schon weit entfernt und außer Reichweite.

Ich kehrte um. Es kam mir vor, als hörte ich es hinter meinem Rücken kichern. Ich drehte mich nicht um. Gewiß der Wind.

Trientje wartete neben dem Auto unter der großen Friedhofsulme auf mich. Sie hatte vergessen, ihre Handschuhe mitzunehmen und hauchte ihre Finger an.

»Barthélemy?«

»Ja.«

Unter der Mütze, die sie bis über die Augen gezogen hatte, warf sie mir von unten herauf einen zögerlichen Blick zu.

»Könnten wir nicht den Wagen nehmen?«

Sie hielt mir die Schlüssel hin.

»Mir ist kalt«, fügte sie erklärend hinzu.

Ich hatte verstanden. Aber anstatt über die jeweiligen Vor- und Nachteile des Zu-Fuß-Gehens und des Autofahrens zu dozieren, ging ich an ihr vorbei und öffnete die Beifahrertür. Nicht aus Galanterie. Ich setzte mich selbst hinein.

»Wenn du fährst ...«

Sie sah auf die Schlüssel, ging um den Wagen herum, nahm hinter dem Lenkrad Platz, grummelte irgend etwas und öffnete dann wieder die Tür. Ich glaubte schon, sie hätte es sich anders überlegt. Aber es verhielt sich einfacher: Der Sitz war auf meine Größe eingestellt, und sie kam nicht an die Pedale. Da die Mechanik klemmte, mußten wir Gewalt anwenden.

Nach meinen Informationen hatte Joseph Marlaires Zug die Ausläufer Vinkts am Ostrand des Orts verteidigt, auf beiden Seiten der Straße nach Nevele, die mittlerweile den Namen *Heerdweg* trug. Trientje fuhr im Schrittempo. Unterwegs kamen wir an einem ersten belebten Fleck vorbei. Rechts von der Straße lag hinter roten Mauern eine Schule, aus der Kindergeschrei ertönte. Die erleuchteten Fenster zeigten mit bunten Zeichnungen tapezierte Räume. Ich sah auf die Uhr. Der Schulschluß demnächst wäre vielleicht auch der Moment der Rückkehr anderer Lebender ins Dorf.

Aber sehr schnell setzten die verschneiten Felder die Stille wieder in ihre Rechte ein. Soweit das Auge reichte, breiteten sie unter dem tiefhängenden Himmel die Leere einer weißen Seite aus, auf die nur hier und da ein paar Häuser hingekleckst waren. In den kahlen Büschen hockten vereinzelt Krähen. Von Osten zog langsam eine Schar Wolken heran.

»Ich glaube, hier ist es«, sagte ich.

Trientje hielt an. Pflichtbewußt stieg ich aus und zückte den Fotoapparat. Ich konnte suchen, wie ich wollte, nichts um mich herum erinnerte an den Kampf der Ardennenjäger. Die Straße, von Bäumen gerahmt, lief geradewegs auf ihren Fluchtpunkt zu. Im Süden schlossen die Pfeiler einer Hochspannungsleitung den Horizont ab. Rechter Hand erhoben sich die unschönen Lagerhallen und Getreidesilos eines landwirtschaftlichen Großbetriebs. Hundert Meter weiter war das dem Ackerbau zugedachte Land von einer Gruppe neuer Wohnhäuser beschnitten worden. Links erstreckten sich Weiden ohne Vieh. Und alles lag unter einer löchrigen Schneedecke, auf der kein Kind spielte. Ein Schwarm Krähen flog über den Himmel, kreiste eine Weile und ließ sich dann auf einer Wiese nieder, neben einer weißen Badewanne, die sommers wohl als Tränke diente.

Ich schwenkte das Objektiv durch die verlassene Landschaft. Wo mochte wohl Lambert geblieben sein, um den Feind zu erwarten? Wo waren die ersten Sperrfeuergranaten niedergegangen? Die Trichter waren seit langem wieder zugeschüttet, unmöglich, noch Spuren zu finden. Genauso wenig, wie man wissen konnte, wo die zweiundzwanzig Toten des Dritten Regiments gefallen waren. Ich drückte den Auslöser auf gut Glück. Mangels Licht reagierte der Apparat nicht.

Trientje, immer noch am Steuer, beobachtete mich.

»Fahren wir zurück?«

Ich schlug die Tür zu.

»Fahren wir noch bis zur Kreuzung nach Meigem«, sagte ich. »Wenn ich richtig gelesen habe, muß dort das *Schwarze Haus* stehen.«

»Het Zwart Huizeke?«

Ich nickte. Trientje kuppelte ein.

»Und danach fahren wir heim«, fügte ich hinzu. Kurz darauf konnte ich schon den klobigen Kirchturm von Meigem sehen. Die Kreuzung konnte nicht mehr weit sein. Seit ein, zwei Kilometern blitzten Felder und Wäldchen nur noch hier und da zwischen zwei Häusern durch, die größtenteils neueren Datums waren. Vor der Abfahrt hatte ich mir einen Straßenplan der Provinz mitgenommen, der zwar reichlich ungenau war, aber zusammen mit den Straßenschildern eine ungefähre Orientierung ermöglichte.

»Warte, ich glaub', wir sind da«, sagte ich.

Trientje bremste und rollte auf den Bordstein.

»Nein, doch nicht ...«, korrigierte ich mich.

Schwierig, anhand der Karte die Entfernungen abzuschätzen. Maßstabsgetreue Umrechnungen waren nicht meine Stärke.

»Muß noch ein Stück weiter sein. Hier ist nichts, was danach aussieht.«

Ich beging den gleichen Irrtum noch dreimal. Die Zeit verging. Selbst wenn ich alle Kreuzungen mitzählte, war ich mir plötzlich in nichts mehr sicher. Trientje blieb völlig ruhig, hielt den Wagen an, ich musterte die Häuser, dann fuhren wir weiter. Es war deutlich, daß viel gebaut wurde in der Gegend. »Wenn das Baugewerbe läuft, dann läuft alles«, lautete eine Maxime meines Vaters, der Architekt war. Nur die Landschaft zahlte drauf. Die Landschaft und die Erinnerung an die Menschen, die in ihr gelebt hatten, die in ihr gestorben waren.

Vom *Schwarzen Haus* kannte ich nur ein paar fragmentarische historische Aufnahmen, deren Mittelpunkt die Leichen waren, die vor seinen Mauern lagen. Darüber hatten sich mittlerweile in meinem Geist die Erinnerungen Joseph Marlaires gelegt, zu denen ich zwangsweise noch weitere Bilder gesponnen hatte, undeutliche, unvollständige und erfundene.

Als wir das Ortsschild *Nevele* passierten, hörte ich auf, auf der Karte zu suchen, wir waren weit über unser Ziel hinausgeschossen. Trientje gab keinen Kommentar ab, parkte den Wagen auf dem Seitenstreifen und verlangte, meine Karte zu sehen. Daraufhin legte sie wortlos den Rückwärtsgang ein, rollte die gepflasterte Einfahrt eines Privathauses hinauf und fuhr dann in

Richtung Vinkt zurück. Auf halber Strecke fragte sie mich, ob sie langsamer fahren solle.

»Nicht nötig ...«, antwortete ich.

Die Schläfe an die Kopfstütze gelehnt, betrachtete ich, wie die einfallende Dämmerung die reglose Landschaft überschattete. Über die Felder hin flackerten vereinzelte gelbe Fenster wie in einer dunklen Kapelle vergessene Kerzen. An den Laternenmasten gingen die Lichter an.

»Wir werden es sowieso nicht mehr finden.«

Auf dem Dorfplatz drang jetzt schwacher Lampenschein aus der kleinen Kneipe. Mit einem Mal hatte ich den Wunsch, im Warmen zu sitzen. Ich bezweifelte zwar, daß auf der Karte des Lokals auch Orval stehen würde, aber was Trappistenbier betraf, so barg Flandern auch so seine Schätze. Mein Vorschlag fand Trientjes Beifall.

»Aber ich lade dich ein«, präzisierte ich.

Sie stellte den Wagen unter der Ulme ab. Seit unserer Rundfahrt waren weitere Autos eingetroffen. Ein hellerleuchteter Sattelschlepper rauschte die Hauptstraße nach Deinze entlang. Es wurde Nacht.

Trientje ging voraus, stieß die Tür der Kneipe auf.

»Warte mal eine Sekunde auf mich«, sagte ich. »Ich habe noch was vergessen ... Eine letzte Kleinigkeit, die ich überprüfen will.«

Sie schniefte und sah mich fragend an.

»Willst du, daß ich mitkomme?«

»Setz dich schon mal, und bestell mir ein Westmalle tripel.«

Die Kneipe lag Ecke *Ketelstraat*. Ich tauchte schnellen Schritts in die dunkle Straße ein. Sätze von Joseph Marlaire kamen mir plötzlich wieder ins Gedächtnis. Wenn der Platz, den wir gesehen hatten, der der Märtyrer war (*Martelarenplein*), wo lag dann die Straße der Ardennenjäger (*Ardense Jagersstraat*)? Laut meinem Plan mußte sie die Straße, die ich entlangging, kreuzen und dann nach rechts weiterführen, im Westen des Dorfs. Das war genau der Weg, den mein Unbekannter von vorhin genommen hatte. Ich erreichte die Kreuzung und sah mich suchend um. In der Dämmerung verschmolz alles zu einer Masse – Mauern, Hecken, Gärten.

Ich mußte nach dem Straßenschild suchen. Endlich, als ich die Augen hob, erblickte ich oben auf einem Pfosten ein weißes Rechteck: *Stad Deinze – Vredestraat.*

Ich nickte. Alles in allem das nicht einer gewissen Logik. *Vredestraat* – die Straße des Friedens.

Friede ... Der große, magische Radiergummi. Ein Wort, das, genau wie Krieg, einen ganzen Rattenschwanz an Lügen und billigen Symbolen nach sich zog. Ein Wort für Festtagsreden und Transparente. Dabei ein korrektes konsensfähiges Wort: Jedermann liebt den Frieden, jeder verlangt nach ihm, selbst die Mörder.

Der Friede? Ein strahlendweißer, beinahe österlicher Mythos, wo Taube und Ölzweig die Glocken Roms und die Schokoladeneier ersetzen. Der Friede ... ein reinigendes Wort, das frisch und nach Sauberkeit roch ... Aber auch ein verleugnendes Wort.

Denn wenn Krieg und Frieden irgend etwas miteinander gemein hatten, dann ihre Opfer.

Die Straße der Ardennenjäger existierte nicht mehr.

Ich mußte lächeln. Nun bewahrte nur noch das Schild eines kleinen Restaurants am Ortseingang – es war uns bei der Ankunft aufgefallen – die Erinnerung an die wallonischen Soldaten. Sie waren gekommen und gegangen. Die, die Pech hatten, in den Tod. Ob sie dort wohl auf der Speisekarte Räucherschinken, Rehrücken und Wildschweinpastete führten? Wohl eher *waterzooi* und Muscheln mit Pommes.

Als ich meinerseits die Tür des Lokals aufstieß, bannte mich sofort die etwas angestaubte, aber sehr angenehme Atmosphäre der ländlichen Kneipe. An den Wänden vergilbte Plakate und einige Pokale. Um einen Tisch saßen, in ein leises Gespräch vertieft, ein paar Dorfbewohner. Trientje, alleine in einer Ecke nahe am Fenster, kritzelte etwas auf ein Blatt Papier. Vor ihr dampfte eine Tasse Bouillon, und im Lampenschein leuchtete bernsteingelb ein bauchiges Glas Trappisten.

Sie wandte sich um und faltete sofort mit einer flinken Handbewegung den Zettel zusammen, um ihn dann in einer Tasche verschwinden zu lassen. Trotz der Hitze, die in dem kleinen Saal herrschte, hatte sie ihre Jacke nicht ausgezogen.

Hochgezogene Brauen.

(»Und?«)

Der Füller war auf dem Tisch liegengeblieben. Ein schönes, schlankes Stück, mit goldener Feder und einer bernsteinfarbenen Hülle. In einem weißen Aschenbecher qualmte noch eine Kippe.

»Nichts«, sagte ich im Hinsetzen.

Die Dorfbewohner an ihrem Tisch hatten aufgehört zu reden. Sie bedachten uns mit ein paar schrägen Blicken, in denen die Zurückhaltung knapp über die Neugierde siegte. Hätte ich jetzt noch die Courage gehabt, so hätte ich ihnen ein paar Fragen stellen können.

»Diese Reise hat nichts gebracht«, stellte ich seufzend fest.

Das Bier war richtig temperiert serviert worden. Eine positive Überraschung. Vom Trinken verstanden sie etwas in diesem Nest.

Trientje hielt die Nase über ihre Tasse. Sie hatte gegrinst.

»Die Kirche ...«, sagte sie.

Ich hatte mein Glas gehoben und betrachtete eingehend die Farbe meines Trappisten im Schein einer Wandleuchte.

»Ja?«

»Der Patron.«

Ich drehte mich um.

»Nein, nicht der Wirt, den Schutzpatron meine ich, von der Kirche ...« Auf ihrem Gesicht stand noch immer ein leichtes Lächeln.

»Rate mal.«

Ich setzte ein nachdenkliches Gesicht auf.

»Was weiß ich ... Sankt Radelgies?«

»Nein«, antwortete sie. »Es stand auf der Karte.«

»Hab ich nicht gesehen ... Sankt Rüdiger?«

Auch das war es nicht. Mit einer Kopfbewegung gab ich zu verstehen, daß ich passen müßte.

»*Sint-Bartholomeus* ...«, sagte sie.

Saint Barthélemy. Natürlich. Mit dieser Art witzigen Zufall war ich früher schon einmal konfrontiert worden. Denn der heilige Bartholomäus hatte zwar auf dem Standesamt seine Kundschaft verloren, besaß aber noch seinen Immobilienbesitz. Keine schlechte Investition. Die Leute kommen und gehen, die Kirchen bleiben.

*»Grappig, vind je niet?«**

Ich wußte nicht recht.

Wir blieben nicht lange in dem Lokal. Trientje hatte ihrem Bruder versprochen, vor sieben Uhr bei ihm vorbeizukommen. Eine Sonate mußte geprobt werden. Während ich zahlte, dachte ich, daß Aline sich freuen würde, wenn ich früher als versprochen nach Hause kam.

»Soll ich fahren?« bot Trientje an.

Ich stutzte.

»Ist das dein Ernst?«

Sie nickte.

»Ist einfacher so. Ich glaube, der Sitz klemmt.«

Sie hatte recht. Bevor ich in den Wagen stieg, warf ich einen letzten Blick auf das Mahnmal, dessen Kreuze in der Dunkelheit verschwanden. Ein eisiger Wind schüttelte die Zweige der Ulme. Trientje ließ den Motor an. Ich schlug den Kragen hoch.

Und dann grüßte ich sie ein letztes Mal. Heute nacht würde kein Schnee fallen. Dennoch fror ich ein wenig für sie.

Oder mit ihnen? Denn wer würde sich an mich erinnern, wenn ich tot wäre?

Um nicht mehr daran denken zu müssen, fixierte ich die Straße, die vor unserem Scheinwerferlicht zu fliehen und Schutz im Dunkel der Nacht zu suchen schien. Einer Nacht, so schwarz wie Frauenhaar, die durch die fahlgelben Blitze der Natriumlampen aufgehellt wurde.

Eine Sekunde lang schlug mein Herz heftiger. Zum ersten Mal seit langer Zeit mußte ich mir eingestehen: Es war nicht Alines Haar.

Jedem seine Hölle, dachte ich.

Neben mir, sehr gerade auf ihrem Sitz, eine Hand am Lenkrad, die andere um ihr Taschentuch geschlossen, steuerte Trientje den Wagen ernst und konzentriert.

Und schweigend. Wie immer.

* Lustig, findest du nicht?

Sechzehntes Kapitel

Die Sonne sandte forschende Strahlen über die steilen Dachschrägen der Tuchhalle. Sich selbst überlassen, hüpften sie vorsichtig umher, klammerten sich an den Gauben fest, tasteten sich von Giebel zu Giebel, verweilten einen Augenblick auf dem Goldglanz einer Uhr oder eines Wetterhahns und zogen sich dann wieder in den Schatten einer Wolke zurück, um Bericht zu erstatten. Ganze Kompanien von frierenden Möwen begleiteten ihr Hin und Her schicksalsergeben und gelassen. Bald, wenn der Frühling da wäre, würden sie allesamt zu den grauen Hafenstädten und Flußmündungen ein Stückchen weiter nordwärts zurückkehren.

Zwischen zwei Sonnenlöchern warfen die vorbeiziehenden Wolken riesige Schatten auf die Pflastersteine des Platzes, die sich unter ihrem Dahinsegeln wie ein steinernes Meer zu wellen schienen. Langsam überquerten wir den weiten freien Platz, über den noch kein Tourist flanierte. Eine Sekunde lang geriet der Belfried vor die Sonne und tauchte die umliegenden Fassaden in Aquariumsdämmer. Die monumentale Halle erdrückte uns förmlich. Links von dem gotischen Portal hatte ein Albert I. in steinernem Trenchcoat und Adrian-Helm irgendeinen obskuren Grafen von Flandern abgelöst, den die ersten Granaten des Ypern-Expresses bis zu den Schnabelschuhen zerstäubt hatten. Seine Königin neben ihm besaß, trotz des Perlencolliers und des Roaring-Twenties-Hütchens, einen mittelalterlichen Hüftschwung.

Aline verzog das Gesicht.

»Nachgebautes Mittelalter, also wirklich …«

Aber hier wurde wenigstens mit offenen Karten gespielt. Als gute Restauratorin mußte sie das zugeben.

»Wie Vézelay nach Mérimée«, antwortete ich.

Wobei ich da ungerecht wurde. Ypern hatte es nicht nötig, ein zweites Mal verteidigt zu werden – das Resultat war schließlich durchaus anerkennenswert. Und um so mehr, als Aline ja nichts und niemanden angriff. Nur daß die nahegelegenen Strände bereits ihre Gedanken beherrschten und sie es kaum noch erwarten konnte, ans Meer zu kommen. Ihr Aufzug sprach eine deutliche Sprache: Die dünnen Gummistiefel machten keinerlei Geräusch auf den Platten und dem Pflaster.

Sie hatte noch nie zuvor einen Fuß nach Ypern gesetzt. Als sie mir das gestanden hatte, war ich von einem gewissen Interesse ihrerseits ausgegangen und hatte einen kurzen Umweg über die Tuchmacherstadt vorgeschlagen. Denn bot diese Stadt dem Besucher nicht bis hin zu ihren bescheidensten Gebäuden ein ungeheuer spektakuläres Beispiel eines peinlich genau rekonstruierten architektonischen Erbes – ja sogar, was manche Häuser betraf, eines ganz neu interpretierten? Mit einem gewissen Optimismus ging ich davon aus, daß die Sache Aline nicht kaltlassen konnte. In jedem Fall war es ein guter Vorwand.

Aber ich hatte, um sie zu überzeugen, weder in sie dringen noch Kompromisse eingehen müssen, es war fast unheimlich. Denn als ich mich an diesem Samstagmorgen hinters Lenkrad setzte, war mir plötzlich aufgefallen, daß Aline – wenn man von ihrer Aversion gegen das Lenken eines Autos absah – mir nie irgend etwas verweigert hatte. Offenbar genügte es zu fragen, eine vage Lust auf etwas anzudeuten, um sofort ihre Zustimmung zu erhalten. Dabei sagte sie nicht jedesmal ja, sondern begnügte sich manchmal damit, mir auf eine Weise zuzulächeln, in der ich eine Art schweigsamer Nachsicht zu lesen meinte, eine etwas zu geduldige Resignation.

Heute aber war ich entschlossen, mich mangels deutlicheren Zuspruchs damit zu begnügen. Der Erfolg meines Vorstoßes war allerdings bestenfalls gemischt. Gewiß, die Kathedrale schien ihr trotz des nach alten Plänen neuerbauten Turms gefallen zu haben. Eine Versammlung von Heiligen auf einem Pfeiler und vor allem das neobarocke Grab eines örtlichen Bischofs, auf dem der Apostel Johannes den Kerzenanzünderinnen einen Stinkefinger zu zeigen schien, hatten amüsierte Kommentare hervorgerufen. Die Häuser des Grote Markt dagegen konnten sie nicht überzeugen, während die unter einem Moskitonetz liegende Turmzwiebel des Justizpalastes mit einer Vehemenz verurteilt wurde, die keinen Einspruch zuließ.

»Ah, là là! Das Ding sieht ja nun wirklich nach gar nichts aus!«

Ich mußte ehrlicherweise einräumen, daß für mich die Architektur der Stadt immer nur den Einstieg zu etwas völlig anderem bedeutet hatte. Hier ließen mich die tiefschürfenden Debatten der Stadtplaner kalt. Meines Erachtens stellten die Häuser Yperns, ob sie nun mehr oder weniger exakt die Originale nachbildeten, nichts anderes als ein Gefäß dar, oder besser noch den Klangkörper einer feinen historischen Vibration, die aus verflogenen Leben bestand, aus der ehemaligen Gegenwart der Fremden und aus einer Realität, die, da sie im Zeitraffer gelebt worden war, auf immer außerhalb der Zeit stehen würde. Nein, die Authentizität der Stadt bemaß sich nicht nach dem Alter ihrer Mauern, sondern nach den Spuren einer Verschiebung, die ebenso sehr räumlicher wie zeitlicher Art war.

Vielleicht vermied ich deshalb gewissenhaft mehrere Ecken, von denen ich sicher war, daß ihre besondere Qualität Aline entgehen würde, und die nur mit Worten zu erklären und zu verteidigen ich mich zu meinem größten Leidwesen unfähig fühlte. So sprach ich recht wenig, jedenfalls weniger als normalerweise. Aline, gedankenversunken, schien sich daran nicht zu stören. Wir hatten den Grote Markt wortlos verlassen und gingen auf gut Glück voran. War es Feigheit meinerseits? Indem wir die Rue de Lille hinabgingen, ließen wir das Menintor und sein Gewölbe, in das Tausende von Namen graviert waren, hinter uns, näherten uns aber zugleich der Majoorgracht mit ihrem grünen Wasser und jenem abseits liegenden Ort, zu dem jede meiner Reisen hierher mich unweigerlich führte. Sofern es also noch nötig war, hier lag der Beweis: Von Norden nach Süden fing einen in dieser Stadt an jeder Straßenecke die

Vergangenheit ein. Nur daß sie, wie die Gespenster, schon lange niemandem mehr Angst machte. Und vernünftige Leute glaubten weder an diese noch an jene – ja, sie sahen die Vergangenheit nicht einmal mehr.

Und so suchte ich nach einem originellen Vorwand, um die mir zugestandene Frist noch etwas zu verlängern. Aline, neben mir, guckte in die Luft und versuchte, mir geistig zu folgen, oder doch zumindest mir mein ungutes Gefühl zu nehmen.

»Der Giebel da ist nicht schlecht ...«

Sie hatte die Hände in die Taschen ihres Anoraks vergraben. Ich wußte nicht, wohin mit meinen Armen. Bei jeder sich bietenden Gelegenheit legte ich ihr eine Hand auf die Schulter oder faßte sie um die Taille. Sie ließ es zu.

»Amüsant: Albert I. taucht hier wirklich überall auf ...«

Einschließlich der klassischen Medaillons auf den Patrizierhäusern. Mir gefielen diese augenzwinkernden Architektenspielereien. Das Haus, vor dem wir standen, war zu einem Szenecafé geworden. Nur die Keller hatten vermutlich ihre Originalgestalt behalten. Welche verdreckte Kompanie war dort wohl zwischen zwei Ausflügen in die Schützengräben untergekrochen? Cockneys aus Shepherd's Bush oder Kavalleristen aus Uttar Pradesch? Hing der fade Geruch des Armeetees wohl noch im Schatten der Gewölbe zwischen den Bierkästen?

Vor uns dehnte sich die Flucht gelber Pilaster des Merghelynck-Museums. Normalerweise hätte ich jetzt die Rolle des Reiseführers spielen müssen. Aber die Aufgabe schien so überwältigend, daß sie mich lähmte. Mir fehlten die Worte, um eine Erfahrung mit Aline zu teilen, die, wie ich spürte, intim war, nicht mitteilbar, für die ich mich beinahe schämte. Und meine Verzweiflung baute Schweigen zwischen uns auf, in das ihre Versuche, Brücken zu schlagen, ein ums andere Mal hinabfielen, ohne mehr als schwache Echos hervorzurufen.

Denn Ypern bezog seinen besonderen Charme aus Dingen, die sich nicht beschreiben ließen. Kein Führer könnte sie jemals auf den Punkt bringen. Er lag im Meeresgeruch der Luft, in den feinen Düften, die über die baumbewachsenen Schanzen trieben, im zarten Licht, das Fassaden und Steine sprenkelte.

Alle Steine.

Im dunklen Spiegel eines Schaufensters überraschte ich Aline in einer Geste. Einen kurzen Blick auf die Uhr. Wahrscheinlich hatte sie gedacht, daß wir zu dieser Stunde bereits Hand in Hand und mit wehendem Haar über den Deich spazieren würde. Statt dessen vertrödelten wir den Tag in einem Provinzstädtchen.

Um die Konfrontation, die unausweichlich wurde, noch etwas hinauszuzögern, führte ich sie in das Museum, wo sie sich vor den Granaten und Imitationen geretteter Kunstgegenstände und den wertvollen Möbeln langweilte. Sie tat so, als weckten die Nippessachen und Louis-quinze-Sekretäre ihr professionelles Interesse. Ein dumpfes Unwohlsein begann mich inmitten all der Gerüche nach alten Teppichen, Wachs, vertrocknetem Roßhaar und gebohnertem Parkett zu beschleichen. Hinter jedem Fenster hielt ich durch die Blasen des Glases hindurch Ausschau nach dem Kommen und Gehen der Sonne auf dem Trottoir gegenüber. Dort drüben wartete man auf mich.

Der letzte Saal, ebenso leer und der Boden knarrend wie die übrigen, wirkte, als wolle er uns rauswerfen. Instinktiv bog ich, als wir das Museum verlassen hatten, nach links ab und nahm Aline dann, meine Schritte nach dem Kirchturm von St. Jakob ausrichtend, zu den Schanzen mit.

»Allerletzter Abstecher, danach fahren wir«, entschied ich.

Der Augenblick war gekommen. Ich rappelte mich wieder auf. Überall um uns her tanzten feine Staubkörnchen im Sonnenlicht. Auf dem schmalen Trottoir ging Aline hinter mir.

»Du wirst sehen, wie schön es ist«, fügte ich hinzu, um mir selbst Mut zu machen.

St. Jakob zu Füßen der Mauer war geschlossen. Ich tat erstaunt. Wir umrundeten die Kirche und kamen vor den alten Kasematten vorbei, die seit kurzem renoviert sind. Hier hatten die Sherwood Foresters Journalisten gespielt und während der schlimmsten Momente der Belagerung im Krachen der Explosionen die *Wipers Times* gedruckt. Aber ich machte mir nicht die Mühe, ihr davon zu erzählen. Verschweigen mußte ich es ebenfalls nicht; sie stellte keine Fragen.

Oben auf den Schanzen warfen die Äste der Bäume ein weitgeknüpftes Schattennetz. Die Bürger Yperns hatten das Halbdunkel ihrer Wohnzimmer verlassen und schritten, mit Hüten und Mänteln in gedeckten Farben angetan, in kleinen Gruppen über die asphaltierten Alleen, begierig darauf, die ersten nennenswerten Sonnenstrahlen des Jahres auszukosten. In Höchstgeschwindigkeit kurvten ausgelassene Hunde und Halbwüchsige auf Rollerskates um die Kinderwagen und alten Paare herum.

Wir konnten ebensogut die Richtung ändern. Ich zögerte. Aber Aline entschied von sich aus, vielleicht, um meinem Zaudern ein Ende zu machen, zu den Bastionen hinunterzugehen.

»Schön heute, hm?«

Sie nickte mit abwesendem Blick. Wir folgten den Gräben. In weiter Ferne konnte man über den grünen Weiden die ersten Anhöhen der flämischen Berge ahnen – es waren eigentlich allenfalls Hügel.

»Sie haben sogar die Kurtinen wiederhergestellt«, bemerkte sie.

Ich hatte Schwierigkeiten zu unterscheiden, inwieweit ihre Anmerkungen ironisch oder einfach nur technischer Kommentar waren.

»Es sieht ganz so aus, als seien sie nie benutzt worden.«

Wir erreichten schnell das Tor von Lille, dessen begehbarer Bogen voller Passanten war. Die Schanzen endeten hier und gingen in die Böschungen der Gräben über. Oberhalb der Hecke war zwischen den hohen schwarzen Zypressen und den Laternenpfählen der Allee bereits das große weiße Kreuz zu sehen. Der Stein leuchtete in der Sonne.

Das Tor bildete einen Engpaß. Die samstäglichen Spaziergänger schoben sich, auf Abstand bedacht, zwischen den Brüstungen aneinander vorbei. Einige französische Sätze mitten im allgemeinen Lärm verrieten die Anwesenheit von Touristen aus dem Norden unseres Nachbarlandes. In der Straße darunter begann ein erzürnter Autofahrer zu hupen. Ein Moped fuhr knatternd vorüber. Mit Herzklopfen ging ich die Hecke entlang und stand vor dem Eingang des Friedhofs. Aline war mir gefolgt.

Ein Blick nach rechts, ein Blick nach links. Nein, niemand da. Ich legte meine Hand auf den Riegel des Tors.

»Gehen wir hinein?«

Ich trat zur Seite, um ihr den Vortritt zu lassen. Sie machte einige Schritte über den kurzgeschorenen Rasen, zwischen den weißen Grabsteinen und den geharkten Beeten der Reihe C. Ich konnte ihre Augen nicht sehen.

Sie hatte die Hände in den Hosentaschen gelassen und ging auf das große Kreuz zu. Ein karminroter Fleck, ein Kranz künstlicher Mohnblumen lehnte gegen den Sockel. Um den Friedhof zog die Prozession der Flaneure im immergleichen trägen Rhythmus vorbei; einzelne Kinderschreie setzten Akzente in dem monotonen Summen der Erwachsenengespräche. Köpfe mit Hüten tauchten über dem Rand der Hecke auf, gleichgültig oder neutral dreinblickend und ausschließlich mit ihrem Ziel beschäftigt.

Aline interessierte sich weder für die Steine noch für die Inschriften. Ich ging zwischen den Gräbern umher und versuchte, keinen zu vergessen. Ich begann bei Frederick Morton. Dann die andern. Edward Angel, der zusammen mit einigen anderen Maoris ans Ende der Reihe J, nahe beim Kompostcontainer, verbannt war, war der letzte, bei dem ich stehenblieb.

Danach ging ich zu Aline zurück und legte ihr die Hand auf die Schulter. Sie kniff die Augen zusammen und betrachtete die Gräben und das Gekräusel des Wassers zwischen den vom Gegenlicht verdunkelten Stelen. Ein blaues Tretboot zog langsam vorüber.

»Es ist hübsch hier.«

Ich ließ meine Hand noch schwerer auf Alines Schulter sinken.

»Jedenfalls ist es sauber.«

Sie machte einen Schritt, der uns trennte.

»Schön ... Gehen wir?«

»Eine Minute noch«, sagte ich.

Hinter uns begann die Reihe E. Ich ging sie schnellen Schritts ab. Wie immer dasselbe schlechte Gewissen, wegen der Notwendigkeit, wählen zu müssen. Genau wie du, Frederick Morton. Dieselbe Sache. Diesmal hätte mich beinahe ein weiterer Sanitäter mit einem seltsamen, französisch klingenden Namen festgehalten. Ich zögerte, ging dann weiter, war bereits kurz davor, wieder kehrtzumachen. Aber im letzten Augenblick entschied ich mich für einen Hauptmann des *King's Liverpool*, im März 1915 gestorben, und schlug ihm vor, ihn ein Stück zu begleiten.

»Gibt es Tiger in York?«

Aline saß etwas weiter vor einer Gruppe Grabsteine in der Hocke. Wenigstens fand sie die in Stein gehauenen Embleme der Regimenter amüsant. Das meines Hauptmanns stellte ein galoppierendes Pferd dar.

»Der Drachen da, was ist das? Ein Waliser?«

Ich trat näher.

»Nein, ein Soldat aus Kent.«

Ich hatte absolut keine Lust, hier eine Liste der britischen Nationen und Grafschaften aufzustellen. Ebensowenig, das gesamte Getier zu erfassen, das, von der Sphinx über das Einhorn, den Löwen und den Elefanten bis hin zur Ziege, die Wappen der Einheiten des Empires schmückte. Vor allem jedoch schien es mir ein Zeichen außerordentlich sinnloser Sturheit, unseren Aufenthalt hier noch weiter ausdehnen zu wollen.

Alles in allem aber nicht weiter tragisch.

Als ich sie bei der Hand nahm, knarrte das Eingangstor. Ein kleiner weißer Pudel mit Schottenkaro-Decke zog eine dicke Dame im grünen Mantel hinter sich her und streckte die Schnauze zwischen zwei Grabsteinen hindurch, die er zu beschnüffeln begann. Eine Sekunde lang glaubte ich verstanden zu haben, daß in einer Stadt, in der Grünflächen rar gesät waren, einige Bürger endlich einen nützlichen Aspekt an diesem Friedhof entdeckt hätten. Der Hund blieb vor einem Royal Scot stehen.

Fehlmeldung. Die Dame zog an seiner Leine.

Angelockt zweifelsohne von der Präsenz ihresgleichen an diesem Ort – Alines Aufzug ließ keinerlei Zweifel zu –, nahmen nun mehr neugierige Touristen den Umweg über den Friedhof. Vater hinterdrein, lief eine ganze Großfamilie plappernd durch die Reihe B hindurch.

»Sag, Papa, wo sind denn die Amerikaner?«

Das wußte der Vater auch nicht. Die Mutter bewunderte den Rasen.

»Jetzt schau dir das nur mal an, Raymond, wie sauber das gemäht ist!«

»Kinderspiel, wenn man die richtigen Maschinen hat ...«

Um an das Register zu kommen, das im linken Torpfosten verschlossen lag, mußte ich mich an einem Dutzend Rentner vorbeidrängen, die offenbar aus einem Reisebus gefallen waren. Gegen Ende des Bandes fand ich den Buchstaben M und dort, zwischen dem Sergeanten Thomas Molloy und dem Pionier Jules Moray, las ich in einem Zug den Abschnitt, der dem Captain William Sproat Montgomery gewidmet war – insgesamt vier Zeilen. Einer der Opas überwachte mich dabei aus den Augenwinkeln. Er hätte nur sehr schlecht zum Polypen getaugt. Ich tat, als bemerke ich nichts.

MONTGOMERY, Capt. William Sproat. »D« Coy. 6th Bn. The King's Liverpool Regt. Killed in action 13th March, 1915. Age 33. Son of Hugh Montgomery, of The Allports, Bromborough, Cheshire. E.10.

Sechstes Bataillon, Kompanie Dog. Bei derartigen Ziffern konnte man mit großer Wahrscheinlichkeit davon ausgehen, daß es sich um eine Einheit der Landwehr handelte, um »Samstagnachmittagssoldaten« mit anderen Worten, und nicht um die Frischlinge der *New Army*. Für die hatte 1915 das letzte Stündlein noch nicht geschlagen.

Fast ein Amateur also. Ein Gelegenheitssoldat jedenfalls. Zufällig Offizier.

Temporary gentleman für alle Ewigkeit.

In Alines Gegenwart machte ich keine Notizen, ließ das rote Heft in meiner Jackentasche und las statt dessen noch einmal die vier Zeilen, wobei ich mich hauptsächlich bemühte, das Datum zu behalten. Danach legte ich das Register wieder in seinen Kasten zurück, schloß die metallene Tür und verließ den kleinen Friedhof. Der Gedanke, daß wir durch unsere pure Gegenwart ein paar Neugierige angelockt hatten, besaß etwas Tröstliches. Aline wartete draußen auf mich.

»Gehen wir«, sagte ich.

Da sah ich plötzlich in ihren Augen eine kindliche Freude aufleuchten, voller Dünen, Meer und Muscheln. Und in ihrem Lächeln stand alles Vergessen dieser Welt.

»Schmeckt's dir nicht?«

Mit der Gabelspitze stocherte sie in den kleinen gebratenen Kochschinkenwürfeln herum und pickte hier ein Scheibchen Karotte und dort ein Stückchen Kartoffelkrokette auf. Da sie Wein nicht mochte und ich nicht allein hatte trinken wollen, hatte ich zu unserem *taptjesvlees* eine große Flasche Mineralwasser bestellt. Jetzt konnte ich nicht umhin, diese Entscheidung zu bedauern. Ein paar Schlucke Wein hätten mir gutgetan.

Alles in allem war der Tag nicht eben glorreich verlaufen. Am Meer war ich nicht gerade auf der Höhe gewesen. Nichts zu machen. Von Anfang bis Ende war ich zerstreut gewesen und ein bißchen abwesend. Es war, als käme die aufgestaute Müdigkeit der ganzen Woche auf einmal hoch und beschwerte jede meiner Bewegungen mit einem Gewicht aus Langeweile und der inneren Gewißheit, daß, was immer geschähe, ich nie in der Lage sein würde, die banalen Herausforderungen einer doch Punkt für Punkt vorhersehbaren Spritztour ans Meer zu meistern. Unter meinen Füßen dehnte der unendliche Strand sich wie die Stunden. Zu unserer Rechten grollte das graue Meer. Aline, die keine Lust gehabt hatte, alle zwanzig Meter auf mich warten zu müssen, war weit voraus und mit einer Leichtigkeit durch den Strandhafer gesprungen, um die ich sie beneidet hätte, wenn ich mir Leichtigkeit überhaupt für mich hätte vorstellen können. Und so waren wir, jeder in seinem eigenen Tempo, bis nach Frankreich spaziert. Hier war der Strandkommerz vom Strand verschwunden. Und obwohl es nun keine fliegenden Händler mehr gab, hatte Aline, wahrscheinlich in Erinnerung an ihre Kindheit, darauf bestanden, ein Cornetto-Eis zu essen. Allmählich hatte ich Angst bekommen, sie wolle womöglich auch ein Tandem oder ein Go-Kart leihen. Aber zum Glück hatten wir unseren Spaziergang dann beendet und uns auf der Terrasse eines Cafés niedergelassen, deren Boden von Flugsand bedeckt war und wo schlechtrasierte Kellner in der Tracht von Seebären bedienten.

Nochmals nach Ypern zurückzukehren war zweifelsohne eine schlechte Idee gewesen. Dennoch hatte ich mich stur an diesen Gedanken geklammert. Heuchler bis zum bitteren Ende, hatte ich, um den Umweg zu rechtfertigen, die hervorragende Gastronomie ins Feld geführt.

Aber dieser Vorwand fiel nun vor meinen Augen in sich zusammen. Dabei hatte ich ihn dadurch stützen wollen, daß ich ein gutes Haus aussuchte, dessen Schild, anders als seine Küche, die rein lokal war, zum Gedenken an Tommy Atkins aufforderte. Aline versuchte, ohne recht mit dem Herzen dabei zu sein, die Unterhaltung mit Themen am Laufen zu halten, die sie wohl für harmlos und sicher hielt.

»Ich werde bald mal an meinen Urlaub denken müssen. Ich hätte längst schon ins Reisebüro gehen müssen ...«

Träumerisch legte sie dann die Gabel nieder.

»Am Montag ...«

Doch es funktionierte nicht. Sie kämpfte auch gar nicht so sehr gegen mein Schweigen an als gegen die allgemeine Stille. Aber auch das nicht sehr entschlossen. Im Restaurant gab es keinerlei Hintergrundmusik, um die Gäste zu unterhalten. Aus der Küche war das Rauschen eines Dunstabzugs zu hören. Hinter unserem Tisch stand eine Batterie Flaschen und reckte die versiegelten Korken – Pomerol, Graves und Médoc.

Beim Nachtisch hatte sie ihr Lächeln wiedergefunden. Ich war da bereits beim Kaffee. Durch die Fensterfront des Eingangs beobachtete ich das Kommen und Gehen auf dem erleuchteten Platz. Kleine Grüppchen bildeten sich. Sobald Aline den letzten Tortenkrümel aufgepickt hatte, kippte ich den Rest meines Kaffees hinunter und rief nach der Kellnerin. Es war Viertel vor acht. Zeit, sich auf den Weg zu machen. Denn für das, was ich sehen – oder besser miterleben – wollte, mußte ich pünktlich sein. Und ausschließlich deswegen war ich hierher zurückgekommen.

Das Menintor, ein bleiches, von Scheinwerfern angestrahltes Bauwerk, lag am Ende der gleichnamigen Straße. Die Touristen, die wie wir aus den Restaurants und Cafés des Grote Markt strömten, bildeten eine Schlange auf den engen Trottoirs. Alle strebten wir dem Lichtpunkt zu, der unter dem blauen Nachthimmel erstrahlte. Die Menschen bewegten sich in gedämpftem Stimmengewirr voran, aus dem von Zeit zu Zeit ein helles, etwas gezwungenes Lachen herausklang. Ich entdeckte in der Menge eine Schwadron holländischer Soldaten in Kampfanzügen, mit Schnurrbärten und die langen Haare bändigenden Pferdeschwänzen.

Um neben ihr gehen zu können, bewegte ich mich im Rinnstein vorwärts. Unterwegs entwarf ich eine Art ästhetischer Theorie betreffs der architektonischen Stilformen, die die Engländer entwickelt hatten, um ihre Toten zu ehren. Ich mischte alles kunterbunt, die schlimmsten Klischees und die Namen der Architekten, allen voran Reginald Blomfield, denn von ihm stammte das Mahnmal hier. Schließlich schloß ich mit einer Anekdote, die besagte, daß die beiden Löwen des ursprünglichen Tors sich heute in Canberra befanden, am anderen Ende der Welt.

Ich, der ich Reiseführer nicht ausstehen konnte.

Trotz ihrer Kontaktlinsen hatte Aline größte Schwierigkeiten, die Inschrift zu entziffern, die auf dem Frontgiebel des Bogens unter dem steinernen Zenotaph stand. Sie wiegte den Kopf.

»Ein bißchen plump ...«

Als wir unter die Gewölbebögen traten, konnte ich nicht mehr anders, als den Kopf in den Nacken zu legen und mich von den Namen überfluten zu lassen, all den aufgeführten Namen, geordnet nach dem Alphabet und nach Schlachten, nach Regiment und Dienstgrad, ein jeder mit der Initiale seines Vornamens und, in Fällen völligen Gleichlauts, seiner Stammrollennummer – wie bei den Smiths und Johnsons. Mehr als fünfzigtausend Namen ohne Körper. Ein Teil von ihnen ruhte unter anonymen Grabsteinen, der Rest lag irgendwo rund um die Stadt verstreut, in Löchern, die tiefer waren als die Spur einer Pflugschar. Was blieb, waren ein paar Buchstaben, die hier in den Stein gemeißelt waren, manche so hoch droben, daß ein Kurzsichtiger sie nicht lesen konnte. Fünfzigtausend Spuren einer radikalen, fast vollkommenen Abwesenheit. Ein immenses Register verlorener menschlicher Leiber.

Zu beiden Seiten der Straße, gegen die Ketten längs der Gehsteige gedrängt, wartete die neugierige Menge. Die Stimmen hallten unter dem Gewölbe wider und mischten sich zu einem hohl tönenden Durcheinander. Zwei Ortspolizisten in roten fluoreszierenden Mänteln warteten acht Uhr ab, um den Autoverkehr zu unterbrechen. Bis dahin fügten die vorbeifahrenden Wagen dem Stimmengewirr noch das gedämpfte Rollen ihrer Reifen über die Pflastersteine hinzu. Gegen die Stadtgräben hin standen zwei Feuerwehrmänner in marineblauer Galauniform und rauchten noch schnell eine Zigarette. Ein dritter behielt seine Uhr im Auge. Auf der Brüstung standen drei silberne Bügelhörner, die Schalltrichter auf dem Stein.

»Du wirst gleich sehn«, sagte ich. »Der *Last Post* wird hier unter dem Bogen seit 1928 fast ohne Unterbrechung jeden Abend gespielt.«

»So?«

Einer der Polizisten setzte seine Mütze zurecht, beendete den Witz, den er gerade erzählte, und schritt dann zur Straßenmitte, wo er seine rote Taschenlampe anknipste und ein Warnhütchen verschob. Sein Kollege ging an der Menge vorbei, postierte sich auf der Brücke über den Gräben und tat das gleiche.

Dem Verstummen der Automotoren folgte schnell das der Menschen. Die Vorstellung konnte beginnen. Jetzt wartete man nur noch auf die drei Schläge. Gemurmel floß in unterbrochenen Wellen über die Menge hin und erstarb. Vor mir machte eine Horde Gymnasiasten Rabatz und stieß sich in die Seiten. Nervöses Gelächter war zu hören. Das Gehüstel schlug als Echo zurück.

Dann eine Art allgemeines »Ah«. Die Feuerwehrmänner zur Rechten stellten sich in Positur. Nach einem kurzen rhythmischen Marsch von fünf, sechs Metern fächerten sie sich über die Breite der Straße aus und setzten ihre Instrumente an die Lippen. Die Blitzlichter gewitterten los. Eine zum Zerreißen gespannte Stille trat ein. Der zweite Feuerwehrmann hatte vergessen, sich die weißen Handschuhe anzuziehen.

Dann erklang der erste Ton, lang, hoch und übertönte das letzte Gemurmel. Gegenüber hatten die holländischen Soldaten eine mehr oder weniger stramme Haltung eingenommen und gaben ihre Ehrenbezeugungen ab. Einer der Gymnasiasten reckte den Hals, um besser sehen zu können. Aline ebenfalls.

Ich blickte wie aus einem Schacht durch den im Lichtstrahl aufscheinenden Torbogen in den unendlichen Himmel hinauf. Ein runder, spiegelglatter und perfekt kreisförmiger Himmel, an dem ein Dutzend Sterne blinkten.

Und derselbe Schwindel ergriff mich von neuem.

Die Namen. Die Tausende von Namen.

Einen, einen einzigen aus der Masse retten.

Mein Blick blieb auf einem haften, in der Mitte einer Säule.

Die langgezogenen Töne des *Last Post* stiegen direkt in den Abendhimmel. Sie sprachen von Rückzügen, von Nacht, die aufs Feuer niedersank, von unendlicher Müdigkeit, von einem nie erreichbaren und zugleich schon viel zu nahen Morgen. Niemand mehr existierte um mich herum.

Sie jedoch waren alle da. Niemand sah sie. Niemand hörte ihren Schmerz, der aus dem Blech der Trompeten weinte. Was wollten sie denn hier?

Für immer verschwinden?

Mein Blick verschleierte sich. Und doch las ich:

35TH SIKHS – SEPOY PARTAB SINGH.

Wo schliefst du, Soldat Singh?

Weit, weit fort von deinem Pandschab.

Die letzten Töne zitterten in der Luft. Mit einem Schwung, der elegant wirken sollte, senkten die Feuerwehrmänner die Trompeten auf Hüfthöhe, machten eine Vierteldrehung und entfernten sich im gleichen Marschtritt, in dem sie gekommen waren. Der letzte, ein kleiner Dicker mit Doppelkinn, hatte Mühe, Schritt zu halten.

Die roten Lampen zu beiden Seiten des Torbogens erloschen. Die Polizisten kehrten auf die Trottoirs zurück. Die Motoren wurden wieder angelassen. Ein erster Lieferwagen fuhr rumpelnd und mit quietschenden Stoßdämpfern unter dem Tor hindurch. Im Schatten eines Mauerabsatzes zündeten die Feuerwehrmänner sich noch eine Zigarette an. Einer von ihnen lachte. Unter dem Gewölbe hatten die holländischen Soldaten das Signal zum Aufbruch gegeben. Die kleine Menschenmasse löste sich in Richtung Stadtzentrum auf. Ein junger Mann in Turnschuhen balancierte auf einem der gußeisernen Pfeiler. Aber auf die Ketten traute er sich nicht. Aline erwartete mich in der Nähe des Registerkastens. Sie gähnte.

»Es wird voll werden auf der Autobahn«, sagte sie.

Ich nickte und schob meinen Arm unter ihren. Sie begann zu lachen.

»Wie falsch sie zwischendrin gespielt haben!«

Ich antwortete nicht, sondern ging, da sie mich dazu aufforderte, schneller.

Wir waren die letzten. Als wir das Mahnmal verließen, mußte ich an den Spruch denken, den die Tommys sich durchgaben, wenn sie aus Ypern hinausmarschierten, nach Osten, nach Passendale, zur Front:

> *Last man through bolts the Menin Gate.**
> Ich hatte den Schlüssel verloren.
> Und ich ging in die falsche Richtung.

Ob aus Faulheit oder Geiz, jedenfalls hatte ich es immer vor mir hergeschoben, ein Radio in mein Auto einzubauen. Was uns bis nach Brüssel trübselige Stille bescherte. In der Nähe von Gent bemerkte ich, daß Aline eingeschlummert war.

Die Seeluft, sagte ich mir im stillen ironisch.

Sie wachte vor dem Haus wieder auf, als ich den Wagen geparkt hatte. Kaum waren wir drinnen, zogen wir uns aus. Aline holte einen weiten, gestreiften Pyjama, den ich nicht kannte, aus ihrem Kleiderschrank.

Als ich ins Bett stieg, warf ich einen Blick auf ihren Nachttisch, um zu sehen, ob die Owen-Übersetzung noch immer dort

* Der letzte, der durchgeht, sperrt bitte das Menintor zu.

lag. Am Vorabend war ich mit der definitiven Version der *Abschiede* fertig geworden und hatte sie auf ihrer alten Maschine abgetippt. Sie bildete jetzt den Anfang der Sammlung. Von unten drangen Licht und Geräusche aus dem Badezimmer. Aline putzte sich die Zähne. Ich kroch unter die kalte Decke.

Als sie das Zimmer betrat, sagte ich mir, daß sie es schaffte, selbst in einem Männer-Schlafanzug schön auszusehen. Mit dem Rücken zu mir, setzte sie sich auf ihre Seite. Die Matratze gab nicht nach unter ihrem Leichtgewicht. Ich sah, wie sie mein Heft zur Seite schob und einen Comic darunter hervorzog. Sie mußte vor dem Einschlafen immer ein, zwei Seiten lesen, egal, was.

Ich auch, normalerweise.

Auf einen Ellenbogen gestützt, drehte ich mich zu ihr und betrachtete ihr Profil. Sie hatte ihre Hornbrille aufgesetzt und runzelte, während sie las, die Brauen. Ich betrachtete sie schweigend.

Ich mußte den Anblick auskosten. In ein paar Minuten würde sie unter ihrem Kopfkissen verschwunden sein.

Captain
W. S. Montgomery
The King's Liverpool Regt.
13th March 1915

(E.10)

1. März – Wie jeden Abend in der Messe diniert. Beim Nachtisch Ankunft der Neuen. Haben sie schon kaum mehr erwartet. Zwei Leutnants für meine Kompanie – Luxus. Die Regulären haben sie scheint's nicht gewollt. Sind sie jetzt eben bei der Landwehr. Die übliche Herkunft: Ein Buchhalter aus der Parliament Street und ein technischer Zeichner aus Birkenhead. Direkt vom Schnellkursus. Mit andern Worten: Außer fünfzig Typen im Gleichschritt über die Hauptstraße marschieren zu lassen, können sie nicht viel. Wir selbst im übrigen kaum mehr. Dabei meint der Buchhalter schon, er hätte es perfekt drauf. Hat die Einlage aus seinem Käppi genommen, um nach altem Hasen auszusehen. Abgesehen vom Alter nicht sehr überzeugend. Der Zeichner wirkt, als frage er sich, in was für einem Zoo er da wohl gelandet sei. Natürlich, es gibt Besseres als die T. F.. Ansonsten beide sympathisch. Älter als ich, beide. Ob sie schon dabei sind, die letzten Reste zusammenzukratzen? Wäre ein bißchen früh.*

2. März – Briefing des Majors. Tagesthema: Infanterievormarsch auf ungeschütztem Terrain. War wohl humorig gemeint. Beinahe eingeschlafen dabei. Was Taktik betrifft, ist der Alte nie über seinen guten, alten Burenkrieg rausgekommen. Genauso mit seiner Wortwahl: Für ihn ist jeder Hügel gleich ein »kopje«. Stinkt zehn Meilen gegen den Wind nach Transvaal. Collins behauptet übrigens, daß die Leute von hier dasselbe Kauderwelsch reden. Der wird sich auch nie ändern, der alte Witzbold!

3. März – Nichts Besonderes. Routine. Morgen ein kleiner Ausflug nach Pop zur Casualty Clearing Station. Wird mir guttun. Ansonsten

* Territorial Forces – Landwehr.

hört man, daß es demnächst im Sektor Süd krachen wird, in Saint-Eloi, nicht weit von hier.

4. März – Spritztour in die Etappe, mit Collins. Poperinghe. Im Skindles Hotel gut zu Abend gegessen. Mit Madame Beutin geschäkert, aber alles sehr korrekt, versteht sich. Auf dem Rückweg auf der Vlamertingher Straße angehalten. Das Panorama im Mondlicht betrachtet. Richtung Ypern unendlich viele kleine gedämpfte Lichter. (Hat mich an Liverpool erinnert bei Schlechtwetter, wenn ich in Bromborough am Mersey entlangging.) Im Osten dagegen absolute Dunkelheit. Nur von Zeit zu Zeit die langsame Flugbahn einer Leuchtrakete. Oder der Blitz einer Granate. Man würde nicht glauben, daß es darunter so schlimm aussieht.

5. März – Inspektion der Kompanie. Meine neuen Leutnants sind keinen Pfifferling wert. Muß in ihren Zügen den Schutzmann spielen. Hasse das, aber hilft ja nichts. Werd' trotzdem mit ihnen arbeiten müssen. Irgendwann, nehme ich an, werden selbst sie es kapiert haben. ~~Andernfalls muß ich eben~~

6. März – Die Gerüchte scheinen sich zu bewahrheiten. Während es im Süden bei Saint-Eloi drunter- und drübergeht, sollen wir eine nächtliche Stoßtruppaktion starten. Gegnerische Verteidigung einschätzen. Die Sinnlosigkeit des Ganzen ist schon nicht mehr in Worte zu fassen.

7. März – Es hat die Kompanie Dog erwischt. Dem Major wäre Baker lieber gewesen, aber die sind nicht vollzählig. Pech.

8. März – Zu Hause wieder Proteste. Eltern, die Angst um ihre Sprößlinge haben. Die Landwehr dürfe aufgrund ihrer Statuten nicht auf dem Kontinent kämpfen. Es handle sich bei ihr um eine strikt defensiv ausgerichtete Truppe! Ein guter Witz, sind wir denn vielleicht was anderes? Und dann haben sie schließlich die GSO unterschrieben, oder nicht? Also … Ansonsten den ganzen Morgen Briefe zensiert. Danach meinen Leutnants mitgeteilt, daß sie bei dem Stoßtrupp dabei sind. Bißchen peinlich und geniert. Denn ich hab' so ein Gefühl, daß ich sie verlieren werde, wie alle anderen. Leutnants sind am allerschwierigsten zu ersetzen. Und die wenigen, die überleben, steigen dann schnell zu Captains auf, um die Löcher zu stopfen, ich weiß, wovon ich rede. Wenn ich könnte, würde ich mitkommen. Muß den Major noch davon überzeugen. Wird nicht ganz leicht sein.*

* General Service Obligation.

9. März – Mein Degen ist in seinem Futteral verrostet. Verdammtes Land mit seiner Feuchtigkeit. Wenn ich dran denke, wieviel ich dafür bezahlt habe. Wenigstens habe ich ihn nicht neu gekauft. Und das alles, um nach was auszusehn. Schwachsinn. Hätte ihn in Liverpool lassen sollen. Einen Augenblick lang mit dem Gedanken gespielt, meine Ordonnanz zu entlassen. Aber an der Front würde es der Arme nicht lang machen. Er hat Asthma. Und mit einem Karabiner kann er noch weniger umgehen als mit einer Bürste. Was ihm in gewisser Hinsicht zur Ehre gereicht. Also werd' ich ihn vorerst behalten.

10. März – Heimweh. Gott weiß, daß ich mich an manchen Tagen frage, was wir in diesem Land hier eigentlich suchen. Zum Beispiel glaube ich, daß man, was die Greuel betrifft, die die Jerries begangen haben sollen, fürchterlich übertreibt. »Remember Belgium!« *stand auf den Plakaten. Und was ist damit? Unser Kontakt zur Bevölkerung beschränkt sich auf die Banknoten, die sie uns für ein paar Glas Bier und schlechten Tee aus der Tasche ziehen. Trotzdem hört der Strom der Freiwilligen nicht auf, meint Gladys. Der neueste Witz: Jetzt haben sich auch die Cousins aus Salford freiwillig bei der New Army gemeldet und gehen zu den Lancashire Fusiliers. Gerade die! Vor dem Krieg haben sie sich noch über mich lustig gemacht und mich als verspäteten Pfadfinder bezeichnet! Na meinetwegen ... Wir sind kein Soldatenvolk, aber wir lernen schnell, scheint's. Die Wehrpflicht werden sie so bald nicht einführen müssen.*

11. März – Die Vorbereitungen für die Stoßtruppaktion sind so gut wie beendet. Ich hab' dem Major die Erlaubnis abgerungen, die Operation persönlich zu überwachen. Formelles Verbot, der Vorhut zu folgen. Aber ich habe vor, das Niemandsland zu überqueren und den Kontakt zu halten. Sonst hab' ich doch keine Ruhe. Und sie werden weniger Unsinn anstellen.

12. März – Den Eltern geschrieben. Gladys auch. Es wird wirklich Zeit, daß wir heiraten. Ohne daß ich's merke, werde ich langsam alt. Wenigstens aber in Form, im großen und ganzen. Was heute nacht betrifft: keine Panik. Hab' ein gutes Gefühl. Bis jetzt habe ich damit nie falsch gelegen. Die Männer sind so bereit, wie sie's nur sein können. Und dann sind schließlich die Gräben drüben doch näher als Tipperary.

13. März – 1 Uhr 10. Bin auf. Tiefste Nacht. Es geht los. Von Collins verabschiedet. Werd' ich etwa sentimental? Wegen der Heirat nicht vergessen, Heimaturlaub zu beantragen, und zwar im April.

Siebzehntes Kapitel

Und noch einmal ertönte weit, weit weg das hallende Schlagen der Standuhr im Wohnzimmer und sandte seine Botschaft an niemand hinaus in die Nacht. Und wieder verzichtete ich darauf, die Schläge mitzuzählen. Wozu auch? Da gab es einfach nichts mehr zu zählen. In der stillen Dunkelheit des Schlafzimmers traten die Stunden auf der Stelle, klebten in einem langsam strudelnden Magma aneinander. Über dem Bett zeichneten sich die Zweige des Nußbaums wie bei einem chinesischen Schattenspiel auf der glatten Decke ab. Sie bewegten sich vor und zurück, vollführten mit entwaffnender Beharrlichkeit die immergleichen Bewegungen. Ein sinnloses, sich wiederholendes Ballett, ermüdend für den Betrachter. Ich drehte mich zur Seite.

Der Wind schüttelte zwar die Äste des Nußbaums, aber er rührte nicht an die Fensterscheiben. Vorsichtig hielt er Abstand. Dank seiner schweigenden Komplizenschaft lag das Haus bis zum Dach in einer Stille, die der kleinste Laut nur noch allumfassender machte. Nichts unterbrach den Fluß dieser Nacht, nichts strukturierte ihren Verlauf. Sie dehnte sich aus, öde Zusammenballung einander gleichender, aufeinanderfolgender Leerräume, in der der kleinste Gedanke immer wieder fast schon zwanghaft auf sich selbst zurückgeworfen wurde. Es kam mir vor, als würde sie nie enden.

Ein orangefarbener Schimmer, aus dem Garten kommend, glitt über den geblümten Baumwollstoff des Kopfkissens. Nichts regte sich neben mir. Und doch war sie da. In ihren Schlaf zurückgezogen wie auf eine Insel. Beobachtete sie mich heimlich? Ich konnte es mir nicht vorstellen. Ich wagte nicht einmal, es zu hoffen.

Ihre Präsenz war unsichtbar, langsam wurde sie mir unvorstellbar. In diesem Zimmer war Aline zugleich überall und nirgends. So ließ sie mir nicht einmal die Möglichkeit, ihr den Rücken zuzudrehen. Je mehr die von all den gefressenen Stunden aufgeblähte Zeit röchelnd an ihnen zu ersticken drohte, desto heftiger und leidenschaftlicher regte sich mein Körper, bis hin zur panischen Angst, den Verstand zu verlieren, alles zu verwechseln und meiner selbst verlustig zu gehen. Es war ein schmerzhaftes Verlangen, das sich um sich selbst drehte, das nichts versprach, nur gestillt werden wollte, das auf nichts gerichtet war als auf sein Eigenleben. Eine Erregung, der ich stur widerstand. Aus welchen Gründen auch immer, aber eher, als ihr nachzugeben, hätte ich mich von ihr wie ein Halbwüchsiger befreit.

Reden. Wir mußten miteinander reden. Aber um uns was zu sagen?

Nach zwei ungeschickten, weil zu abgeschmackten Sätzen hätte ich den Eindruck gehabt, einen Text abzulesen, einen Dialog nachzusprechen. Und ob ich mir darin nun den guten oder den bösen Part zugestände, ich hätte mich für diesen Betrug gehaßt. Danach hätte ich, da mir die Worte ausgegangen wären, meine Verwirrung in ihrem Fleisch versteckt, hätte sie in den tiefsten Tiefen ihres Geschlechts vergraben, und das stets mit der erniedrigenden Gewißheit, mich dort nur einen Augenblick lang verlieren zu können, und der Schande, schon im voraus zu wissen, daß sie sich mir nicht verweigern würde, daß sie mich Eindringling mit jener beinahe mütterlichen Nachsicht empfangen würde, die genau das war, was ich mir nicht wünschte.

Geräuschlos schob ich meine Beine aus dem Bett und schlug die Decke zurück. Kaum daß das Licht, das von draußen hereinkam, unter der Decke die Form eines schlafenden Körpers ahnen ließ.

Wieder die Erregung. Im unpassendsten Moment kam sie zurück und packte mich. Die Lust, diesen Kokon aus Stoff und Federn zu zerreißen, mich auf sie zu stürzen, in diesen warmen, endlich erwachenden Körper einzudringen, mich in ihn hineinzuwühlen, bis es schmerzte? Vielleicht war es ja genau das, was sie von mir erwartete? Vielleicht hoffte sie heimlich auf dergleichen? Denn was weißt du schließlich und endlich schon von den Frauen, Barthélemy?

Mit dröhnendem Kopf legte ich mich wieder hin, versuchte, meine Schläfen am Kopfkissen zu kühlen. Fast gegen meinen Willen horchte ich auf ihren Atem unter dem Laken und konnte ihn doch nicht hören. Meine linke Hand glitt unter der Decke voran, ertastete Stoffalten, warme, verschlungene Vertiefungen.

Sinnlos. Ich würde nie bis zu ihr vordringen. Ich war vom Weg zu ihrem Körper abgekommen, dem letzten, der mir noch offenstand. Heute nacht war Aline so weit von mir entfernt wie Anne vor acht Jahren an einem gewissen Maitag mir gegenüber am Tisch eines griechischen Restaurants.

Und doch in Reichweite.

Ich zog mir blind umhertappend das Hemd an und schob dann den Vorhang einige Zentimeter beiseite. Der Garten draußen lag in tiefem Schlaf wie das ganze Viertel. Hinter schwarzen Fenstern schlummerte ein Haufen Leute. Im Schlaf ist jeder allein. Aber es brauchte mehr, um mich zu trösten, meinen Schmerz zu lindern.

Auf Zehenspitzen schlich ich um das Bett herum und nahm mein Heft von ihrem Nachttisch. Etwas fiel zu Boden und rutschte über den Teppich. Ihre Brille. Ich hob sie auf. Danach stieg ich die Treppe hinab und ging ins Eßzimmer.

Mir war kalt. Die Heizung war abgestellt. Ich öffnete mit beiden Händen die Flügeltür zum Wohnzimmer. Im Halbdunkel fand ich das große leere Sofa, auf dem meine gefütterte Jacke und Alines Anorak lagen. Aus unseren Taschen war Sand gerieselt, ich mußte die Sitzkissen abwischen. Sie hatte eine Muschel aufgesammelt, eine kleine beigegetönte Kammuschel, die genau in die geschlossene Hand paßte. Ich legte mich hin, deckte mich, so gut ich konnte, zu und schloß die Augen.

Hier wenigstens teilte die Standuhr mit ihren geduldigen kleinen Schlägen die Zeit in gleiche Teile ein. Ihr regelmäßiges Ticktack beruhigte mich. Aber je dringender ich mir wünschte, einzuschlafen, desto weniger war daran zu denken.

Da es keine Träume fand, spulte mein Bewußtsein das Garn wirrer, widersprüchlicher Bilder ab. Silberne Trompeten leuchteten in blitzdurchzuckter Nacht auf, Teetassen kippten auf ihren Untertassen um, weiße Steine glitzerten in der Maisonne, ein Sikh-Soldat wusch seinen Turban im braunen Wasser eines Grabens, in einer schwarzen Strumpfhose kletterte eine Laufmasche langsam bis zu den Sternen hinauf.

Ich stieß die Jacken von mir.

So ging es nicht.

In der Küche goß ich mir ein Glas Wasser ein, trank es in langen Zügen, dann noch eines und dann noch eines.

Ich hatte nirgendwo Schmerzen, es war schlimmer: Ich hatte so etwas wie eine Migräne des Herzens. Ich kehrte ins Wohnzimmer zurück.

Und mit einem Mal war die Wahrheit da, so hell, daß sie mich blendete.

Es war gar nicht, daß dieses Haus mich davonjagte, nein. Viel einfacher: Es brauchte mich nicht. Übrigens brauchte mich überhaupt niemand. Ich hätte mich in Luft auflösen können. Ich hätte hier, jetzt, auf der Stelle sterben können – es hätte keinen Unterschied gemacht, keinen nennenswerten. Im Gegenteil, es hätte mir eine Menge Mühe erspart, eine Menge Enttäuschungen. Angesichts dieser Feststellung wurde es mir leichter ums Herz, und ich legte mich wieder hin. Und diesmal gelang es mir einzuschlafen.

Die Kälte weckte mich. Die Jacken waren weggerutscht. Und mit mir war auch der Schmerz wieder erwacht. Ich dachte keinen Augenblick daran, wieder ins Schlafzimmer hinaufzugehen. Es war viel zu weit dorthin. So weit fort wie meine Vergangenheit, meine Kindheit, wie Anne, wie das Glück – falls das überhaupt existierte.

Je mehr ich mich in mich selbst einigelte und alle Ablenkung ausschloß, desto unerträglicher wurde mir die Dunkelheit. Mit einem Stich im Herzen drückte ich auf den Knopf des Rolladens. Die Mechanik setzte sich in Gang. Rötliches Dämmerlicht fiel ins Wohnzimmer.

Das brutale Licht der Straßenlampen, das alle Schatten schluckte, ließ die Straße nackt und sauber wie ein Labor wirken. Kein lebendiges Wesen störte die Starre einer öden Welt, die bis zur Leblosigkeit ihrer Farben hin neutral war. Die Autos, die längs der Trottoirs auf Grund gelaufen waren, glänzende leere Schalen, würden sich nie wieder in Bewegung setzen können. Wohin auch?

Erschöpft und kurzatmig ließ ich mich in einen der grünen Sessel neben dem Fernseher fallen. Die Stores vor dem Fenster filterten das Licht, das unscharfe Rechtecke auf den Teppich warf. Ich schlug das Heft auf und las vier Zeilen der *Abschiede.*

Und so, wie verschwiegenes Unrecht,
machten sie sich davon.
Sie gehörten nicht zu den Unsren.
Nie haben wir erfahren, an welche Front.

Genau wie die Straße hinter der Fensterscheibe kündete das Gedicht von Lampen, Signalen und Abschieden. Auch von Zügen, Weichen und vorgeschriebenen Wegen, die alle zur selben Endstation führten. Eine der Straßenlaternen gegenüber flackerte in unregelmäßigen Abständen, eine Art Schluckauf aus Licht.

Und die unerschütterlichen Signale gaben grünes Licht dazu.
Und eine Lampe zwinkerte der Wache zu.

Ich brachte alles durcheinander.

Schmerz und Trauer. Eingebildete, tatsächliche.

War ich denn überhaupt für diese Welt gemacht? Oder wäre ich nie irgend etwas anderes als ihr hilfloser Zeuge? Ansehen, aber nicht berühren.

Diese Welt brannte. Ein kaltes Feuer, das einem das Herz erstarren ließ.

Meine Entscheidung war gefallen.

Ich schloß das Heft und sammelte meine Kleider ein, die unordentlich auf einem Stuhl lagen. Dann ging ich in die Küche, zögerte kurz am Fuß der Treppe.

Wozu soll man reden, wenn man nichts zu sagen hat? Was will man geben, wenn man nichts besitzt? Dasein, wo man doch bereits anderswo ist?

Als ich entschloß zu verzichten, mußte ich die ersten Tränen hinunterschlucken. Es gelang mir, indem ich mir klarmachte, daß es geheißen hätte, aus Selbstmitleid zu weinen. Während ich all meine Sachen zusammensuchte, bis hin zur Zahnbürste, überzeugte ich mich selbst von meiner Gemeinheit und Feigheit. Ich würde nichts in diesem Haus zurücklassen außer meinem Kopfkissen. Um auch das mitzunehmen, hätte ich zurück ins Schlafzimmer gemußt, und dazu fehlte mir der Mut.

Seit ich mich hier eingenistet hatte, war die große Reisetasche im Wandschrank des Flurs geblieben. Bevor ich sie schloß, steckte ich noch das Heft hinein. Dann konnte ich gehen.

Ich versuchte an nichts zu denken, die Patina der Erinnerungen von den Wänden hier zu kratzen. Langsam ließ ich meinen Blick durch das Wohnzimmer schweifen. Das Pendel der Standuhr legte unbeeindruckt seinen Weg zwischen Nichts und Nichts zurück, im monotonen Rhythmus der Sekunden.

Aber trotz alledem: So konnte ich nicht gehen, konnte nicht in die Nacht hinein verschwinden, ohne irgend etwas zu hinterlassen.

Worte, dachte ich also. Was sonst konnte ich geben, was wirklich mir gehörte? Ja, Worte. Worte bis zum Abwinken. Die Worte, mein Gefängnis, aber auch meine einzige Freiheit. Vielleicht meine einzige Heimat, die, in der auch George, Reginald, Edward und die andern lebten. Die, die mich jeden Tag mehr zu einem Paria, einem Fremden machte.

Aber ohne Papier keine lesbaren Worte. Ich zog das rote Heft aus der Innentasche meiner Jacke. Darunter schlug mein Herz. Ich ging zum Fenster und suchte nach einem verwendbaren Blatt. Und es dauerte nicht lange, da machte ein eigenartiges Detail mich stutzig. Gegen Ende des Heftes stieß ich auf eine Seite. Sie hätte leer sein müssen. Statt dessen war sie mit einer rundlichen Schrift bedeckt.

Ich habe es gelesen. Ich weiß nicht, ob ich durfte. Egal. Aber es macht mir angst. Angst um dich. Angst um mich. Du willst da zu schwere Koffer schleppen, Barthélemy. Deine eigenen wären schon genug, selbst wenn ich nicht weiß, was in ihnen ist. So aber kann man nicht leben. Oder jedenfalls nicht sehr lange. Oder nicht gut. Ich zumindest könnte es nicht.

Den letzten Satz hatte sie durchgestrichen und korrigiert.

Ich will es nicht.

An dieser Stelle hatte Aline ihr Geständnis abgebrochen, das einzig wirkliche, das sie mir seit dem Beginn unserer Affäre jemals gemacht hatte. Einen Augenblick lang geriet ich ins Schwanken. Aber dieses Geständnis kam ein wenig spät. Ich las es rund zehnmal durch. Danach riß ich das Blatt aus, faltete es zusammen und schob es in meine Brieftasche hinter das Foto, das ich vor ein paar Wochen aus ihrem Album gestohlen hatte – vielleicht weil sie darauf das rote Kostüm trug, das ich so liebte.

Mein Herz unterlegte die wenigen Zeilen ihrer Botschaft mit dem musikalischen Klang ihrer ruhigen, wohlgesetzten Stimme. »Ah, là là«, murmelte ich, am Fenster stehend.

Meine Koffer waren gar nicht so schwer, ganz im Gegenteil. Wenn du wüßtest, Aline. Sie waren leer, meine Koffer, und viel leichter als die Reisetasche, die vor deiner Wohnungstür lag. Es war eigentlich nichts anderes darin als eine Seite aus einem Notizbuch. Und darauf stand nur ein Vorname zu lesen. Ein schlichter Vorname aus vier Buchstaben. Was könnte es Leichteres zu tragen geben?

Aber da du darauf bestehst, laß uns über Koffer sprechen. Denn du lügst, Aline. Du belügst nicht mich, nein. Du lügst dir selbst etwas vor.

Solltest du etwa vergessen haben, daß ich auch ein Polyp bin?

Bevor ich ein weiteres Blatt aus meinem Heft riß, öffnete ich die verglaste Tür des Bücherschranks und sah, eines nach dem anderen, die Vorsatzblätter der Bücher durch, die dort standen. Ich ging ohne Hast vor und in der Gewißheit zu finden, wonach ich suchte. Den Vornamen kannte ich ja bereits.

Den Namen fand ich in einem Roman Modianos, er war mit der Hand in einer eckigen und schräggeneigten Schrift auf den Rand der ersten Seite geschrieben. Nicht nötig, ihn aufzuschreiben. Ich stellte die Bücher zurück und setzte mich an den großen Tisch im Eßzimmer.

Die Worte kamen von ganz alleine. Meine Feder mußte sie lediglich festhalten. Ich krakelte ziemlich.

Liebe Aline,
noch nie habe ich dich mir so fern gefühlt. Gewiß, ich habe in letzter Zeit nicht allzu große Anstrengungen unternommen, dir nahe zu sein. Wenn ich schon nicht daran gewöhnt bin, daß jemand mich liebt, so bin ich noch viel weniger daran gewöhnt zu glauben, daß überhaupt irgend jemand mich lieben könnte. Bevor dir nur noch bleibt, mich zu ertragen – was du zweifellos sehr gut hinbekommen würdest –, ist es besser, wenn ich gehe. Denn du hast dein Haus, deine Welt, wahrscheinlich auch deine Freunde. Ist da irgendwo ein Platz für mich, frage ich mich, und ist es einer, den ich will? Du brauchst, glaube ich, jemanden, der präsenter ist als ich.

Das Wort »präsenter« unterstrich ich zweimal.

Bitte versteh das Ganze hier keinesfalls als gefühlsmäßige Erpressung, in der Art von »Halte mich zurück, oder ich gehe«. Ich möchte nur, daß du mir glaubst, daß ich ehrlich war und es noch immer bin. Ich würde gerne »Ich liebe dich« schreiben können. Aber ich will dich nicht dazu zwingen, um des lieben Friedens willen zu lügen. Nein, es ist eindeutig Zeit für mich zu gehen. Und wenn ich, was ich annehme, dir dadurch trotz allem weh tue, sei mir bitte nicht allzu böse. Es ist nicht deine Schuld. Ich versuche lediglich, ehrlich zu sein.

Zu schreiben hieß immer noch, mit ihr zu reden, sie zu berühren. Ersatz für Zärtlichkeiten, eine kleine Spur von Hoffnung. Wollte ich nicht endlos fortfahren, mußte ich jetzt zu einem Ende kommen, die Fäden durchschneiden, konsequent sein.

Mit zittriger Hand unterschrieb ich.

Dann stand ich auf, legte die Nachricht deutlich sichtbar auf das Frühstückstablett. Mit einem Mal hatte ich Lust auf ihren schlechten Kaffee. Ich war dabei, eine große Dummheit zu begehen. Vielleicht die größte meines Lebens. Und ich war mir dessen bewußt.

Ich nahm meine Tasche und streifte mir den Tragriemen über die Schulter. Ein letztes Mal irrte mein Blick durch das Zimmer. Auf dem Kaminsims stand kein Foto. Nicht einmal eines von mir – Aline hatte mich nie um eines gebeten. Ging ich rechtzeitig, oder ging ich schon zu spät?

Ich würde ein ganzes Leben lang Zeit haben, darüber nachzudenken.

Schweren Herzens öffnete ich die Wohnungstür und zog sie möglichst leise hinter mir zu. *Last man through bolts the door.* Ich brachte alles durcheinander.

Der Schlüsselbund, der drinnen steckte, klirrte leise. Zwischen den Wänden des Windfangs vibrierte die Stille. Im Schein des Oberlichts fand ich die Haustürklinke und wiederholte die Prozedur.

Die Zweige der Sträucher am Straßenrand wuchsen in gebührendem Abstand zum Gitter des Parks. Hinter den Fenstern brannte nirgendwo Licht. Die Straßenlaterne flackerte noch immer. Ich mußte an den einsamen Zug in den *Abschieden* denken. An die grünen, roten, orangefarbenen Signallampen. An die Weichen des Lebens. Und an seine Entgleisungen.

Viel zu wenige werden zurückkommen,
ohne Trommelwirbel, ohne Rufe.
Werden schweigsam zu den Brunnen ihrer Dörfer zurückkehren.
Am Ende halbvergessener Straßen.

Die Gehwegplatten hallten unter meinen Schritten. Ich drückte mich an den Fassaden entlang, schwer von all den Tränen, die nicht fließen wollten. Ich wäre jetzt gerne gewankt, aber ich ging sehr gerade. Als ich meine Autotür aufschloß, murmelte ich die Zeile Owens vor mich hin, die mir seit vorhin durch den Kopf ging.

Und so, wie verschwiegenes Unrecht, machten sie sich davon.

Ich fühlte mich wie einer von ihnen. Nur, daß ich zu wissen glaubte, auf welche Front ich mich zubewegte und auf welche von vornherein feststehenden Niederlagen. Und ich ging mit vollem Bewußtsein und aus eigenem Antrieb darauf zu. Versteh es, wer kann.

Denn ich wußte ja, daß sie mir fehlen würde. Daß mir ihr schmollender Kleinmädchen-Flunsch fehlen würde, ihre gerunzelten Brauen, ihr »Ah, là là!«, ihre seidigen Schenkel, ihre Nettigkeit und Geduld. Und was nicht noch alles. Ja, all das wußte ich. Daß all das an ihr, was mich momentan leiden machte, mir sehr bald, vielleicht morgen bereits, schon wieder Lust auf sie machen würde. Und wie hätte ich es denn auch nicht wissen sollen? Ich vermißte sie schon jetzt.

Aber ich vermißte sie so, wie man bedauert, daß man kein anderer ist als man selbst, das wenig großartige Resultat zu vieler Kompromisse, zuviel Verrats. Aber es war unmöglich zu bedauern, daß man der war, der man war. Es wäre Zeitverschwendung gewesen.

Heute nacht kamen mir die Zitate nur so zugeflogen.

Achtzehntes Kapitel

Mitten in einem Traum, der nicht von der Stelle kam, aus dessen Anfängen ich mich nicht befreien konnte, peinigte das schrille Läuten der Türklingel mein Trommelfell. Ich war so erschrocken, daß ich beinahe aus dem Bett gefallen wäre. Meine linke Hand, an mehr Platz gewöhnt, schlug gegen eine Wand, erkannte dann die altbekannte Struktur der Tapete wieder. Man gewöhnt sich schnell um. Willkommen zu Hause, Barthélemy. Ich schlug die Decke zurück.

Einen Moment lang wollte ich mit schlafverklebten Augen auf dem Wecker nachsehen, wie spät es war. Dann glaubte ich kurz, daß Aline bis an meine Tür gestürzt war, entweder aus Wut oder im Gegenteil, um zu retten, was noch zu retten war. Ich war fast glücklich. Aber nicht lange. Denn nein, dieses Läuten, zugleich höflich und autoritär, das war nicht ihre Art. Eine weitere Klingelattacke vernichtete meine Hoffnungen. Mein nächtlicher Besucher draußen, wer es auch sein mochte, wurde ungeduldig.

»Komm' ja schon!«

Mein rechter Arm steckte in einem Ärmel des Morgenmantels fest, so schleppte ich mich in den Flur und schaltete die Gegensprechanlage ein.

»Ja?«

Statt einer Antwort spuckte der Lautsprecher mir ein zischendes Gebrabbel entgegen, von dem ich kein Wort verstand. Ich drückte auf den Türöffner und wartete.

Um enttäuscht sein zu können, hätte ich zunächst daran glauben müssen, wenigstens ein bißchen. Falls ich wirklich gezweifelt hatte, es war nicht Aline. Zunächst sah ich im Halbdunkel des Windfangs nur eine hohe schwarze Silhouette, die in einem weiten Trenchcoat steckte. Der hochgeschlagene Kragen beschattete die Gesichtszüge. Erst dann bemerkte ich die steifleinene Offiziersmütze, die sehr gerade auf dem Schädel des Besuchers saß. So groß war er gar nicht, ja, er war sogar kleiner als ich. Als einzig heller Punkt an der ganzen Erscheinung leuchtete eine metallische Plakette über dem Schirm. Ich hatte mich nicht bewegt. Nachdem er sich die Schuhsohlen an der Türschwelle abgekratzt und ihren Zustand dann für befriedigend erachtet hatte, trat der Mann mit ausgestreckter Hand vor.

»*Hello, old chap*! Wie geht es Ihnen? Ich habe schon angefangen, mir Sorgen zu machen. In letzter Zeit habe ich beinahe befürchtet, Sie hätten mich vergessen ... Da bin ich nun also.«

Starr wie eine Salzsäule glotzte ich entgeistert auf das Abzeichen an der Mütze. Zu beiden Seiten des Wappens richteten sich ein Einhorn und ein Löwe gegeneinander auf: das Abzeichen des *Manchester Regiment*. Ein Schauder überlief mich. Ein eisiger Luftzug strich über meine bloßen Füße in den Pantoffeln.

»Oh? Ich habe Sie aufgeweckt, sehe ich. Tut mir leid.«

Da ich immer noch nicht reagierte, streifte der Mann sich seinen Handschuh wieder über. Endlich brachte ich mit tonloser Stimme hervor:

»Wilfred?«

Ich hatte vergessen, die Treppenhausbeleuchtung anzuschalten. Im Licht meines Hausflurs trat sein Gesicht nun aus dem Schatten. Sofort erkannte ich die hellen Augen, das etwas spöttische Lächeln und den feinen, sauber rasierten Schnurrbartstrich wieder. Bevor er eintrat, putzte er sich noch einmal lange die Schuhe an der Fußmatte ab.

»Tut gut, endlich angekommen zu sein«, sagte er. »Ihr Nest hier liegt ja am Ende der Welt.«

Mit einem zufriedenen Seufzer nahm er seinen Deckel ab. Eine lange Haarsträhne fiel ihm in die weiße Stirn, auf der die Mütze eine rötliche Drucklinie hinterlassen hatte.

»Also wirklich, hübsch haben Sie's hier. Ziemlich *cosy*... Erinnert mich ein wenig an mein Eckzimmer in der Rue Desfourniels. Würde meiner Mutter gefallen. Ist das da von Ihnen?«

Die Hände im Rücken, mitten im Wohnzimmer stehend, studierte er eines meiner alten Aquarelle.

»Tut mir leid, Ihnen das sagen zu müssen, aber Sie malen wie mein Bruder Harold mit zwölf, als wir in der Nähe von Uffington spazierenzugehen pflegten ...«

Er drehte sich um und lächelte mich an. »Zum Glück sind Sie als Übersetzer besser.«

Mit der rechten Hand wies ich auf den weinroten Sessel.

»Nehmen Sie Platz. Fühlen Sie sich wie zu Hause.«

Bevor er sich setzte, senkte er, plötzlich leicht geniert, die Augen und sah auf seine Schuhe.

»Ich fürchte, ich werde Ihre Teppiche verschmutzen. Wissen Sie, da wo ich herkomme, ist es ziemlich schlammig. Das Dumme an der Sache ist, daß man die Sauberkeit gar nicht mehr gewöhnt ist – unter anderem ...«

Die Wickelgamaschen und das Leder der Stiefel verschwanden beinahe unter einer hartgewordenen hellgelben Lehmkruste. An den Sohlen klebte noch frischerer Matsch.

»Kein Problem, Wilfred. Kann ich Ihnen etwas anbieten?«

Er wirkte zerschlagen.

»Sehr freundlich ... Einen Sherry vielleicht, wenn Sie einen haben? Es ist so lang her, ich glaube, ich habe vergessen, wie das schmeckt. Bei uns gibt es nichts als Armeerum, einen scheußlichen Rachenputzer, der einem Mut macht, wenn's losgeht, das schon, aber ansonsten ...«

»Nein, tut mir leid.«

»Macht nichts. Vergessen Sie's.«

Er legte seinen zusammengefalteten Trenchcoat auf das Sofa, streifte seine rotbraunen Lederhandschuhe ab und setzte sich. Ich zog den Gürtel meines Morgenmantels fester und tat es ihm gleich, indem ich mich, ihm gegenüber, im hohen Armstuhl meines Großvaters niederließ.

Wir wußten beide nicht recht, was wir sagen sollten, und blickten einander einfach an. Durch die geschlossenen Rolläden drang von der schlafenden Welt nur die unendliche Stille der Nacht zu uns herein. War es Schüchternheit oder Zustimmung, jedenfalls nickte Wilfred mir zu, als sei er im voraus mit den Fragen einverstanden, die ich ihm nicht zu stellen wagte. Die tiefen Kissen des überdimensionierten Clubsessels ließen ihn kleiner wirken, als er war. Der rote Lampenschirm auf der Kommode verbreitete mehr Schatten als Licht.

Er räusperte sich.

»Apropos, mein lieber Dussert, Ihre letzte Übersetzung hat mir gut gefallen. Alles in allem hat es sich gelohnt zu warten ...«

Ich rückte auf die Sesselkante vor.

»Welche?« fragte ich.

»Die meiner *Abschiede*. Sehr schön, finde ich. Gemessen daran, daß es, nun ja, ein recht zweitrangiges Gedicht ist, und soweit ich selbst es überhaupt noch beurteilen kann. Denn mein Französisch fängt an, etwas einzurosten, unglücklicherweise. Bordeaux ist mittlerweile recht lange her ...«

Er legte die Beine übereinander und glättete mit einer beiläufigen Geste den Stoff seiner Hose, der über dem Knie verknittert war.

»Und das, obwohl ... nun ja, ich meine ...«

Es bereitete ihm einige Mühe, sich verständlich zu machen.

Unwillkürlich hielt ich den Atem an.

»Obwohl ...?«

Seine Nägel kratzten über den von Hunderten von Fingern abgewetzten Plüschbezug der Armlehnen.

»Verstehen Sie mich recht, ich will Sie nicht kritisieren ...«

Offenbar suchte er nach den rechten Worten.

»Schließlich können meine Gedichte ja zufrieden sein damit. Es ist ohnehin ein Wunder, daß Sie sich für sie interessiert haben ...«

Ich öffnete den Mund, um zu widersprechen.

»Nein, unterbrechen Sie mich nicht ...«

Sein Gesicht nahm einen ernsten Ausdruck an, verdüsterte sich.

»Ich habe nicht sehr viel Zeit ... Was ich sagen will, ist, daß die Verbindung zwischen Lyrik und Übersetzung keine ganz selbstverständliche ist. Und daß Worttreue wohl nicht in den Statuten steht.«

Jetzt erhellte wieder ein Lächeln das jungenhafte Gesicht, das verträumte, zu schnell erwachsen gewordene.

»Ihre Übersetzung meiner *Abschiede* ...«

Hinter uns knarzte eine Rolladenlamelle. Irritiert wandte Wilfred den Kopf. Sein Blick kreuzte den Lampenstrahl, seine Augen leuchteten. Eine Sekunde lang schloß er die Lider.

»Sie ist fehlerhaft ...«

Er wiederholte das Wort und sah dabei auf seine Stiefelspitzen.

»Aber so schön dabei ... Ja, auch die einzig mögliche.«

»*Wie verschwiegenes Unrecht* ...«, deklamierte er. Ich hörte ihm zu. Wartete, wie es weitergehen würde.

»Um völlig texttreu zu sein, hätten Sie schreiben müssen: *Wie aufgeschreckte Schuld* ...«

Seine Augen funkelten schelmisch.

»Aber das hört sich nach unbezahlten Schulden an.«

Er brach in Gelächter aus. »Unbezahlte Schulden! Wäre auch nicht schlecht gewesen, was?«

Zufrieden mit sich, setzte er sich auf, griff nach seiner Mütze, ließ sie um seinen Zeigefinger kreiseln und legte sie dann wieder auf den Bücherstapel, unter dem der Beistelltisch neben ihm versank.

»Scherz beiseite. Wenn ich nämlich gekommen bin, Ihre Zeit zu stehlen, dann weil ich Ihnen eine Frage stellen wollte ...«

Das Schweigen zwischen uns währte einige Sekunden, während derer ich den deutlichen Eindruck hatte, daß er mich taxierte.

»Und zwar ... Warum tun Sie das?«

Er neigte den Kopf und faltete die Hände.

»Und vor allem: Warum haben Sie gerade mich herausgesucht? In der Epoche, die Sie interessiert, besteht schließlich kein Mangel an anerkannteren Talenten. Sehen Sie, wenn Sie zum Beispiel Sassoon genommen hätten oder Graves oder Edward Thomas, das hätte mir eingeleuchtet. Aber Wilfred Owen? Der obskure kleine Fähnrich aus Shrewsbury ... Sohn eines Bahnhofsvorstehers und einer Hausfrau. Der es gerade mal eben geschafft hat, zwei Gedichte in *The Nation* unterzubringen – und das waren nicht mal die besten ... Und von der Zeitschrift von Craiglockhart will ich erst gar nicht reden – ein mit der Matritze vervielfältigtes Blättchen für Invalide und

Halbirre! Ach, wenn ich bloß genügend Zeit gehabt hätte, ja ...«

Er zuckte die Achseln.

»Ja, dann vielleicht ...«

Die letzte Ausgabe der gesammelten Werke bildete die Spitze des Stapels auf dem Beistelltisch, zwei dünne Bände in Kassette, einschließlich der Fragmente, Konzepte und des Anhangs. Er hatte seine Mütze daraufgelegt. Als hätte er sie nicht bemerkt oder als wolle er ihre Existenz ignorieren.

»Und dann ...«

Nun zögerte er wirklich.

»All diese völlig Unbekannten, mein Lieber? Was gehen die Sie letztendlich an? Sie haben ihre Zeit gehabt. Ihr Leben, ihren Tod ... Was können Sie schon für sie tun?«

Wir sahen einander in die Augen, ich hielt seinem hellen Blick stand.

»Nichts«, murmelte ich.

Er nickte, strich sich den Schnurrbart glatt, seufzte.

»Nein, wirklich nichts«, wiederholte ich.

Auf seiner Uniformjacke, die ansonsten in perfektem Zustand war, fiel mir plötzlich eine Kleinigkeit auf, die deplaziert schien. Unter der Klappe der rechten Brusttasche klaffte ein kleiner Riß. Und jetzt erst entdeckte ich, einen nach dem andern, die übrigen, wie Brandlöcher von Zigaretten auf dem Filzbelag eines Roulettetisches.

»Ja«, sagte er nach einiger Zeit. »Der Irrtum besteht vermutlich darin zu glauben, daß man tatsächlich irgend etwas für irgendeinen anderen tun kann. Ich habe es geglaubt und ... Wir haben es alle geglaubt. Nun ja: Wir konnten wohl gar nicht anders, als auf die eine oder andere Weise daran zu glauben ... Wir waren ja nicht einmal gezwungen, rüberzukommen ...«

Mit der linken Hand klebte er sein pomadenglänzendes Haar an den Schädel, ohne dabei den Scheitel zu zerstören, der es in zwei gleiche Hälften teilte.

»Die richtige Entscheidung ist vielleicht weiterzumachen, auch wenn man es besser weiß ...«

Neuerliches Schweigen. Unsere Blicke kreuzten sich nicht

mehr. Mit einem Mal schien er mir weit entfernt. Ich wollte irgend etwas sagen, ein Wort, daß uns einander wieder näherbrächte.

»Immer vorausgesetzt, daß es so etwas wie eine richtige Entscheidung überhaupt gibt«, schloß er.

Wilfred schob seinen linken Ärmel ein Stückchen hoch und sah auf die Uhr. Diese Bewegung mußte er oft ausgeführt haben, sei es beim Exerzieren oder an manchen Morgen im Schützengraben, den Fuß bereits auf der ersten Stufe der Leiter, die rechte Hand schon zum Sturmkommando erhoben, ein paar Sekunden vor dem Angriff, in der zarten Morgendämmerung eines Frühlingstages oder im hartnäckigen Dunkel letzter Herbsttage.

»Zapfenstreich«, erklärte er.

Mit einem Satz stand er. Als ich mich erhoben hatte, war er bereits in seinen Trenchcoat geschlüpft und hatte seine Offiziersmütze wieder auf dem Kopf.

»Freut mich, Sie kennengelernt zu haben, Barthélemy.«

»Ganz meinerseits.«

Was für Banalitäten. Immer wieder diese Unmöglichkeit, die rechten Worte zu finden.

Ich begleitete ihn in den Flur hinaus. Die Absätze seiner Stiefel knarzten über die Fliesen. Plötzlich drehte er sich noch einmal herum und schlug sich gegen die Stirn.

»Ach ja ... bevor ich's vergesse ...«

Bedrückt hatte ich bereits die Wohnungstür geöffnet.

»Eins muß ich Ihnen doch noch sagen: Ich liebe auch Ihre Übersetzung meines *Even at Christ's feet lie soldiers' tombs ...*«

Ich konnte ein gewissen Erstaunen nicht verbergen.

»Wie bitte? ... *Even at ...?*«

Wieder sein Lachen.

»Ich sehe schon. Sie bleiben bei allem Erfolg bescheiden. Sehr schön, das beruhigt mich. Vielleicht ist mein Gedächtnis zwar gar nicht so viel schlechter als Ihres ... Aber sagen Sie mir doch noch mal, wie Ihre Übersetzung lautete ...?«

Ich setzte ein nachdenkliches Gesicht auf.

»Die Soldaten liegen bis hin zu den Füßen Christi?« sagte ich schließlich.

Er nickte zustimmend und strich mit dem Finger über den Schirm seiner Mütze.

»Genau ... Sie haben das Wort *Gräber* weggelassen. Auf Französisch klingt es so besser ... Ja, sehr viel besser.«

Eine Sekunde lang wurde er wieder ernst. Dann zwinkerte er mir zu.

»Ich muß los, ich habe noch einen weiten Weg vor mir.«

Spaßeshalber pfiff er mir die ersten Takte von *It's a long way to Tipperary* zu und öffnete die Haustür. Ein Schwall feuchter, kalter Luft drang ins Treppenhaus. Die Straßenlaternen draußen waren ausnahmsweise erloschen, die Straße verschwand in der Nacht. Nur drei, vier Sterne stachen winzig kleine weißleuchtende Löcher in die glatte Oberfläche des bewölkten Himmels. Über den schwarzen Fassaden lag der Friede der Pflanzenwelt, und es roch nach frisch aufgeworfener Erde. Wilfred hob einen Finger.

»Hören Sie den Fluß?« fragte er.

Ich wollte ihm antworten, daß das unmöglich sei, da längst kein Fluß mehr durch die Stadt floß, deren Brücken nur andere Straßen oder Bahngleise überspannten.

Er öffnete seinen Trenchcoat ein wenig.

»Manchmal hält der Herbst Überraschungen bereit, finden Sie nicht? Heute erinnert er mich ein wenig an Bordeaux in manchen Nächten, wenn ich in meinem Zimmer bei den Légers in der Rue Blanc-Dutrouilh saß und schrieb. Das Fenster stand offen ...«

Ich kannte das Gebäude. Als ich das letzte Mal in Bordeaux gewesen war, hatte das elegante Patrizierhaus das dortige Goethe-Institut beherbergt. Logischerweise wollte ich ihm das nun nicht gerade erzählen. Jedenfalls erinnerte an keinem der Orte, an denen er dort unten gelebt hatte, irgend etwas an seinen Aufenthalt.

»Ich hatte das Gefühl, die Garonne zu hören ...«

Er hatte seinen Kragen hochgeschlagen.

»Und es war nur der Girondins-Brunnen.«

Der Moment der Trennung kam näher. Ich suchte verzweifelt nach einem Wort, das ich ihm hätte sagen, nach etwas Wichtigem, daß ich mit ihm hätte teilen können. Denn es würde lange dauern, bis wir uns wiedersähen. Ich hätte geschworen, daß Wilfred absichtlich zögerte.

»Es ist warm für die Jahreszeit. Wenn es so weitergeht, werden wir grüne Weihnachten haben und, wie heißt es bei Ihnen ... weiße Ostern, stimmt's?«

Ich zog den Morgenmantel enger um mich.

»Wir haben Februar«, sagte ich.

Augenblicklich hätte ich mir wegen dieser Bemerkung auf die Zunge beißen können. Aber er schien sie nicht gehört zu haben. Ich nahm die Hand, die er mir reichte und drückte sie. Sie kam mir sehr leicht vor.

»*Well* ... Auf Wiedersehen, *old chap!* Und danke für alles.«

»Auf Wiedersehen, Wilfred.«

Zum Spaß stand er stramm und salutierte vor mir. Ich wollte ihn irgendwie zurückhalten. Er hatte den Handschuh wieder übergestreift. Leichtfüßig ging er davon. Wenig später verschwand seine Silhouette, ein Schatten unter anderen, um die Straßenecke. Kurz vorher hatte er sich noch umgedreht und mir ein Handzeichen gemacht, dessen war ich fast sicher.

Ich kickte einen kleinen trockenen Erdklumpen weg, der auf der Türschwelle lag. Danach schloß ich, ohne noch einen Blick auf die Straße zu werfen, die Tür, schaltete das Licht in der Wohnung aus und kehrte ins Bett zurück.

»*Even at Christ's feet lie soldiers' tombs*«, murmelte ich.

Nein, allen Ernstes, diese Zeile sagte mir gar nichts.

Ein Wind war aufgekommen, der an den geschlossenen Rolläden rüttelte. Sein Weg würde tatsächlich noch lang sein. Und über diesem Gedanken schlief ich rasch wieder ein.

Was den schrillen Ton betraf, stand dieses Klingeln dem anderen in nichts nach. Im Gegensatz zu jenem hatte es allerdings den Vorteil, voraussehbar, ja erwartet und daher leicht identifizierbar zu sein. Ich tastete nach dem Knopf und stellte den Wecker ab. Es war Sonntag, also hätte ich ruhig noch etwas länger im Bett bleiben können, aber ich mißtraute dem Schlaf. Ich hatte zuviel vor mir selbst zu verbergen, um mich ihm anvertrauen zu können. Bislang war ich noch glimpflich davongekommen. Ich stand auf.

In der Küche schüttete ich Wasser in die Kaffeemaschine und suchte einen Filter und ein Marmeladenglas. Seit meinem letzten Aufenthalt hier war das Brot in seiner Tüte hart geworden. Die Butter kam aus dem Kühlschrank und war steinhart, die abgeschabten Flocken zerbrachen unter dem Messer.

Ich versuchte, an nichts zu denken. Die grauen Mooskugeln, die auf dem Boden des kleinen, quadratischen Innenhofs meiner Erdgeschoßwohnung wucherten und die Plattenfugen schon zu sprengen drohten, nahmen meine Aufmerksamkeit gefangen. Zwei hungrige Spatzen balgten sich dort um eine Brotkruste, die kaum sehr viel trockener war als die, an der ich kaute. Die Kaffeemaschine spuckte ihren schwarzen Sud aus.

»Die Soldaten liegen bis hin zu den Füßen Christi ...«

Unnötig, die gesammelten Werke auf der Suche nach dieser Zeile durchzuforsten, ja nicht einmal das Verzeichnis der Gedichtanfänge brauchte ich durchzugehen. Sie stammte nicht von Owen. Ich hatte sie mir seit dem Erwachen so oft wiederholt, daß ich nun absolut sicher war. Aber das war es gar nicht, was mich umtrieb. In Wirklichkeit machte mich die absurde Idee verrückt, daß die Übersetzung dieser Zeile, inexistent wie sie war, nicht richtig war.

»Even at Christ's feet lie soldiers' tombs ...«

Die letzten Scheiben waren verschimmelt. Mit einer angeekelten Grimasse warf ich sie in den Mülleimer. Im Hof hatten die streitbaren Spatzen die letzten einigermaßen genießbaren Reste unter sich geteilt. Was hielt mein Vorratsschrank außer Brot wohl sonst noch bereit?

»Da liegen tote Soldaten bis hin zu den Füßen Christi ...?«

Makkaroni? Aber nicht zum Frühstück. Ölsardinen? Kein Kommentar. Tütensuppe? Dafür hätte man Wasser heiß machen müssen. Keine Lust.

»Dort liegen Tote, selbst zu Füßen der Christusse?«

Im Laufe meiner Versuche entfernte ich mich von der eingebildeten Gedichtzeile, ohne dabei ihre Urform in Frage zu stellen. Warum verrannte ich mich so in diese Sache? Hinten im Geschirrschrank stieß ich auf einen Korb mit Äpfeln. Die würden es tun.

»Überall liegen Tote, selbst zu Füßen Christi . . .?«

Nicht an Aline denken. Auch das Telefon vergessen, das einzige, was in dieser Wohnung nicht klingelte.

»Selbst zu Füßen Christi gibt es . . .?«

Normalerweise schälte ich Äpfel nie, bevor ich sie aß, sondern begnügte mich damit, sie unter den Wasserhahn zu halten. Diesmal jedoch zog ich einen Kartoffelschäler aus der Schublade und entblätterte das nackte, feuchte Fleisch. Die runzlige Haut fiel in langen, rötlichen, wohlriechenden Schnitzen ab.

Es war das matte, kaum hörbare Geräusch einer Apfelschale, die auf den Teller fiel, das alles auslöste – dieser winzige Laut und das seltsame Licht eines Februarmorgens, das plötzlich wie im Mai schimmerte. Ich sah sie dastehen, wie sie achtgab, sich nicht in den Finger zu schneiden, ich hörte die Klinge über das Fruchtfleisch schaben, die Messerklinge, die mir das Herz schälte. Damals waren die Schalen tiefer gefallen, in einen Papierkorb aus Plastik, in dem normalerweise nur zusammengeknülltes Schmierpapier und zerrissene Ausdrucke lagen.

Auch das hatte ich nicht vergessen.

Ich starrte auf den halbgeschälten Apfel, und hatte auf einmal einen Schleier vor den Augen. Etwas Warmes lief mir über die Wange.

Und da wußte ich, daß *die andere* wieder da war. Daß sie immer wiederkommen würde. Vorausgesetzt, sie war jemals fortgewesen. Denn auch das gehörte zu meiner Niederlage. War Aline denn die gesamte Dauer unserer Liebe nichts anderes für mich gewesen als ein Schutzschild? Der Gedanke erschien mir um so hassenswerter, je weniger ich ihn verjagen konnte. Ich stieß wütend den Stuhl zurück und stand auf, um mir eine Tasse Kaffee einzuschenken.

»Dort liegen die Toten überall . . .«, murmelte ich.

Der Kaffee hatte einen ekelhaften Salzgeschmack.

». . . bis zu Füßen der Christusse.«

Ich zerbrach den Stuhl beinahe, als ich auf ihn zurücksackte. Während ich die inexistente Gedichtzeile psalmodierte, hatte ich plötzlich nicht mehr Wilfred vor mir gesehen, sondern einen Mann mit schwarzer Brille und strengem Profil. Einen Mann, der nach Klasse und Virginiatabak roch.

Debruyne.

Diese Worte, das waren seine. Er hatte sie vor einer Woche gesprochen, am Tag von Donatos Verhaftung, fast unter dem Fenster meines Büros. Ich wiederholte sie.

»Dort liegen die Toten überall, bis zu Füßen der Christusse.«

Ich leerte meine Tasse Kaffee und stellte sie mit zittriger Hand auf der Untertasse ab. »Dort«, das war Vinkt. Ich stürzte ins Wohnzimmer. Eins der in der Bibliothek ausgeliehenen Bücher lag auf der Kommode. Eigentlich hätte ich es vor zwei Tagen zurückgeben müssen. Es handelte von dem achtzehntägigen Feldzug und, was selten war, enthielt ein reich illustriertes Kapitel über Vinkt. Ich blätterte wild durch die alten Seiten, auf der Suche nach einem ganz bestimmten Foto.

Endlich, da war es. Auf den ersten Blick zeigte es nichts Sensationelles. Im Schatten des ausgebombten Glockenturms und genau in der Achse eines von einer Granate in die Dachschräge gerissenen Lochs stand, die Arme öffnend, der weiße Christus des Friedhofs. Zu seinen Füßen keinerlei Grab, sondern ein Haufen Fahrräder voller Gepäck und Brotbeutel. Auf der linken Seite des Fotos war, vor dem Gitter stehend, behelmt und die Zigarette in der Hand, eine kleine Gruppe entwaffneter Ardennenjäger zu sehen, die darauf wartete, wie es weiterging. Man sah, daß der Kampf für sie zu Ende war. Und doch lächelte kein einziger.

Auf den ersten Blick brachte diese Aufnahme mir nichts Neues. Höchstens, daß sie ein vages Unwohlsein in mir hervorrief. Ohne daß ich es genau hätte orten können, hatte ich den Eindruck, daß irgend etwas fehlte. Also blätterte ich ein wenig weiter und las auf gut Glück einige Bildunterschriften.

Nein, so kam ich vom Wesentlichen ab. Ich nahm mir noch einmal den weißen Christus vor und studierte das Foto genauer. Der Verlag hatte es auf einer Doppelseite abgebildet. Der Falz in der Mitte machte es unmöglich, es vollständig zu erkennen. Ich vergaß meine bibliophilen Skrupel und drückte mit der flachen Hand den broschierten Rücken des Einbands platt.

Als ich das Buch dann unter die Lampe hielt, sah ich, was ich vermißt hatte, genau vor dem Sockel der Statue. Ein kleines

Holzkreuz, auf das ein Helm gehängt war – ein deutscher Helm. Rasch las ich die Bildunterschrift.

»... Nach der Schlacht wurde der Gefreite Karl Hagen von seinen Kameraden zu Füßen des Christusbilds begraben.«

Auf der Stelle erinnerte ich mich an den rauhen Stein des Sockels. Ich hatte mich einen Augenblick dagegengelehnt, um den Platz zur Gänze aufnehmen zu können. Und dabei hätte ich eigentlich über das Grab des Gefreiten Hagen stolpern müssen.

Wenn es noch dagewesen wäre.

Ich grübelte so verbissen, daß ich den Wald vor lauter Bäumen nicht mehr sah. Zunächst einmal versuchte ich mir das Gespräch in Erinnerung zu rufen, das ich mit Debruyne geführt hatte. Nichts leichter als das, die Worte stürmten auf mich ein, ich mußte sie lediglich in die richtige Reihenfolge bringen. Es mochte zwar absurd erscheinen, aber ich ging von dem Prinzip aus, daß alles, was Debruyne an jenem Morgen gesagt hatte, vom harmlosesten bis zum bedeutungsschwangersten Satz, eine geheime Botschaft verbarg. Zur Unterstützung dieser These zog ich die erstaunliche Gesprächigkeit meines Gegenübers heran, was bestimmte Details seiner Ermittlungen betraf – die doch bestimmt auch in der Akte stehen mußten, die er mir übergeben hatte, auch wenn ich das nicht überprüft hatte. Damals, das wurde mir jetzt klar, hatte ich meine Verärgerung angesichts dieser Handlungsweise lieber auf das Konto der Unehrlichkeit gebucht, die ich ihm unterstellte.

»... Ich habe eine kleine Untersuchung im Rathaus angestellt, über die Familien der Opfer und ihre Nachkommen ...«

Im Rathaus?

Während ein Verdacht sich zu formen begann, der mir mit jeder Sekunde stichhaltiger erschien, brach mir vor Erregung der Schweiß aus. Das Rathaus, natürlich! Jetzt sah ich es vor mir, genauso klar und deutlich wie – durch den Sucher des Fotoapparats. Das Gebäude aus rotem Backstein am Eingang des Platzes nannte ja selbst Buchstabe für Buchstabe seine ursprüngliche Funktion – neben einer Bierreklame auf einem Kneipenschild! Warum war mir das denn bloß nicht sofort aufgefallen? Seit der Zusammenlegung der Gemeinden vor zwanzig Jahren war Vinkt nur mehr ein Stadtteil von Deinze und hatte daher keine eigenen Verwaltungsgebäude mehr. Und entsprechend lange war es her, daß in diesem Haus nur noch Bier und keine Tinte mehr floß, selbst im Rahmen polizeilicher Ermittlungen.

Ich begann, zwischen Küche und Wohnzimmer hin- und herzugehen. Was hatte Debruyne mir mitteilen wollen? Denn dies war ein so grober Schnitzer, daß er mir bei jedem anderen Verdächtigen sofort ins Auge gesprungen wäre, er war ganz einfach zu dick, als daß er ohne Hintergedanken begangen worden sein konnte.

Mein Herumtigern führte mich regelmäßig wieder in den Flur, wo das Telefon stand. Um es nicht sehen zu müssen, blickte ich jedesmal starr auf den großen Fotokalender, ein Geschenk meiner Bank, der dieses Jahr wie der Katalog einer Baumschule aussah. Schließlich fiel mir auf, daß um eines der Daten des Monats Februar mit rotem Filzstift ein Kringel geschlagen war. Noch einige Runden später stellte ich fest, daß das so hervorgehobene Datum das des heutigen Tags war.

Ein wenig neugierig, während meine Gedanken noch immer Purzelbäume schlugen, entzifferte ich die rätselhaften Worte, die direkt unter das Datum gekritzelt waren.

»Aus Spanien zurück.«

Jetzt verstand ich gar nichts mehr. Erschöpft ließ ich mich auf den Stuhl neben dem Telefon fallen. Trotz all meiner Anstrengungen gewann der Schmerz die Oberhand, die Verteidigungsdämme brachen, Panik ergriff mich. Gleich käme der Nervenzusammenbruch. Einen Augenblick lang überlegte ich mir, Sébastien anzurufen.

Aber anstatt seine Nummer zu wählen, bekam ich eine andere zwischen die Finger. Ich hatte sie bei unserer Rückkehr aus Antwerpen auf meinen Block geschrieben, nach dem Anruf bei der Brüsseler Polizei. Denn mittlerweile hatte ich die Kalenderbotschaft wieder zugeordnet: Wenn sein Kollege keinen Unsinn erzählt hatte, mußte Wachtmeister André Claes, der eifrige Notierer nutzloser Nummernschilder, aus dem Urlaub zurück sein.

Ich wartete. Die dünnen Amtszeichen hallten im Hörer nach.

Obwohl es Sonntag morgen war und Wachtmeister Claes bestenfalls gestern abend aus seinem Charterflugzeug gestolpert sein konnte, ließ ich es schamlos klingeln. Ich verspürte sogar eine Art jubelnder Bosheit. Schließlich wurde abgenommen.

»Hallo?« knurrte eine Stimme.

»Wachtmeister Claes?«

Amtlicher Tonfall, trocken. Er wirkte Wunder.

»Äh ... Ja?«

»Kripo hier.«

»Ah ja?«

Schlecht verdecktes Gähnen. Im Hintergrund eine Frauenstimme.

»Wer ist dran, André?«

»Ich habe hier Ihren Bericht vor mir liegen, betreffs des Mordes in der Impasse des Cadeaux ... mit Datum vom 24. Dezember ...«

»Ah ja?«

»Beim nochmaligen Lesen ist uns da eine sehr ärgerliche Kleinigkeit aufgefallen ...«

Die Schraube ein wenig anziehen, um schneller zum Ziel zu kommen.

»Sie scheinen in Ihrer Liste der Autokennzeichen ein Nummernschild ausgelassen zu haben ...«

Der Mann schluckte.

»Ich hoffe doch, daß das nicht absichtlich geschehen ist?«

Nach diesem Hieb wartete ich erst einmal ab. Der Mann schien zu ersticken.

»Tja ... ähm ... Also, es ist so ...«

Er hustete.

»Ja, Kommissar ...«

Das Mißverständnis kam mir gelegen. Ich hütete mich, es aufzuklären.

»Sie müssen verstehen, es war der Staatsschutz ...«, stotterte Wachtmeister Claes. »Der Typ hat mir seinen Ausweis gezeigt und alles ... Da hab' ich mir eben gesagt ...«

»Uns hätten Sie das sagen müssen!«

»Aber ...«

»Aber was?«

Es kam vorläufig nicht in Frage, ihm zu Hilfe zu kommen.

»Es sind ja doch irgendwie Kollegen ... Ich meine, beinahe ...«

So, genug Feldwebel gespielt. Jetzt die Schraube etwas lockern.

»Sie haben nicht ganz unrecht. Aber das entbindet Sie nicht der Pflicht, uns auf dem laufenden zu halten.«

»Ich dachte, ich tue das Richtige, Kommissar. Und dann hat der Typ ziemlich insistiert. So sehr, daß ich auch gleich noch seinen Strafzettel annulliert habe.«

»Seinen Strafzettel? Was für einen Strafzettel?«

»Na ja ... Er stand im Parkverbot ...«

Zwei Räder auf dem Trottoir, ich erinnerte mich. Eine harmlose Ordnungswidrigkeit, die der Beruf einen zu begehen zwang. Ich hatte mich wegen dieser Bagatellen oft mit den örtlichen Polizeirevieren rumschlagen müssen, zum Beispiel den ersten Abend bei Aline.

»Und schon reichlich lange ...«, fuhr er fort.

»Was meinen Sie, reichlich lange?«

Der Mann schien kurz nachzurechnen.

»Zwei Stunden, würde ich mal sagen. Normalerweise, wenn die Leute einkaufen und ihr Auto fünf Minuten mit dem Warnblinker stehn lassen, drück' ich beide Augen zu. Aber da ...«

»Zwei Stunden? Bis zu dem Moment, wo ...«

»Wo ich die Schilder aufgelistet habe, genau.«

»Sind Sie ganz sicher?«

Erleichtert begann der Mann aus vollem Halse zu lachen.

»Also wissen Sie ... Bei einer so dämlichen Nummer ist es kein Kunststück, sich zu erinnern! Aber ich könnte auch in meinem Heft nachsehen. Da muß die Uhrzeit notiert sein.«

Ich wußte nunmehr genug. Ebenso kurz angebunden wie ich mich gemeldet hatte, verabschiedete ich mich auch wieder. Gerade bevor ich auflegte, hörte ich noch die Frau, die mit heiserer Stimme rief:

»André! Wer ist denn dran?«

Wieder in der Küche, leerte ich den Rest Kaffee in meine

Tasse und trank sie ruhig und in langen Schlucken. Es bestand jetzt kein Zweifel mehr, und ich mußte mir das Offensichtliche eingestehen:

Debruyne hatte gelogen.

Und er hatte alles getan, damit ich es merken sollte.

Der Sonntagswachdienst ertrank nicht gerade in einer Flut dringender Arbeit. Sébastien nahm beinahe auf der Stelle ab.

»Hallo, Kripo, Kommissar Delcominette?«

»Ich bin's.«

»Ah, hallo Alter. Wie geht's?«

Einfache Frage, schwierige Antwort.

»Bist du bei dir zu Hause?« fragte er. »Oder bei ...?«

»Bei mir.«

Der Schmerz von neuem. Ich hatte den Faden verloren.

»Was gibt's Neues?« fragte er.

»Gérard Debruyne ...«, begann ich.

Für einen Gesprächsanfang war das ein bißchen abrupt. Zum Glück hatte Sébastien sich den Namen gemerkt.

»Der Typ vom Geheimdienst?«

»Genau der. Haben wir eigentlich seine Akte?«

Geräusch von zusammengeknülltem Papier. »Glaube schon ... Jedenfalls hab' ich sie durchgesehen. Oder zumindest den Teil, den die Herren vom Staatsschutz uns haben einsehen lassen. Nur zu deiner Orientierung, wenn ich mich recht entsinne, heißt er übrigens nicht Gérard, sondern Geert.«

»Hast du ihn gerade da?«

»Wen? Debruyne?«

»Nein, seine Akte.«

»Da nicht, aber ich könnte danach suchen.«

»Laß sie holen.«

»Es ist Sonntag, Alter. Außer mir und Mohammed ist keine Seele hier im Laden.«

»Mist, stimmt ja. Ändert aber nichts daran, daß du die Truppen wirst zusammentrommeln müssen, und zwar schnell ...«

Sébastien verlor die Geduld.

»Sag mal, kannst du mir vielleicht mal erklären, was das alles soll?«

Ich hätte um ein Haar aufgegeben. Warum mußte man immer alles erklären, sich immer rechtfertigen, das war es, was das Leben so ermüdend machte. Ein wenig von meinem Überdruß mußte wohl durchs Kabel bis ans andere Ende der Stadt gedrungen sein.

»Barthélemy? Alles in Ordnung?«

Vorerst beschützte das Telefon mich noch vor seiner Freundschaft. Aber er würde nicht lange brauchen, bis er verstand.

»Es gibt was Neues, mein Alter.«

»Ah ja?« sagte er. »Auf welchem Gebiet?«

Die beste Art, nicht zu lügen, war noch immer, die Wahrheit zu sagen, eine zumindest. Was die andere betraf, würde man später weitersehen.

»Im Fall Hubermann ...«

Eine Reihe dumpfer Geräusche aus dem Hörer ließ mich annehmen, daß er ihn in die andere Hand genommen und sich etwas zum Schreiben gesucht hatte.

»Was den Abend des Verbrechens betrifft, hat Debruyne gelogen«, fuhr ich fort.

»Etwas genauer, bitte.«

»Sein Zeitplan stimmt nicht ... Er war schon eine ganze Weile vor Hubermanns Tod in der Ecke. Meines Erachtens hat er auf ihn gewartet.«

»Das beweist, wenn es stimmt, noch gar nichts.«

»Vielleicht nicht, aber es läßt die Sache in einem völlig anderen Licht erscheinen.«

Ich schwieg. Sébastien dachte nach.

»Was hast du für eine Idee?« fragte er.

Absurderweise dachte ich an Aline. An Anne. Dann an den Schmerz, den egoistischen, freischweifenden Schmerz, der mein ganzes Ich durchzuckte.

»Bis jetzt ist uns die Verbindung zwischen Vinkt und Hubermann nicht klar«, antwortete ich. »Aber sie besteht, und was es mit ihr auch auf sich haben mag, werde ich das Gefühl nicht los, daß Debruyne sich vor fünfzig Jahren in der Gegend herumgetrieben hat ...«

Sébastien stutzte.

»Hmm ... Selbst vorausgesetzt, daß das stimmt, würde es mich doch wundern, daß er sich daran erinnert. Warte mal, es ist ja einfach ... 1940 muß er so vier, fünf Jahre alt gewesen sein, oder?«

Das Argument kam mir beinahe lächerlich vor.

»Es gibt Leute, die ein ausgezeichnetes Erinnerungsvermögen haben«, sagte ich gepreßt. »Und Erinnerungen, die man nicht so leicht vergißt ...«

Ich hatte gewonnen.

»Du lieber Himmel, wenn es das wäre, ja dann ...«

Er beendete seinen Satz nicht.

»Ich kümmere mich um alles«, begann er wieder. »Du erklärst es mir dann im Auto. Laß mich nur eben den andern Bescheid sagen, den Richter anrufen, eine Vollmacht beantragen, und dann hol' ich dich ab.«

Er zögerte. »Bei dir zu Hause also ...?«

Natürlich hatte er kapiert.

»Ja«, murmelte ich mit einem dicken Kloß im Hals.

»Barthélemy?«

»Ja.«

»Was anderes ... Ich hätte dich gestern fast angerufen, um dir die Neuigkeit mitzuteilen, aber dann wollte ich dich nicht stören.«

»Was denn?«

»Herzlichen Glückwunsch!«

Mein Herz zog sich zusammen. Wenn er Bescheid wußte, sollte das jetzt etwa witzig sein?

»Was denn?« wiederholte ich.

»Die kleine polnische Nutte ...«

Schlagartig fühlte ich mich besser, obwohl dazu wenig Grund bestand. Die Erinnerung an dieses Gespräch war nicht gerade angenehm.

»Ja und?«

»Du hast die richtigen Worte gefunden ...«

Nicht möglich. Das wäre wirklich mal was Neues.

»Sie spuckt aus! Sie läßt den ganzen Ring auffliegen! Eine feine Gesellschaft. Ich würde mich nie trauen, dir all die Namen am Telefon vorzulesen.«

Alles ausspucken. Gute Idee. Warum noch länger damit warten? Und doch hielt ich mich im letzten Augenblick zurück.

»Schön ... Beeil dich. Ich erwarte euch.«

Entschlossen, jeden überflüssigen Gedanken auszuschalten, ging ich ins Badezimmer, wusch mich und zog mich danach an. Da meine Dienstwaffe in der Schublade meines Schreibtischs geblieben war, schloß ich meine Vorbereitungen mit einer gründlichen Reinigung der CZ ab. Selbst Trientje hätte es nicht besser gekonnt.

Wieder führte das Telefon mich in Versuchung.

Ich fand die Nummer in meinem Verzeichnis unter M. Um sie zu wählen, zog ich den Handschuh aus.

»Hallo?«

Die Stimme des alten Herrn hatte sich nicht verändert.

»Monsieur Marlaire?«

»Am Apparat.«

»Inspektor Dussert hier. Entschuldigen Sie, daß ich Sie um die Uhrzeit störe. Ich hoffe, ich habe Sie wenigstens nicht geweckt ...?«

Ein zischendes Geräusch, das auch ein Lachen sein konnte.

»Das hätten Sie ohnehin nicht geschafft, Monsieur Dussert.«

Der Doppelsinn sprang mir ins Auge.

»Nur eine Frage, Monsieur Marlaire.«

»Ich höre ...«

»Der kleine Junge mit der Fliege«, sagte ich. »Bei der Kapelle, erinnern Sie sich?«

»Ja?«

Ich hätte schwören können, daß seine Stimme zitterte.

»Seine Augen ...«

Ich sprach nicht weiter.

»Ich ... ich kann Ihnen nicht ganz folgen, Monsieur Dussert.«

Ich hatte den Sicherungshebel festgestellt, schob die Pistole in ihr Halfter und befestigte es an meinem Gürtel.

»War da nicht irgend etwas mit seinen Augen?« präzisierte ich.

Schweigen in der Leitung und Störgeräusche.

»Wie meinen Sie das?«

Ich suchte nach einer Möglichkeit, ihm ein Indiz zu liefern, ohne ihm gleich die ganze Antwort zu soufflieren. Nicht eben einfach.

»Nun ja ... Hatte er nicht einen ... irgendeinen Fehler?«

»Einen Fehler?«

Es kam mir vor, als bringe die Entfernung seine Stimme zum Schweigen. Eine Entfernung, die nichts mehr mit Kilometern zu tun hatte.

»Verschiedenfarbige Augen«, sagte ich.

Joseph Marlaire wiederholte meinen Satz, leierte ihn herunter, als habe er ihn nicht verstanden.

»Augen unterschiedlicher Farbe«, setzte ich hinzu.

Die Stille war nicht hilfreich.

»Das ist möglich«, murmelte er. »Möglich ...«

Hinter seinem Schnaufen lag Angst.

»Ich kann mich nicht mehr erinnern, Monsieur Dussert ...«

Die Verbindung wurde immer schlechter, die Störgeräusche fraßen die Stimme auf, die immer dünner und in Bruchstücken bei mir ankam.

»Es ist zu lange her ...«

Er seufzte. »Ja ... zu lange.«

Ein kleines Klicken.

Er hatte aufgelegt.

Bevor ich die Wohnung verließ, nahm ich einen Eimer und einen Feudel und wischte die Spuren von hartgewordenem Lehm ab, die die Fliesen im Flur verschmutzten. Nur die Fußmatte, die auch voller trockener Erde war, klopfte ich nicht aus.

Das muß das Alter sein, sagte ich mir. Ich werde zum Putzteufel.

Trotz der Kälte wartete ich draußen vor der Haustür auf den Wagen.

Neunzehntes Kapitel

Kaum eingetroffen, überließ Sébastien mir das Lenkrad. Offenbar hatte er in letzter Minute Skrupel bekommen und wollte noch einmal die Akten durchgehen, die er mitgenommen hatte. Der zusammengefaltete Vorführungsbefehl auf dem Armaturenbrett rutschte bei jeder Kurve in einer ebenso monotonen wie nervtötenden Bewegung hin und her.

Trotz des spärlichen Sonntagsverkehrs versuchte ich, nicht allzu schnell zu fahren. Denn der Ausflug nach Heidelberg hatte Spuren hinterlassen. Hinter uns folgte, blechern scheppernd, Trientjes kleiner Renault, so gut er konnte.

»Der Auspuff wird demnächst auf der Strecke bleiben«, bemerkte ich. Sébastien unterbrach seine Lektüre.

»Das macht es jedenfalls überflüssig, die Sirene einzuschalten«, spöttelte er. »Selbst ohne Hupkonzert hat das alles etwas von einem Hochzeitskonvoi.«

Aber niemand im Wagen brachte die Kraft auf zu lachen. Auch Mohammed nicht, der sich auf der Rückbank ausgestreckt hatte und versuchte, wenigstens von einem kleinen Teil seines schon ziemlich verhunzten freien Tages zu profitieren.

»Zumindest kommen wir voran«, sagte ich. »Kein Schwein unterwegs.«

In der Nähe des *Vert-Chasseur* fuhren wir an einer Bäckerei vorbei. Ein Mann, unter seinem Mantel im Pyjama und mit bloßen Füßen in den Schuhen, trat gerade heraus und trug in jeder Hand eine Tüte warmer Brötchen. Der Renault bremste so heftig, daß er vorne aufsetzte. Der lange Marlaire sprang heraus und stürzte in das Geschäft. Proviantaufnahme.

»Wenigstens dem verdirbt das nicht den Appetit«, meinte ich. Ein Eclair zwischen den Lippen wie eine dicke Havanna, bestieg Marlaire bereits wieder das Auto. Und weiter ging es.

»Was die Daten betrifft, hattest du recht«, sagte Sébastien.

»So?«

Er zog eine Seite aus seinem Dossier und überflog sie.

»Sie stimmen überein. Laut seinem Lebenslauf hat Debruyne Vater und Mutter im Mai 1940 während des Exodus in der Nähe von Gent verloren. Es steht nicht da, wo genau, aber trotzdem ...«

Mit einer brüsken Handbewegung klappte er den kartonierten Schnellhefter zu und warf ihn nach hinten auf Mohammeds Beine, der aufschreckte, ein Auge öffnete und dann beruhigt wieder zu sägen begann.

»Jedenfalls nicht in Vinkt«, sagte ich. »Und dann waren in diesem Frühling sehr viele Kinder unterwegs ...«

Sébastiens Mundwinkel verzogen sich zu einem Lächeln.

»Wenn man dir so zuhört, könnte man glauben, du wärst dabeigewesen.«

Kurz vor der Ampel bog ich nach links in Richtung Observatorium ab.

»Das einzige, was ich weiß«, sagte ich, »ist, daß Debruyne gelogen hat.«

»Was zunächst einmal noch kein Verbrechen ist.«

Die grünen Vororte der Hauptstadt abseits der Durchgangsstraßen beschatteten ihre asphaltierten limousinengesäumten Straßen mit einem Blätterdach hundertjähriger Bäume. Und sie wußten ihre Privatsphäre zu verteidigen. Denn den zurückhaltenden Anwohnern der vornehm-bürgerlichen Oase, in die wir eintauchten, halfen gewisse Abschreckungsmaßnahmen, die ihnen von der Gemeinde zur Verfügung gestellt worden waren, dabei, motorisierte Eindringlinge, die die Neugier auf großbürgerliches Ambiente und englische Parks hierherführte, von ihren stattlichen Häusern fernzuhalten, die so wenig zu ihrem versteuerten Einkommen paßten. Nachdem wir zwei Einbahnstraßen umrundet hatten und zwischen diversen Pflanzenkübeln Schlangenlinien gefahren waren, bemerkte ich einen bösartigen Geschwindigkeitshemmer etwas zu spät. Der Wagen machte einen Satz. Ich fürchtete das Schlimmste für das Dach des Renaults hinter mir. Marlaire hatte einen harten Schädel, und irgend etwas sagte mir, daß Trientje nicht rechtzeitig bremsen würde.

»Im Falle Debruyne ist es eins«, sagte ich.

»Ein was?«

Ich hatte vergessen, in den Rückspiegel zu sehen.

»Ein Verbrechen«, sagte ich erklärend.

Sébastien kratzte sich die Stirn.

»Dann kämen wir überhaupt nicht mehr zur Ruhe. Ist es noch weit?«

»Laut Stadtplan nur noch zwei Straßen.«

Noch ein paar Meter, und es schlüge die Stunde der Wahrheit. Der Gedanke, weit entfernt davon, mich zu beruhigen, erfüllte mich mit dumpfer Melancholie. Vermutlich hätte ich das bittere Ende hinauszögern können, indem ich noch einen Fehler beging, zum Beispiel die Sirene einschaltete statt des Scheibenwischers (es hatte zu nieseln begonnen), und ihm dadurch eine letzte Fluchtmöglichkeit offenhielt. Bloß, hätte er sie überhaupt ergriffen? Seitdem der Wachtmeister Claes mir, ohne es zu wissen, die Augen geöffnet hatte, kam ich nicht von dem Gedanken los, daß Debruyne von Anfang an und bis in seine Verwirrspiele hinein uns den Weg bis zur Wahrheit markiert hatte, einer Wahrheit, die er uns, egal wie unangenehm sie sein mochte, nun mitteilen mußte.

»Ziemlich wohlhabende Gegend«, bemerkte Sébastien. »Paßt nicht zu einem Beamten, selbst von seinem Rang ...«

Er wußte, wovon er sprach.

»Bist du sicher, daß die Adresse stimmt?« fragte ich.

»Das Haus gehörte seiner Frau. Einzelkind. Altes Kolonialvermögen in Kupfer. Haben keine Kinder gehabt. Seit fünf Jahren lebt er alleine.«

Ich hatte von Straßen gesprochen. Jetzt, wo wir ankamen, war diese Bezeichnung nicht mehr am Platze: In diesem Teil von Uccle war das klassische Wort »Avenuen« wieder angebracht – *breite, baumbestandene Zufahrtsstraßen*. Zwar war hier nicht die

Zufahrt zu einem einzelnen Palast gemeint, aber sehr groß war der Unterschied nicht.

Wir kamen an einen Kreisel. Ich versuchte mich zu orientieren. In diese Oase der Stille und des wahren Reichtums – nämlich eines Reichtums, der so tat, als sei er sich seiner selbst nicht bewußt – paßten wir überhaupt nicht hinein. Als ich der Meinung war, wir seien am Ziel, parkte ich den Wagen auf dem Grünstreifen längs einer Hecke. Einige Sekunden später stellte Trientje ihren Renault hinter uns ab.

»Endstation! Alles aussteigen!« dröhnte Sébastien.

Mohammed gähnte, streckte sich und entriegelte seine Tür. Auch ich stieg aus. Marlaire, einen Rest Croissant in der einen Hand – mit der anderen massierte er sich die Schädeldecke –, spähte mit seinem Jägerblick durch die Gegend. Trientje stand neben ihrem Renault, klopfte sich die Hosen ab und zupfte die letzten Brotkrümel aus dem Stoff. Sie bot mir ein noch warmes Brötchen an, aber ich lehnte ab. Ein Stück weiter stand Sébastien auf Zehenspitzen und riskierte einen flüchtigen – so sollte es zumindest wirken – Blick zwischen den Zweigen eines Rhododendrongebüschs hindurch.

»Ist es die große Villa dahinten?«

Marlaire, der von seinem Inspektionsgang zurück war, nickte.

»Schön, also gehen wir. Vorsicht: Vergeßt nicht, daß der Typ wahrscheinlich Hubermann abgeknallt hat. Und noch wichtiger: Ruhig Blut! Und auch keine übertriebene Hast ... Fingerspitzengefühl!«

Der imposante Torbogen, durch den man den Besitz betrat, war dazu angetan, die raren Besucher an ihrem Sinn für Größe und Proportionen verzweifeln lassen. Zwei, drei durchnäßte Zeitungen verstopften den Schlitz des großen Briefkastens, der in die rechte Säule eingelassen war. Die Läden des Erdgeschosses, oder zumindest die, die man vom Eingang her sehen konnte, waren geschlossen. Das Gartentor quietschte nicht, als ich es öffnete.

»Sieht leer aus«, bemerkte Marlaire.

»Wir werden sehen«, antwortete Sébastien.

Er kniff die Augen zusammen und betrachtete die langgestreckte Fassade.

»Du und Mohammed, ihr geht hintenrum und wartet da. Keine Eigeninitiative. Catherine und Barth, mit mir.«

Entschlossenen Schrittes ging er den Weg zum Haus entlang und machte sich daran, die Eingangstreppe hinaufzusteigen. Der große Garten, beinahe ein Park, dehnte sich rings um das Haus nach allen Seiten aus. Ligusterhecken zogen sich bis zu einem kleinen Buchenhain. Auf dem grauen Rasen, auf dem Hügel zusammengewehten Herbstlaubs und vom Wind abgerissene tote Zweige lagen, wucherte das Unkraut. Durch dieses pflanzliche Ruinenfeld schlich sich Marlaire von rachitischem Gebüsch zu blattlosem Gesträuch, und ein halb schlafender Mohammed, der über die bröckeligen Einfassungen der Beete und über Wurzeln stolperte, trottete hinterdrein. Als wir vor der Eingangstür standen, besah Sébastien sich die Klingel. Es gab eine Gegensprechanlage.

Mit einem Blick erkundigte er sich bei meiner Kollegin. Trientje bejahte mit einem Kopfnicken, ihre Hand fuhr unter ihre Jacke und lud ihre Pistole. Daraufhin drückte Sébastien den Klingelknopf. Auch ich ließ, ohne die Pistole zu ziehen, eine Kugel in den Lauf der CZ gleiten. Aber ich hatte nicht das Gefühl, daß ich sie würde benutzen müssen.

»Geht keiner hin ...«, murmelte Sébastien nervös.

Er drückte noch mal auf den Knopf und hielt ihn gedrückt.

Aus der Gegensprechanlage kamen krächzende Geräusche.

»Ja?«

Sébastien beugte sich vor, um in das Mikrophon zu sprechen.

»Kriminalpolizei, Monsieur Debruyne. Kommissar Delcominette. Bitte öffnen Sie uns auf der Stelle!«

Neuerliches Gekrächze, dann Stille, dann:

»Sie haben ganz schön lange gebraucht ...«

Sébastien trat zurück und setzte einen Fuß auf die Schwelle.

»Treten Sie ein ... Ich erwarte Sie in meinem Büro im Obergeschoß.«

Der Türöffner summte. Auch wenn es nicht gerade sehr elegant war, ließen wir Trientje den Vortritt, dann folgte Sébastien, ich bildete die Nachhut. Nach einem Rundblick durch die große, marmorgeflieste Eingangshalle begann Trientje, die Treppe hinaufzusteigen. Unsere schwereren Schritte hinter ihr ließen das gebohnerte Holz knirschen. Im Gegensatz zum Garten atmete das Innere des Hauses die unwandelbare Ordnung eines Heims, in dem die Zeit stehengeblieben war und noch keine sichtbare Nachlässigkeit Preisgabe und Verfall andeutete. Ob es nun Gewohnheit war oder falscher Schein, alles glänzte nach Kräften, von dem gebeizten Walnußholz der Wandpaneele bis zu den Kupferstangen, die den Treppenläufer festhielten. Das Licht fiel vom oberen Stockwerk wie ein Wasserfall ins Erdgeschoß herab, das die geschlossenen Läden ins Halbdunkel tauchten.

Wir erreichten einen geräumigen Gang.

»Hier entlang, meine Damen und Herren«, rief eine Stimme.

Eine angelehnte Tür am Ende des Flurs lockte uns an. Trientje, die alle Antennen ausgefahren hatte, zögerte. Ich entschloß mich, jetzt die Führung zu übernehmen. Meine behandschuhte Hand berührte das alte Leder der Doppeltür, deren Kupfernieten genauso glänzten wie die ganze übrige Einrichtung.

»Kommen Sie ruhig herein, Monsieur Dussert!«

Durch die große Glastür fiel grelles Licht, und ich mußte die Augen zusammenkneifen. Ich erkannte eine Silhouette, die sich vor mir gegen die Vorhänge abhob. Er wartete auf uns, an seinem Schreibtisch sitzend. Die Tür ging auf einen breiten Balkon hinaus. Um den Fußweg zum Haus im Auge zu behalten, hatte er nicht einmal aufstehen müssen.

»Sie sollten Ihren Kollegen vorschlagen, sich zu uns zu gesellen. Bei dem Regenwetter werden sie sich sonst einen bösen Schnupfen holen. Der Garten ist architektonisch auch uninteressant. Es ist übrigens nicht nötig, daß sie ein Fenster einschlagen, um hereinzukommen, das Haus ist so schon heruntergekommen genug.«

Hinter mir hörte ich den Druckknopfverschluß eines Holsters aufspringen. Instinktiv trat ich zur Seite. Trientje war dabei, zu ziehen. Im Spiegel des Kamins konnte ich ihre Hand nicht sehen. Und erst jetzt erblickte ich, vermutlich als allerletzter, die Waffe, die vor ihm auf dem Löschblatt seiner Schreibunterlage lag. Wenn er uns, seit wir den Raum betreten hatten, nicht angesehen hatte, dann, weil er seine Augen nicht von der Pistole ließ.

»Keine Sorge, Mademoiselle ...«

Trientje, unerschütterlich, hatte nicht mit der Wimper gezuckt.

»Ich weiß, daß ich gegen Sie keine Chance hätte ...«

Von unten hörte man klirrend Glassplitter zu Boden fallen. Ich vernahm Marlaires Stimme. Zu spät für die Fensterscheibe.

»Seien Sie unbesorgt, ich habe es nicht über mich gebracht. Nicht den Mut gehabt, mich alleine davonzumachen, sollte man meinen. Und Sie jetzt zu zwingen, die ... die Sache an meiner Stelle zu erledigen, wäre doch ziemlich – wie soll ich sagen?«

Er schüttelte den Kopf.

»Unelegant.«

Seine langen knochigen Hände schlossen sich um die Armlehnen des Sessels. Sébastien trat bis zum Schreibtisch vor, nahm die Pistole am Lauf und sicherte sie.

»Sie werden uns folgen müssen, Monsieur Debruyne. Ich habe hier einen Vorführungsbefehl gegen Sie.«

Debruyne nickte, ignorierte jedoch den ihm vor die Nase gehaltenen Zettel.

»Ich weiß, ich weiß«, sagten seine Augen.

Marlaire erschien im Zimmer. Auf ein Zeichen Sébastiens steckte er seine Waffe weg.

»Sie sind nicht verpflichtet, mir zu antworten, Monsieur Debruyne. Jedenfalls noch nicht. Aber bevor wir uns auf den Weg machen ...«

Debruyne wiegte den Kopf und musterte ihn.

»Warum haben Sie Rüdiger Hubermann ermordet?«

Trientje, die immer noch voll konzentriert war, hatte sich gegen das Kaminsims gelehnt. Ihre rechte Hand blieb verborgen.

»Warum?« fragte er erstaunt.

Seine Hände ließen die Armlehnen los. »Hier steht alles drin, Kommissar ...«

Er öffnete eine Schreibtischschublade und deutete auf eine grüne Sammelmappe ohne Aufschrift. Mit einem Blick nahm Sébastien sie zur Kenntnis. Darüber lag ein Buch, auf dessen Umschlag die Büste Richard Wagners abgebildet war.

»Fabrikation eines Mythos?« fragte Sébastien.

Debruyne senkte den Blick. »*Fabrikation eines Mythos*, ja. Unter anderem . . .«

Die Szene war so vorhersehbar, daß sie mir unerträglich wurde. Ich wünschte mich weit weg. Am Ende des Raums standen auf einem zierlichen Schreibtisch Dutzende von gerahmten Fotos. Ich ging zu dem Möbel hin. Sehr schnell sprang mir eins der Fotos in die Augen. Irgendwo hatte ich es schon einmal gesehen. Ein Rabbiner reichte einem lächelnden alten Herrn, der eine schwarze Seidenkippa trug, die Hand. Zwei Männer in hellen Trenchcoats flankierten sie und überwachten eine unsichtbare Menge. Derjenige der beiden, der der Chef zu sein schien, bediente mit besorgter Miene ein Walkie-talkie: Es war Debruyne.

»Aber eine einzige Mappe würde schwerlich ausreichen«, fuhr er fort. »Bei all den Lügen, die er zu Papier gebracht hat . . . oder den Irrtümern, aber wo ist da der Unterschied? All diese Energie, vergeudet für Lügengebäude. Was für eine Verschwendung . . .! Kaum zu glauben. Wissen Sie, mit der Zeit hat er sich im Labyrinth seiner eigenen Erfindungen eingeschlossen. Zweifeln war ihm zur Doktrin geworden, und jede feststehende Wahrheit konnte er nur mehr als das Ergebnis eines Komplotts verstehen. Und das ging bis zum Exzeß, denn als er sozusagen eine neue Richtung einschlagen, etwas anderes schreiben wollte, was ist dabei herausgekommen . . .?«

Mein Blick wanderte zum Schreibtisch zurück.

»Das da . . .!« Seine Stimme klang wütend. Er hatte die Sammelmappe aus der Schublade gezogen und sie auf die Schreibunterlage geklatscht.

»Und das Schlimmste ist, daß er es selbst geglaubt hat. Ehrlich geglaubt. Voller Überzeugung. In diesem Stadium kann man nicht einmal mehr von Unaufrichtigkeit reden. Eher schon von einer perversen Donquichotterie.«

Er lachte bitter auf.

»Also, was wollen Sie gegen solche Leute tun? Gar nichts können Sie tun. Kein Gesetz kann etwas dagegen tun. Sie entziehen sich, sie sind außer Reichweite, eine Diskussion ist unmöglich . . .

Die Arglosesten von ihnen leben in ihrer eigenen kleinen Welt, sie haben, wenn sie sie nicht einfach leugnen, jeden Sinn für die Wirklichkeit verloren. Gewiß, Sie werden mir entgegenhalten, daß jeder das Recht hat herumzuspinnen, wie er will, sich die Geschichten zu erzählen, die ihm gefallen, vorausgesetzt, er ist der einzige, der daran glaubt. Aber genau, was das betrifft, sind die Arglosesten oft die Gefährlichsten ...«

Sébastien trat näher und drehte die Mappe um.

»Wenn ich recht verstehe, kannten Sie ihn persönlich?«

»Oh, das war unvermeidlich, Kommissar. Ich habe mich beim Staatsschutz um alle Fälle gekümmert, die mit Revisionismus zu tun haben. Hubermann kam ziemlich oft zu Gesprächen nach Belgien, bei denen er Sympathisanten begegnete – denn die hatte er. Früher oder später mußten wir uns also über den Weg laufen. Die Informationen an der Quelle abschöpfen, das ist das kleine Einmaleins in diesem Beruf, und dabei war es ein Kinderspiel, sein Vertrauen zu erlangen; er brannte ja förmlich darauf, daß jemand ihm zuhörte, seinen Worten Glauben schenkte – wer weiß, vielleicht auch, daß man ihn beruhigte? Ohne daß er etwas ahnte, konnte ich dank seiner Unterstützung Namenslisten aufstellen und von Mittelsmännern zu Drahtziehern gelangen. Irgendwann hat sich sogar eine Korrespondenz ergeben. Er hegte nicht das geringste Mißtrauen. Aber vor einem Jahr, als er mir von seinem neuen Buch erzählt hat, begriff ich mit einem Schlag, daß dieses kleine Spielchen nicht mehr weitergehen konnte ...«

Wieder nickte er.

»Natürlich hatte ich kein Recht zu richten. Das war nicht meine Rolle. Und dennoch habe ich den Boden unter den Füßen verloren, habe ich angefangen, mich zu fragen, wie ich seine Lügen, seine Paranoia eigentlich ertrug, dieses rachsüchtige Delirium. Und dabei habe ich doch weiß Gott, seit ich mich in diesem Milieu bewege, schlimmere Schweine kennengelernt. Warum also gerade ihn?«

Er sah aus dem Fenster.

»Vinkt war der Knackpunkt ... Der Tropfen, der das Faß zum Überlaufen gebracht hat, wie man so schön sagt.«

Trientje vor dem Kamin hatte sich entspannt. Ihre rechte Hand hatte den Pistolenknauf losgelassen und lag auf ihrem Schenkel.

»Es mußte ein Ende haben, er mußte aufhören. Und zwar auf der Stelle. Aber ich hatte keine freie Hand ... Und daher mußte ich zu einer Notlösung greifen.«

»Die anonymen Briefe?« unterbrach ihn Sébastien.

Debruyne bejahte wortlos.

»Die natürlich nichts geholfen haben. Blieb noch eine letzte Möglichkeit. Zu Anfang habe ich nicht recht gewagt, daran zu denken. Dabei war es ganz einfach. So einfach, daß ich lange gezögert habe, bevor ich zur Tat schritt. Es hat genügt, ihn anzurufen. Hubermann ist ganz arglos gekommen, wie ein Rind zum Schlachthof geht, mit seinen veilchenblauen Augen und der damit einhergehenden Naivität. Besser noch: Er kam förmlich angeflogen. Wobei ich gestehen muß, daß ich dick aufgetragen hatte, was den Köder anlangte.«

»Den Köder?«

»Oh, sehr einfach. Ich habe ihm eine unbekannte Zeugenaussage versprochen ... Eine derartige Offenbarung, daß er bereit war, sein Kapitel über Vinkt von A bis Z neu zu schreiben.«

Er seufzte, lächelte dann.

»Genauer gesagt?« hakte Sébastien nach.

»Ein Mann, der angeblich gesehen hat, wie die belgischen Soldaten noch vor der Ankunft der Deutschen im Dorf die ersten Zivilisten massakrierten. Um es dem Gegner hinterher in die Schuhe zu schieben, oder ... – nun ja, ich weiß gar nicht mehr genau, was ich alles für ihn erfunden habe. Jedenfalls irgend etwas Abnormes. Er jedoch merkte keinen Augenblick lang, keine einzige Sekunde lang die totale Absurdität einer solchen Anklage. Aber das war ja eben der Witz bei der Sache: Er *wollte* daran glauben. Mit einem Wort: Was ihm das Genick brach, war einfach eine weitere Lüge ...«

Mohammed stand im Türrahmen und gähnte.

»Eine Frage bleibt offen ...«, begann Debruyne wieder.

Er unterbrach sich und setzte sich aufrecht in seinen Sessel.

»Darf man im Namen der Toten die Lebenden ermorden?«

Vor zwei Monaten hatte er versucht, darauf eine Antwort zu geben. Wenn ich mich nicht sehr täuschte, hatte sie niemanden überzeugt, nicht einmal ihn selbst.

»Die Botschaft auf Hebräisch und die Inszenierung beim jüdischen Mahnmal waren keine sehr guten Ideen«, fuhr er fort. »Immerhin werden sie Ihnen für Ihre Akte nützen, denn sie untermauern den Vorsatz. Das Wörterbuch können Sie unten im Erdgeschoß in der Bibliothek finden, einschließlich meiner kalligraphischen Versuche. Aber nun gut, das war eben meine persönliche Art, jedermann mitspielen zu lassen. Ich weiß nicht, ob ich mich verständlich ausdrücke ...«

Er stockte. Sébastien machte ihm ein Zeichen weiterzusprechen.

»Ich kann meine Tat nicht bereuen, Kommissar. Wenn die Gründe, die ich angeführt habe, nicht zureichend erscheinen, gibt es noch andere, die nur mich persönlich etwas angehen.«

Er schloß die Augen, öffnete sie wieder. Er wirkte erschöpft. Lange Querfalten liefen über seine Stirn.

»Nein wirklich, ich bedaure nichts. Und das macht mir vermutlich selbst am meisten angst. Und das versöhnt mich auch mit Ihrer Anwesenheit hier. Denn was immer Sie denken mögen ...«

»Wir sind nicht hier, um über Sie zu Gericht zu sitzen«, sagte Sébastien, plötzlich sehr viel steifer, beinahe feindselig.

»In der Tat ...«

Debruyne stand auf, zupfte sich sein Jackett zurecht.

»Gut, es wird Zeit. Halten wir uns nicht unnötig auf.«

Marlaire zog ein Paar Handschellen hervor. Sébastien gab ihm mit einem eindringlichen Blick zu verstehen, sie wieder einzustecken.

»Bevor wir gehen, und wenn es Ihnen nichts ausmacht ...«

»Ja?« sagte Sébastien.

»Es ist nicht sehr stilvoll, aber der Körper hat so seine Bedürfnisse, die auch Ihnen nicht unbekannt sind. Dürfte ich wohl – nun, Sie haben mich verstanden?«

»Gewiß. Mohammed, begleitest du Monsieur bitte?«

Die beiden Männer verließen den Raum. Sébastien ging um den Schreibtisch herum und öffnete die grüne Sammelmappe, bevor er weitere Schubladen aufzog. Er zeigte mir die erste Seite, die darin lag.

»Druckfahnen«, sagte er. »Ein kompletter Satz. Da ist es, das fehlende Kapitel deines Buchs. Wenn ich es recht verstehe, hat Hubermann deswegen sterben müssen.«

»Zum Teil ...«

»Zum Teil? Was willst du damit sagen?«

»Debruyne hat nicht auf deine Frage geantwortet.«

»Welche?«

»Das weißt du sehr gut.«

Die Pistole störte ihn. Er hielt sie Marlaire hin. Der ergriff sie vorsichtig, sah sie an, runzelte dann die Brauen.

»Irgendwelche Probleme?« fragte Sébastien.

Marlaire zog das Magazin heraus, ließ eine Patrone herausspringen und drehte sie zwischen Daumen und Zeigefinger.

»Neun-Millimeter-Copperclad«, sagte er. »Vorschriftsmäßige Munition. Ist seine Dienstwaffe ...«

»Ja und?«

Er starrte Sébastien mit einem Ausdruck an, als frage er sich, ob der die Bedeutung seiner Worte wirklich verstanden habe.

»Eine Neun-Millimeter-Waffe!« sagte er eindringlich.

Der Atem stockte mir.

»Scheiße!«

Marlaire hatte nicht auf mich gewartet. Mit gezückter Waffe rannte er schon vor mir durch den Korridor.

»Mohammed! Paß auf!« brüllte er.

Die mangelnde Kenntnis der Örtlichkeiten gereichte uns entschieden zum Nachteil. Nachdem wir mehrere uninteressante Zimmer durchquert hatten, gelangten wir plötzlich in eine Art Waschküche mit verhängten Fenstern. Marlaire atmete laut. Im Halbdunkel glänzte seine verchromte Beretta. Auch ich hatte die Waffe gezogen.

Rechter Hand gurgelte irgendwo ablaufendes Wasser durch die Eingeweide des alten Hauses. Jemand hatte eine Toilettenspülung gezogen.

»Dort rüber!« schrie ich.

Eine Tür ging auf einen weißen, lichtüberfluteten Korridor hinaus. Am anderen Ende saß Mohammed auf einer Fensterbank und warf uns einen fassungslosen Blick zu.

»Ja was denn? ... Was ist denn los?«

Marlaire rüttelte bereits am Griff einer anderen Tür. Ein emailliertes Schild mit Blumenmotiven, das mit zwei Kupfernägeln in die Tür geschlagen war, besagte: *Badezimmer.*

»Debruyne! Tun Sie das nicht!« brüllte ich.

»Aber ... Ich hab nachgesehen, Monsieur Dussert ...! Das Fenster ist viel zu eng, als daß er ...«

Noch bevor Mohammed seinen Satz zu Ende gesprochen hatte und bevor Marlaire seinen ersten Schulterstoß gegen die Tür führen konnte, ertönte ein schnalzender Knall, kurz und definitiv wie ein abschlägiger Amtsbescheid. Mit einem Mal verstand ich auch, warum der Kellner aus dem *Imaige Nostre Dame* nichts gehört hatte.

Trientje war zu uns gestoßen. Aber diesmal appellierten wir nicht an ihre Fähigkeiten, ein Schloß zu öffnen. Beim dritten Stoß riß das Schließblech ein Stück der Zarge mit heraus, und die Tür gab nach. Vom Schwung mitgerissen, stürzten wir beinahe auf die Kloschüssel.

Auf die Kloschüssel und auf Debruyne.

Es gibt Anblicke, an die man sich nie gewöhnen wird.

»Der hat gut gezielt«, sagte Marlaire mit erstickter Stimme.

Die Ladung war nicht stark genug gewesen, um die Schädeldecke abzusprengen. Die Kugel war glatt durchgegangen, beinahe säuberlich. Debruyne hatte sie sich in den Mund geschossen. Ein schmaler Strahl aus Blut und Hirnmasse befleckte die Kacheln hinter ihm unter dem Spülkasten. Die Pistole war zu Boden, auf eine Korkmatte, gefallen, neben eine halb abgerollte Rolle rosa Toilettenpapier.

Ob aus Schamgefühl oder aus Ekel, Marlaire hatte entschieden, die Leiche keines Blicks mehr zu würdigen.

»Klassisches Versteck«, murmelte er.

Der Deckel des Spülkastens war abgenommen worden. Zu Füßen des Toten breitete sich um eine nasse Plastiktüte eine

Wasserlache aus. An den Rändern der Tüte hingen noch hastig abgerissene Stücke schwarzen Klebebands.

»Der Schnitzer, den wir uns geleistet haben, ist weniger klassisch . . .«, murmelte Sébastien, der jetzt hinzutrat.

Die Blässe seines Gesichts korrespondierte mit der des Badezimmers, auf dessen weißen Kacheln nur der rote Blutfleck störte.

»Wir waren ihm völlig egal . . .«

Er zog ein Päckchen Gitanes aus der Tasche seines Regenmantels.

». . . bis zum Schluß«, beendete er seinen Satz.

Ich zog mir den Handschuh aus, streckte die rechte Hand aus und schloß mit unendlicher Behutsamkeit die Augen des Toten. Unter meinen Fingern trocknete eine feuchte Tränenspur. Trientje kniete sich hin und steckte die Spitze ihres Drehbleistifts in den Lauf der kleinen Automatik.

»Gut, daß Pierre das nicht sehen kann«, meinte sie.

Die Pistole stank nach verbranntem Pulver. Trientje deutete mit dem Finger auf ein Wort, das in großen, weißen Buchstaben quer über den Griff gedruckt war.

»DANTON«, las ich laut.

Trientje hob die Plastiktüte auf und steckte die Waffe wieder hinein.

»Eine 7.65-Millimeter. Spanisches Fabrikat. Gibt es, glaube ich, nicht mehr.«

Sie seufzte und zuckte die Achseln.

»Ich hätte draufkommen müssen.«

Ich drehte mich um, suchte nach Mohammed. Er war verschwunden. An seiner Stelle saß Sébastien auf der Fensterbank. Er hatte das Fenster gekippt und sich eine Zigarette angezündet. Der maisfarbene Stengel zitterte zwischen seinen Fingern. Die kalte Luft von draußen spielte mit dem Rauch, formte die blauen Schleier zu Kringeln und zerriß sie wieder.

Ich wartete gemeinsam mit Sébastien in Debruynes Büro auf die Ankunft der Leute vom Labor. Trientje war im Badezimmer geblieben. Offiziell kümmerte sie sich um die erste Tatbestandsaufnahme. Wir waren übereingekommen, nur die Sammelmappe mitzunehmen und sonst nichts. Sobald die Leiche fortgeschafft wäre, würden wir das Haus versiegeln und verschwinden. Es bestand keine Dringlichkeit, das Haus des Toten in seiner Gegenwart zu durchsuchen. Was das weitere Vorgehen betraf, konnte man immer noch sehen. Oder vielleicht auch nicht. Aller Wahrscheinlichkeit nach war der Fall Hubermann abgeschlossen und die Polizeiarbeit beendet.

Wir schwiegen. Marlaire und Mohammed waren draußen im Garten, frische Luft schnappen. Um die Zeit und das Schweigen zu überbrücken, stellte ich die Fotos auf dem kleinen Schreibtisch um. Das, auf dem Debruyne neben dem Rabbiner stand, zeigte ich Sébastien.

»Personenschutz«, kommentierte er resigniert. »Sie haben eine Spezialeinheit für solche Sachen. Debruyne hat da lange mitgearbeitet.«

Er zündete sich eine weitere Zigarette an.

»Du rauchst zuviel, Seb.«

Er warf einen Blick auf seine Gitane und machte eine gleichgültige Geste. Ein wenig Asche fiel auf den Teppich.

Ich ging zu der Balkontür, öffnete sie und trat auf den Balkon hinaus. Von Pussemiers Kastenwagen noch keine Spur. So weit man sehen konnte, dehnten sich die idyllischen Anwesen des Viertels aus, in denen nicht einmal das Brummen eines Rasenmähers die Ruhe störte – das lag natürlich auch an der Jahreszeit und vor allem daran, daß Sonntag war. Nur die hohen Bäume säuselten im Nordwind.

»Ich frage mich, ob ich das Auto abgeschlossen habe«, sagte ich.

Sébastien begriff den Wink mit dem Zaunpfahl und machte mir ein Zeichen, daß ich gehen könne. Es war ihm recht, alleine zu bleiben. Mit unsicherem Schritt stieg ich die Treppe hinab, durchquerte ohne irgendeinen Umweg über die Zimmer des Erdgeschosses die Eingangshalle und zog die Haustür auf.

Als ich am Fuß der Eingangstreppe stand, ließ ein wohlbekanntes Geräusch mich den Kopf wenden. Hinter einem Ginsterbusch hockte Mohammed, die Hände auf dem Bauch und kotzte alles, was er im Leib hatte, auf ein verwildertes Beet. Marlaire beugte sich zu ihm hinab und tätschelte ihm die Schulter. Mit einer Stimme, in der sich Mitleid und Überdruß mischten, sagte er immer wieder:

»Komm schon, Momo … ist doch nicht deine Schuld.«

Ich hob die Augen zu dem bedeckten Himmel. Es hatte aufgehört zu nieseln.

Nein, es war nicht seine Schuld gewesen.

Aber um das zu vermitteln, gab es vermutlich kein passendes Wort. Weder dafür noch für irgend etwas anderes.

A Soldier
Of The Great War
Known Unto God

(B.20)

Langsam und dickbäuchig ziehen die Wolken gen Westen, mit dieser souveränen Nonchalance, mit der nur sie das vermögen. Du siehst ihnen zu, wie sie in langen Zügen vorübertreiben. Hier gibt es sonst nicht viel zu tun – nachts die Sterne, tagsüber die Wolken. Jedesmal sagst du dir, daß sie vielleicht auch über dein Land kreuzen, daß sie dich an einen Himmel erinnern, egal welchen, den Sommerhimmel deiner Kindheit vielleicht, den deines erstens Kusses unter den Bäumen einer Allee oder den deiner Abreise in dieses kleine Unglücksland, in dem die Dörfer brannten und die Soldaten starben.

Ist da endlich ein Anhaltspunkt?

Aber jedesmal wirst du aufs neue enttäuscht. Es ist immer dasselbe, der Himmel, den du vor Augen hast, hat nichts mit diesem hier gemein. Schwarz, undurchsichtig, von grellen Blitzen zerrissen, und es regnet Wasser und geschmolzenes Eisen. Denn man hat dir nichts von deiner Vergangenheit gelassen, nicht einmal die Himmel.

Also werden sie dir langsam gleichgültig.

Für die andern ist das anders, sie können nicht verstehen. Sie haben einen Namen und die Erinnerungen, die sich daran knüpfen, und die sie über die Reihen hinweg austauschen, vergleichen, einordnen und kommentieren. Es hat etwas von Briefmarkensammlungen: ein guter Zeitvertreib.

Natürlich bist du neidisch auf die andern. Selbst auf den langen Gallagher, deinen Nachbarn zur Rechten, der andauernd und bis zum Überdruß in diesem unerträglichen irischen Akzent seine unzähligen Kneipengeschichten zwischen Kerry und Birmingham zum besten gibt. Seine Sehnsucht hat wenigstens einen Geschmack – sie schmeckt nach Guinness, hauptsächlich. Deine dagegen ist fad.

Dein Nachbar zur Linken, unbekannt wie du, macht sich nicht viel draus. Er behauptet, er hätte es gewußt und dann vergessen, aus Trägheit oder Gleichgültigkeit, und überhaupt, da, wo ihr seid, was spielt es da für eine Rolle? In Reihe C wird gemunkelt, daß einer der fünf Unbekannten dieses Friedhofs gar kein Brite sei, sondern ein dort irrtümlicherweise begrabener Belgier. Hopgood, der Kanonier von Nr. 23, behauptet, das sei wahr, er habe ihn getroffen, und den guten Mann jucke es nicht die Bohne, bei den Tommys zu logieren, er fühle sich wohl hier. Also wirklich, diese Leute sind schon komisch. Hätte er es wohl genauso lustig gefunden, wenn man ihn auf einem Jerry-Friedhof verbuddelt hätte? Obwohl, was soll's letztendlich ... Aber vielleicht ist diese ganze Geschichte auch wieder nichts anderes als eines dieser Lügenmärchen, das die Australier mit ihrem subtilen Buschbauern-Humor in Umlauf gebracht haben ... Alles in allem bist du in einer guten Reihe gelandet. Hätte schlimmer kommen können. Zuerst die beiden Kanoniere links – nebst dem direkten Nachbarn. Rechts nach Gallagher fünf Berufssoldaten von 1915, echte Lederstrümpfe, sogar ein Reiter ist darunter. Dann die gutgelaunten Witzbolde aus Australien, sechs insgesamt, alle am selben Herbsttag 1917 gestorben. Dahinter findet man einen Pionier, man fragt sich, was der da zu suchen hat, und dann hört die Reihe mit den Wilden auf: sechs Maoris mit unaussprechlichen Namen, die alle am Abend eines Neujahrstages dran glauben mußten.

Es stimmt schon, die Unbekannten haben hier ein bißchen was von Parias.

Vorläufig zumindest ... Denn es wird dir wieder einfallen.

Neuseeländer? Nein, ausgeschlossen, daran würdest du dich erinnern können, so was vergißt man nicht. Australier also? In Wagga Wagga geboren wie Norman von Nr. 10?

Das wäre schrecklich. Etwa Inder? Höchst unwahrscheinlich. Und außerdem gibt es hier überhaupt keine Inder.

Aber was denn dann? Engländer? Schotte? Kanadier?

Tja ...

Vielleicht müßte man die andern einmal fragen. Aber du glaubst so wenig an den Erfolg einer solchen Umfrage, daß du nie weiter als bis in die Reihe gegenüber gekommen bist. Schon, um nur bis zur H zu kommen, müßtest du 30 Yards zurücklegen. Das ist eine ganze Ecke. Und wozu? Deine Kräfte hebst du dir lieber für eure Ausflüge zum Menintor auf. Wenn man den Weg über die Schanzen nimmt, ist es nicht weiter als eine Meile. Trotzdem ein ganz schöner Marsch, vor allem bei Gegenwind, und nicht zu vergessen, daß man so schnell wieder zurück muß. Deswegen hast du auch ein Abkommen mit deinem Nachbarn getroffen, dem Unbekannten von Nr. 21. Immer abwechselnd. Bei jedem Aufenthalt unter dem Tor zehn Namen merken und nach der Rückkehr aufsagen, probehalber. Das macht bei den 54896, selbst wenn man die Sikhs, die Gurkhas, die Pathanen, die Birmanen, die Maoris und Südafrikaner wegläßt, und natürlich auch die Kavalleristen und Artilleristen, immer noch eine ganze Reihe Namen, die man testen muß. Dein Nachbar glaubt zwar nicht recht an diese Prozedur, aber er ist ein anständiger Kerl. In Wirklichkeit macht er aus Freundlichkeit mit und um sich weniger zu langweilen. Die Aussicht, bis in alle Ewigkeit zweigeteilt zu bleiben, der Name dort drüben, der Rest hier, kratzt ihn nicht weiter. Er meint, du solltest dir ein Beispiel an ihm nehmen.

Stimmt schon, daß ihr euch nicht mehr ändern werdet. Der kleine Thompson von Nr. 24 zum Beispiel, der ein bißchen abseits liegt, wird immer 19 Jahre alt bleiben. Searle und Nicholls, der Royal Engineer von Nr. 7, dagegen respektable 33. Andere behaupten, sie wüßten ihr Alter nicht mehr, aber bei ihnen ist es nicht weiter tragisch. Es genügt, daß ein Tourist am Eingang das Register aus seinem Metallkasten zieht. Mit ein bißchen Glück öffnet er das Heft ja auf der richtigen Seite.

Die Touristen dagegen ändern sich Jahr für Jahr. Lange Zeit sind sie gealtert und immer krummer geworden. Dann sind manche gar nicht mehr gekommen. Andere haben sie ersetzt, aber es sind weniger geworden. Manchmal kommentiert ihr die Kleider, die sie tragen, vor allem bei den Frauen. Da geht es hoch und runter. Derzeit sieht es danach aus, als würden die Röcke wieder länger werden.

Jung ... Ja, jung mußt du gewesen sein. Schön, das kannst du mal im Hinterkopf behalten.

Interessanterweise gibt es auch Stammgäste. Wie diesen großen Typen in der grünen Jacke, der immer nur am Wochenende kommt, manchmal in Begleitung. Den interessiert das Register ganz besonders. Er spaziert zwischen den Reihen umher und wirkt, als suche er jemanden. Aber er sucht gar niemanden, er notiert nur etwas in ein rotes Notizheft. Einmal hast du wissen wollen, was das Ganze eigentlich soll, und hast einen Blick über seine Schulter geworfen.

Muß gut und gerne fünfzig Jahre her sein, daß du nicht mehr so gelacht hast. Völlig abgedreht, der gute Mann. Ein Haufen Schwachsinn. Aber wie sollte er auch irgendwas verstehen können?

Heute dagegen was ganz anderes. Seit einer guten Viertelstunde stapft ein großer Tolpatsch im buntgescheckten Polohemd und mit gelangweilter Miene durch die Reihen. Er redet aus der Entfernung mit einem alten, völlig hutzligen Opa in schwarzem Jackett, der unbeweglich am Tor steht.

»Grandpa! I think he's over there!«

Und jetzt latscht er dir mit seinen weißen Tennisschuhen auf den Bauch. Zählt die Gräber ab. Bleibt stehen. Fuchtelt mit den Händen.

Der Urahn kommt, auf einen Stock gestützt, näher. Er hat langes, weißes, nach hinten gekämmtes Haar und trägt eine Hornbrille mit dicken Gläsern und ein weißes Hemd, dessen Kragen zerknittert ist, wodurch eine Spitze gegen das Revers seines Jacketts stößt. Er schwitzt. Er ist schon einmal hier gewesen, hat aber Angst, sich zu täuschen. Das Gedächtnis ist nicht mehr, was es mal war. Er hat die Reise von Sydney ein letztes Mal gemacht, bevor er sterben wird, um seinen alten Kameraden Freddie zu grüßen. Den hat er nie vergessen. Denn Freddie, das ist seine verlorene Jugend, die Zeit der großen Dummheiten, die nie wiederkommt. Und er zählt die Gräber nochmals ab. Er zählt gerne. Sein Kopf funktioniert noch. Nach dem Krieg ist er zu Hause Steuerberater geworden. Vierzig lange Jahre Debitoren- und Kreditorenkonten gegenübergestellt. Vorhin, als er das Register durchforstete, hat er sich gefragt, was wohl das Durchschnittsalter der Jungs sein mag, die hier begraben liegen. Was deine Reihe betrifft, könntest du ihm die Zahl einsagen: Vierundzwanzig.

Er sucht die Zwölf. Als er vorbeigeht, würdest du ihm gerne zuschreien, daß du das warst, die erstarrte Lehmfigur auf der Bahre, an jenem denkwürdigen Oktoberabend. Freddie trug hinten, er vorne, bis zur Taille im Schlamm. Auch bedanken würdest du dich gerne bei ihm. Dank ihm bist du nicht im Schlamm verreckt, nicht wie eine Ratte ersoffen.

Aber nun ja ... Keiner kann euch jemals hören.

Und Bertie geht vorüber. Du hättest ihm ja ohnehin nichts anbieten können, nicht einmal einen Namen. Vielleicht ist es also besser so.

Und trotzdem wird sich das noch ändern.

Ja, und ob, es wird sich ändern. Als ihr das letzte Mal nachgezählt habt, du und dein Nachbar von Nr. 21, da blieben euch noch genau 20 656 Namen zu testen. Jeder 10 328. Und darunter sind zwangsläufig die beiden richtigen. Vorausgesetzt, daß ihr keinen übersprungen habt. (Darüber denkt man besser nicht nach – sonst könnte man es gleich bleibenlassen.) Normalerweise stellst du dich unter das Tor auf einen der gußeisernen Pfosten, gegenüber der Südmauer. Der beste Augenblick ist abends nach dem Last Post, *wenn die Touristen fortgehen. Zu dieser Stunde steht die Sonne schön flach, erzeugt ein leicht grünliches Licht, das die Buchstaben gut rauskommen läßt. Du suchst nach dem letzten Regiment, dem letzten Bataillon, dem letzten Namen. Und knüpfst dort an, wo ihr das letzte Mal aufgehört habt.*

Und jedes Mal, wenn du anfängst, passiert etwas, es dauert nur einen ganz kurzen Augenblick, dein Herz zieht sich zusammen …

Du siehst Buchstaben. Nicht die von dem Mahnmal. Sie zögern. Sie zittern. Sie formen sich. Jetzt nur keine Störung.

Jetzt, genau, jetzt fällt es dir wieder ein!

Du hießest … du hießest …

Zwanzigstes Kapitel

In den Fluren des zweiten Stocks war ich niemandem außer einem plappernden Quartett marokkanischer Putzfrauen begegnet, die ihre Feudel auswrangen und ihre Eimer wegschlossen. Die meisten Räume warteten noch auf ihre Benutzer. Die anderen entließen die ihren nach einer langen Wache in eine Morgendämmerung, die ebenso düster war wie eine anbrechende Nacht. Die Zellen im Untergeschoß öffneten sich etwas weniger weit, gerade genug, um die ärmlichen Frühstücke hineinzuschieben, die der belgische Staat seinen vorübergehenden Gästen servierte. Aus dem Treppenhaus stieg ein Geruch nach Muckefuck hoch.

Freiere Bahn als um diese Stunde würde ich niemals haben. Ich schloß die Tür hinter mir, stellte die Aktentasche ab und beschloß, es, noch bevor ich den ersten Kaffee des Tages kochte, zu erledigen.

Trientjes Stuhl, ein altes Ding ohne Rollen, versuchte sich zwischen den beiden Sockelschränken ihres Schreibtischs zu verstecken. Nach einer letzten Horchkontrolle – kein Schritt erklang in der Nähe, nirgends eine quietschende Tür – kniete ich mich hin und schob die rechte Hand unter die Sitzfläche, dort, wo die linke Wade eine kleine Vertiefung eingedrückt hatte. Wenn meine Hypothese sich bestätigte, mußte der Grund für das Problem hier irgendwo liegen.

Heureka! Der Nagel meines Zeigefingers blieb an einer kleinen Unebenheit hängen, der kein Nylonfaden widerstehen konnte, selbst bei 30 Den. Ich bückte mich und entdeckte einen winzigen Nagel mit flachem Kopf, der abgeschabt glänzte und unglücklicherweise etwas hervorstand.

Hastig öffnete ich meine Aktentasche und zog das Werkzeug heraus, das ich unter dem Vorwand irgendwelcher sonntäglicher Basteleien meinem Vater abgeschwatzt hatte. Einen Augenblick lang schwankte ich zwischen Kneifzange und Hammer, entschied mich dann aber für letzteren. Mit drei wohlgezielten Schlägen ließ ich den rebellischen Nagel unter einer Falte alten Englischleders verschwinden. Sodann, in der süßen Euphorie badend, die eine jede gute Tat gewährt, räumte ich meine Siebensachen wieder ein und kümmerte mich um den Kaffee.

Während die Maschine röchelnd ihren Saft ausspie, ging ich rasch die verschiedenen Schriftstücke durch, die nun bald das Papiermausoleum der geschlossenen Akte Hubermann bereichern würden. Denn kaum hatte er sich von seinen mißlichen Abenteuern als Luftschiffer erholt, wollte Hauptkommissar Hoflyck die Brigade wieder in den Griff bekommen. Seiner Meinung nach hatte seine Abwesenheit natürlich zu den schlimmsten Verirrungen geführt. Dementsprechend entfaltete er, mit gutem Beispiel vorangehend, einen intensiven Tatendrang, vor dem nichts und niemand sich retten konnte. Zu seinen hervorragendsten Leistungen gehörte es, das Schild der Damentoilette wieder festschrauben zu lassen und dekretiert zu haben, daß von nun an keine Energie mehr in Ermittlungen gesteckt werden solle, bei denen man nicht zu klaren und meßbaren Ergebnissen kam. Mit einem Wort: Wir würden uns noch umsehen. Wie üblich.

Natürlich hatte der Fall Hubermann sogleich unter dieser Entscheidung leiden müssen. Dabei waren noch eine ganze Reihe Punkte in dieser Akte nicht geklärt. Eines dieser strittigen Details war Debruynes tatsächliches Motiv, das nach wie vor unbekannt war. Er hatte keinerlei persönliche Mitteilung hinterlassen, kein Testament, keinen deutlichen Hinweis – kaum die Andeutung eines gedanklichen Zusammenhangs. Mit anderen Worten: Wir hatten einen Rahmen, aber es hing kein Bild darin. Ich hatte zwar eine vage Idee, welcher Spur man nachgehen könnte, aber kaum mehr. In jedem Fall nichts, was den Staatsanwalt hinter dem Ofen hervorgelockt oder Daubie von neuem auf den Plan gerufen hätte. Außerdem könnten einem jetzt, im Licht der jüngsten Entwicklungen des Falls, mehrere handfeste

Indizien Fragen aufgeben. Warum zum Beispiel hatte Hubermann auf seinem Kassenbon die Marke der Waffe notiert, die er auf dem Griff erspäht hatte, und nicht den Namen seines Mörders? Pierre war der Meinung, daß Debruyne vielleicht unter einem anderen Namen aufgetreten war oder daß man zumindest Hubermann keine Vorwürfe machen könne, daß er sich mit vier Kugeln im Leib nicht von seiner logischsten Seite zeigte. Natürlich war das nur eine der möglichen Theorien. Nicht besser oder schlechter als jede andere. Ich hatte keine Lust, über ihre Stärken und Schwächen zu debattieren, und tat, als akzeptiere ich sie, wenn ich auch eher zu der Auffassung tendierte, daß der tatsächliche Verfasser der Nachricht Debruyne selbst gewesen war.

Was Hoflyck, in seinem eigenen Spiel gefangen, dagegen momentan nicht mehr problemlos stoppen konnte, war die bevorstehende Zerschlagung des Zuhälterrings. Erst mit unentschuldbarer Verspätung hatte er im Adreßbuch eines der Mädchen die Initialen und die Geheimadresse eines Politikers entdeckt, der diesen seit langem unterstützte. Der Ring hatte ihm im Rahmen seiner Tätigkeit im Kabinett eines bestimmten Ministers früher einmal ein paar kleine Dienste geleistet. Und da Vorsicht die Mutter der Porzellankiste ist, beschränkte sich seine Mitarbeit an diesem Fall von nun an darauf achtzugeben, daß die Formalia eingehalten wurden, wo immer sie die tatsächliche Arbeit zu bremsen vermochten.

Bevor ich sie endgültig wegsteckte, las ich die *Fabrikation eines Mythos* noch einmal von der Stelle an weiter, wo ich aufgehört hatte. Das Kapitel, dessen Übersetzung auf dem Amtswege besorgt worden war, war erst nach zwei Wochen in Form eines dicken, mit doppeltem Zeilenabstand getippten Papierstoßes zu uns zurückgekommen. Trientje hätte uns eine Menge wertvolle Zeit gespart und ein dünneres Resultat geliefert. Aber damit die Steuergelder nicht völlig sinnlos verschwendet worden waren, war es das mindeste, daß wenigstens einer von uns es auf sich nahm, den Text bis zum Ende durchzulesen.

Und an diesem Morgen hatte ich Zeit dafür. Sébastien würde dieses Vergehen übersehen, und, von seltenen Ausnahmen abgesehen, ließ Hoflyck sich nie vor neun Uhr dreißig in den heiligen Hallen blicken. Und schließlich tat ich es ja auch für die gute Sache.

»... Wie wir bereits weiter oben bemerkten, stellt Vinkt ein gutes Beispiel für den Mythifizierungs-Prozeß dar, den wir andernorts bereits beschrieben haben und der, erinnern wir noch einmal daran, in Westeuropa aus einer populären Tradition heraus entsteht, die ihren Ursprung zu großen Teilen im Krieg von 1870 hat (dazu auch Kap. III, § 2 ff.).

Auf die rein militärischen Ereignisse, die wir zu Anfang des Kapitels erwähnten, wollen wir hier nicht zurückkommen. Sie sprechen für sich selbst. Es sei uns jedoch gestattet, versuchsweise eine erste Schlußfolgerung aus ihnen zu ziehen. Eines ist sicher: Wir vermögen nicht zu sehen, aus welchen obskuren Motiven eine Truppe auf dem Rückzug, die in der Minderzahl ist und dem Gegner sowohl in puncto Moral als auch in puncto Bewaffnung unterlegen und die hinter ein natürliches Hindernis von geringem strategischem Wert zurückgedrängt worden ist, einen derartig hartnäckigen punktuellen Widerstand hätte liefern sollen. Ist es nötig, darauf hinzuweisen, daß Belgien keinerlei militärische Tradition besitzt, die dieses Wortes würdig wäre? Von einigen wenigen Zufallserfolgen abgesehen, die während der Kampagne des August 1914 gegen Vorhut-Truppen erzielt wurden, die sich zu weit von ihrer Basis entfernt hatten, hat die belgische Armee sich in den Annalen der Militärhistoriker nie auch nur durch die geringste Fähigkeit zu manövrieren ausgezeichnet. Und was die Kampfkraft des Durchschnittsbelgiers betrifft, so würde man dergleichen bei einem Völkergemisch, dem jeglicher Nationalstolz ebenso abgeht wie Entscheidungsfreude oder Eroberungslust, vergeblich suchen.

Die weitergehende Analyse läßt es extrem zweifelhaft erscheinen, daß wallonische Soldaten auch nur ansatzweise Energie aufgewendet hätten, flämischen Boden zu verteidigen, der nicht der ihre war. Alle Aussagen, die wir unter den Veteranen unseres ehemaligen 377. Infanterieregiments sammeln konnten, stimmen darin überein. Gegenüber solchen Informationen aus erster Hand wirken die belgischen Behauptungen recht dünn und kommen vor allem reichlich spät. Der offizielle Diskurs, den eine gefällige Justiz weiterträgt und der seit fünfzig Jahren jede tiefergehende Auseinandersetzung blockiert, riecht verdächtig nach einer propagandistischen Konstruktion a posteriori.

Fern sei uns irgendwelche parteiliche Leidenschaft, doch es ist höchste

Zeit, endlich die Wahrheit zu enthüllen. Die Geschichte, dessen dürfen wir sicher sein, wird uns recht geben. Auch wenn es sich rein zahlenmäßig hier um eine Quantité négligeable *handelt, werden wir doch beweisen, daß das angebliche Massaker von Vinkt in Wirklichkeit nichts anderes war als die gerechte Bestrafung einiger Terroristen, die sich unter eine friedfertige, ja unseren Truppen sogar wohlgesinnte lokale Bevölkerung gemischt hatten – eine Bevölkerung, die übrigens in ihrer Gesamtheit keineswegs unter den Repressalien zu leiden hatte ...«*

Ich stand auf, unterbrach die Lektüre des offen auf meiner Schreibunterlage liegenden Dossiers. Wie zuvor schon war ich mir nicht sicher, ob ich weiterlesen wollte. Übelkeit schnürte mir die Kehle zu, und ich fragte mich, ob ihr Grund meine Verbitterung über den Text war oder das Bewußtsein, daß ich, wenn ich sie auch nicht gutheißen konnte, Debruynes Tat doch von innen heraus zu verstehen begann.

Dieses Gefühl war nicht neu. Wieder einmal mußte ich mir eingestehen, daß man in diesem Beruf zwar kerzengerade in seinen Stiefeln stehen konnte, ohne sich jedoch darin sonderlich wohl zu fühlen. Hatte Debruyne uns denn nicht, indem er sich entschloß zu sterben, indem er uns zu seinen Scharfrichtern machte und so den einzigen Schlüssel mit ins Grab nahm, der uns gestattet hätte, die tatsächlichen Gründe seiner Tat zu verstehen, hatte er uns derart denn nicht für unwürdig erklärt, ein Ideal der Treue mit ihm zu teilen, völlig losgelöst von unserem Verhalten und unseren möglichen Gründen? Wenn Lüge und Blindheit Hubermann das Leben gekostet hatten, dann waren Stolz und Verachtung Debruyne zum Verhängnis geworden. Aber die Sachen, für die sie gestritten hatten, waren dennoch in keinster Weise miteinander zu vergleichen.

Hinter mir flatterte ein Stoß Papiere auf. Ich drehte mich um. Marlaire war wie ein Wirbelwind ins Zimmer geplatzt.

»'llo, Dussert! Schon da? Bett genäßt?«

Ohne auf eine Antwort zu warten, warf er mir einen braunen Umschlag auf den Schreibtisch und ging türenschlagend wieder hinaus.

Der unfrankierte Brief kam von der Polizei aus Auderghem.

Wider alle administrative Wahrscheinlichkeit war meine Flaschenpost also tatsächlich an einem von einem Beamtenapparat bewohnten Ufer angespült worden und hatte zunächst die Aufmerksamkeit und dann gar die Antwort eines Mitglieds dieser bescheidenen Küstenwache provoziert. Auch wenn hier ein kleines Wunder geschehen war, hatte ich im ersten Moment Lust, den Umschlag zu vernichten und seinen Inhalt zu annullieren, der mir nun von keinerlei Nutzen mehr sein und höchstens neue Pein hervorrufen konnte. Trotzdem schob ich einen Finger unter den Falz, riß ihn auf und zog ein dünnes, getipptes Blatt Papier hervor – auf den ersten Blick die Kopie eines Polizeiprotokolls. Der mittlere Absatz vertrieb meine letzten Zweifel.

»... Infolge einer Nichtbeachtung der Vorfahrtsregeln laut Straßenverkehrsordnung und trotz eines achteckigen Hinweisschilds B5, wurde das Kraftfahrzeug mit dem amtlichen Kennzeichen DKU-679, gesteuert von Mademoiselle Aline Durufle, wohnhaft Woluwe-Saint-Lambert, Avenue Albert-Elisabeth, von einem von rechts kommenden Autobus seitlich angefahren. Die Tatbestandsaufnahme am Unfallort durch unsere vereidigten Wachtmeister Lurkens und Caudron ergab das Verschulden der genannten Aline Durufle. Der Beifahrer, Monsieur Jean-Christophe Demey, wohnhaft Woluwe-Saint-Lambert, selbige Adresse, ist auf dem Transport ins Krankenhaus verstorben ...«

Usw. usw. Ich knüllte den Zettel zusammen und warf ihn, um ihn nicht mehr sehen zu müssen, in den Papierkorb. Ich war nicht sonderlich stolz auf mich.

Vorgestern abend hatte Aline mich angerufen. Mit klopfendem Herzen hatte ich ihr zugehört, ohne selbst einen Satz herauszubringen. Einen Augenblick lang hatte ich, trotz der vergangenen zwei Wochen, auf einen wie immer gearteten Umschwung gehofft. Denn gegen alle Erwartung war Aline keineswegs wütend auf mich. Durch ihre sanfte und gleichmäßige Stimme hindurch war sogar so etwas wie Gelassenheit zu hören. Sie hatte gemeint, daß mein Abschiedsbrief für sie nur die Bestätigung eines undeutlichen Gefühls gewesen sei, das zu verstehen und noch mehr sich einzugestehen ihr sehr schwer gefallen war: das, in bester Absicht einen Irrtum begangen zu haben.

»Du hast die richtigen Worte gefunden«, gestand sie mir.

Schade, daß sie so weh taten.

Ich hatte ganz vergessen, ihr schöne Ferien zu wünschen.

Ich kehrte an meinen Schreibtisch zurück und nahm das Kapitel zu Beginn einer neuen Seite wieder auf.

... Die Verlassenheit des derzeitigen Mahnmals, die quasi inexistenten Besucher, unterstreichen das Unbehagen noch. Der Kontrast zu anderen vergleichbaren ausländischen Stätten wie Oradour-sur-Glane oder Lidice ist in dieser Hinsicht frappant. Wie auch immer man die Fakten einschätzt, findet man an diesen Orten doch tatsächliche Gedenkstätten, die sich um eine präzise Erinnerung drehen.

Für unsere Hypothese spricht außerdem der Umstand, daß die Vinkter Ereignisse in keinem der Geschichtsbücher, die wir haben einsehen können, erwähnt werden (nicht mit einer einzigen Silbe), und ihre daraus resultierende faktische Tilgung. In einem Anflug intellektueller Redlichkeit scheinen die Eliten dieses Landes es aufgegeben zu haben, öffentlich eine Theorie zu verteidigen, die allen Tatsachen widerspricht und die eher einer vergangenheitsorientierten Ikonografie zuzuschlagen ist als eigentlicher historischer Wahrheit ...«

Diesmal klappte ich die Mappe zu, schlug ein Gummiband darum, vervollständigte das Etikett, stempelte das Datum darauf und legte das Ganze in die Hubermann-Ablage. Mit demselben Schwung packte ich auch das von Zylberstein entliehene Buch ein, schrieb ein kurzes Dankeswort dazu und machte das Päckchen versandfertig.

Gerade wollte ich in den ersten Stock hinunter, um alles mit Sébastien zu diskutieren – die Gesprächsthemen gingen uns nie aus –, als das Telefon klingelte.

»Hallo?« sagte ich.

»Barthélemy?«

Trientjes Stimme. Ein wenig außer Atem.

»Ja?«

»Ich bin's.«

»Ich habe dich schon erkannt. Was gibt's Neues?«

»Och, nichts weiter.«

»So?«

»Das heißt, doch.«

»Und zwar?«

»Ich habe eine Panne.«

Das war tatsächlich nichts Neues.

»Willst du, daß irgend jemand dich abholen kommt?«

»Nein, deswegen ruf' ich nicht an.«

Schweigen. Störgeräusche. Weitentferntes Gehupe.

»Mein Bruder kommt vorbei.«

»Kennt der sich mit Autos aus? Hätte ich nicht gedacht.«

»Nein. Im Büro.«

Wenn man mit Trientje telefonierte, brauchte man manchmal eine Geistesgegenwart, die einem zu gewissen Tageszeiten eher selten zu Gebote stand – vor allem am frühen Morgen.

»Im Büro?« wiederholte ich.

»Im Büro.«

»Du meinst, daß er hier vorbeikommt?«

»Ja.«

»Ah, ich verstehe.«

»In meinem Schreibtisch ...«

»Ja?«

»Ganz hinten in der Schublade, neben den Schuhen ...«

»Ja?«

»Da ist ein Päckchen.«

»Ein Päckchen ...«

»Ja.«

»Das soll ich ihm geben?«

»Das gibst du ihm. Es ist für ihn.«

»In Ordnung. Du kannst dich auf mich verlassen.«

»Danke.«

»Davon abgesehen, kommst du trotzdem rein?«

»Ich werd's versuchen.«

»Also bis nachher?«

»Ich werd' die Straßenbahn nehmen.«

»Trientje ...«

»Ja?«

»Weißt du, was?«

»Nein.«

»Du solltest dir ein neues Auto anschaffen.«

Schweigen.

»Ich weiß ... Das hast du mir schon mal gesagt.«

Neuerliches Schweigen.

»Ist bloß so teuer«, seufzte sie und legte dann auf.

Sie hatte ihren Flügel noch nicht abgezahlt. Und ich wußte, wieviel sie verdiente, denn mein Gehalt war genauso hoch wie ihres.

Nach einer zwanzigminütigen Unterhaltung, die herzerfrischend gewesen war, verließ ich Sébastiens Büro mit einem Sack voll frischer Anekdoten, die dazu angetan waren, die Moral der Truppe mehrere Wochen lang zu stärken. Hoflycks Rückkehr hatte Sébastien den Schwung und seine hauptsächliche Inspirationsquelle wiedergegeben. Wenn der Hauptkommissar die Ohren aufgesperrt hätte, um noch anderes zu hören als die Beschwerden seiner Vorgesetzten und die Speichelleckerei seiner Hofschranzen, so hätten bei ihm alle Alarmglocken geklingelt.

Als ich wieder im zweiten Stock ankam, mußte ich feststellen, daß ich nicht mehr alleine in meinem Büro war.

*»Dag Barthélemy! Hoe gaat het?«**

Adriaan Verhaert saß auf dem Platz seiner Schwester, hatte die Beine auf den Schreibtisch gelegt und strahlte mich mit einem Lächeln an, das alle seine weißen, ebenmäßigen Zähne zeigte. Hier im Haus kannte ihn jeder oder hatte schon von ihm gehört, und er genoß es durchaus, die Diva zu spielen. Der diensthabende Wachposten am Eingang hatte ihn wegen seines Künstler-Aufzugs durchgelassen. Ich schloß die Tür.

»Ist meine Schwester nicht hier?«

»Noch nicht«, antwortete ich. »Aber sie hat mich beauftragt, dir ein Päckchen zu geben. Eine Sekunde ...«

Der Stuhl drehte sich, und er hob seine Füße vom Tisch weg.

* Tag, Barthélemy. Wie gehts?

Ein sardonisches Grinsen überzog sein hageres Gesicht. Nachdem ich den Schlüssel aus dem Blumentopf gezogen hatte, wo Trientje auch ein Paar Ohrringe und einen modischen Armreif versteckte, öffnete ich die rechte Schublade. Ganz hinten lag neben den Pumps tatsächlich ein Päckchen.

Ich spürte, wie ich unwillkürlich errötete.

Ich erkannte die Verpackung. Eine weiße Papiertüte mit grünen Kreuzen darauf. Was den Inhalt betraf, so hätte ich gerne geglaubt, er sei mir völlig gleichgültig.

Adriaan, der immer vergnügter wurde, sorgte dafür, mir das Gegenteil zu beweisen. Vor meinen Augen zog er gemächlich drei Präservativ-Packungen heraus, Modell extra strong.

»Hätte ich doch wetten können!« rief er. »Sie ist schon genial, mein Schwesterchen! Die wird diese Dinger noch in zwanzig Jahren in der Apotheke kaufen. Ich sehe sie vor mir, wie sie rot wie eine Tomate wird ...«

Die Packungen verschwanden wieder in der Tüte.

»Am besten ist es, wenn ich sie auf dem falschen Fuß erwische. Letztes Mal wäre sie fast wütend geworden. Es nützt gar nichts, wenn ich ihr sage, daß es ein Notfall ist und ich keine Zeit habe ... Weihnachten hättest du sehen müssen, was sie für ein Gesicht gemacht hat! Nein, ernsthaft, ich werd' mir irgendwas anderes einfallen lassen müssen ...«

Er zwinkerte mir zu.

»Ich bin wirklich schlimm, was?«

Die Tüte verschwand in einer Tasche seines Gabardinmantels.

»Und sonst, wie laufen die Geschäfte?«

»So lala«, meinte ich.

Mit seiner üblichen Ungeniertheit zog er eine Schublade auf und kramte in den Papieren seiner Schwester. Einer der Zettel schien ihn zu interessieren.

»Du magst doch Janáček, wenn ich mich recht entsinne?«

»Klar«, antwortete ich.

»Ein Platz für *Jenufa* nächsten Monat, hättest du da Lust drauf?«

»Klar!« sagte ich noch einmal.

»Sehr schön, werd' mich drum kümmern.«

»Danke.«

»Nichts zu danken.«

Adriaan hatte die Schreibtischlampe angeschaltet und entzifferte mit gerunzelten Brauen den Zettel. Das gelbe Licht strahlte eine Hälfte seines Gesichts an. Ein Diamant in seinem Ohrläppchen sprühte Funken. Aber meine Aufmerksamkeit war auf etwas anderes gelenkt. Den linierten Zettel. Ich hatte das Gefühl, ihn schon einmal gesehen zu haben.

»Sieht ganz so aus, als hätte sie wieder angefangen zu komponieren ...«

Er hielt mir das Blatt hin. Die Noten hingen auf ihren Notenlinien wie Wäscheklammern an einer Leine.

Vinkt. Das Café auf dem Platz. Der kleine, schlecht beleuchtete Saal.

»Bariton und Klavier. Fängt ziemlich gut an, findest du nicht ...?«

Ich erkannte die Textzeile unter der Notenschrift wieder.

»Und so, wie verschwiegenes Unrecht, machten sie sich davon.«

Die *Abschiede*, erste Version. Wahrscheinlich heimlich abgeschrieben, in Heidelberg. An Gelegenheiten dazu hatte es ja nicht gemangelt.

»Ich kann keine Noten lesen«, stotterte ich.

(»Leider«, hätte ich beinahe dazugesagt.)

Ich legte das Blatt auf meine Schreibunterlage.

Danach diskutierten wir noch ein paar Minuten über Musik und Opern. Adriaan, der in Hochstimmung war, gab einige gesalzene Kommentare zu den neuesten Produktionen der *Monnaie* ab, geißelte im Vorübergehen gewisse unschöne Praktiken, die im Milieu gang und gäbe waren, und deutete wieder einmal seinen wahrscheinlichen Austritt an – den er bisher immer wieder hinausgeschoben hatte. Gegen halb neun schließlich warf er einen Blick auf seine Uhr und stand auf.

»Also, *tot ziens*!« meinte er und drückte mir die Hand.

Schon auf der Schwelle, hielt er noch einmal inne, drehte sich um und lächelte mysteriös.

»Barth?«

Bevor er weitersprach, wägte er die Worte ab.

»War dein Vater auch Polyp?«

Die Frage machte mich erst einmal sprachlos.

»Nein«, antwortete ich schließlich. »Warum?«

Sein Lächeln erstarb.

»Nur so.«

Er öffnete die Tür und zwinkerte mir noch einmal zu.

»Ich glaube, irgendwie beneide ich dich. Der meine hat mit seinen Vorstellungen aus einem anderen Jahrhundert nichts anderes zustande gebracht als zwei Kinder, an denen ein Junge verlorengegangen ist. Auf etwas unterschiedliche Weise versteht sich ...«

Verwirrt wartete ich ab, was er noch sagen würde.

»Trientje ist begabter als ich. Sie hat die Musik im Blut. Ich habe ihr eigentlich den Platz weggeschnappt ...«

Er blickte zur Seite während dieser Worte.

»Damals hätte ich nie geglaubt, daß sie den meinen einnehmen würde ... Oder ich wollte nicht glauben, daß sie es tatsächlich täte.«

Seine rechte Hand in der Manteltasche krampfte sich um die Papiertüte.

»Weißt du, Barthélemy ... Als sie ihren ... ihren Unfall hatte ...« Er lachte ein wenig gepreßt auf. »Ob du es glaubst oder nicht, damals habe ich wirklich bedauert, daß man in diesem Leben die Zeit nicht zurückdrehen kann ...«

Er wandte sich um und sah mir in die Augen.

»Denn meine kleine Schwester ist nun mal so: Immer muß sie sich eine neue Aufgabe erfinden. Auch diesen Schlag hat Vater nicht vorhergesehen. Und wenn man sich dann vorstellt, daß der Trottel gestorben ist, bevor er es wußte ... Dafür werde ich ihn immer hassen ...«

Sein Lächeln wurde wieder so undurchsichtig wie das einer Sphinx.

»Bei mir ist es anders ...«

Er zuckte die Achseln und zog eine Grimasse. »Ich bin eben ein schlimmer Junge!«

Mit einem letzten Auflachen schloß er die Tür hinter sich.

Ich trat ans Fenster und zog beide Flügel auf. Draußen war es Tag geworden, es war beinahe schön – ideales Wetter für einen kleinen Ausflug nach Ypern. Ich atmete tief durch.

Alles in allem gesehen war das Leben vielleicht doch nicht so übel. Adriaan überquerte bereits den Platz, eilte in Richtung Rue Neuve. Er drehte sich um und winkte mir zu. Ich winkte zurück.

Nein, vielleicht doch nicht so übel.

Und dann, zum Teufel, war der Mai ja noch weit entfernt ...

Und mit einem Mal dachte ich an einen anderen Monat Mai. An einen kleinen, traurigen Jungen in schwarzer Jacke und Fliege, der verloren in einer Erwachsenenwelt umherirrte, die zu kompliziert für ihn war. Vor ein paar Tagen hatte ich seine Tränen unter meinen Fingern gefühlt.

Es gibt Verletzungen, von denen man sein Lebtag nicht genesen kann. Manch einer braucht ein ganzes Leben lang, um an ihnen zu sterben.

Gestern abend nach der Rückkehr aus Ypern in einem neuen Buch über Kipling und das Ende des viktorianischen Zeitalters gelesen:

». . . Aber die Schlacht von Loos forderte neben allen andern noch ein weiteres Opfer. Der Leutnant John Kipling, mit einer Handvoll Männer auf der Höhe des Kreideofens in Verteidigungsstellung, wurde von einer Kugel in den Mund getötet. Er war achtzehn Jahre alt. Sein Körper, in aller Eile begraben, wurde nicht identifiziert. Vielleicht war das der Grund – denn das Schuldgefühl deshalb sollte ihn bis zum Ende seiner Tage nicht mehr verlassen –, daß sein Vater sich mit Leib und Seele der Kriegsgräberfürsorge des Empire widmete. Im Jahre 1992 jedoch wurden, dank historischer Zeugenaussagen, die Reste des jungen Kipling im Grab eines Unbekannten entdeckt. Er ruhte seit mehr als fünfundsiebzig Jahren auf dem Friedhof von St. Mary's Verbandsplatz, nicht weit entfernt von der Einsamer Baum genannten Landmarke. Dennoch steht sein Name noch immer auf dem Mahnmal der unbekannten Soldaten in Loos-en-Gohelle unter dem Wappen der Irish Guards . . .«

Der alte Rudyard hat davon niemals erfahren.

Ach ja. Was ich fast vergessen hätte. Swartenbroeckx hat mich angerufen. (Er richtet mir viele Grüße von Georges aus.) Man habe Tuture identifiziert. Er hieß Arthur van Genegen, gebürtig in Brüssel, siebenundfünfzig Jahre alt, geschieden, zwei Kinder: ein Mädchen und ein Junge, beide verheiratet. Als man die beiden ansprach, weigerten sie sich, die Bestattungskosten zu übernehmen. Das Gesetz stellt es ihnen frei. Kurzfristig hatte ich die Idee, eine Sammlung unter den Kollegen zu veranstalten. Dann ließ ich sie wieder fallen, ich könnte nicht genau sagen, warum. Sein Grab auf dem Friedhof von Ixelles ist nur durch eine Nummer gekennzeichnet. Das habe ich mir jedenfalls sagen lassen. Denn als ich dort gesucht habe, konnte ich es nicht finden.

Woluwe-Saint-Pierre – Malonne (Namur)
August 1995 – Juni 1997

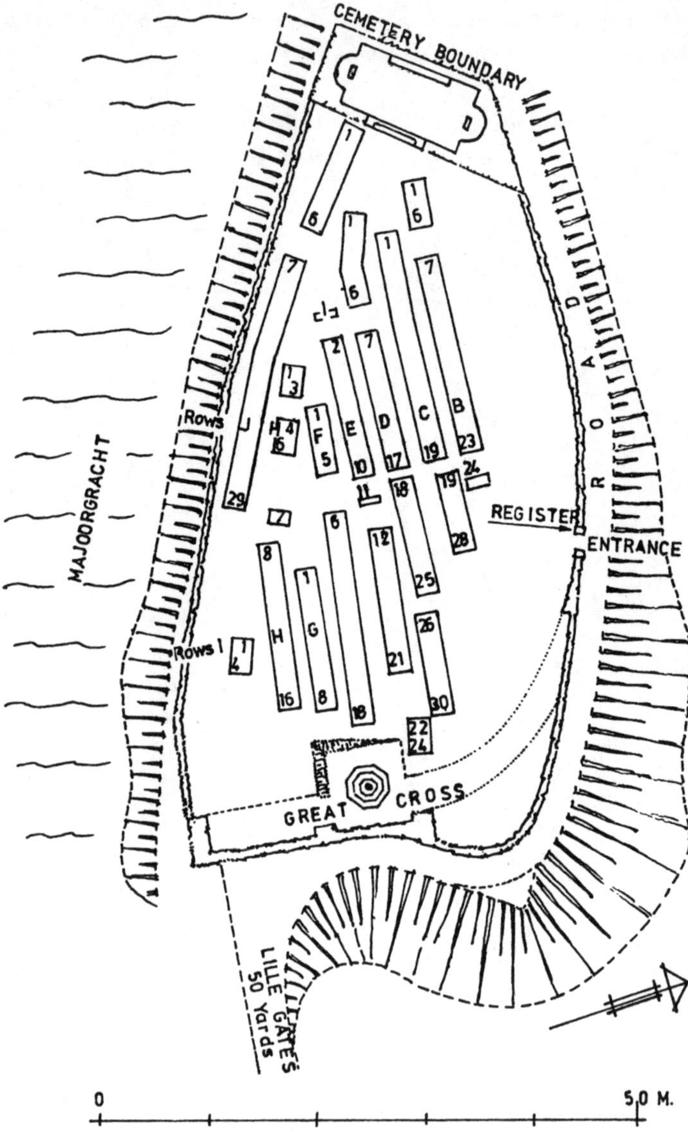

RAMPARTS CEMETERY, LILLE GATE, YPRES